O LIVRO DA MITOLOGIA

THOMAS BULFINCH

TRADUÇÃO
LUCIANO ALVES MEIRA

SUMÁRIO

Apresentação   9

Prefácio do autor   17

I — Introdução   23

II — Prometeu e Pandora   37

III — Apolo e Dafne — Píramo e Tisbe — Céfalo e Prócris   47

IV — Juno e suas rivais, Io e Calisto — Diana e Actéon — Latona e os camponeses   59

V — Faetonte   73

VI — Midas — Báucis e Filêmon   83

VII — Prosérpina — Glauco e Cila   91

VIII — Pigmalião — Dríope — Vênus e Adônis — Apolo e Jacinto   105

IX — Cêix e Alcíone   113

X — Vertuno e Pomona   123

XI — Cupido e Psiquê   129

XII — Cadmo — Os mirmidões   143

XIII — Niso e Cila — Eco e Narciso — Clície
— Hero e Leandro   153

XIV — Minerva — Níobe   165

XV — As greias e as górgonas — Perseu e Medusa
— Atlas — Andrômeda   177

XVI — Os monstros: Gigantes — Esfinge
— Pégaso e Quimera — Centauros — Pigmeus — Grifos 187

XVII — O Velocino de Ouro — Medeia   197

XVIII — Meléagro e Atalanta   209

XIX — Hércules — Hebe e Ganimedes   217

XX — Teseu — Jogos e festivais — Dédalo
— Castor e Pólux   227

XXI — Baco — Ariadne   239

XXII — As divindades rurais — Erisícton — Reco
— As divindades aquáticas — As camenas — Os ventos 247

XXIII — Aqueloo e Hércules — Admeto e Alceste
— Antígona — Penélope   261

XXIV — Orfeu e Eurídice — Aristeu — Anfíon — Lino
— Tâmiris — Mársias — Melampo — Museu   271

XXV — Aríon — Íbico — Simônides — Safo   283

XXVI — Diana e Endímion — Órion — Aurora e Titono
— Ácis e Galateia   295

XXVII — A Guerra de Troia   305

XXVIII — A queda de Troia — Menelau e Helena
— Agamêmnon, Orestes e Electra   325

XXIX — As aventuras de Ulisses — Os comedores de lótus
— Os ciclopes — Circe — As sereias — Cila e Caribdes
— Calipso   337

XXX — Os feácios — Destino dos pretendentes   351

XXXI — Aventuras de Eneias — As harpias — Dido
— Palinuro   365

XXXII — As regiões infernais — A Sibila   375

XXXIII — Eneias na Itália — Camila — Evandro
— Niso e Euríalo — Mezêncio — Turno   389

XXXIV — Pitágoras — Divindades egípcias
— Os oráculos   405

XXXV — Origem da Mitologia — Estátuas de deuses
e deusas — Poetas da Mitologia   421

XXXVI — Monstros modernos — A fênix — O basilisco
— O unicórnio — A salamandra　　　　　　　　　　435

XXXVII — A mitologia oriental — Zoroastro
— A mitologia hindu — Castas — Buda — Dalai Lama
— Preste João　　　　　　　　　　　　　　　　　445

XXXVIII — A mitologia nórdica — Valhala
— As valquírias — Sobre Thor e outros deuses　　　459

XXXIX — A visita de Thor a Jotunheim, o país dos gigantes　471

XL — A morte de Baldur — Os elfos — As letras rúnicas
— Os escaldos — A Islândia — A mitologia teutônica
— Os nibelungos — O anel dos nibelungos, de Wagner　479

XLI — Os druidas — Iona　　　　　　　　　　　499

Expressões proverbiais　　　　　　　　　　　　　509

Dados biográficos　　　　　　　　　　　　　　　513

Glossário　　　　　　　　　　　　　　　　　　515

Apêndice　　　　　　　　　　　　　　　　　　565

Referências bibliográficas　　　　　　　　　　　　641

APRESENTAÇÃO

DEUSES E HERÓIS: O LEGADO ENCANTATÓRIO E FASCINANTE DA MITOLOGIA

ELAINE C. PRADO DOS SANTOS*

"Sem o conhecimento da Mitologia, boa parte de nossa elegante Literatura não pode ser compreendida e apreciada." Com estas palavras, Thomas Bulfinch discorre, no prefácio de *O livro da Mitologia — A Idade da Fábula* (1855), a respeito da importância de se conhecer a Mitologia não somente por seu encanto narrativo mas também pela presença de seres mitológicos em obras consagradas da Literatura. O objetivo de Bulfinch foi apresentar o livro como uma obra ao alcance do grande público, por isso sempre foi considerada uma das melhores introduções para o conhecimento dos clássicos de Mitologia.

Ao narrar os famosos mitos como fonte de diversão, Bulfinch conseguiu propiciar à obra o encantamento de um livro de histórias, em que se encontram Prometeu e Pandora,

---

* Elaine C. Prado dos Santos é doutora em Letras Clássicas pela Universidade de São Paulo, docente na área de Letras na Universidade Presbiteriana Mackenzie e Coordenadora das Atividades Complementares do Centro de Comunicação e Letras na mesma instituição.

Apolo e Dafne, Juno e suas rivais, Perseu e Medusa, Minerva e Níobe, entre outras tantas lendas, além das histórias da mitologia nórdica. A maioria das lendas clássicas foi extraída de dois grandes poetas da latinidade do século I a.C., Virgílio e Ovídio, o que confere à obra um brilho especial dos poetas da Idade de Ouro de Augusto, idade da *Pax Romana*, depois dos terríveis tormentos das guerras. O sentido dessa paz foi largamente difundido a exprimir-se como um traço de equilíbrio, de serenidade e de harmonia entre os escritores do século I a.C. Cinco foram as grandes figuras poéticas contemporâneas de Augusto: Virgílio, Horácio, Tibulo, Propércio e Ovídio. Cultivou o primeiro *a poesia pastoril, o poema didático e o épico*; o segundo, *a lírica e a sátira*; e os três últimos, *a elegia*; Ovídio também cultivou a *epopeia de assunto mitológico*.

Como argumenta Bulfinch em seu prefácio, "a Mitologia é a camareira da Literatura; e a Literatura é uma das melhores aliadas da virtude e da promoção da felicidade". Sendo assim, afirmamos que a mitologia greco-romana, acervo fascinante do universo mítico, representa o eterno modelo dos artistas e fonte perene do Belo. Trata-se de um conjunto, sistemático ou não, de lendas, de invenções e de histórias que apresentam certos fatos com o auxílio de seres sobrenaturais, divindades, ou um conjunto que relata acontecimentos fabulosos dos deuses, dos semideuses e dos heróis da Antiguidade, com a respectiva explicação dos mitos. Os deuses gregos do tempo de Homero são homens idealizados, mais poderosos que os heróis, habitam esplêndidas moradas no Céu, apaixonam-se, amam, odeiam, sofrem e se misturam com ardor às lutas humanas. É notável uma hierarquia divina, uma monarquia quase perfeita na mitologia greco-romana, representada pelos doze grandes deuses do Olimpo.

A existência de mitos é de suma importância para o imaginário coletivo, pois a essência do mito é ser, efetivamente, uma representação coletiva, ao expressar e explicar tanto o mundo quanto a realidade humana, transmitida por intermédio de várias gerações. O mito conta, por ser uma narrativa; explica, por se tratar de um acontecimento ocorrido no tempo fabuloso dos começos, pressupondo que se retorne ao começo, em direção ao arquétipo; e, por fim, revela o ser, revela o deus, apresentando-se como uma história sagrada.

É extremamente importante para o imaginário coletivo a existência dos mitos, porque eles fornecem, segundo Eliade (1991, p. 22), em *Mito e realidade*, os modelos de conduta humana, conferindo significação e valor à existência. Em suma, os mitos revelam que o mundo, o homem e a vida têm uma origem e uma história, e que essa história é significativa, preciosa e exemplar. Compreender a estrutura e a função dos mitos nas sociedades tradicionais não significa apenas elucidar uma etapa na história do pensamento humano, mas entender melhor a categoria de nossos contemporâneos. Assim, o homem existe no Mundo, organiza-se em sociedade, é obrigado a trabalhar para viver e trabalha sob determinadas regras, no entanto essa existência não é infinita, ele é um ser mortal. Todavia, o que realiza, o que executa permanece, fica imortalizado, como o canto mítico de Orfeu, para a posteridade, pois a humanidade continua viva na figura do homem.

Por ser a obra de Bulfinch uma referência de estudos para os amantes dos mitos e por apresentar, em sua exposição, a maioria das lendas clássicas dos dois grandes poetas latinos, Virgílio e Ovídio, gostaríamos de fazer um breve comentário a respeito das *Metamorfoses*, de Ovídio, como um fio condutor de apreciação para este livro de Mitologia.

A partir da metamorfose pela qual o poeta Ovídio (I a.C.) constrói os episódios da obra *As metamorfoses*, verifica-se, em sua estrutura, uma estratégia narrativa que se desdobra ao longo do poema, desenhando uma imagem global de um canto ininterrupto das origens do mundo até o tempo do poeta, ou seja, até o século de Augusto. Por meio desse universo de metamorfoses, o poeta comunica uma representação extremamente complexa de mundo. A partir da cosmogonia construída no mito da criação, que supõe a relação entre o caos e a ordem, observa-se como e por que o poeta retoma o mito da criação, relacionado aos ecos provenientes da literatura grega e romana, para, na construção intertextual, desconstruí-lo, ao polemizar um mito.

O poeta emancipou o tema metamorfose em seu peculiar tratamento do mito como um princípio operacional que pode ser chamado de sofisticação como modernização do mito. A emancipação se concretiza pelas funções do mito especulativas, explanatórias, iterativas e de qualidades morais e trágicas, na obra, para um uso exclusivo da função narrativa. A limitação do mito para qualidades narrativas e psicológicas é registrada pela diversidade de arranjos e de direções do poema em uma variedade de formas narrativas, estilos, assuntos que são relatados como um princípio de metamorfose que é a própria forma do poema. A importância da metamorfose, como tema, é realçada pelo uso inovador das características básicas a ela inerentes, e o amor se mescla às lendas de transformação dos seres com toda sua força, segundo afirmações de Galinsky (1975, p. 97), de tal forma que não é acidental que a tapeçaria de Aracne ilustre os episódios de amor. A descrição do amor em suas variedades permeia a obra, da mesma forma a variedade caracteriza tanto assunto quanto estilo, pois este vai do burlesco, como nas aventuras de Júpiter e de Febo, para o compassivo, como na história de Céfalo e Prócris. O ponto de vista de Ovídio sobre o amor é retratado como força primária da civilização, pois o amor é o *leitmotiv* do poema desde o início do mundo até o tempo do poeta.

Para Ovídio, a obra registra a vasta escala das metamorfoses, das quais a humanidade surge e cresce como civilização e faz a sua história. Por fim, a transitoriedade de Roma é contrastada com a permanência do nome do poeta, que se projeta a um futuro além-túmulo por considerar a perpetuidade por meio da obra sempre eterna. Entretanto, o destino do poeta não é apresentado como uma transmigração, mas como uma purificação do ser que se eleva aos astros. Embora a eternidade da cidade não se iguale à do poeta, *As metamorfoses* serão lidas enquanto o poder de Roma se estender sobre a terra conquistada:

"Já terminei minha obra que nem a ira de Júpiter, nem o fogo, nem o ferro nem o tempo voraz poderá aniquilar. Aquele dia, que nada tem a não ser o direito deste corpo, quando quiser acabar comigo o espaço de vida incerto: todavia eterno pela melhor parte de mim,[1] serei levado aos astros elevados e meu nome será indelével e por qual poder romano se estende sobre as terras dominadas, eu serei lido pela boca do povo e viverei pela fama através de todos os séculos, se os preságios do vate tiverem qualquer coisa de verdade".[2]

---

[1] A expressão *pars mei* se encontra em Horácio, Ode III, 30, consagrada à posteridade literária.
(Hor. *Od.* III, 30)

Non omnis moriar multaque pars mei
Vitabit Libitinam
(eu não morrerei totalmente, mas uma parte importante de mim escapará da morte...)

[2] (Ov. *Met.* XV, 871-879)

Iamque opus exegi quod nec Iouis ira nec ignis
Nec poterit ferrum nec edax abolere uetustas.
Cum uolet, illa dies, quae nil nisi corporis huius
Ius habet, incerti spatium mihi finiat aeui;
Parte tamen meliore mei super alta perennis
Astra ferar nomenque erit indelebile nostrum;
Quaque patet domitis Romana potentia terris,
Ore legar populi perque omnia saecula fama,
Siquid habent ueri uatum praesagia, uiuam.

Assim, na obra de Ovídio, a forma essencial do poeta ao unir sua sorte à da Cidade encontra garantia segura e justifica sua aspiração a ser eterna. Ovídio será lido enquanto Roma levanta voo sobre o orbe domado, enquanto sobre as terras domadas se estenda o poder romano. Diferentemente do prólogo, *ad mea ... tempora* (Ov., Met. I, 4), registrando a época do narrador, o epílogo se transforma em um verdadeiro episódio, cujo herói é o próprio poeta-narrador. Afirma-se, assim, que para a transformação do narrador em uma personagem projeta-se para um futuro, adquirindo um caráter tão duradouro quanto Roma.

Da mesma forma, pontua-se que Bulfinch será lido enquanto houver apreciadores e cultores da beleza do mito. Pelo caráter atemporal do mito e pela grandiosidade e imortalidade da obra poética, Bulfinch declara que "nosso trabalho não foi elaborado para os eruditos, nem para os teólogos ou para os filósofos, mas para todos os leitores que desejam compreender as citações mais frequentes dos oradores públicos, palestrantes, ensaístas e poetas". Embora utilizemos GPS, ficamos muitas vezes mergulhados e perdidos no labirinto de Dédalo diante do emaranhado das ruas ou dos grandes questionamentos internos do ser humano, procurando saídas, buscando respostas; diante de tantas tecnologias, nossos planos, em pleno século XXI, ainda se configuram, diversas vezes, como quimeras; nosso sistema de eleições se apresenta como um repleto Caos, uma briga insana que lança constantemente o pomo da discórdia entre os deputados. E quanto a nós? Somos heróis, cumprimos nossa jornada diária, com o fígado dilacerado como os de Prometeu, executando as tarefas diárias com uma força hercúlea, vencendo todos os males espalhados pela caixa de Pandora. Como Ulisses, Aquiles ou Heitor, vivemos inspirados pela força viva da tocha que permanece acesa: a da Esperança, que um dia Pandora e Epimeteu conseguiram trancar em sua caixa.

Ler Bulfinch é poder sonhar com os clássicos, é não deixar que se apague a chama viva do conhecimento de tal forma que podemos declarar que *O livro da Mitologia — A Idade da Fábula* continua a ser uma grande referência de estudos para os apreciadores e cultores dos mitos; embora os mitos sejam transpostos, em uma releitura, e as histórias sejam recontadas por outras vozes, jamais se perderá o encanto e o fascínio pela Mitologia, pois a voz de Orfeu ainda ressoa, às margens do rio Ebro, o nome de sua amada Eurídice.

> *...Eurydicen uox ipsa et frigida lingua*
> *Ah! Miseram Eurydicen anima fugiente uocabat;*
> *Eurydicen toto referebant flumine ripae* (*Geo.* IV, 525–527)

A própria voz e a língua fria, enquanto a alma fugia, chamava Eurídice, ah! Triste Eurídice!
As margens ecoavam Eurídice, ao longo de todo o rio.

PREFÁCIO DO AUTOR

Se considerarmos que os únicos ramos úteis do conhecimento são aqueles que concorrem para o aumento de nosso patrimônio material ou nosso *status* social, então a Mitologia não pode ser apresentada nessa categoria. Mas se há utilidade naquilo que nos faz melhores e mais felizes, então poderíamos reclamar essa classificação para o assunto desta obra. Pois a Mitologia é a camareira da literatura; e a literatura é uma das melhores aliadas da virtude e da promoção da felicidade.

Sem o conhecimento da Mitologia, boa parte de nossa elegante literatura não pode ser compreendida e apreciada. Quando Byron afirma que Roma é "a Níobe das nações" ou que Veneza "se parece com uma Cibele do mar, que se refresca no Oceano", evoca, na mente de alguém que já esteja familiarizado com o tema, ilustrações mais vívidas e impactantes do que as imagens que poderia qualquer lápis desenhar, enquanto, para aquele que ignora a Mitologia, todas essas possibilidades estariam simplesmente perdidas.

Milton é prolífero em alusões desse gênero. Em seu curto poema *Comus*, encontram-se mais de trinta dessas citações, e na ode *Na manhã da Natividade*, metade desse número. Através de *Paraíso perdido*, as referências mitológicas estão profusamente espalhadas. Esta é uma das razões pelas quais ouvimos muita gente, que de modo algum consideramos iletrada, dizer que não é capaz de apreciar a leitura de Milton. Mas se essas mesmas pessoas acrescentassem aos seus mais sólidos conhecimentos os fáceis aprendizados deste pequeno volume, muito do que está na poesia de Milton e que até o presente lhes pareceu "rude e complexo" passaria a ser considerado "tão musical quanto o alaúde de Apolo". As citações que extraímos de mais de vinte e cinco poetas, de Spencer a Longfellow, demonstrarão a amplitude dessa prática de se emprestar ilustrações da Mitologia, e os autores de prosa servem-se igualmente das mesmas fontes de ilustração, elegantes e sugestivas.

Todavia, como ensinar Mitologia àqueles que não a tenham aprendido por meio das línguas da Grécia e de Roma? Não se pode esperar do leitor moderno, tão inserido em questões pragmáticas, que se devote ao estudo de maravilhas falsas e religiões obsoletas. Mesmo o tempo dos jovens é exigido para o estudo de tantas ciências sobre fatos e coisas, que pouco dele poderá ser dedicado a uma ciência que se baseia em simples fantasia.

A aquisição de tais conhecimentos não poderia dar-se por meio da leitura das traduções dos poemas da Antiguidade? A isso respondemos que o campo é extenso demais para um curso preparatório; e essas mesmas traduções requerem algum conhecimento prévio do assunto para que sejam inteligíveis. Se alguém tem dúvida, que leia a primeira página da *Eneida*, e veja se compreende o significado do "ódio de Juno", do "decreto das Moiras", do "julgamento de Páris" e das "honras de Ganimedes" sem esse conhecimento.

Há quem dirá que essas respostas podem ser obtidas em notas ou pela consulta a dicionários clássicos. Quanto a isso dizemos que a interrupção repetida da leitura por esse método é tão incômoda, que a maioria dos leitores prefere deixar que uma alusão passe incompreendida a ter de se submeter a esse processo. Além disso, esse tipo de fonte costuma fornecer apenas os fatos em si, destituídos do encanto original da narrativa; e o que seria de um mito poético sem a sua poesia? A história de Cêix e Alcíone, que ocupa um capítulo inteiro de nosso livro, está contada em oito linhas no melhor dicionário clássico (o Smith); e o mesmo ocorre com os demais.

Nosso trabalho é uma tentativa de resolver esse problema, à medida que contamos as histórias da Mitologia de modo a torná-las uma fonte de diversão. Procuramos narrá-las corretamente, de acordo com o que nos dizem as autoridades da Antiguidade, para que os leitores, quando ouvirem alguma referência, saibam do que se trata. Portanto, queremos ensinar a Mitologia não como uma forma de estudo, mas como uma oportunidade para descansar do estudo, o que confere à nossa obra o encantamento de um livro de histórias e, ao mesmo tempo, por meio dele, compartilhando o conhecimento de um ramo importante da educação.

A maioria das lendas clássicas deste livro foi extraída de Ovídio e Virgílio. Não foram traduzidas literalmente, pois, em nossa opinião, a poesia traduzida em prosa literária é uma leitura sem atrativos. Também não estão em verso, até porque, entre outras razões, temos a convicção de que a fiel tradução poética, com todos os seus desafios de rima e métrica, seria impossível. Tentamos apenas contar as histórias em prosa, preservando o que é poético no pensamento e que pode ser desentranhado da própria língua, omitindo tudo aquilo que não se coadunaria com essa forma alterada.

As histórias da mitologia nórdica foram copiadas, com alguma redução, de *Antiguidades nórdicas*, de Mallet. Esses capítulos, além daqueles de Mitologia oriental e egípcia, pareciam necessários para completar o assunto, embora saibamos que esses tópicos geralmente não são apresentados em um mesmo volume com as fábulas clássicas.

As citações poéticas, que introduzimos tão livremente, devem resolver uma série de diversos propósitos valiosos. Elas servem para fixar na memória do leitor os fatos mais importantes de cada história, podem auxiliar na compreensão da pronúncia correta de cada nome e enriquecer a memória com preciosidades da poesia, algumas das quais são citadas com frequência em outros livros ou em discussões literárias. Assim, nosso trabalho não foi elaborado para os eruditos nem para os teólogos ou para os filósofos, mas para todos os leitores que desejam compreender as citações mais frequentes dos oradores públicos, palestrantes, ensaístas e poetas.

Thomas Bulfinch

O LIVRO DA MITOLOGIA

CAPÍTULO I

INTRODUÇÃO

As religiões das antigas Grécia e Roma encontram-se extintas. As chamadas "divindades do Olimpo" não encontram sequer um único adorador entre os mortais, e já não pertencem à área da Teologia, mas à literatura e ao bom gosto. E aí permanecerão, pois se encontram tão profundamente conectadas ao que há de melhor na poesia e na arte, antiga e moderna, que jamais cairão no esquecimento.

Propomo-nos a contar passagens alusivas a essas divindades, que chegaram até nós pelos antigos, e às quais se reportam poetas, ensaístas e oradores modernos. Dessa maneira, nossos leitores poderão desfrutar as mais encantadoras ficções que a fantasia já criou e, ao mesmo tempo, ter acesso a informações indispensáveis a todo aquele que gostaria de ler com inteligência a elegante literatura de seu próprio tempo.

Para melhor compreendermos essas passagens, necessário se faz que nos familiarizemos com a ideia de estrutura do universo que prevalecia entre os gregos — o povo de quem os romanos, e outras nações por meio de Roma, receberam sua ciência e religião.

Os gregos acreditavam que a Terra fosse plana e redonda, e que seu país ocupava o centro da Terra, tendo como ponto central o monte Olimpo, a moradia dos deuses, ou Delfos, tão famosa por seu oráculo.

O disco circular da Terra era atravessado de leste a oeste e dividido em duas partes iguais pelo *Mar*, como chamavam o Mediterrâneo, e sua continuação, o Mar Negro, os únicos mares que conheciam.

Ao redor da Terra corria o *Rio-Oceano*, cujo curso seguia do sul para o norte na parte ocidental da Terra, e na direção oposta na parte oriental. Seu curso constante, de correnteza equilibrada, não era perturbado por chuvas pesadas ou tempestades. O mar e todos os rios do planeta recebiam dele suas águas.

O lado setentrional da Terra era supostamente habitado por uma raça feliz, chamada de *hiperbóreos*, que viviam numa felicidade eterna e em permanente primavera para além das montanhas majestosas, de cujas cavernas sopravam os cortantes ventos do norte que faziam tremer de frio os habitantes da Hélade (Grécia). Seu país era inacessível por terra e por mar. Viviam livres de doenças, da velhice, do trabalho e da guerra. O poeta Moore nos deixou a *Canção de um hiperbóreo*, que assim começa:

> *Venho de uma terra banhada pelo sol,*
> *Onde jardins dourados resplandecem,*
> *Onde repousam bonançosos ventos do norte,*
> *Que por lá jamais sopraram.*

Na parte meridional da Terra, próximo da corrente do oceano, vivia um povo tão feliz e virtuoso quanto os hiperbóreos: os etíopes. Eram tão favorecidos pelos deuses que estes, às vezes, se dispunham a deixar suas moradas no Olimpo para compartilhar seus sacrifícios e banquetes.

No lado ocidental da Terra, às margens do *Rio-Oceano*, havia um lugar venturoso conhecido como os *Campos Elísios*, para onde os mortais privilegiados pelos deuses eram transportados, sem ter provado o sabor da morte, a fim de desfrutarem as bem-aventuranças da imortalidade. Essa região feliz era também conhecida como os *Campos Afortunados* ou *Ilhas dos Abençoados*.

Como vemos, os gregos das primeiras eras sabiam muito pouco ou quase nada sobre a existência de outros povos além daqueles que habitavam as regiões a leste e ao sul do seu país, ou perto do litoral do Mediterrâneo. A imaginação deles povoava de gigantes, monstros e feiticeiros toda a parte ocidental do mar, enquanto colocava em volta do eixo terrestre, que certamente consideravam de extensão reduzida, nações que desfrutavam privilégios especiais dos deuses, que as abençoavam com prosperidade e longevidade.

Supunha-se que a Aurora, o Sol e a Lua nasciam do lado oriental do oceano, e que caminhavam pelo ar, iluminando deuses e homens. Também as Estrelas nasciam e se punham na corrente do oceano, exceto as que formavam a constelação da Ursa e outras próximas. Ali, o deus-Sol embarcava num bote alado, o qual o conduzia pela parte setentrional da Terra até o nascente, de onde voltaria a subir. Milton, em *Comus*, faz alusão a essa crença:

> *Eis que o carro dourado do dia*
> *Tem seu suave eixo de ouro*
> *Mergulhado na corrente do Atlântico.*
> *É o sol se pondo, emitindo seus raios luminosos,*
> *Para cima da escuridão polar,*
> *Em direção a outro alvo*
> *Para depois repousar no oriente.*

A morada dos deuses era o topo do monte Olimpo, na Tessália. Um portal de nuvens, vigiado pelas deusas chamadas *Estações*, se abria para dar passagem aos imortais a caminho da terra e para recebê-los em seu regresso. Os deuses possuíam moradas separadas; mas todos compareciam ao palácio de Júpiter, quando convocados, onde também se apresentavam os deuses que costumavam morar na terra, nas águas, ou debaixo da terra. Era também no grande salão do palácio do rei do Olimpo que os deuses se deliciavam com ambrosia e néctar, sua comida e bebida. O néctar era servido pela adorável deusa Hebe. Ali tratavam de assuntos relativos ao céu e à terra. Enquanto bebiam o néctar, entretinham-se ao som dos acordes musicais da lira de Apolo, deus da música, tendo por acompanhamento a voz afinada das musas. Quando o sol se punha, os deuses se retiravam para dormir em suas respectivas moradas.

Os seguintes versos da *Odisseia* mostram como Homero concebia o Olimpo:

> *Tendo dito isso, Minerva, a deusa dos olhos celestiais,*
> *Subiu até o Olimpo, a pretensa eterna morada dos deuses,*
> *E lugar jamais perturbado por chuvas, tempestades ou neve,*
> *Onde o céu de um dia claro resplandece, sem nuvens,*
> *Onde os habitantes desfrutam um regozijo eterno.*

As túnicas e outras peças do vestuário das deusas eram tecidas por Minerva e pelas três Graças, e tudo que fosse de natureza sólida era feito de metais variados. Vulcano era arquiteto, ferreiro, armeiro, construtor de carruagens e artista de todas as obras do Olimpo. Construía as moradas dos deuses com bronze; confeccionava para eles sapatos de ouro, com os quais podiam andar sobre as águas e sobre o ar e mover-se de um lugar para o outro na velocidade do vento ou até mesmo do pensamento. Também calçou de bronze os corcéis celestiais, que puxavam as carruagens dos deuses pelo céu ou sobre as águas do mar. Era capaz de dar movimento próprio a tudo que inventava. Desse modo, as trípodes (cadeiras e mesas) podiam deslocar-se para dentro e para fora dos salões celestiais. Chegou a dotar de inteligência as servas de ouro que fez especialmente para servi-lo.

Júpiter ou Jove (Zeus),[1] embora chamado de *pai dos deuses e dos homens*, teve um princípio. Era filho de Saturno (Crono) e Reia (Ops), que pertenciam à raça dos titãs, filhos da Terra e do Céu, que surgiram do Caos, sobre o qual falaremos mais detalhadamente no próximo capítulo.

Existe uma outra cosmogonia, isto é, história da criação, segundo a qual a Terra, Érebo e o Amor foram os primeiros seres. O Amor (Eros) nasceu do ovo da Noite, que flutuava no caos. Com sua flecha e sua tocha atingia e animava todas as coisas, gerando vida e alegria.

Saturno e Reia não eram os únicos titãs. Existiam outros, cujos nomes eram Oceano, Hiperíon, Jápeto e Ofíon, do sexo masculino; e Têmis, Mnemósina e Eurínome, do sexo feminino. Esses eram os deuses primitivos, cuja soberania, mais tarde, foi transferida para outros deuses. Saturno cedeu lugar a Júpiter, Oceano a Netuno e Hiperíon a Apolo. Hiperíon era o pai do Sol, da Lua e da Aurora. É, portanto, o deus-Sol original, e é sempre descrito com beleza e esplendor, mais tarde atribuídos a Apolo.

As madeixas encaracoladas de Hiperíon são,
do próprio Jove, a fronte.
                                                    Shakespeare

---

[1] Os nomes entre parênteses são gregos, os demais são romanos ou latinos.

Ofíon e Eurínome reinaram no Olimpo até terem sido destronados por Saturno e Reia. Milton refere-se a eles no *Paraíso perdido*. Conta ali que os pagãos parecem ter tido algum conhecimento sobre a tentação e a queda do homem:

> *E fábulas contavam como a serpente, a quem chamava*
> *Ofíon, com Eurínome (a usurpadora Eva, talvez)*
> *Foram os primeiros a reinarem no elevado Olimpo,*
> *Donde foram expulsos por Saturno.*

As descrições atribuídas a Saturno não são muito coerentes. Para alguns, o seu reinado foi considerado a idade áurea da inocência e da pureza; mas, para outros, ele é descrito como um monstro que devorava seus próprios filhos.[2] Júpiter, contudo, escapou a esse destino, e quando cresceu casou-se com Métis (Prudência), a qual preparou uma poção para Saturno, que o fez vomitar os filhos que engolira. Júpiter, juntamente com seus irmãos e irmãs, revoltou-se contra Saturno e seus irmãos, os titãs. Os titãs foram derrotados. Alguns deles foram aprisionados no Tártaro e os demais receberam outros tipos de castigo. Atlas foi condenado a sustentar o céu em seus ombros.

Uma vez Saturno destronado, Júpiter e seus irmãos, Netuno (Posêidon) e Plutão (Dis), dividiram entre si os domínios. Júpiter ficou com o céu; Netuno, com o oceano, e Plutão, com o reino dos mortos. A terra e o Olimpo eram propriedades comuns. Júpiter tornou-se rei dos deuses e dos homens. Sua arma era o trovão, e usava um escudo chamado *égide*, feito por Vulcano. A águia era sua ave favorita, e carregava os seus raios.

---

[2] Essa inconsistência ocorre por se considerar Saturno, da mitologia romana, a mesma divindade grega Crono (Tempo) o qual, por trazer o fim para todas as coisas que tiveram um início, é acusado por devorar sua própria prole.

Juno (Hera) era a esposa de Júpiter e a rainha dos deuses. Íris, a deusa do arco-íris, era sua serva e mensageira. O pavão era sua ave predileta.

Vulcano (Hefesto), o artista celeste, era filho de Júpiter e de Juno. Nascera coxo, e sua mãe ficou tão desgostosa ao vê-lo que o atirou para fora do céu. Outra versão diz que Júpiter dera-lhe um pontapé, por ter tomado o partido da mãe numa briga entre eles. Sendo assim, a deficiência de Vulcano seria consequência da queda, a qual demorou um dia inteiro, terminando na ilha de Lemnos, que daí em diante, para ele, passou a ser considerada sagrada. Milton refere-se a essa versão no livro I de *Paraíso perdido*:

> *Caiu, desde o amanhecer até o meio-dia,*
> *E do meio-dia até o anoitecer orvalhado,*
> *Um dia de verão;*
> *E com o pôr do sol*
> *Caiu do zênite, qual estrela cadente,*
> *Sobre Lemnos, a ilha egeia.*

Marte (Ares), o deus da guerra, era também filho de Júpiter e de Juno.

Febo (Apolo), o deus dos arqueiros, da profecia e da música, era filho de Júpiter e de Latona, e irmão de Diana (Ártemis). Febo era o deus do sol, assim como Diana, sua irmã, era a deusa da lua.

Vênus (Afrodite), a deusa do amor e da beleza, era filha de Júpiter e de Dione. Uma outra versão diz que Vênus nasceu da espuma do mar. Zéfiro a fez flutuar sobre as ondas até a ilha de Chipre, onde foi acolhida e vestida pelas Estações e depois conduzida à assembleia dos deuses. Todos ficaram encantados com sua beleza, e a pediram em casamento. Júpiter concedeu-a a Vulcano, em sinal de gratidão pelo serviço que este prestara, forjando os raios. Dessa maneira, a mais bela das deusas ficou sendo a esposa do menos favorecido dos deuses. Vênus possuía um cinturão bordado, chamado *cestus*, o qual tinha o poder de inspirar amor. Suas aves favoritas eram os cisnes e os pombos. As plantas consagradas a ela eram a rosa e o mirto.

Cupido (Eros), o deus do amor, era filho de Vênus, e seu companheiro constante. Armado com arco e flechas, atirava as flechas do desejo no coração dos deuses e dos homens. Havia, também, uma divindade conhecida como Anteros, algumas vezes apresentada como o vingador dos desprezados no amor e, outras vezes, como o símbolo do amor recíproco. Contava-se a seguinte lenda a seu respeito: Vênus foi queixar-se a Têmis que seu filho Eros continuava sempre criança. Têmis disse a ela que isso ocorria porque Eros se sentia sozinho. Se tivesse um irmão, cresceria rapidamente. Pouco depois nasceu Anteros, e Eros imediatamente começou a crescer em estatura e força.

Minerva (Palas Atena), a deusa da sabedoria, nasceu de Júpiter, sem ter tido mãe. Saiu da cabeça dele, completamente armada. Seu pássaro favorito era a coruja. A planta a ela dedicada era a oliveira. Byron, em *A peregrinação de Childe Harold*, assim se refere ao nascimento de Minerva:

> *Podem tiranos somente ser conquistados por tiranos?*
> *E pode a liberdade encontrar algum discípulo, algum vencedor*
> *Como Colúmbia viu soerguer a armada e imaculada Palas?*
> *Ou devem tais mentes ser nutridas na aridez*
> *Profunda de uma floresta desmatada, em meio ao brado*
> *Das cataratas, onde a Natureza sorridente amamenta um infante*
> *Washington?*
> *Será que a terra não possui mais tais sementes em seu seio,*
> *Nem a Europa em sua orla?*

Mercúrio (Hermes) era filho de Júpiter e de Maia. Era o deus do comércio, das lutas e outros exercícios olímpicos, e até mesmo do furto; enfim, tudo que demandasse habilidade e destreza. Era o mensageiro de Júpiter, e usava capacete e calçados alados. Trazia nas mãos um bastão entrelaçado com duas serpentes, denominado *caduceu*.

Atribuía-se a Mercúrio a invenção da lira.[3] Tendo um dia encontrado uma tartaruga, pegou seu casco, perfurou as extremidades opostas, passou cordas de linho através desses orifícios, e o instrumento estava completo. Possuía nove cordas, em homenagem às nove musas. Mercúrio deu a lira a Apolo, recebendo em troca o caduceu.

Ceres (Deméter) era filha de Saturno e Reia. Teve uma filha chamada Prosérpina (Perséfone), que mais tarde se tornou esposa de Plutão e rainha do reino dos mortos. Ceres era a deusa da agricultura.

Baco (Dioniso), deus do vinho, era filho de Júpiter e de Sêmele. Representava não apenas o poder embriagador do vinho, mas também suas influências benéficas na sociedade, de maneira que era considerado legislador, promotor da civilização e amante da paz.

As musas, deusas da música e da memória, eram filhas de Júpiter e Mnemósina (Memória). Eram nove, e a cada uma delas era destinado um ramo especial da Literatura, da Ciência e das Artes. Calíope era a musa da poesia épica; Clio, da história; Euterpe, da poesia lírica; Melpômene, da tragédia; Terpsícore, da dança e do canto; Érato, da poesia

---

[3] A partir dessa origem do instrumento, a palavra "concha" é muitas vezes usada como sinônimo de "lira" e figurativamente para a música e poesia. Assim Gray, em sua ode sobre o "progresso de poesia", diz: "O Soberano da alma disposta, pai doce e solene — respirando ares — encantadora concha! O cuidado sombrio e paixões frenéticas ouvir teu controle suave."

amorosa; Polímnia, da poesia sacra; Urânia, da astronomia; e Talia, da comédia.

As três Graças eram as deusas dos banquetes, das danças e todo tipo de entretenimento e arte.

Assim descreve Spencer as atividades das três Graças:

> *Ao homem, ofertam os dons graciosos*
> *Que enfeitam o corpo e ornamentam a mente,*
> *Para torná-lo belo e sedutor,*
> *Para dotá-lo de boas maneiras e nobreza,*
> *De imagem atraente e gestos elegantes.*
> *Enfim, da arte da civilidade.*

Também as Moiras eram três: Cloto, Láquesis e Átropos. Seu ofício consistia em tecer o fio do destino humano. Eram armadas com tesouras, com as quais tinham o poder de cortar esse fio quando bem quisessem. Eram filhas de Têmis (Lei), que se sentara ao lado de Júpiter, em seu trono, para dar-lhe conselhos.

As Erínias, ou Fúrias, eram três deusas que puniam secretamente, com ferroadas, os crimes daqueles que burlavam ou desafiavam a lei. A cabeça delas era coroada de serpentes. Tinham aspecto terrível e estarrecedor. Chamavam-se Alecto, Tisífone e Megera. Eram também conhecidas como as Eumênides.

Nêmesis era também deusa da vingança. Representava a ira legítima dos deuses, em particular para com os soberbos e insolentes.

Pã, cuja morada favorita era a Arcádia, era o deus dos rebanhos e dos pastores.

Os sátiros eram divindades dos bosques e dos campos. Acreditava-se que possuíam o corpo coberto de pelos consistentes, pequenos chifres na cabeça, e pés semelhantes a pés de cabra.

Momo era o deus do riso, e Plutão, o deus da riqueza.

DIVINDADES ROMANAS

As divindades citadas até agora são gregas, embora também aceitas pelos romanos. As que seguem são as divindades peculiares à mitologia romana:

Saturno era uma antiga divindade italiana. Já se tentou identificá-lo com o deus grego Crono, acreditando-se que, depois de destronado por Júpiter, teria fugido para a Itália, onde reinou durante a chamada *Idade de Ouro*. Em memória ao seu reinado benéfico celebravam-se, anualmente, durante o inverno, as festividades denominadas *saturnais*. Nessa ocasião, todos os negócios públicos eram suspensos, as declarações de guerra e as execuções de criminosos, adiadas, os amigos trocavam presentes entre si e concediam aos escravos uma espécie de liberdade momentânea. A eles era oferecida uma festa, na qual sentavam-se à mesa e eram servidos por seus próprios senhores, a fim de representar a igualdade entre os homens, pois no reinado de Saturno todos os bens naturais pertenciam a todos igualmente.

Fauno,[4] neto de Saturno, era adorado como deus dos campos e dos pastores, e também como um deus profético. O plural do seu nome, faunos, era empregado para denominar as divindades brincalhonas, semelhantes aos sátiros dos gregos.

Quirino era deus da guerra. Era identificado como Rômulo, o fundador de Roma, o qual foi exaltado depois de sua morte, sendo levado para um lugar entre os deuses.

Belona era a deusa da guerra.

Terminus era o deus das fronteiras. Sua estátua era representada simplesmente por uma pedra ou poste, fincados no chão para demarcar os limites territoriais.

Pales era a deusa do gado e das pastagens.

---

[4] Há também uma deusa chamada Fauna ou *Bona Dea*.

Pomona era a deusa das árvores frutíferas.

Flora, a deusa das flores.

Lucina, a deusa incumbida dos nascimentos.

Vesta (a Héstia dos gregos) era a divindade que presidia as piras públicas e particulares. Uma chama sagrada ardia permanentemente em seu templo, a qual ficava sob a guarda de seis sacerdotisas virgens, as vestais. Como se acreditava que a segurança da cidade estava diretamente relacionada à conservação dessa chama, qualquer negligência das vestais era punida severamente. Caso a chama se apagasse, deveria ser reacendida pelos raios de sol.

Líber era o nome latino de Baco; Mulcíber, o de Vulcano.

Jano era o porteiro do céu. Era ele o responsável pela abertura do ano, sendo o primeiro mês nomeado em sua honra. Era a divindade guardiã das passagens, começos e finais, e por isso mesmo é geralmente representado com duas caras, pois todas as portas se abrem para os dois lados. Seus templos em Roma eram numerosos. Em tempos de guerra os portões do templo principal permaneciam abertos; em tempos de paz, eram fechados. No entanto, só permaneceram fechados uma vez, entre o reinado de Numa Pompílio e o de Augusto.

Os penates eram os deuses responsáveis pelo bem-estar e prosperidade das famílias. Seu nome vem de Penus, a despensa, que a eles era consagrada. Cada chefe de família era o sacerdote dos penates de sua própria casa.

Os lares eram também deuses domésticos, mas diferiam dos penates por serem considerados espíritos de mortais divinizados. Os lares de uma família eram as almas dos antepassados a proteger os descendentes. As palavras *lêmure* e *larva* correspondiam aproximadamente ao que chamamos de *fantasma*.

Os romanos acreditavam que todo homem tinha o seu Gênio e toda mulher a sua Juno, isto é, um espírito que lhes dava a vida e que os protegia durante toda a existência. Nos dias de aniversário, os homens faziam oferendas ao seu Gênio e as mulheres, à sua Juno.

Assim se refere um poeta moderno a algumas dessas divindades romanas:

> *Pomona ama o pomar,*
> *E Líber ama a vinha,*
> *E Pales ama o estábulo, feito de palha e*
> *Aquecido pelo calor da respiração do gado.*
> *Vênus ama o sussurro*
> *Entre o jovem e a donzela apaixonada,*
> *Sob o luar de marfim de abril,*
> *Sob a sombra de um castanheiro.*

Macaulay, *Profecias de Cápis*

CAPÍTULO II

PROMETEU E PANDORA

A criação do mundo é uma questão que, de modo natural, desperta o mais vivo interesse do homem, seu habitante. Os pagãos da Antiguidade, desconhecendo a informação sobre o assunto que obtemos nas páginas da Escritura, tinham a sua própria forma de contar a história, apresentada como segue.

Antes que a terra, o mar e o céu tivessem sido criados, todas as coisas tinham um único aspecto, ao qual denominamos *Caos* — uma massa confusa e disforme, nada além de peso morto, na qual, entretanto, repousavam as sementes das coisas. Terra, mar, e ar misturavam-se na mesma substância; de modo que a terra não era sólida, o mar não era líquido, e o ar não era transparente. Deus e a Natureza finalmente se interpuseram, pondo um fim a essa discórdia, separando a terra do mar, e o céu de ambos. A parte abrasada, sendo a mais leve, espalhou-se e constituiu o firmamento; o ar foi o próximo em peso e localização. A terra, sendo mais pesada, desceu, e a água alojou-se no nível inferior, fazendo-a boiar.

Nesse ponto, algum deus — não se sabe qual — concedeu os seus bons ofícios a fim de organizar e dispor a terra. Ele escolheu os lugares em que ficariam os rios e as baías, elevou as montanhas, cavou os vales, distribuiu as florestas, as fontes, os campos férteis e as planícies rochosas. Quando o ar clareou, as estrelas começaram a aparecer, os peixes se apossaram do mar, os pássaros tomaram o ar, e as bestas de quatro patas dominaram a terra.

Entretanto um animal mais nobre era desejado, e o homem foi feito. Não se sabe se o criador o fez de materiais divinos ou se o constituiu na terra, que, havia tão pouco tempo, estava separada do céu, e ainda se escondiam por ali algumas sementes celestiais. Prometeu tomou um pouco dessa terra, e, modelando-a com água, fez o homem à imagem dos deuses. Deu a ele uma postura ereta, de tal modo que, enquanto os outros animais voltavam suas faces para baixo, olhando para a terra, o homem ergue o rosto para o céu, e divisa as estrelas.

Prometeu era um dos titãs, uma raça de gigantes que habitava a terra antes da criação do homem. Ele e seu irmão Epimeteu foram incumbidos de fazer o homem e de dotá-lo, bem como a todos os outros animais, das faculdades necessárias à sua preservação. Epimeteu comprometeu-se a fazê-lo, e Prometeu encarregou-se de supervisionar a conclusão do trabalho do irmão. Epimeteu distribuiu aos diferentes animais os vários dons de coragem, força, agilidade, sagacidade; asas a um, garras a outro, uma carapaça protetora ao terceiro, etc. Entretanto, Epimeteu foi tão generoso ao distribuir seus recursos que, quando chegou o momento de prover o homem com faculdades que o fizessem superior a todos os outros animais, nada mais havia sobrado para legar-lhe. Perplexo, recorreu ao irmão Prometeu, que, com o auxílio de Minerva, subiu ao céu e acendeu a sua tocha na carruagem do sol, e trouxe o fogo para o homem. Com esse dom o homem tornou-se muito mais capaz que os outros animais. O dom deu ao homem a possibilidade de criar armas com as quais pôde subjugar os outros animais, instrumentos para cultivar a terra, para aquecer sua morada, para que se emancipasse em relação às variações climáticas, e, finalmente, para criar a arte e cunhar moedas, os meios para realizar negócios e o comércio.

A mulher ainda não havia sido feita. A história (muito inverossímil!) é que Júpiter a fez e a enviou a Prometeu e a seu irmão, para puni-los pela presunção de roubar o fogo do céu; e ao homem por ter aceitado o presente. A primeira mulher chamava-se Pandora. Ela foi feita no céu, e cada deus contribuiu com algo para aperfeiçoá-la. Vênus deu-lhe a beleza, Mercúrio, a persuasão, Apolo, a música, etc. Assim equipada, foi conduzida à terra, e apresentada a Epimeteu, que alegremente a aceitou, embora fosse avisado por seu irmão para ter cuidado com Júpiter e seus presentes. Epimeteu tinha em sua casa uma caixa, na qual guardava certos artigos nocivos, aos quais ainda não tinha recorrido enquanto preparava o homem para a sua nova morada. Pandora foi tomada por uma impaciente curiosidade de conhecer o conteúdo dessa caixa e, certo dia, abriu a tampa para ver o que havia lá. Imediatamente, escaparam dali miríades de pragas sobre os homens — tais como a gota, o reumatismo e a cólica para o seu corpo, e a inveja, o despeito e a vingança para o seu espírito —, que se espalharam para longe e por toda parte. Pandora apressou-se em colocar a tampa de volta sobre a caixa, mas, infelizmente, o conteúdo inteiro já havia escapado, tendo apenas restado uma única coisa no fundo dela, a esperança. Então vemos hoje que, embora haja tantos males, a esperança jamais nos abandona; e, enquanto a tivermos, nenhuma soma de outras enfermidades pode nos fazer inteiramente infelizes.

Outra história diz que Pandora foi enviada em boa-fé, por Júpiter, para abençoar o homem; que havia recebido uma caixa, com os seus presentes de casamento, nos quais todos os deuses haviam inserido suas dádivas. Pandora abriu a caixa inadvertidamente e todas as dádivas escaparam, com exceção da esperança. Essa versão parece mais provável que a primeira; pois como poderia a esperança, que é tão preciosa quanto uma joia, ter sido mantida dentro de uma caixa cheia de todos os tipos de males, como na primeira hipótese?

O mundo, sendo então povoado, a primeira era foi de inocência e felicidade, conhecida como *Idade de Ouro*. A verdade e o direito prevaleciam, sem que fossem impostos por lei, nem havia nenhum magistrado para ameaçar ou punir. A madeira das florestas ainda não havia sido roubada para se fazer tábuas de construção ou cascos de embarcações, nem os homens haviam ainda construído fortificações em torno de suas cidades. Não havia nada parecido com espadas, lanças ou capacetes. A terra produzia todas as coisas necessárias ao homem, sem que ele tivesse de arar ou semear. Uma primavera perpétua vigorava, flores desabrochavam sem sementes, os rios fluíam com leite e vinho, e mel dourado era destilado dos carvalhos.

Então se sucedeu a *Idade de Prata*, inferior à Idade de Ouro, mas melhor que a de Cobre. Júpiter encurtou a primavera e dividiu o ano em estações. Foi a primeira vez que o homem teve de resistir aos extremos do calor e do frio, e as casas se tornaram necessárias. As cavernas foram as primeiras moradas, as coberturas foram feitas de folhas das florestas, e as cabanas foram tecidas de ramos. Surgiu a necessidade de plantar para colher. O agricultor passou a ser obrigado a arar e a semear a terra com o trabalho do boi.

Em seguida veio a *Idade de Bronze*, com uma têmpera mais agressiva, mais afeita ao uso das armas, embora ainda não fosse inteiramente má. A mais dura e a pior das idades foi a de *Ferro*. Uma torrente de crimes eclodiu; a modéstia, a verdade e a honra desapareceram. Em seu lugar vieram a fraude, a dissimulação, a violência e a ambição sem limites.

Então os marinheiros ergueram suas velas aos ventos, e as árvores foram tiradas das montanhas para servir de quilhas aos navios, que arranharam a face do oceano. A terra, que até agora tinha sido cultivada coletivamente, começou a ser dividida em propriedades. Os homens, não satisfeitos com aquilo que a superfície produzia, resolveram rasgar as entranhas da terra para tirar de lá os minérios e metais. O ferro nocivo e o ainda mais nocivo ouro foram produzidos. Estouraram as guerras utilizando-se de ambos como armas; o hóspede já não se sentia seguro na casa de seu amigo; e os genros e sogros, irmãos e irmãs, maridos e esposas não podiam mais confiar uns nos outros. Filhos desejavam que seus pais estivessem mortos, de modo que pudessem receber a herança; o amor familiar caiu prostrado. A terra estava molhada pelo sangue dos massacres, e os deuses a abandonaram, um por um, até restar apenas Astreia,[5] que finalmente partiu também.

Ao ver esse estado de coisas, Júpiter ardeu em fúria. Reuniu os deuses em conselho. Atendendo ao chamado, eles tomaram a estrada para o palácio no céu. A estrada, que qualquer um pode enxergar em noite clara, se estende através da face do céu, e é chamada de *Via Láctea*. Às margens da

---

[5] Deusa da inocência e da pureza. Após deixar a Terra, ganhou um lugar no céu entres as estrelas, onde tornou-se a constelação de Virgo — a Virgem. Têmis (Justiça) era a mãe de Astreia, representada como aquela que tem uma balança suspensa, na qual pesa os argumentos das partes que se opõem. Era o principal anseio dos poetas que essas deusas retornassem um dia àTerra, trazendo a Idade de Ouro. Até mesmo em um hino cristão, o *Messiah*, de Pope, esse anseio aparece:

Todos os crimes devem cessar, e a antiga fraude há de falhar,
Voltando, a Justiça ergue altiva a sua balança,
Paz sobre o mundo com o seu cetro de olivas oferece,
E a Inocência desce do céu envolta em seu manto branco.

Ver, também, o *Hino da Natividade*, de Milton.

estrada erguem-se palácios de deuses ilustres; a plebe celestial vive à parte, de ambos os lados da estrada. Júpiter dirigiu-se à assembleia, relatando as condições assombrosas das coisas na terra, e terminou revelando suas intenções de exterminar todos os seus habitantes e de criar uma nova raça diferente da primeira, uma raça que seria mais digna de viver e mais devota aos deuses. Assim dizendo, tomou um raio nas mãos e já estava prestes a lançá-lo para destruir o mundo pelo fogo, mas, lembrando-se do perigo que tal conflagração poderia representar caso o próprio céu se incendiasse, mudou os seus planos e resolveu inundar o planeta. O vento norte que espalha as nuvens foi seguro; o vento sul foi enviado, e logo cobriu a superfície do céu com um manto de negra escuridão. As nuvens, carregadas em bloco, ressoaram com grande estrondo; chuvas torrenciais caíram; as plantações foram arrasadas; o trabalho de um ano do agricultor pereceu em uma hora. Júpiter, não satisfeito com suas próprias águas, chamou o seu irmão Netuno para ajudá-lo. Este deixou que os rios se derramassem sobre a terra. Ao mesmo tempo, a sacudiu com um terremoto, e trouxe para os litorais o refluxo dos oceanos. Rebanhos, homens e casas foram varridos, e os templos com seus objetos sagrados foram profanados. Se algum edifício permaneceu de pé, foi encoberto pelas águas e suas torres se encontram ocultas sob as ondas. Agora tudo se tornou mar, mar sem litoral. Aqui e ali alguns indivíduos sobreviveram sobre o topo das montanhas, e alguns outros em barcos, puxando remos onde costumavam puxar o arado. Os peixes agora nadam entre as copas das árvores; a âncora está presa em um jardim. No lugar em que os graciosos carneirinhos brincavam, as focas desajeitadas fazem malabarismos. O lobo nada entre as ovelhas, os leões amarelos e os tigres se debatem na água. A força do javali não mais serve, nem a ligeireza do cervo. Com as asas exaustas, os pássaros caem dentro da água, sem encontrar terra em que possam descansar. Os seres vivos que a água poupara caem em decorrência da fome.

De todas as montanhas, apenas o Parnaso ultrapassa a altura das ondas; e ali Deucalião e sua esposa Pirra, da raça de Prometeu, encontraram refúgio — ele, um homem justo, e ela, uma fiel adoradora dos deuses. Júpiter, quando viu que ninguém havia sobrevivido além desse casal e recordando-se da inofensiva vida deles e de sua conduta piedosa, ordenou aos ventos do norte que levassem as nuvens para longe e revelassem os céus para a terra e a terra para os céus. Igualmente Netuno deu ordens a Tritão que soasse a sua concha, provocando o recuo das águas. As águas obedeceram, e o mar voltou aos seus limites, e os rios retornaram aos seus leitos. Então Deucalião assim dirigiu-se a Pirra: "Ó esposa, única mulher sobrevivente, unida a mim primeiro pelos laços de parentesco e do casamento, e agora pela experiência de um perigo comum, tivéssemos nós o poder de nosso ancestral, Prometeu, e renovaríamos a raça tal como ele fez a princípio! Mas, como não podemos, vamos àquele templo consultar os deuses sobre o que nos resta a fazer". Eles entraram no templo, deformado que estava, cheio de lodo, e se aproximaram do altar, no qual não ardia fogo algum. Ali caíram prostrados em terra e rogaram à deusa que lhes informasse o modo de reaver sua miserável vida. O oráculo respondeu: "Deixai o templo com a vossa cabeça coberta por um véu e com as vestes abertas, e lançai para trás de vós os ossos de vossa mãe". Eles ouviram essas palavras com assombro. Pirra quebrou o silêncio: "Não podemos obedecer; não ousamos profanar os restos de nossos pais". Eles procuraram um lugar seguro na floresta e ali refletiram sobre o que lhes dissera o oráculo. Mais tarde, Deucalião disse: "Ou a minha sagacidade me engana, ou devemos obedecer à ordem sem receio. A terra é a grande mãe de todos; as pedras são seus ossos; são essas que devemos lançar para trás; penso que esse é o significado do que nos disse o oráculo. Pelo menos não haverá dano em tentá-lo". Eles colocaram o véu sobre as faces, abriram as vestes, apanharam pedras e as jogaram atrás de si. As pedras (maravilhosamente) tornaram-se macias e assumiram formas, que, em diferentes graus, se assemelhavam à silhueta humana, como obras inacabadas nas mãos de um escultor. A umidade e o lodo, que estavam próximos, tornaram-se carne; as pedras tornaram-se ossos; os veios tornaram-se veias, mudando o seu uso e mantendo o nome semelhante. As pedras lançadas pelo homem deram origem a homens, e aquelas lançadas pela mulher tornaram-se mulheres. Era uma raça robusta, bem adaptada ao trabalho, tal como somos nós hoje, fato que denuncia claramente a nossa origem.

A comparação de Eva com Pandora é óbvia demais para ter escapado a Milton; ele a inseriu no livro IV de *Paraíso perdido*:

> *Mais amável que Pandora, a quem os deuses*
> *Dotaram com todos os seus dons; e, oh! semelhante também*
> *No infortúnio, quando para o insensato filho*
> *De Jafete, trazido por Hermes, ela fascinou*
> *A humanidade com sua beleza, ficando assim vingado*
> *O roubo do autêntico fogo de Jove.*

Prometeu e Epimeteu eram filhos de Jápeto, que Milton mudou para Jafete.

Prometeu tem sido um dos temas preferidos dos poetas. Ele é representado como o amigo da humanidade, aquele que por esta intercedeu quando Júpiter estava enfurecido contra os homens, aquele que também ensinou a civilização e as artes. Porém, ao fazê-lo, Prometeu transgrediu a vontade de Júpiter, atraindo para si a ira do governante dos deuses e dos homens. Júpiter ordenou que Prometeu fosse acorrentado a um rochedo do monte Cáucaso, onde um abutre comia seu fígado, que se regenerava assim que era devorado. Esse estado de tormenta seria suspenso no instante em que Pometeu se submetesse voluntariamente ao seu opressor; isso porque ele tinha a posse de um segredo que envolvia a estabilidade do trono de Júpiter, e, se estivesse disposto a revelá-lo, poderia ser finalmente favorecido. Mas Prometeu desdenhou dessa hipótese, e desde então se tornou o símbolo da resistência magnânima ao sofrimento imerecido, e da força de vontade que resiste à opressão.

Byron e Shelley trataram desse tema. Os versos seguintes pertencem a Byron:

Aos olhos imortais de Titã,
Os sofrimentos da mortalidade,
Vistos em sua realidade triste,
Pelos deuses não são desprezados;
Qual foi a recompensa de tua piedade?
Um sofrimento silencioso e intenso;
O rochedo, o abutre e a corrente;
Toda a dor que atinge os orgulhosos;
A agonia que eles não exibem;
O sufocante sofrimento da desgraça.

Teu divino crime foi ser bom;
Foi servir com teus preceitos menos
A soma das misérias humanas,
E fortalecer o homem com sua própria mente.
E, confundido como tu foste pelo Alto,
Ainda assim, na tua enérgica paciência,
Na resistência e na repulsão
De teu espírito impenetrável,
Que a terra e o céu não puderam abalar,
Uma poderosa lição herdamos nós.

Byron também emprega a mesma alusão em sua *Ode a Napoleão Bonaparte*:

> *Ou, como o ladrão do fogo do céu,*
> *Resistirás sem medo*
> *E compartilharás com o imortal*
> *O abutre e o rochedo?*

CAPÍTULO III

APOLO E DAFNE — PÍRAMO E TISBE — CÉFALO E PRÓCRIS

O lodo que cobriu a terra em virtude das águas do dilúvio promoveu uma fertilidade excessiva, que resultou na produção variada do que é bom e do que é ruim. Entre os seres, surgiu Píton, uma enorme serpente, que, sendo o terror dos povos, rastejou e se escondeu nas cavernas do monte Parnaso. Apolo matou-a com suas flechas — arma que ele só havia utilizado antes contra animais mais frágeis, lebres, bodes selvagens e outros semelhantes. Para celebrar essa conquista importante, instituiu os Jogos Píticos, nos quais os vencedores nas disputas de força, corrida a pé ou em bigas recebiam uma coroa de folhas de faia, pois os louros ainda não tinham sido adotados por Apolo como a sua vegetação predileta.

A famosa estátua de Apolo conhecida como *Belvedere* representa o deus após ter vencido a serpente Píton. Byron faz referência a esse fato no seu *A peregrinação de Childe Harold*:

> *O perfeito senhor do arco,*
> *O deus da vida, da poesia e da luz,*
> *O sol em forma de rosto e de corpo humano,*

Todo radiante no triunfo da batalha.
A flecha lançada ainda agora, brilhante seta,
Com vingança imortal; em seus olhos
E narinas, repletos de desdém, o poder
E a majestade acendem seus raios poderosos,
Naquele instante apresentando o perfil da Divindade.

APOLO E DAFNE

Dafne foi o primeiro amor de Apolo. E esse amor não surgiu por acidente, mas pela malícia de Cupido. Apolo viu o menino brincando com seu arco e suas flechas, e, envaidecido com a sua recente vitória sobre Píton, disse a ele: "O que fazes tu com armas de guerra, garoto atrevido? Deixa-as para as mãos que sejam dignas delas. Vê a vitória que com elas obtive sobre a grande serpente que estendeu o seu corpo venenoso sobre muitos acres da planície! Contenta-te com a tua tocha, criança, e inflama as tuas chamas, como dizes, e, contudo, não te intrometas com as minhas armas". O filho de Vênus ouviu essas palavras e respondeu: "Tuas setas podem atingir todas as outras coisas, Apolo, mas a minha há de atingir-te". Assim dizendo, ele se posicionou sobre uma rocha do monte Parnaso, e tirou de sua aljava duas flechas confeccionadas diferentemente: uma para despertar o amor, a outra para repeli-lo. A primeira era de ouro e tinha uma ponta afiada, a segunda tinha uma ponta arredondada de chumbo. Com a seta de chumbo atingiu a ninfa Dafne, a filha do rio-deus Peneu, e com a de ouro atingiu Apolo bem no coração. Logo, o deus foi tomado de amor pela donzela, enquanto esta se sentiu horrorizada com a ideia de amar. Sua satisfação estava nas caminhadas pela floresta e no resultado da caça. Muitos amantes a procuraram, mas ela a todos tratava com desdém, vagueando em meio à natureza, sem pensar em Cupido ou Himeneu. Seu pai sempre lhe dizia: "Filha, tu me deves um genro; tu me deves netos". Ela, odiando a possibilidade do casamento como se fosse um crime, com sua linda face rosada, lançava os braços em torno do pescoço do pai, e dizia: "Querido pai, permite que eu permaneça solteira para sempre, tal como Diana". O pai aceitou o pedido da filha, mas fez esta observação: "O teu próprio rosto impede que tua vontade se concretize".

Apolo amou-a, e por muito tempo procurou conquistá-la; e aquele que era o oráculo de todo o mundo não teve sabedoria suficiente para encontrar a própria felicidade. Vendo os cabelos de Dafne desgrenhados e caindo sobre os ombros, declarou: "Se são tão encantadores quanto desordenados, como seriam quando arranjados?". Ele mirou seus olhos tão brilhantes quanto as estrelas; viu os seus lábios, e não estava satisfeito em apenas os ver. Admirava as suas mãos e seus braços, nus até a altura dos ombros, e tudo o que não podia ver em seu corpo imaginou que seria ainda mais belo. Ele a seguiu; ela fugiu, mais rápida que o vento, e não teve paciência para com as súplicas de Apolo. "Fica", disse ele, "filha de Peneu; não sou um adversário. Não fujas de mim como o cordeiro foge do lobo, ou uma pomba, do falcão. É por amor que te persigo. Fazes que me sinta um miserável: movida pelo medo podes cair e te machucar nessas pedras, e eu terei sido a causa. Presa minha, corre menos, e eu hei de desacelerar também meu passo. Não sou um palhaço, não sou um rude aldeão. Júpiter é meu pai, e eu sou o senhor de Delfos e de Tenedos, e conheço todas as coisas, do presente e do futuro. Sou o deus da canção e da lira. Minhas flechas voam direto para o alvo; contudo, ai de mim! Uma seta mais letal que as minhas perfurou meu coração! Sou o deus da medicina, e conheço as virtudes de todas as plantas curativas. Ai de mim! Sofro de uma enfermidade que bálsamo algum pode curar!".

A ninfa prosseguiu em seu voo, sem ouvir toda a súplica de Apolo. E mesmo enquanto fugia, ela o encantava. O vento soprava sobre as suas vestes, e os cabelos escorriam soltos atrás dela. O deus impacientou-se ao sentir que seus galanteios eram desprezados, e, atiçado por Cupido, aproximou-se dela. Era como se um cão perseguisse uma lebre, com a boca aberta, pronto para atacar, enquanto o animal mais delicado avança, escapando na hora da mordida. Assim voavam o deus e a virgem — ele nas asas do amor, e ela nas do medo. Entretanto, o perseguidor é o mais ágil, e a alcança, sua respiração já faz mover os cabelos de Dafne. A força da moça diminui, e, prestes a sucumbir, chama pelo pai, o rio-deus: "Socorre-me, Peneu! Abre a terra para me envolver, ou muda esta minha forma que me pôs em perigo!". Mal havia proferido tais palavras, e todos os seus membros enrijeceram-se; o peito foi recoberto por uma casca macia; os cabelos tornaram-se folhas; os braços tornaram-se galhos; os pés fincaram-se no solo, como se fossem raízes, o rosto ficou como a copa de uma árvore, nada mantendo de sua aparência anterior, a não ser a beleza. Apolo ficou assombrado. Tocou o caule, e sentiu a carne que tremia sob a casca. Depois abraçou os galhos e beijou profusamente a madeira. Os ramos recuaram de seus lábios. "Agora que não podes mais ser a minha esposa, certamente serás a minha árvore. Usarei tua folhagem em minha coroa; decorarei contigo minha harpa e minha aljava; e, quando os grandes conquistadores romanos dirigirem-se ao Capitólio em paradas triunfais, estarás no tecido de suas grinaldas. E, tal como a juventude eterna me pertence, tu também hás de ser para sempre verde, e tuas folhas nunca secarão." A ninfa, agora transformada em um loureiro, inclinou a cabeça expressando sua gratidão.

O fato de ser Apolo o deus da música e da poesia não é estranho, mas é surpreendente que a medicina também faça companhia àquelas duas artes. O poeta Armstrong, que era médico, justifica o fenômeno:

> *A música exalta a alegria e acalma o coração,*
> *Expele as enfermidades e as dores alivia;*
> *Por isso se cultuava — na antiga sabedoria —*
> *Um único deus da medicina e da canção.*

A história de Apolo e Dafne é sempre lembrada pelos poetas. Waller compara-a ao caso daqueles cujos versos de amor, embora não abrandem o coração de suas amantes, granjeiam para si muita fama:

> *Ainda que ele cantasse em acordes imortais,*
> *Embora sem êxito, não cantaria em vão.*
> *Todos, exceto a ninfa perante quem seu erro era mister corrigir,*
> *Ouviram o seu amor e aprovaram a sua canção,*
> *Tal como Apolo, colhendo um prêmio não buscado,*
> *Ele quis abraçar o amor, mas seus braços encheram-se de louros.*

A estrofe seguinte, do poema *Adonai*, de Shelley, refere-se às primeiras brigas de Byron com seus críticos:

> *Os lobos na alcateia, ousados para perseguir;*
> *Os corvos obscenos, clamorosos sobre os mortos;*
> *Os abutres, verdadeiros estandartes dos conquistadores,*
> *Que se alimentam no local em que a desolação se alimentou primeiro,*
> *E cujas asas fazem chover epidemias: como fugiram,*
> *Quando ele, tal como Apolo, de seu arco dourado,*
> *Disparou a seta sobre a nova Píton*
> *E sorriu! Os saqueadores não tentaram uma segunda vez,*
> *E agora, enquanto partem, acariciam os poderosos pés que os repelem.*

PÍRAMO E TISBE

Píramo era o jovem mais belo, e Tisbe a mais bela donzela em toda a Babilônia, quando Semíramis reinava.

Seus pais moravam em casas contíguas; a vizinhança aproximou os dois jovens e o contato inicial transformou-se em amor. Eles queriam muito se casar, mas seus pais os proibiram. Havia algo, contudo, que eles não podiam proibir: que o amor brilhasse com o mesmo ardor no peito de ambos. Eles se comunicavam por meio de sinais e trocavam olhares, e o fogo desse amor ardeu tão intensamente que não havia mais como escondê-lo. Na parede que separava as duas casas existia uma fenda, criada por alguma falha na estrutura. Ninguém havia notado a fenda até então, mas os amantes a descobriram. O que o amor não descobrirá! Pela fenda podiam ouvir a voz um do outro; por ali trocavam mensagens ternas entre si. Quando se posicionavam, Píramo de um lado e Tisbe do outro, a respiração deles se misturava. "Parede cruel", disseram eles, "por que manténs dois amantes separados? Mas não seremos ingratos. Devemos a ti, confessamos, o privilégio de poder transmitir palavras de amor aos ouvidos sedentos um do outro". Essas foram as palavras que disseram cada um em seu lado; e quando a noite caiu se despediram e encostaram seus lábios na parede, ela no lado dela, ele no dele, pois não havia como se beijarem.

Na manhã seguinte, quando a aurora havia apagado as estrelas, e o sol havia derretido a geada sobre a relva, eles se encontraram no local combinado. Então, após lamentar a sua dura sina, concordaram que na noite seguinte, quando tudo estivesse em silêncio, fugiriam da família, deixando sua casa, e se encontrariam num conhecido monumento que ficava fora dos limites da cidade, o túmulo de Nino; e aquele que chegasse ali primeiro deveria esperar pelo outro ao pé de uma determinada árvore. Tratava-se de uma amoreira branca, próxima de uma fonte refrescante. Tudo estava combinado e eles aguardaram impacientemente até que o sol se pusesse atrás das águas e que a noite a partir delas se erguesse. Então, cuidadosamente, Tisbe saiu de sua casa sem ser notada pela família, tendo um véu sobre a cabeça; caminhou até o monumento e sentou-se sob a árvore. Enquanto ali estava sob a luz opaca da noite, avistou uma leoa que ainda tinha na boca pedaços de uma presa recente e se aproximava da fonte para matar a sede. Tisbe, então, saiu dali refugiando-se numa gruta. Enquanto fugia, deixou cair o seu véu. Depois de matar a sede, a leoa virou-se para retornar à mata, e, vendo o véu caído no solo, lançou-se sobre ele, rasgando-o com dentes ensanguentados.

Píramo, que se atrasara, aproximou-se do local combinado para o encontro. Viu as pegadas do felino na areia e empalideceu no mesmo instante. Em seguida encontrou o véu todo rasgado e cheio de sangue. "Ó donzela infeliz", disse ele, "fui eu a causa de tua morte! Tu, mais digna de viver do que eu, foste a primeira vítima. Seguir-te-ei. Fui o culpado, pois pedi que viesses a um lugar tão perigoso, e não estava aqui para te proteger. Ó leões, saí vós de entre as rochas, e rasgai este corpo culpado com os dentes". Ele recolheu o véu, carregou-o até a árvore escolhida para o encontro, e cobriu-o de beijos e derramou lágrimas sobre ele. "Meu sangue há de também manchar o teu tecido", disse, e, desembainhando a espada, feriu o próprio coração. O sangue jorrou da ferida e foi absorvido pela terra até chegar às raízes da árvore, de modo que o vermelho tingiu primeiro o caule e depois as próprias amoras.

A essa altura, Tisbe, que ainda tremia de medo, desejando não desapontar o amante, saiu cautelosamente, olhando ansiosa para encontrar o jovem e contar-lhe o perigo de que havia escapado. Quando chegou ao pé da árvore e viu a cor das

amoras, pensou que não fosse o mesmo lugar. Enquanto ainda hesitava, avistou o corpo do rapaz, que agonizava. Ela recuou, e um tremor atravessou-a tal como uma onda que atravessa a água quando sopra um vento repentino. Mas assim que reconheceu o amante, gritou e bateu em seu peito, abraçando o corpo trêmulo, derramando lágrimas sobre o ferimento do rapaz, e dando-lhe beijos nos lábios frios. "Ó Píramo", bradou, "quem te fez isso? Responde-me, Píramo; é a tua Tisbe quem fala. Ouve-me, querido, ergue essa tua cabeça inclinada!". Ao ouvir o nome de Tisbe, Píramo abriu os olhos, depois fechou-os novamente. Ela viu o seu véu ensanguentado e a bainha dele sem a espada. "Tua própria mão te abateu, e por minha causa", lamentou. "Eu também posso ser corajosa ao menos uma vez, e meu amor é tão forte quanto o teu. Seguir-te-ei na morte, pois fui eu o motivo da tua; e a morte que seria a única com o poder de nos separar não impedirá que eu me reúna a ti. E vós, infelizes pais de nós dois, não negueis nossos pedidos. Tendo o amor e a morte nos unido, deixai que uma mesma tumba nos contenha. E tu, árvore, conserva as marcas de nossa morte. Que as tuas amoras sejam o tributo de nosso sangue derramado." Assim dizendo, ela também feriu o próprio peito com a espada. Seus pais cumpriram os seus desejos, e também os deuses.
Os dois corpos foram sepultados juntos, na mesma sepultura, e os frutos da árvore até hoje são vermelhos.

Moore, em *Batalha da Sílfide*, citando a lâmpada de segurança de Davi, rememora a parede que separava Tisbe de seu amante:

> *Ó da lâmpada, gaze de metal*
> *Aquele véu de fio protetor,*
> *Com que Davi enrodilha o mal*
> *Do danoso fogo abrasador!*

Na parede que divide a chama e o ar,
Como a que separava Tisbe de seu bem,
Há uma brecha pela qual se veem,
Mas não podem se beijar.

Em *Os Lusíadas*, quando Camões descreve a Ilha dos Amores, há uma alusão à história de Píramo e de Tisbe e à metamorfose das amoras:[6]

Os dons que dá Pomona, ali Natura
Produze, diferentes nos sabores,
Sem ter necessidade de cultura,
Que sem ela se dão muito melhores;
As cerejas purpúreas na pintura;
As amoras que o nome têm de amores;
O pomo, que da pátria Pérsia veio,
Melhor tomado no terreno alheio.

Se quaisquer de nossos jovens leitores tiverem um coração tão duro a ponto de poder dar boas gargalhadas à custa do pobre Píramo e de Tisbe, poderão encontrar uma oportunidade de fazê-lo na leitura da peça *Sonho de uma noite de verão*, de Shakespeare, onde o assunto é tratado de modo burlesco.

CÉFALO E PRÓCRIS

Céfalo era um belo rapaz que amava os esportes viris. Levantava-se antes do amanhecer para perseguir a caça. Assim

---

[6] O autor na verdade se refere à versão inglesa de *Os Lusíadas*, por Mickle, bastante diferente do original camoniano. Em sua tradução, Mickle afirma que as amoras são vermelhas por estarem manchadas com o sangue dos amantes, enquanto Camões faz uma alusão bem mais sutil ao episódio. (N. T.)

que o viu pela primeira vez, Aurora se apaixonou por ele e o raptou. Mas Céfalo era recém-casado com uma linda esposa a quem devotava o coração. O nome da esposa era Prócris. Ela era favorita de Diana, a deusa da caça, que lhe havia dado um cachorro que corria mais do que qualquer outro, e um dardo que jamais se desviava do seu alvo; e Prócris deu esses presentes ao marido. Céfalo estava tão feliz com a esposa, que resistiu a todas as propostas de Aurora, e esta finalmente o despediu, amargurada, dizendo: "Vai, mortal ingrato, conserva a tua mulher a quem, se eu não estiver enganada, te arrependerás um dia de ter voltado a encontrar".

Céfalo retornou, e estava feliz como sempre com sua mulher e seus esportes na floresta. Então aconteceu que alguma divindade em momento de ira enviou uma raposa esfaimada para devastar a região; e os caçadores foram em grande número para capturá-la. Todos os seus esforços foram vãos; nenhum cachorro podia correr tanto quanto a raposa; e afinal eles recorreram a Céfalo, pedindo-lhe que emprestasse o seu famoso cachorro, cujo nome era Lélape. Logo que o cão foi solto, saiu em disparada como se fosse um dardo, mais veloz do que os olhos dos caçadores poderiam segui-lo. Se não vissem suas pegadas na areia pensariam que ele havia fugido. Céfalo e outros, do alto de uma montanha, assistiram à corrida. A raposa tentou todas as artimanhas; correu em círculos, com o cão bem próximo, tentando morder seus calcanhares, mas apenas abocanhando o ar. Céfalo estava prestes a utilizar o seu dardo, quando, repentinamente, viu ambos, o cão e a caça, pararem instantaneamente. Os poderes celestes que haviam criado ambos os animais não desejavam a vitória de nenhum deles. Em meio à sua vitalidade e ação, foram petrificados. E pareciam estátuas tão naturais e vivazes que aqueles que os observavam tinham a impressão de que uma iria latir, e a outra iria saltar.

Embora Céfalo tivesse perdido seu cão, continuou a deleitar-se com a caça. Ele saía todas as manhãs e andava pelas florestas desacompanhado, sem necessitar de ajuda, pois o seu dardo era uma arma eficaz em todos os casos. Quando se cansava de caçar e o sol estava a pino, ele procurava a sombra de um abrigo, no lugar em que havia um riacho, e, deitando-se sobre a relva, com suas vestes atiradas para o lado, aproveitava a brisa. Algumas vezes dizia em voz alta: "Vem, brisa suave, vem e refresca o meu peito, vem e mitiga o calor que me faz arder".

Um dia, alguém passando por perto ouviu-o conversar com o ar dessa maneira, e pensando que ele conversava com alguma donzela, foi contar o segredo a Prócris, a esposa de Céfalo. O amor é crédulo. Prócris, tomada de surpresa, desmaiou. Quando se recuperou, disse: "Não pode ser verdade; não crerei nessa história a não ser que a testemunhe pessoalmente". Então esperou, com o coração ansioso, até a manhã seguinte, quando Céfalo foi caçar como sempre fazia. Ela o seguiu sem que pudesse ser vista, e escondeu-se no lugar que o informante sugerira. Céfalo, cansado de caçar, procedeu como de costume e deitou-se sobre a relva, dizendo: "Vem, brisa suave, vem e me refresca; sabes como te amo! Fazes deliciosos o arvoredo e as minhas caminhadas solitárias". Continuava a falar desse modo quando ouviu, ou pensou ter ouvido, soluços vindos dos arbustos. Supondo tratar-se de um animal selvagem, lançou o seu dardo naquela direção. Um grito de sua amada Prócris foi o sinal de que a arma havia atingido o alvo. Céfalo correu para o local e a encontrou sangrando e desfalecendo, enquanto ainda tentava tirar do ferimento o dardo, o presente que ela mesmo havia dado. Céfalo a ergueu da terra, lutou para estancar o sangramento, e pediu a Prócris que revivesse e que não o abandonasse, sentindo-se miserável e com remorso pela sua morte. Ela abriu os olhos delicados, e esforçou-se para dizer estas poucas palavras: "Imploro-te que, se algum dia me amaste, se já alguma vez mereci a bondade de tuas mãos, meu marido, faças este meu último desejo: não te cases com essa odiosa Brisa!". Foi assim que o mistério se desfez; porém de que adiantava revelá-lo agora? Prócris morreu, mas a sua face estava revestida de uma expressão de tranquilidade, lançando para o marido um olhar de piedade e perdão, quando este, finalmente, fez que ela compreendesse a verdade.

Moore dedicou uma de suas *Baladas lendárias* a Céfalo e Prócris. O poema começa assim:

> *Num bosque, um caçador reclinou-se uma vez,*
> *Protegendo-se da luz do meio-dia.*
> *E de momento a momento pedia sobre a tez*
> *O sopro da brisa que, tímida, fugia.*
> *E no silêncio do bosque — que da abelha o zunido*
> *Podia-se escutar, e até o pulso de alguém —*
> *Ressoa a voz de Céfalo, seu canto preferido,*
> *E o eco que repete: "vem brisa, brisa vem!".*

CAPÍTULO IV

JUNO E SUAS RIVAIS, IO E CALISTO — DIANA E ACTÉON — LATONA E OS CAMPONESES

Certa vez, Juno percebeu que o dia escureceu de súbito, e imediatamente suspeitou que seu marido havia erguido uma nuvem para ocultar feitos que ele não queria expor à luz do dia. Ela removeu as nuvens e viu o marido nas margens de um rio cristalino, tendo ao seu lado uma bela novilha. Juno suspeitou que a forma de novilha era o disfarce de alguma formosa ninfa — e de fato era esse o caso; tratava-se de Io, a filha do rio-deus Ínaco, a quem Júpiter estava cortejando, e que ele havia transformado naquele animal assim que sentiu a aproximação da esposa.

Juno foi juntar-se ao marido, e olhando para a novilha elogiou a sua beleza e perguntou quem era ela e a que rebanho pertencia. Júpiter, para não ter de responder a muitas perguntas, respondeu que se tratava de uma criação recente da terra. Juno pediu-a de presente. O que Júpiter poderia fazer? Não desejava entregar a amante à esposa; e, contudo, como recusar um presente tão simples como uma novilha? Não poderia negar o pedido sem levantar suspeitas; então consentiu. A suspeita da deusa, porém, ainda não terminara; em razão disso entregou a novilha aos cuidados de Argos, para que este a observasse cuidadosamente.

Argos tinha cem olhos na cabeça, e jamais fechara mais de dois deles ao mesmo tempo para dormir, de modo que se manteve desperto, acompanhando-a incessantemente. Permitia que pastasse durante o dia e à noite amarrava-a com uma corda vil em torno do pescoço. Ela queria estender as mãos para Argos, suplicando-lhe liberdade, mas não possuía braços para estender, e sua voz era um mugido com o qual até mesmo ela se assustava. Avistou seu pai e suas irmãs, aproximou-se deles, permitiu que eles a acariciassem e ouviu-os falar de sua beleza admirável. Seu pai deu-lhe um feixe de relva, e ela lambeu a sua mão estendida. Desejava ser reconhecida pelo pai, e gostaria muito de expressar o seu desejo; mas, ai dela! Não mais possuía palavras. Finalmente teve a ideia de escrever com a pata o seu nome — que era curto — na areia. Ínaco reconheceu-a, e descobriu que a filha, por quem em vão havia procurado por longo tempo, estava oculta por trás desse disfarce. Chorou sobre ela, e abraçando seu pescoço branco exclamou: "Ai de mim! minha filha, teria sido menor tristeza tê-la perdido definitivamente!". Enquanto ele se lamentava, Argos, assistindo à cena, veio e levou-a embora, sentando-se no alto de um barranco de onde podia enxergar em todas as direções.

Júpiter ficou atormentado ao testemunhar os sofrimentos de sua amante; resolveu, então, dar ordens a Mercúrio para que se livrasse de Argos. Mercúrio apressou-se, calçou os chinelos alados, pôs o capacete, apanhou a sua vara que lhe dava o poder de fazer dormir, e saltou das torres celestiais para a terra. Ao descer, livrou-se das asas, mantendo consigo apenas a vara, com a qual se apresentou como um pastor que conduz o rebanho. Enquanto caminhava, tocava a sua flauta, que se chamava *flauta de Siringe* ou *flauta de Pã*. Argos ouviu deliciado, pois foi a primeira vez que teve contato com esse instrumento. "Jovem rapaz", exclamou, "vem e senta-te ao meu lado nesta rocha, não há melhor lugar para que o teu rebanho paste nestas cercanias, e aqui há uma sombra agradável para os pastores". Mercúrio sentou-se, conversou e contou histórias até que a noite caiu; então tocou em sua flauta as melodias mais suaves, na esperança de fazer dormir os olhos atentos de Argos, mas tudo em vão, pois alguns de seus olhos sempre permaneciam abertos.

Entre outras histórias, Mercúrio narrou-lhe de que modo aquele instrumento tinha sido inventado: "Havia uma certa ninfa, cujo nome era Siringe, que era muito amada pelos sátiros e pelos espíritos da floresta. Entretanto, ela não pertencia a nenhum deles, permanecendo fiel cultuadora de Diana e devotada à caça. Julgarias ser a própria Diana se a visses com suas roupas de caça, com a única diferença que o arco dela era feito de chifre, enquanto o da deusa era feito de prata. Um dia, quando retornava da caçada, Pã a encontrou, e disse-lhe o quanto era parecida com a deusa e fez-lhe outros elogios semelhantes. Ela fugiu, sem parar para escutar os elogios de Pã, que por sua vez perseguiu-a até as margens de um rio, onde a agarrou. Siringe teve apenas o tempo para gritar por socorro às suas amigas, as ninfas da água. Estas ouviram o grito e vieram ao seu auxílio. Pã procurou abraçar aquilo que ele julgou ser o corpo da ninfa, mas percebeu que não passava de um feixe de junco! Quando soltou um suspiro, o ar atravessou os juncos produzindo uma melodia melancólica. O deus, encantado com a novidade e a doçura da música, afirmou, 'Assim, então, ao menos serás minha'. Levou com ele alguns dos juncos, e unindo-os lado a lado, com seus comprimentos diversos, fez um instrumento ao qual denominou *Siringe*, em honra à ninfa". Antes que houvesse terminado de contar a sua história, Mercúrio reparou que todos os olhos de Argos estavam fechados, e, assim que este inclinou a cabeça na direção do peito, Mercúrio, com um único golpe, decepou-lhe o pescoço e lançou a cabeça rochedo abaixo. Oh! pobre Argos! As luzes dos teus cem olhos apagadas de uma só vez! Juno tomou-os e colocou-os como ornamentos na cauda de seu pavão, local em que permanecem até hoje.

Mas a vingança de Juno não estava ainda concluída. Enviou um mosquedo para atormentar Io, que teve de fugir pelo mundo inteiro de sua perseguição. Io atravessou a nado um mar cujo nome passou a ser mar Jônico (ou Iônico), depois cruzou as planícies da Ilíria, galgou o monte Hemoe, atravessou o estreito da Trácia, que passou a se chamar Bósforo (o rio da Vaca); vagueou pela Cítia e pelo país dos cimérios, chegando às margens do Nilo. Finalmente Júpiter intercedeu por ela, e, com a condição de que ele não mais lhe faria a corte, Juno permitiu que as formas originais da ninfa fossem restauradas. Foi curioso assistir à metamorfose de sua aparência. Os pelos ásperos caíram, os chifres encolheram, os olhos se estreitaram, sua boca reduziu de tamanho; mãos e dedos substituíram os cascos das patas; logo nada havia nela dos traços da novilha, exceto a sua beleza. Inicialmente ela teve medo de falar, pois receava que só saísse um mugido, mas gradualmente recobrou a confiança e foi novamente viver com o pai e as irmãs.

Em um poema que Keats dedicou a Leigh Hunt, há uma alusão à história de Pã e Siringe:

> *Para que pudéssemos ver, de mata, um oceano.*
> ....
> *Narrando-nos o modo como, horrorizada,*
> *A bela Siringe fugiu de Pã, o arcadiano,*
> *Pobre ninfa — pobre Pã — como ele chorou*
> *Para obter nada além de um brando vento*
> *No arroio, quando as hastes de junco abraçou,*
> *Cheio de solitude, e de um doce sofrimento.*

CALISTO

Calisto foi outra donzela que excitou o ciúme de Juno, e a deusa transformou-a numa ursa. "Removerei de ti", disse irada, "aquela beleza com a qual tu cativaste meu marido". Calisto caiu de joelhos, tentou estender as mãos numa súplica — elas já estavam sendo recobertas por pelos escuros. Suas mãos arredondaram-se, tornaram-se garras retorcidas; sua boca, que Júpiter costumava elogiar, transformou-se num horrível par de mandíbulas; o som de sua voz, que tinha o dom de apiedar os corações, passou a ser um rosnado, mais adequado para inspirar terror. E contudo sua disposição antiga permaneceu, e, sem parar de gemer, amaldiçoou sua sina, erguendo-se tão ereta quando podia, levantando as patas para pedir clemência, e sentiu que Júpiter era mau, embora não pudesse dizer-lhe isso. Ah! quantas vezes, com medo de passar a noite nas florestas, sozinha, vagava pela vizinhança de sua antiga residência; quantas vezes, com medo dos cães, ela, que até pouco antes havia sido uma caçadora, fugia aterrorizada com a aproximação dos caçadores! Frequentemente escapava das feras selvagens, esquecendo-se de que agora ela mesma era uma fera, e, urso que era, temia os ursos.

Um dia um jovem observou-a quando estava caçando. Ela o viu e reconheceu que se tratava de seu próprio filho, agora crescido, feito homem. Parou e sentiu-se inclinada a abraçá-lo. Quando já estava bem próximo, o jovem, alarmado, ergueu a lança de caça, e estava pronto para trespassá-la, quando Júpiter, observando a cena, impediu o crime e enviou ambos para o céu, onde se tornaram as constelações da Ursa Maior e da Ursa Menor.

Juno enfureceu-se quando soube que sua rival tinha merecido tal honra, e apelou para as antigas potências do mar, Tétis e Oceano. Respondendo às inquirições de ambos, assim explicou o motivo de sua visita: "Vós perguntais por que eu, a rainha dos deuses, deixei as planícies dos céus para procurar-vos nestas profundezas? Sabei que fui suplantada no céu — meu lugar foi concedido a outra. Vós dificilmente crereis em mim; contudo atentai para o céu quando a noite escurece o mundo, e vereis os dois, dos quais tantas razões tenho para me queixar, exaltados nos céus, naquele ponto em que o círculo é o menor, nas vizinhanças do polo celeste. Por que alguém iria tremer doravante sempre que pensasse na possibilidade de ofender Juno, quando tais recompensas são a consequência de minha insatisfação? Vede o que fui capaz de realizar! Proibi-a de usar uma aparência humana — e contudo ela está situada entre as estrelas! Esse é o resultado de minha punição — essa é a extensão de meus poderes! Melhor seria que ela tivesse reassumido as suas formas originais, tal como o que permiti que ocorresse com Io. Talvez Júpiter queira casar-se com ela e dispensar-me! Mas vós, meus pais adotivos, se gostais de mim e se estais insatisfeitos com o tratamento que me tem sido dado, mostrai-o, peço-vos que assim procedais, que proibi esse casal culpado de chegar até as vossas águas". As potências do mar concordaram, e, em consequência, as duas constelações, Ursa Maior e Ursa Menor, movimentam-se em círculo no céu, sem jamais descer por trás dos oceanos.

Milton alude ao fato de a constelação nunca se esconder, nestes versos:

> *Deixai a minha lâmpada da meia-noite,*
> *Ser vista no alto de alguma torre alta,*
> *De onde eu possa sempre ver a Ursa...*

E Prometeu, no poema de J. R. Lowell, diz:

> *Uma a uma as estrelas se postam no céu,*
> *Belas, refletidas nas cadeias que aturo;*
> *E a Ursa, que, à noite, gira num carrossel*
> *Sobre a Estrela do Norte a se encolher lá fora*
> *Com medo da alegria que anuncia a aurora.*

A última estrela na lenda da Ursa Menor é a Estrela Polar, conhecida também como *Cinosura*. Sobre ela diz Milton:

> *Novos prazeres com que meus olhos orno,*
> *Enquanto a paisagem se derrama em torno.*
> ....
> *Em torres e ameias de vistosa grandeza*
> *E em altas árvores, ocultas na altura,*
> *Onde haja talvez a recôndita beleza*
> *Dos olhares vizinhos de Cinosura.*

A referência aqui é tanto à Estrela Polar, na condição de guia dos marinheiros, quanto à atração magnética do norte. Milton também a chama de *Estrela da Arcádia*, porque o filho de Calisto se chamava Arcas, e ambos moravam em Arcádia. Em *Comus*, o irmão surpreendido pela noite nas florestas afirma:

> *... Alguma luz suave!*
> *Embora de uma vela agitada, pela janela*
> *De uma casa de barro, nos visita*
> *Junto de tua luz poderosa e regular*
> *Que até parece a nossa Estrela da Arcádia,*
> *Ou a Tíria Cinosura.*

DIANA E ACTÉON

Assim, testemunhamos, em duas ocasiões, a severidade de Juno para com suas rivais; agora vejamos como uma deusa virgem puniu um invasor de sua privacidade.

Era meio-dia, e o sol estava à mesma distância do seu nascimento e ocaso, quando o jovem Actéon, filho do rei Cadmo, assim se dirigiu aos jovens com quem caçava cervos nas montanhas:

"Amigos, nossas armas e nossas redes estão manchadas com o sangue de nossas vítimas; já caçamos, hoje, o suficiente, e amanhã podemos renovar os nossos esforços. Agora, enquanto Febo drena a terra, coloquemos nossas ferramentas de lado e entreguemo-nos ao descanso".

Havia um vale densamente rodeado de ciprestes e de pinheiros, consagrado à rainha caçadora, Diana. Na extremidade do vale havia uma gruta, que, embora não tivesse sido adornada por artistas, a própria natureza havia dotado de arte no processo de sua formação, pois, delicadamente incrustadas no arco de sua abóbada, pendiam belas pedras, um trabalho digno das mãos do homem. Uma fonte jorrava de um de seus lados, e água caía numa bacia aberta, circundada por uma orla verdejante. Quando exaustas de tanto caçar, as deusas da floresta costumavam visitar essa gruta para ali banhar o corpo virgem na água espumosa. Um dia, entrando naquele lugar com suas ninfas, Diana entregou a uma delas o seu dardo, sua aljava e seu arco, e a outra entregou seu manto, enquanto uma terceira desatava as suas sandálias. Então, Crócale, a mais habilidosa entre todas, arrumou os cabelos da deusa, e Néfele, Híale, e as demais traziam água em grandes vasos. Enquanto a deusa estava assim ocupada com suas abluções, Actéon, tendo-se separado de seus companheiros, e vagando sem um objetivo definido, veio dar no mesmo lugar, levado ali pelo destino. Quando apareceu na entrada da gruta, as ninfas, percebendo que se tratava de um homem, gritaram e correram para junto da deusa, tentando escondê-la por trás do próprio corpo. Mas a deusa era mais alta que as ninfas e assim não foi possível ocultar seu corpo inteiro. O rosto de Diana, tomada de surpresa, corou-se com as mesmas tonalidades exibidas no pôr do sol ou na alvorada. Cercada, como estava, pelas ninfas, virou-se parcialmente movida por um impulso repentino de apanhar as suas flechas. Mas como estas não estavam ao alcance, ela apenas jogou um pouco de água no rosto do intruso, exclamando: "Agora vai e conta, se puderes, que viste Diana desnuda". Imediatamente, um par de chifres de cervos cresceu sobre a cabeça de Actéon, o pescoço encompridou-se, as orelhas cresceram e tornaram-se pontudas, as mãos tornaram-se cascos, os braços tornaram-se patas, o corpo foi coberto por pelos manchados. O medo substituiu a coragem, e o herói fugiu. Embora se tenha admirado com sua própria velocidade, quando viu seus chifres no espelho da água quis lamentar-se, e teria dito "Ah, pobre de mim!" se sua voz não tivesse falhado. Em vez disso gemeu, e lágrimas escorreram do rosto que havia substituído o seu. Contudo, manteve sua disposição anterior. O que faria? — ir para casa, à procura de seu palácio, ou permanecer escondido na mata? Sentia medo da última opção e vergonha da primeira. Enquanto hesitava, os cães de caça o avistaram. Primeiro Melampus, um cão espartano, deu o sinal ao latir, depois Panfagu, Dorceu, Lelpas, Teron, Nape, Tigre e todos os demais dispararam atrás dele, mais ágeis que o vento. Sobre rochas e abismos, através de desfiladeiros que pareciam impenetráveis, ele correu e os cães o seguiram. Em lugares em que ele havia perseguido o cervo, açulando seus cães, agora os cães o perseguiam, açulados por caçadores. Queria gritar "Sou Actéon, reconhecei o vosso mestre!", mas as palavras não obedeciam à sua vontade. Em vez disso, o ar se enchia com o latido dos cães. Até que um deles atracou-se às suas costas, outro abocanhou um de seus ombros. Enquanto eles seguravam seu mestre, o restante da matilha veio e enterrou os dentes na carne de Actéon. Este gemeu — não com voz humana, mas também não era, certamente, o som produzido por um cervo, e caindo de joelhos ergueu os olhos, e teria erguido os braços em súplica, se ainda os possuísse. Seus amigos e companheiros de caça açularam os cães, e em todas as direções procuraram Actéon para que se unisse a eles naquele momento de diversão. Quando ouviu seu nome, virou a cabeça e pôde ouvi-los lamentar o fato de que Actéon se encontrava distante. Quisera fosse essa a verdade! Ele se sentiria muito feliz em ver a façanha de seus cães, mas sentir os seus dentes era demais. Todos estavam em torno dele, mordendo e rasgando a sua carne; e só quando finalmente o mataram a ira de Diana foi saciada.

No poema *Adonai*, de Shelley, há uma alusão à história de Actéon na estrofe 31:

> *Em meio a outros menos notáveis,*
> *Surgiu uma forma quebradiça,*
> *Um fantasma entre os homens: solitário,*
> *Como a nuvem derradeira no fim da tempestade,*
> *Cujo trovão é o dobre fúnebre; ele, tal como imagino,*
> *Contemplou a beleza nua da Natureza*
> *Como Actéon, e agora fugia sem rumo,*
> *Com passos débeis, através dos desertos;*
> *E seu próprio pensamento é o cão que devora*
> *Seu dono e sua presa, pelo mundo afora.*

Essa alusão é, provavelmente, ao próprio Shelley.

LATONA E OS CAMPONESES

Alguns acreditam que a deusa foi, nesse caso, mais severa do que justa, enquanto outros louvam a sua conduta, por achá-la coerente com a sua dignidade virginal. Como sempre, o evento recente traz outros mais antigos à tona, e um dos que tomaram conhecimento do episódio contou esta outra história: "Alguns camponeses da Lícia insultaram, certa vez, a deusa Latona, mas não ficaram impunes. Quando eu era jovem, meu pai, que havia envelhecido demais em virtude de trabalhos pesados, pediu-me que conduzisse um rebanho bovino de boa qualidade até a Lícia, e vi com meus próprios olhos o lago e os pântanos onde essas maravilhas ocorreram. Próximo dali havia um altar antigo, escurecido pela ação da fumaça dos sacrifícios e quase escondido entre os juncos. Quis saber quais deuses eram cultuados naquele altar, se seriam os faunos ou as náiades, ou ainda algum deus das montanhas vizinhas, e um dos aldeões respondeu: 'Nenhum deus de montanha ou de rio possui esse altar, e sim aquela que o ciúme de Juno expulsou de terra em terra, sem lhe deixar um único recanto em que pudesse educar os seus filhos gêmeos'. Suportando em seus braços duas crianças divinas, Latona chegou a esta terra exausta e sedenta. Por sorte, avistou nos baixios do vale este lago de águas claras, onde os camponeses trabalhavam na colheita do junco e do vime. A deusa aproximou-se, ajoelhou-se nas margens e teria saciado a sede no riacho de águas frescas, mas os aldeões proibiram. 'Por que me negais água?', interrogou ela. 'A água é de todos. A Natureza não permite que ninguém reclame a propriedade do brilho do sol, do ar, ou da água. Eu venho aqui receber a minha parte da dádiva compartilhada. E contudo tenho de pedi-la como um favor. Não tenho a intenção de me banhar nestas águas, embora esteja exausta; quero apenas saciar a minha sede. Minha boca está tão seca que mal posso falar. Um simples gole de água seria para mim como um néctar; a água me reavivaria e eu ficaria em débito convosco pelo resto de minha vida. Possam estas crianças tocar o vosso coração, pois estendem os bracinhos pedindo por ajuda.' E, de fato, as crianças estendiam os braços naquele instante. Quem não se comoveria com essas palavras gentis da deusa? Mas o coração daqueles camponeses não foi tocado; e ainda acrescentaram insultos e ameaças de violência contra ela caso não partisse. E foram além. Entraram no lago e começaram a mover a lama com os pés de modo que a água não pudesse mais ser bebida. Latona ficou tão possessa que se esqueceu da sede. Não mais suplicou aos rudes homens, mas erguendo as mãos aos céus exclamou: 'Que eles jamais saiam desse lago, que passem o resto da vida dentro dele!'. E assim ocorreu. Agora eles vivem dentro da água, às vezes submersos, erguendo a cabeça na superfície e nadando. Algumas vezes saem nas margens, mas logo saltam novamente para a água. Continuam a usar sua voz egoísta para insultar, e embora tenham a água somente para si, não se envergonham de coaxar dentro do lago. Sua voz é áspera, a garganta é intumescida, a boca alargou-se de tanto coaxar, o pescoço encurtou e desapareceu, e a cabeça uniu-se ao corpo. Suas costas são verdes, a barriga desproporcional é branca, e, em resumo, eles são agora sapos, e vivem no lago lodoso".

Essa história explica a passagem de um soneto de Milton, intitulado *Sobre as calúnias que se seguiram à redação de certos tratados*:

> *Ordenei à velhice que não me contivesse,*
> *Pelas conhecidas leis da antiga liberdade,*
> *Quando um ruído bárbaro me envolveu,*
> *De corujas, cucos, asnos, macacos e cães,*
> *Os mesmos de quando os vilões tornaram-se rãs,*

E escarneceram dos filhos gêmeos de Latona,
Recebendo, depois, o sol e a lua por imposto.

A perseguição que Latona sofreu por iniciativa de Juno também é citada na história. A tradição era a de que a futura mãe de Apolo e Diana, fugindo da ira de Juno, andou por todas as ilhas do Egeu para encontrar um local em que pudesse descansar, mas todos temiam demais a poderosa rainha dos céus, para ajudar a sua rival. Somente Delos permitiu que Latona desse à luz as futuras divindades. Delos era, então, uma ilha flutuante, mas, quando Latona chegou ali, Júpiter ancorou-a no fundo do mar, com correntes de diamante, de modo que se tornasse um lugar seguro para o descanso de sua amada. Byron cita Delos em seu *Don Juan*:

As ilhas do Egeu! As ilhas do Egeu!
Onde Safo, a fogosa, amou e cantou,
Onde Febo surgiu e Delos se ergueu!
Onde a arte da guerra na paz se firmou.

CAPÍTULO V

FAETONTE

Faetonte era filho de Apolo e da ninfa Clímene. Um dia, um companheiro de escola escarneceu da ideia de que ele seria o filho de um deus. Irritado e envergonhado, Faetonte contou o ocorrido à sua mãe: "Se tenho realmente origem divina, dá-me uma evidência para que tal honra fique estabelecida". Clímene estendeu os braços para os céus, e disse: "Convoco o testemunho do Sol, que nos observa do alto, de que contei-te a verdade. Se houver falsidade no que afirmo, que esta seja a última vez que vejo a sua luz. Mas não será difícil que tu mesmo verifiques o assunto. A terra em que o Sol se ergue é contígua à nossa. Vai e pergunta se ele te reconhece como filho". Faetonte ouviu maravilhado. Viajou para a Índia, que está situada diretamente onde o Sol se levanta; e cheio de esperança e orgulho, aproximou-se do lugar em que seu pai inicia a jornada diária.

O palácio do Sol sustentava-se sobre colunas, revestido de ouro e pedras brilhantes, enquanto os tetos eram feitos de marfim polido e as portas, de prata. O acabamento da obra era ainda mais valioso que a matéria-prima utilizada,[7] pois as paredes tinham sido ornadas por Vulcano com representações da terra, do mar e dos céus, com seus habitantes. No mar estavam as ninfas, algumas brincando sobre as ondas, outras montadas no dorso de peixes, enquanto outras ainda se sentavam nas rochas para secar os cabelos verdes como o mar. Suas faces não eram iguais, e contudo não eram tão distintas entre si, pois eram irmãs.[8] A terra aparecia com as suas cidades, florestas, rios e divindades rústicas. Sobre o mar e as terras estavam registradas as belezas do céu glorioso; e sobre as portas de prata os doze signos do zodíaco, seis de cada lado.

O filho de Clímene subiu a íngreme encosta e adentrou os salões do palácio daquele que, para alguns, não seria seu pai. Aproximou-se da presença paterna, mas parou a certa distância, porque a luz era mais forte do que poderia suportar. Febo, vestido de púrpura, sentava-se em um trono que brilhava tanto quanto diamantes. À sua direita e à sua esquerda estavam o Dia, o Mês e o Ano, e, a intervalos regulares, as Horas. A Primavera tinha a cabeça coroada de flores, o Verão estava quase nu, tendo apenas uma grinalda feita de espigas de cereais maduros, o Outono tinha os pés manchados com suco de uva, e o gelado Inverno tinha o cabelo endurecido pela geada branca. Cercado de todas essas testemunhas, o Sol, com seus olhos que tudo veem, perguntou ao jovem, que estava embevecido com o esplendor de todas aquelas novidades, qual era o propósito de sua jornada até ali. O jovem respondeu: "Ó luz do mundo ilimitado, Febo, meu pai — se permitires que assim te chame —, dá-me alguma evidência, eu suplico, pela qual eu possa ser reconhecido como teu filho". O pai, colocando de lado os raios que brilhavam por todos os lados de sua cabeça,

---

[7] Vide expressões proverbiais (I). (N. A.)
[8] Vide expressões proverbiais (II). (N. A.)

pediu ao filho que se aproximasse, e abraçando-o, disse: "Meu filho, não mereces ser desconhecido, e confirmo tudo o que tua mãe já te contou. Para terminar de vez com tuas dúvidas, pede o que quiseres, a dádiva será tua. Terei por testemunha aquele lago horrendo, que nunca vi, mas sobre o qual nós deuses juramos em nossos eventos mais solenes". Imediatamente, Faetonte pediu ao pai que permitisse a ele dirigir ao longo de um dia a carruagem do Sol. Febo arrependeu-se de sua promessa; três ou quatro vezes ele sacudiu a cabeça, como aviso. "Falei irrefletidamente", disse, "esse é o único pedido a que eu hesito em atender. Peço-te que desistas de fazê-lo, pois não será seguro para ti, em razão de tua pouca idade e forças limitadas. És um mortal e o que me pedes está além dos poderes de qualquer mortal. Em tua ignorância aspiras realizar aquilo que até mesmo os deuses não poderiam completar. Sou o único habilitado a dirigir a carruagem chamejante do dia. Nem mesmo Júpiter, de cujo terrífico braço direito são lançados os raios, pode fazê-lo. A primeira parte da jornada é tão íngreme que os cavalos, apesar de descansados pela manhã, têm grande dificuldade de escalar; no meio do percurso estão os céus, de onde eu mesmo mal posso olhar para baixo sem me alarmar, vendo tão distantes lá embaixo a terra e o mar. A última parte da estrada é uma ladeira abrupta, e descê-la requer grande habilidade do condutor. Tétis, que me espera e me recebe, sempre treme, com medo de que eu venha a cair. Além disso, o céu está sempre girando e levando as estrelas consigo. Tenho de estar perpetuamente atento para não ser arrastado por esse movimento. Se te emprestar a carruagem, o que hás de fazer? Poderias manter a tua rota enquanto a terra gira embaixo de ti? Talvez creias que haja florestas, cidades, moradas de deuses e palácios no caminho. Ao contrário, a estrada passa por entre monstros aterradores: entre os chifres do Touro, em frente ao Arqueiro, próximo à boca do Leão, e ao alcance das garras do Escorpião, de um lado, e do Caranguejo, do outro. Também não acharás fácil dirigir aqueles cavalos ardentes, que soltam fogo pela boca e pelas narinas. Eu mesmo mal posso dirigi-los quando estão ariscos e resistem ao comando das rédeas. Muito cuidado, meu filho, para que eu não seja o doador de um presente fatal; revê o teu pedido enquanto ainda há tempo. Pedes-me uma prova de que foste gerado do meu sangue? Dou-te uma quando demonstro os receios que tenho por tua sorte. Olha nos meus olhos — gostaria que pudesses ver a ansiedade que vai dentro de meu coração. Finalmente", continuou, "olha em torno da terra e escolhe aquilo que ela tenha de mais precioso — pede-me o que quiseres e não temas nenhuma recusa. Rezo apenas para que não queiras isso. Não é a honra, mas a destruição que procuras. Por que ainda me abraças e me imploras? Hás de tê-lo se persistires — o juramento foi feito e precisa ser mantido —, contudo peço-te que escolhas mais sabiamente".

Assim falou, mas o jovem não considerou as suas admoestações e manteve o pedido. Então Febo, após resistir o quanto pôde, seguiu para o lugar em que se encontrava a altiva carruagem.

Era de ouro, um presente de Vulcano; o eixo era de ouro, as extremidades e as rodas eram de ouro, mas o aro era de prata. Ao longo do assento estavam filas de crisólitas e diamantes que refletiam o brilho do Sol por todos os lados. Enquanto o jovem ousado olhava, surpreendido e admirado, a Alvorada escancarou os portais purpúreos do leste e mostrou o caminho repleto de rosas. As estrelas se retiraram, orientadas pela Estrela da Manhã, que ao final também se retirou. Quando o pai avistou o primeiro brilho da terra e viu que a Lua se preparava para partir, ordenou às Horas que preparassem os cavalos. Elas obedeceram e foram até as elevadas baias, onde alimentaram os corcéis com ambrosia e colocaram as rédeas.

Então o pai banhou o rosto de seu filho com um poderoso unguento, fazendo-o assim capaz de suportar o brilho das chamas. Colocou os raios em torno da cabeça do rapaz, e, com um sinal de mau presságio, pediu: "Se, meu filho, puderes ouvir ao menos estes meus conselhos: não uses o chicote e segura as rédeas com firmeza. Por sua própria vontade, os cavalos já correm o bastante; teu trabalho será contê-los. Não sigas o caminho direto entre os cinco círculos, mas retorna à esquerda. Não saias do limite da zona central, e evita tanto o norte quanto o sul. Verás as marcas das rodas e elas serão úteis para guiar-te. E para que o céu e a terra recebam iguais porções de calor, não andes tão alto que possas queimar as moradas celestes, nem tão baixo que venhas a incendiar a terra; o caminho do meio é o mais seguro e o melhor.[9] E agora te entrego à tua sorte, e que ela planeje melhor por ti do que tu mesmo o fizeste. A noite já atravessa os portais do ocidente e não podemos mais nos atrasar. Toma as rédeas; mas, se afinal sentires medo, e se resolveres ouvir meus conselhos, fica onde estás agora, a salvo, e deixa-me iluminar e aquecer a Terra". O ágil rapaz pulou para a carruagem, ergueu-se e segurou com prazer as rédeas, derramando agradecimentos ao relutante pai.

Enquanto isso, os cavalos enchiam o ar com seus relinchos e sua respiração ardente, e batiam as patas no chão impacientemente. As barras foram removidas, e as planícies ilimitadas do universo se abriram diante deles. Eles arrancaram, rasgando as nuvens que estavam adiante, e ultrapassaram as brisas matinais que saíram do mesmo ponto no extremo leste. Os corcéis logo perceberam que a carga que carregavam era mais leve que a usual; e, do mesmo modo que um navio sem lastro é sacudido de um lado para o outro no mar, assim também a carruagem, mais leve, era jogada para lá e para cá como se

---

[9] Vide expressões proverbiais (III). (N. A.)

estivesse vazia. Correndo muito, os cavalos desviaram-se da estrada usual. Faetonte alarmou-se e não soube como guiá-los; e, mesmo que soubesse, não teria a força necessária para tanto. Então, pela primeira vez a Ursa Maior e a Ursa Menor foram abrasadas de calor, e, se fosse possível, mergulhariam na água; e a Serpente que fica enrolada em torno do polo norte, entorpecida e inofensiva, aqueceu-se, e em virtude do calor sentiu a sua ira reavivar-se. O Boieiro (Constelação do Norte), dizem, fugiu, embora embaraçado pelo peso de seu arado, e desacostumado aos movimentos mais bruscos.

Quando o desventurado Faetonte avistou, na vasta distância, a terra, sob ele, empalideceu e seus joelhos começaram a tremer. Apesar do clarão que havia ao seu redor, seus olhos tornaram-se opacos. Naquele momento ele desejou jamais ter tocado os corcéis de seu pai. Gostaria de nunca ter sabido a identidade de seu progenitor, nunca ter alcançado o seu desejo. Sentiu-se como um barco que é levado por uma tempestade, enquanto o piloto nada mais pode fazer além de orar. O que poderia fazer? Grande parte da estrada celeste já tinha sido deixada para trás, mas outro tanto ainda estava por vir. Voltou os olhos de uma para outra direção, ora para o lado de onde partiu em sua jornada, ora para os domínios do poente que ele não deverá alcançar. Perdeu o autocontrole e agora não sabe o que fazer, se deve puxar as rédeas com força ou se deve deixá-las cair; esqueceu até o nome dos cavalos. Viu, aterrorizado, as formas monstruosas que povoam a superfície dos céus. Aqui, Escorpião estende seus dois grandes braços, com sua cauda e suas garras encurvadas que tomam o espaço de dois signos do zodíaco. Quando o rapaz o avistou, exalando veneno e ameaçando com seus ferrões, sua coragem se desfez, e as rédeas caíram de suas mãos. Ao sentirem-se soltos, os cavalos precipitaram-se, e sem restrições adentraram regiões desconhecidas do céu, por entre as estrelas, arrastando a carruagem por espaços sem estrada, ora bem alto no céu, ora bem abaixo, perto da terra. A Lua viu com assombro a carruagem do irmão passar veloz debaixo dela. As nuvens começaram a evaporar, em virtude do calor, e os topos das montanhas arderam em chamas; os campos ficaram ressequidos com o calor, as plantas murcharam, nas árvores, os galhos repletos de folhas queimaram, a colheita incendiou-se! Mas essas são as consequências menores. Grandes cidades pereceram, com suas paredes e torres; nações inteiras, com seus povos, foram consumidas até as cinzas! As montanhas recobertas pelas matas incendiaram-se, Atos e o Taurus, o Tmolo e o Etna; Ida, outrora celebrada por suas fontes, mas agora inteiramente seca; Hélicon, a montanha das musas, e o Hemo; o Etna com fogo para todos os lados, o Parnaso, com seus dois picos, e o Ródope, forçado finalmente a perder a sua coroa de neve. Seu clima frio não pôde proteger a Cítia, o Cáucaso incendiou-se, como também se incendiaram o Ossa e o Pindo, e, maior que ambos, o Olimpo; e os Alpes elevados no ar, e os Apeninos coroados de nuvens: todos em chamas.

Então Faetonte contemplou o mundo sendo consumido pelo fogo, e sentiu o calor intolerável. O ar que ele respirava era como o ar da fornalha e repleto de cinzas ardentes, e a fumaça era tão escura quanto o breu. E avançou sem conhecer o seu destino. Então, acredita-se, o povo da Etiópia tornou-se negro porque o seu sangue foi forçado, repentinamente, a subir à superfície, e o deserto do Líbano foi ressequido até que a sua condição fosse essa que tem atualmente. As ninfas das fontes, com seus cabelos desgrenhados, choraram a perda de suas águas, nem mesmo os rios estavam seguros entre as suas margens: o Tanaus fumegava, e o Caíco, o Xantux e o Meandro, o Eufrates babilônico e o Ganges, o Tejo com suas areias douradas, e o Caístre, onde os cisnes descansam. O Nilo fugiu e escondeu a sua cabeceira no deserto, e até hoje permanece ali. Nos locais em que ele costumava desaguar através de sete embocaduras dentro do mar, ali há agora sete canais secos. De tão seca, a terra estilhaçou-se e a luz penetrou pelas fendas dentro do Tártaro, amedrontando o rei das trevas e sua rainha. O mar encolheu. Onde antes havia água, agora há planícies secas; e as montanhas que jazem sob as ondas ergueram a cabeça e tornaram-se ilhas. Os peixes refugiaram-se nas maiores profundezas e os golfinhos não mais se aventuraram a brincar na superfície. Até Nereu e sua esposa Dóris, com suas filhas nereidas, partiram em busca das grutas das profundezas, onde se refugiaram. Por três vezes Netuno ensaiou erguer a cabeça acima da superfície, e as três vezes o calor o fez retroceder. A Terra, cercada pelas águas, e contudo com os ombros nus, protegendo o rosto com as mãos, olhou para o céu e, com a voz rouca, invocou Júpiter:

"Ó rei dos deuses, se mereço este tratamento, e se é a tua vontade que eu pereça pelo fogo, por que não soltas os teus raios? Deixa-me, ao menos, ser vítima de tua mão. É essa a recompensa de minha fertilidade, dos serviços que presto obedientemente? Foi por essa razão que forneci os pastos para o gado, e as frutas para os homens, e incenso para os teus altares? Mas se sou indigna de consideração, o que fez meu irmão Oceano para merecer esse destino? Se nenhum de nós pôde despertar a tua piedade, pensa, rogo pelo teu próprio Céu, e observa como fumegam os polos que sustentam teu palácio, que despencará caso eles sejam destruídos. Atlas esmorece, e mal consegue levar o seu fardo. Se o mar, a terra e o céu perecerem, cairemos no antigo Caos. Salva das chamas o que ainda nos resta. Oh, pensa sobre a nossa libertação neste momento terrível!".

Assim falou a Terra, e, abatida pelo calor e pela sede, nada mais poderia dizer. Então Júpiter, onipotente, invocando o testemunho de todos os deuses, incluindo aquele que emprestou a carruagem, e fazendo ver a todos que tudo estaria perdido a não ser que um remédio rápido fosse administrado, subiu à torre elevada de onde ele espalhava as suas nuvens sobre a Terra, e lançou os raios fendidos. Mas, naquele instante, não havia nenhuma nuvem que pudesse servir de anteparo da terra, nem havia uma chuva que já não estivesse esgotada. Ele trovejou, e, brandindo um raio na mão direita, lançou-o sobre o condutor da carruagem, acertando-o em cheio no mesmo instante e tirando-o de seu assento e da existência! Faetonte, com o cabelo em chamas, caiu como uma estrela cadente, marcando os céus com o seu brilho enquanto despencava, e Erídano, o grande rio, recebeu-o e refrescou o seu corpo ardente. As náiades italianas construíram uma tumba para homenageá-lo, e inscreveram estas palavras na lápide:

> *Faetonte, do carro de Febo o condutor,*
> *Morto por um raio de Jove, jaz aqui.*
> *Não pôde controlar de seu pai a carruagem,*
> *Mas seu feito foi um ato de coragem.*[10]

Enquanto suas irmãs, as helíades, lamentavam o seu destino, foram transformadas em árvores (álamos), nas margens do rio, e suas lágrimas, que continuaram a cair, tornaram-se âmbar ao tocar as águas.

Milman, em seu poema *Samor*, faz a seguinte alusão à história de Faetonte:

> *Quando o universo horrorizado parou*
> *Jazendo... mudo e inerte,*
> *Quando, cantam os poetas, o filho do Sol*
> *Temerariamente perdido nos céus,*

---

[10] Vide expressões proverbiais (IV). (N. A.)

Conduzia a carruagem de seu pai,
Loucamente cedida,
Foi que o senhor do Trovão, de seu império,
fulminou-o com um raio, lançando-o
No golfo do quase abrasado rio Erídano,
Em cujas margens até hoje as irmãs árvores
Choram lágrimas de âmbar
Pela morte de Faetonte.

Nos belos versos em que Walter Savage Landor descreve a concha do mar, há uma citação ao palácio do Sol e sua carruagem. A ninfa da água assim fala:

... Tenho conchas sinuosas de matizes perolados
Dentro, e coisas lustrosas embebidas
Na varanda do palácio do Sol, onde, quando está sem carga,
Sua carruagem situa-se no meio das ondulações.
Agita-se uma e ela desperta; então aplica
Seu lábio polido em teu ouvido atento,
E elas fazem lembrar as moradas augustas,
E os murmúrios que o oceano lá murmura.

Gebir, Livro I

CAPÍTULO VI

MIDAS — BÁUCIS E FILÉMON

MIDAS

Certa ocasião, Baco não conseguiu encontrar o seu antigo mestre e pai de criação, Sileno. O velho homem havia bebido demais e nessas condições vagueou até se perder, sendo encontrado por aldeões que o levaram à presença do rei Midas. Este reconheceu o mestre e tratou-o hospitaleiramente, entretendo-o com festas e banquetes por dez dias e noites com muita jovialidade. No décimo primeiro dia Midas trouxe Sileno de volta, devolvendo-o são e salvo ao seu pupilo. Agradecido, Baco ofereceu a Midas o privilégio da escolha de uma recompensa. Poderia pedir o que quisesse. Midas pediu-lhe o dom de transformar em ouro tudo o que tocasse. Baco realizou o pedido, lamentando, porém, que Midas não tivesse feito uma escolha melhor. Midas foi-se feliz, celebrando o novo poder que havia adquirido e logo o pôs à prova. Mal podia acreditar no que os seus olhos viam quando encontrou um raminho que ele havia tirado de um carvalho, e que instantaneamente tornou-se ouro em sua mão.

Pegou, então, uma pedra, e esta também se tornou ouro. Tocou um torrão de terra, e o mesmo aconteceu. Colheu uma maçã e qualquer um pensaria que ele havia roubado o fruto no jardim das hespérides. Sua alegria não conhecia limites, e assim que chegou em sua casa deu ordem aos servos para preparar um esplêndido banquete. Foi então que descobriu, com grande pesar, que o pão endurecia ao ser tocado por ele; ou que se levasse a comida à boca não podia mastigá-la. Pegou um copo de vinho, mas a bebida desceu por sua garganta como ouro derretido.

Consternado com tal aflição sem precedentes, Midas quis livrar-se daquele poder. Passou a odiar o dom que tanto desejara. Mas sua tentativa foi vã. A fome parecia inevitável. Ele ergueu os braços, que brilhavam como ouro, numa prece a Baco, implorando para ser poupado de sua fulgurante destruição. Baco, sendo uma divindade piedosa, ouviu o pedido e o atendeu. "Vai", disse ele, "ao rio Pactolo, segue o riacho até a nascente, ali mergulha a cabeça e o corpo, e lava os teus erros e estarás liberto das punições". Assim procedeu Midas, e mal tocou as águas, o poder de tudo transformar em ouro foi transferido a estas, e por isso as areias do leito do rio tornaram-se ouro, e assim permanecem até hoje.

Dali em diante Midas, odiando a riqueza e o esplendor, passou a viver em regiões rurais, e tornou-se um adorador de Pã, o deus dos campos. Uma ocasião, Pã cometeu a temeridade de comparar a sua música à de Apolo, e de desafiar o deus da lira para uma competição de habilidades. O desafio foi aceito, e Tmolo, o deus da montanha, foi escolhido como árbitro. O velho sentou-se e tirou as árvores de seus ouvidos para poder escutar. A um dado sinal, Pã tocou sua flauta, e com suas rústicas melodias deu uma grande satisfação a si mesmo e ao seu fiel seguidor, Midas, que se encontrava presente. Então Tmolo voltou a cabeça na direção do deus-Sol, e todas as suas árvores o acompanharam. Apolo ergueu-se, tendo o louro parnasiano na testa, enquanto seu manto de púrpura tíria arrastava-se no chão. Na mão esquerda segurou a lira, e com a mão direita vibrou as cordas. Entusiasmado com a melodia, Tmolo deu logo a vitória para o deus da lira, e todos, exceto Midas, concordaram com o seu julgamento. Midas discordou e declarou ser duvidosa a justiça do prêmio. Apolo não tolerou mais que um par de tão depravadas orelhas continuasse a ter forma humana, e fez que elas crescessem, por dentro e por fora, e se tornassem móveis em sua base; em resumo, transformou as orelhas de Midas em orelhas de asno. O rei Midas sentiu-se mortificado com esse infortúnio; consolou-se com a ideia de que seria possível esconder a sua desgraça, e tentou fazê-lo vestindo um grande turbante. Mas o seu cabeleireiro naturalmente conhecia o segredo, por isso Midas advertiu-o para não mencionar o fato, e ameaçou-o com horrenda punição caso ele tentasse desobedecer. O rapaz achou, contudo, que guardar esse segredo estava além de sua capacidade; saiu até a campina, cavou um buraco no chão, e, inclinando-se, sussurrou a história, e em seguida cobriu-o com terra. Em breve um tufo de juncos desabrochou ali no campo, e assim que alcançou certa estatura começou a sussurrar a história, como faz ainda hoje todas as vezes que uma brisa passa por ali.

A história do rei Midas tem sido contada por outros com algumas variações. Dryden, em seu poema *História do banho*, atribui a revelação do segredo à rainha de Midas:

> *Somente à esposa Midas disse a respeito*
> *De suas orelhas, que estavam daquele jeito.*

Midas era o rei da Frígia. Era filho de Górdio, um pobre camponês que foi feito rei pelo povo, em obediência ao que previra o oráculo: que o futuro soberano chegaria numa carroça. Enquanto o povo estava deliberando, Górdio, com a esposa e o filho, chegou à praça pública, em sua carroça.

Górdio, desde que se tornara rei, dedicou a sua carroça à divindade do Oráculo, amarrando-a com um nó bem apertado. Esse era o famoso *Nó Górdio*, sobre o qual se disse tempos depois que aquele que o desfizesse seria o senhor de toda a Ásia. Muitos tentaram desatar o nó, mas ninguém conseguiu, até que Alexandre, o Grande, em sua marcha vitoriosa, veio à Frígia. Ele empenhou-se, com toda a sua habilidade, sem obter resultados melhores do que aqueles que já haviam tentado antes, e, ficando impaciente, cortou o nó com a espada. Quando, mais tarde, Alexandre conseguiu submeter toda a Ásia ao seu domínio, as pessoas começaram a pensar que ele havia cumprido, em seu verdadeiro significado, os desígnios anunciados pelo oráculo.

BÁUCIS E FILÊMON

Em certa montanha da Frígia erguem-se uma tília e um carvalho, cercados por um muro baixo. Não muito longe dali situa-se um pântano, outrora um terreno habitável, mas agora repleto de lagoas, recanto de aves aquáticas e corvos marinhos (cormorões). Certa vez, Júpiter, assumindo forma humana, visitou essa região, e com ele seu filho Mercúrio (o do caduceu), sem as asas. Eles se apresentaram como viajantes exaustos, em muitas portas, procurando por descanso e abrigo, mas encontraram tudo fechado, pois era tarde, e os nada hospitaleiros habitantes não se dignavam a levantar-se para recebê-los. Finalmente uma modesta residência deu-lhes guarida. Era uma pequena cabana coberta de sapé, onde Báucis, uma velha mulher piedosa, e seu marido, Filêmon, uniram-se quando eram ainda jovens. Sem se envergonhar de sua pobreza, eles a tornaram suportável por terem apenas desejos moderados, no que eram ajudados por sua boa disposição. Ali não havia mestre ou servo; os dois constituíam o lar, ambos eram mestres e servos. Quando os dois hóspedes celestes cruzaram o modesto umbral e inclinaram a cabeça para transpor a porta baixa, o velho homem dispôs uma cadeira, na qual Báucis, prestativa e atenta, estendeu um pano e pediu-lhes que se sentassem. Em seguida puxou o carvão das cinzas, e reacendeu o fogo; alimentou-o com folhas e com a casca seca das árvores, e com dificuldade soprou as chamas para avivá-las. De um canto, trouxe galhos secos, quebrou-os e colocou-os sob uma pequena chaleira. Seu marido colheu algumas verduras no jardim, que ela preparou para cozinhar. Usando uma forquilha, Filêmon alcançou um pedaço de toucinho que estava pendurado na chaminé, cortou um pequeno pedaço e colocou-o junto com as verduras para cozinhar, deixando o resto para outra ocasião. Então encheram uma gamela de faia com água quente, de modo que os hóspedes pudessem lavar-se. Enquanto faziam tudo isso, conversavam com os hóspedes para entretê-los.

Colocaram no banco especial dos hóspedes uma almofada de algas e uma toalha, usada exclusivamente em grandes ocasiões, embora fosse antiga e bastante áspera. A velha senhora, vestindo o avental, e com as mãos trêmulas, pôs a mesa. Uma perna era mais curta que as outras, mas o casal pôs um calço que restabeleceu o equilíbrio do móvel. Quando a mesa já estava arrumada, Báucis espalhou ervas perfumadas sobre ela, e colocou azeitonas da casta Minerva, algumas frutas conservadas em vinagre, rabanetes e queijo, com ovos levemente cozidos em cinzas. Tudo foi servido em pratos de barro; uma jarra de barro e copos de madeira completavam os apetrechos. Quando tudo estava pronto, o cozido, fumegando, foi servido. Algum vinho, que não era do mais velho, foi servido também; por sobremesa, maçãs e mel silvestre; e, acima de tudo, faces amistosas e uma recepção simples, porém calorosa.

Então, enquanto se alimentavam, os velhinhos ficaram maravilhados de ver que na mesma velocidade que o vinho era servido, renovava-se por si mesmo na jarra. Transidos de terror, Báucis e Filêmon reconheceram seus hóspedes celestes, ajoelharam-se, e com as mãos espalmadas imploraram perdão pela pobreza da hospedagem. Tinham um velho ganso que mantinham como guardião da cabana modesta; pensaram, então, que deveriam ter feito esse sacrifício em honra dos hóspedes. Mas o ganso, muito ágil, contando com seus pés e suas asas, não se deixou capturar, e, finalmente, abrigou-se nos braços dos próprios deuses. Os hóspedes proibiram-nos de sacrificar o ganso e assim disseram: "Somos deuses. Esta vila inóspita há de pagar a pena por sua impiedade; apenas vós sereis poupados do castigo. Deixai a vossa casa e vinde conosco para o cume daquele monte longínquo". Eles obedeceram prontamente, e, com seus cajados, esforçaram-se para galgar a íngreme encosta. Quando estavam à distância do voo de uma flecha do topo, voltaram os olhos para baixo e viram toda a região submersa em um grande lago, e apenas a casa deles preservada. Enquanto olhavam fixamente para o fenômeno e lamentavam o destino de seus vizinhos, viram quando sua antiga cabana transformou-se em um templo. Colunas substituíram as vigas dos cantos, o colmo amarelou-se e o telhado reluziu com uma fulgurante luz dourada, o chão tornou-se mármore, as portas foram enriquecidas com entalhes e ornamentos de ouro. Então Júpiter falou em um tom benevolente: "Excelente velho e mulher merecedora de marido tão digno, falai, contai-nos os vossos desejos; que favores desejais pedir?". Filêmon dialogou com Báucis por alguns momentos; então declarou aos deuses seu desejo único: "Queremos ser sacerdotes e guardiães desse vosso templo; e já que passamos nossa vida aqui com amor e harmonia, desejamos partir da vida unidos, no mesmo instante; que eu não viva para ver o túmulo dela, nem seja colocado no meu por ela". A prece do casal foi atendida. Eles se tornaram os guardiães do templo pelo resto de seus dias. Quando envelheceram muito, certo dia em que estavam ao lado do sagrado edifício, e estavam contando a história do palácio, Báucis observou que Filêmon começou a ser recoberto de folhas, e o velho Filêmon viu a mesma mudança acontecer a Báucis. Uma coroa de folhas já havia crescido na cabeça deles, e eles continuavam a trocar palavras enquanto podiam. "Adeus, querida esposa. Adeus, querido esposo", disseram juntos, e juntos se calaram, porque uma casca de árvore se fechou sobre sua boca. O pastor tírio ainda mostra as duas árvores, lado a lado, que surgiram a partir das duas almas boas.

A história de Báucis e Filêmon foi imitada por Swift em estilo burlesco. Em sua versão, os protagonistas tornam-se dois santos andarilhos, a casa se transforma em uma igreja, sendo Filêmon o vigário. O trecho a seguir pode servir como uma amostra:

> *Mal haviam falado, quando, belo e suave,*
> *O telhado começou a erguer-se;*
> *E ergueram-se todas as vigas e caibros;*
> *E também subiu a pesada parede.*
> *A chaminé alargou-se e cresceu igualmente,*
> *Tornando-se uma torre espiralada.*
> *A chaleira foi guindada ao topo,*
> *E ali foi pendurada numa viga,*
> *Mas de cabeça para baixo, para mostrar*
> *A sua preferência pelo solo;*
> *Em vão, pois uma força maior,*
> *Aplicada no fundo, interrompe a jornada;*

Ela foi sentenciada a viver suspensa para sempre,
Pois não é mais chaleira, mas um sino.
Um espeto de madeira, que, pelo desuso,
Quase havia esquecido a arte de assar,
Sente uma brusca alteração,
Aumentada por novas rodas internas;
E o que causa admiração ainda maior
É que o número fez a ação mais vagarosa;
O atiçador, embora pés de chumbo tenha,
Gira tão rapidamente que não pode ser seguido,
Mas, retardado por alguma força secreta,
Agora mal se move uma polegada por hora.
O espeto e a chaminé, sempre aliados,
Jamais deixaram a companhia um do outro.
A chaminé, transformada numa torre,
Não deixaria o espeto solitário;
Mas agarrou-se ao campanário,
E tornou-se um relógio, ali parado,
E ainda ama os afazeres domésticos,
E, com voz aguda, dá o alerta ao meio-dia,
Para que a cozinheira não permita queimar
A carne assada que agora não mais pode virar;
A cadeira, rangendo, começa a arrastar-se,
Como um grande caracol, pela parede;
Ali se prende na altura, à vista do público,
E, com pequenas mudanças, transforma-se em púlpito.
O estrado de uma cama à moda antiga,
De sólida madeira, que pode suportar muita carga,
Tal como nossos ancestrais costumavam usar,
Foi metamorfoseado em bancos,
Os quais mantêm a sua natureza antiga,
Acomodando muita gente disposta a dormir.

CAPÍTULO VII

PROSÉRPINA — GLAUCO E CILA

PROSÉRPINA

Quando Júpiter e seus irmãos conseguiram derrotar os titãs, expulsando-os para o Tártaro, novos inimigos ergueram-se contra os deuses. Eram os gigantes Tífon, Briareu, Encélado e outros. Alguns deles tinham cem braços, outros respiravam fogo. Também eles foram finalmente subjugados e queimados vivos no bojo do Etna, onde até hoje se debatem procurando escapar, e ao fazê-lo sacodem toda a ilha com terremotos. Sua respiração sobe através do cume da montanha, e constitui-se naquilo que os homens chamam de *erupção do vulcão*.

A queda desses monstros sacudiu a terra de tal modo que Plutão ficou alarmado, e teve receio de que seu reino pudesse ser exposto à luz do sol. Em virtude de sua apreensão, montou em seu carro, puxado por cavalos negros, e saiu para inspecionar a região a fim de conhecer melhor a extensão dos danos. Enquanto estava ocupado nesse trabalho, Vênus, que estava sentada no monte Éris, brincando com seu filho Cupido, observou-o e disse: "Meu filho, apanha as tuas setas com as quais podes vencer a todos, até mesmo o próprio Júpiter, e envia uma delas no peito daquele sombrio monarca que ali vai, o governante do reino do Tártaro. Por que deveria ele ser o único a escapar? Aproveita a oportunidade para ampliar o teu e o meu império. Não vês que até mesmo no céu alguns desprezam o nosso poder? Minerva, a sábia, e Diana, a caçadora, desafiam-nos; e há aquela filha de Ceres, que ameaça seguir o exemplo delas. Portanto, se tens alguma consideração pelo teu interesse e o meu, une esses dois em um só". O menino abriu a aljava e selecionou a seta mais pontiaguda e de maior precisão; então, vergando o arco contra o joelho, estendeu a corda e, estando pronto, atirou a seta especial bem no coração de Plutão.

No vale de Ena há um lago abrigado em meio ao bosque, protegido dos férvidos raios do sol; nesse lugar a maior parte do solo está recoberta de flores, e a primavera é perpétua. Ali Prosérpina estava brincando com suas companheiras, colhendo lírios e violetas, enchendo com elas a sua cesta e o avental, quando Plutão a viu, apaixonou-se por ela e a raptou. Ela gritou, pedindo ajuda à mãe e às amigas; e quando em seu medo deixou cair as pontas do avental e as flores, sentiu-se mais triste, ainda que essa fosse uma infantilidade comparada com as dimensões de seu verdadeiro infortúnio. O raptor atiçou os seus corcéis, chamando-os pelo nome, e soltando as rédeas cor de ferro, para que pudessem correr mais velozes. Quando chegou ao rio Cíano e viu que não poderia atravessá-lo, bateu com o seu tridente nas margens, e a terra se abriu e deu a ele a passagem para o Tártaro.

Ceres procurou a filha pelo mundo inteiro. A Aurora, de cabelos dourados, quando saiu de manhã, e Hespéria, quando trouxe as estrelas à noite, encontraram-na ainda ocupada com a procura. Mas o esforço foi vão. Após muito tempo, exausta e triste, ela sentou-se sobre uma rocha e ficou ali, ao ar livre, durante nove dias e nove noites, sob a luz do sol, a luz da lua e as chuvas. O lugar é onde hoje se ergue a cidade de Elêusis, que era então a morada de um velho homem chamado Celeus. Este estava fora, no campo, colhendo bolotas (fruto do carvalho), amoras e gravetos para o fogo. Sua filhinha conduzia para casa dois bodes, e quando ela passou diante das deusas, que se disfarçavam de velhas senhoras, assim falou: "Mãe", e esse nome pareceu doce aos ouvidos de Ceres, "por que te sentas aqui sozinha, sobre as rochas?". O velho homem também parou, embora sua carga fosse pesada, e implorou à velha que entrasse em sua modesta cabana. Ela recusou o convite, mas disse: "Vai em paz e sê feliz com tua filha; eu perdi a minha". Enquanto falava, lágrimas, ou algo semelhante — pois deuses não choram jamais —, desceram por seu rosto até alcançar o peito. O velho homem, compassivo, e sua filha choraram com Ceres. Foi quando o homem disse: "Vem conosco, e não desprezes nosso teto humilde; é possível que tua filha seja trazida de volta a ti em segurança". "Guia-me, então", Ceres disse, "não posso resistir a esse apelo!". Ela, então, ergueu-se da pedra e foi com o homem e sua filha. Enquanto caminhavam ele contou a Ceres que o seu único filho estava muito doente, febril e insone. Ceres parou e colheu algumas papoulas. Assim que entraram na cabana, encontraram tudo em grande desespero, pois parecia que o menino não poderia mais se recuperar. Metanira, a mãe, recebeu Ceres gentilmente, e a deusa debruçou-se e beijou os lábios do menino enfermo. No mesmo instante a lividez deixou o rosto do menino, e seu corpo readquiriu um vigor saudável. A família inteira maravilhou-se — o pai, a mãe e a filha pequena. Essa era a família do garoto; eles não tinham servos. Abriram a mesa e sobre ela serviram coalhos, creme e maçãs para comer com mel. Enquanto comiam, Ceres misturou suco de papoula ao leite do menino. Quando a noite veio e todos estavam quietos, ela ergueu-se e, tomando o menino adormecido, passou as mãos nos lábios dele, dizendo três vezes um encantamento solene, e então o pôs sobre as cinzas. A mãe da criança, que estava assistindo às ações da hóspede, saltou adiante com um grito e arrebatou o menino, tirando-o do fogo. Então Ceres assumiu a sua forma real, e um divino esplendor brilhou em torno dela, a todos fascinando. "Mãe", disse ela, "tu foste cruel em teu amor por teu filho. Eu o teria feito imortal, mas tu impediste a minha tentativa. Ainda assim, ele há de ser grande e há de cumprir uma missão. Há de ensinar a humanidade a fazer o uso do arado, e também sobre as recompensas que o cultivo do solo podem trazer". Assim falando, envolveu-se em uma nuvem e, montando sua carruagem, partiu.

Ceres continuou a procura pela filha, passando de terra em terra, e através de mares e de rios, até que, depois de muito tempo, retornou à Sicília, de onde iniciara a jornada, e ali se quedou às margens do rio Cíano, onde Plutão havia aberto uma passagem para conduzir sua presa aos seus domínios. A ninfa do rio sentia vontade de contar à deusa tudo o que havia testemunhado, mas não ousava fazê-lo, por medo de Plutão; então se limitou a pegar a guirlanda que Prosérpina havia deixado cair em sua fuga, e fez que chegasse aos pés de Ceres. Vendo o objeto, a deusa não mais teve dúvidas da perda da filha, mas ainda não compreendia a causa, e culpou a terra inocente pelo ocorrido. "Solo ingrato", disse, "que dotei de fertilidade e revesti com folhagem e nutri com cereais, não mais receberás os meus favores". Então o gado morreu, o arado quebrou-se no sulco, as sementes não germinaram; havia sol e chuva em demasia; os pássaros roubaram as sementes — cardos e sarças eram os únicos vegetais que cresciam. Observando tudo isso, a fonte Aretusa intercedeu pela terra. "Deusa", disse ela, "não culpes a terra; ela abriu-se involuntariamente para que tua filha passasse. Posso contar-te qual foi o destino da moça, pois fui testemunha. Não sou natural daqui; venho de Élis. Eu era uma ninfa dos bosques e adorava caçar. Minha beleza era louvada, mas eu não me importava com isso, e preferia vangloriar-me de meus feitos nas caçadas. Um dia regressava do bosque, aquecida pelo exercício, quando observei um riacho fluindo silenciosamente, de águas tão translúcidas que poderias contar as ágatas no fundo. Os salgueiros faziam sombra sobre ele, e as margens gramadas desciam para as margens da água. Aproximei-me e coloquei os pés na água. Continuei entrando no riacho até que meus joelhos estivessem submersos, e, não contente com isso, joguei minhas vestes sobre os salgueiros e mergulhei. Enquanto brincava na água, ouvi um murmúrio indistinto que subia das profundezas do riacho e saí apressada na margem mais próxima. A voz dizia: 'Por que foges, Aretusa? Eu sou Alfeu, o deus do riacho'. Corri, ele me perseguiu. Alfeu não era mais rápido que eu, mas era mais forte, e subjugou-me quando fraquejei. Finalmente, exausta, chorei pedindo por auxílio a Diana. 'Ajuda-me, deusa! Ajuda tua devota!' A deusa ouviu, e envolveu-me repentinamente numa nuvem espessa. O rio-deus olhou para um lado e para o outro, e por duas vezes aproximou-se de mim, mas não conseguiu encontrar-me. 'Aretusa! Aretusa!', ele bradou. Oh, como tremi, como um cordeiro que sente a aproximação do lobo uivando fora do redil. Um suor frio tomou-me, meus cabelos desceram como correnteza; no lugar em que pisava, formou-se uma poça. Em resumo, num tempo menor do que esse que levei para contar a história, transformei-me numa fonte. Mas Alfeu reconheceu-me ainda com essa forma e tentou unir a sua água com a minha. Diana partiu o solo, e eu, esforçando-me para escapar de Alfeu, mergulhei na caverna e, através das entranhas da terra, saí aqui na Sicília. Quando passei pelas profundezas da terra, avistei a tua Prosérpina. Ela estava triste, mas não havia desespero em sua face. Sua aparência revelava que se tornara uma rainha — a rainha do Érebo; a poderosa noiva do monarca do reino dos mortos".

Quando Ceres ouviu isso, quedou-se estupefata por um momento; então virou sua carruagem na direção do céu e apressou-se para se apresentar perante o trono de Júpiter. Contou a história de sua perda, e implorou a Júpiter que interferisse para resgatar sua filha. Júpiter aceitou ajudar, mas com uma condição, a saber, que Prosérpina durante sua estada nos reinos inferiores não se tivesse alimentado; de outro modo, as Moiras proibiriam a sua libertação. Em seguida, Mercúrio foi enviado em companhia da Primavera, para solicitar a Plutão que entregasse Prosérpina. O astuto monarca aceitou cooperar. Porém, que infelicidade! a jovem havia tomado o suco doce que Plutão lhe oferecera, extraído de algumas sementes. Isso foi o suficiente para impedir a sua completa libertação, mas selou-se um acordo pelo qual Prosérpina passaria metade do tempo com a mãe, e o restante do tempo com o marido, Plutão.

Ceres contentou-se com esse acordo, e restaurou a terra. Recordou-se, então, de Celeus e de sua família, e da sua promessa ao jovem filho dele, Triptólemo. Quando o menino cresceu, ela o ensinou a usar o arado e como cultivar as sementes. Levou-o em sua carruagem, puxada por dragões alados, através de todas as regiões da terra, compartilhando com a humanidade valiosos grãos, e as habilidades da agricultura. Depois de seu retorno, Triptólemo construiu um templo magnífico em homenagem a Ceres em Elêusis, e estabeleceu o culto à deusa, sob o nome de *Mistérios de Elêusis*, os quais, no esplendor e na solenidade de sua observância, ultrapassaram todas as outras celebrações religiosas entre os gregos.

Pouca dúvida pode haver de que a história de Ceres e Prosérpina é uma alegoria. Prosérpina representa a semente do milho, que, quando jogada no solo, permanece ali, oculta — ou seja, é carregada pelo deus das profundezas. Depois a semente reaparece — ou seja, Prosérpina é restituída à sua mãe. A primavera a reconduz à luz do dia.

Milton refere-se à história de Prosérpina em *Paraíso perdido*, livro IV:

> ... *Não era de Ena aquele campo belo*
> *Onde Prosérpina colhia flores,*
> *Sendo ela mesma uma flor mais bela*
> *Colhida pelo sombrio deus,*
> *O que custou a Ceres tanta dor,*
> *Quando a procurava pelo mundo,*
> *... Possa com esse Paraíso*
> *Do Éden rivalizar.*

Hood, em sua *Ode à melancolia*, faz a mesma alusão de maneira muito bela:

> *Perdoa, se após um tempo eu olvido,*
> *Pela ação da dor, o êxtase de agora,*
> *Como a Prosérpina devem ter caído —*
> *Ao ver Plutão — as flores que apanhara.*

O rio Alfeu de fato desaparece no subsolo em parte de seu curso, seguindo por canais subterrâneos até aparecer novamente. Já se disse que Aretusa, a fonte siciliana, era o mesmo riacho que, após passar debaixo do mar, voltou à superfície na Sicília. Daí a lenda de que uma taça atirada no Alfeu apareceu novamente em Aretusa. É sobre essa fábula do curso subterrâneo do Alfeu que versa o poema *Kublai Khan*, de Coleridge:

Kublai Khan em Xanadu ergueu
Sua imensa casa de prazeres,
No ponto em que se lança o Alfeu
Sob as cavernas — o rio que se escondeu
Na profundeza dos mares.

Em um dos poemas juvenis de Moore, ele fala da mesma história, e do costume de se jogar guirlandas e outros objetos leves na correnteza, para que sejam levados pelo subterrâneo e reapareçam do outro lado:

Ó meu amado, ó divina beldade,
Que alegria quando dois espíritos
Têm tanta afinidade.
Como ele, o rio-deus cujas águas vão
Pelo subterrâneo, à luz do coração,
Em triunfo as guirlandas leva,
Pelas virgens olímpicas lançadas,
Como tributo à deusa Aretusa.
Que alegria, que júbilo seria
O seu, de se encontrar com a fonte amada!

O seguinte extrato das *Rimas na estrada*, de Moore, dá uma descrição de uma celebrada pintura de Albano, em Milão, chamada *Dança dos amores*:

Este é pelo ladrão que levou a flor de Ena da Terra,
Esses moleques celebram sua dança de alegria
Em torno da árvore verdejante, como fadas sobre a charneca;
Aquelas que estão mais próximas, unidas em brilhante ordem,
Face após face, como botões de rosa em uma coroa;
E aquelas mais distantes, mostrando, por debaixo
Das asas das demais, seus olhinhos de luz,

Enquanto veem! Entre as nuvens, seu irmão mais velho,
Que apenas voou, conta com um sorriso extático,
Essa brincadeira de Plutão para a sua mãe encantada,
Que se vira para saudar as novidades com um beijo.

GLAUCO E CILA

Glauco era um pescador. Certo dia, recolheu as suas redes do mar, que estavam repletas de muitos tipos de peixes. Esvaziou-as e tratou de separar os peixes sobre a relva. O local em que se encontrava era uma linda ilha no meio do rio, desabitada, não utilizada para pastagem de animais, nunca visitada por outras pessoas. De repente, os peixes que estavam mortos sobre a grama reviveram e voltaram a mover as barbatanas como se estivessem dentro da água; e, enquanto os observava, assombrado, todos os peixes se deslocaram simultaneamente até a beira do rio, mergulharam e saíram nadando. Glauco não tinha ideia do que poderia ter provocado esse fenômeno: se teria sido algum deus ou alguma força secreta em meio à folhagem. "Que erva teria esse poder?", exclamou; e, colhendo algumas delas, experimentou-as. Mal os sucos da planta chegaram ao seu palato, ele se sentiu agitado, com um grande desejo de jogar-se nas águas. Não encontrava forças para se conter, e, dizendo adeus à terra, mergulhou na correnteza. Os deuses das águas receberam-no gentilmente e admitiram-no honrosamente em sua sociedade. Obtiveram o consentimento de Oceano e de Tétis, os soberanos do mar, para que tudo o que fosse mortal nele se desvanecesse. Cem rios entornaram as suas águas sobre Glauco, e ele perdeu a sua natureza original e sua consciência. Quando se recuperou, encontrou-se transformado e com uma nova maneira de pensar. Seus cabelos estavam tão verdes quanto o mar, e eram arrastados atrás dele através da água; seus ombros se alargaram, e suas pernas assumiram a forma da cauda de um peixe. Os deuses do mar saudaram-no pela sua mudança de aspecto, e Glauco imaginou que se havia transformado num personagem atraente.

Um dia, Glauco avistou a linda virgem Cila, a favorita entre as ninfas da água. Viu-a caminhar pela praia, até encontrar um recanto aconchegante em que pôde banhar o corpo nas águas claras. Apaixonou-se por ela, e, aparecendo na superfície, disse-lhe as palavras que julgava mais convenientes para fazê-la ficar onde estava; ela, contudo, pôs-se a correr assim que o viu, e correu até alcançar o alto de um rochedo que se sobrepõe ao mar. Ali, parou e virou-se para ver quem havia falado com ela, se um deus ou se algum animal marinho, e contemplou maravilhada a forma e as cores de Glauco. Este, por sua vez, emergindo parcialmente da água e apoiando-se na rocha, disse: "Donzela, não sou um monstro nem sou um animal marinho, sou um deus; e nem Proteu nem Tritão se elevam acima de mim. Já fui um mortal, e dependia do mar, ao qual agora pertenço inteiramente". Então, Glauco contou a história de sua metamorfose, e de que modo foi promovido à sua atual dignidade, e acrescentou: "Mas que valor tem tudo isso, se não sou capaz de tocar o teu coração?". Continuou a falar no mesmo tom, mas Cila virou-se e fugiu.

Glauco entrou em desespero, porém lhe ocorreu a ideia de consultar a feiticeira Circe. Assim, rumou para a ilha em que Circe residia — a mesma ilha em que Ulisses aportaria mais tarde, como veremos em uma de nossas próximas histórias. Após saudações recíprocas, ele disse: "Deusa, suplico tua piedade; só tu podes aliviar a dor de que sou vítima. Conheço o poder das ervas melhor do que ninguém, pois a elas devo minha metamorfose. Amo Cila. Tenho vergonha de contar-te o modo como me declarei e lhe fiz promessas, e de que modo ela me desprezou, tratando-me mal. Rogo que uses os teus encantamentos, ou as tuas ervas poderosas, se forem mais eficazes, não para aplacar o meu amor — pois isso não desejo —, mas para fazer que ela o compartilhe comigo e me retribua". Ao que Circe, atraída pela divindade verde da cor do mar, replicou: "Será melhor para ti que procures alguém que te queira; és digno de quem te deseje, em vez de ficar perseguindo alguém em vão. Não sejas acanhado, reconhece teu próprio valor. Declaro-te que mesmo eu, uma deusa, embora tão sábia a respeito dos poderes das plantas e dos encantamentos, não saberia como rejeitar-te. Se ela te despreza, despreza-a tu igualmente; encontra alguém que esteja pronta para unir-se a ti, de modo que ambos possam satisfazer-se ao mesmo tempo". A essas palavras Glauco respondeu: "As árvores hão de crescer no fundo do mar e as algas hão de crescer no topo das montanhas, antes que eu deixe de amar Cila, e apenas ela".

A deusa ficou indignada com a resposta de Glauco, mas não poderia puni-lo, tampouco sentia o desejo de fazê-lo, pois o amava em demasia. Então, canalizou toda a sua fúria para a rival, a pobre Cila. Tomou algumas plantas que possuem poderes venenosos e misturou-as, fazendo encantamentos e feitiços. Em seguida passou por entre a multidão de animais que colecionava, vítimas de sua arte, e rumou para a costa da Sicília, local em que residia Cila. Havia uma pequena baía próxima à beira do mar em que Cila costumava repousar, no calor do dia, para respirar os ares oceânicos e banhar-se. Nesse lugar a deusa derramou a sua poção venenosa e pronunciou encantamentos de grande poder. Cila veio como sempre e entrou na água até a cintura. De repente foi tomada de grande terror quando se viu cercada por uma ninhada de serpentes e monstros ruidosos. A princípio tentou fugir das criaturas, mas percebeu que agora faziam parte dela, de modo que, quando tentava tocar os seus próprios membros, alcançava a boca aberta dos monstros. Cila permaneceu enraizada naquele local. Seu temperamento tornou-se tão horrendo quanto as suas formas, e passou a ter prazer em devorar infelizes marinheiros que passam por ali, ao seu alcance. Foi assim que destruiu seis companheiros de Ulisses e tentou afundar os navios de Eneias, até que finalmente foi transformada em uma rocha, e como tal continua sendo o terror dos marinheiros.

Keats, em seu *Endímion*, deu uma nova versão para o final da história de Glauco e Cila. Glauco é seduzido pelos agrados de Circe, até que ele, por acaso, testemunha as suas feitiçarias com os animais. Enojado com sua traição e crueldade, ele tenta escapar de suas garras, mas é capturado e trazido de volta para ser punido com uma maldição: a de viver mil anos em decrepitude e sofrimento. Glauco volta ao mar, e ali encontra o corpo de Cila, a quem a deusa não havia transformado, e sim afogado. Glauco fica sabendo que seu destino seria passar os mil anos de sua maldição encontrando o corpo de amantes afogados, e, só então, um jovem amado pelos deuses apareceria para ajudá-lo. Endímion cumpre essa profecia e ajuda a restaurar a juventude de Glauco, além de reviver Cila e todos os amantes afogados.

Esta é a passagem em que Glauco revela os seus sentimentos após a transformação e retorno ao mar:

> *Mergulhei para a vida ou para a morte. Envolver*
> *Os sentidos de alguém com algo tão denso que respira*
> *Poderia parecer uma experiência de dor; de modo que*
> *Não posso me espantar o suficiente com a facilidade*
> *E a animação que tomou meu corpo. No começo passei*
> *Dias e mais dias inteiros em um assombro completo,*
> *Inteiramente esquecido de minhas próprias intenções,*
> *Movendo-me apenas com a força do fluxo e do refluxo.*

Depois, como um pássaro que ganha novas asas e mostra
Suas asas abertas no frio do amanhecer,
Testei, temeroso, as amarras de minha vontade.
Libertei-me! E finalmente visitei
As maravilhas ilimitadas do leito do oceano.

Keats

CAPÍTULO VIII

PIGMALIÃO — DRÍOPE — VÊNUS E ADÔNIS — APOLO E JACINTO

PIGMALIÃO

Pigmalião achou que as mulheres tinham tantos defeitos que resolveu abster-se de sexo e permanecer solteiro. Ele era um escultor, e, com grande talento, tinha feito uma estátua de marfim tão bela que a beleza de mulher alguma chegava aos seus pés. Era, de fato, a imagem de uma donzela viva, cuja modéstia impedia-a de mover-se. Sua arte era tão perfeita que não parecia ter sido executada pela mão do homem e sim pela própria natureza. Pigmalião admirava a sua própria obra, tanto que acabou apaixonando-se pela estátua. Muitas vezes tocava-a para certificar-se de que não estava vivendo, e ainda não acreditava que se tratasse apenas de marfim. Fazia carícias na estátua e dava-lhe os presentes que as jovens tanto gostam de receber: conchas brilhantes e pedras preciosas, pequenos pássaros e flores de vários matizes, contas de âmbar. Pôs-lhe vestidos no corpo, joias nos dedos e um colar no pescoço. Nas orelhas pendurou brincos e correntes de pérolas. Vestiu-a, e ela não se tornou menos encantadora do que nua. Pigmalião a reclinou num sofá com panos tingidos de tírio, chamou-a de esposa e apoiou sua cabeça em um travesseiro macio de penas, como se ela pudesse sentir a maciez.

O festival de Vênus, celebrado com grande pompa em Chipre, estava próximo. Vítimas eram oferecidas em holocausto, fumaça subia dos altares e o perfume de incenso enchia a atmosfera. Quando Pigmalião já havia cumprido sua parte nas solenidades, parou em frente ao altar e timidamente disse: "Ó vós, deuses onipotentes, dai-me por esposa...", não ousou dizer "minha donzela de marfim", mas em vez disso pediu "alguém que seja como a minha virgem de marfim". Vênus, que estava presente ao festival, ouviu-o e conhecia a intimidade de seus pensamentos; e, como um sinal de seu favorecimento, fez que a chama do altar subisse três vezes no ar. Quando Pigmalião voltou para casa, encontrou sua estátua deitada no sofá e deu-lhe um beijo na boca. Pareceu-lhe que ela estava quente. Ele apertou os lábios nos dela novamente, e tocou-lhe o corpo com as mãos; o marfim pareceu-lhe macio e flexível, como a cera de Himeto. Ficou ao mesmo tempo assombrado e alegre, embora duvidasse do que via, temendo que poderia estar enganado, e assim por diversas vezes tocou o objeto de suas esperanças. Ela estava, realmente, viva! As veias cediam aos dedos quando pressionadas e voltavam ao seu formato natural. Afinal, o adorador da deusa disse algumas palavras de agradecimento e beijou os lábios tão reais quanto os dele. A virgem sentiu os beijos e corou, e, abrindo os olhos acanhados, fixou-os naquele mesmo instante em seu amante. Vênus abençoou o casal que ela havia unido, e dessa união nasceu Pafos, de quem a cidade consagrada a Vênus recebeu o seu nome.

Schiller, em seu poema *Ideais*, aplica essa lenda de Pigmalião ao amor à natureza que vive nos corações juvenis:

Certa vez em suas preces, no fluxo de sua paixão,
Pigmalião abraçou a pedra,
Até que do mármore gelado fez brilhar
A luz do sentimento sobre ele.
Assim abracei, tomado de devoção juvenil,
A Natureza brilhante, neste meu coração de poeta,
Até que a respiração e o calor e o movimento vital
Pareciam saltar das formas da estátua.

E aí, compartilhando todo o meu ardor,
A silenciosa forma encontrou expressão;
Devolveu o meu beijo de ousada juventude,
E compreendi o som ágil de meu coração.
Foi quando viveu para mim a brilhante criação:
O riacho prateado, de canções provido;
As árvores, as sensações das rosas repartidas,
E um eco de minha vida ilimitada.

DRÍOPE

Dríope e Íole eram irmãs. A primeira era esposa de Andrêmon, amada pelo marido e feliz com o nascimento do primeiro filho. Certo dia, as irmãs caminhavam pela margem de um riacho que tinha um declive suave até a altura da água, enquanto o terreno superior era recoberto de mirtos. As duas tinham a intenção de colher flores para fazer guirlandas para os altares das ninfas. Dríope trazia o filho no colo (uma carga preciosa), amamentando-o enquanto caminhavam. Próximo à água cresciam abundantes flores de lótus da cor púrpura. Dríope reuniu algumas e as ofereceu ao bebê, e Íole ia fazer o mesmo, quando percebeu que pingava sangue das hastes de que sua irmã havia tirado as flores, pois a planta era a própria ninfa Lótis, que, ao fugir de um cruel perseguidor, havia sido transformada em vegetal. Foi o que lhes contaram os camponeses quando já era tarde demais.

Dríope horrorizou-se quando percebeu o que havia feito. Queria muito ter corrido, mas seus pés estavam enraizados no solo; ela tentou tirá-los dali, mas não conseguia mover os membros inferiores. O aspecto de madeira avançou sobre ela, gradativamente. Angustiada, tentou arrancar os próprios cabelos mas observou que suas mãos estavam repletas de folhas. A criança sentiu que o seio da mãe endurecera, e que o leite não mais fluía. Íole vislumbrou o triste destino de sua irmã, e nada podia fazer para ajudar. Abraçou o caule, como se pudesse impedir o desenvolvimento da madeira, e gostaria mesmo de ser envolvida pela casca da árvore. Nesse instante, aproximaram-se o pai de Dríope e também o marido, Andrêmon; e, quando perguntaram por Dríope, Íole apontou para o lótus que acabara de se formar. Eles abraçaram o caule da árvore, que ainda estava quente, e beijaram por toda parte as suas folhas.

Finalmente, nada restou de Dríope além do rosto. Suas lágrimas ainda fluíam e caíam sobre as folhas, e enquanto pôde continuou falando. "Não sou culpada. Não mereço este destino. A ninguém feri. Se não digo a verdade, possa minha folhagem perecer com a seca e meu caule ser cortado e incinerado. Levai este bebê e entregai-o a uma ama de leite. Deixai que seja trazido aqui com frequência e amamentado sob os meus ramos, e que possa brincar sob a minha sombra; e, quando ele tiver idade suficiente para falar, ensinai-o a chamar-me de mãe, e a dizer com tristeza: 'minha mãe vive oculta sob o córtex desta planta'. Mas que ele tenha cuidado com as margens dos rios, e não arranque as flores de qualquer maneira, lembrando-se de que cada arbusto que ele vê pode ser uma deusa disfarçada. Adeus, querido marido, irmã e pai. Se ainda tendes algum amor por mim, não permitais que o machado me fira nem que os rebanhos mordam-me e rasguem os meus ramos. E uma vez que não me posso abaixar para vós, subi e beijai-me; e, enquanto meus lábios puderem ainda sentir, erguei meu filho para que eu possa beijá-lo. Não posso mais falar, pois o córtex já avança sobre o meu pescoço, e em breve cobrirá meu rosto. Não há necessidade de que fecheis os meus olhos, pois a madeira o fará sem o vosso auxílio." Então os lábios cessaram de movimentar-se, e a vida se extinguiu; mas os ramos ainda retiveram por mais algum tempo o calor vital.

Em *Endímion*, Keats fala de Dríope:

> *Ela enlutou-se com o prelúdio que veio pulsando*
> *Vivamente, elaborando o caminho,*
> *No qual sua voz deveria afastar-se. Foi uma canção*
> *De cadência mais sutil, e mais selvagem*
> *Do que aquela com que Dríope ninava o seu bebê.*

VÊNUS E ADÔNIS

Certa vez Vênus brincava com seu filho, Cupido, quando feriu o peito com uma das setas do menino. Afastou a criança e viu que a ferida era mais profunda do que pensava. Antes que pudesse ser curada, viu Adônis e apaixonou-se por ele. A partir de então não mais se interessou pelos seus lugares favoritos: Pafos, Cnido e Amatos, que eram ricos em metais. Ausentou-se até mesmo do céu, pois Adônis era mais querido que o céu. Seguia-o e fazia-lhe companhia. Ela que amava reclinar-se na sombra, sem preocupação, dedicada apenas a cultivar os seus próprios encantos, agora anda através dos bosques e sobre as montanhas, vestida como a caçadora Diana; chama os seus cães e persegue lebres e cervos, ou outros animais de caça que não oferecem perigo, mantendo-se, porém, a distância de lobos e ursos, pois cheiravam à matança dos rebanhos. E também adverte Adônis quanto aos animais perigosos: "Sê bravo com os tímidos", disse ela. "Coragem para enfrentar os corajosos não é seguro." "Não te exponhas ao perigo para não arriscares a minha felicidade. Não ataques as feras que a Natureza armou. Não aprecio tanto a tua glória, que queira barganhá-la pela tua falta de segurança. Tua juventude e a beleza que encanta Vênus não tocarão o coração dos leões e dos rudes javalis. Pensa nas suas garras terríveis e na sua força prodigiosa! Odeio sua raça inteira. Perguntas-me a razão?" Então ela contou a Adônis a história de Atalante e Hipômenes, que foram transformados em leões por terem sido ingratos a ela.

Tendo-o advertido dessa maneira, Vênus montou em sua carruagem puxada por cisnes e partiu através dos ares. Mas Adônis era corajoso demais para ceder a esses conselhos. Os cães haviam expulsado um javali de seu covil, e o jovem atirou a lança, ferindo o animal com um golpe lateral. A fera tirou a arma de si com as mandíbulas, e correu na direção de Adônis, que por sua vez também correu; mas o javali alcançou-o e enterrou os dentes no corpo do caçador, e deixou-o moribundo sobre o solo.

Vênus, em sua carruagem puxada por cisnes, não tinha ainda chegado a Chipre, quando ouviu chegados pelo ar os gemidos de seu amado, e retornou com seus corcéis de asas brancas para a terra. Quando se aproximou e enxergou do alto o corpo sem vida e ensanguentado, desceu e, inclinando-se sobre ele, bateu no peito e arrancou os próprios cabelos. Acusando as Moiras, bradou: "Vosso triunfo há de ser apenas parcial; as memórias de minha tristeza hão de durar e o espetáculo de tua morte, meu Adônis, e de minhas lamentações há de ser renovado anualmente. Teu sangue será transformado em uma flor; essa consolação ninguém poderá evitar". Assim falando, espalhou néctar sobre o sangue; e, quando ambos se misturaram, bolhas se elevaram como num lago em que os pingos da chuva caem, e no intervalo de uma hora surgiu uma flor da cor do sangue, como a romã, mas uma flor efêmera. Dizem que quando o vento sopra os botões se abrem, e, em seguida, as pétalas caem; por isso essa flor é chamada *Anêmona*, ou *Flor do vento*, pois é o vento que promove tanto o seu florescimento quanto a sua decadência.

Milton cita a história de Vênus e Adônis em *Comus*:

> *Após pensar o grave ferimento,*
> *O jovem Adônis se esparrama*
> *Nos canteiros de rosas e de lírios,*
> *Num sono suave; e, a seu lado, a bela dama*
> *Triste se assenta — a Rainha dos Assírios.*

APOLO E JACINTO

Apolo estava apaixonado por um jovem chamado Jacinto. Acompanhava-o em suas atividades físicas, carregava as redes quando ele ia pescar, conduzia os cães quando ele ia caçar, seguia-o em suas excursões nas montanhas, e por causa dele negligenciava a sua lira e suas flechas. Um dia foram juntos arremessar discos. Apolo suspendeu o disco e, com força e habilidade, lançou-o muito alto e muito longe. Jacinto viu o objeto em seu voo, e, entusiasmado com a façanha, correu adiante para agarrá-lo, ansioso para fazer também o seu arremesso. Contudo, o disco ricocheteou no solo e atingiu-o na testa. O jovem caiu e perdeu os sentidos. O deus, tão pálido quanto Jacinto, ergueu-o e usou todas as suas habilidades para estancar o sangue do ferimento e salvar a vida que se esvaía, mas tudo foi em vão. A gravidade do ferimento estava além do alcance da medicina. Assim como um lírio que teve a sua haste quebrada e a flor pende para a terra, assim também a cabeça do jovem moribundo, como se tivesse ficado pesada demais para sustentar-se sobre o pescoço, tombou sobre o ombro. "Morreste, Jacinto!", exclamou Apolo. "Por minha culpa, roubado de tua juventude. Teu é o sofrimento, meu é o crime. Quisera eu morrer por ti! Mas, já que isso não pode acontecer, tu hás de viver em minha memória e em minhas canções. Minha lira há de celebrar-te, minha música há de cantar o teu destino, e tu te tornarás uma flor na qual os meus lamentos estarão inscritos." Enquanto Apolo falava, o sangue que escorrera sobre o solo e manchara a relva deixou de ser sangue; e uma flor de uma coloração mais bela que a tíria surgiu, semelhante ao lírio, diferente apenas por ser púrpura, enquanto o lírio é branco. E isso não foi suficiente para Febo. Para engrandecer a homenagem ao jovem, marcou as pétalas do jacinto com o seu pesar, nelas inscrevendo o seu "Ah! Ah!", como ainda hoje se vê. A flor se chama jacinto, e a cada nova primavera ela revive a memória de seu destino.

Dizem que Zéfiro (o vento oeste), que também amava Jacinto e tinha ciúmes da sua preferência por Apolo, soprou sobre o disco, desviando-o para a cabeça do rapaz. Keats também fala dessa lenda em seu *Endímion*, onde descreve os espectadores do jogo de arremesso de disco:

> *Ou poderão assistir aos lançadores de disco, concentrados*
> *Em ambos os lados, lamentando a morte triste*
> *De Jacinto, quando o sopro cruel*
> *De Zéfiro o desviou; Zéfiro penitente,*
> *Que agora, quando Febo sobe ao firmamento,*
> *Afaga a flor em meio à chuva soluçante.*

Há ainda uma alusão ao jacinto no *Lycidas*, de Milton:

> *Como naquela flor púrpura marcada pela dor.*

CAPÍTULO IX

CÊIX E ALCÍONE

Cêix era rei da Tessália, onde reinava em paz, sem violência nem injustiças. Era filho de Vésper, a Estrela da Manhã, e o resplandecer de sua beleza fazia lembrar a do pai. Alcíone, a filha de Éolo, era sua esposa, muito dedicada e apegada. Cêix andava tão desgostoso com a perda de um irmão, além de outros acontecimentos horríveis que se seguiram a essa morte, que começou a sentir-se hostilizado pelos deuses. Assim, decidiu fazer uma viagem até Carlos, na Jônia, com a finalidade de consultar o oráculo de Apolo. Contudo, assim que revelou sua intenção à esposa, Alcíone, esta logo estremeceu e ficou extremamente pálida. "Qual foi a minha falta, amado esposo, para que queiras afastar de mim teu afeto? Onde está aquele amor que costumava dominar nossos pensamentos? Aprendeste a te sentir mais confortável longe da minha presença? Ou talvez prefiras que eu mesma te abandone?"

Tentou também o desencorajar, descrevendo a violência dos ventos, que lhe eram familiares do tempo em que morara na casa de seu pai, Éolo — o deus dos ventos —, e fez tudo para dissuadi-lo.

"Eles sopram juntos", disse ela, "com tanta fúria, que faíscas irrompem do conflito. Mas, se tens de ir", acrescentou, "amado esposo, deixa-me ir contigo, senão sofrerei não somente pelos perigos verdadeiros que encontrares, como também pelos males sugeridos pela minha imaginação".

Essas palavras marcaram profundamente o espírito do rei Cêix, que também desejava muito levar a esposa, mas não podia suportar a ideia de expô-la aos perigos do mar. Em resposta, entretanto, tentou consolá-la como podia, finalizando com estas palavras: "Prometo, pelos raios de meu pai, a Estrela da Manhã, que, se o destino me permitir, regressarei antes de a lua ter girado duas vezes em sua órbita". Tendo dito isso, ordenou que o navio fosse retirado do estaleiro, e que remos e velas fossem colocados a bordo. Quando Alcíone viu os preparativos, estremeceu como se tivesse tido maus pressentimentos. Entre lágrimas e soluços, disse adeus e perdeu os sentidos.

Cêix teria adiado a partida, no entanto os jovens marinheiros já tinham pegado os remos e avançavam vigorosamente, cortando as ondas com remadas longas e cadenciadas. Alcíone ergueu olhos cheios de lágrimas e viu o marido de pé no convés, acenando-lhe. Então, acenou de volta. E assim ficou, até que o navio se afastou tanto que não lhe era mais possível distinguir o vulto de seu amado. Quando o próprio navio se perdeu de vista, esforçou-se ainda mais para enxergar um último brilho das velas, até que isso também desapareceu. Então, voltou aos seus aposentos, onde se lançou ao leito solitário.

Enquanto isso, o navio deslizava para bem longe do porto e a brisa acariciava o cordame. Os marinheiros recolhiam os remos e içavam as velas. Quando a noite caía, e já haviam percorrido metade do caminho, ou pouco menos, o mar começou a embranquecer, as ondas se avolumaram e o vento leste começou a soprar com muita força. O capitão do navio ordenou que recolhessem as velas, mas a tempestade não permitiu que a ordem fosse cumprida, pois tal era o barulho dos ventos e das ondas, que seus gritos não puderam ser ouvidos. Os homens, por conta própria, trataram de recolher os remos e reduzir as velas, para manter o navio aprumado. Enquanto cada um deles fazia o que lhes parecia mais apropriado, a tempestade piorava. Os gritos dos homens, o sacudir das velas e as pancadas das ondas misturavam-se com o estrondo dos trovões. O mar revolto parecia levantar-se até o céu, para espalhar sua espuma entre as nuvens; depois descia até as profundezas, assumindo a cor negra do carvão — um negrume do Estige.

O navio acompanha todas essas mudanças, como um animal selvagem se precipita entre as lanças dos caçadores. A chuva cai torrencialmente, como se o céu estivesse vindo abaixo para encontrar-se com o mar. Quando os relâmpagos cessam por um instante, a noite parece acrescentar a própria escuridão à da tempestade; em seguida vêm os relâmpagos novamente, dissipando as trevas e a tudo iluminando com seu clarão. A habilidade falha, a coragem desaparece e a morte parece estar em cada onda. Os homens ficam paralisados de terror. Então vêm à sua mente lembranças da família, dos amigos e das promessas deixadas em terra firme. Cêix pensa em Alcíone. Nenhum outro nome senão o dela lhe vem aos lábios e, ao mesmo tempo que deseja tê-la, regozija-se com sua ausência. De repente, o mastro é partido por um raio, o leme se quebra e as ondas triunfantes se precipitam sobre o navio, varrendo o tombadilho e carregando destroços. Alguns marinheiros, aturdidos pelas ondas, afundam e não mais retornam à superfície; outros agarram-se aos fragmentos do naufrágio. Cêix, com a mão que costumava segurar cetros reais, agarra-se a uma tábua, pedindo por socorro — em vão — a seu pai e a seu sogro. Contudo, seus lábios chamam ainda mais pela amada Alcíone. É nela que se fixam seus pensamentos. Reza para que as ondas possam arrastar seu corpo até onde ela o possa encontrar, para que seja sepultado por suas mãos. Finalmente as águas o dominam e ele afunda. A Estrela da Manhã não brilhou naquela noite; como não podia sair do céu, escondera o rosto com as nuvens.

Enquanto isso, Alcíone, ignorando todos esses acontecimentos terríveis, contava os dias que faltavam para o prometido regresso do marido. Ora prepara as vestimentas que ele deverá usar, ora as que ela deverá vestir. Com frequência, oferece incenso a todos os deuses. Porém a Juno oferece mais que a todos. Pelo marido, que já não existia, rezava incessantemente para que estivesse salvo, para que regressasse para casa, para que não viesse, durante a ausência, a amar outra mulher. Mas de todas as súplicas só a última estava destinada a ser atendida. A deusa, finalmente, não podendo mais suportar as súplicas por alguém que já estava morto, nem receber oferendas em seus altares, as quais deveriam agora ser elevadas aos ritos funerários, chamou Íris e disse: "Íris, minha fiel mensageira, vá até os domínios do deus Sono e peça-lhe que envie a Alcíone uma visão na forma de Cêix, de maneira que ela possa saber o que se passou".

Íris colocou suas vestes de muitas cores e saiu à procura do palácio do Rei do Sono, tingindo o espaço com seu arco. Próximo ao país dos cimérios, numa caverna da montanha, ficava a morada daquele deus entorpecido. Ali Febo não se atreveu a entrar, nem ao nascer, nem ao meio-dia, nem ao se pôr. Nuvens e sombras erguem-se do chão e a luz brilha tenuamente. A ave da madrugada jamais canta ali para inaugurar uma nova aurora; nem o cão vigilante nem o ganso sagaz jamais perturbam o silêncio. Nem animal selvagem, ou gado, ou ramo que se move com o vento nem o barulho da conversa humana afetam a quietude. O silêncio reina totalmente, mas nas profundezas do rochedo corre o rio Lete, e seu murmúrio convida ao sono.

Perto da entrada da caverna crescem papoulas e outras ervas, em abundância, de cujas seivas a Noite colhe a sonolência, que espalha pela terra durante a escuridão. Não existem portões, para que não ranjam suas dobradiças, nem guardião; mas no centro encontra-se um leito de ébano, adornado com plumas e cortinas pretas. É ali que o deus repousa, com seus membros relaxados. Ao seu redor estão os sonhos, em vários formatos, tantos quantos são os grãos de areia na praia, ou as espigas de milho numa colheita, ou as folhas numa floresta.

Logo que a deusa entrou e afugentou os sonhos que pairavam sobre ela, seu brilho iluminou a caverna. O deus, mal abrindo os olhos e com as barbas caindo sobre o peito, finalmente despertou-se de si próprio e, apoiando-se num braço, perguntou qual o propósito de sua visita; não perguntou quem era ela pois já a conhecia. Ela respondeu: "Sono, o mais gentil dos deuses, tranquilizador das mentes e suavizador dos corações amargurados, Juno ordena-te que envies um sonho a Alcíone, na cidade de Tráquis, representando o seu marido morto e todos os fatos do naufrágio".

Tendo transmitido a mensagem, Íris apressou-se em ir embora, pois não podia mais suportar aquele ar estagnado. E, sentindo um torpor apoderar-se do corpo, tratou logo de regressar para o lugar de onde viera, através de seu arco. Então o Sono chamou um dos seus inúmeros filhos, Morfeu, o mais hábil em disfarces e em imitar o andar, a fisionomia, a maneira de falar, e até mesmo roupas e atitudes mais características de qualquer um. Porém somente aos homens imitava, deixando a Ícelo o encargo de imitar pássaros, feras e serpentes, e a Fântaso o poder de se transformar em rochedos, águas, matas e coisas inanimadas. Estes serviam a reis e grandes personagens em suas horas de sono, enquanto os demais serviam às pessoas comuns. Sono escolheu, entre os irmãos, Morfeu, para cumprir as ordens de Íris; depois voltou a reclinar a cabeça no travesseiro, entregando-se novamente ao grato repouso.

Morfeu voou, sem fazer nenhum barulho com as asas, e logo chegou à cidade hemoniana, retirou as asas e assumiu a forma de Cêix. Sob esse disfarce, mas pálido como um defunto, e nu, apresentou-se à frente do leito da esposa desventurada. Sua barba parecia encharcada, e a água lhe gotejava pelas madeixas. Debruçando-se sobre a cama, com lágrimas nos olhos disse: "Reconheces-me, o teu Cêix, desventurada esposa, ou a morte mudou a minha aparência? Olha-me, conhece-me. Sou a sombra de teu marido, e não ele próprio. Tuas orações, Alcíone, de nada me valeram. Estou morto. Não te iludas mais com vãs esperanças sobre o meu regresso. Os ventos tempestuosos afundaram o meu navio no mar Egeu, as ondas salgadas encheram minha boca enquanto chamava por ti. Não é um mensageiro qualquer que aqui te fala nem se trata de um vago rumor que te chega aos ouvidos. Venho aqui em pessoa, um náufrago, para contar-te meu destino. Levanta-te! Dá-me tuas lágrimas, dá-me teus lamentos, e não me deixes descer até o Tártaro sem o teu pranto".

Morfeu emprestou a essas palavras um tom de voz muito parecido com a voz de Cêix, e parecia chorar de verdade; suas mãos também assumiram os mesmos gestos do morto.

Alcíone chorava e gemia. Em seu pesadelo, estendia os braços na tentativa de abraçar o corpo do marido, mas em vão.

"Fica!", gritou. "Por que foges? Vamos partir juntos!"

Sua própria voz a despertou. Assustada, olhou em volta para ver se o marido ainda estava presente, pois os criados, alarmados com os gritos dela, tinham trazido uma candeia. Como não mais o encontrou, golpeou o próprio peito e rasgou as vestes. Não se preocupou em desatar os cabelos, e arrancava-os, selvagemente. Sua ama pergunta-lhe a causa de sua dor.

"Alcíone já não existe", responde. "Pereceu com seu Cêix. Não digas palavras de conforto, pois ele naufragou e está morto. Eu o vi e o reconheci. Levantei os braços para agarrá-lo e retê-lo comigo, mas sua sombra desapareceu; todavia, era a verdadeira sombra de meu marido. Não com o seu costumeiro aspecto nem com sua beleza, mas pálido, nu e com os cabelos molhados de água do mar, apareceu à desgraçada de sua esposa. Foi aqui neste mesmo ponto que apareceu a triste visão." E dizendo isso olhou para o ponto indicado, na esperança de ver as marcas dos pés dele. "Foi o que aconteceu e foi o que no meu presságio previ, quando lhe implorei que não me deixasse, e que não confiasse nas ondas. Oh, como desejo, já que ele tinha mesmo de ir, que me tivesse levado também! Teria sido bem melhor. Assim não teria o resto da minha vida para passar sem ele nem uma morte separada para morrer. Se pudesse suportar a ideia de viver e lutar para conservar-me, seria mais cruel para mim mesma do que o mar o foi. Mas não lutarei, não ficarei separada de ti, meu infeliz marido. Na morte, já que um túmulo não nos poderá conter, pelo menos um epitáfio o fará; se não posso pôr as minhas cinzas ao lado das tuas, pelo menos o meu nome não estará separado do teu." A dor que sentia não lhe permitia dizer mais, e o que dizia era entrecortado de lágrimas e soluços.

Era manhã. Ela foi até a praia e procurou o ponto em que o vira pela última vez, quando partira. "Enquanto ainda em terra, aqui, soltando as amarras, ele deu-me o seu último beijo." Enquanto revê todos os objetos e tenta lembrar-se de todos os incidentes, olha na direção do mar e vê um objeto, que não pôde distinguir bem, flutuando nas águas. Primeiro não sabia bem o que era, mas aos poucos as ondas foram trazendo o objeto em direção à terra e ela viu que se tratava do corpo de um homem. Embora não soubesse de quem, como era de um náufrago, comoveu-se e chorou, dizendo: "Que tristeza! Desgraçado de ti e de tua esposa, se houver!". Trazido pelas ondas, o corpo foi-se aproximando. Agora já está quase na praia. Então reconhece, no corpo, certos detalhes familiares. É do marido! Erguendo os braços em direção ao corpo, diz: "Queridíssimo esposo, é assim que regressas a mim?".

Da praia ao mar havia um pequeno cais, construído como quebra-mar para deter sua violência e o seu avanço sobre a terra. Ela subiu ao molhe donde (foi maravilhoso como o conseguiu), com asas que lhe apareceram no momento, voou rente ao mar, transformada em ave infeliz. Enquanto voava, saíram-lhe da garganta gritos de sofrimento, como a voz de alguém que se está lamentando. Quando tocou no corpo inerte e sem vida, envolveu-o em suas recém-formadas asas, e tentou beijá-lo com seu bico ósseo. Se Cêix sentiu ou se foi só a ação das ondas, os que observaram o que se passava não estavam certos, mas a cabeça pareceu levantar-se do corpo. Na verdade, o corpo sentiu o beijo e, pelos deuses condoídos, também foi transformado em ave. Essas duas aves unem-se e procriam. Durante sete dias plácidos, Alcíone choca no seu ninho, que flutua no mar. Então o mar é seguro para os marinheiros. Éolo guarda os ventos e não os deixa perturbar o oceano. O mar é entregue, durante esse período, a seus netos.

As seguintes linhas da *Noiva de Ábidos*, de Byron, dão a impressão de terem sido inspiradas na parte final desta história, se o autor não tivesse declarado que tirou a ideia do movimento de um cadáver flutuando:

Tão agitada, como em seu travesseiro,
Sua cabeça se eleva com a elevação das vagas.
E aquelas mãos, cujos movimentos não representam mais a vida,

Ainda assim parecem debilmente ameaçadoras,
Ao serem jogadas para cima pelas ondas
Para logo após se igualar ao nível das águas.

Milton, em seu *Hino à Natividade*, assim se refere à lenda de Alcíone:

Mas pacífica era a noite
Em que, do Príncipe da Luz,
O reinado de paz teve início na terra;
Ventos sopraram, maravilhados,
Beijando suavemente as águas do mar,
Sussurrando novas alegrias ao brando oceano,
Que agora já esquecera a sua fúria
Enquanto aves chocam na calmaria das ondas encantadas.

Keats também diz, em seu *Endímion*:

Oh, sono mágico! Oh, ave confortadora!
Que chocas nas águas agitadas da consciência
Até a abrandar, na quietude do silêncio.

CAPÍTULO X

VERTUNO E POMONA

As Hamadríades eram ninfas dos bosques. Pomona era uma delas, e nenhuma a excedia em seu amor aos jardins e ao cultivo das frutas. Não se preocupava com florestas e rios, mas amava as regiões cultivadas e as árvores que produziam frutas deliciosas. Na mão direita trazia uma faca de poda. Armada com ela, ora se ocupava em impedir o crescimento exagerado das plantas, podando-lhes os galhos dispersos, ora a enxertar nos ramos brotos que não lhes eram próprios. Também cuidava para que suas plantas prediletas não sofressem com a seca, desviando o curso das águas para perto delas, de maneira que suas raízes pudessem saciar a sede. Essa atividade era sua meta e sua paixão, além de mantê-la livre de tudo que Vênus inspira. Temia os habitantes da região e mantinha seu pomar fechado, não permitindo a entrada de homens. Os faunos e sátiros dariam tudo o que possuíam para conquistá-la. Assim também o faria o velho Silvano — aquele que parece mais jovem do que realmente é, e Pã, que usa uma coroa de folhas de pinheiro na cabeça. Vertuno, contudo, a amava mais que todos os outros, embora não tivesse mais sorte do que eles.

Muitas vezes, disfarçado de ceifeiro, oferecia a Pomona uma cesta de trigo, fazendo-se muito semelhante a um ceifeiro de verdade! Com uma faixa de feno amarrada em volta da cintura, fazia qualquer um pensar que acabara de ceifar os campos. Algumas vezes, trazia um aguilhão na mão, e qualquer um julgaria que ele acabara de desatrelar seus bois fatigados. Ora trazia uma podadeira e personificava um viticultor, ora carregava uma escada nos ombros, dando a impressão de que ia colher maçãs. Às vezes, apresentava-se marchando, como se fosse um soldado; outras, carregava vara e anzol, como se fosse pescar. Dessa maneira, conseguia aproximar-se de Pomona cada vez mais, alimentando e aumentando sua paixão, de tanto vê-la.

Certo dia apareceu disfarçado de velha senhora. Tinha os cabelos grisalhos, cobertos por uma touca, e um cajado na mão. Entrou no pomar e admirou os frutos.

"Podes orgulhar-te, minha filha", exclamou, beijando-a em seguida, mas não da mesma forma como a beijaria uma velha senhora.

Sentou-se no chão e olhou para os galhos carregados de frutos que pendiam acima dela. Em frente havia um olmo, entrelaçado com uma parreira carregada de uvas suculentas. Teceu elogios à árvore e à videira conectada a ela.

"Contudo", disse ela, "se a árvore ficasse só, e não tivesse a videira lhe enroscando o tronco, nada teria para nos atrair ou nos oferecer, a não ser suas folhas inúteis. Igualmente a videira, se não estivesse entrelaçada em torno do olmo, estaria prostrada no chão. Por que não aprendes essa lição dada pela árvore e pela videira e concordas em unir-te a alguém? Gostaria muito que assim o fizesses. A própria Helena não teve tantos pretendentes, nem Penélope, a esposa do astuto Ulisses. Apesar de rejeitá-los, todos a cortejam — todas essas divindades do campo, além de outras mais que frequentam

essas montanhas. Mas, se és prudente e desejas fazer um bom casamento, e se permites que uma pobre velha te aconselhe — uma velha que te ama mais do que imaginas —, dispensa todos os outros e aceita Vertuno, sob minha recomendação. Conheço-o
tão bem quanto ele a si próprio. Ele não é uma divindade errante, mas pertence a estas montanhas. Não se comporta como a maioria dos amantes de hoje, que amam qualquer uma que lhes aparece no caminho. Ele te ama, e somente a ti. Além do mais, é jovem, bonito e domina a arte de assumir qualquer forma que deseje, podendo transformar-se exatamente naquilo que ordenares. Ele também gosta das mesmas coisas que tu, deleita-se com a jardinagem e aprecia tuas maçãs. No momento, porém, não está interessado em frutos, nem em flores e nenhuma outra coisa a não ser em ti. Tem piedade dele e imagina-o falando através da minha boca. Lembra-te de que os deuses castigam a crueldade e de que Vênus detesta os corações endurecidos e castigará tais ofensas, mais cedo ou mais tarde. Para provar que estou dizendo a verdade, deixa-me contar-te uma história, que é bem conhecida em Chipre como verdadeira. E espero, como resultado, tornar-te mais clemente.

"Ífis era um rapaz de origem humilde, que se apaixonou por Anaxárete — uma jovem da nobreza, que pertencia a uma família tradicional de Têucria. Lutou muito tempo contra sua paixão, mas, quando viu que não conseguia aplacá-la, foi até a mansão em que a jovem morava para declarar seu amor. Primeiro, revelou seus sentimentos à ama de Anaxárete, a quem suplicou que, se realmente amasse a filha de criação, favorecesse sua causa. Depois, tentou ganhar a simpatia dos criados. Muitas vezes, escrevia suas juras de amor em tabuletas, e outras vezes pendurava guirlandas de flores regadas com suas próprias lágrimas pelos portões da mansão. Deitava-se na soleira e murmurava suas queixas às fechaduras e trancas cruéis. A jovem, no entanto, mostrava-se mais surda do que as elevadas ondas do mar numa tempestade de novembro; mais dura que o aço das forjas germânicas, ou que a rocha agarrada ao seu rochedo de origem. Zombava e ria-se dele, acrescentando palavras cruéis ao seu tratamento ríspido, e não lhe dava a mais remota esperança. Ífis já não podia suportar os tormentos de um amor não correspondido e, colocando-se de pé em frente ao portão da casa da jovem, disse estas últimas palavras: 'Tu venceste, Anaxárete, e já não terás de aturar minhas importunações. Desfruta do teu triunfo! Canta canções de alegria e coroa tua cabeça com louros, pois venceste! Morrerei! Regozija-te, coração de pedra! Ao menos isso posso fazer para contentar-te e obrigar-te a elogiar-me; e assim provarei que o meu amor por ti só deixará de existir com o fim da minha própria vida. E não permitirei que rumores te informem sobre minha morte. Virei eu mesmo, pessoalmente, e hás de me ver morrer e alegrar teus olhos com o espetáculo. No entanto, ó deuses que voltais os olhares para as aflições humanas, observai minha sorte! Só vos peço isto: que eu seja lembrado nas eras vindouras e que acrescentem à minha fama os anos de vida que me foram roubados'. Assim falou Ífis, e, voltando as faces pálidas e os olhos cheios de lágrimas para a casa da amada, amarrou uma corda no portão, no qual muitas vezes pendurara guirlandas de flores, e, colocando a cabeça no laço, murmurou: 'Pelo menos esta guirlanda há de te agradar, donzela cruel!'.

"E deixou-se cair, ficando suspenso pela corda, com o pescoço quebrado. Na queda, bateu contra o portão, e o barulho foi semelhante a um gemido. Os criados abriram a porta e o encontraram morto, e, com exclamações de piedade, retiraram o corpo e o levaram para a casa da mãe, pois o pai já era morto. A pobre mulher recebeu o cadáver do filho, envolveu-o em seus braços e apertou-o ao peito, enquanto dizia palavras de tristeza e de dor que somente as mães sabem proferir nessas horas. O triste funeral atravessou a cidade, e o morto era carregado num caixão para o local da pira funerária. Por acaso, a casa de Anaxárete ficava na rua por onde passava a procissão fúnebre, e as lamentações dos que choravam a morte de Ífis chegaram aos ouvidos daquela a quem a deusa da vingança já havia assinalado para um merecido castigo. 'Vamos ver essa triste procissão', disse ela. Subiu numa das torres e olhou através de uma janela aberta, de onde viu o cortejo fúnebre. Seus olhos, mal repousaram sobre o corpo de Ífis no caixão, começaram a enrijecer e o sangue de seu corpo a esfriar-se. Tentou recuar, mas já não conseguia mexer os pés. Tentou virar o rosto, mas foi em vão. Aos poucos, todos os seus membros se petrificaram, tal qual o seu coração. Para que não alimentes dúvidas sobre o fato, a estátua ainda permanece no templo de Vênus em Salamina, na exata figura de Anaxárete. Agora, pensa bem sobre estas coisas, minha querida. Deixa de lado teu desprezo e protelações, e aceita um marido, de maneira que as geadas do inverno não venham a estragar teus novos frutos, nem os ventos furiosos desfolhar tuas flores!".

Assim que Vertuno disse essas palavras, tirou o disfarce de velha e ficou em frente de Pomona tal como era: como um jovem formoso. Pomona teve a sensação de ver o sol saindo de trás das nuvens. Vertuno teria renovado suas juras de amor, mas não foi preciso; seus argumentos e a visão agradável de sua presença prevaleceram, e a ninfa não pode mais resistir, entregando-se à chama desse amor.

Pomona era a padroeira especial dos pomares de maçã e, como tal, foi invocada por Phillips, o autor do poema sobre Cidra, em versos brancos. Thomson assim se refere ao poeta em *Estações*:

Phillips, poeta de Pomona, o segundo que
Tão nobremente escreve versos livres de rima
E, com liberdade britânica, canta a sua canção.

Pomona foi também considerada a deusa dos frutos, e como tal é invocada por Thomson:

Leva-me, Pomona, aos teus bosques,
Onde o limão e a amarga lima,
Mais a laranja, brilhando no meio do verde,
Misturam suas cores mais claras. Põe-me encostado
Por baixo do frondoso tamarindeiro, onde balouça,
Soprado pela brisa, seu fruto que acalma a febre.

CAPÍTULO XI

CUPIDO E PSIQUÊ

Certo rei tinha três filhas. Os encantos das duas mais velhas eram mais do que comuns, mas a beleza da mais nova era tão extraordinária que a pobreza do vocabulário humano não é capaz de expressar um elogio apropriado.

A fama da sua beleza era tão grande que pessoas de outros lugares vizinhos iam, em multidão, para vê-la e prestar-lhe homenagens que somente à própria Vênus eram apropriadas. De fato, os altares de Vênus estavam cada vez mais desertos, enquanto os homens voltavam sua atenção e devoção a esta jovem virgem. Quando ela passava, as pessoas teciam elogios e espalhavam flores e guirlandas sobre o caminho.

Essa perversão de uma homenagem consagrada somente aos poderes imortais, para exaltação de uma jovem mortal, ofendeu Vênus profundamente. Sacudindo suas divinas madeixas encaracoladas, com indignação, exclamou a deusa: "Terei, porventura, de ser eclipsada em minhas honrarias por uma simples mortal? Foi em vão que aquele pastor real, cujo julgamento foi aprovado pelo próprio Júpiter, me concedeu o pomo da beleza, sobre minhas ilustres rivais, Palas e Juno? Contudo, essa jovem não usurpará minhas honras tão facilmente. Dar-lhe-ei um motivo para se arrepender dessa beleza ilícita".

Então chamou seu filho alado, Cupido, travesso por natureza, e o provocou com suas reclamações. Apontou Psiquê e disse: "Meu querido filho, quero que castigues aquela beldade insubordinada; concede à tua mãe uma vingança tão doce quanto são amargosos os danos que ela me tem causado. Infunde no peito daquela donzela insolente uma paixão por um ser desprezível, baixo e vil, para que colha, assim, uma mortificação tão grande quanto a glória e o triunfo recebidos".

Cupido preparou-se para obedecer às ordens de sua mãe. Existiam duas fontes no jardim de Vênus, uma de águas doces e outra de águas amargas. Cupido encheu dois jarros de âmbar, cada qual com água de uma das fontes e, suspendendo-os no alto de sua aljava, saiu em disparada em direção ao quarto de Psiquê, a qual encontrou dormindo. Então, derramou algumas gotas da água da fonte amarga nos lábios dela, embora ao vê-la ficasse condoído. Depois, tocou-a com a ponta de sua seta. Ao sentir o toque, a jovem acordou, com o olhar na direção em que Cupido se encontrava (embora este se fizesse invisível). Cupido ficou tão surpreendido que, na sua confusão, feriu-se com sua própria seta. Descuidou-se do ferimento, pois agora seu único pensamento era reparar o mal que fizera. Assim, derramou algumas gotas aromáticas de alegria sobre todos os cachos dourados e sedosos da jovem.

Daquele momento em diante, Psiquê, desprezada por Vênus, não podia mais desfrutar de nenhum benefício de sua beleza. É verdade que todos os olhares se voltavam para ela, e que todas as bocas elogiavam sua beleza; mas nenhum rei, jovem da nobreza ou mesmo plebeu apresentou-se para pedi-la em matrimônio. Suas duas irmãs mais velhas, de beleza mais vulgar, havia muito já haviam casado com dois príncipes reais; mas Psiquê, sozinha nos seus aposentos, lastimava sua solidão, cansada de sua beleza que, embora provocasse abundância de bajulações, fracassava em despertar o amor.

Os pais da jovem, temerosos de que, involuntariamente, pudessem ter provocado a ira dos deuses, consultaram o oráculo de Apolo, e receberam esta resposta: "A virgem não está destinada a ser noiva de um mortal. Seu futuro marido a espera no topo da montanha. É um monstro a que nem deuses nem homens podem resistir".

Essa tenebrosa sentença do oráculo encheu o povo de terror, e seus pais se entregaram ao desespero. Contudo, Psiquê disse: "Meus queridos pais, por que lamentais minha sorte? Teria sido melhor que tivésseis lamentado quando o povo fazia chover sobre mim honrarias impróprias e, em uníssono, chamavam-me Vênus. Agora percebo que sou vítima desse nome. Mas submeto-me. Levai-me até a montanha, onde o meu triste destino me espera".

Assim, todas as coisas foram preparadas e a donzela tomou seu lugar no cortejo, que mais parecia um funeral do que um casamento, e juntamente com seus pais, em meio às lamentações do povo, subiu a montanha, onde a deixaram só, e com o coração pesaroso retornaram a casa.

Enquanto Psiquê permanecia no topo da montanha, ofegante e temerosa, com os olhos cheios de lágrimas, o gentil Zéfiro suspendeu-a da terra e a carregou com muita facilidade até um vale florido. Pouco a pouco, ela acalmou seu espírito e deitou-se na relva para dormir. Quando acordou, descansada pelo sono, olhou à sua volta e avistou um lindo bosque repleto de árvores majestosas. No centro desse bosque encontrou uma fonte de água pura e cristalina, e bem perto dali um palácio magnífico, cuja fachada imponente dava a impressão de que não era obra de mãos humanas, mas o recanto feliz de algum deus. Tomada de admiração e encantamento, aproximou-se do local e aventurou-se a entrar. A cada objeto que encontrava, enchia-se de prazer e surpresa.

Colunas de ouro suportavam o teto abobadado e as paredes eram enfeitadas com gravuras e pinturas representando animais de caça e cenários rurais, para o deleite dos olhos do apreciador. Prosseguindo, a jovem percebeu que, além dos aposentos de luxo, havia outros cheios de toda espécie de tesouro e preciosas produções da natureza e da arte.

Enquanto ocupava seus olhos, uma voz dirigiu-se a ela, embora não visse ninguém, dizendo estas palavras: "Soberana senhora, tudo quanto vês é teu. Nós, cujas vozes escutas, somos teus criados e obedeceremos às tuas ordens com o máximo cuidado e diligência. Retira-te, pois, aos teus aposentos e repousa em teu leito e, quando estiveres refeita, poderás banhar-te. A ceia te espera no aposento adjacente, quando achares conveniente ali te assentares".

Psiquê ouviu os avisos dos seus criados invisíveis, e, depois do repouso e de um banho refrescante, sentou-se no aposento adjacente, onde imediatamente apareceu uma mesa, sem nenhuma ajuda visível de qualquer criado ou serviçal. Sobre ela havia uma grande variedade das mais deliciosas iguarias e vinhos. Seus ouvidos também foram presenteados com melodias tocadas por músicos invisíveis: um cantava e outro tocava alaúde, enquanto os demais formavam um coro harmonioso.

Psiquê ainda não tinha visto o esposo a ela destinado. Ele aparecia apenas durante a noite e fugia antes de o dia clarear, mas suas manifestações eram tão repletas de amor que despertaram nela paixão semelhante. Com frequência a jovem implorava para que ficasse e a deixasse olhá-lo, mas ele não consentia. Muito pelo contrário, instruiu-a para que não tentasse vê-lo, pois era necessário que permanecesse escondido.

"Por que insistes em me ver?", perguntava ele. "Duvidas do meu amor? Tens algum desejo que não foi atendido? Se me visses, poderias temer-me, ou talvez me adorar, mas tudo que te peço é que me ames. Prefiro que me ames como a um igual a me adorares como um deus."

Esses argumentos de certa forma sossegaram Psiquê por algum tempo, e, como aquilo tudo era novo para ela, sentia-se feliz. Mas, aos poucos, a lembrança dos pais, deixados na mais completa ignorância sobre seu destino, e o impedimento de compartilhar com as irmãs as delícias de sua situação, foram atormentando seu espírito, fazendo-a sentir que o palácio não passava de uma prisão esplêndida. Ao anoitecer, quando o marido chegou, contou-lhe sobre suas angústias, e finalmente conseguiu dele o consentimento — ainda que contrariado — para que suas irmãs viessem visitá-la.

Então, ela chamou Zéfiro e transmitiu-lhe as ordens do marido; ele prontamente obedeceu, trazendo as irmãs de Psiquê até a montanha. Elas se abraçaram e trocaram carinhos.

"Vinde!", disse Psiquê. "Entrai em minha morada e desfrutai tudo que posso oferecer." Então, tomando-as pelas mãos, levou-as para o palácio de ouro, entregando-as aos cuidados de seus numerosos criados invisíveis para que se banhassem, comessem de sua comida e apreciassem seus tesouros. A visão de todas aquelas delícias celestiais provocou muita inveja no coração das duas irmãs, pois constataram que a irmã mais nova possuía muito mais riquezas e bens do que elas.

Perguntaram-lhe muitas coisas, entre elas que tipo de pessoa era o marido. Psiquê respondia que era um belo jovem, que geralmente passava o dia caçando nas montanhas. As irmãs, não satisfeitas com essa resposta, em pouco tempo fizeram-na confessar que, na verdade, nunca tinha visto o marido. Começaram, então, a encher-lhe o coração de dúvidas e suspeitas: "Lembra-te", disseram, "de que o oráculo pitiano declarou que teu destino era te casares com um terrível e abominável monstro. Os habitantes deste vale dizem que teu marido é uma monstruosa serpente, que agora te alimenta com deliciosas iguarias para devorar-te mais tarde. Segue nosso conselho: providencia uma lâmpada e uma faca afiada; coloca-as num lugar onde teu marido não possa encontrar, e, quando ele estiver dormindo profundamente, sai do teu leito, traze a tua lâmpada e vê com teus próprios olhos se o que foi dito é verdadeiro ou não. Se for, não hesites em decepar a cabeça do monstro e recuperar tua liberdade".

Psiquê tentou resistir a esses conselhos tanto quanto pôde, mas eles não falharam em afetar seu espírito, e, depois que suas irmãs tinham partido, o que disseram e sua própria curiosidade foram fortes demais para resistir. Então providenciou uma lâmpada e uma faca afiada, e as escondeu do marido. Quando ele adormeceu, a jovem silenciosamente levantou-se e aproximou a lâmpada para descobrir não um monstro horripilante, mas o mais belo e encantador dos deuses, com cachos dourados a lhe cair sobre o pescoço alvo como a neve e sobre as faces coradas, e um par de asas orvalhadas nos ombros, mais brancas que a neve, e com penas reluzentes como as flores da primavera. Assim que abaixou mais a lâmpada para apreciar mais de perto, uma gota de óleo quente caiu no ombro do deus, que, assustado, abriu os olhos e olhou para Psiquê. Então, sem dizer uma palavra, abriu suas asas brancas e voou através da janela. Psiquê, na vã tentativa de segui-lo jogou-se pela janela e caiu no chão. Cupido, observando-a estendida no solo, interrompeu seu voo por um instante e disse: "Ó tola Psiquê, é assim que retribuis meu amor? Depois de ter desobedecido às ordens de minha mãe e fazer de ti minha esposa, tu me tomas por um monstro e tentas cortar-me a cabeça? Vai, retorna para tuas irmãs, cujos conselhos pareces preferir aos meus. Não lhe imponho nenhum outro castigo além de deixar-te para sempre. Amor e desconfiança não podem conviver sob o mesmo teto".

Assim dizendo, partiu, deixando a pobre Psiquê prostrada no chão a lamentar-se.

Quando se sentiu um pouco mais fortalecida, olhou à sua volta, mas o palácio e os jardins tinham desaparecido, e ela se viu num campo aberto não muito distante da cidade onde moravam suas irmãs. Foi até elas e lhes contou toda a história de suas desventuras, com a qual as criaturas despeitadas, fingindo grande tristeza, na verdade se deliciavam. "Agora, talvez uma de nós seja escolhida por ele", pensaram.

Com essa ideia em mente, e sem dizer uma palavra a respeito de suas intenções, cada uma delas se levantou bem cedo na manhã seguinte para ir até a montanha. Ao chegarem ao cume, cada qual invocou Zéfiro para recebê-la e levá-la até o seu senhor. Depois, lançaram-se no espaço, mas não foram sustentadas por ele, caindo no precipício e morrendo despedaçadas.

Enquanto isso Psiquê vagava dia e noite, sem comida nem repouso, à procura do esposo. Tendo avistado uma montanha majestosa, a qual tinha em seu cume um templo magnífico, suspirou e disse consigo mesma: "Pode ser que o meu amor, o meu senhor, faça ali sua morada".

E dirigiu-se até o templo.

Mal entrara, avistou montes de grãos, alguns ainda em espigas e outros em feixes, misturados com cevada. Espalhados ao redor, havia ancinhos e foices, e todos os demais instrumentos utilizados para colheita, em completa desordem, como se tivessem sido atirados descuidadamente pelas mãos exaustas de um ceifeiro, no mais abafado dos dias.

A zelosa Psiquê decidiu organizar aquela confusão, separando e colocando cada coisa em seu devido lugar. Acreditava que não deveria negligenciar a nenhum dos deuses, mas esforçar-se para, com sua devoção, conseguir que intercedessem em seu benefício. A sagrada Ceres, a quem pertencia aquele templo, vendo-a tão religiosamente ocupada, falou-lhe: "Ó Psiquê, verdadeiramente merecedora de nossa piedade!

Embora eu não possa proteger-te do desprezo de Vênus, posso ensinar-te a melhor maneira de abrandar sua ira. Vai, portanto, e espontaneamente te entregues à tua senhora e soberana. Tenta, com humildade e submissão, angariar seu perdão. Talvez ela te favoreça e te restitua o marido que perdeste".

Psiquê obedeceu às recomendações de Ceres e seguiu para o templo de Vênus, esforçando-se por fortalecer seu espírito e pensando sobre o que deveria dizer e qual a melhor maneira de se reconciliar com a deusa irritada. Contudo, sentia que o desfecho era incerto e provavelmente fatal.

Vênus recebeu-a com o semblante carregado, dizendo: "Tu, a mais insubordinada e desleal das servas, te lembras finalmente que tens uma senhora? Ou talvez vieste até aqui somente para ver teu marido moribundo, ainda convalescendo da ferida que lhe foi causada por sua amada esposa? És, para mim, tão desfavorecida e tão repugnante, que a única maneira de recuperar teu amor será passando por uma prova, através da qual farei um julgamento das tuas habilidades domésticas".

E ordenou que Psiquê fosse ao celeiro do templo, onde havia grande quantidade de trigo, cevada, milho, ervilha, feijão e lentilhas preparados para alimentação dos pombos, e disse: "Separa todos esses grãos, colocando todos os da mesma espécie em montes separados, e trata de terminar antes que anoiteça".

Então, Vênus partiu, deixando-a com essa tarefa.

Mas Psiquê, assustada diante da magnitude do trabalho, sentou-se paralisada e silenciosa, sem mover um dedo sequer para separar o emaranhado de grãos.

Enquanto estava sentada, em desespero, Cupido incitou uma pequena formiga, nativa dos campos, para que tivesse compaixão dela. A líder do formigueiro, seguida de seus súditos de seis pernas, aproximou-se do monte de cereais, e com a máxima diligência, escolhendo grão por grão, separaram todos os cereais, colocando-os em pilhas distintas. E, tão logo terminaram o serviço, desapareceram num instante.

Com a aproximação do crepúsculo, Vênus retornou da ceia dos deuses, exalando perfume e coroada de rosas. Vendo a tarefa terminada, exclamou: "Infeliz! Esse trabalho não foi realizado por ti, mas por aquele a quem conquistaste, para infelicidade de ambos".

Dizendo isso, atirou-lhe um pedaço de pão preto para a ceia e se retirou.

Na manhã seguinte, Vênus convocou a presença de Psiquê, e lhe disse: "Olha para aquele bosque que se estende ao longo da margem das águas do rio. Ali encontrarás ovelhas pastando sem pastor. Suas carcaças estão cobertas de lã reluzente como ouro. Traze-me amostras daquela lã preciosa, retiradas de cada uma das ovelhas".

Psiquê, obedientemente, dirigiu-se à margem do rio, e preparava-se para executar a tarefa da melhor maneira possível. Contudo, o deus do rio inspirou aos juncos murmúrios harmoniosos que pareciam entoar: "Ó donzela, tão severamente posta à prova, não te arrisques nessas águas perigosas nem te aventures por entre as formidáveis ovelhas da outra margem, pois que sofrem a influência do sol da manhã e padecem de raiva cruel, capaz de destruir os mortais com seus chifres aguçados e dentes rudes. Mas quando o sol do meio-dia tiver conduzido todo o rebanho para a sombra, e o espírito sereno das águas acalentar para o descanso, então poderás atravessar em segurança, e encontrar a lã dourada agarrada aos arbustos e aos galhos das árvores".

Assim o compassivo deus do rio orientou a jovem Psiquê para que ela cumprisse sua tarefa. Tendo seguido as instruções, logo retornou à Vênus com os braços cheios de lã dourada. No entanto, não recebeu nenhuma aprovação de sua implacável senhora, que lhe disse: "Sei muito bem que não foi por teus próprios méritos que conseguiste cumprir essa tarefa, e ainda não estou convencida de tua capacidade em te fazeres útil. Mas tenho um outro serviço para ti. Pega esta caixa, vai até as sombras infernais e entrega-a a Prosérpina, dizendo: 'Minha senhora, Vênus deseja que lhe mandeis um pouco de vossa beleza, pois, cuidando de seu filho adoentado, perdeu um pouco da sua'. E não demores muito tempo, pois necessito disso para aparecer no círculo dos deuses e deusas esta noite".

Psiquê agora estava certa de que sua destruição estava a caminho, sendo obrigada a ir com os próprios pés diretamente ao Érebo. Assim, para não retardar aquilo que era inevitável, dirigiu-se ao topo de uma torre muito alta a fim de precipitar-se ao solo, de maneira a encurtar o caminho até as profundezas sombrias. Contudo, uma voz que vinha da torre disse-lhe: "Por que, pobre jovem desventurada, desejas pôr um fim aos teus dias de maneira tão tenebrosa? E por que a covardia faz recuar perante este último perigo quem tão milagrosamente suportou todos os outros?".

Em seguida a voz lhe disse como poderia alcançar o reino de Plutão através de determinada gruta, e como evitar os perigos da estrada, passar por Cérbero, o cão de três cabeças, e convencer Caronte, o barqueiro, a atravessá-la pelo rio negro e trazê-la de volta. E a voz acrescentou: "Quando Prosérpina te conceder a caixa contendo sua beleza, observa este conselho acima de todos: de modo algum abras a caixa ou permitas que tua curiosidade espie o tesouro de beleza das deusas".

Psiquê, encorajada por essas palavras, observou todas as recomendações e viajou em segurança até o reino de Plutão. Chegando lá foi recebida no palácio de Prosérpina e, sem aceitar o delicado assento ou o delicioso banquete que lhe foi oferecido, apenas contentando-se com pão duro para alimentar-se, transmitiu a mensagem de Vênus. Não demorou muito para que a caixa lhe fosse entregue, fechada e cheia do precioso tesouro. Então a jovem regressou pelo mesmo caminho pelo qual viera, e ficou muito feliz por deixar as sombras e estar de volta à claridade do dia.

Porém, após ter passado com sucesso por tantos perigos, veio-lhe um desejo imenso de examinar o conteúdo da caixa, o que a fez exclamar: "Por que não poderei eu, que transporto a beleza divina, tirar um pouco dela para colocar em minhas faces e parecer mais bela aos olhos de meu amado esposo?".

Então, abriu cuidadosamente a caixa, mas ali não encontrou beleza alguma, apenas um infernal e verdadeiro sono estígio, que, libertando-se de seu aprisionamento, apoderou-se dela, derrubando-a no meio da estrada e deixando-a imóvel e sem sentidos, como um cadáver.

Cupido, porém, já recuperado de sua ferida, e não suportando mais a ausência de sua amada Psiquê, saiu pela fresta da janela de seu quarto, que por acaso fora deixada aberta, voou até o lugar onde Psiquê se encontrava desacordada e, retirando o sono de seu corpo, fechou-o de novo na caixa e a acordou com o ligeiro toque de uma de suas setas. "Mais uma vez", disse ele, "quase pereceste pela mesma curiosidade. Mas agora cumpre exatamente a tarefa imposta a ti por minha mãe, que eu vou tomar conta do resto".

Então, Cupido, mais rápido que um raio penetrando as alturas celestiais, apresentou-se perante Júpiter com sua súplica. Júpiter ouviu-o e defendeu a causa dos amantes tão veementemente junto a Vênus que ganhou dela a aprovação. Uma vez conseguido isso, enviou Mercúrio para trazer Psiquê até a assembleia celestial e, quando ela chegou, entregou-lhe uma taça de ambrosia, dizendo: "Bebe isso, Psiquê, e sê imortal. Cupido jamais romperá os laços aos quais já se encontra atado. E que essas núpcias sejam eternas".

Assim, finalmente, Psiquê uniu-se a Cupido e, em tempo devido, tiveram uma filha a quem deram o nome de Prazer.

A fábula de Cupido e Psiquê é normalmente considerada alegórica. Psiquê, em grego, significa *borboleta* e também *alma*. Não existe uma ilustração sobre a imortalidade da alma tão admirável e bela como a de uma borboleta, criando asas resplandecentes e libertando-se do túmulo, onde estivera enclausurada, depois de uma enfadonha e rastejante existência como lagarta, para voar no resplendor do dia e alimentar-se das mais perfumadas e delicadas produções da primavera. Psiquê é, portanto, a alma humana, a qual é purificada pelos sofrimentos e desgraças, preparando-se, dessa forma, para desfrutar pura e verdadeira felicidade.

Nas obras de arte, Psiquê é representada como uma donzela com asas de borboleta, ao lado de Cupido, nas diferentes situações descritas pela alegoria.

Milton alude à história de Cupido e Psiquê na conclusão de seu *Comus*:

> *Cupido celestial, seu famoso filho, avançou*
> *E segura sua querida Psiquê, docemente extasiada,*
> *Depois de longas tarefas,*
> *Até que entre os deuses consegue apoio*
> *Para torná-la sua eterna noiva;*
> *E dos seus imaculados e brancos quadris*
> *Nascem dois belos gêmeos,*
> *Juventude e Alegria; assim quis Jove.*

A alegoria da história de Cupido e Psiquê é muito bem apresentada nos belos versos de T. K. Harvey:

> *Contavam brilhantes fábulas nos dias do passado,*
> *Quando a Razão pedia emprestadas asas à Imaginação;*
> *Quando o rio límpido da verdade corria sobre areias áureas.*
> *E cantava suas coisas grandes e místicas*

Tais como a doce e solene história daquela
De coração peregrino, a quem foi dado um sonho,
Que a levou através do mundo — veneradora do Amor
Procurando na terra aquele cujo lar era no céu!

Na cidade apinhada, ao lado da fonte ensombreada,
Nas escuras grutas cheias de teias,
No meio de templos de pinho, nos montes ao luar,
Onde o silêncio descansa para escutar as estrelas;
Nas profundas clareiras onde habitam os pombos,
No vale encantador, no ar perfumado,
Ela ouvia os ecos distantes da voz do Amor
E encontrava suas pegadas por toda parte.

Mas jamais se encontravam! Então dúvida e medo,
Essas formas fantasmagóricas, que assustam e amedrontam o mundo,

Interpuseram-se entre ela, filha de lágrimas e pecado,
E aquele brilhante espírito de nascimento imortal;
Até que sua sofredora alma e seus lacrimosos olhos
Aprenderam a procurá-lo no firmamento só,
E assim ficou noiva angélica do Amor no céu!

A história de Cupido e Psiquê apareceu pela primeira vez nas obras de Apuleio, escritor do segundo século de nossa era. É, portanto, uma lenda muito mais recente que a maioria das outras lendas da Idade da Fábula. É a isso que Keats se refere em sua *Ode a Psiquê*:

Oh! mais bela e recém-nascida das visões,
Dentre todas da hierarquia murcha do Olimpo!
Mais bela que a estrela de Febo, na região de safira,

Ou Vésper, o amoroso pirilampo do firmamento;
Mais bela que qualquer desses, embora templo não tenha nenhum,
Nem altar cheio de flores;
Nem coros de virgens, para entoar deliciosos gemidos
Nas horas da meia-noite;
Nem voz, nem flauta, nem siringes ou doce incenso
Do turíbulo balouçado por correntes;
Nem santuário, ou pomar, ou oráculo, ou ardor,
De algum profeta de lábios pálidos sonhando.

Moore, em *Festa de verão*, descreve um baile a fantasia, no qual um dos personagens representados é Psiquê:

... não em negro disfarce, esta noite,
Nossa heroína mascarou sua beleza;
Pois vejam: está na terra, a amada do Amor.
Sua noiva, com quem se casou por laços sagrados,
Jurados no Olimpo e dados a conhecer
Aos mortais por esse símbolo que agora
Está pendurado na sua testa,
Essa borboleta, joia misteriosa
Que significa alma (embora poucos o pensassem),
E brilhando assim naquela testa tão alva
A mostrar que temos Psiquê aqui, esta noite.

CAPÍTULO XII

CADMO — OS MIRMIDÕES

CADMO

Sob o disfarce de um touro, Júpiter raptara Europa, a filha de Agenor, rei da Fenícia. Agenor deu ordens a seu filho Cadmo para que fosse resgatar a irmã, e não voltasse sem ela. Cadmo partiu e procurou a irmã por um longo período, indo a lugares bem distantes sem sucesso. Como não queria voltar sem ter cumprido a missão, resolveu consultar o oráculo de Apolo sobre em que lugar deveria estabelecer-se. O oráculo orientou-o a encontrar uma vaca que estava vagando pelo campo, a qual ele deveria seguir. No local em que a vaca parasse, Cadmo deveria erigir uma cidade e dar a ela o nome de Tebas. Mal saiu da gruta de Castália, local em que o oráculo se manifestara, quando viu uma novilha andando vagarosamente adiante dele. Seguiu-a de perto, ao mesmo tempo que oferecia suas orações a Febo. A vaca continuou a andar até atravessar o raso canal de Cefiso e sair no planalto de Pânope. Ali ela parou, e, erguendo a testa larga na direção do céu, encheu o ar com seus mugidos. Cadmo agradeceu, inclinando-se para beijar o solo estrangeiro, e, erguendo os olhos, saudou as montanhas que circundavam o planalto. A fim de oferecer um sacrifício a Júpiter, enviou seus servos à procura de água pura para realizar uma libação. Próximo dali existia um antigo bosque que jamais tinha sido profanado pelo machado, em meio ao qual havia uma gruta coberta por espessa vegetação, e cujo teto formava uma abóbada baixa, sob a qual a mais pura água jorrava de uma fonte. Dentro da gruta espreitava uma horrenda serpente, com uma crista na cabeça e escamas tão brilhantes quanto o ouro. Seus olhos brilhavam como o fogo, o corpo estava cheio de veneno, uma língua tripartida vibrava, revelando suas três presas. Assim que os tírios mergulharam os jarros na fonte, fazendo ruídos de coleta de água, a brilhante serpente colocou a cabeça para fora da gruta e soltou um sibilo horripilante. Os homens deixaram cair os jarros, empalideceram e começaram a tremer da cabeça aos pés. A serpente, torcendo o corpo escamoso como uma espiral, ergueu a cabeça acima das mais altas árvores, e, enquanto os tírios, transidos de terror, não conseguiam lutar nem fugir, matou alguns com suas presas, outros com seus abraços, e outros com seu sopro venenoso.

Tendo aguardado pelo retorno de seus homens até o meio-dia, Cadmo saiu à procura deles. Protegia-se com uma pele de leão. E, além de seu dardo, carregava uma lança, e tinha no peito um coração valente, que era a sua mais elevada proteção. Quando adentrou o bosque, avistou os corpos sem vida dos servos e o monstro com as mandíbulas cheias de sangue. Cadmo exclamou: "Ó amigos fiéis, hei de vingar-vos ou de compartilhar a mesma sorte". Assim dizendo, ergueu um imenso bloco de pedra e lançou-o sobre a serpente com toda a força. Um bloco tal teria feito tremer as paredes de uma fortaleza, mas nem sequer impressionou o monstro. Então Cadmo lançou o dardo, com o qual logrou melhor sucesso, pois penetrou as escamas da serpente e perfurou-lhe as entranhas. Furioso com a dor, o monstro virou a cabeça para trás para ver o ferimento e tentar extrair o dardo do corpo usando a própria boca, mas, com esse movimento, quebrou-o, deixando a ponta de ferro enfiada no corpo. Seu pescoço inchou-se de raiva, uma espuma sangrenta cobriu as mandíbulas, e a respiração das narinas envenenou o ar à sua volta. Em seguida a serpente enrolou-se toda, e depois se estendeu sobre o chão como se fosse o tronco de uma árvore caída. Quando ela se moveu adiante, Cadmo recuou, apontando a lança para o centro da mandíbula aberta. A serpente saltou sobre a arma e tentou morder a ponta de ferro. Enfim, Cadmo, atento a uma boa oportunidade, enfiou a lança no monstro, fazendo que a cabeça fosse atirada para trás, prendendo-a contra o tronco de uma árvore. Seu peso fez a árvore inclinar, enquanto ela se debatia nas agonias da morte.

Enquanto Cadmo estava sobre o inimigo conquistado, contemplando o seu tamanho descomunal, ouviu uma voz (não conhecia sua origem, mas ouvia-a com clareza) que o ordenava a extrair os dentes da serpente e plantá-los no solo. Ele obedeceu. Abriu uma cova no chão e plantou os dentes, destinados a produzir uma colheita de homens. Mal havia procedido desse modo e as nuvens começaram a se mover, e pontas de lanças apareceram na superfície do solo. Depois surgiram elmos cobertos por penachos, e em seguida os ombros, o peito e os membros de homens com armas, e depois de algum tempo um exército de guerreiros. Cadmo, alarmado, preparou-se para enfrentar um novo inimigo, contudo um deles falou: "Não te intrometas em nossa guerra civil". Ditas essas palavras, aquele que as pronunciara atravessou com a espada um de seus irmãos nascidos da terra, e ele mesmo caiu perfurado com a flecha de outro. O último caiu vitimado por um quarto soldado, e desse modo toda a multidão se engalfinhou violentamente, até que todos caíssem, massacrados por ferimentos mútuos, exceto cinco sobreviventes. Um deles largou suas armas e disse: "Irmãos, vivamos em paz!". Estes cinco se uniram a Cadmo para construir sua cidade, à qual denominaram Tebas.

Cadmo casou-se com Harmonia (ou Hermíona), a filha de Vênus. Os deuses deixaram o Olimpo para prestigiar o evento, e Vulcano presenteou a noiva com um colar de brilho inigualável que ele mesmo confeccionara. Mas uma fatalidade ameaçava a família de Cadmo, porque ele havia matado a serpente que era consagrada a Marte. Sêmele e Ino, suas filhas, e Actéon e Penteu, seus netos, todos morreram tragicamente, e Cadmo e Harmonia deixaram Tebas, que se lhes tornara odiosa, e emigraram para a região dos enquelianos, que os recebeu com honras e fez de Cadmo seu rei. Mas o infortúnio de seus filhos ainda lhes atormentava a alma; e um dia Cadmo exclamou: "Se a vida de uma serpente é tão preciosa para os deuses, eu preferiria ser uma delas". Assim que proferiu essas palavras, começou a mudar de forma. Harmonia testemunhou o fenômeno e rogou aos deuses que ela tivesse o mesmo destino. Ambos tornaram-se serpentes. Vivem nos bosques, mas, conscientes de sua origem, não evitam o contato com seres humanos, nem jamais ferem quem quer que seja.

Há uma tradição, segundo a qual Cadmo introduziu na Grécia as letras do alfabeto, inventadas pelos fenícios. É a essa tradição que Byron se refere, quando, ao falar aos gregos modernos, diz:

> *Tendes as letras que Cadmo vos deu,*
> *Pensais que ele daria um presente dessa estirpe*
> *Para escravos?*

E ao descrever a serpente que tentou Eva, Milton se lembra das serpentes das histórias clássicas:

> ... *Era agradável a sua forma,*
> *E amável; nenhuma outra serpente foi tão bela;*
> *Nem aquelas que na Ilíria transformaram*
> *Hermíona e Cadmo,*
> *Nem o deus em Epidauro.*

Para explicação desta última alusão veja Epidauro.

OS MIRMIDÕES

Os mirmidões eram os soldados de Aquiles na Guerra de Troia. Desde então são chamados assim os seguidores fanáticos e inescrupulosos das lideranças políticas. Porém, a origem dos mirmidões não nos dá uma ideia de uma raça ameaçadora e sanguinária, e sim de uma raça laboriosa e pacífica.

Céfalo, rei de Atenas, aportou na ilha de Egina para procurar o auxílio de seu velho amigo e aliado, o rei Éaco, que em sua guerra com Minos foi o rei de Creta. Céfalo foi recebido amistosamente e o auxílio solicitado foi prometido de imediato. "Tenho soldados suficientes para proteger-me e ainda para emprestar-te", disse Éaco. "Regozijo-me ao sabê-lo", respondeu Céfalo, "e confesso que estou maravilhado em ver tantos jovens anfitriões como esses que me cercam, todos aparentemente da mesma idade. E contudo há vários indivíduos que conheci anteriormente e que agora procuro em vão. O que houve com eles?". Éaco suspirou e respondeu em tom de tristeza: "Queria contar-te e o farei agora, sem mais delongas, para que vejas que, às vezes, de um infortúnio inicial, resultados felizes podem advir. Aqueles que conheceste são, agora, pó e cinzas! Uma praga enviada pela irada Juno devastou a terra. Ela odiava nossa ilha porque tinha o nome de uma das favoritas de seu marido. Enquanto pensávamos que a doença surgira de causas naturais, resistimos a ela do melhor modo possível com remédios naturais; mas logo percebemos que a peste era demasiadamente poderosa para os nossos esforços, e nos rendemos. No começo o céu parecia ter descido sobre a terra, e densas nuvens envolviam a atmosfera aquecida. Por quatro meses seguidos soprou sobre nós um vento sul fatal. A desordem afetou os poços e as fontes; milhares de serpentes arrastaram-se sobre a terra, derramando o seu veneno nas fontes. A força da enfermidade foi logo sentida pelos animais inferiores — cães, gado, ovelhas e aves. Os infelizes lavradores não compreendiam ao ver os seus bois tombarem enquanto trabalhavam, e quedavam paralisados ao lado dos sulcos inacabados. A lã caía das ovelhas enquanto baliam comovedoramente, e seu corpo definhava. O cavalo, de sua raça o mais veloz, já não era capaz de disputar corridas, e gemia no estábulo, morrendo uma morte inglória. O javali perdeu a sua atitude furiosa, o cervo, a sua agilidade, os ursos deixaram de atacar os rebanhos. Tudo se fragilizou; havia corpos mortos caídos nas estradas, nos campos, nos bosques, e o ar foi envenenado por eles. Digo-te algo que não crerás: nem os cães nem os pássaros se aproximavam desses corpos, nem mesmo os lobos famintos. O seu apodrecimento espalhou a infecção. Em seguida, a doença atacou as pessoas no campo, e mais tarde os moradores da cidade. Primeiro as faces ficavam vermelhas, e a respiração tornava-se dificultosa. A língua intumescia e se tornava áspera, e a boca ofegante e seca, aberta e com as veias dilatadas, buscava o ar. Os homens não podiam suportar o calor de suas roupas ou do leito, e preferiam deitar-se no chão duro; e o solo não aliviava o seu calor, mas ao contrário, eles é que aqueciam o ponto do solo em que se deitavam. Nem os médicos podiam ajudar, pois a doença os atacou também, e o contato com os doentes lhes transmitiu a infecção, de modo que os mais zelosos foram as primeiras vítimas. Ao final todas as esperanças de alívio se esvaíram, e os homens compreenderam que a morte era o único libertador da doença. Então se entregaram a todas as inclinações, sem se importar com o que seria conveniente, pois nada era conveniente. Todos os limites foram esquecidos, aglomeraram-se em torno dos poços e das fontes e beberam até morrer, sem que sua sede fosse saciada. Muitos não tinham forças para se afastar das águas, e morreram no meio da correnteza, enquanto outros continuavam bebendo aquela água. Era tão grande o cansaço de estar nos leitos que alguns saíam arrastando-se, mas, como não tinham força suficiente para alcançar seu destino, morriam pelo chão. Pareciam odiar seus amigos e abandonavam o lar, pois, como ignoravam a causa da enfermidade, atribuíam-na à casa em que residiam. Alguns eram vistos vagueando pelas estradas, enquanto se aguentavam de pé, e outros caíam na terra, olhavam em derredor para ver o mundo pela última vez, e fechavam os olhos para sempre.

"Que forças me restaram, durante todos esses acontecimentos, e o que eu poderia ter feito, exceto odiar a vida e desejar a mesma morte de meu povo? Por toda parte minha gente estava caída como maçãs podres sob a macieira, ou frutos arrancados dos carvalhos pela força de uma tempestade. Vês aquele templo, ali no alto? É consagrado a Júpiter. Oh, quantos ofereceram suas preces ali, maridos ou esposas, pais ou filhos, e morreram no mesmo instante em que suplicavam! Com que frequência, enquanto o sacerdote preparava o sacrifício, uma vítima caía, atingida pela doença sem que houvesse um golpe! Após algum tempo, toda a reverência pelo sagrado se perdera. Corpos foram lançados fora insepultos; não havia lenha para as piras funerárias e os homens lutavam uns com os outros pela sua posse. Finalmente, ninguém restou para chorar as outras mortes; filhos e maridos, idosos e jovens, morreram todos da mesma forma, sem que por eles alguém se lamentasse.

"Postando-me diante do altar, ergui os olhos para o céu e disse: 'Ó Júpiter, se és de fato meu pai, e se não estás envergonhado de tua geração, devolve o meu povo ou leva-me igualmente!'. Ao som dessas palavras ouviu-se o estouro de um trovão. 'Aceito o augúrio', bradei. 'Possa esse ser um sinal de tua disposição favorável para comigo.' Por acaso, no lugar em que eu estava crescia um carvalho consagrado a Júpiter, cujos ramos se espalhavam amplamente. Observei uma tropa de formigas ocupadas em seu trabalho, carregando diminutos grãos na boca, enfileiradas sobre uma árvore. Admirado com seu número, exclamei: 'Dá-me, ó pai, cidadãos tão numerosos quanto essas formigas, e repovoa assim a minha cidade vazia'. A árvore agitou-se e de seus ramos saiu um som farfalhante, embora nenhum vento soprasse naquele momento. Meu corpo inteiro tremeu, e ainda assim beijei a terra e a árvore. Não confessaria nem a mim mesmo que tinha esperanças, mas tinha. A noite veio e adormeci sob o peso das preocupações. A árvore apareceu-me em sonho, com seus ramos numerosos todos cobertos por criaturas vivas que se moviam. Parecia agitar seus membros e deixar cair sobre o solo uma multidão daqueles industriosos animais carregadores de grãos, que pareciam crescer cada vez mais, e aos poucos se aprumavam, deixavam de lado as suas pernas supérfluas e sua cor escura, e, finalmente, assumiam forma humana. Então despertei, e meu primeiro impulso foi censurar os deuses que me tinham roubado de minha doce visão sem me dar alguma boa realidade em troca. Estando ainda no templo, chamou-me a atenção o som de muitas vozes lá fora; um som que havia muito não chegava aos meus ouvidos. Pensei que ainda estivesse dormindo, quando Télamon, meu filho, abrindo as portas do templo, exclamou: 'Pai, aproxima-te e vê algo que ultrapassa até mesmo as tuas esperanças!'. Adiantei-me; enxerguei uma multidão de homens, tal como tinha visto no sonho, e eles estavam passando numa procissão do mesmo modo. Enquanto eu olhava fixamente com espanto e prazer, eles se aproximaram e, ajoelhando-se, saudaram-me como seu rei. Rendi meus votos a Júpiter e tratei de introduzir na cidade vazia a nova raça, repartindo entre eles os campos. Chamei-os *mirmidões*, por terem-se originado da formiga (*myrmex*). Viste essas pessoas; sua disposição assemelha-se à que possuíam na forma anterior. São uma raça diligente e industriosa, ansiosa para vencer e tenaz para manter o que ganha. Entre eles poderás recrutar as forças de que necessitas. Seguir-te-ão para a guerra, jovens e dotados de muita coragem".

Essa descrição da praga foi copiada por Ovídio da narrativa que Tucídides, o historiador grego, fez sobre a praga de Atenas. O historiador relatou a realidade, e todos os poetas e escritores de ficção, desde então, têm-se baseado nos detalhes que ele deu para criar cenas de ficção equivalentes.

CAPÍTULO XIII

NISO E CILA — ECO E NARCISO — CLÍCIE — HERO E LEANDRO

NISO E CILA

Minos, rei de Creta, vivia em guerra com Mégara, cujo rei era Niso, que por sua vez tinha uma filha chamada Cila. O sítio já durava seis meses e a cidade ainda resistia, pois havia um decreto do destino segundo o qual ela não seria tomada enquanto uma certa mecha de cabelo púrpura, que brilhava na cabeça do rei Niso, permanecesse em sua cabeça. Havia uma torre nos muros da cidade de onde se podia avistar o planalto onde Minos e seu exército estavam acampados, e Cila costumava ir a essa torre para de lá mirar os exércitos inimigos. O cerco havia durado tanto que ela tinha aprendido a discernir os seus líderes. Minos, em particular, despertava a sua admiração, pois achava o seu porte gracioso ao ostentar o escudo e o elmo; quando ele lançava o dardo, a habilidade parecia casar-se à força no momento do tiro; o próprio Apolo não distendia o arco com tamanha graça. E quando Minos deixava o elmo, e vestido de púrpura cavalgava seu cavalo branco que, todo enfeitado, mordia o freio com a boca espumante, a filha de Niso perdia o controle de si mesma. Ela invejava as armas que o rei conduzia e as rédeas que segurava. Gostaria de ir, se pudesse, por entre as hordas inimigas até ele; sentia um impulso de lançar-se do alto da torre no meio do acampamento, ou de abrir para ele os portões, ou fazer qualquer outro gesto que gratificasse Minos. Sentada na torre, falava consigo mesma: "Não estou certa se devo regozijar-me ou se devo lamentar esta guerra triste. Lamento que Minos seja nosso inimigo; mas celebro as razões que o fazem estar sob minha vista. É possível que ele esteja disposto a nos oferecer a paz e tomar-me como refém. Eu voaria e aterrissaria em seu acampamento, se pudesse, para dizer que nos entregamos à sua mercê. Mas como trair meu pai! Não! Melhor seria nunca mais contemplar Minos. E, contudo, por vezes não há melhor destino para uma cidade do que ser conquistada quando o conquistador é clemente e generoso. Minos, com certeza, está do lado da verdade. Acredito que seremos conquistados; e se esse deve ser o desfecho deste conflito, por que não devo destrancar os portões para ele, em vez de esperar que isso seja realizado pela força? Melhor evitar a demora e o massacre. E se alguém ferisse ou matasse Minos?! Com certeza ninguém teria a coragem de fazê-lo; porém, alguém poderia tentar matá-lo por ignorância, por não saber quem ele é. Vou entregar-me a ele, dando-lhe o meu país como um dote, e porei um fim a essa guerra. Mas como? Os portões são vigiados, e meu pai guarda consigo as chaves; apenas esses portões se interpõem em meu caminho. Seria bom se os deuses o quisessem levar. Mas por que pedir aos deuses que façam algo assim? Outra mulher, que amasse tanto quanto eu amo, retiraria do caminho todos os obstáculos com as próprias mãos. E pode qualquer outra mulher ousar mais do que eu? Eu enfrentaria o fogo e a espada para alcançar o meu objetivo; mas aqui não há necessidade de fogo e de espada.

Preciso apenas da mecha púrpura do cabelo de meu pai. Eis o que é mais precioso para mim do que ouro, pois me dará tudo o que desejo".

Enquanto Cila assim refletia, a noite chegou e o palácio mergulhou no sono. Ela entrou no quarto de dormir de seu pai e cortou a mecha fatal; atravessou a cidade e entrou no acampamento do inimigo. Pediu para ser levada à presença do rei, ao qual se dirigiu com estas palavras: "Sou Cila, a filha de Niso. Entrego-te minha cidade e a casa de meu pai. Não peço nenhuma recompensa além de ti, pois por amor a ti fiz o que fiz. Aqui está a mecha púrpura! Com ela entrego-te o reino de meu pai". E estendeu a mão segurando o despojo fatal. Minos recuou e recusou-se a tocá-lo. "Que os deuses te destruam, mulher infame", ele exclamou, "desgraça de nossa era! Que nem a terra nem o mar te concedam um lugar de repouso! Certamente a minha Creta, onde o próprio Júpiter foi embalado, não há de ser poluída com tal monstro!". Assim falou e deu ordens para que termos razoáveis fossem oferecidos à cidade conquistada, e que a frota deveria partir imediatamente da ilha.

Cila entrou em desespero. "Homem ingrato", exclamou. "É assim que me deixas? Eu que te dei a vitória, que por ti sacrifiquei pai e pátria! Sou culpada, confesso, e mereço morrer, mas não pela tua mão." Quando os navios deixaram o litoral, ela saltou na água, e, agarrando-se ao leme da embarcação que transportava Minos, tornou-se uma indesejável companhia de sua viagem. Uma águia marítima, que planava no alto (era seu pai que se havia metamorfoseado desse modo), vendo-a, desceu sobre ela e atacou-a com o bico e as garras. Horrorizada, ela soltou o leme do navio e teria caído no mar se uma divindade piedosa não a tivesse transformado num pássaro. A águia marítima ainda preserva a mesma animosidade; e sempre que, em seu voo elevado, a enxerga, vê-se como se lança na direção dela, com bico e garras, para vingar-se do crime antigo.

ECO E NARCISO

Eco era uma linda ninfa que amava os bosques e as montanhas, lugares nos quais ela se dedicava ao entretenimento. Era favorita de Diana, ajudando-a nas caçadas. Mas Eco tinha um defeito; gostava muito de falar, e, fosse uma conversa ou um debate, tinha sempre a última palavra.

Certa vez, Juno estava procurando o marido (tinha razões para suspeitar que ele estivesse divertindo-se com as ninfas). Eco, com sua conversa, conseguiu deter a deusa por algum tempo, até que as ninfas pudessem escapar. Quando Juno descobriu o que se dera, sentenciou Eco com as seguintes palavras: "Confiscarei o uso de tua língua, essa com a qual me entreteveste, exceto para um único propósito de que tanto gostas: o de responder. Terás ainda a última palavra, mas não terás o poder de iniciar uma conversa".

Essa ninfa viu Narciso, um belíssimo rapaz que caçava sobre as montanhas. Apaixonou-se por ele e seguiu os seus passos. Oh, como ela desejou abordá-lo com os ditos mais suaves para conquistar sua atenção! Mas estava impotente para fazê-lo. Esperou com impaciência até que ele falasse primeiro, e já tinha a resposta pronta. Certo dia, o jovem, estando separado de seus companheiros, gritou alto: "Há alguém aqui?". Eco respondeu: "Aqui". Narciso olhou ao redor, mas não vendo viva alma, bradou: "Vem!". Eco respondeu: "Vem!". Como ninguém veio, Narciso chamou novamente: "Por que me evitas?". Eco lançou a mesma pergunta. "Vamos nos juntar", disse o jovem. A donzela respondeu com todo o seu coração, usando as mesmas palavras, e correu ao encontro de Narciso, pronta para abraçá-lo. "Tira tuas mãos de mim! Eu preferiria morrer a ser teu", disse ele, recuando. Depois disso, ela foi esconder a sua vergonha no retiro do bosque. Daquele tempo em diante viveu nas cavernas e nas encostas das montanhas. Seu corpo definhou em virtude da tristeza, até que afinal as suas carnes desapareceram. Seus ossos tornaram-se pedras e nada restou dela, exceto a voz. E é assim que ela continua pronta para responder a qualquer pessoa que a chame, mantendo o seu velho hábito de ter sempre a última palavra.

A crueldade de Narciso nesse caso não foi um ato isolado. Ele rejeitou todas as demais ninfas, tal como havia feito com a pobre Eco. Um dia, uma donzela que tinha em vão procurado atraí-lo proferiu uma prece em que pedia que alguma vez Narciso sentisse o que é amar sem ser correspondido. A deusa da vingança ouviu a prece e consentiu que o pedido se realizasse.

Havia uma fonte cristalina, da qual jorrava água prateada, para a qual os pastores jamais levavam seus rebanhos, nem os cabritos montanheses frequentavam, e nenhum outro animal da floresta. A fonte também não estava camuflada pelas folhas caídas ou pelos ramos das árvores; a relva crescia renovada ao redor, e as rochas abrigavam-na da luz solar. Para aquele lugar veio Narciso, certa vez, cansado da caça, sentindo grande calor e sede. Inclinou-se para beber, e viu sua própria imagem na água. Pensou que se tratasse de algum lindo espírito das águas que residia na fonte. Fixou o olhar naqueles olhos brilhantes, naqueles cabelos cacheados como os de Baco ou Apolo, o rosto bem formado, o pescoço de marfim, os lábios abertos, e o viço da saúde e os sinais da prática dos esportes em toda parte. Apaixonou-se por aquela imagem, que era a imagem dele mesmo. Aproximou os lábios dos lábios da imagem; mergulhou os braços para envolver o seu amado. Contudo, a imagem se desfez com o toque, voltando a se formar depois de um momento, renovando o estado de fascinação do rapaz. Narciso ficou totalmente fora de si; não mais pensou em alimento ou repouso enquanto se debruçava sobre a fonte, olhando fixamente para a própria imagem. E assim falava ao suposto espírito: "Por que me rejeitas, ser maravilhoso? Certamente minha face não te causa repugnância. As ninfas me amam, e tu mesmo não pareces estar indiferente a meu respeito. Quando estendo os braços, fazes o mesmo, e sorris quando sorrio para ti, e respondes aos meus acenos com acenos iguais". Suas lágrimas caíram na água e distorceram a imagem. Quando via que o reflexo ia desaparecendo, exclamava: "Fica, eu te imploro! Deixa-me ao menos manter os olhos sobre ti, se não posso tocar-te". Com frases como essa e com muitas outras, alimentou a chama que o consumiu, e aos poucos ele perdeu a cor, o vigor e a beleza que anteriormente encantara a ninfa Eco. Esta, todavia, manteve-se próxima a Narciso, e quando ele exclamava "Ai de mim! Ai de mim!", ela respondia com as mesmas palavras. Narciso definhou e morreu, e quando a sua sombra passou pelo rio Estige, debruçou-se sobre o barco para ver a sua imagem refletida no espelho das águas. As ninfas choraram por Narciso, especialmente as ninfas das águas; e quando batiam no peito, Eco também batia no seu. Elas prepararam uma pira funerária e teriam cremado o corpo de Narciso, mas este não pôde ser encontrado. Em seu lugar, foi encontrada uma flor, púrpura por dentro, rodeada de folhas brancas, que recebeu seu nome e preserva a memória de Narciso.

Milton alude à história de Eco e Narciso na *Canção da dama*, do poema *Comus*. A Dama está à procura de seus irmãos na floresta, e canta para atrair sua atenção:

Doce Eco, ninfa dulcíssima, que vive invisível
No interior de teu ninho em forma de concha,
Perto das margens verdes do lento meandro,
Enredada no vale coberto de violetas,
Onde o rouxinol, abandonado por seu amor,
À noite canta por ti a sua canção de tristeza;
Não podes, Eco, me contar de um par gentil,
Semelhante ao teu Narciso?
Oh, se tu o tens
Oculto em alguma gruta florida,
Dize-me onde,
Doce rainha da fala, filha da esfera,
Para que assim possas subir aos céus,
Acrescentando a tua graça a todas as harmonias celestiais.

Milton imitou a história de Narciso em sua poesia, no discurso que Eva faz em frente à água quando vê nela, pela primeira vez, o seu reflexo:

Muitas vezes me recordo daquele dia, quando do sono
Despertei, e encontrei-me deitada
Sob a sombra das flores, desejando saber de onde eu vinha,
E quem eu era, e como eu fora trazida para ali.
Não muito longe, um som murmurante
De águas saía da gruta, e se espalhava
Sobre o líquido plano, e então ficava imóvel
Puro como a amplitude do céu; fui até lá,
Sem pensar nas consequências, e deitei-me
Sobre a margem verde, para contemplar o límpido
Lago brando que parecia um outro céu.
Quando me inclinei para ver, diante de mim
Uma silhueta surgiu no espelho aquático,
Inclinando-se para olhar-me. Recuei;

E ela recuou; mas deliciada retornei,
E deliciada ela retornou tão logo, com um olhar respondente
De simpatia e amor. E ali se prenderiam
Meus olhos até hoje, na ânsia de um desejo vão,
Se uma voz não tivesse lançado esta advertência:
O que vês ali, bela criatura, és tu mesma.

Paraíso perdido, livro IV

Nenhuma das fábulas antigas tem sido tão frequentemente mencionada pelos poetas quanto a de Narciso. Aqui estão dois epigramas que revelam diferentes facetas da história. A primeira é de autoria de Goldsmith:

A RESPEITO DE UM LINDO RAPAZ, QUE FOI CEGADO POR UM RAIO

Assim, os desígnios da Providência,
Movida não por ódio, mas piedade,
Cegaram-no, tal como um Cupido,
Não qual Narciso — presa da vaidade.

O outro foi escrito por Cooper:

SOBRE UM MOÇO FEIO

Cuidado, amigo, com a água cristalina
Ou fonte, guarda-te desse terrível anzol
Que é a tentação de te olhares no espelho,
Pois tua seria de Narciso a sina.
E amaldiçoarias a plena luz do sol
Por revelar-te a feiura, jovem-velho.

CLÍCIE

Clície era uma ninfa aquática apaixonada por Apolo, que não correspondeu ao seu amor. Então ela ficou debilitada, sentando-se o dia inteiro sobre o chão frio, com as tranças caídas sobre os ombros. Durante nove dias ali ficou sem comer e sem beber, alimentando-se apenas de suas próprias lágrimas e do orvalho frio. Divisava o sol quando nascia, e acompanhava o seu percurso diário até o crepúsculo; Clície não viu nada mais além do sol, seus olhos estavam voltados o tempo todo para ele. Dizem que, enfim, seus pés enraizaram-se no solo e seu rosto tornou-se uma flor que gira sobre a própria haste, voltada sempre para o sol, mantendo desse modo o sentimento da ninfa que lhe deu origem.

Hood, no seu poema *Flores*, faz menção a Clície:

Não terei a louca Clície,
Cuja cabeça é virada pelo sol;
A tulipa é uma cortesã desavergonhada,
A quem, por isso, eu rejeito;
A primavera é uma aldeã do campo,
A violeta é uma freira;
Mas vou cortejar a delicada rosa,
A rainha de todas as flores.

O girassol é o emblema favorito da constância. Por isso, Moore o inclui em seus versos:

O coração que verdadeiramente ama nunca esquece,
E até o fim vive o amor intensamente,
Como o girassol, que se volta ao seu deus o dia todo,
Acompanhando-o, da alvorada até o poente.

HERO E LEANDRO

Leandro era um jovem de Ábidos, uma cidade localizada à margem asiática do estreito que separa a Ásia e a Europa. Na margem oposta, na cidade de Sestos, vivia a donzela Hero, uma sacerdotisa de Vênus. Leandro a amava, e, à noite, atravessava a nado o estreito para desfrutar a companhia da amante. Durante a travessia, guiava-se por uma tocha que ela acendia no alto de uma torre para esse propósito. Mas, numa determinada noite de grande tempestade, o mar estava agitado e Leandro não teve forças para concluir a travessia, vindo a afogar-se. As ondas levaram seu corpo para a margem europeia, onde Hero soube de sua morte e, em seu desespero, atirou-se do alto da torre ao mar, e pereceu.

Os versos seguintes são de Keats:

Sobre um retrato de Leandro

Vinde até aqui, todas vós, donzelas sérias,
Cabisbaixas e de olhos contritos,
Ocultos nas franjas de vossas pálpebras brancas,
E, meigamente, uni as vossas brancas mãos
Como se por causa de todas essas delicadas gentilezas
Não pudessem tocar-vos as vítimas do brilho de vossa beleza,
Afundando na noite de seu próprio espírito;
Afogando-se, desorientado, em meio à tormenta marítima,
O jovem Leandro avançando para a morte,
Quase desfalecendo, pressiona seus lábios exaustos
Num beijo na face de Hero, sorrindo para o sorriso dela.
Oh, horrendo sonho! Observai como afunda o corpo,
Morto e pesado; os braços e os ombros aparecem por um instante,

E ele se vai, e para a superfície sobem as bolhas de seu sopro de amor!

A história da travessia a nado de Leandro no Helesponto era tida como uma fábula, e a façanha era considerada impossível, até que Lorde Byron provou a sua possibilidade, atravessando o estreito pessoalmente. Em *Noiva de Ábidos*, ele escreve:

> *Os ventos sopram fortes nas ondas do Helesponto,*
> *Tal como naquela noite de mar tempestuoso,*
> *Quando o amor, que enviou, esqueceu-se de salvar*
> *O jovem, o lindo, o destemido Leandro,*
> *A única esperança da filha de Sestos.*
> *A tocha brilhava no alto da torre,*
> *Mas a fúria dos ventos e das ondas,*
> *E as aves marinhas, gritando, pediam-lhe que não fosse,*
> *E as nuvens escuras no céu eram outro agouro,*
> *Sinal de que não devia prosseguir;*
> *Mas ele estava surdo e cego,*
> *A esses sons e visões aterrorizantes,*
> *Pois só tinha olhos para a visão do amor,*
> *A única estrela que divisava na distância;*
> *E só tinha ouvidos para a canção de Hero:*
> *"Vós, ó ondas! não podeis separar os que se amam para sempre".*
> *Trata-se de uma história antiga, mas o amor se renova,*
> *E outros jovens corações provarão sua verdade.*

CAPÍTULO XIV

MINERVA — NÍOBE

MINERVA

Minerva, a deusa da sabedoria, era filha de Júpiter. Dizia-se que havia saído da cabeça do pai, já madura e revestida de uma armadura completa. Era a padroeira das artes úteis e ornamentais, tanto dos homens (como agricultura e navegação) quanto das mulheres (como a fiação, a tecelagem e trabalho com agulha). Era também uma divindade da guerra, mas somente patrocinava a guerra defensiva e em nada simpatizava com o amor selvagem que Marte nutria pela violência e pelo derramamento de sangue. Atenas era a sua morada, sua própria cidade, recebida como prêmio pela vitória de uma competição contra Netuno, que também desejava ser o patrono de Atenas. Conta-se que no reinado de Cécrops, o primeiro rei de Atenas, as duas divindades lutaram pela posse da cidade. Os deuses decretaram que ela seria entregue àquele que produzisse o presente mais útil aos mortais. Netuno ofertou o cavalo; Minerva produziu a oliveira. Os deuses julgaram a oliveira mais útil, e Minerva recebeu o prêmio.

A cidade foi batizada para homenagear sua padroeira, pois Minerva em grego é *Atena*.

Houve uma outra disputa em que uma mortal ousou desafiar Minerva. Essa mortal foi Aracne, uma donzela que desenvolveu habilidades tão grandes nas artes de tecer e de bordar, que as próprias ninfas deixavam suas grutas e fontes para ir admirar o seu trabalho, que não era belo apenas quando os produtos estavam prontos, mas também belo enquanto era realizado. Dir-se-ia que Minerva fora a sua mestra, tal era a sua destreza quando tomava a lã em estado bruto para formar rolos ou separá-la nos dedos e cardando-a até que se tornasse leve e macia como uma nuvem. Também tecia o pano, e, depois de tecê-lo, fazia bordados nele. Mas Aracne negava que tivesse aprendido sua arte de alguém, até mesmo de uma deusa. "Deixai que Minerva compare a sua habilidade com a minha", desafiava, e concluía: "Se eu for derrotada, pagarei as penalidades". Minerva ouviu o desafio e não gostou. Tomou a forma de uma velha mulher e foi dar a Aracne alguns conselhos: "Tenho muita experiência", afirmou, "e espero que não desprezes meu conselho. Desafia as tuas amigas mortais, se quiseres, mas não abras uma disputa com uma deusa. Ao contrário, sugiro que lhe peças desculpas pelo que disseste, e como ela é piedosa talvez te perdoe". Aracne interrompeu a fiação e olhou a velha senhora com uma expressão de ódio. "Guarda teus conselhos", disse, "para tuas filhas e para tuas servas, pois sei muito bem o que digo, e sustento a minha palavra. A deusa não me atemoriza; que ela teste as suas habilidades se ousar aventurar-se". "Aqui está ela", disse Minerva, livrando-se de seu disfarce. As ninfas inclinaram-se em homenagem à deusa e todos os que por ali passavam reverenciaram-na. Somente Aracne manteve-se altiva. Ficou ruborizada e em seguida sua face empalideceu. Aracne sustentou a sua resolução, e conduzida por uma confiança tola em suas habilidades enfrentou seu destino. Minerva não mais contemporizou nem deu outros conselhos. Imediatamente iniciaram a disputa. Cada uma posicionou-se em sua estação, prendendo o fio ao tear. A delgada lançadeira foi colocada entre os fios. Então, o pente de tear com seus finos dentes ataca a urdidura e comprime a trama. Ambas trabalham velozmente; suas mãos habilidosas se movem rapidamente, e a energia que envolve a disputa faz que o trabalho seja leve. Os fios purpúreos contrastam com os de outras cores, misturando seus matizes a tal ponto que os olhos não podem perceber o ponto de fusão. Como o arco que tinge os céus, formado por raios de sol refletidos na chuva,[11] onde as cores que se encontram parecem a mesma, mas a pequena distância são totalmente diferentes.

Minerva bordou em seu tecido a cena de sua disputa com Netuno. Doze das potências celestes estão representadas. Júpiter, com gravidade augusta, senta-se ao meio. Netuno, rei dos mares, segura o tridente e parece ter acabado de atingir a terra, da qual um cavalo saltou. Minerva mostrou a si mesma com um capacete na cabeça, e o peito protegido por sua égide. Isso tudo estava no círculo central; e nos quatro cantos estavam representados incidentes ilustrando o descontentamento dos deuses pela presunção dos mortais que ousam competir com eles. Eram advertências para que sua rival desistisse antes que fosse tarde demais.

Aracne preencheu sua trama com temas ligados aos enganos e erros cometidos pelos deuses. Uma cena representava Leda acariciando o cisne, que era na verdade um disfarce de Júpiter; e outra representava Dânae na torre de bronze na qual o seu pai a tinha aprisionado, mas onde o deus conseguiu entrar na forma de uma chuva de ouro. Outra, ainda, mostrava Europa

---

[11] Essa descrição correta do arco-íris foi literalmente traduzida de Ovídio. (N. T.)

enganada por Júpiter sob o disfarce de um touro. Encorajada pela mansidão do animal, Europa aventurou-se a montá-lo, e Júpiter atravessou o mar a nado, com ela sobre o dorso, até a Ilha de Creta. Pensar-se-ia ser mesmo um touro, tão naturais foram ele e as águas ali representados. Europa parecia olhar com saudade o litoral que deixara para trás, e pedia a ajuda de suas companheiras. Parecia estar aterrorizada com a visão das ondas, e encolhia os pés, tirando-os da água. Aracne preencheu sua trama maravilhosamente bem, todavia registrando com força a sua presunção e a sua impiedade. Minerva não podia evitar a admiração, contudo sentiu-se insultada com os resultados. Golpeou o tecido com sua lançadeira, fazendo-o em pedaços. Em seguida tocou a testa de Aracne e fê-la sentir a sua culpa e sua vergonha, de tal modo que ela não pôde suportar e enforcou-se. Minerva, sentindo pena de Aracne quando a viu suspensa numa corda, exclamou: "Vive, mulher culpada! E, para que possas preservar a lembrança dessa lição, permanece dependurada, tu e teus descendentes, para sempre". Borrifou sobre Aracne o suco do acônito, e imediatamente o cabelo caiu, e também o nariz e as orelhas. O corpo encolheu e a cabeça ainda mais; os dedos grudaram-se aos flancos e tornaram-se pernas. Tudo o mais modificou-se em seu corpo, do qual ela lança os seus fios, sempre suspensa na mesma atitude em que estava quando Minerva tocou-a, transformando-a numa aranha.

Spencer conta a lenda de Aracne em seu *Muiopotmos*, aderindo ao seu mestre Ovídio, mas melhorando o desfecho da história. As duas estrofes que seguem contam o que ocorreu depois que a deusa bordou a cena da criação da oliveira:

> *Entre essas folhas, teceu uma borboleta,*
> *Muito bem equipada, e maravilhosamente esbelta,*
> *Voando entre as azeitonas, despreocupada,*

Que parecia de verdade, tão viva parecia,
O pelo de veludo que recobre as asas,
E a pele de seda com que as costas estão revestidas,
Suas largas antenas estendidas, suas ancas cabeludas,
Suas cores gloriosas, e seus olhos brilhantes.

Tanto que, quando Aracne viu, revestida
E bordada com maestria tão rara,
Assombrou-se, e nada pôde dizer;
E com olhar fixo contemplava,
E pelo seu silêncio, sinal de quem desfalece,
A vitória concedera-lhe como merecia;
Contudo, por dentro, atormentou-se e irritou-se,
E seu coração encheu-se de venenoso rancor.

E assim a metamorfose[12] é causada pela mortificação e vergonha da própria Aracne, e não por algum ato direto da deusa.

A propósito *A uma dama, a respeito de um bordado*, esta mostra de galanteria no estilo da época de Garrick:

Certa vez Aracne, contam os poetas,
Desafiou uma deusa com sua arte,
E logo a atrevida mortal caiu,
Infeliz vítima de seu próprio orgulho.

Oh, então, cuidado com a sorte de Aracne,
Sê prudente, Cloé, e submete-te
Ou certamente terás a mesma sorte,
Pois grandes são tua graça e tua arte.

---

[12] Sobre isso, sir James Mackintosh comentou: "Você crê que mesmo um chinês poderia pintar as belas cores de uma borboleta com mais exatidão do que descrito no verso 'com sua textura aveludada'".

Tennyson, no seu *Palácio da arte*, descrevendo as obras de arte com que o palácio foi adornado, assim se refere a Europa:

> ... *o belo manto solto da doce Europa,*
> *Esvoaçando de seus ombros para trás,*
> *Nas mãos uma folha murcha de açafrão*
> *E o chifre dourado do touro manso.*

E em seu *Princesa*, há uma alusão a Dânae:

> *Agora a terra jaz toda Dânae para as estrelas,*
> *E todo o teu coração aberto para mim.*

NÍOBE

O destino de Aracne repercutiu nos quatro cantos do lugar, e serviu como uma advertência para que nenhum outro mortal presunçoso se comparasse com os deuses. Todavia uma outra mulher experiente não aprendeu a lição da humildade. Seu nome era Níobe, a rainha de Tebas. Ela de fato tinha do que se orgulhar; mas não era a fama de seu marido, nem a própria beleza, nem a sua nobre linhagem nem o poder de seu reino que a envaideciam. Eram os seus filhos; e Níobe teria mesmo sido uma das mães mais felizes se não tivesse proclamado essa felicidade. Foi durante as celebrações anuais em honra de Latona e seus filhos, Apolo e Diana — quando o povo de Tebas estava reunido em assembleia, com a fronte coroada de louros, levando incenso aos altares e rendendo seus votos —, que Níobe foi vista entre a multidão. Suas vestes, feitas de ouro e pedras preciosas, eram esplêndidas, seu rosto era tão lindo quanto pode ser lindo o rosto de uma mulher irada. Ela parou e olhou para a multidão com um ar desdenhoso. "Que insensatez é essa?", bradou. "Por que dar mais importância a seres que jamais vistes que àqueles que estão diante de vossos olhos? Por que Latona deveria receber as honras da adoração e não eu? Meu pai foi Tântalo, que foi convidado para sentar-se à mesa com os deuses; minha mãe foi uma deusa. Meu marido construiu e governa esta cidade, Tebas, e a Frígia é minha herança paterna. Para onde quer que eu volte os olhos, identifico os elementos de meu poder; meu corpo e a minha presença não são indignos de uma deusa. A tudo isso, deixai que eu acrescente: tenho sete filhos e sete filhas, e genros e noras que valem a minha aliança. Não tenho razões para orgulhar-me? Preferireis não a mim, mas a Latona, a filha de Ceos, com seus dois filhos? Tenho sete vezes mais filhos do que ela. Sou afortunada de fato, e afortunada hei de permanecer! Alguém pode negar esse fato? Minha abundância é minha segurança. Sinto-me forte demais para ser subjugada pela Sorte. Ela pode tirar muito de mim; e mesmo assim muito restará. Se eu perdesse um de meus filhos, minha pobreza não seria nada comparada à de Latona, que só tem dois. Deixai de lado estas solenidades, tirai os louros de vossas frontes, levai a termo este culto!" O povo obedeceu, deixando os serviços sagrados incompletos.

A deusa ficou indignada. No topo da montanha cíntia, onde residia, assim se dirigiu ao filho e à filha: "Eu, que tenho sentido tanto orgulho de vós, e que tenho-me considerado a maior de todas as deusas, com exceção da própria Juno, começo agora a duvidar se sou de fato uma deusa. Hei de ficar sem o culto prestado pelos mortais, a não ser que me protejais". Desse modo falava Latona, quando Apolo interrompeu-a: "Nada mais digas". E Diana completou: "Discursos somente atrasam as punições". Lançando-se através do espaço, envoltos em nuvens, eles aterrissaram nas torres da cidade. Uma planície ampla estendia-se bem diante dos portões, onde a juventude da cidade se exercitava nos esportes de guerra. Os filhos de Níobe estavam ali, com os demais: alguns montados em corcéis ariscos ricamente ajaezados, outros dirigindo carruagens bem ornamentadas. Ismeno, o primogênito, quando dirigia seus cavalos inquietos, foi atingido por uma seta que veio do alto, e gritou: "Ai de mim!". Deixou que as rédeas caíssem e caiu também, sem vida. Outro, ouvindo o zunido do arco — como o marinheiro que vê a tempestade se formando e vira todas as velas para o porto —, deu os freios aos seus cavalos e procurou escapar. Mas a flecha certeira atingiu-o durante a fuga. Dois outros, mais jovens, após concluírem os deveres, tinham ido ao parque para os jogos de luta. No momento em que estavam colados peito a peito, uma única flecha perfurou os dois. Juntos soltaram um grito, juntos lançaram um olhar ao seu redor, e juntos expiraram. Alfenor, um irmão mais velho, vendo-os cair, correu ao local para socorrê-los, e caiu também atingido enquanto cumpria o dever de irmão. Apenas um dos irmãos ainda vivia, Ilioneu, que ergueu os braços para o céu, tentando proteger-se por meio da oração. "Poupai-me, deuses!", gritou, dirigindo-se a todos, ignorando que não precisaria pedir a intercessão de todos de uma só vez. Apolo poderia tê-lo poupado, mas era tarde demais, pois a flecha já havia sido lançada em sua direção.

O terror que tomou conta das testemunhas e a tristeza que se abateu sobre o povo logo fizeram Níobe tomar conhecimento de tudo o que havia ocorrido, mas custou-lhe crer que a história fosse real. Sentiu-se indignada com o atrevimento e estava espantada com o que os deuses eram capazes de fazer. Seu marido, Anfíon, desnorteado com o golpe, matou-se. Ah, que diferença havia entre esta Níobe e aquela que desviava a multidão dos rituais sagrados, e andava altiva pela cidade, invejada pelos amigos, e que agora inspirava pena até mesmo aos inimigos! Ela ajoelhou-se ao lado dos corpos sem vida, e beijou um a um os filhos mortos. Erguendo os braços pálidos para o céu, bradou: "Cruel Latona, sacia todo o teu ódio com a minha angústia! Sacia teu coração de pedra, enquanto sigo para o túmulo com meus sete filhos. Contudo, onde está a tua vitória? Desfeita como estou, ainda assim sou mais rica do que tu, minha conquistadora". Mal pronunciou essas palavras e o arco voltou a vibrar, aterrorizando todos os corações, exceto o de Níobe, que estava fortalecido pelo excesso de sofrimento. Suas filhas estavam enlutadas, chorando sobre os ataúdes dos irmãos. Uma caiu, atingida por uma flecha, e morreu deitada sobre o cadáver que estava velando. Outra, que tentava consolar a mãe, perdeu a fala e caiu por terra, sem vida.

Uma terceira tentou fugir, uma quarta procurou esconder-se, enquanto outra ficou onde estava, tremendo, sem saber o que fazer. Seis já estavam mortas e a única que restou a mãe envolveu com seu corpo para protegê-la: "Poupai-me uma, esta que é mais jovem! Oh, poupai-me uma entre tantas filhas!", gritou Níobe, mas enquanto ela ainda falava a menina caiu morta. Desolada, sentou-se, entre filhos, filhas e o marido, todos mortos, e parecia entorpecida de tristeza. A brisa não movia os seus cabelos, não havia cor em suas faces, seu olhar estava fixo e imóvel, não havia nenhum sinal de vida nela. A língua prendeu-se ao céu da boca, e as veias pararam de conduzir o fluido da vida. Seu pescoço não se curvava, os braços não gesticulavam, os pés não conseguiam dar um único passo. Níobe transformou-se numa pedra, por fora e por dentro. E contudo as lágrimas continuaram a rolar por sua face; e, levada por um moinho de vento para a montanha em que nascera, ali permanece: um bloco de pedra, do qual um filete de água escorre continuamente, como um tributo à sua tristeza infinita.

A história de Níobe serviu a Byron para ilustrar as condições precárias da Roma moderna:

A Níobe das nações aqui se encontra,
Sem filhos, sem coroa, em sua dor silenciosa;
Uma urna vazia em suas mãos ressequidas,
Cujas cinzas sagradas há muito se espalharam,
O túmulo de Cipião não mais contém suas cinzas;
Nem mesmo os sepulcros encontram quem os habite,
De seus heroicos habitantes; e o vosso fluxo,
Velho Tibre, segue por um deserto de mármore?
Erguei-vos com as vossas ondulações amareladas
Para ocultar-lhes a dor.

A peregrinação de Childe Harold, IV, 79

Essa história tocante foi a inspiração de uma famosa estátua que se encontra na galeria imperial de Florença. Trata-se da peça principal de um grupo de estátuas que costumava ornamentar a entrada de um templo. A silhueta da mãe abraçada pela filha horrorizada é uma das mais admiradas estátuas da Antiguidade, estando ao lado de Laocoonte e de Apolo como obras-primas de arte. Um epigrama grego que se refere a essa estátua recebeu a seguinte tradução:

Em pedra os deuses a transformaram, mas em vão;
A arte do escultor devolveu-lhe o sopro de vida.

Embora a história de Níobe seja tão trágica, não podemos evitar o riso ao conhecer o uso que lhe deu Moore, em seus *Versos escritos na estrada*:

Seguia, em sua carruagem, o sublime
Sir Richard Blackmore, tentando rimar,
E se a falta de destreza não lhe traía,
Entre a morte e os épicos passava suas horas,

Escrevendo e jogando os dias fora;
Como Apolo em seu carro, tranquilo,
Cantando agora uma nobre canção,
E assassinando os filhos de Níobe.

Sir Richard Blackmore foi um médico, e ao mesmo tempo um poeta muito produtivo e insípido, cujas obras estão hoje esquecidas, a não ser quando relembradas em alguma ironia como essa de Moore.

CAPÍTULO XV

AS GREIAS E AS GÓRGONAS — PERSEU E MEDUSA — ATLAS — ANDRÔMEDA

AS GREIAS E AS GÓRGONAS

As greias eram três irmãs que tinham cabelo grisalho desde o nascimento, por isso tinham esse nome.

As górgonas eram fêmeas monstruosas com dentes enormes como os de um javali, garras de bronze e cabelos de serpente. Nenhum desses seres aparece muito na mitologia, com exceção da górgona Medusa, cuja história contaremos a seguir. Mencionamo-las a princípio para introduzir uma teoria engenhosa de alguns escritores modernos, de acordo com os quais as górgonas e as greias eram apenas personificações de terrores marítimos, as primeiras representando as ondas gigantes no mar alto, enquanto as outras seriam as ondas coroadas de espuma branca que estouram contra os penhascos no litoral. Seu nome em grego reforça esses epítetos.

PERSEU E MEDUSA

Perseu era filho de Júpiter e de Dânae. Seu avô, Acrísio, alarmado pela previsão de um oráculo, segundo o qual o filho de sua filha seria o instrumento de sua morte, deu ordens para que mulher e filho fossem colocados dentro de um baú e este fosse atirado ao mar. O baú flutuou na direção de Séfiro, onde foi achado por um pescador, o qual conduziu ambos a Polidectes, o rei do lugar, que os tratou gentilmente. Quando Perseu se fez homem, Polidectes deu-lhe a missão de conquistar a Medusa, um monstro horrendo que estava devastando o país. Ela já fora uma linda donzela cujo cabelo era o dote mais glorioso, mas como se atreveu a competir em beleza com Minerva, a deusa privou-a de seus encantos, transformando sua lindas madeixas em serpentes sibilantes. Medusa tornou-se um monstro tão cruel, com um aspecto tão assustador que nenhum ser vivente poderia olhá-la sem se transformar em pedra. Em torno da gruta em que residia, viam-se as figuras petrificadas de homens e animais que tiveram alguma oportunidade de vê-la por um único instante. Perseu, favorecido por Minerva, que lhe emprestou seu escudo, e por Mercúrio, que o equipou com seus sapatos alados, aproximou-se da Medusa enquanto ela dormia, e tendo cuidado para não olhar diretamente para o monstro, mas guiando-se apenas pela imagem refletida no brilhante escudo emprestado, cortou-lhe a cabeça e entregou a Minerva, que, por sua vez, fixou-a no meio de sua égide.

Milton, em seu *Comus*, assim se refere à égide:

O que era aquele escudo, decorado com a cabeça da górgona,
Que a sábia Minerva empunhava — aquela intacta virgem
— Com o qual petrificava os seus adversários,
Senão o rígido olhar da castidade austera,
E a graça nobre que constrange a força bruta,
Com repentina adoração e desnorteado assombro.

Armstrong, o poeta de *Arte de conservar a saúde*, descreve o efeito da geada sobre as águas:

Agora sopra o ríspido Norte que esfria
As congeladas regiões, quando por encantos mais potentes,
Que Circe e Medeia desconhecem,
Cada regato que deseja murmurejar em suas margens
Está ali paralisado,
E nem os caniços ressequidos se agitam.
As vagas atiçadas pelo Nordeste ameaçador,
Abanando com terrível cólera sua cabeça,
Mesmo na espuma de sua fúria tornam-se
Gelo monumental.

Tal execução,
Tão dura, tão repentina, faz pensar no aspecto repugnante
Da terrível Medusa,
Quando, errando pelas matas, tornava em pedra
Os seus habitantes selvagens; quando o leão feroz
Saltava furioso sobre as suas presas, o seu poder
Era superado pelo do monstro,
E era fixado naquela atitude ameaçadora,
Como fúria de mármore.

Imitações de Shakespeare

PERSEU E ATLAS

Após o massacre da Medusa, Perseu, levando consigo a cabeça da górgona, voou para muito longe, sobre a terra e o mar. Quando a noite chegou ele havia alcançado os limites ocidentais da terra, onde o sol se põe, lugar em que gostaria de repousar até a manhã seguinte. Ali estava situado o domínio do rei Atlas, que possuía um corpo desproporcionalmente maior do que o de todos os outros homens. Era rico em rebanhos e não tinha nenhum vizinho nem rival que lhe disputasse os domínios. Porém o seu maior orgulho eram os seus jardins, cujos frutos eram de ouro, que pendiam de ramos dourados, recobertos em parte com folhas douradas. Disse-lhe Perseu: "Venho como hóspede. Se honras as origens ilustres, reclamo a paternidade de Júpiter; se valorizas mais os feitos heroicos, declaro que venci a górgona. Procuro alimento e repouso". Porém Atlas recordou-se de uma antiga profecia, segundo a qual, um dia, um filho de Júpiter lhe roubaria as maçãs de ouro. Então respondeu: "Vai-te! ou nem as tuas falsas alegações de glória nem a tua paternidade hão de proteger-te". E tratou de expulsá-lo. Perseu, julgando que o gigante era grande demais para ele, disse: "Já que valorizas tão pouco a minha amizade, digna-te de aceitar um presente, ao menos", e virando a cabeça para trás o jovem ergueu a cabeça da górgona. Atlas, com seu inteiro corpanzil, transformou-se em pedra. Sua barba e seu cabelo tornaram-se florestas, seus braços e seus ombros, rochedos, sua cabeça, o topo de uma montanha, e seus ossos viraram pedras. A massa de cada parte continuou a aumentar de tamanho até se transformar numa montanha, e (assim desejaram os deuses) o céu e todas as suas estrelas descansam sobre os seus ombros.

O MONSTRO MARINHO

Seguindo em seu voo pelo mundo, Perseu chegou à região dos etíopes, onde Cefeu era o rei. Cassiopeia era a rainha, orgulhosa de sua beleza; ousara comparar-se às ninfas do mar, que, de tão indignadas, enviaram um monstro marinho prodigioso para destroçar a costa. A fim de aplacar a ira das divindades, Cefeu foi orientado pelo oráculo a expor sua filha Andrômeda para ser devorada pelo monstro. Quando olhou para baixo das alturas em que voava, Perseu observou a virgem acorrentada ao rochedo, aguardando a aproximação da serpente. Ela estava tão pálida e imóvel, que, se não fossem as lágrimas a correr pelo seu rosto e seu cabelo balançando com o vento, ele pensaria tratar-se de uma estátua de mármore. Em face do que viu, Perseu ficou tão assombrado que quase esqueceu-se de bater as asas. Adejando sobre Andrômeda, falou: "Ó virgem, que não mereces essas correntes, mas antes aquelas que unem os amantes, dize-me: qual é o teu nome, como se chama a tua cidade, e por que estás presa desse modo?". A princípio a vergonha não a deixou falar, e, se pudesse, teria escondido o rosto com as mãos; mas quando Perseu repetiu as perguntas, temendo que ele a julgasse culpada de algum crime, contou-lhe seu nome e o nome da sua cidade, e falou-lhe do orgulho que a mãe sentia de sua própria beleza. Enquanto ainda falava, um som estranho foi ouvido sobre as águas, e o monstro marinho apareceu, com a cabeça erguida acima da superfície, cortando as ondas com o amplo tórax. A virgem estremeceu, e o pai e a mãe, que acabavam de chegar ao local, mostraram-se desesperados, especialmente a mãe. Eles ficaram ao lado da filha, mas nada podiam fazer para protegê-la, além de chorar e abraçar a vítima. Então Perseu exclamou: "Deixemos as lágrimas para depois. Este momento é o único que temos para resgatá-la. Minha posição como filho de Júpiter e o renome que granjeei ao vencer a górgona fazem de mim um pretendente aceitável. Tentarei, entretanto, merecê-la pelos serviços rendidos, se os deuses me ajudarem. Se tua filha for resgatada pelo meu valor, quero que ela seja a minha recompensa". Os pais consentiram (como poderiam não o fazer?), e ainda prometeram dar-lhe um dote real junto com a moça.

O monstro estava à distância de uma pedra lançada por um hábil atirador, quando, num súbito movimento, o jovem ergueu-se no ar. Como uma águia, que de seu voo nas alturas avista a serpente se aquecendo ao sol, mergulha sobre ela e prende-a pelo pescoço, evitando que se vire para usar as presas, assim o jovem se atirou sobre o dorso do monstro e atravessou-lhe o ombro com a espada. Irritado pelo ferimento, o monstro ergueu-se no ar e em seguida mergulhou nas profundezas; então, como o javali cercado por uma matilha de cães que não cessam de latir, virou-se rapidamente de um lado para o outro, enquanto o jovem escapou de seus ataques usando a propulsão de suas asas. Sempre que Perseu encontrava uma brecha entre as escamas do monstro, fazia-lhe um ferimento, perfurando os seus flancos e a região próxima à cauda. O animal soltava, pelas narinas, água misturada com sangue. Por isso, as asas do herói já estavam molhadas e ele já não podia confiar na sua eficiência. Aterrissando sobre um rochedo que se erguia acima das ondas, e segurando um fragmento de rocha, conseguiu acertar o monstro com um golpe fatal. Os gritos do povo que se havia reunido na praia ecoaram pelas colinas. Os pais, arrebatados de alegria, abraçaram o futuro genro, chamando-o de seu libertador e salvador de sua casa, e a virgem, que foi tanto a causa como a recompensa do conflito, desceu do rochedo.

Cassiopeia, cuja beleza já foi por nós destacada, era etíope, e portanto negra, pelo menos é o que Milton parece sugerir em seu *Penseroso*, no qual fala da melancolia:

> *... deusa, sábia e sagrada,*
> *Cujo rosto santificado é brilhante demais*
> *Para ser percebido pela vista humana,*
> *E, portanto, para a nossa visão mais frágil,*
> *Coberta de negro, a cor da Sabedoria serena.*
> *Negra, mas de tal modo estimada*
> *Como conviria à irmã do príncipe Mêmnon,*
> *Ou àquela estrelada rainha etíope que tentou*
> *Comparar sua beleza com a das ninfas do mar,*
> *Ofendendo-as assim.*

Cassiopeia é chamada de *estelar rainha etíope* porque após a sua morte foi colocada entre as estrelas, formando a constelação que leva seu nome. Embora tenha recebido essa honra, as ninfas do mar, suas antigas inimigas, conseguiram que ela fosse situada naquela porção do céu que fica sobre o polo, onde, todas as noites, tem de ficar cabisbaixa, recebendo uma lição de humildade.

Mêmnon foi um príncipe etíope, sobre o qual falaremos mais adiante.

A FESTA NUPCIAL

Juntos com Perseu e Andrômeda, os alegres pais retornaram ao palácio, onde um banquete estava posto para eles, e tudo era alegria e festividade. Mas de súbito ouviu-se um clamor de guerra, e Fineu, o noivo da virgem, com um grupo de seguidores, apareceu exigindo a donzela. Foi em vão que Cefeu protestou: "Deverias tê-la reclamado quando estava presa ao rochedo, sujeita ao monstro. A sentença dos deuses entregando-a a um tal destino dissolveu todos os compromissos anteriores, tal como a própria morte faria". Em vez de responder, Fineu lançou seu dardo sobre Perseu, sem, contudo, atingi-lo, ficando desarmado. Perseu teria revidado com o seu próprio dardo, mas o covarde atacante correu e se ocultou atrás do altar. E esse foi o sinal para que seu bando se lançasse sobre os convidados de Cefeu. Estes se defenderam e assim teve início um conflito generalizado. O velho rei saiu de cena após infrutíferos apelos, invocando o testemunho dos deuses de que ele não era culpado por esse ultraje contra os direitos da hospitalidade.

Perseu e seus amigos sustentaram-se por algum tempo nessa luta desigual; mas o número de agressores era muito maior e a destruição parecia inevitável, quando o jovem herói teve uma ideia súbita: "Farei que minha inimiga me defenda". Então bradou para que todos ouvissem: "Se houver aqui algum amigo, que ele agora não olhe para mim!", e ergueu alto a cabeça da górgona. "Não procures nos assustar com tuas escamoteações", disse Tesceleu, que ergueu o seu dardo para lançá-lo e nessa mesma posição petrificou-se. Ampix estava prestes a enfiar a espada no corpo de um inimigo caído, mas o seu braço endureceu e ele não pôde mover a espada nem para a frente nem para trás. Outro, em meio a um desafio vociferante, parou com a boca aberta, mas sem emitir som algum. Aconteus, que era amigo de Perseu, avistou a Medusa e petrificou-se como os demais. Astíages atingiu-o com a espada, a qual, em vez de feri-lo, retrocedeu, vibrando.

Fineu observou o resultado tenebroso de sua injusta agressão, e confundiu-se. Chamou os seus amigos em voz alta, mas ninguém respondeu; tocou-os e percebeu que eram de pedra. Caindo de joelhos e estendendo as mãos para Perseu, mas virando a cabeça para trás, implorou clemência. "Leve-os a todos, mas poupa-me a vida", disse ele. "Covarde rasteiro", retrucou Perseu, "isto te darei, nenhuma arma te tocará. Além disso, ficarás em minha casa, como uma recordação destes eventos". Assim dizendo, segurou a cabeça da Medusa na frente dos olhos de Fineu, e do modo como estava de joelhos, com as mãos estendidas e com a face virada, enrijeceu, tornando-se um bloco de pedra!

A seguinte menção a Perseu é de Milman em *Samor*:

> *Como em meio às lendárias núpcias líbias se encontrava*
> *Perseu, na dura tranquilidade de sua fúria,*
> *Meio de pé, meio a flutuar sobre as penas de seu calcanhar*
> *Inchadas, enquanto o rosto brilhante em seu escudo*
> *Petrificava o conflito raivoso; assim se ergueu*
> *Mas sem qualquer mágica, vestindo apenas*
> *O seu aterrador e sério e firme olhar,*
> *O britânico Samor; e, ao erguer-se, o espanto*
> *Alastrou-se, e o salão ruidoso fez-se mudo.*

CAPÍTULO XVI

OS MONSTROS: GIGANTES — ESFINGE — PÉGASO E QUIMERA — CENTAUROS — PIGMEUS — GRIFOS

GIGANTES

Em linguagem mitológica, monstros eram seres de proporções ou partes sobrenaturais, geralmente reconhecidos com terror pela sua imensa força e ferocidade, que empregavam para ferir e atormentar os homens. Pensava-se que alguns deles combinavam os membros de diferentes animais, tal como a Esfinge e a Quimera; e terríveis qualidades dos animais selvagens eram atribuídas a eles, além da sagacidade e faculdades humanas. Outros, como os gigantes, distinguiam-se dos homens mais pelo seu tamanho; e nesse particular somos obrigados a reconhecer uma grande diversidade entre eles. Os gigantes humanos, se assim pudermos chamá-los, tais como os ciclopes, Anteu, Órion e outros não eram tão desproporcionais em relação aos humanos, pois se misturavam com eles em seus amores e conflitos. Mas os gigantes super-humanos, que faziam guerra contra os deuses, eram muito maiores que os homens. Dizem que Títio, quando se estendia na planície, cobria nove acres, e para manter Encélado abaixo foi necessário colocar sobre ele o monte Etna inteiro.

Já falamos sobre a guerra que os gigantes empreenderam contra os deuses, e dos seus resultados. Enquanto essa guerra durou, os gigantes mostraram ser inimigos formidáveis. Alguns deles, como Briareu, tinham cem braços; outros, como Tifão, soltavam fogo pelas narinas. Certa vez provocaram tanto pavor aos deuses que vários fugiram para o Egito e se esconderam sob diferentes disfarces. Júpiter transformou-se num carneiro, sendo mais tarde cultuado no Egito como o deus Amon, com chifres retorcidos. Apolo passou-se por um corvo, Baco por um cabrito, Diana por uma gata, Juno por uma vaca, Vênus por um peixe, Mercúrio por um pássaro. Em outra ocasião, os gigantes tentaram subir aos céus, e com esse propósito empilharam o monte Ossa sobre o Pélion.[13] Ao final, foram vencidos por raios inventados por Minerva, que por sua vez ensinou Vulcano e os ciclopes a fazê-los para Júpiter.

ESFINGE

Laio, rei de Tebas, foi advertido por um oráculo que seu trono e sua vida estariam ameaçados caso seu filho recém-nascido crescesse. Ele então o entregou aos cuidados de um pastor e deu-lhe ordens para que o matasse; mas o pastor, movido pelo sentimento de piedade, e contudo não ousando desobedecer totalmente à ordem recebida, amarrou o menino pelos pés e o pendurou no galho de uma árvore. Ele foi encontrado nessas condições por um camponês, que o entregou aos seus patrões. A família adotou o menino, dando-lhe o nome de Édipo, ou *pés intumescidos*.

---

[13] Vide expressões proverbiais (V). (N. A.)

Muitos anos depois, estando Laio em seu caminho para Delfos, acompanhado apenas de um auxiliar, encontrou um jovem que passava por uma estrada estreita, e que, como ele, dirigia uma carruagem. Como a estrada não comportava as duas carruagens simultaneamente, Laio deu ordens para que o rapaz saísse do caminho. O rapaz se recusou e Laio determinou ao seu auxiliar que matasse um dos cavalos do rapaz. Cumprida a ordem, o desconhecido enfureceu-se e matou Laio e seu auxiliar. O jovem era Édipo, que assim, inconscientemente, tornou-se o assassino do próprio pai.

Pouco tempo depois, a cidade de Tebas estava sendo afligida por um monstro que tinha tomado a estrada principal e que se chamava Esfinge. A criatura tinha corpo de leão e cabeça de mulher. Ela se agachava no topo de um rochedo e fazia parar os viajantes que passavam por ali, propondo-lhes um enigma, com a condição de que somente passariam em segurança aqueles que soubessem a resposta; os que falhassem seriam mortos. Ninguém tinha obtido sucesso até então, de modo que todos os passantes tinham sido sacrificados. Édipo não se deixou impressionar pelas histórias terríveis a esse respeito e avançou ousadamente para o teste. A Esfinge perguntou-lhe então: "Que animal anda pela manhã sobre quatro patas, à tarde sobre duas, e à noite sobre três?". Édipo respondeu: "O homem, pois ele engatinha na infância, anda ereto na idade adulta, e precisa do auxílio de uma bengala na velhice". A Esfinge ficou tão mortificada com a solução de sua charada que se jogou de um rochedo e pereceu.

A gratidão do povo por sua libertação foi tão grande que escolheu Édipo para seu rei, dando-lhe como esposa a sua rainha Jocasta. Ignorando a identidade dos pais, Édipo, que já se havia tornado o assassino do próprio pai, ao desposar Jocasta tornou-se o marido da mãe. Esses horrores permaneceram ocultos, até que, após algum tempo, Tebas foi afligida pela fome e pela peste, e o oráculo, ao ser consultado, revelou o duplo crime de Édipo. Jocasta matou-se e Édipo, tomado pela loucura, arrancou os próprios olhos e deixou Tebas, temido e abandonado por todos, exceto por suas filhas, que fielmente o seguiram, até que, após um período de miserável peregrinação sem destino, chegou ao fim a sua vida de infortúnios.

PÉGASO E QUIMERA

Quando Perseu decepou a Medusa, o sangue derramado sobre a terra produziu um cavalo alado chamado Pégaso. Minerva pegou-o,
domou-o e deu-o de presente às musas. A fonte de Hipocrene, no monte Hélicon, onde viviam as musas, foi aberta pela ação de um coice do corcel.

A Quimera era um monstro pavoroso, que soltava fogo pelas narinas. A parte frontal do corpo era uma mistura de leão e de cabra, e a parte traseira era de dragão. Causava grandes prejuízos na Lícia, de modo que o rei, Ióbates, procurava por um herói que pudesse destruí-la. Naquele tempo, chegou à sua corte um galante jovem guerreiro, cujo nome era Belerofonte. O jovem trazia cartas de Proteu, genro de Ióbates, com recomendações calorosas que o apresentavam como um herói invencível, porém acrescentando ao final um pedido ao sogro que o mandasse matar. A razão era o ciúme de Proteu, pois este suspeitava que sua esposa, Anteia, admirava em demasia o jovem guerreiro.

Foi dessa circunstância, de ser Belerofonte o portador inconsciente de uma carta que tratava de seu próprio assassinato, que surgiu a expressão *Cartas de Belerofonte*, expressão usada hoje para descrever qualquer tipo de comunicação que seja prejudicial ao seu portador.

Ióbates ficou transtornado com o conteúdo da carta, pois não queria violar o código de hospitalidade, e contudo queria fazer a vontade do genro. Veio-lhe então uma ideia brilhante: a de enviar Belerofonte para combater a Quimera. Ele aceitou a proposta, mas antes de seguir para o combate consultou o vidente Polido, que o aconselhou a procurar o cavalo Pégaso para usar no conflito. Para esse propósito, orientou-o a passar a noite no templo de Minerva. Belerofonte seguiu a sugestão de Polido, e, enquanto dormia, Minerva veio ao seu encontro e deu-lhe uma rédea de ouro, que estava em suas mãos quando despertou, pela manhã. Minerva também lhe mostrou Pégaso bebendo água no poço de Pirene. À visão das rédeas, o corcel alado veio voluntariamente ao encontro do herói para ser preparado. Já montado, Belerofonte ergueu-se no ar, logo encontrou a Quimera, e venceu-a facilmente.

Após a conquista da Quimera, Belerofonte foi exposto a outras provas e teve de realizar outros trabalhos dados pelo seu hostil anfitrião. Com o auxílio de Pégaso, a tudo venceu. Após certo tempo, percebendo que o herói era um favorito especial dos deuses, Ióbates deu a Belerofonte sua filha em casamento, e a sucessão no trono de seu reino. Finalmente, em virtude de seu orgulho e de sua presunção, Belerofonte atraiu sobre si a ira dos deuses. Conta-se que tentou, até mesmo, voar até o céu em seu corcel alado, mas Júpiter mandou um zangão dar uma picada em Pégaso, fazendo-o lançar fora o cavaleiro, que em consequência da queda tornou-se manco e cego. Depois disso Belerofonte vagou solitário pelos campos aleanos, evitando os caminhos dos homens, e morreu miseravelmente.

Milton cita Belerofonte no começo do livro VII de *Paraíso perdido*:

> *Desce do Céu, Urânia, por esse nome*
> *Com justiça é chamada a tua arte, e tua voz divina*
> *Seguindo, por cima do Monte Olimpo eu voo,*
> *Mais alto que as asas de Pégaso,*
> *Conduzido por ti,*
> *Dentro do céu dos céus, lugar em que presumo*
> *Ser um convidado terrestre, respirando ares imperiais*
> *(Temperado por ti); com a mesma segurança guiaste-me para baixo*
> *Devolvendo-me ao meu elemento nativo;*
> *A menos que por este corcel alado sem rédeas (como se deu*
> *Com Belerofonte, embora de uma esfera mais baixa),*
> *Eu seja derrubado sobre o campo aleano,*
> *Perdendo-me ali, desorientado e abandonado.*

Young, em seus *Pensamentos noturnos*, falando dos céticos, diz:

> *Aquele cujo pensamento cego nega o horizonte,*
> *Inconscientemente traz, Belerofonte, como tu,*
> *A própria incriminação; condena a si mesmo.*
> *Quem lê o seu coração, lê a vida imortal,*
> *Ou a natureza ali, impondo-se a seus filhos,*
> *Escreveu fábulas; o homem tornou-se uma mentira.*

Shakespeare faz alusão a Pégaso, no *Henrique IV*, quando Vernon descreve o príncipe Henrique:

> *O moço Henrique avistei, de viseira calada e armado a ponto,*
> *Levantar-se do solo como o alado*
> *Mercúrio, e tão ligeiro à sela alçar-se,*
> *Tal como se das nuvens viesse um anjo*
> *Para domar um Pégaso fogoso,*
> *E o mundo enfeitiçar com sua destreza.*

CENTAUROS

Estes monstros foram representados como seres que possuem cabeça de homem e o restante do corpo de cavalo. Os antigos gostavam demais dos cavalos para julgar que a mistura de sua natureza com a do homem pudesse resultar em degradação, por isso o centauro é o único dos monstros mitológicos da Antiguidade que possui boas qualidades. Os centauros podiam andar em companhia dos homens, e no casamento de Pirítoo e Hipodamia estavam entre os convidados. Durante a festa, Eurítion, um centauro, estando embriagado com vinho, tentou violentar a noiva; os outros centauros seguiram o seu exemplo, e armou-se um medonho conflito em que diversos deles foram mortos. Essa foi a famosa Batalha dos Lápitas e Centauros, assunto de grande interesse dos escultores e poetas da Antiguidade.

Mas nem todos os centauros eram como os rudes convidados de Pirítoo. Quíron foi ensinado por Apolo e Diana, e alcançou renome por sua grande habilidade na caça, medicina, música, além da arte da profecia. Os mais distintos heróis da história da Grécia foram seus discípulos, entre eles o menino Esculápio, que foi entregue aos seus cuidados por Apolo, seu pai. Quando o sábio voltou para casa carregando o menino, sua filha, Ocírroe, saiu para encontrá-lo, e assim que avistou a criança pôs-se a falar do futuro dela, profetizando (pois era uma profetisa) a glória que alcançaria. Quando Esculápio cresceu, tornou-se um médico afamado, e, numa certa ocasião, foi capaz até mesmo de trazer um morto de volta à vida. Plutão ressentiu-se com esse feito, e Júpiter, obedecendo a seu pedido, atingiu o médico atrevido com um raio, matando-o, mas depois de sua morte recebeu-o entre os deuses.

Quíron foi o mais sábio e o mais justo de todos os centauros, e, quando morreu, Júpiter colocou-o no céu entre as estrelas, na forma da constelação de Sagitário.

PIGMEUS

Os pigmeus formavam uma nação de anões, e são assim chamados em virtude de uma palavra grega que significa o *cúbito*, ou treze polegadas (comprimento do antebraço), que, segundo se dizia, era a altura desse povo. Eles viviam próximos às fontes do Nilo, ou, de acordo com opinião diferente, na Índia. Homero conta que os grous costumavam emigrar, todos os invernos, para a região dos pigmeus, e seu surgimento era o sinal de uma guerra sangrenta contra os pequenos habitantes, que tinham de se armar para defender seus campos de milho contra os estrangeiros rapinantes. Os pigmeus e seus inimigos, os grous, são o assunto de uma série de obras de arte.

Escritores mais recentes falam de um exército de pigmeus que, tendo encontrado Hércules dormindo, prepararam-se para atacá-lo, como se estivessem prontos para atacar a cidade. Mas o herói, despertando, riu-se dos pequenos guerreiros, embrulhou alguns deles numa pele de leão e levou-os para Euristeu.

Milton utiliza os pigmeus para criar uma metáfora, em *Paraíso perdido*, livro I:

> *... Como aquela raça dos pigmeus*
> *Para além das montanhas da Índia, ou elfos*
> *Cujos folguedos, à meia-noite, nos bosques,*
> *Ou fontes, algum camponês tardio vê*
> *(Ou sonha ter visto), enquanto, no alto, a lua*
> *Senta-se como juíza, e mais perto da terra*
> *Segue seu curso pálida; eles em sua alegria e dança*
> *Concentrados, com música aprazível, encantam-no pelos ouvidos,*
> *E ao mesmo tempo seu coração bate de medo e de prazer.*

GRIFOS

O grifo era um monstro com corpo de leão, a cabeça e as asas de uma águia, e o dorso recoberto de penas. Tal como os pássaros constrói seu ninho, mas, em vez de um ovo, punha uma ágata. Tinha garras e presas tão grandes que o povo da Índia costumava usá-las para fazer copos. Construía seu ninho com o ouro que encontrava nas montanhas, razão pela qual esses ninhos eram muito visados pelos caçadores, de modo que ele tinha de se manter muito vigilante para proteger os filhotes. Seu forte instinto dotava-o da capacidade de descobrir o exato local em que os tesouros estavam enterrados, e tudo faziam para manter saqueadores a distância. Os arispianos, entre os quais os grifos floresceram, eram um povo da Cítia que tinha um único olho.

Milton usa os grifos para uma comparação, no livro II de *Paraíso perdido*:

> *Tal como um grifo através das matas*
> *Em seu voo, sobre os montes e as campinas,*
> *Persegue o arispiano que, astucioso,*
> *Roubou-lhe, apesar da vigilância,*
> *O ouro que guardava.*

CAPÍTULO XVII

O VELOCINO DE OURO — MEDEIA

O VELOCINO DE OURO

Em tempos muito remotos viviam na Tessália um rei e uma rainha que se chamavam Átamas e Néfele. O casal tinha dois filhos, um menino e uma menina. Passado algum tempo, Átamas tornou-se indiferente à sua esposa, afastou-a de si e escolheu uma nova mulher. Néfele suspeitou que a influência da madrasta ofereceria perigo aos filhos, e tomou providências para tirá-los do alcance dela.

Mercúrio ajudou-a, e deu-lhe um carneiro com um velocino de ouro, no qual ela acomodou as duas crianças, acreditando que o carneiro as levaria a um local seguro. O carneiro ergue-se no espaço com as crianças no dorso, rumando para leste, até cruzar o estreito que separa a Europa da Ásia, onde a menina, cujo nome era Hele, caiu no mar. O local de sua queda passou a chamar-se, então, Helesponto, atualmente Dardanelos. O carneiro continuou a jornada até os limites do reino da Cólquida, na margem leste do Mar Negro, onde aterrissou em segurança com o menino, Frixo, que foi hospitaleiramente recebido por Eetes, o soberano do lugar. Frixo sacrificou o carneiro a Júpiter, dando o velocino de ouro a Eetes, o qual o colocou em uma gruta sagrada, sob os cuidados de um dragão que jamais dormia.

Um parente de Eetes governava um outro reino na Tessália, próximo ao de Átamas. Tratava-se de Esão, que, cansado das vicissitudes do reino, renunciou à coroa em favor de seu irmão Pélias, com a única condição de que este só ficaria no trono até que o filho de Esão, Jasão, alcançasse a maioridade. Quando Jasão cresceu e veio pedir a seu tio que lhe entregasse a coroa, Pélias fingiu que desejava fazê-lo, mas ao mesmo tempo sugeriu que o rapaz empreendesse a gloriosa aventura de conquistar o velocino de ouro, que todos sabiam estar no reino da Cólquida e que, de acordo com Pélias, pertencia, por direito, à sua família.

Jasão gostou da ideia e tratou de fazer os preparativos para a expedição. Naquele tempo o único tipo de navegação que os gregos conheciam era em pequenos barcos ou canoas de troncos de árvores, de tal modo que, quando Jasão encarregou Argos de construir uma embarcação com capacidade para transportar cinquenta homens, a iniciativa foi considerada gigantesca. Todavia a obra foi concluída, e o barco recebeu o nome de Argo em homenagem ao construtor. Jasão espalhou o convite para todos os aventureiros da Grécia e logo se achava no comando de um grupo de jovens atrevidos, muitos dos quais se tornariam, mais tarde, grandes heróis e semideuses gregos: Hércules, Teseu, Orfeu e Nestor. Os integrantes do grupo foram chamados de *argonautas*, por causa do nome da embarcação. O Argo zarpou com sua tripulação de heróis. Eles deixaram o litoral da Tessália e, tendo chegado à ilha de Lemnos, atravessaram para a Mísia e dali passaram para a Trácia, onde encontraram-se com o sábio Fineu, dele recebendo instruções para as rotas futuras. A entrada do Ponto Euxino (Mar

Negro) parecia bloqueada por duas pequenas ilhas rochosas, que flutuavam na superfície, sendo lançadas de um lado para o outro pelo mar, e, ocasionalmente se chocando, esmagando e moendo o que se encontrasse entre elas. Eram chamadas Simplégades ou Ilhas da Colisão. Fineu havia orientado os argonautas sobre como passar por esse perigoso estreito. Quando chegaram ao local, soltaram uma pomba, que passou voando por entre as ilhas, com segurança, perdendo somente algumas penas da cauda. Jasão e seus homens aproveitaram o momento propício em que as ilhas se afastavam uma da outra. Jasão impeliu seus homens a remar com vigor, passando em segurança, embora as ilhas tenham colidido logo após a sua passagem, tangenciando a popa do Argo. Eles, então, remaram ao longo do litoral até que chegaram ao extremo leste do mar, e desembarcaram no reino da Cólquida.

Jasão fez chegar a sua mensagem ao rei Eetes, que concordou em entregar-lhe o velocino de ouro, desde que Jasão arasse a terra com dois touros de patas de bronze que soltavam fogo pelas narinas, e ainda semeasse os dentes do dragão que Cadmo matara e dos quais surgiria, segundo o que era do conhecimento geral, um exército de homens armados que se voltariam contra os seus criadores. Jasão aceitou as condições, e uma data foi marcada para a experiência. Antes, todavia, Jasão conseguiu pedir a ajuda de Medeia, a filha do rei. Prometeu casar-se com ela, estando diante do altar de Hécate. Medeia aceitou, e com seu auxílio, pois ela era uma feiticeira poderosa, Jasão obteve um encantamento que o livraria do fogo das narinas dos touros e dos exércitos bem armados.

Quando o dia chegou, o povo estava reunido no Campo de Marte e o rei sentou-se em seu trono, enquanto a multidão cobria as encostas do vale. Os touros de pés de bronze entraram correndo, soltando fogo das narinas e queimando a vegetação pelos lugares em que passavam. O ruído que produziam era semelhante ao de uma fornalha, e a fumaça era como aquela que se desprende da cal. Jasão avançou ousadamente para enfrentá-lo. Seus amigos, os heróis escolhidos da Grécia, tremeram ao contemplá-lo. Apesar do fogo que soltavam os touros, Jasão os amansou com sua voz, afagou-lhes o pescoço com mão segura, destramente lançou sobre eles o jugo, e fez que puxassem o arado. Os colquidanos espantaram-se; os gregos gritaram de alegria.

Logo a seguir começou a florescer o exército de homens armados, um fenômeno maravilhoso, pois mal chegavam à superfície e já começavam a agitar suas armas para atacar Jasão. Os gregos tremeram de medo por seu herói, e mesmo Medeia, que o ensinara a se proteger, empalideceu atemorizada. Por algum tempo Jasão manteve seus adversários a distância, usando a espada e o escudo, até que, percebendo que seu número seria grande demais, recorreu ao encantamento aprendido de Medeia: pegou uma pedra e atirou no meio dos inimigos. Imediatamente eles se voltaram uns contra os outros, e em breve não havia um único soldado do dragão com vida. Os gregos abraçaram o seu herói, e Medeia queria também tê-lo abraçado, mas faltou-lhe a ousadia.

Restava ainda fazer dormir o dragão que guardava o velocino, e isso só pôde ser feito quando jogaram algumas gotas de uma poção que Medeia havia preparado para esse fim. Com o cheiro da poção o dragão acalmou-se, quedou-se paralisado por alguns momentos, depois fechou os grandes olhos, que ninguém jamais vira fechados antes, e virou-se de lado para rapidamente cair no sono. Jasão agarrou o velocino e, junto com seus amigos e Medeia, correu para a embarcação, antes que Eetes impedisse a partida, e regressou à Tessália, onde todos chegaram a salvo. Jasão entregou o velocino a Pélias, e dedicou o Argo a Netuno. Não se sabe o que ocorreu ao velocino depois disso, mas é possível que, como tantos outros tesouros, não tenha valido as dificuldades enfrentadas para encontrá-lo.

Essa é uma daquelas histórias mitológicas, diz um escritor moderno, em que há razões para se crer que se baseia em algum substrato de verdade, embora esteja envolta em uma série de camadas de ficção. Talvez se trate da primeira grande expedição marítima, e tal como geralmente se dá na história das nações com esse tipo de empreendimento, é provável que tenha sido organizada nos moldes da pirataria. Se a pilhagem de riquezas foi o resultado da expedição, temos então a justificativa para a invenção da história do velocino de ouro.

Outra sugestão de um ilustre mitologista, Bryant, é que se trata de uma versão distorcida da história da arca de Noé. O nome *Argo* parece conter uma evidência a esse respeito, e o incidente da pomba é uma outra possível confirmação dessa ideia.

Pope, em sua *Ode do Dia de Santa Cecília*, assim celebra o lançamento do navio Argo e o poder da música de Orfeu, a quem chama de *o Trácio*:

> *Então, quando a primeira nau atreveu-se pelos mares,*
> *No alto da popa, o Trácio entoou a sua melodia,*
> *Enquanto Argo viu suas árvores queridas,*
> *Descendo de Pélion para a praia.*
> *Os semideuses transportados ali se erguiam,*
> *E, àquele som, os homens se fizeram heróis.*

No poema *O velocino*, de autoria de Dyer, há um relato sobre o navio Argo e sua tripulação, que nos dá uma boa descrição dessa aventura marítima:

De todas as regiões, do litoral do Egeu,
Reúnem-se os heróis, esses gêmeos ilustres:
Castor e Pólux; o poeta melodioso,
Zetes, e Calais, rápido como o vento;
O forte Hércules, e outros chefes de renome,
Na perigosa praia de Iolco se encontram,
Vestidos com brilhantes armaduras, com sede de aventura,
E logo as amarras e a grande pedra
São içadas ao convés, desprendendo o casco,
Cuja quilha de espantoso comprimento as mãos habilidosas de Argos
Talharam para o orgulhoso empreendimento;
E no convés extenso, um mastro elevado
E velas infladas; para os líderes,
Objetos raros. Agora, pela primeira vez aprenderam
O modo de singrar os mares, cortando corajosamente as ondas,
Guiados pelas estrelas douradas, que a arte de Quíron
Registrou na abóbada celeste.

Hércules deixou a expedição em Mísia, pois Hilas, um jovem amado por ele, tendo saído para buscar água, foi preso pelas ninfas da primavera, que ficaram fascinadas com a beleza do rapaz. Hércules foi em busca de Hilas e, durante sua ausência, o Argo zarpou, deixando-o para trás. Moore, em uma de suas canções, faz uma bela alusão a esse incidente:

Quando Hilas foi enviado à fonte com seu jarro,
Atravessou os campos iluminados com o coração pleno de alegria,
E perambulou despreocupado por entre montes e charnecas,
E esqueceu-se da missão quando encontrou as flores.

Assim, muitos, como eu, que na juventude deveriam experimentar

Das águas que jorram próximas ao santuário da Filosofia,
Perderam seu tempo com as flores do caminho,
Deixando seus jarros leves, tão vazios quanto o meu.

MEDEIA E ESÃO

Em meio ao regozijo pelo resgate do velocino de ouro, Jasão sentiu que algo estava faltando, a presença de Esão, seu pai, que não pôde participar das festividades em razão de sua idade avançada e por estar enfermo. Jasão disse a Medeia: "Minha esposa, será que com as tuas artes, cujos poderes tanto me auxiliaram, poderias prestar-me ainda um outro serviço, transferindo alguns anos de minha vida a meu pai?". Medeia respondeu: "Se minhas artes puderem me ajudar, a vida de teu pai será estendida, sem que a tua tenha de ser encurtada".

Na primeira noite de lua cheia ela saiu sozinha, enquanto todas as demais criaturas dormiam. Nem um sopro sequer agitava a vegetação, tudo estava quieto. Então, dirigiu os seus encantamentos às estrelas, e à lua, a Hécate,[14] a deusa do mundo subterrâneo, e a Tellus, a deusa da terra, cujo poder produz plantas excelentes para o encantamento. Invocou os deuses das florestas e das cavernas, das montanhas e dos vales, dos lagos e dos rios, dos ventos e dos vapores. Enquanto falava, o brilho das estrelas intensificou-se, e de súbito uma carruagem desceu pelo espaço, puxada por serpentes voadoras. Medeia subiu na carruagem e viajou para regiões distantes, onde plantas potentes cresciam — plantas cujas propriedades

---

[14] Hécate era uma divindade misteriosa, algumas vezes identificada com Diana e outras vezes com Prosérpina. Como Diana, representa o esplendor da luz da lua à noite. Ela era a deusa da feitiçaria e da bruxaria, e acreditava-se que perambulava à noite pela terra, vista apenas pelos cães, cujo latido denunciava a sua aproximação. (N. T.)

ela conhecia bem. Durante nove noites a feiticeira permaneceu nessa pesquisa, sem entrar no seu palácio nem sob qualquer outro teto, evitando manter contato com mortais.

A seguir, Medeia erigiu dois altares: um para Hécate, outro para Hebe, as deusas da juventude, e sacrificou um cordeiro negro, derramando libações de leite e de vinho. Implorou a Plutão e à sua noiva raptada que não tivessem pressa em levar a vida do velho homem. Então pediu que Esão fosse trazido à sua presença, e, fazendo-o dormir profundamente pelo poder de um encantamento, fê-lo deitar-se sobre uma cama de ervas, como se estivesse morto. Jasão e todos os demais foram mantidos a distância do palácio, pois nenhum olho profano poderia testemunhar os seus mistérios. Então, com os cabelos soltos, ela deu três voltas no altar, enfiou lascas de madeira em chamas em seu sangue, e deixou-as ali para queimar. Enquanto isso, o conteúdo do caldeirão ficou pronto. Lá pôs ervas mágicas, com sementes e flores de suco acre, pedras do Extremo Oriente e areia do litoral de todo o oceano circunjacente; geada branca, colhida à luz da lua, a cabeça e as asas de uma coruja e as entranhas de um lobo. Adicionou fragmentos de casco de tartaruga e fígado de cervo — animais longevos —, e a cabeça e o bico de um corvo sobrevivente a nove gerações humanas. Essas e muitas outras coisas sem nome foram cozidas na mistura para o seu trabalho, mexidas com um ramo de oliveira seco; e eis o que se viu: assim que retirado da mistura, o ramo tornou-se verde, e em pouco tempo estava coberto de folhas e de grande número de novas azeitonas; e, enquanto o líquido fervia e borbulhava, derramava um pouco dele sobre a relva, que se tornava verde tal como na primavera.

Vendo que tudo estava pronto, Medeia fez um corte na garganta do velho e permitiu que todo o sangue escorresse, e, através da boca e do ferimento, derramou os sucos do caldeirão.

Assim que terminou essa operação, a barba e o cabelo do homem perderam a cor grisalha e readquiriram o escuro tom original da juventude; sua palidez e magreza se foram; as veias encheram-se de sangue, os membros readquiriram o vigor e a robustez. Esão espantou-se consigo mesmo, e lembrou-se de como era ser jovem, tal como fora nos dias de mocidade (quarenta anos antes).

Medeia usou as suas artes por um bom propósito, mas não foi isso que ocorreu em outra ocasião, quando as utilizou para fins vingativos. Nossos leitores hão de se recordar que Pélias era o tio que usurpara o reino de Jasão. Contudo ele deveria ter algumas qualidades, pois suas filhas o amavam, e, quando souberam o que Medeia tinha feito por Esão, queriam que ela fizesse o mesmo pelo pai. Medeia fingiu aceitar o pedido, e preparou seu caldeirão do mesmo modo como fizera anteriormente. A seu pedido um velho carneiro foi trazido e mergulhado dentro da mistura. Logo se ouviu um balido dentro do caldeirão e, quando sua tampa foi removida, um carneiro saltou de dentro, e pôs-se a correr pelo campo. As filhas de Pélias assistiram deliciadas à experiência, e marcaram uma data para que seu pai passasse pela mesma operação. Mas Medeia preparou o caldeirão para ele de uma forma bem distinta. Colocou somente água e umas poucas ervas simples. À noite Medeia e as duas filhas de Pélias entraram no quarto do rei, que, tal como seus guardas, dormia um sono profundo, sob a influência de um encantamento da própria Medeia. As filhas postaram-se ao lado do leito com suas armas desembainhadas, mas hesitaram em usá-las até que Medeia repreendeu a sua irresolução. Virando o rosto de lado, desferiram golpes ao acaso até apunhalar o pai. Ele então, despertando de seu sono, gritou: "Minhas filhas, o que fazeis?". O coração das moças fraquejou e suas armas caíram-lhes das mãos, mas Medeia desferiu contra o rei um golpe fatal, impedindo que ele continuasse a falar.

Em seguida elas o puseram no caldeirão, e Medeia partiu apressadamente em sua carruagem puxada por serpentes, antes que descobrissem a sua traição, pois certamente a vingança delas seria terrível. Ela escapou, mas teve pouco prazer com os frutos de seu crime. Jasão, por quem fizera tanto, desejando casar-se com Creúsa, princesa de Corinto, rejeitou-a. Enfurecida com essa ingratidão, Medeia invocou os deuses da vingança, enviou um manto envenenado como presente de casamento para a noiva, e, depois de matar os próprios filhos e incendiar o palácio, montou em sua carruagem puxada por serpentes e fugiu para Atenas, onde casou-se com o rei Egeu, o pai de Teseu. Falaremos dela novamente quando tratarmos das aventuras desse herói.

Os encantamentos de Medeia fazem lembrar-se o leitor daquelas feiticeiras de *Macbeth*. Os seguintes versos são os que mais se parecem com o modelo antigo:

> *Rodeamos todas, todas rodeamos,*
> *Nós três em volta desta caldeira.*
> *E no seu bojo joguemos logo*
> *Muitas vísceras envenenadas.*
> *Sapo, que por sobre a pedra fria*
> *Trinta e um dias e trinta e uma noites*
> *Abrigaste todo o fatal veneno*
> *Que este teu corpo pegajoso exsuda,*
> *Sê tu o que coza, primeiramente,*
> *Dentro do nosso caldeirão encantado.*
>
> (...)
>
> *Trabalho dobrado, dobrada canseira.*
> *Fogo, queima. Ferve, caldeira.*

(...)

Carne da serpente dos pântanos
Referva e cozinhe nesta caldeira.
Olho estirpado de salamandra,
Das rãs as patas, língua de cão.
E de um morcego pelos de asas.
Língua bifurcada de uma serpente.
Asas de mocho, pé de sardão.
Para que o feitiço potente seja,
Fervei sem parar, espumai tudo,
Numa horrenda sopa infernal.

Macbeth, Ato IV, Cena I

E novamente:

Macbeth — Que fazeis?
Feiticeiras — Algo que não tem nome.

Existe outra história sobre Medeia, revoltante demais até mesmo para uma feiticeira, uma classe de pessoas à qual os poetas antigos e modernos estão acostumados a atribuir todo grau de atrocidades. Em sua fuga da Cólquida, ela teria levado o seu jovem irmão Apsirto. Notando que os navios de Eetes que perseguiam os argonautas estavam prestes a alcançá-los, Medeia determinou que o irmão fosse morto e que seus membros fossem atirados sobre o mar. Quando Eetes chegou ao local encontrou os restos do filho tristemente assassinado. Enquanto se preocupava em coletar os fragmentos espalhados para lhe dar um funeral honroso, os argonautas puderam fugir.

Nos poemas de Campbell encontramos a tradução de um dos coros da tragédia *Medeia*, em que o poeta Eurípides aproveita a ocasião para prestar um brilhante tributo a Atenas, sua cidade natal. Eis o início do poema:

> *Ó desfigurada rainha! Para Atenas dirigiste*
> *Tua luminosa carruagem, banhada no sangue dos teus,*
> *Querendo ocultar o teu amaldiçoado parricídio,*
> *Lá, onde a paz e a justiça vivem para sempre?*

CAPÍTULO XVIII

MELÉAGRO E ATALANTA

Um dos heróis da expedição dos argonautas foi Meléagro, filho de Eneu e de Alteia, rei e rainha de Cálidon. Quando seu filho nasceu, ela teve uma visão das três Moiras, as quais, enquanto fiavam seu tecido fatal, previram que o menino não viveria o tempo de queimar no forno uma acha de lenha. Alteia agarrou a acha e apagou o fogo, preservando-a cuidadosamente por muitos anos, enquanto Meléagro cresceu e se fez homem. Ocorreu, contudo, que, enquanto Eneu oferecia sacrifícios aos deuses, deixou de prestar as honras devidas a Diana. A deusa, muito indignada com a negligência, enviou um enorme javali selvagem para arrasar os campos de Cálidon. Os olhos desse animal brilhavam com faíscas de sangue e fogo, seus pelos eriçados pareciam ameaçadores punhais, suas presas eram tão grandes quanto as dos elefantes indianos. O milharal, as vinhas e os olivais foram devastados pelo javali. Os rebanhos confundiram-se e se perderam com a matança do inimigo. Todas as ações comuns para deter o animal foram inúteis; mas Meléagro convocou os heróis da Grécia para se juntarem a ele numa ousada caçada contra o monstro nefasto.

Teseu e seu amigo Pirítoo; Jasão, Peleu (que depois seria o pai de Aquiles); Télamon, pai de Ájax; Nestor, que ainda era jovem, e que mais tarde lutaria ao lado de Aquiles e Ájax na Guerra de Troia — esses e muitos outros uniram-se na expedição. Com eles veio Atalanta, filha de Iásio, rei da Arcádia. Uma fivela de ouro polido prendia sua veste, pendurada no ombro trazia uma aljava de marfim e, na mão esquerda, o arco. Seu rosto fundia a beleza feminina com as graças da juventude marcial. Ao vê-la, Meléagro se apaixonou.

Mas o grupo já se encontrava, agora, próximo do javali monstruoso. Por isso armaram fortes redes, prendendo-as de árvore em árvore; soltaram os cães e passaram a procurar os rastros da presa na relva. Escondido entre os juncos, o javali ouviu os gritos de seus perseguidores e investiu contra eles. Alguns foram mortos. Orando à deusa Diana para que lhe desse sucesso, Jasão atirou a lança. A deusa permitiu que a lança tocasse o animal, mas não que o matasse, tendo desviado a ponta de metal durante o voo. Nestor, vendo-se atacado, procurou e encontrou proteção nos ramos de uma árvore. Télamon correu, mas, tropeçando numa raiz saliente, caiu de bruços. Finalmente, após algum tempo, uma flecha de Atalanta, pela primeira vez, prova o sangue do monstro. Embora fosse um ferimento superficial, Meléagro proclamou o feito com alegria. Anceu, com inveja do elogio feito a uma mulher, proclamou seu próprio valor, e desafiou ao mesmo tempo o javali e a deusa que o enviara; mas quando ele correu a fera enfurecida derrubou-o, ferindo-o

mortalmente. Teseu atirou a sua lança, mas ela foi desviada por um galho de árvore. O dardo de Jasão errou o alvo, matando um de seus próprios cães. Meléagro, todavia, após algumas tentativas infrutíferas, conseguiu enfiar sua lança na lateral do monstro, e depois avançou sobre ele, matando-o com seguidos golpes.

Todos os que estavam em sua volta celebraram o feito. Eles se congratularam com o conquistador, procurando apertar a sua mão. O herói, colocando os pés sobre a cabeça do javali, voltou-se para Atalanta e ofereceu-lhe a cabeça e a pele do animal, como se fossem troféus da sua vitória. A inveja, porém, fez que os outros caçadores se digladiassem. Plexipo e Toxeu, irmãos da mãe de Meléagro, além dos demais, opuseram-se ao presente, e arrebataram o troféu das mãos da virgem. Meléagro, que se inflamou de raiva pelo que lhe haviam feito, e mais ainda pelo insulto àquela que amava, esqueceu-se dos deveres familiares e atravessou o coração dos ofensores com sua espada. Quando Alteia trazia presentes de gratidão aos templos para celebrar a vitória do filho, avistou os corpos de seus irmãos assassinados. Estremecendo, esmurrou o peito e apressou-se para trocar suas vestes de regozijo por outras que fossem de luto. Todavia, quando a identidade do autor do crime lhe foi revelada, a tristeza foi substituída por um áspero desejo de vingança contra o próprio filho. Foi, então, buscar aquela acha de lenha à qual a vida de Meléagro estava associada, a mesma que preservara ao retirar das chamas, e deu ordens para que se acendesse um fogo. Alteia ameaçou, quatro vezes, lançar a acha no bojo da fogueira, mas sempre recuava, estremecendo ao pensar que iria destruir o filho. Os sentimentos de mãe e irmã se debateram dentro dela. Ora empalidecia ao pensar que poderia matar o filho, ora a raiva surgia em seu semblante ao lembrar-se do que ele fizera. Como um barco que é conduzido para uma direção pelo vento e para outra pela força das ondas, Alteia estava suspensa nas garras da incerteza. De repente a irmã prevaleceu sobre a mãe, e, segurando a acha fatal, começou a falar: "Voltai-vos, Fúrias, deusas da punição! Voltai-vos para contemplar o sacrifício que promovo! Um crime deve reparar outro crime. Deve Eneu regozijar-se com seu filho vitorioso, enquanto a casa de Téstio está desolada? Mas, ah, a que feito sou conduzida? Irmãos, perdoai a fraqueza de uma mãe! Minha mão fraqueja. Meléagro merece a morte, mas não que eu o destrua. Contudo, poderá ele viver, triunfar e reinar em Cálidon, enquanto vós, meus irmãos, vagueais entre as sombras não vingados? Não! Tu viveste por minha generosidade; morres, agora, por teu próprio crime. Devolve a vida que duas vezes te dei, primeiro quando nasceste, e novamente quando salvei das chamas esta acha. Oh, que então morras tu! Ah, maligna é a vitória que vós, meus irmãos, conquistais agora!". E virando o rosto, atirou o pedaço de madeira fatal sobre a fogueira, que pareceu ter dado um gemido de morte.

Meléagro, ausente e sem conhecer a causa, sentiu uma dor repentina. Ele ardeu, e apenas por um corajoso orgulho foi capaz de domar a dor que o destruía. O que lamentou foi o fato de estar morrendo uma morte sem sangue e desonrosa. Em seu último suspiro invocou o pai envelhecido, o irmão e as irmãs adoradas, a amada Atalanta e a mãe, a causa desconhecida de seu triste destino. As chamas aumentaram, e com elas a dor do herói. Depois ambos diminuíram e se desfizeram. A acha transformou-se em cinzas e o sopro de vida de Meléagro foi-se com os ventos que vêm e vão.

Quando o feito consumou-se, Alteia castigou-se violentamente com as próprias mãos. As irmãs de Meléagro choraram incontrolavelmente a morte do irmão, até que Diana, sentindo-se penalizada pelas muitas desventuras daquela família que já lhe despertara raiva no passado, transformou-as em pássaros.

ATALANTA

A inocente causa de tantos sofrimentos foi uma virgem cujo rosto era demasiadamente masculino para uma moça e muito feminino para um rapaz. Este era o seu destino, que já fora revelado: "Atalanta, não te cases, pois o casamento será a tua ruína". Atemorizada por esse oráculo, ela fugiu da sociedade humana e devotou-se à caça. A todos os pretendentes (e teve muitos), impunha uma condição que era geralmente eficaz para libertá-la das perseguições: "Serei o prêmio daquele que puder vencer-me na corrida, mas a morte será a punição dos que tentarem e perderem". Apesar dessa condição duríssima, alguns tentaram. Hipômenes era o juiz da competição. "Será possível que alguém seja tão imprudente a ponto de arriscar a vida para ter uma esposa?", ele disse. Mas quando a viu tirar as roupas para a corrida, mudou de ideia, e exclamou: "Perdoai-me, jovens, pois eu não conhecia o prêmio pelo qual vós estaríeis competindo". E, quando os inspecionava, torcia para que todos fossem derrotados, e invejava qualquer um que parecesse ter chance de vencer. Enquanto assim pensava, a virgem se lançou na corrida. E ao correr parecia mais bela do que nunca. As brisas pareciam dar asas aos pés; os cabelos esvoaçavam sobre os ombros, e a festiva fímbria de suas vestes flutuava atrás dela. Um tom rubro tingia-lhe a alvura da pele, tal como uma cortina carmesim lançada sobre uma parede de mármore. Todos os seus concorrentes ficaram bem para trás e foram mortos impiedosamente. Hipômenes, sem atemorizar-se com esse resultado, fixando os olhos na virgem, disse: "Por que te vanglorias de vencer aqueles lerdos? Ofereço-me para a disputa". Atalanta olhou-o com piedade, sem saber se gostaria ou não de vencê-lo. "Que deus pode tentar alguém tão jovem e tão belo a entregar a própria vida desse modo? Não tenha pena dele por sua beleza (embora seja, de fato, muito belo), mas por sua pouca idade. Quereria que ele desistisse da corrida, ou se for tão louco de tentar, espero que me vença." Enquanto ela hesitava, revolvendo esses pensamentos, os espectadores estavam cada vez mais impacientes para que a corrida tivesse início; e então seu pai orientou-a para que se preparasse. Entrementes, Hipômenes dirigiu uma prece a Vênus: "Ajuda-me, Vênus, pois foste tu quem me estimulaste". A deusa ouviu e decidiu apoiá-lo.

No jardim do templo da deusa, na ilha de Chipre, cresce uma árvore com folhas e ramos amarelos que dá frutos dourados. Dali, Vênus colheu três frutos, e, sem que ninguém a visse, deu-os a Hipômenes e disse-lhe como usá-los. O sinal foi dado; ambos os corredores partem das balizas e avançam sobre a areia. O passo deles é tão leve que se julgaria que poderiam correr sobre a superfície de um rio ou sobre as ondas, sem afundar. Os gritos dos espectadores eram para incentivar Hipômenes: "Agora, avança. Tu ganharás! Depressa, depressa! Podes vencê-la! Não relaxes! Um esforço a mais!". Não se podia saber quem tinha maior prazer em ouvir essas palavras: se o jovem ou a virgem. Mas o rapaz começou a perder o fôlego, sua garganta ficou seca, e a meta ainda estava longe. Naquele momento ele atirou uma das maçãs de ouro. A moça, impressionada com o fruto, parou para apanhá-lo, e Hipômenes abriu vantagem. Os gritos começavam a ser ouvidos vindos de todas as partes. Ela redobrou os seus esforços e logo o alcançou. Novamente Hipômenes lançou uma maçã. Ela parou novamente, contudo uma vez mais o alcançou. A meta estava próxima; só restava uma oportunidade. "E agora, deusa, faze que teu presente prospere!", disse ele, e lançou a última maçã para o lado.

Atalanta olhou para o fruto e hesitou; mas Vênus a impeliu a desviar-se para o fruto dourado. Ela assim o fez, e foi derrotada. O jovem recebeu o prêmio.

Mas os amantes estavam tão repletos de felicidade que se esqueceram de render a Vênus as homenagens devidas, e a deusa sentiu-se irritada com a ingratidão. Ela os fez ofender Cibele. Essa deusa poderosa, que não podia ser insultada impunemente, tirou-lhes, então, as formas humanas e os transformou em animais, mantendo contudo as suas características. Da caçadora e heroína que triunfava à custa do sangue de seus pretendentes, Cibele fez uma leoa, e, do seu marido, um leão, e em seguida atrelou o casal à sua carruagem, onde podem ser vistos até hoje, em todas as representações artísticas, seja nos quadros, seja nas esculturas da deusa Cibele.

Cibele era o nome latino da deusa que, para os gregos, era Reia ou Ops. Era a esposa de Crono e mãe de Zeus. Nas obras de arte exibe o mesmo ar de matrona de Juno e Ceres. Por vezes aparece coberta com um véu, sentada em seu trono com leões ao redor, outras vezes está em uma carruagem puxada por leões. Sua coroa é cravejada de detalhes em forma de torres e ameias. Seus sacerdotes eram conhecidos como *coribantes*.

Ao descrever a cidade de Veneza, construída numa ilha rasa do mar Adriático, Byron faz uma comparação com Cibele:

> *É semelhante a uma Cibele marinha, saindo do oceano,*
> *Erguendo-se com sua coroa cravejada de torres orgulhosas,*
> *A uma distância aérea, com movimentos majestosos,*
> *Verdadeira soberana das águas e de seus poderes.*

A peregrinação de Childe Harold, IV

Nas rimas de Moore, quando descrevem os cenários alpinos, há uma alusão à história de Atalanta e Hipômenes:

> *Mesmo aqui, nesta região de maravilhas, percebo*
> *Que a Imaginação, com seus passos leves, abandona a Verdade,*
> *Ou ao menos, tal como Hipômenes, deixa-a para trás,*
> *Com as ilusões douradas que lança no caminho.*

CAPÍTULO XIX

HÉRCULES — HEBE E GANIMEDES

HÉRCULES

Hércules era filho de Júpiter e Alcmena. Como Juno era sempre hostil aos filhos do marido com mulheres mortais, declarou guerra a Hércules desde o nascimento do menino. A deusa enviou duas serpentes para matá-lo quando ainda estava no berço, mas a preciosa criança estrangulou as cobras com as próprias mãos. Todavia, pelas artes de Juno, Hércules foi submetido a Euristeu e obrigado a cumprir cada uma de suas ordens. Euristeu impôs ao rapaz uma sucessão de aventuras muito perigosas, que ficaram conhecidas como *Os Doze Trabalhos de Hércules*. A primeira tarefa consistia em lutar contra o terrível leão que aterrorizava o vale de Nemeia. Euristeu pediu a Hércules que lhe trouxesse a pele desse monstro. Após utilizar, em vão, a clava e as setas contra o leão, Hércules conseguiu estrangular o animal. Retornou trazendo nos ombros o leão morto, mas Euristeu ficou tão assombrado com aqueles despojos e com a evidência da força prodigiosa do herói, que lhe deu ordens para que, daquele dia em diante, somente prestasse contas de suas façanhas do lado de fora da cidade.

A tarefa seguinte foi matar a Hidra. Esse monstro havia devastado a região de Argos e vivia num pântano nas imediações do poço de Amimone. O poço havia sido descoberto por Amimone quando aquela nação estava sofrendo em decorrência de uma seca. Conta-se que Netuno amava Amimone e por isso permitiu que ela tocasse a rocha com seu tridente, fazendo surgir dali três nascentes. Foi nesse local que a Hidra veio a se alojar, e Hércules foi enviado para matá-la. A Hidra tinha nove cabeças, sendo a do meio imortal. Hércules atingia essas cabeças com a clava, mas no lugar de cada cabeça arrancada nasciam duas outras. Ao final, com o auxílio de seu servo fiel Iolau, ele conseguiu queimar as cabeças da Hidra e enterrou a nona, a que era imortal, debaixo de um imenso rochedo.

Outro trabalho de Hércules foi a limpeza dos estábulos de Áugias — o rei da Élida que possuía um rebanho de três mil bois —, que havia trinta anos não era feita limpeza. Hércules desviou os rios Alfeu e Peneu, fazendo que atravessassem os estábulos, limpando-os inteiramente em um só dia.

Seu próximo trabalho exigiu mais delicadeza. Admeta, filha de Euristeu, desejava possuir o cinturão da rainha das amazonas, e Euristeu deu ordens a Hércules para que o trouxesse. As amazonas formavam uma nação de mulheres guerreiras que haviam conquistado uma série de cidades florescentes. Era costume das amazonas cuidar apenas das meninas; os meninos eram enviados para nações vizinhas ou então eram mortos. Hércules viajou acompanhado de diversos voluntários, e somente depois de muitas aventuras conseguiu chegar ao país das amazonas. Hipólita, a rainha, recebeu-o gentilmente, e aceitou a ideia de entregar-lhe o seu cinturão, mas Juno, assumindo a forma de uma amazona, persuadiu as demais mulheres de que aqueles estrangeiros estavam enganando sua rainha. Elas se armaram instantaneamente e avançaram sobre o navio. Hércules, julgando que Hipólita o havia traído, matou-a e, levando o cinturão, realizou a viagem de retorno.

Outra tarefa assinalada para Hércules foi trazer para Euristeu os bois de Gerião. Tratava-se de um monstro que possuía três corpos e que vivia na ilha de Eritia (Ilha Vermelha), assim chamada porque situava-se a oeste, sob os raios do sol poente. Essa descrição parece referir-se à Espanha, onde Gerião reinava. Depois de cruzar diversos países, Hércules alcançou na distância as fronteiras da Líbia e da Europa, onde ergueu duas montanhas, de Calpe e Abila, como marcos de sua passagem por ali, ou, de acordo com outra versão, ele teria cortado uma montanha ao meio e deixado uma metade de cada lado, formando o estreito de Gibraltar, e por isso as duas montanhas foram denominadas *Os Pilares de Hércules*. Os bois eram guardados por um gigante, Eurítion, que possuía um cão de duas cabeças. Contudo Hércules logrou matar o gigante e seu cão, e levou os bois a salvo para Euristeu.

O mais difícil de todos os trabalhos foi a colheita das maçãs de ouro das hespérides, pois Hércules não sabia onde as encontrar. Eram as maçãs que Juno recebera das deusas da terra, por ocasião de seu casamento. Juno confiou a guarda das maçãs às filhas de Héspero, ajudadas por um atento dragão. Depois de muitas aventuras, Hércules chegou ao monte Atlas, na África. Atlas era um dos titãs, que havia guerreado contra os deuses, e, após ser submetido, foi condenado a carregar nos ombros o peso dos céus. Era o pai das hespérides, e Hércules pensou que, se alguém poderia encontrar as maçãs e trazê-las, esse alguém era Atlas. Mas se pedisse a Atlas que deixasse seu posto, de que modo o céu se sustentaria durante a sua ausência? Hércules tomou sobre os próprios ombros o peso do firmamento e enviou Atlas à procura das maçãs. O titã retornou com elas, e, embora relutante, reassumiu o seu posto, colocando o fardo celeste sobre os ombros novamente, deixando que Hércules levasse as maçãs para Euristeu.

Milton, no *Comus*, apresenta as hespérides como filhas de Héspero e sobrinhas de Atlas:

> ... *Em meio aos belos jardins*
> *De Héspero e de suas três filhas,*
> *Que cantam junto às árvores de ouro.*

Levados pela analogia da maravilhosa aparência do céu a oeste, na hora do crepúsculo, os poetas divisam o Ocidente como uma região de brilho e de beleza, imaginando que ali estão situadas as *Ilhas Afortunadas*, a vermelha ilha de Eritia, onde pastam os bois lustrosos de Gerião, e a ilha das Hespérides. Acredita-se que as tais maçãs seriam na verdade as laranjas da Espanha, sobre as quais os gregos ouviram apenas histórias obscuras.

Uma famosa expedição de Hércules deu-lhe a vitória sobre Anteu, filho da Terra, um gigante poderoso e lutador, cuja força era invencível enquanto ele mantivesse contato com sua mãe, a Terra. Anteu compelia todos os estrangeiros que apareciam em seu país a lutar contra ele, com a condição de que, se fossem derrotados (e todos eram), pagariam com a própria morte. Hércules enfrentou-o, e percebendo que era inútil derrubá-lo, pois sempre que isso ocorria Anteu se levantava com força redobrada, resolveu estrangulá-lo no ar.

Caco era um imenso gigante que habitava a caverna no monte Aventino, e que devastava aquela região. Quando Hércules estava conduzindo para casa os bois de Gerião, Caco roubou uma parte do gado enquanto o herói dormia. Para que as pegadas dos bois não denunciassem o seu paradeiro, Caco os arrastou pelo rabo até a sua caverna, de tal modo que as marcas no chão davam a impressão de que teriam ido para o lado oposto. Hércules foi enganado por esse estratagema, e não teria encontrado os bois perdidos se não tivesse passado com o restante do gado bem em frente da caverna em que estavam presos os bois roubados, pois estes começaram a mugir e logo foram descobertos. Caco foi morto por Hércules.

A última expedição de Hércules de que falaremos foi a do resgate de Cérbero das profundezas do mundo inferior. Hércules desceu ao Hades acompanhado por Mercúrio e Minerva. Conseguiu permissão de Plutão para carregar Cérbero para a atmosfera, desde que o fizesse sem a utilização de armas; e apesar da relutância do monstro, ele o agarrou com força e o trouxe para Euristeu, levando-o, em seguida, de volta às profundezas. Quando esteve no Hades, Hércules conseguiu a libertação de Teseu, seu admirador e imitador, que fora detido como prisioneiro ali desde que tivera insucesso na tentativa de resgatar Prosérpina. Num ímpeto de loucura, Hércules matou o seu amigo Ífito e por esse crime foi condenado a se tornar escravo da rainha Ônfale durante três anos. Enquanto esteve nesse serviço, a natureza do herói parece ter mudado. Viveu efeminadamente, vestindo-se, às vezes, com roupas de mulher, e tecendo a lã com as servas de Ônfale, enquanto a rainha vestia a sua pele de leão. Ao fim desse período, Hércules casou-se com Dejanira e viveu em paz com ela durante três anos. Certa ocasião, quando viajava com a esposa, chegaram a um rio, através do qual o centauro Nesso conduzia os viajantes mediante o pagamento de uma taxa. Hércules atravessou o rio sem auxílio, porém entregou Dejanira aos cuidados de Nesso. O barqueiro tentou fugir com Dejanira, mas Hércules ouviu os gritos da esposa e atirou uma flecha que trespassou o coração de Nesso. O centauro moribundo disse a Dejanira que guardasse um pouco de seu sangue, pois ele poderia ser utilizado como um encantamento para conservar o amor do marido. Dejanira assim o fez, e não demorou muito para que achasse que chegara o momento de usar o feitiço. Em uma de suas conquistas, Hércules levou prisioneira uma bela virgem, chamada Íole, por quem ele parecia estar mais interessado do que Dejanira aprovaria. Quando estava prestes a oferecer sacrifícios aos deuses em honra de sua vitória, Hércules pediu que a esposa lhe enviasse um manto branco, o qual usaria na cerimônia. Dejanira viu nessa situação uma boa oportunidade para utilizar o feitiço, e embebeu o manto no sangue de Nesso. Supomos que a esposa teve o cuidado de eliminar as marcas visíveis do sangue, mas o fato é que a força mágica permaneceu, e, assim que o manto esquentou no corpo de Hércules, o veneno penetrou em seu corpo, causando-lhe uma agonia intensa. Em seu frenesi Hércules agarrou Licas, que lhe havia trazido as vestes fatais, e lançou-o ao mar. Tentou tirar as vestes, mas elas estavam presas em seu corpo, e por isso lhe saíam pedaços da carne. Nesse estado deplorável foi conduzido para casa em um barco. Dejanira, ao perceber o que fizera involuntariamente, enforcou-se. Hércules preparou-se para morrer. Subiu o monte Eta, onde construiu uma pira funerária com a madeira de árvores, entregou o seu arco e suas flechas a Filoctetes e deitou-se sobre a pira, tendo a cabeça apoiada em sua clava e sua pele de leão cobrindo-lhe o corpo. Com uma fisionomia serena, como se estivesse numa festa, deu ordens a Filoctetes para atear fogo à pira. As chamas se espalharam rápido, envolvendo seu corpo inteiramente.

Milton se refere ao desespero de Hércules:

> *Assim como Alcides,*[15] *em Ecália coroado*
> *Pela conquista, sentiu o manto envenenado e o arrancou,*
> *Em meio às dores, pelas raízes dos pinhos da Tessália,*
> *E atirou Licas do alto do monte Eta*
> *Dentro do mar euboico.*

---

[15] O outro nome de Hércules. (N. T.)

Até mesmo os deuses sentiram-se perturbados ao ver o campeão da terra terminar dessa forma. Mas Júpiter, com uma expressão de entusiasmo, se dirigiu aos seus pares com estas palavras: "Folgo em ver-vos preocupados, meus príncipes, e estou gratificado por perceber que sou o governante de um povo leal, e que meu filho conta com o vosso apoio. Embora saiba que vosso interesse por ele venha de seus nobres feitos, isso não diminui a minha satisfação. Mas agora vos digo: não temais. Aquele que a tudo venceu não há de ser conquistado por aquelas chamas que queimam no topo do monte Eta. Só a parte de sua mãe que está nele pode perecer; aquilo que ele recebeu de mim é imortal. Eu o trarei morto da terra para as praias celestiais, e peço-vos que o recebais gentilmente. Alguns de vós podem até se sentir atormentados pelo fato de Hércules alcançar tal honraria, mas ninguém poderá negar que ele a mereceu". Os deuses todos concordaram, até mesmo Juno, que ouviu as palavras finais de Júpiter com uma certa contrariedade, pois sentia que tinham sido dirigidas diretamente a ela, mas nem isso foi suficiente para lamentar a resolução do marido. Então, quando as chamas haviam consumido a parte materna de Hércules, a porção mais divina, em vez de se mostrar ferida, pareceu recomeçar com mais vigor, assumindo um porte mais elevado e de uma dignidade maior. Júpiter o envolveu em uma nuvem, e levou-o numa carruagem puxada por quatro cavalos para habitar entre as estrelas. Quando Hércules assumiu o seu lugar no céu, Atlas sentiu o peso adicionado. Juno, reconciliada com o herói, deu-lhe a sua filha Hebe em casamento.

Schiller, o poeta alemão, no poema denominado *Ideal e vida*, ilustra o contraste entre o prático e o imaginativo com algumas maravilhosas estrofes, das quais destacamos as duas últimas:

Profundamente degradado a escravo de um covarde,
Disputas sem fim suportou o bravo Alcides,
Conduzido através do caminho espinhoso da dor;
Matou a Hidra, esmagou o poder do leão,
Mergulhou nas profundezas para trazer seu amigo à luz,
Vivendo no esquife que carrega os mortos.
Todas as tormentas, todas as labutas da terra
Que o ódio de Juno poderia impor-lhe,
Ele suportou com brilho, desde o seu nascimento
Para chegar a um final tão lamentável.

Até que deus, quando a parte terrestre já se fora,
Do homem, consumida pelas chamas,
Deu-lhe de beber do mais puro ar do céu etéreo,
E alegre em sua nova leveza inesperada,
Soergueu-o até as alturas do brilho celeste,
E o negro e pesado fardo da terra perdeu-se na morte.
O alto Olimpo recebe-o com harmoniosa saudação,
Trazendo-o ao salão onde seu pai adorado reina,
Enquanto a deusa da juventude, corando ao encontrá-lo,
Oferece néctar ao seu senhor.

HEBE E GANIMEDES

Hebe, filha de Juno e deusa da juventude, era a copeira dos deuses. A história mais comum é que ela deixou esse trabalho quando se tornou esposa de Hércules. Mas há uma outra versão, de autoria do escultor norte-americano Crawford. Hebe teria sido afastada de seu trabalho em consequência de um tombo que levou enquanto servia os deuses. Seu sucessor foi Ganimedes, um jovem troiano que Júpiter, disfarçado de águia, raptou, quando estava em meio aos amigos de festança, no monte Ida, e conduziu até o céu, preenchendo a vaga.

Tennyson, em seu *Palácio de arte*, descreve, entre as decorações da parede, um quadro que representa essa lenda:

> *Ali também Ganimedes corado, suas coxas rosadas,*
> *Meio escondidas na parte inferior da águia,*
> *Tal como uma solitária estrela cadente que voa pelo céu,*
> *Por cima dos pilares da cidade.*

E no poema *Prometeu*, de Shelley, Júpiter assim chama o seu copeiro:

> *Serve o vinho celeste, Ganimedes Ideu,*[16]
> *Enchendo como fogo as taças dedálicas.*

---

[16] Referente ao monte Ida. (N. T.)

CAPÍTULO XX

TESEU — JOGOS E FESTIVAIS — DÉDALO
— CASTOR E PÓLUX

TESEU

Teseu era filho de Egeu, rei de Atenas, e de Etra, filha do rei de Trezena. Foi criado com a mãe, em Trezena, e quando atingiu a maioridade foi mandado a Atenas para apresentar-se ao pai. Egeu, ao separar-se de Etra, antes do nascimento do filho, colocou sua espada e suas sandálias sob uma grande pedra e determinou à esposa que lhe enviasse o filho quando este se tornasse forte o suficiente para empurrar a pedra e tirar o que estava embaixo dela. Quando Etra julgou ter chegado a ocasião, conduziu o filho até a pedra, e Teseu removeu-a com muita facilidade, apoderando-se da espada e das sandálias. Como as estradas eram infestadas de salteadores, o avô de Teseu aconselhou-o a tomar o caminho mais curto e seguro para a cidade de seu pai: pelo mar. Mas o jovem, tendo espírito de herói, e ansioso por conquistar para si fama igual à de Hércules, cujas proezas eram conhecidas em toda a Grécia pelo fato de ter eliminado os malfeitores e os monstros que aterrorizavam o país, decidiu escolher o caminho mais perigoso e aventuroso: por terra.

No primeiro dia de viagem chegou a Epidauro, onde vivia um homem chamado Perifetes, um dos filhos de Vulcano. Esse selvagem feroz estava sempre armado de um bastão de ferro, e todos os viajantes temiam seus atos de violência. Quando viu Teseu aproximar-se atacou-o, mas foi logo vencido pelos golpes do jovem herói, que se apoderou do bastão e passou a carregá-lo como lembrança de sua primeira vitória.

Seguiram-se várias lutas semelhantes contra tiranos sem grande importância e saqueadores, e em todas Teseu foi vitorioso. Um desses malfeitores era Procrusto, também conhecido como o *Esticador*. Ele tinha uma cama de ferro à qual costumava amarrar todos os viajantes que lhe caíssem nas mãos. Se fossem menores que a cama, esticava seus membros; se fossem mais compridos que a cama, cortava o que sobrava. Teseu puniu-o, fazendo com ele o mesmo que fizera com os outros.

Tendo vencido todos os perigos do caminho, Teseu finalmente chegou a Atenas, onde novos perigos aguardavam-no. Medeia, a feiticeira, que tinha fugido de Corinto depois de se separar de Jasão, tornara-se esposa de Egeu, pai de Teseu. Sabendo, graças às suas magias, quem ele era, e receando perder sua influência sobre o marido caso Teseu fosse reconhecido como filho, encheu a cabeça de Egeu de suspeitas contra o jovem visitante, convencendo-o a oferecer-lhe uma taça de veneno. Mas no momento em que Teseu se aproximou para pegar a taça, o pai, reconhecendo a espada que o jovem carregava, descobriu quem ele era e não deixou que tomasse a poção fatal. Medeia, desmascarada, fugindo a um castigo merecido, foi para a Ásia, num lugar que posteriormente foi nomeado por ela de Média. Teseu foi reconhecido como filho e declarado herdeiro do pai.

Naquela época os atenienses encontravam-se em grande aflição por causa de um tributo que eram forçados a pagar a

Minos, rei de Creta. Esse tributo consistia em sete jovens e sete donzelas, que eram entregues todos os anos para serem devorados pelo Minotauro — um monstro com o corpo de homem e cabeça de touro, muito forte e feroz, que era mantido num labirinto construído por Dédalo. Esse labirinto era tão engenhosamente projetado que os que ali adentrassem não conseguiriam sair sem ajuda. Era ali que o Minotauro vivia, alimentando-se de vítimas humanas.

Teseu decidiu salvar os seus patrícios dessa tragédia ou morrer na tentativa de fazê-lo. Assim, quando chegou o momento de enviar o tributo, e rapazes e donzelas foram sorteados, como era habitual, ele se ofereceu como uma das vítimas, apesar das súplicas do pai. O navio partiu com as velas negras içadas, como era de costume, as quais Teseu prometeu trocar por brancas no caso de regressar vitorioso. Quando chegaram a Creta, os rapazes e as moças foram levados até a presença do rei Minos. Ariadne, a filha do rei, estando presente, apaixonou-se por Teseu, e foi prontamente correspondida. Ela o presenteou com uma espada, com a qual poderia enfrentar o Minotauro, e um novelo de linha, com o qual poderia achar a saída do labirinto. Teseu foi bem-sucedido, pois matou o Minotauro, escapou do labirinto, libertou seus companheiros e com eles regressou para Atenas, levando também Ariadne como companheira. No caminho passaram pela ilha de Naxos, onde Teseu abandonou Ariadne enquanto esta dormia. Sua desculpa por esse ato de ingratidão para com a sua benfeitora foi que a deusa Minerva lhe aparecera em sonho e lhe ordenara que assim o fizesse.

Ao aproximar-se da costa da Ática, Teseu esqueceu-se do sinal que combinara com o pai e não içou as velas brancas. O velho rei, pensando que seu filho havia perecido, suicidou-se. E assim Teseu tornou-se rei de Atenas.

Uma das mais célebres aventuras de Teseu foi a sua expedição contra as amazonas. Ele atacou-as antes que se tivessem refeito do ataque de Hércules, e capturou sua rainha, Antíope. As amazonas, por sua vez, invadiram os domínios de Atenas. A batalha final, na qual Teseu as derrotou, foi travada no centro de Atenas. Essa batalha foi um dos assuntos preferidos dos escultores da Antiguidade, e é ainda representada em várias obras de arte.

A amizade entre Teseu e Pirítoo era muito forte, embora se tivesse originado em batalha. Pirítoo invadiu a planície de Maratona e roubou os rebanhos do rei de Atenas. Teseu expulsou os saqueadores. No momento em que Pirítoo o viu, foi tomado de admiração; estendeu sua mão em sinal de paz e gritou: "Sê juiz de ti mesmo. O que mais exiges?". "Tua amizade", respondeu o ateniense. E os dois juraram fidelidade inviolável. Suas façanhas correspondiam às suas profissões, e eles permaneceram verdadeiros irmãos de armas. Ambos aspiravam desposar uma filha de Júpiter. Teseu escolheu Helena, ainda uma criança. Mais tarde, quando ela já era célebre por causa da Guerra de Troia, Teseu a raptou com a ajuda do amigo. Pirítoo ambicionava conquistar a esposa do monarca do Érebo; e Teseu, embora ciente do perigo, acompanhou o ambicioso amante na sua descida às regiões subterrâneas. Mas Plutão os capturou e os aprisionou numa rocha encantada no portão de seu palácio, onde permaneceram até que Hércules chegou e libertou Teseu, deixando Pirítoo entregue à sua sorte.

Depois da morte de Antíope, Teseu casou-se com Fedra, filha de Minos, rei de Creta. Fedra viu em Hipólito, filho de Teseu, um jovem dotado de todas as graças e virtudes do pai, e com idade próxima à sua. Apaixonou-se por ele, que a rejeitou, e o amor que ela sentia transformou-se em ódio. Então Fedra usou de sua influência sobre o marido apaixonado, para que tivesse ciúmes do filho, e Teseu invocou contra este a ira de

Netuno. Certo dia Hipólito dirigia sua carruagem ao longo da costa, quando um monstro marinho emergiu das águas e assustou os cavalos, que saíram em disparada, colidindo contra as rochas e arruinando a carruagem. Hipólito morreu, mas, com a ajuda de Diana, Esculápio restituiu-lhe a vida. Diana afastou Hipólito do pai iludido e da madrasta falsa, deixando-o na Itália, sob a proteção da ninfa Egéria.

Com o tempo Teseu foi perdendo a simpatia de seu povo, e retirou-se para a corte de Licomedes, rei de Ciros, que, a princípio, o recebeu com afeto, para depois o matar traiçoeiramente. Mais tarde o general ateniense Címon descobriu o lugar onde jaziam seus restos mortais e ordenou que fossem transportados para Atenas, onde foram depositados num templo chamado *Teseum*, erigido em homenagem ao herói.

A rainha das amazonas, a quem Teseu desposou, é chamada por alguns de Hipólita. Esse é o nome que ela possui em *Sonho de uma noite de verão*, de Shakespeare, cujo enredo são as festividades que antecederam as núpcias de Teseu e Hipólita.

Madame Hemans escreveu um poema sobre a antiga tradição grega que diz que a *Sombra de Teseu* apareceu para fortalecer seus patrícios na Batalha de Maratona.

Teseu é um personagem semi-histórico. Registros constatam que ele unificou várias tribos que habitavam o território da Ática, do qual Atenas se tornou a capital. Em comemoração a esse importante evento, foi instituída a festividade chamada *Panateneias*, em honra de Minerva, a divindade padroeira de Atenas. Essa festividade diferia dos outros jogos gregos, principalmente em dois pontos: era peculiar aos atenienses e sua solenidade principal consistia numa procissão em que o *péplus*, ou túnica sagrada de Minerva, era levado para o Partenon e colocado perante a estátua da deusa. O *péplus* era coberto de bordados feitos por virgens selecionadas entre as famílias mais nobres de Atenas. A procissão contava com a participação de pessoas de todas as idades e de ambos os sexos. Os velhos traziam nas mãos ramos de oliveira, e os moços, armas. As donzelas carregavam na cabeça cestos contendo utensílios sagrados, bolos e todas as coisas necessárias aos sacrifícios. A procissão forma o assunto dos baixos-relevos que embelezam a superfície externa do templo do Partenon. Considerável parte dessas esculturas encontra-se atualmente no Museu Britânico, entre as que são conhecidas como *Mármores de Elgin*.

JOGOS E FESTIVAIS

Não parece inapropriado mencionar aqui os outros jogos nacionais que eram realizados na Grécia. Os primeiros e mais notáveis foram os Jogos Olímpicos, fundados, como se dizia, pelo próprio Júpiter. Eram realizados em Olímpia, na Élida, e contavam com grande número de espectadores, de todas as partes da Grécia, bem como da Ásia, África e Sicília. Os jogos se realizavam de cinco em cinco anos, no verão, e duravam cinco dias. Disso se originou o costume de calcular o tempo e datar eventos tendo por base as Olimpíadas. Acredita-se que a primeira Olimpíada ocorreu no ano 776 a.C.

Os Jogos Píticos eram realizados nas vizinhanças de Delfos; os Jogos Ístmicos, no istmo de Corinto, e os Nemeus, em Nemeia, cidade da Argólida.

Havia cinco tipos de exercícios nesses jogos: corrida, salto, luta, lançamento de disco e arremesso de dardo. Além dos exercícios para mostrar força e agilidade corporal, havia concursos de música, poesia e eloquência. Desse modo, tais jogos ofereciam aos poetas, músicos e escritores uma excelente oportunidade de apresentar suas produções ao público; e a fama dos vencedores difundia-se amplamente.

DÉDALO

O labirinto do qual Teseu escapou, graças ao fio de Ariadne, fora construído por Dédalo, um artífice muito habilidoso. Era uma construção com inúmeras passagens sinuosas que desembocavam umas nas outras e que pareciam não ter começo nem fim, como o rio Meandro, o qual retorna para si mesmo, e cuja correnteza segue ora para a frente, ora para trás, em seu curso para o mar. Dédalo construiu o labirinto para o rei Minos, mas depois caiu no desagrado do rei e foi aprisionado numa torre. Ele tinha planos para escapar da prisão, mas não podia sair da ilha por mar, porque o rei mantinha severa vigilância sobre todos os barcos e não permitia que nenhuma embarcação partisse sem passar por rigorosa vistoria.

"Minos pode controlar a terra e o mar, mas não o ar", disse Dédalo. "Tentarei esse caminho."

Começou, então, a construir asas para si próprio e para seu jovem filho, Ícaro. Fez uma junção de penas, começando das menores e acrescentando as maiores, de maneira que formasse uma superfície crescente. As penas maiores amarrou com fios, e as menores com cera, dando ao conjunto uma curvatura delicada, como as asas dos pássaros. Ícaro, seu filho, contemplava o trabalho, correndo às vezes para apanhar as penas que o vento levava, ou ainda manuseando cera e atrapalhando o trabalho do pai. Quando, afinal, a obra estava pronta, o artista, agitando suas asas, viu-se fazendo poses como se fosse alçar voo. Equipou seu filho com o mesmo artefato de penas, e o ensinou a voar, como o pássaro ensina seus filhotes, lançando-os do ninho para o céu. Quando tudo estava preparado para o voo, disse: "Ícaro, meu filho, aconselho-te que voes a uma altura moderada, pois se voares muito baixo, a umidade poderá emperrar as tuas asas e, se voares muito alto, o calor poderá derretê-las. Conserva-te perto de mim e estarás a salvo".

Enquanto o pai dava instruções ao filho e ajustava as asas ao ombro, sua face banhou-se de lágrimas e suas mãos tremeram. Então beijou o menino, sem saber que o fazia pela última vez. Depois, abrindo suas asas, saiu voando, encorajando o garoto a segui-lo, e olhando para trás para ver como seu filho manobrava as asas. Enquanto voavam, o agricultor parava seu trabalho para observá-los, e o pastor apoiava-se no seu cajado e os acompanhava com os olhos assustados, pensando que se tratava de deuses cortando o ar.

Passaram por Samos e Delos pela esquerda, e Lebintos pela direita, quando o menino, exultante em sua aventura, começou a abandonar a companhia do pai para voar mais alto, como se quisesse alcançar o céu. A proximidade do sol escaldante começou a amolecer a cera que mantinha as penas, que começaram a cair. Continuou voando com seus braços, mas nenhuma pena restou para conter o ar. Enquanto proferia gritos de socorro ao pai, afundou nas águas azuis do mar, que desde então passou a ser chamado pelo seu nome.

Seu pai gritou: "Ícaro, onde estás?". Finalmente viu as penas flutuando sobre as águas, e amargamente lamentando a própria arte, enterrou o corpo e batizou a terra com o nome de Icária, em memória de seu filho. Dédalo chegou são e salvo à Sicília, onde construiu um templo a Apolo, e pendurou suas asas como oferta ao deus.

Dédalo tornou-se tão orgulhoso de seus feitos, que não podia suportar a ideia de um rival. Sua irmã havia deixado um filho, chamado Perdiz, sob a sua guarda, para que aprendesse as artes mecânicas. Era um ótimo aluno e mostrou evidências surpreendentes de sua engenhosidade. Um dia, enquanto caminhava pela praia, pegou uma espinha de peixe. Imitando-a com ferro, dentou um dos lados, e dessa maneira inventou a serra. Juntou dois pedaços de ferro, conectando-os pelas pontas com um rebite e criou a bússola.

Dédalo ficou com tanta inveja do sobrinho e de suas proezas que aproveitou a oportunidade, quando um dia estavam juntos no topo de uma torre muito alta, para empurrá-lo. Mas Minerva, que favorece os engenhosos, o viu caindo e interferiu em seu destino, transformando-o num pássaro chamado perdiz, em sua memória. Esse pássaro não constrói os ninhos em árvores, nem voa muito alto, preferindo aninhar-se em cercas. Lembrando-se de sua queda, evita as alturas.

A morte de Ícaro é contada nas seguintes linhas por Darwin:

... com a cera derretendo e solta a fiação,
Despencou o desgraçado Ícaro, com asas traiçoeiras;
Através do ar horrendo,
Com os membros torcidos e cabelos em desalinho,
Sua plumagem, espalhada, boiou sobre a onda
E, chorando, as nereidas decoraram sua sepultura aquática.
Sobre o seu corpo pálido depuseram suas flores de pérolas marinhas
E espalharam musgo vermelho no seu leito de mármore;
E em suas torres de coral repicaram os sinos
Que ecoaram, pelo oceano vasto, esse dobre.

CASTOR E PÓLUX

Castor e Pólux eram filhos de Leda e do cisne sob cujo disfarce Júpiter se escondeu. Leda deu à luz um ovo, do qual nasceram os gêmeos. Helena, tão famosa mais tarde como o motivo da Guerra de Troia, era irmã deles.

Quando Teseu e seu amigo Pirítoo raptaram Helena de Esparta, os jovens heróis, Castor e Pólux, com seus seguidores, apressaram-se em salvá-la. Teseu não se encontrava na Ática, e os irmãos tiveram êxito em resgatar a irmã.

Castor era famoso como domador e adestrador de cavalos, e Pólux, como lutador. Eram unidos por uma ardorosa afeição, e inseparáveis nos seus empreendimentos. Acompanharam juntos a expedição dos argonautas. Durante a viagem, surgiu uma tempestade e Orfeu orou aos deuses da Samotrácia, tocando sua harpa. A tempestade se foi e estrelas apareceram sobre a cabeça dos gêmeos. Em razão desse incidente, Castor e Pólux passaram mais tarde a ser considerados as divindades padroeiras dos marinheiros e dos viajantes do mar. As chamas que normalmente aparecem em volta das velas e dos mastros dos navios, conforme o estado atmosférico, receberam o nome deles.

Após a expedição dos argonautas, encontramos Castor e Pólux engajados numa batalha contra Idas e Linceu. Castor foi morto e Pólux, inconsolável com a perda do irmão, pediu a Júpiter que permitisse oferecer sua vida em troca da vida do irmão. Júpiter consentiu, contanto que os irmãos desfrutassem a vida alternadamente, passando um dia debaixo da terra e outro nas habitações celestiais. Segundo outra versão, Júpiter recompensou o apego fraternal dos irmãos: colocou-os entre as estrelas como *Gemini*, os Gêmeos.

Ambos receberam honras divinas sob o nome de *dióscuros* (filhos de Júpiter). Acreditava-se que apareciam ocasionalmente, em tempos posteriores, tomando o partido de um dos lados, em campos de batalha Dizia-se que, nessas ocasiões, vinham sempre montados em magníficos cavalos brancos. Nas primeiras histórias da Roma antiga constavam registros de que os irmãos teriam ajudado os romanos na Batalha do Lago Regilo, e, depois da vitória, lhes foi erigido um templo no local onde apareceram.

Macaulay, em seus *Cantos da Roma Antiga*, assim se refere à lenda:

Tão semelhantes eram que mortal algum podia
Distingui-los um do outro;
Alvas como a neve eram suas armaduras,
Seus cavalos, tão alvos como a neve.
Nunca em forjas terrestres
Tais armaduras raras brilharam,
Que, no momento da batalha,
Vira os formidáveis irmãos gêmeos
Armados, à sua direita.
São e salvo chega ao porto,
Através de ondas e através de tormentos;
Se alguma vez os formidáveis irmãos gêmeos
Sentaram-se, cintilando, sobre as velas...

CAPÍTULO XXI

BACO — ARIADNE

BACO

Baco (ou Dioniso) era filho de Júpiter e Sêmele. A fim de vingar-se de Sêmele, Juno pensou num plano para destruí-la. Assumindo a forma de Bêroe, a velha ama de Sêmele, lançou dúvidas sobre a identidade do amante. Entre suspiros, a velha assim falou: "Espero que realmente o teu amante seja Júpiter, mas não deixo de temer que estejas enganada. Há muitos que fingem ser aquilo que não são. Se de fato ele for Júpiter, pede-lhe uma prova. Pede-lhe que apareça vestido com o mesmo esplendor que demonstra no céu. Só assim não haverá mais dúvidas". Sêmele deixou-se persuadir. Pediu a Júpiter que fizesse um favor, sem revelar o que seria. Júpiter comprometeu-se, jurando que atenderia ao pedido, tendo por testemunha o rio Estige, que era considerado terrível até mesmo pelos deuses. Só então ela fez saber ao amante o que desejava. O deus tentou fazer Sêmele calar-se, mas esta foi rápida, e como ele já dera a sua palavra, não podia voltar atrás. Preocupado, ele a deixou e retornou ao céu. Ali se vestiu com todo o seu esplendor, livrando-se apenas de seus terrores, tal como fizera no episódio em que derrotara os gigantes. Ou seja, vestiu-se tal como era conhecido entre os deuses, com sua panóplia inferior. Assim ataviado, penetrou nos aposentos de Sêmele, cujo corpo mortal não pôde suportar a irradiação esplendorosa do imortal, e transformou-se em cinzas.

Júpiter entregou Baco, ainda criança, aos cuidados das ninfas níseas, que o alimentaram e o educaram, sendo mais tarde recompensadas por Júpiter, que as inseriu no painel das estrelas como as Híades. Quando Baco cresceu, estudou o cultivo das vinhas e o modo de extrair o seu suco precioso; Juno, porém, instilou-lhe a loucura, fazendo-o vagar por diversos lugares do mundo. Na Frígia, a deusa Reia restaurou-lhe a saúde e ensinou-lhe ritos religiosos, e depois disso ele viajou pela Ásia, ensinando o cultivo da vinha aos povos de lá. O episódio mais conhecido dessa expedição foi uma visita à Índia, que parece ter durado muitos anos. Voltando em triunfo, comprometeu-se a levar a sua doutrina para a Grécia, mas alguns poderosos se opuseram, pois temiam a desordem e a loucura que os seus ritos promoveriam.

Quando Baco aproximou-se de Tebas, sua cidade natal, o rei Penteu, que não respeitava a nova devoção, proibiu a realização dos ritos. Porém, logo que a notícia de sua aproximação se espalhou entre o povo, homens e, principalmente, mulheres vieram em massa prestigiá-lo, numa verdadeira parada. Longfellow, em sua *Canção de beber*, assim descreve a marcha de Baco:

> *Faunos vão atrás do jovem Baco;*
> *Hera coroa sua testa supernatural,*
> *Que tal como a de Apolo*
> *Possui eterna juventude,*
> *Em torno do jovem deus, lindas bacantes,*

Com címbalos, flautas e tirsos,
Embriagadas dos pomares náxios e do vinho
De Zante, entoando versos delirantes.

As censuras e ameaças de Penteu foram inúteis. "Ide procurar o líder dessa baderna, esse vagabundo, e trazei-o aqui", ordenou ele a seus servos. "Logo farei que confesse a falsidade de sua pretensa origem divina e que renuncie à sua falsa doutrina." Nem os amigos mais íntimos nem os conselheiros mais sábios do rei conseguiram demovê-lo de sua oposição ao deus. Tudo o que conseguiram foi que se tornasse mais violento e mais teimoso. Entrementes, os servos que o rei enviara para prender Baco voltaram. Tinham sido repelidos pelas bacantes, mas conseguiram capturar um dos seguidores, que foi apresentado ao rei com as mãos presas às costas. Penteu, com expressão de fúria, advertiu-o: "Serás executado para que isso sirva de exemplo aos demais; mas, embora não queira perder mais tempo e queira enviá-lo imediatamente ao castigo, ordeno-te que nos contes a tua origem e nos expliques a celebração dos novos ritos".

Sem demonstrar nenhum temor, o prisioneiro respondeu: "Meu nome é Acetes; sou de Meônia; meus pais eram pobres, não possuíam terras ou rebanhos para legar-me, mas deixaram-me a sua vara de pescar, as redes e o comércio de peixes. Foi essa a minha profissão até que um dia cansei-me de permanecer no mesmo lugar e aprendi a arte dos pilotos e de guiar-me pelos astros. Naveguei pelo Delos e aportei na ilha de Dia, onde desembarquei. Na manhã seguinte pedi a meus homens que procurassem água potável, e subi ao cume de uma montanha para conhecer a direção dos ventos; quando meus servos voltaram, trouxeram consigo — julgando ser uma presa — um rapaz de aparência delicada, que haviam encontrado adormecido. Concluíram que o jovem era um nobre, possivelmente o filho de um rei, e julgaram que poderiam obter uma boa recompensa pelo resgate do rapaz. Notei bem o seu rosto, seus trajes e o seu modo de andar e percebi que ali estava alguém superior aos mortais. Disse aos meus homens: 'Qual deus está escondido por trás dessa forma humana não sei, mas certamente é um deles. Perdoai-nos, gentil divindade, por qualquer violência que tenhamos cometido contra vós, e desejai o triunfo de nossos empreendimentos'. Dicto, um dos meus mais eficientes marinheiros quando o assunto é subir ao mastro e descer pelas cordas, Melanto, o meu timoneiro, e Epopeu, que manobrava o navio, juntos bradaram: 'Não digas orações em nosso nome'. Cega é a ambição desmedida! E quando quiseram levar o rapaz a bordo, para dar continuidade ao seu plano de rapto, resisti, exclamando: 'Não profanaremos este navio com tamanha desumanidade. Tenho mais direitos do que todos vós neste navio'. Porém, Lícabas, homem fortíssimo da tripulação, segurou-me pelo pescoço e certamente me jogaria ao mar, caso eu não me agarrasse às cordas. E os demais apoiaram o gesto de Lícabas.

Então Baco, pois era ele mesmo, dando a impressão de que despertava do sono, exclamou: 'Que desejais de mim, para onde quereis conduzir-me? Quem me trouxe até aqui? Por que razão esta luta?'. A resposta veio de um deles: 'Não temas! Dize para onde desejas ir e levar-te-emos até lá'. Ao que Baco respondeu: 'Minha terra natal é Naxos. Se me conduzirdes para lá sereis bem recompensados'. Os membros da tripulação prometeram que assim fariam e pediram-me que pilotasse a nau. Naxos ficava à nossa direita, e eu já arrumava as velas para seguirmos para lá, quando alguns dos marinheiros, usando de mímica e assobios, fizeram-me entender que eu deveria tomar o rumo oposto, levando o rapaz para o Egito, onde tinham a intenção de vendê-lo como escravo. Indignei-me e falei: 'Então, que um outro pilote a nau', e não mais colaborei com seu plano maligno. Eles me amaldiçoaram, e um deles disse, furioso: 'Não elogies a ti mesmo dizendo que dependemos de ti para a nossa segurança'. E assim falando assumiu o timão e desviou a nau do rumo de Naxos.

O deus, fingindo que só então havia percebido a tramoia, olhou para o mar e disse em voz de lamento: 'Marinheiros, este não é o litoral para o qual vós prometestes levar-me; essa não é a ilha em que resido. O que fiz que mereça de vós esse tratamento? Pouco lucrareis enganando um pobre garoto'. Ao ouvir essa advertência do deus, chorei, mas a tripulação riu-se de nós, e prosseguiu navegando, com mais rapidez. De repente — por mais estranho que isso pareça — a embarcação parou no meio do mar, tão subitamente que parecia ter-se fixado no chão. Os homens, espantados, começaram a remar e ergueram ainda mais as velas, tentando fazer progresso, mas tudo foi em vão. Uma hera entrelaçou-se com os remos e impediu que se movimentassem, e subiu pelas velas, carregando-se com pesados frutos. Uma vinha, repleta de uvas, cresceu até a altura do mastro e aspergiu-se pelas laterais da embarcação. O som das flautas foi ouvido e a fragrância do vinho se espalhou pelo ar. O próprio deus vestia-se com folhas de parreira, e tinha nas mãos uma lança em torno da qual crescia uma videira. Tigres estavam deitados a seus pés e brincavam em sua volta linces e panteras. A tripulação foi tomada de terror e loucura; alguns se lançaram ao mar, outros que se preparavam para fazer o mesmo viram que seus companheiros que já estavam na água haviam-se metamorfoseado; o corpo deles ficou achatado e as pernas terminavam agora em caudas tortas. Um deles perguntou: 'Mas que milagre é este?', e assim que falou a boca alargou-se, o nariz ampliou-se e o corpo foi coberto por escamas. Um outro, esforçando-se por remar, sentiu que suas mãos encolhiam e tornavam-se nadadeiras; e outro ainda, procurando alcançar uma corda, percebeu que não mais possuía braços, e, dobrando o corpo mutilado ao meio, jogou-se nas águas. O que eram as suas pernas transformou-se nas duas pontas de uma cauda, em forma de crescente. A tripulação inteira virou um cardume de golfinhos e passou a nadar em torno do navio, ora na superfície, ora dentro da água, lançando jatos de água de suas amplas narinas. Dos vinte homens, apenas eu restei, muito atemorizado, mas consolado pelo próprio deus. 'Não temas', ele me disse; 'navega para Naxos'. Obedeci, e quando lá cheguei acendi o fogo nos altares e celebrei os sagrados ritos de Baco".

Nesse ponto da narrativa, Penteu exclamou: "Já gastamos tempo demais com essa história tola. Levem-no e executem-no sem demora". Acetes foi conduzido pelos servos do rei e logo encarcerado; mas, enquanto preparavam os instrumentos de execução, as portas da prisão abriram-se espontaneamente e as correntes desprenderam-se de seus braços, e, quando voltaram para buscá-lo, já não puderam encontrá-lo em parte alguma.

Penteu não se deixou convencer por esse sinal, e julgou melhor não enviar mais emissários, mas ir pessoalmente ao local das solenidades. O monte Citéron estava repleto de adoradores, e os gritos das bacantes ressoavam por toda parte. Os sons irritaram Penteu tal como o som de uma trombeta provoca a fúria de um cavalo de guerra. Ele entrou na floresta e alcançou uma clareira, onde testemunhou a cena principal das orgias. As mulheres o avistaram também, e entre elas estava sua própria mãe, Agave, que, cegada pelo deus, gritou: "Ali vem o javali, o maior monstro que habita estes bosques! Vinde, minhas irmãs, serei a primeira a feri-lo". O bando inteiro atirou-se sobre ele, que, mostrando-se menos arrogante, ora se desculpava, ora confessava seus crimes e implorava misericórdia, mas a turba continuava a espancá-lo. Em vão, Penteu gritou pelo auxílio das tias para que o protegessem da mãe. Autônoe agarrou um de seus braços, Ino agarrou o outro, e entre elas foi feito em pedaços, enquanto sua mãe gritava: "Vitória! Vitória! Conseguimos; a glória é nossa!".

Então, a devoção a Baco foi estabelecida na Grécia. Há uma alusão à história de Baco e dos marinheiros no *Comus*, de Milton, no verso 46. A história de Circe será encontrada no capítulo XXIX.

> *Foi Baco quem, primeiramente, de uvas vermelhas,*
> *Extraiu esse doce veneno, o vinho tão abusado,*
> *Depois que os marinheiros foram metamorfoseados.*
> *Costeando as praias tirrêneas, impelidos pelo vento,*
> *Foram dar à ilha de Circe (quem não conhece Circe,*
> *A filha do Sol?), cujo vinho enfeitiçado*
> *Quem provasse perdia seu porte ereto*
> *E caía no solo tornando-se um suíno rastejante.*

ARIADNE

Vimos, na história de Teseu, como Ariadne, a filha do rei Minos, depois de ter ajudado Teseu a escapar do labirinto, foi por ele levada à ilha de Naxos, e ali abandonada pelo ingrato, enquanto dormia. Teseu retornou para casa sem ela. Ariadne, despertando e vendo-se sozinha, entregou-se ao sofrimento. Vênus, porém, comoveu-se por ela e consolou-a, prometendo que teria um amante imortal, no lugar do mortal que perdera.

A ilha onde Ariadne fora deixada era a ilha favorita de Baco, a mesma para onde queria que os marinheiros tirrenos o levassem, quando fora traído por eles. Enquanto Ariadne lamentava sua sorte, Baco encontrou-a, consolou-a e fez dela sua esposa. Como presente de casamento, deu-lhe uma coroa de ouro, cravejada de pedras preciosas, a qual foi atirada ao céu quando Ariadne morreu. À medida que a coroa voava pelo espaço, as pedras preciosas brilharam ainda mais e se transformaram em estrelas. E, preservando a sua forma de coroa, permaneceu fixada no céu como uma constelação, entre Hércules ajoelhado e o homem que segura a serpente.

Spencer alude à coroa de Ariadne, embora tenha cometido erros em sua mitologia. Foi durante o casamento de Pirítoo e não de Teseu que os centauros e os lápitas lutaram.

> *Vide como a coroa que Ariadne vestiu*
> *Na sua testa de marfim, naquele dia*
> *Em que Teseu tomou uma esposa,*
> *E os ousados centauros provocaram uma luta sangrenta*
> *Com os ferozes lápitas, que os derrotaram;*
> *Estando agora posta no firmamento,*
> *Através do céu brilhante exibe os seus raios,*
> *Um ornamento entre as estrelas que,*
> *Em volta dela, revolvem-se numa ordem perfeita.*

CAPÍTULO XXII

AS DIVINDADES RURAIS — ERISÍCTON
— RECO — AS DIVINDADES AQUÁTICAS
— AS CAMENAS — OS VENTOS

AS DIVINDADES RURAIS

Pã, o deus das florestas e dos campos, dos rebanhos e dos pastores, vivia em grutas, perambulava pelas montanhas e pelos vales, e divertia-se caçando ou dançando com as ninfas. Era afeiçoado à música e, como já vimos, foi o inventor da Siringe, ou flauta campestre, que ele tocava com perfeição. Pã, assim como os outros deuses que moravam nas florestas, era temido por aqueles cujas ocupações obrigavam a passar pelas matas durante a noite, pois a escuridão e a solidão predispõem a mente a temores supersticiosos. Por isso, qualquer ataque que causasse medo súbito, sem uma causa aparente, era atribuído a Pã e chamado de *terror pânico*.

Como o nome desse deus significa *tudo*, Pã veio a ser considerado o símbolo do universo e a personificação da natureza; e, mais tarde, foi reconhecido como a representação de todos os deuses e do próprio paganismo.

Silvano e Fauno eram divindades latinas, cujas características são tão semelhantes às de Pã, que podemos, seguramente, considerá-los o mesmo personagem, sob nomes diferentes.

As ninfas das florestas, parceiras de Pã nas danças, representavam apenas uma das categorias de ninfas. Além delas, existiam as náiades, que eram as ninfas dos riachos e das fontes das águas; as oréades, ninfas das montanhas e das grutas, e as nereidas, ninfas do mar. Estas três últimas citadas eram imortais, mas as ninfas das florestas, chamadas dríades ou hamadríades, segundo se acreditava, morriam juntamente com as árvores que lhes serviam de morada e com as quais nasciam. Era, portanto, uma impiedade destruir uma árvore, e, em alguns casos mais graves, esses atos foram severamente punidos, como aconteceu com Erisícton, de acordo com o que relataremos mais tarde.

Milton, em sua brilhante descrição dos primórdios da criação, assim alude a Pã, como personificação da natureza:

> ... *Oh, Pã Universal!*
> *Dançando com as Graças e as Horas,*
> *Comanda a eterna primavera.*

E ao descrever a morada de Eva:

> ... *Em tal abrigo, sob as sombras,*
> *Inda mais sagrado ou intocável, embora disfarçado,*
> *Pã ou Silvano jamais dormiram; nem as ninfas;*
> *Nem Fauno visitou.*
>
> *Paraíso perdido*, livro IV

Uma peculiaridade agradável do antigo paganismo era atribuir cada fenômeno da natureza a alguma divindade. A imaginação dos gregos povoou todas as regiões da terra e do mar com divindades às quais atribuíam determinados fenômenos que são explicados pela nossa filosofia por meio das leis da natureza. Às vezes, quando nos sentimos poéticos, chegamos a lamentar tal mudança de concepção, e a achar que o coração perdeu tanto quanto o nosso cérebro ganhou com essa substituição. O poeta Wordsworth expressa de maneira contundente esse sentimento:

> *Por Deus, preferiria ser*
> *Um pagão, alimentado por crenças antiquadas,*
> *Para que, de pé neste prado agradável*
> *Vislumbrasse coisas que me fizessem menos abandonado;*
> *Contemplasse Proteu levantando-se do mar,*
> *E ouvisse o velho Tritão tocando sua antiga corneta.*

Schiller, no seu poema *Die Götter Griechenlands*, exprime o seu pesar pelo desaparecimento da bela mitologia dos tempos antigos, de tal maneira que provocou uma resposta de E. Barret Browning, a poetisa cristã, em seu poema *Pã é morto*. Os versos que seguem constituem apenas uma parte do poema:

> *Pela tua beleza admitindo*
> *Que uma beleza maior te conquista,*
> *Pela nossa fértil imaginação,*
> *Descobrindo o verdadeiro pelo falso,*
> *Não choraremos! A terra continuará a girar*
> *Herdeira da auréola de cada deus,*
> *Enquanto Pã jaz morto.*
>
> *A terra ultrapassou tais fantasias míticas,*
> *Que lhe foram cantadas em sua juventude;*
> *E esses afáveis romances*
> *Soam enfadonhos perante a verdade,*
> *A carruagem de Febo já passou!*
> *Olhai, poetas, para o sol!*
> *E Pã, Pã jaz morto.*

Esses versos baseiam-se numa primitiva tradição cristã: a de que enquanto o anjo celeste anunciava o nascimento do Cristo aos pastores, em Belém, pela Grécia ecoava um rugido profundo, anunciando a morte do grande Pã e a destituição de todas as divindades do Olimpo, que passaram a vagar em meio ao frio e à escuridão. Tal é a versão de Milton em seu *Hino da Natividade*:

> *Sobre o ermo das montanhas,*
> *E pelas praias ressoantes,*
> *Uma voz de choro foi ouvida, um lamento;*
> *Desde as assombradas fontes e os vales*
> *Adornados pelos choupos pálidos;*
> *O Gênio se despede com suspiros,*
> *E, arrancando seus cabelos entrelaçados de flores,*
> *Choram as ninfas, nas sombras do crepúsculo,*
> *Em meio ao denso arvoredo.*

ERISÍCTON

Erisícton era um criatura profana, que desprezava os deuses. Certa ocasião, ele se atreveu a violar, com seu machado, um bosque consagrado a Ceres. Havia nesse bosque um carvalho venerável, tão grande que por si só se parecia com uma mata, e em seu antigo tronco, muito alto, penduravam-se grinaldas de flores e eram gravadas inscrições, exprimindo a gratidão dos que suplicavam favores à ninfa da árvore. Com frequência, as dríades dançavam em sua volta. O tronco tinha quinze côvados de circunferência e era mais alto do que os troncos das demais árvores, na mesma proporção em que as árvores são mais altas que os arbustos. Todavia, indiferente a tudo isso, Erisícton não via razão para poupar a árvore, e ordenou aos criados que a cortassem. Quando os percebeu hesitantes, tomou o machado das mãos de um deles e exclamou impiedosamente: "Não me interessa saber se esta árvore é ou não é querida pela deusa; e ainda que a deusa se opusesse, ela seria abatida". Assim falando, ergueu o machado e o carvalho parecia tremer e emitir um gemido. Quando o primeiro golpe foi desfechado no tronco, jorrou sangue do ferimento. Todos os que ali estavam ficaram horrorizados, e um deles aventurou-se a condenar o ato, segurando o machado fatal. Erisícton, com um olhar desdenhoso, disse-lhe: "Recebe a recompensa de tua piedade". E, virando-se contra ele, usou a própria arma que o homem havia retido para cortar-lhe a cabeça. Então, do carvalho ouviu-se uma voz: "Eu, que vivo dentro deste carvalho, sou uma ninfa amada por Ceres, e, ao morrer por tuas mãos, advirto-te que serás castigado". Nem assim Erisícton desistiu de seu crime, e, finalmente, abalada por golpes sequenciais e puxada por meio de cordas, a árvore caiu, causando um grande estrondo e derrubando boa parte do bosque em sua queda.

As dríades, pesarosas pela perda de sua companheira, e percebendo que o orgulho da floresta fora também derrubado, foram todas ter com Ceres, vestidas de luto, pedindo que Erisícton fosse punido. Ceres concordou, fazendo um sinal com a cabeça, e no exato momento em que se inclinava, todas as espigas de cereais nos campos inclinaram-se também. Ela planejou uma punição tão horrenda que se teria pena do malfeitor, se é que alguém tão culpado pudesse ser digno de pena; o castigo era entregá-lo à Fome. Como Ceres não poderia aproximar-se pessoalmente da Fome, pois as Moiras estabeleceram que essas duas deusas jamais deveriam encontrar-se, chamou uma oréade de sua montanha e disse-lhe: "Há um lugar na região mais remota da gelada Cítia, uma triste e estéril região sem árvores e sem plantações. O Frio vive lá, junto do Medo, do Tremor e da Fome. Vai àquela região e dize à última que tome posse das entranhas de Erisícton. Não permitas que a abundância a supere, nem o poder de meus dons a afaste. Não te atemorizes com a distância" (pois a Fome habitava muito longe de Ceres), "mas leva a minha carruagem. Os dragões estão atrelados e obedecem às rédeas, e te conduzirão pelo espaço em um breve intervalo". Então ela lhe deu as rédeas, e a ninfa partiu, logo alcançando os limites da Cítia. Chegando ao monte Cáucaso, ela parou os dragões e encontrou a Fome em um campo rochoso, arrancando com as unhas e os dentes a vegetação escassa. Seus cabelos eram ásperos, a face era pálida e marcada por olheiras profundas, os lábios eram descorados, a boca estava coberta de pó, e a pele, repuxada, expondo a forma dos ossos. A oréade manteve-se distante (pois não se atrevia a aproximar-se), e transmitiu-lhe as ordens de Ceres. E embora se detivesse ali por um tempo mínimo, sempre a distância, começou a sentir fome e por isso voltou logo à Tessália, puxada pelos dragões.

A Fome obedeceu às ordens de Ceres e, voando pelo espaço até a morada de Erisícton, entrou em seus aposentos, e encontrou-o dormindo. Envolveu-o com suas asas e penetrou no corpo por meio da respiração do condenado, destilando veneno em suas veias. Assim que se desincumbiu de sua tarefa, apressou-se a abandonar as terras da abundância e retornou ao seu próprio território. Erisícton ainda dormia, e em seus sonhos anelava por comida, movendo os músculos da boca como se estivesse comendo. Quando despertou, sua fome era devastadora. Sem demora, fez vir diante de si comida de todos os tipos: produtos da terra, do mar e do ar; e ainda reclamava de fome, mesmo enquanto comia. Uma quantidade de alimentos que saciariam uma cidade ou uma nação não era suficiente para ele. Quanto mais comia, maior era a fome que sentia. Sua fome assemelhava-se ao oceano, que recebe as águas de todos os rios, e, contudo, nunca está repleto; ou como o fogo que consome todo o combustível que está à sua volta e continua com a mesma disposição voraz para consumir mais e mais.

Os bens de Erisícton foram rapidamente dilapidados, em face das constantes exigências de seu apetite, mas sua fome continuava grande. Finalmente, gastou tudo o que tinha, sobrando-lhe apenas sua filha — uma filha que merecia um pai mais decente. Vendeu-a também. Ela muito sofreu ao se tornar a escrava de um comerciante, e quando estava de pé, junto ao mar, ergueu as mãos numa prece a Netuno. O deus ouviu a oração da moça, e, embora o seu senhor estivesse por perto e a tivesse visto alguns momentos antes, Netuno transformou-a num pescador entretido com sua ocupação. Procurando-a e vendo-a em sua forma alterada, o senhor dirigiu-se ao pescador e perguntou: "Bom homem, para onde foi a donzela que vi agora mesmo, com os cabelos desgrenhados e vestida rudemente, de pé, próxima ao lugar em que estás? Conta-me a verdade e tua sorte será boa, e nenhum único peixe que fisgares hoje há de fugir do teu anzol". A jovem notou que sua prece havia sido atendida e regozijou-se, interiormente, ao ser indagada sobre si mesma. Então, respondeu: "Perdoa-me, estranho, mas estou tão concentrado em minha vara de pescar que nada mais tenho observado; todavia, que eu nunca mais consiga fisgar outro peixe, se próximo de mim havia, há pouco, uma mulher ou outra pessoa qualquer".

O comerciante foi assim iludido e continuou a jornada convencido de que sua escrava havia fugido. Então, a moça retomou a forma original. Seu pai sentiu uma grande satisfação em encontrá-la ainda consigo, possuindo agora o dinheiro que apurara com sua venda; desse modo, vendeu-a novamente. Mas, graças à intervenção generosa de Netuno, tantas vezes quantas fosse vendida, a moça era sempre metamorfoseada, ora em um cavalo, ora em uma ave, ora em um boi, ora em um cervo, fugindo assim de seus compradores e retornando para casa. Por meio desse método, o pai faminto conseguia alimento, mas nunca o suficiente para o seu apetite, e finalmente a fome levou-o a devorar os próprios membros. Ele lutou para alimentar o corpo, consumindo esse mesmo corpo, até que a morte libertou-o da vingança de Ceres.

RECO

As Hamadríades eram capazes de apreciar bons serviços tanto quanto de punir as ofensas. A história de Reco demonstra esse fato. Certo dia, vendo um carvalho que estava prestes a cair, ordenou aos servos que colocassem um suporte para evitar que isso acontecesse. A ninfa, que estava a ponto de fenecer com a árvore, apareceu-lhe para expressar a sua gratidão por ter sido salva, e pediu-lhe que exigisse a recompensa que quisesse. Reco, atrevidamente, pediu-lhe o seu amor, e ela cedeu ao seu desejo. A ninfa também recomendou a Reco que fosse constante, e disse-lhe que uma abelha serviria como mensageira sempre que ela desejasse desfrutar sua companhia. Certa vez, quando a abelha apareceu, Reco, que estava concentrado em seu jogo de damas, afastou-a desajeitadamente. Esse gesto a tal ponto irritou a ninfa que ela o privou da visão.

O norte-americano J. R. Lowell escolheu essa história como tema de um de seus mais breves poemas, com esta introdução:

> *Ouve agora este conto de fadas da Grécia antiga,*
> *Tão cheia de liberdade, juventude e beleza ainda,*
> *Quanto o frescor eterno dessa graça*
> *Esculpida para todas as eras em algum friso da Ática.*

AS DIVINDADES AQUÁTICAS

Oceano e Tétis eram os titãs que governavam sobre os elementos aquáticos. Quando Júpiter e seus irmãos subjugaram os titãs e assumiram os seus poderes, Netuno e Anfitrite sucederam Oceano e Tétis no domínio das águas.

NETUNO

Netuno era o líder das divindades aquáticas. O símbolo do seu poder era o tridente ou lança de três pontas, com o qual costumava despedaçar as rochas, invocar ou subjugar as tempestades e ainda abalar as terras litorâneas. Foi ele quem criou o cavalo e era o patrono das corridas com esse animal. Os seus cavalos tinham patas de bronze e crinas de ouro. Puxavam a sua carruagem sobre as águas do mar, que se acalmavam diante dele, enquanto os monstros das profundezas saltitavam ao longo de seu caminho.

ANFITRITE

Anfitrite era a esposa de Netuno. Era filha de Nereu e de Dóris, e também mãe de Tritão. A fim de cortejar Anfitrite, Netuno veio montado no dorso de um golfinho. E a tendo conquistado assim, premiou o golfinho, colocando-o no alto entre as estrelas.

NEREU E DÓRIS

Nereu e Dóris eram pais das nereidas, entre as quais as mais célebres foram Anfitrite, Tétis, mãe de Aquiles, e Galateia, por quem o ciclope Polifemo se apaixonou. Nereu distinguiu-se pela sabedoria e pelo amor à verdade e à justiça, e por isso integrou o Conselho de Anciãos; foi também dotado com o dom da profecia.

TRITÃO E PROTEU

Tritão era filho de Netuno e de Anfitrite, e os poetas atribuem a ele o papel de trombeteiro do pai. Proteu também era filho de Netuno. Tal como Nereu, ele integrava o Conselho de Anciãos em virtude de sua sabedoria e de sua capacidade de prever o futuro. Seu poder peculiar era mudar a sua forma sempre que desejasse.

TÉTIS

Tétis, filha de Nereu e Dóris, era tão bela que o próprio Júpiter pediu-a em casamento; mas como Prometeu, o titã, informou-lhe que Tétis daria à luz um filho que seria maior do que o pai, Júpiter desistiu do plano e determinou que Tétis se casasse com um mortal. Com o auxílio de Quíron, o centauro, Peleu conquistou a deusa para sua esposa, e seu filho foi o célebre Aquiles. No capítulo sobre a Guerra de Troia mostraremos que Tétis foi uma mãe fiel, que apoiou o filho em todos os desafios, velando por todos os seus interesses do começo ao fim.

LEUCÓTEA E PALÊMON

Ino, filha de Cadmo e esposa de Átamas, fugindo de seu marido enfurecido, com o filhinho Melicertes no colo, saltou de um penhasco nas águas do mar. Os deuses, compadecidos, transformaram-na numa deusa marinha, denominada Leucótea, e seu filho em um deus, chamado Palêmon. Ambos eram considerados poderosos para realizar salvamentos de naufrágios e eram invocados por marinheiros com esse fim. Palêmon era geralmente representado cavalgando um golfinho. Os Jogos Ístmicos eram celebrados em sua honra. Era chamado Portuno pelos romanos, que acreditavam que era dele a jurisdição dos portos e dos litorais.

Milton alude a todas essas divindades na canção de encerramento de *Comus*:

> *... Sabrina bela,*
> *Ouve e aparece-nos,*
> *Em honra do grande Oceano;*
> *Pela maça de Netuno que faz a terra tremer,*
> *E pelo andar majestoso e grave de Tétis,*
> *Pelo olhar franzido do grisalho Nereu,*
> *E pelo gancho do feiticeiro carpatiano.*[17]
> *Pela escamosa concha enrolada de Tritão,*
> *E pelo antigo encantamento do vidente Glauco,*
> *Pelas adoráveis mãos de Leucótea,*
> *E por seu filho que impera sobre as praias;*
> *Pelos bem calçados pés de Tétis,*
> *E pelas canções doces das Sereias...*

---

[17] Proteu. (N. T.)

Armstrong, o poeta de *A arte de conservar a saúde*, sob a inspiração de Higia, a deusa da saúde, assim celebra as náiades (Péon é um nome pelo qual são chamados tanto Apolo como Esculápio):

> *Vinde, vós, náiades! Liderai-nos rumo às fontes!*
> *Donzelas propícias! Temos ainda de cantar*
> *Os vossos dons (assim Péon, assim os poderes da saúde ordenam),*
> *Para louvar o vosso elemento cristalino.*
> *Ó, rios agradáveis! Com ansiosos lábios*
> *E mãos tremulantes, sorveremos com lânguida sede*
> *A nova vida que há em vós; vigor fresco, que enche as vossas veias.*
> *Nenhuma bebida mais ardente foi conhecida em eras primitivas,*
> *Nada mais ardente buscaram os pais da humanidade;*
> *Alegres no equilíbrio da paz, seus dias semelhantes*
> *Não sentiam os ataques alternados de fervoroso júbilo*
> *E dejeção doentia; ainda assim, serenos e satisfeitos,*
> *Abençoados pela divina imunidade às doenças,*
> *Viveram eles por séculos a fio; sua única fortuna*
> *Era a idade madura, e mais sono do que a morte.*

AS CAMENAS

Por esse nome os latinos designavam as musas, mas incluíam nessa categoria algumas outras divindades, principalmente as ninfas das fontes. Egéria era uma delas, cuja fonte e gruta podem ainda ser visitadas. Conta-se que Numa, o segundo rei de Roma, foi auxiliado por essa ninfa, que, em encontros secretos, lhe ensinou as lições de sabedoria e de legislação que ele incorporou às instituições de sua nação emergente. Após a morte de Numa, a ninfa entristeceu-se e foi transformada em uma fonte.

Byron, em *A peregrinação de Childe Harold*, no Canto IV, faz alusão a Egéria e à sua gruta:

> *Aqui foi que viveste, sob este teto encantado,*
> *Egéria! O teu coração celestial palpitava*
> *Pelo teu amante mortal que andava por distantes rincões,*
> *A purpúrea meia-noite velava aquele místico encontro*
> *Com o seu pálio estrelado...*

Tennyson, também, em seu *Palácio de arte*, dá-nos um vislumbre do amante real que aguarda a entrevista:

> *Segurando uma de suas mãos sobre o ouvido,*
> *Para sentir-lhe os passos, antes de ver*
> *A ninfa do bosque, ali ficava o rei toscano a ouvir*
> *Lições de sabedoria e de lei.*

OS VENTOS

Quando tantos outros elementos da natureza, menos ativos, foram personificados, não é de supor que os ventos deixassem de sê-lo. Eles eram Bóreas e Aquilão, os ventos do norte; Zéfiro ou Favônio, o do oeste; Noto ou Austro, o do sul; e Euro, o do leste. Os dois primeiros foram os mais celebrados pelos poetas, o primeiro como um modelo de rudeza, e o segundo como de delicadeza. Bóreas amava a ninfa Oritia e tentou fazer o papel de amante, mas teve pouco sucesso. Ele tinha grande dificuldade em respirar gentilmente, e cantar estava fora de questão. Finalmente, exausto de tentativas infrutíferas, passou a revelar seu verdadeiro caráter, capturando a donzela e levando-a consigo. Seus filhos eram Zetes e Calais, guerreiros alados, que acompanharam a expedição dos argonautas e prestaram bons serviços no famoso embate com aquelas aves monstruosas, as harpias.

Zéfiro era o amante de Flora. Milton cita-o em *Paraíso perdido* quando descreve Adão despertando e contemplando Eva adormecida:

> *... Ele a seu lado*
> *Levemente inclinado, com olhar de amor cordial,*
> *Debruçou-se sobre a sua amada, e admirou*
> *Sua beleza que, estando desperta ou adormecida,*
> *Emanava encantos peculiares; então com uma voz*
> *Suave, a mesma com que Zéfiro sopra sobre a Flora,*
> *Tocando em suas mãos macias, sussurrou: "Desperta!*
> *Minha bela, minha esposa, meu achado recente,*
> *A última e melhor dádiva celeste, delícia sempre renovada".*

Dr. Young, o poeta de *Pensamentos noturnos*, dirigindo-se aos preguiçosos e luxuriosos, diz:

> *Vós delicados! que nada podeis suportar*
> *(Vós que sois tão insuportáveis) por quem*
> *A rosa do inverno sopra..........*
> *.......... e, suave como a seda,*
> *Favônio sopra ainda mais leve, ou será repreendido!*

CAPÍTULO XXIII

AQUELOO E HÉRCULES — ADMETO E
ALCESTE — ANTÍGONA — PENÉLOPE

AQUELOO E HÉRCULES

O rio-deus Aqueloo narrou a história de Erisícton a Teseu e seus companheiros, os quais estava entretendo em sua margem hospitaleira, enquanto se demoravam ali em virtude das cheias de suas águas. Após terminar sua história, acrescentou: "Mas por que devo falar da metamorfose de outros, quando eu mesmo sou um exemplo da posse de tal poder? Algumas vezes torno-me uma serpente, e outras vezes um touro, com chifres na testa. Melhor seria dizer que houve o tempo em que podia fazê-lo, pois agora possuo um único chifre: o outro, perdi". E nesse ponto soltou um suspiro e calou-se.

Teseu perguntou-lhe a razão de sua tristeza e o modo como havia perdido um chifre. A essa questão, o rio-deus assim respondeu: "Quem gosta de falar das próprias derrotas? Todavia não hesitarei em narrar a minha, consolando-me ao pensar na grandeza de meu conquistador, pois ele foi Hércules. É possível que conheças a fama de Dejanira, a mais bela entre as donzelas, a quem uma gama de pretendentes procurava conquistar. Hércules e eu podíamos ser contados entre eles, e os demais recuaram em suas pretensões por nossa causa. Hércules argumentou a seu favor o fato de ser descendente de Júpiter, e vangloriou-se de seus trabalhos que excederam as exigências de Juno, sua madrasta. Eu, por outro lado, disse ao pai da donzela: 'Observa-me, o rei das águas que correm pelas tuas terras, não sou um estrangeiro de um litoral distante, mas pertenço ao teu lugar, integro o teu reino. A meu favor também está o fato de que a real Juno não me tem por inimigo nem me pune com trabalhos pesados. Enquanto esse homem, ao gabar-se de ser filho de Júpiter, expressa uma falsa pretensão ou a sua própria desgraça, pois isso só pode ser verdade à custa da vergonha de sua mãe'. Assim que terminei de falar, Hércules olhou-me com fúria, e com grande dificuldade conteve a sua ira. 'Minhas mãos responderão melhor do que a minha língua', disse ele. 'Concedo-te a vitória em palavras, mas confio em minha vitória pelos feitos.' Em seguida avançou em minha direção, e senti vergonha de recuar depois de tudo o que dissera. Despi-me de meu manto verde e apresentei-me para o conflito. Hércules tentou derrubar-me, visando ora à minha cabeça, ora ao meu corpo. Meu tamanho era a minha proteção, e ele me atacou sem sucesso. Por algum tempo paramos, depois voltamos ao conflito. Cada um de nós manteve a sua posição, determinado a não ceder, pé contra pé, eu me inclinando sobre ele, apertando suas mãos nas minhas, com a minha testa quase tocando a sua. Por três vezes Hércules tentou lançar-me ao solo, e na quarta vez logrou fazê-lo, derrubando-me ao chão e subindo em minhas costas. Digo-lhe a verdade: foi como se uma montanha houvesse caído sobre mim. Esforcei-me para libertar os meus braços, ofegante e transpirando. Ele não me deu nenhuma chance de recuperação, e agarrou a minha garganta. Meus joelhos estavam em terra e minha boca colada à poeira do chão.

Percebendo que não poderia competir com ele na arte da guerra, recorri a outras artes e, transformado em uma serpente, escapei, deslizando. Enrolei o corpo e sibilei, ameaçando-o com minha língua bipartida. Ao ver-me desse modo, o herói riu desdenhosamente, e disse: 'Vencer as serpentes foi uma tarefa de minha infância'. Agarrou-me pelo pescoço. Ferido, debati-me para livrar o pescoço de suas mãos. Desfeito como serpente, tentei o que me restava e assumi a forma de um touro. Ele novamente agarrou o meu pescoço, e, empurrando minha cabeça na direção do solo, derrubou-me na areia. E, não sendo isso o bastante, sua mão cruel arrancou um chifre de minha cabeça. As náiades o recolheram, consagraram-no e encheram-no com flores perfumadas. A Fartura adotou meu chifre, e chamou-o de *cornucópia*".

Os antigos gostavam de encontrar um sentido oculto em seus mitos. Explicam essa luta que se deu entre Hércules e Aqueloo dizendo que este era um rio que transbordou na estação das chuvas. No ponto da fábula em que Hércules amou Dejanira e procurou unir-se a ela, o sentido é que o rio, em seus meandros, vazava sobre terras do reino de Dejanira. A forma de serpente assumida pelo rio refere-se aos seus meandros, e a forma de touro deve-se aos ruídos produzidos pelo rio em seu curso. Na época das cheias o rio corria por um canal paralelo. Assim, sua cabeça tinha chifres. Hércules preveniu a recorrência dessas enchentes periódicas por meio de barragens e de canais; e foi assim que se diz que ele fez desaparecer o rio-deus, tirando-lhe o chifre. Finalmente, as terras que costumavam ser submetidas à inundação, mas que agora estavam protegidas, tornaram-se muito férteis, e esse parece ser o sentido da cornucópia.

Há outra versão sobre a origem da cornucópia. Júpiter, ao nascer, foi entregue por sua mãe, Reia, aos cuidados das filhas de Melisseu, um rei de Creta. Elas alimentaram a divindade infantil com o leite da cabra Amalteia. Júpiter quebrou um dos chifres da cabra e entregou-o às amas, dotando-o do poder maravilhoso de encher-se com qualquer coisa que o seu possuidor pudesse desejar.

O nome de Amalteia é também atribuído por alguns autores à mãe de Baco. E é assim empregado por Milton em *Paraíso perdido*, livro IV:

> ... *Essa ilha Niseia,*
> *Cortada pelo rio Tritão, onde o velho Cam,*
> *A quem os gentios chamam Amon, e os líbios conhecem por Júpiter,*
> *Ocultou Amalteia e seu filho florido,*
> *O jovem Baco, do olhar de sua madrasta, Reia.*

ADMETO E ALCESTE

Esculápio, filho de Apolo, foi dotado pelo pai com tais habilidades na arte de curar que podia até mesmo ressuscitar os mortos. Em vista desse fato, Plutão alarmou-se e convenceu Júpiter a lançar um raio sobre Esculápio. Apolo a tal ponto revoltou-se com a morte de seu filho que se vingou nos inocentes artesãos que fabricavam os raios. Eram eles os ciclopes, que mantinham a sua oficina no interior do monte Etna, do qual são expelidas com frequência a fumaça e as chamas de sua fornalha. Apolo atirou as suas flechas sobre os ciclopes, o que de tal modo irritou Júpiter, que este o puniu com a pena de se tornar o servo dos mortais durante o período de um ano. Desse modo, Apolo passou a servir Admeto, rei da Tessália, apascentando os seus rebanhos ao longo das margens verdejantes do rio Afrísio.

Admeto era um entre outros pretendentes à mão de Alceste, filha de Pélias, que a prometera àquele que viesse buscá-la numa carruagem puxada por leões e javalis. Admeto foi capaz de cumprir essa tarefa com o auxílio do divino pastor, tornando-se o feliz esposo de Alceste. Todavia ele adoeceu, e, estando já próximo da morte, Apolo convenceu as Moiras a que o poupassem desde que alguém aceitasse morrer em seu lugar. Feliz com a nova perspectiva, Admeto não pensou muito sobre como se daria o resgate de sua vida, provavelmente porque se recordava das declarações de apego que tantas vezes ouvira da parte de seus cortesãos e dependentes, e julgava que seria fácil encontrar alguém para substituí-lo. Mas não foi o que se deu. Bravos guerreiros, que estariam desejosos de arriscar a vida pelo príncipe, encolhiam-se diante da ideia de morrer por ele enfermos numa cama; e antigos servos, que muito receberam graças à bondade da família real, desde a infância do príncipe, não estavam dispostos a sacrificar os poucos dias que restavam de sua vida para assim demonstrar a sua gratidão. Os homens perguntavam: "Por que um de seus pais não o substitui? No curso da Natureza eles não poderão viver muito mais! E quem melhor do que eles para sentir a obrigação de salvar a vida que geraram?".

Mas os pais, embora sentindo-se entristecidos com o pensamento de perder o filho, não se apresentaram como voluntários. Então Alceste, com generosa devoção, ofereceu-se para substituir o marido na morte. Embora amasse muito sua vida, Admeto não aceitaria recebê-la a esse custo. Mas não havia o que fazer. A condição imposta pelas Moiras havia sido atendida, e o decreto era irrevogável. Alceste adoeceu ao mesmo tempo que Admeto recuperou-se e era rapidamente tragada para o túmulo.

Nesse exato momento Hércules chegou ao palácio de Admeto e encontrou todos os residentes em grande consternação pela perda iminente da devotada esposa e amada senhora. Hércules, para quem nenhuma tarefa era árdua demais, quis resgatá-la. Deitou-se à porta do quarto da rainha moribunda, e, quando a Morte chegou para buscar a sua presa, ele a agarrou e forçou-a a desistir da vítima. Alceste recuperou-se e foi devolvida ao marido.

Milton refere-se à história de Alceste no seu soneto à sua falecida esposa:

> *Pensei ter visto minha falecida e santa esposa*
> *A mim trazida, como de seu túmulo foi Alceste*
> *Resgatada pelo grande filho de Júpiter e devolvida ao marido,*
> *Salva da morte pela força, embora pálida e abatida.*

J. R. Lowell escolheu o *Pastor do rei Admeto* como tema de seu poemeto. Ele apresenta esse evento como a primeira introdução da poesia à humanidade:

> *Os homens conheciam-no apenas como um jovem indômito,*
> *No qual nada de bom podia-se encontrar,*
> *E, contudo, sem perceber o que em verdade faziam,*
> *Tomaram sua descuidada palavra como lei.*

> *E, dia após dia, mais sagrado se fazia,*
> *Cada lugar sobre o qual ele pisava,*
> *Até que um dia os poetas do futuro descobriram*
> *Que seu irmão mais velho era um deus.*

ANTÍGONA

Grande parte dos atos mais excelsos da Grécia lendária foi realizada por mulheres, muitas das quais se encontram entre as personalidades mais interessantes da época. Antígona foi um exemplo tão brilhante de fidelidade filial e fraternal quanto o de Alceste o foi de devoção conjugal. Sendo filha de Édipo e de Jocasta, sofreu com todos os seus descendentes a implacável ação punitiva do destino, que os condenou à destruição.

Em seu desespero, Édipo havia arrancado os próprios olhos, e se retirou de Tebas, que era o seu reino, temido e abandonado por todos os homens, como se fosse de fato uma vítima da vingança divina. Antígona, sua filha, foi a única que com ele compartilhou as suas andanças sem rumo. Ela permaneceu ao lado do pai até que este morresse, e depois retornou a Tebas.

Seus irmãos, Etéocles e Polinice, fizeram um acordo para compartilhar o reinado em anos alternados. O primeiro ano foi designado a Etéocles, que se recusou a ceder o trono ao irmão quando o período combinado expirou. Polinice teve de pedir a proteção de Adrasto, rei de Argos, que lhe deu em casamento a própria irmã e o ajudou a preparar um exército com o qual poderia reclamar o seu direito à coroa. Esse fato levou à famosa expedição dos *Sete contra Tebas*, que forneceu muita matéria-prima aos épicos e aos poetas trágicos da Grécia.

Anfiarau, o cunhado de Adrasto, opôs-se ao empreendimento, pois era um vidente, e sabia por meio de suas habilidades que nenhum dos líderes, exceto Adrasto, retornaria com vida. Mas quando Anfiarau se casou com Erifila, irmã do rei, fez um trato segundo o qual, se alguma vez ele e Adrasto tivessem opiniões diferentes, a decisão caberia a Erifila. Polinice, conhecendo esse trato, deu a Erifila o colar da Harmonia, conseguindo desse modo o seu apoio. Esse colar tinha sido um presente que Vulcano dera a Harmonia quando esta se casou com Cadmo, e Polinice trouxe-o consigo quando escapou de Tebas. Erifila não pôde resistir a um suborno tão tentador, e decidiu que a guerra deveria ser encetada. Desse modo, Anfiarau seguiu para cumprir o seu triste fado. Ele suportou a luta bravamente, mas não pôde evitar o pior. Perseguido pelo inimigo, fugiu acompanhando as margens do rio, quando um raio enviado por Júpiter abriu uma fenda no solo, pela qual ele, a sua carruagem e o condutor foram tragados.

Não cabe aqui narrar os detalhes e todos os atos de heroísmo e atrocidade que marcaram o conflito, mas não podemos deixar de enfatizar a fidelidade de Evadne, que contrasta com a fraqueza de Erifila. No ardor da luta, Capaneu, o marido de Evadne, declarou que forçaria seu ingresso na cidade, ainda que Júpiter se interpusesse. Apoiando uma escada contra a parede da cidade, chegou a galgar o muro, mas Júpiter, que se ofendera com a linguagem impiedosa do herói, atingiu-o com um raio. Durante as celebrações das exéquias do marido, Evadne jogou-se sobre a pira funerária e pereceu.

No início da peleja, Etéocles consultou o vidente Tirésias para conhecer antecipadamente o resultado. Em sua juventude, Tirésias tinha visto, por acaso, Minerva banhando-se. A deusa, em sua fúria, privou-o do sentido da visão, contudo mais tarde, arrependendo-se, deu-lhe em compensação o poder de prever os eventos futuros. Consultado por Etéocles, declarou que a vitória pertenceria a Tebas desde que Meneceu, filho de Creonte, se entregasse voluntariamente como vítima. O jovem herói, sabendo da previsão, arriscou abertamente a sua vida já na primeira batalha.

O cerco continuou por muito tempo, com muitas vitórias. Finalmente, os irmãos decidiram que deveriam resolver a sua querela em um combate individual. Então lutaram e cada um foi morto pela mão do outro. Seus exércitos renovaram a iniciativa bélica e finalmente os invasores tiveram de bater em retirada, deixando seus mortos insepultos. Creonte, o tio dos príncipes mortos, tornou-se rei. Ele determinou que Etéocles fosse enterrado com honras especiais, e que o corpo de Polinice fosse deixado no lugar em que caiu, proibindo qualquer um, sob pena de morte, de sepultá-lo.

Antígona, irmã de Polinice, ouviu indignada o édito revoltante que consignava o corpo de seu irmão aos cães e aos abutres, negando-lhe os ritos considerados essenciais ao repouso dos mortos. Como o clamor de uma irmã afetuosa, contudo tímida, não foi levado em consideração, ela decidiu com grande coragem que enterraria o corpo com as próprias mãos. Foi apanhada em flagrante, e Creonte deu ordens para que a sepultassem viva, por ter desrespeitado um decreto solene da cidade. O amante de Antígona, Hêmon, filho de Creonte, sentindo-se impotente a respeito do destino da amada, não quis sobreviver a ela e matou-se.

Antígona é assunto de duas belas tragédias do poeta grego Sófocles. Mrs. Jameson, em *Características femininas*, comparou o caráter da personagem grega com o de Cordélia, da peça *Rei Lear*, de William Shakespeare. A leitura cuidadosa do texto indicado pela autora será, certamente, gratificante aos nossos leitores.

A seguir reproduzimos as lamentações de Antígona sobre Édipo, quando a morte finalmente trouxe alívio aos sofrimentos de seu pai:

> *Ai de mim! Desejaria apenas que eu houvesse morrido*
> *Junto de meu pobre pai; por que eu pediria*
> *Uma vida mais longa?*
> *Oh, eu amava até mesmo a miséria estando com ele;*
> *Até o que era mais repugnante tornava-se bom,*
> *Quando ele estava comigo, ó meu querido pai*
> *Que agora se oculta na profunda escuridão, debaixo da terra,*
> *Desgastado como estava pela idade, para mim tu ainda*
> *Eras querido, e sempre serás.*

Sófocles, de Franklin

PENÉLOPE

Penélope é outra dessas míticas heroínas cuja beleza maior era de caráter e de conduta. Era filha de Icário, um príncipe espartano. Ulisses, rei de Ítaca, desejava casar-se com ela e conseguiu seu intento, vencendo os demais pretendentes. Quando chegou a hora de a noiva deixar a casa do pai, Icário, incapaz de suportar a ideia da partida de sua filha, tentou persuadi-la a permanecer com ele, em vez de acompanhar o marido para Ítaca. Ulisses concedeu a Penélope o direito da escolha, para ficar com o pai ou seguir com ele. Penélope não respondeu, deixando apenas que o véu caísse sobre seu rosto. Icário não mais insistiu na permanência da filha, mas, quando esta se foi, erigiu uma estátua à Modéstia no local em que se despediram.

Ulisses e Penélope não haviam ainda completado um ano de união quando foi declarada a Guerra de Troia, na qual Ulisses se envolveu. Durante sua longa ausência, e quando já não havia certeza se ele ainda estava vivo, e seu retorno já se fazia altamente improvável, Penélope passou a ser importunada por numerosos pretendentes, dos quais parecia não haver meio de escapar a não ser que finalmente se casasse com um deles.

Penélope, entretanto, usou de todas as artimanhas para ganhar tempo, mantendo a esperança no regresso de Ulisses. Uma de suas estratégias foi estar sempre empenhada na confecção de um manto para as cerimônias fúnebres de Laerte, pai de seu marido. Penélope prometeu que escolheria um pretendente assim que terminasse a confecção do manto. Durante o dia ela tecia, mas desfazia o trabalho durante a noite. Essa é a famosa *Tela de Penélope*, uma expressão proverbial que se usa para tudo aquilo que está perpetuamente sendo edificado sem jamais ser concluído. O resto da história de Penélope será contado quando narrarmos as aventuras de seu marido.

CAPÍTULO XXIV

ORFEU E EURÍDICE — ARISTEU —
ANFÍON — LINO — TÂMIRIS
— MÁRSIAS — MELAMPO — MUSEU

ORFEU E EURÍDICE

Orfeu era filho de Apolo e da musa Calíope. Ganhou uma lira de presente do pai e aprendeu a tocá-la com tal perfeição que ninguém podia resistir ao encanto de sua música. Não apenas os mortais, mas também feras podiam ser acalmadas com os seus acordes, e, reunindo-se em torno dele, caíam num transe, deixando de ser ameaçadoras. Até mesmo as árvores e as rochas eram sensibilizadas pela música de Orfeu. As primeiras reuniam-se em torno dele e as rochas eram de algum modo amaciadas pelas notas.

Himeneu foi chamado para ministrar as bênçãos nupciais de Orfeu e Eurídice; mas, embora tenha atendido ao chamado, não trouxe consigo augúrios felizes. A fumaça que saiu de sua tocha fez que os noivos lacrimejassem. Confirmando tais prognósticos ruins logo após o casamento, Eurídice estava passeando com as ninfas, suas companheiras, quando foi vista por Aristeu, que ficou impressionado por sua beleza e tentou seduzi-la. Eurídice fugiu, mas enquanto corria pisou numa serpente que estava no gramado, foi picada por ela e morreu. Orfeu cantou a sua tristeza para todos os que respiram na atmosfera superior, deuses e homens, e, sem obter resultados, resolveu procurar a esposa no mundo dos mortos. Descendo por uma caverna situada ao lado do promontório de Tênaro, chegou ao reino do Estige. Passou através de multidões de fantasmas e apresentou-se diante do trono de Plutão e Prosérpina. Acompanhando as palavras que dizia com o som de sua lira, cantou: "Ó divindades do mundo inferior, para as quais todos nós, os vivos, teremos de vir, ouvi as minhas palavras, pois elas são verdadeiras. Não vim para espiar os segredos do Tártaro nem para provar a minha força contra o cão de três cabeças com cabelo de serpente que guarda a entrada. Venho para procurar a minha esposa, cuja mocidade foi roubada pelas presas venenosas de uma víbora. O Amor me trouxe até aqui, o Amor, um deus que tem grandes poderes sobre nós e que vive na terra, e, se as tradições antigas estiverem certas, vive aqui neste reino igualmente. Imploro-vos por estas moradas cheias de terror, estes domínios de silêncio e coisas não criadas, reatai os fios da vida de Eurídice. Todos estamos destinados para vós, e cedo ou tarde entraremos em vossos domínios. Ela também, quando houver cumprido o tempo de sua vida, certamente será vossa. Até esse dia, contudo, eu vos imploro que ela fique comigo. Se me negardes esse pedido, não regressarei sozinho para a terra; sereis vencedores na morte de nós dois".

Enquanto ele cantava essas notas suaves, os próprios fantasmas foram às lágrimas. Tântalo, apesar da sede que sentia, cessou por um momento os seus esforços para obter água, a roda de Íxion ficou imóvel, o abutre parou de rasgar o fígado do gigante, as filhas de Dânao descansaram de seu trabalho de conduzir água em uma peneira, e Sísifo sentou-se em seu rochedo para ouvir. E, então, diz-se que pela primeira vez as faces das Fúrias foram umedecidas pelas lágrimas. Prosérpina não pôde resistir, e o próprio Plutão comoveu-se. Eurídice foi chamada. Ela saiu de entre os fantasmas recém-chegados, mancando com o pé ferido. A Orfeu foi permitido levá-la com uma condição: que não deveria olhar para ela até que alcançassem a atmosfera superior. Sob essa condição seguiram seu caminho, ele liderando, ela seguindo, por entre passagens escuras e íngremes, mantendo silêncio total, até quase alcançarem a saída para o feliz mundo superior, quando Orfeu, em um momento de descuido, para assegurar-se de que Eurídice ainda o seguia, olhou para trás, e ela desapareceu instantaneamente. Ao tentarem abraçar-se nada encontraram além do vento. Ao morrer pela segunda vez, Eurídice não podia recriminar o marido, pois como poderia culpá-lo pela sua impaciência em vê-la? "Adeus", ela disse, "um último adeus", e foi arrebatada tão subitamente que o som dessas palavras quase não chegou aos ouvidos dele.

Orfeu fez esforços para segui-la, e solicitou permissão para retornar ao reino dos mortos a fim de tentar libertá-la novamente; mas o rude barqueiro mandou-o embora e recusou-se a transportá-lo. Durante sete dias Orfeu prostrou-se às margens do rio, sem comer ou dormir; depois, amargamente, acusando de crueldade as divindades do Érebo, entoou os seus lamentos para as rochas e as montanhas, derretendo o coração dos tigres e movendo os carvalhos de seus lugares. Não mais se aproximou das mulheres, guardando sempre as lembranças de sua falta de sorte. As donzelas da Trácia fizeram o que estava ao seu alcance para cativá-lo, porém ele as rejeitou. Persistiram quanto foi possível, mas encontrando-o insensível certa vez, excitada pelos ritos de Baco, uma delas exclamou: "Aquele é a razão de nosso desespero!", e atirou-lhe um dardo. Contudo, a arma, afetada pelos sons da lira de Orfeu, caiu inofensivamente aos seus pés. O mesmo se deu com as pedras que elas tentaram atirar. Mas as donzelas ergueram a voz em altos brados para abafar o som de sua música, e os projéteis atingiram-no e logo estavam manchados com o seu sangue. Então, as mulheres deceparam os membros de Orfeu e lançaram sua cabeça e a lira no rio Hebro, no qual flutuaram, cantarolando uma triste canção, à qual as margens responderam com uma lúgubre sinfonia. As musas recolheram os fragmentos do corpo e sepultaram-nos em Liberta, onde dizem que o rouxinol canta mais docemente sobre o seu túmulo do que em qualquer outra parte da Grécia. Júpiter pôs a lira de Orfeu em meio às estrelas. Sua sombra passou uma segunda vez pelo Tártaro, onde procurou por sua Eurídice e, encontrando-a, abraçou-a com ansiedade. Agora, felizes, eles percorrem juntos os campos; algumas vezes ele é quem vai à frente, outras vezes é ela. E Orfeu agora pode olhar para trás para vê-la sempre que assim deseja, sem medo de ser castigado por algum gesto distraído.

A história de Orfeu forneceu a Pope a metáfora que ilustra o poder da música, em sua *Ode pelo Dia de Santa Cecília*. A estrofe seguinte é o fecho da história:

> *Mas cedo, cedo demais, o amante volta-se para vê-la,*
> *Outra vez ela cai, outra vez ela morre!*
> *Como vos movereis agora, oh! fatais irmãs,*
> *Nenhum crime cometestes, pois nunca foi crime amar.*
> *Agora, debaixo dos abismos das montanhas,*
> *Ao lado das quedas de água,*
> *Ou no curso por onde Hebro vagueia,*
> *Rolando em seus meandros,*
> *Solitário,*
> *Ele geme,*
> *E invoca a alma dela,*
> *Para sempre, sempre, sempre perdida!*

Agora cercada pelas Fúrias,
Em desespero e confuso,
Ele treme, ele brilha,
Por entre as neves de Ródope,
Contemplai, tão livre quanto os ventos que sopram no
deserto ele voa;
Ouvi! Hemo ressoa com os gritos das bacanais!
Ah! olhai, ele morre!
E contudo, mesmo na morte seu cântico é Eurídice,
Eurídice, sua boca pronuncia,
Eurídice nos bosques,
Eurídice nas marés,
Eurídice nos rochedos e nos vales das montanhas.

E a melodia elevada do rouxinol sobre o túmulo de Orfeu é mencionada por Southey em seu *Thalaba*:

Então, aos seus ouvidos, que sons
Harmônicos se ergueram!
Música ao longe, canção aperfeiçoada na distância,
Vindo de jardins alegres;
A remota queda de água;
O murmúrio dos bosques verdejantes;
O solitário rouxinol
Pousado nessa roseira próxima, tão bem afinado,
Que jamais desse melodioso pássaro,
Cantando uma canção de amor para o seu par que está chocando,
Nem um pastor trácio, ao lado da sepultura
De Orfeu, ouviu mais doce melodia,
Embora ali o espírito que está no sepulcro
Infunda todo o seu grande poder, para expandir
O incenso que ele ama.

ARISTEU, O APICULTOR

O homem tira vantagens dos instintos dos animais inferiores. Foi daí que surgiu a apicultura. O mel deve ter sido conhecido primeiro como um produto silvestre, pois as abelhas construíam suas colmeias no oco das árvores ou nos buracos que há nas rochas, ou em quaisquer outras cavidades oportunas. Assim, ocasionalmente as carcaças de animais mortos eram ocupadas pelas abelhas. Foi certamente de um incidente desse tipo que surgiu a superstição de que as abelhas eram geradas da carne putrefata de animais; e na história seguinte, que foi contada por Virgílio, somos informados de como esse suposto fato foi usado para reconstruir um enxame que havia sido destruído por doença ou por acidente.

Aristeu, filho da ninfa Cirene, foi o primeiro a ensinar a apicultura. Suas abelhas haviam perecido, e ele recorreu à ajuda de sua mãe. Pôs-se ao lado do rio e assim lhe falou: "Ó mãe, o orgulho de minha vida foi levado! Perdi as minhas preciosas abelhas. Os meus cuidados e as minhas habilidades não me foram úteis, e tu, minha mãe, não me protegeste desse infortúnio". A mãe ouviu essas reclamações quando estava sentada no seu palácio, que fica no fundo do rio, tendo ao seu redor as suas servas ninfas. Elas estavam ocupadas com seus afazeres femininos, fiando e tecendo, enquanto uma delas contava histórias para divertir as demais. A voz triste de Aristeu interrompeu-as. Uma delas tirou a cabeça da água e, vendo-o, regressou para informar a mãe do rapaz, a qual ordenou que o filho fosse levado à sua presença. Ao seu comando o rio abriu-se como se fosse uma montanha partida ao meio, deixando-o entrar. Ele desceu às regiões em que jazem as fontes dos grandes rios; viu ali imensos receptáculos de água. O ruído era ensurdecedor, e ele contemplou as águas correndo em várias direções para banhar a face da terra. Ao chegar aos aposentos da mãe, foi acolhido com hospitalidade por ela e pelas ninfas, que prepararam uma mesa com as mais ricas iguarias. Primeiro derramaram as libações, em homenagem a Netuno, depois se regalaram com o banquete. Em seguida Cirene assim lhe falou: "Há um antigo profeta denominado Proteu, que vive no mar e é um dos favoritos de Netuno, pois cuida de seu rebanho de jovens animais marinhos. Nós, as ninfas, devotamos grande respeito a ele, pois é um sábio que conhece o passado, o presente e o futuro. Ele pode contar-te, meu filho, a causa da morte de tuas abelhas e como poderás remediar o mal. Ele não o fará voluntariamente, por mais que o peças. Terás de usar a força para obrigá-lo. Se o agarrares e o acorrentares, dar-te-á qualquer informação para ser libertado, pois nenhuma de suas artes conseguirá libertá-lo dos grilhões. Levar-te-ei até a gruta onde reside, para que o pegues durante o repouso do meio-dia. Então poderás segurá-lo com facilidade. Mas quando estiver capturado ele recorrerá ao poder que possui de transformar-se em diversas formas. Tornar-se-á um javali selvagem, ou um tigre ameaçador, ou um dragão escamoso, ou um leão de juba amarela. Ou, ainda, produzirá os sons do crepitar das chamas ou das correntes das águas, a fim de provocar-te e para que abras as correntes e o deixes fugir. Todavia, deverás apenas mantê-lo bem atado, e, finalmente, quando sentir que todas as suas artimanhas são inúteis, ele voltará à sua forma original e obedecerá aos teus comandos". Após dar essas instruções, Cirene aspergiu sobre o filho algumas gotas de um néctar aromático, a bebida dos deuses, e imediatamente um vigor incomum encheu-lhe o corpo e deu-lhe coragem, enquanto um perfume se espalhava em sua volta.

A ninfa conduziu o filho até a gruta do profeta e o escondeu em meio às entranhas das rochas, enquanto ela mesma se escondia atrás das nuvens. Quando chegou o meio-dia, e com ele a hora em que os homens e os rebanhos se retiram do sol ardente para dormir tranquilamente, Proteu saiu da água, seguido de seus jovens animais marinhos, que se espalharam pelas margens. Sentou-se num rochedo e contou o rebanho; em seguida estendeu-se no chão da gruta e pôs-se a dormir. Nem bem havia caído no sono, Aristeu o acorrentou e deu um grito para acordá-lo. Assim que despertou e percebeu que estava cativo, Proteu recorreu às suas artes, transformando-se primeiro em fogo, depois em uma enchente, em seguida em uma fera medonha, em rápida sucessão. Mas concluindo que nada fazia efeito, reassumiu a sua forma original e furiosamente dirigiu-se ao jovem: "Quem és tu, rapaz atrevido, que invades assim a minha morada, e o que desejas de mim?". Aristeu respondeu: "Proteu, tu sabes quem sou e é em vão que procuras iludir-te a ti mesmo. Portanto, cessa também os teus esforços para enganar-me. Fui trazido até aqui com a ajuda dos deuses para saber de ti a causa de meu infortúnio e de que modo posso remediá-lo". O vidente fitou-o com seus olhos acinzentados e de um olhar penetrante, e disse: "Recebeste a recompensa certa pelos teus atos. Por tua causa Eurídice encontrou a morte, pois fugindo de ti pisou uma serpente, cuja picada lhe foi letal. Para vingar-se da morte de Eurídice, as ninfas, companheiras dela, devastaram as tuas abelhas. Para abrandar a ira das ninfas terás de escolher quatro touros perfeitos em corpo e proporções e mais quatro vacas igualmente belas. Deves construir quatro altares em homenagem às ninfas, sacrificando os animais e deixando as carcaças em um bosque cujo chão esteja coberto de folhas. Prestarás honras funerárias a Orfeu e Eurídice, de modo que apazigues os ressentimentos de ambos por ti. Nove dias mais tarde deves examinar os corpos do gado sacrificado e verás o que ocorrerá". Aristeu seguiu as orientações fielmente. Sacrificou o gado, deixou as carcaças no bosque, ofereceu honras fúnebres à alma de Orfeu e Eurídice. Nove dias depois, veio examinar os corpos dos animais e testemunhou que um enxame de abelhas invadira uma das carcaças e trabalhava naquele lugar.

Em *A missão*, Cowper refere-se à história de Aristeu, quando cita o palácio de gelo que foi edificado para a imperatriz Ana, da Rússia. No poema ele descreve as formas fantásticas que o gelo assume, parecendo-se com quedas de água e outros fenômenos da natureza.

> *Menos merecedora de aplauso, embora mais admirada*
> *Por sua novidade a obra do homem,*
> *Senhora imperatriz da Rússia vestida de peles,*
> *Teu mais magnífico e poderoso capricho*
> *É a maravilha do Norte. Nenhuma floresta foi derrubada*
> *Quando o quiseste edificar, nem pedreiras enviaram brita*
> *Para adornar suas paredes; mas entalhaste os rios,*
> *E fizeste de teu mármore as ondas vítreas.*
> *Em um tal palácio Aristeu encontrou*
> *Cirene, quando foi a ela reclamar*
> *A perda de suas abelhas.*

Também Milton parece ter tido Cirene e sua cena doméstica em mente quando nos descreveu Sabrina, a ninfa do rio Savern, na *Canção do espírito guardião*, em *Comus*:

> *Sabrina bela!*
> *Escuta-me do lugar em que te assentas,*
> *Sob a onda de vidro, fresca e transparente*
> *Bordando teus lírios,*
> *Nas soltas tranças de teus cabelos, das quais pinga o âmbar,*
> *Escuta-me por amor à honra,*
> *Oh! deusa do lago prateado,*
> *Escuta-me e salva-me.*

Em seguida damos outros célebres poetas e músicos, alguns dos quais em nada inferiores ao próprio Orfeu.

ANFÍON

Anfíon era filho de Júpiter e Antíope, rainha de Tebas. Junto com seu irmão gêmeo Zeto, foi levado ao nascer para o monte Citerão, onde ambos cresceram entre os pastores, sem conhecer os parentes. Mercúrio deu a Anfíon uma lira e ensinou-o a tocar, enquanto o irmão se ocupava da caça e do cuidado com os rebanhos. Entrementes, Antíope, a mãe, que fora tratada com grande crueldade por Lico, o rei usurpador de Tebas, e por Dirce, sua esposa, encontrou um meio de informar os filhos sobre os seus direitos e convocou-os a irem em seu auxílio. Com um grupo de companheiros pastores, eles atacaram e mataram Lico, e amarraram os cabelos de Dirce à cabeça de um touro, deixando que este a arrastasse até a morte. Tornando-se rei de Tebas, Anfíon fortificou a cidade com um muro. Conta-se que, quando ele tocava a sua lira, as pedras moviam-se espontaneamente, tomando o seu lugar na edificação do muro. O poema de Tennyson denominado *Anfíon* faz um uso divertido dessa história.

LINO

Lino foi professor de música de Hércules, mas como certa vez repreendeu seu aluno rispidamente, despertou-lhe a raiva. Hércules bateu em Lino com sua lira, matando-o.

TÂMIRIS

Foi um antigo poeta trácio que, presunçoso, desafiou as musas para uma disputa de talentos, e, ao ser superado no concurso, recebeu como castigo a perda da visão. Milton alude a ele e a outros poetas cegos, quando fala de sua própria cegueira. *Paraíso perdido*, livro III, 35.

MÁRSIAS

Minerva inventou a flauta e tocou-a para o deleite da audiência celeste. Mas Cupido, o brincalhão, atreveu-se a rir da estranha expressão na face da deusa enquanto tocava. Minerva, indignada, jogou fora o instrumento, que caiu na terra e foi encontrado por Mársias. Ele tocou a flauta, tirando dela uma música tão deliciosa, que teve a ideia de desafiar Apolo para uma disputa musical. O deus venceu, naturalmente, e castigou Mársias, esfolando-o vivo.

MELAMPO

Melampo foi o primeiro mortal dotado de poderes proféticos. Em frente à sua casa havia um antigo carvalho que abrigava um ninho de serpentes. As velhas serpentes foram mortas pelos seus criados, mas Melampo resolveu cuidar dos filhotes, alimentando-as cuidadosamente. Certo dia, enquanto dormia sob o carvalho, as serpentes lamberam as suas orelhas. Ao despertar, espantou-se porque podia entender a linguagem dos pássaros e também das criaturas rastejantes. Esse conhecimento dava-lhe a capacidade de prever os eventos futuros, e ele tornou-se um vidente de renome. Certa vez seus inimigos o capturaram e o puseram sob rigorosa prisão. No silêncio da noite, Melampo ouviu dois vermes da madeira conversando sobre o estado de putrefação do madeiramento do edifício, prevendo que o telhado cairia muito em breve. Ele revelou esse fato aos seus captores e ordenou-lhes que o deixassem sair, advertindo-os de que também se prevenissem. Eles obedeceram a Melampo, escapando à destruição; recompensaram-no e passaram a respeitá-lo.

MUSEU

Um personagem semimitológico, considerado tradicionalmente filho de Orfeu. Conta-se que escreveu poemas secretos e oráculos. Milton associa o seu nome ao de Orfeu em seu *Il Penseroso*:

> *Mas, oh! triste virgem, que o teu poder*
> *Possa erguer Museu de sua cabana,*
> *Ou dar ordens à alma de Orfeu para que cante*
> *Notas iguais às que gorjeou ao som das cordas,*
> *Arrancando lágrimas de ferro dos olhos de Plutão,*
> *E fazendo o inferno conceder o que o Amor foi lá buscar.*

CAPÍTULO XXV

ARÍON — ÍBICO — SIMÔNIDES — SAFO

Os poetas cujas aventuras compõem este capítulo foram pessoas reais. Algumas de suas obras existem até hoje e sua influência sobre poetas que os sucederam é de importância literária ainda maior. As aventuras aqui relatadas estribam-se na mesma autoridade que as outras histórias deste livro, isto é, na autoridade dos poetas que as contaram. Em sua forma atual, as duas primeiras foram traduzidas diretamente do alemão, *Aríon*, de Schlegel, e *Íbico*, de Schiller.

ARÍON

Aríon foi um músico famoso que vivia na corte de Periandro, rei de Corinto, de quem era favorito. Estava para se realizar um concurso musical na Sicília, e Aríon queria muito disputar o prêmio. Revelou o seu desejo a Periandro, que lhe pediu, como se fora um irmão, que desistisse da ideia. "Suplico que permaneças comigo e que fiques aqui, satisfeito. Aquele que se esforça para vencer pode perder", disse ele, ao que Aríon respondeu: "Uma vida errante cai bem ao coração livre do poeta. Com este talento, com que um deus me dotou, quereria fazer uma fonte de alegria aos demais. E, se eu vencer o prêmio, o prazer será ampliado pela consciência de minha fama, que se espalhará!". Ele foi, venceu o prêmio e em seguida embarcou num navio coríntio com sua fortuna, regressando para sua cidade. Na segunda manhã da viagem, o vento soprava com brandura. "Ó Periandro", exclamou Aríon, "não temas. Logo te esquecerás de teus temores, assim que te abraçar. Com ofertas generosas apresentaremos a nossa gratidão aos deuses, e a alegria reinará em nossa mesa festiva!". O vento e o mar permaneciam propícios. Nem uma única nuvem manchava o firmamento. Aríon, que não tinha confiança no oceano, confiara nos homens. Contudo entreouviu uma conversa dos marinheiros, que planejavam apoderar-se de sua fortuna. Em breve haviam-no cercado e gritavam: "Aríon, deves morrer! Se queres uma sepultura em terra, consente em morrer onde estás, contudo tens também a opção de te jogares ao mar". "Nada vos satisfará, senão a minha morte?", perguntou. "Sois bem-vindos se levardes o meu ouro, pois de bom grado compraria minha vida a esse preço." "Não, não podemos poupar-te. Tua vida seria demasiado perigosa para nós. Onde poderíamos nos esconder de Periandro, se ele viesse a saber que foste roubado por nós? Teu ouro seria, nesse caso, de pouca utilidade, se ao voltarmos para casa não mais pudéssemos nos libertar do medo." "Atendei, então, um último pedido", disse ele. "Já que nada poderá salvar minha vida, desejo morrer do mesmo modo como tenho vivido, como é digno a um poeta. Quando tiver terminado de entoar o meu cântico de morte, e as cordas de minha harpa cessarem de vibrar, então direi adeus à vida e irei sem reclamações ao encontro de meu destino." Esta súplica, bem como outras, não teriam sido atendidas, uma vez que eles só pensavam na pilhagem, mas a possibilidade de ouvir um músico tão importante terminou por comover os corações endurecidos. "Permiti que eu recomponha as minhas vestes", acrescentou, "pois Apolo não me dará inspiração a não ser que eu esteja trajado como um poeta e cantor". Cobriu, então, o bem-proporcionado corpo com ouro e púrpura belos de ver. Sua túnica caía-lhe com dobras graciosas, joias adornavam os braços, a testa ostentava uma coroa dourada, e sobre o pescoço e ombros esvoaçavam os seus cabelos perfumados. A lira estava em sua mão esquerda, e na direita ele segurava a varinha de marfim com que pressionava o acordoamento. Como um inspirado, parecia beber o ar da manhã e refletir o brilho do sol matinal. Os marinheiros olharam-no fixamente, com admiração. O cantor adiantou-se no convés do navio e mirou as profundezas do mar azul. Dirigindo-se à lira, cantou: "Companheira de minha voz, vem comigo ao domínio das sombras. Embora Cérbero possa rosnar, sabemos que o poder da música pode domar a sua ira. Vós, heróis do Elísio, que atravessastes as águas escuras, vós, almas felizes, devo reunir-me ao vosso grupo. E contudo poderéis aliviar a minha tristeza? Ai de mim, deixo meu amigo para trás. Tu, que encontraste a tua Eurídice e a perdeste novamente tão logo a encontraste, quando ela havia desaparecido como um sonho, como passaste a odiar a luz entusiasta! Preciso partir, mas não terei medo. Os deuses nos protegem. Vós que me matais sem intenção, quando eu não mais estiver aqui vosso tempo de temores chegará. Vós, nereidas, recebei o vosso hóspede, que se lança à vossa piedade!". Assim dizendo, jogou-se no mar profundo. As ondas o encobriram, e os marinheiros mantiveram-se no rumo, imaginando que estariam livres de todos os perigos de serem descobertos.

Porém os acordes da música de Aríon haviam atraído os habitantes das profundezas marítimas, e os golfinhos seguiram o navio como se estivessem enfeitiçados. Enquanto ele se debatia nas ondas, um golfinho ofereceu-lhe o dorso e o carregou em segurança até a praia. Naquele exato local de sua chegada, um marco de bronze foi erigido mais tarde para relembrar o acontecimento.

Quando Aríon e o golfinho se despediram, cada qual se dirigiu para o seu elemento, e Aríon assim expressou a sua gratidão: "Adeus, ó leal amigo! Pudera eu te recompensar; mas não podes caminhar comigo, nem eu posso seguir contigo. Não podemos ser companheiros. Possa Galateia, rainha das profundezas do mar, favorecer-te, e que tu, orgulhoso da missão, possas puxar a sua carruagem sobre o espelho macio do mar".

Aríon apressou-se para sair da praia, e logo avistou as torres da cidade de Corinto. Caminhou com sua harpa, cantando sempre, cheio de amor e felicidade, esquecendo-se de suas perdas e grato apenas por aquilo que lhe restou: seu amigo e sua lira. Entrou no hospitaleiro palácio e logo foi recebido com um abraço por Periandro. "Retorno para ti, meu amigo!", disse, e prosseguiu: "O talento que recebi de um deus serviu para o deleite de milhares, contudo bandidos furtaram meu bem merecido tesouro; ao menos tenho em minha consciência a fama de mim que se espalhou". Então, narrou a Periandro todos os fatos espantosos que lhe haviam acontecido, e o rei ouviu-o com espanto. "Poderá tal perversidade triunfar?", disse ele, e acrescentou: "Então é em vão que o poder se aloja em minhas mãos. Para que possamos acertar contas com os criminosos, deves permanecer aqui, oculto, pois desse modo aproximar-se-ão sem receio". Quando o navio atracou no porto, o rei convocou os marinheiros ao palácio. "Ouviste alguma notícia de Aríon?", perguntou-lhes, e exclamou: "Aguardo ansiosamente por seu retorno". Eles disseram: "Deixamo-lo bem e próspero em Tarento". Assim que proferiram essas palavras, Aríon adiantou-se e os encarou. Seu corpo esbelto estava todo coberto de ouro e púrpura, agradável aos olhos. Sua túnica caía-lhe em dobras, joias adornavam seus braços, em sua testa havia uma coroa dourada, e seus cabelos perfumados esvoaçavam; a mão esquerda segurava a lira, e na direita trazia a varinha com que pressionava o acordoamento. Os marinheiros prostraram-se aos seus pés, como se um raio os houvesse atingido. "Tentamos matá-lo, mas ele tornou-se um deus. Ó terra, abre-te para nos receber!" Então Periandro falou: "Está vivo, o mestre do canto! Os céus generosos protegem a vida do poeta. Quanto a vós, não invoco o espírito da vingança; Aríon não deseja o vosso sangue. Vós, escravos da avareza, saí! Procurai alguma terra bárbara e que jamais a beleza volte a deleitar a vossa alma!".

Spenser representa Aríon montado em seu golfinho, acompanhando o cortejo de Netuno e Anfitrite:

> *Então se ouviu um dos sons mais celestiais,*
> *De música delicada que se seguiu,*
> *E, flutuante sobre as águas, como que num trono,*
> *Com sua harpa Aríon comoveu*
> *Os ouvidos e os corações de toda a bondosa tripulação;*
> *Mesmo quando os golfinhos o transportavam*
> *Através do mar Egeu, longe do olhar dos piratas,*
> *Tudo se aquietou próximo dele, envolvido no espanto de sua melodia,*
> *E todo o mar bravio, satisfeito, esqueceu-se de rugir.*

Byron, no seu *A peregrinação de Childe Harold*, canto II, menciona a história de Aríon, quando, ao descrever sua viagem, apresenta um dos marinheiros que faz música para entreter os demais:

A luz está no céu, nesta noite adorável!
Longos raios de luz se aspergem em meio à dança das ondas,
Agora podem os rapazes nas margens suspirar e as donzelas crerão;
Esse será nosso destino, quando aportarmos em breve!
Enquanto isso, algum rude Aríon, com sua mão inquieta,
Desperta uma fresca harmonia que os marinheiros tanto amam;
Um alegre círculo de ouvintes ali se ergue,
Ou se movem para alguma bem conhecida façanha
Sem cuidados, como se ainda em terra estivessem livres para andar.

ÍBICO

Para compreender a história de Íbico, que contaremos a seguir, o leitor deve ter em mente que os teatros da Antiguidade eram estruturas imensas capazes de conter de dez a trinta mil espectadores, e, como eram usados apenas em festivais e o ingresso era livre para todos, geralmente ficavam lotados. Esses teatros não eram cobertos, mas abertos ao ar livre, e as apresentações ocorriam durante o dia, à luz do sol. Em segundo lugar cumpre dizer que a representação das Fúrias não é um exagero nesta história. Há registros de quando Ésquilo, o poeta trágico, representou as Fúrias com um coral de cinquenta vozes, causando tamanho terror na plateia que muitas pessoas desmaiaram e sofreram convulsões, de tal modo que os magistrados proibiram apresentações desse tipo a partir de então.

Íbico, o poeta piedoso, estava a caminho das corridas de bigas e das competições musicais que se realizavam no istmo de Corinto, que atraíam todas as gerações da Grécia. Apolo dotara-o do talento musical, seus lábios eram adocicados, e ele prosseguia em seu caminho com passos leves, pleno da inspiração do deus. As torres da cidade de Corinto, coroando as alturas, já apareciam no horizonte, e ele havia ingressado com atitude reverente no bosque de Netuno. Nenhum objeto movia-se ali, com exceção de um bando de grous que voou sobre sua cabeça, seguindo na mesma direção que ele, isto é, para a região sul. "Boa sorte para vós, companheiros amistosos de além-mar!", exclamou quando passaram, acrescentando: "sinto que vossa passagem é um bom sinal. Viemos de longe e procuramos a hospitalidade. Possamos encontrar esse tipo de recepção que protege o hóspede estrangeiro dos perigos!".

Apressou o passo e logo estava bem no meio do bosque. Ali, subitamente, em uma passagem estreita, dois ladrões vieram em sua direção e barraram-lhe o caminho. Ele só tinha as opções de entregar-se ou lutar. Mas suas mãos estavam acostumadas à lira, e não ao manejo das armas, e então se renderam, impotentes. Pediu socorro aos homens e aos deuses, mas sua voz não alcançou os ouvidos de nenhum defensor. "Então devo morrer aqui", exclamou, "numa terra estranha, sem alguém que chore por mim, ferido pelas mãos de fora da lei, e sem nenhuma pessoa que possa vingar a minha causa". Ferido, caiu por terra, enquanto era ouvido o canto rouco dos grous. "Tomai a minha causa, vós, grous", pediu, "já que nenhuma outra voz além da vossa respondeu à minha súplica". Assim dizendo, fechou os olhos e morreu.

O corpo, despojado e mutilado, foi encontrado, e, embora estivesse desfigurado pelos ferimentos, foi reconhecido por seu amigo de Corinto que o esperava como hóspede. "É assim que te encontro quando me és restituído?", lamentou o amigo. "Eu que tinha esperança de coroar-te com o triunfo nas disputas musicais!"

Os convivas reunidos no festival ouviram as notícias com grande aflição. A Grécia inteira foi atingida pelo golpe. Todos os corações sofreram a perda. Reuniram-se em torno do tribunal do magistrado, e pediram vingança contra o assassino e a expiação por seu sangue.

Contudo, que sinal ou traço iria diferenciar o responsável em meio à vasta multidão atraída pelo esplendor do festival? Teria ele caído nas mãos de ladrões ou de algum inimigo particular? Somente o sol onisciente pode responder, pois nenhum outro olhar testemunhou o crime. E não é improvável que o assassino agora mesmo esteja andando em meio à turba, deleitando-se com os frutos de seu crime, enquanto a vingança o procura em vão. Talvez no ambiente de seus próprios templos ele desafie os deuses, misturando-se livremente com aqueles que agora lotam o anfiteatro.

Pois agora a multidão se aglomera, de fila em fila, ocupando todos os lugares de modo que a estrutura da arquibancada parece ameaçada de cair. O murmúrio das vozes parece com o som do mar, enquanto os círculos das bancadas se alargam à medida que as camadas se adensam, como se quisessem alcançar o céu.

E agora a vasta assembleia ouve a voz apavorante do coro que personifica as Fúrias, e que avança solenemente disfarçado, com passo ritmado, movendo-se em torno do circuito do teatro. Podem ser mulheres mortais essas que integram o grupo horripilante, e pode esse vasto conjunto de formas silenciosas ser feito de seres vivos?

Os componentes do coro, vestidos de preto, nas mãos descarnadas tochas acesas com chamas escuras. Suas faces são pálidas, e, no lugar de cabelo, serpentes enrolam-se em torno da testa. Formando um círculo, essas horrendas criaturas cantam seus hinos, penetrando o coração dos culpados, e dominando todas as suas faculdades. Os hinos elevam-se e se expandem, sobrepondo-se aos sons dos instrumentos, atordoando a razão, paralisando o coração, regelando o sangue.

"Feliz o homem que mantém seu coração isento de culpa e de crime! Nele, nós, vingadoras, não tocamos; ele segue a jornada da vida a salvo da nossa influência. Mas ai do assassino que guarda seu crime em segredo! Nós, a terrível família da noite, avançamos sobre o seu inteiro ser. Pensa ele que se voar pode escapar-nos? Voamos ainda mais velozmente atrás dele, enroscamos nossas serpentes em torno de seus pés, e o derrubamos. Incansável é a nossa perseguição. A piedade não nos detém; sempre em frente, até o fim da vida, não concedemos paz nem repouso." Assim cantavam as Eumênides, e moviam-se numa cadência solene, enquanto uma paralisia como a da morte desceu sobre a assembleia inteira, como se estivessem na presença de seres sobre-humanos; e então, em marcha solene, completando o circuito do teatro, passaram por detrás do palco.

Todos os corações flutuavam entre a ilusão e a realidade, e todos os peitos arfavam com terror indefinível perante a força assombrosa que presencia os crimes secretos e manipula os invisíveis meandros do destino. Naquele instante um brado irrompeu de um dos assentos mais altos da arquibancada: "Vê, vê! Camarada! Ali estão os grous de Íbico!". E de súbito surgiu no céu um objeto escuro que, se observado com atenção, revelava ser um bando de grous voando logo acima do teatro. "De Íbico", ele disse? O nome querido fez reviver a tristeza em todos os corações. Assim como as ondas seguem umas às outras na superfície do mar, assim também correram de boca em boca as palavras: "De Íbico! Aquele que todos nós lamentamos, e que foi abatido pela mão de algum assassino! Que têm os grous a ver com eles?". E cada vez mais cresciam as vozes, enquanto, como um relâmpago, este pensamento atravessou os corações: "Vede o poder das Eumênides! O piedoso poeta há de ser vingado! O assassino já se entregou. Prendei o homem que deu aquele brado, e o outro a quem se dirigiu!". O culpado teria de bom grado retirado suas palavras, mas era tarde demais. O rosto dos assassinos, pálidos de terror, revelou a sua culpa. O povo os levou perante o juiz e eles confessaram seus crimes, sofrendo assim a punição merecida.

SIMÔNIDES

Simônides foi um dos mais prolíficos poetas da Grécia Antiga, contudo apenas alguns fragmentos de sua obra chegaram até nós. Ele escreveu hinos, odes triunfais e elegias, tendo alcançado excelência especialmente nessa última espécie de poesia. Seu gênio inclinava-se ao patético, e ninguém sabia vibrar melhor, com efeitos mais legítimos, as cordas do coração humano. A *lamentação de Dânae*, o mais importante entre os fragmentos que restam de sua poesia, baseia-se na lenda de que Dânae e seu filho foram confinados por ordem do pai dela, Acrísio, numa arca que foi jogada ao mar. A arca flutuou na direção da ilha de Serifo, onde ambos foram resgatados por Díctis, um pescador que os conduziu a Polidectes, rei do lugar, que os acolheu e protegeu. O menino, Perseu, ao crescer tornou-se um herói famoso, cujas aventuras registramos em um capítulo anterior.

Simônides passou grande parte de sua vida nas cortes dos príncipes, e quase sempre empregou os seus talentos nos panegíricos e nas odes festivas, sendo recompensado por aqueles cujos feitos celebrava. Esse trabalho não era depreciativo, e muito se parecia com aquele dos bardos primitivos, tal como Demódoco, descrito por Homero, ou como o próprio Homero, como indicam as tradições. Certa ocasião, quando residia na corte de Escopas, rei da Tessália, o príncipe pediu que se escrevesse um poema para celebrar as suas viagens, que seria recitado durante um banquete. Para que o tema ganhasse em diversidade, Simônides, que era famoso por sua piedade, introduziu no poema as viagens de Castor e Pólux. Essas digressões não eram incomuns para os poetas, em ocasiões como essa, e seria de supor que qualquer mortal ficaria satisfeito em compartilhar os louvores com os filhos de Leda. A vaidade, contudo, é exigente; e quando Escopas sentou-se à mesa das festividades, entre seus cortesãos e aduladores, passou a resmungar, descontente com todos os versos que não exaltavam os seus próprios feitos. Quando Simônides se aproximou para receber a recompensa anunciada, Escopas pagou-lhe apenas metade do prêmio, dizendo: "Aqui está o pagamento pela parte que me coube da récita; Castor e Pólux certamente pagar-te-ão pela parte que se refere a eles". Desconcertado, o poeta voltou à sua poltrona debaixo do riso geral que se seguiu ao gesto irônico do rei. Entretanto, logo em seguida ele recebeu uma mensagem de que dois jovens a cavalo o esperavam fora e estavam ansiosos por vê-lo. Simônides correu à porta, mas foi em vão que procurou pelos visitantes. Mal havia saído do salão do banquete, contudo, o telhado caiu ruidosamente, soterrando Escopas e todos os convivas. Quando inquiriu sobre a aparência dos jovens que o haviam procurado, Simônides alegrou-se por saber que eram ninguém menos que os próprios Castor e Pólux.

SAFO

Safo foi uma poetisa que floresceu em um período primitivo da literatura grega. De seu trabalho restam-nos poucos fragmentos, apenas o suficiente para que se possa afirmar que ela era dotada de um grande gênio poético. A história que geralmente se conhece a respeito dela é que se apaixonou por um belo rapaz chamado Fáon, mas, como não foi correspondida, atirou-se no mar do promontório de Leocádia, influenciada pela superstição de que aqueles que dessem o *salto do Amante*, se não morressem na queda, ficariam curados de seu amor.

Byron menciona Safo no canto II de *A peregrinação de Childe Harold*:

> *Childe Harold viajou e cruzou o ermo local*
> *Em que a triste Penélope fitava o oceano,*
> *E diante de si estava o monte nunca esquecido,*
> *O refúgio dos amantes e o túmulo de Lésbia.*
> *Sombria Safo! Não poderiam os versos imortais,*
> *Salvar-te da chama de um amor tão forte?*

CAPÍTULO XXVI

DIANA E ENDÍMION — ÓRION — AURORA E TITONO — ÁCIS E GALATEIA

DIANA E ENDÍMION

Endímion era um belo rapaz que apascentava seu rebanho no monte Latmos. Numa noite tranquila e clara, Diana, a lua, viu-o dormindo. O frio coração da virgem deusa aqueceu-se à vista daquela beleza inexcedível, de tal modo que ela se inclinou, beijou-o e ficou a observá-lo enquanto dormia.

Outra história é que Júpiter dotou-o com o dom da juventude perpétua, juntamente com o dom do sono perpétuo. De alguém que tinha esses dons não teremos tantas aventuras a narrar. Conta-se que Diana cuidou para que a vida sedentária não prejudicasse a sorte de Endímion, pois fez seu rebanho aumentar, o que o protegia contra as feras. A história de Endímion tem um encanto peculiar, pois revela importantes significações do humano. Vemos nele um jovem poeta, sua imaginação e seu coração procurando em vão por aquilo que o pode satisfazer. A hora predileta de Endímion é aquela do luar silencioso, pois é sob os raios brilhantes da lua que ele alimenta a melancolia e o ardor que o consomem. A história remete ao amor poético com as suas aspirações, uma vida vivida mais nos sonhos do que na realidade, e uma desejada morte prematura.

O *Endímion*, de Keats, é um poema impetuoso e fantástico, que contém uma poesia refinada, como esta, dedicada à lua:

> *... a vaca adormecida,*
> *Encolhida no teu brilho, sonha com divinas pastagens,*
> *Montes sem conta erguem-se, erguem-se,*
> *Cobiçando a santificação do teu olhar,*
> *E ainda assim a tua bênção não recai*
> *Sobre um único recôndito lugar, um lugarejo*
> *Onde se pode sentir essa alegria; a carriça aninhada*
> *Guarda o teu rosto belo no seu tranquilo olhar.*

Young, em *Pensamento noturno*, assim se dirige a Endímion:

> *... Estes pensamentos, ó noite, são teus;*
> *De ti eles emanam como os suspiros secretos dos amantes,*
> *Enquanto os outros dormem. Cíntia, contam os poetas,*
> *Envolvida pela sombra, suavemente, deixava a sua esfera,*
> *E animava o seu pastor, que por ela não era tão apaixonado*
> *Quanto sou por ti.*

Fletcher, em *A pastora fiel*, diz:

> *Tal como a pálida Febe, caçando na floresta,*
> *Primeiro viu o jovem Endímion, de cujos olhos*
> *Subtraiu o fogo eterno, imorredouro;*
> *Como ela o carregou suavemente, durante o sono,*
> *Sua têmpora envolta em papoula, ao íngreme*
> *Cume do velho Latmos, onde ela aterra a cada noite,*
> *Dourando a montanha com o amor de seu irmão,*
> *Para beijar seu doce amor.*

ÓRION

Órion era filho de Netuno. Era um gigante muito belo e um grande caçador. O pai deu-lhe o poder de caminhar através das profundezas marítimas, ou, segundo dizem alguns, o poder de andar na superfície do oceano.

Órion apaixonou-se por Mérope, filha de Eunápio, rei de Quios, e pediu-a em casamento. O gigante dizimou as feras que viviam na ilha e trouxe os despojos da caça como um presente para a sua amada. Como, entretanto, Eunápio sempre adiava o seu consentimento, Órion tentou ganhar a posse da virgem pela força. O pai da moça, furioso com essa conduta, embebedou o pretendente, tirou-lhe a visão e lançou-o ao mar. O herói cego guiou-se pelo som do martelo do ciclope até alcançar Lemnos, onde encontrou a forja de Vulcano, que, comovido com seu estado, deu-lhe um de seus homens, Cedálion, para conduzi-lo até a morada do Sol. Tendo Cedálion sobre os seus ombros, Órion continuou rumo ao leste, e lá, encontrando-se com o deus-Sol, teve a sua visão restabelecida pelo poder dos seus raios.

Depois disso Órion viveu como um caçador, com Diana, de quem era favorito, e dizia-se até mesmo que estiveram para se casar. O irmão de Diana, insatisfeito por isso, censurava-a, mas sem resultado. Um dia, observando Órion, que vagueava pelo mar tendo apenas a cabeça fora da água, Apolo apontou-o à sua irmã, desafiando-a para que acertasse aquele ponto negro que se movia no mar. A deusa-arqueira desferiu uma flechada fatal. As ondas levaram o cadáver de Órion para a praia, e, percebendo seu terrível erro, com muitas lágrimas, Diana situou-o entre as estrelas, onde ele aparece como um gigante, com um cinturão, uma espada, as vestes de pele de leão e uma clava. Sírios, seu cão, está ao seu lado, e as Plêiades voam à frente dele.

As plêiades eram filhas de Atlas e ninfas do séquito de Diana. Um dia, Órion viu-as, enamorou-se delas e pôs-se a persegui-las. Em desespero, elas oraram aos deuses para que mudassem as suas formas, e Júpiter, com pena, transformou-as em pombas, e fez delas uma constelação no céu. Embora as estrelas sejam em número de sete, apenas seis delas são visíveis, porque Electra saiu de sua posição, segundo se diz, por não suportar a visão de Troia em ruínas, visto que aquela cidade fora fundada por seu filho, Dárdano. A visão teve sobre as irmãs um tal efeito que elas empalideceram desde então.

Longfellow tem um poema sobre a *Ocultação de Órion*. Os versos a seguir são aqueles em que ele se refere à história mítica. Devemos ter em mente que, no globo celeste, Órion é representado com suas vestes de pele de leão, sustentando uma clava. No momento em que as estrelas da constelação, uma a uma, eram apagadas pela luz da lua, o poeta nos conta:

> *Caiu-lhe a rubra pele de leão,*
> *Na corrente do rio, aos seus pés.*
> *Sua clava poderosa não mais fere*
> *A cabeça do touro; mas ele*
> *Cambaleia como outrora, junto ao mar,*
> *Quando foi cegado por Eunápio,*
> *E procurou o ferreiro em sua forja,*
> *E galgou a íngreme montanha*
> *Para olhar, com seus olhos vazados, a imagem do Sol.*

Tennyson tem uma teoria diferente sobre as Plêiades:

> *Por muitas noites avistei as Plêiades, misturadas à tenra sombra,*
> *Brilhando como enxames de vaga-lumes presos a um fio prateado.*

Locksley Hall

Byron alude à Plêiade perdida:

Como a Plêiade perdida e não mais vista.

AURORA E TITONO

A deusa Aurora, tal como sua irmã, a Lua, apaixonou-se por alguns mortais. Seu favorito foi Titono, filho de Laomedonte, rei de Troia. Ela o raptou e convenceu Júpiter a dar-lhe a imortalidade; mas, esquecendo-se de adicionar a juventude ao dom concedido, começou a perceber, com muito pesar, que Titono estava envelhecendo. Quando seus cabelos embranqueceram, a deusa abandonou-o; mas ele permaneceu no seu palácio, alimentava-se de ambrosia e vestia-se com trajes celestes. Mais tarde Titono sofreu a paralisia dos membros, e Aurora o prendeu em seu quarto, de onde a sua frágil voz podia, às vezes, ser ouvida. Finalmente, a deusa o transformou em gafanhoto.

Mêmnon, filho de Aurora e Titono, era rei da Etiópia e vivia no extremo leste, no litoral do Oceano. Mêmnon foi, juntamente com seus guerreiros, ajudar os parentes do pai, na Guerra de Troia. O rei Príamo acolheu-o com grandes honras e ouviu admirado a narrativa das maravilhas do litoral. Logo após a sua chegada, Mêmnon, impaciente com a demora da guerra, conduziu suas tropas para o campo. Antíloco, o valente filho de Nestor, foi morto por ele, e os gregos foram postos em fuga, até que Aquiles apareceu e restaurou o equilíbrio da batalha. Uma disputa longa e de resultado duvidoso travou-se entre ele e o filho de Aurora. Ao final a vitória foi dada a Aquiles, Mêmnon caiu, e os troianos fugiram consternados.

Aurora, que de seu posto no céu observava com apreensão o perigo enfrentado pelo filho, assim que o viu cair, deu ordens aos seus irmãos, os ventos, para que levassem seu corpo. Quando anoiteceu, Aurora veio, acompanhada pelas horas e pelas plêiades, e chorou sobre o corpo do filho. A Noite, solidária com a sua dor, espalhou nuvens pelo céu; a natureza inteira chorou o filho de Aurora. Os etíopes ergueram o túmulo de Mêmnon nas margens do riacho que fica no bosque das ninfas, e Júpiter fez que as fagulhas e cinzas de sua pira funerária fossem transformadas em pássaros, os quais, ao se dividir em dois bandos, lutaram acima da pira até cair em suas chamas. Todos os anos, no aniversário de sua morte, eles retornam e celebram as exéquias do mesmo modo. Aurora permanece inconsolável pela perda do filho. Até hoje derrama suas lágrimas, que podem ser vistas sobre a relva em forma de orvalho.

Diferentemente do que acontece na maior parte das maravilhas da mitologia antiga, ainda existem monumentos que celebram esse acontecimento. Nas margens do rio Nilo, no Egito, há duas estátuas colossais, uma das quais, segundo se diz, representa Mêmnon. Escritores da Antiguidade acreditavam que, quando os primeiros raios da manhã incidiam sobre a estátua, ela emitia um som comparável ao das cordas de uma harpa. Há algumas dúvidas a respeito da identificação da estátua existente com aquela descrita pelos antigos, e os tais sons misteriosos são ainda mais duvidosos. Todavia, não faltam testemunhos modernos da existência desses sons. Há quem sugira que os sons resultantes do escapamento do ar que fica confinado nas cavernas ou nos rochedos tenham dado ensejo à lenda. Sir Gardner Wilkinson, um viajante mais recente, autoridade no assunto, examinou a estátua pessoalmente e descobriu que ela é oca e que, "em sua borda, há uma pedra que, quando atingida, emite um som metálico, dispositivo que pode ser usado para iludir os curiosos que estejam predispostos a acreditar nos poderes do monumento".

A estátua falante de Mêmnon é uma assunto sempre escolhido pelos poetas. Darwin, no seu *Jardim botânico*, escreve:

Assim para o sagrado Sol no Templo de Mêmnon
Acordes espontâneos canta o coral da canção do amanhecer;
Tocado por seus raios orientais, devolve a resposta
Com a lira viva, vibrando todas as suas cordas;
E os corredores acústicos prolongam os suaves tons,
E ecos sagrados fazem crescer o canto amável.

ÁCIS E GALATEIA

Cila era uma bela virgem da Sicília, favorita das ninfas do mar. Tinha muitos pretendentes, mas rejeitou todos. Frequentemente ia até a gruta da deusa Galateia para contar-lhe o modo como vinha sendo perseguida. Certo dia, ouvindo a narrativa de Cila, que penteava seus cabelos, a deusa respondeu: "Contudo, donzela, os teus perseguidores são da raça gentil dos homens, e podes rejeitá-los se quiseres, enquanto eu, filha de Nereu, e protegida por um grande número de irmãs, não posso escapar da paixão dos ciclopes, exceto se me refugio nas profundezas do mar". Lágrimas interromperam seu discurso, e a donzela compadecida, após secar seu rosto com os dedos delicados, consolando a deusa, perguntou: "Conta-me, querida, a razão do teu sofrimento". Ao que Galateia respondeu: "Ácis era filho de Fauno e de uma náiade. Seus pais o amavam muito, mas seu amor não poderia ser comparado ao meu. O belo jovem somente a mim se prendia. Com apenas dezesseis anos de idade sua face começava a ter as feições de um homem. Eu desejava a sua companhia, tanto quanto os ciclopes desejavam a minha; e, se perguntares qual dos dois era o mais forte, meu amor por Ácis ou meu ódio a Polifemo, não saberia responder-te. Ó Vênus, como é grande o teu poder! Esse gigante ameaçador, esse terror das florestas, ao qual nenhum miserável estrangeiro escapou ileso, e que desafiou o próprio Júpiter, experimentou as sutilezas do amor e, movido pela paixão que sentia por mim, esqueceu-se de guardar os seus rebanhos e as suas cavernas bem providas. Então, pela primeira vez começou a cuidar de sua aparência, tentando mostrar-se agradável. Alisou com um pente os seus ásperos cabelos e aparou a barba com uma segadeira. Mirava a sua face grosseira no espelho das águas e procurava compor a fisionomia. O amor pelo massacre, a ferocidade e a sede de sangue amainaram, e os navios que aportavam em sua ilha partiam em segurança. Caminhava pelo litoral, de um lado para outro, deixando enormes pegadas na areia, e quando se sentia exausto deitava-se tranquilamente na sua caverna.

"Há um penhasco que se projeta para dentro do mar, sendo lavado por este dos dois lados. Para ali, um dia, o enorme ciclope dirigiu-se, e sentou-se enquanto seus rebanhos se espalhavam em volta. Deixando no chão o cajado, que teria servido como um mastro para sustentar a vela de um navio, e pegando a sua ferramenta, composta de diversos canos, fez que a sua música ecoasse pelas montanhas e pelas águas. Oculta atrás de uma rocha, deitada ao lado de meu bem-amado Ácis, ouvi a canção que chegava da distância, cheia de extravagantes louvores à minha beleza, numa mistura de paixão e censura pela minha frieza e crueldade.

"Quando concluiu a canção, o ciclope ergueu-se e, como um touro que não consegue ficar parado, pôs-se a caminhar na direção do bosque. Ácis e eu não mais pensamos sobre o ciclope, até que de repente este alcançou um lugar que lhe dava a visão de onde sentávamos. 'Vejo-vos', exclamou, 'e farei que esse seja o vosso último encontro de amor'. Sua voz era um rugido que apenas os ciclopes raivosos são capazes de emitir.

O Etna tremeu ao ouvi-lo. E eu, tomada de terror, mergulhei na água. Ácis virou-se e fugiu, enquanto gritava: 'Salva-me, Galateia! Salvai-me, meus pais!'. O ciclope perseguiu-o e, arrancando uma rocha da encosta da montanha, atirou-a sobre ele. Embora apenas uma ponta da rocha o tenha atingido, Ácis foi esmagado. Tudo o que o destino deixou em minhas mãos, realizei por ele. Dotei-o com as honras de meu avô, o rio-deus. O sangue vermelho escorria de dentro da rocha, mas gradativamente tornou-se pálido, assemelhando-se à corrente de um rio quando as chuvas o tornam turvo, e mais tarde tornou-se límpido. O rochedo abriu-se, e a água, ao escapar pela abertura, emitiu um som agradável".

Assim, Ácis transformou-se num rio que recebeu o seu nome.

Dryden, no *Cimon e Ifigênia*, contou a história de um palhaço que se tornou um cavalheiro pelo poder do amor, de um modo que faz lembrar os traços da velha história de Galateia e o ciclope.

> *Aquilo que os cuidados de seu pai e de seu tutor*
> *Não obtiveram pela dor em seu rude coração,*
> *O mestre mais perfeito, o amor, inspirou-lhe de uma vez,*
> *Assim como solos estéreis tornam-se frutíferos,*
> *O amor ensinou-lhe a vergonha, e a vergonha lutando contra o amor*
> *Logo lhe ensinou a civilidade da vida.*

CAPÍTULO XXVII

A GUERRA DE TROIA

Minerva era a deusa da sabedoria, mas, certa ocasião, cometeu uma grande tolice: resolveu disputar um concurso de beleza com Juno e Vênus. O fato se deu assim: todos os deuses foram convidados para o casamento de Peleu e Tétis, com exceção de Éris. Furiosa por ter sido excluída, esta deusa atirou uma maçã dourada entre os convivas com a seguinte inscrição: "Para a mais bela". Juno, Vênus e Minerva reclamaram o pomo simultaneamente. Júpiter, evitando ter de decidir uma questão tão delicada, enviou as deusas ao monte Ida, onde o belo pastor Páris apascentava seus rebanhos, e deixou que ele fizesse o julgamento. As deusas, obedecendo à orientação, apresentaram-se a Páris. Juno prometeu-lhe poder e riquezas, Minerva, a glória e a fama na guerra, e Vênus, a mais bela das mulheres para ser sua esposa, cada uma tentando influenciar a decisão em favor de si mesma. Páris escolheu Vênus e deu-lhe a maçã dourada, angariando para si a inimizade das outras deusas. Sob a proteção de Vênus, Páris navegou para a Grécia e foi hospitaleiramente acolhido por Menelau, rei de Esparta. Ora, Helena, a esposa de Menelau, era a mulher que Vênus havia destinado a Páris, a mais bela de seu sexo. Helena havia sido disputada por muitos pretendentes, e antes de revelar a sua escolha, por sugestão de Ulisses, que era um desses pretendentes, fez que prestassem um juramento de que a defenderiam contra todas as injúrias e que lutariam por sua causa, se fosse necessário. Ela escolheu Menelau, e vivia feliz com este quando Páris se tornou hóspede do casal. Páris, auxiliado por Vênus, convenceu-a a fugir com ele para Troia, e foi assim que teve início a famosa Guerra de Troia, tema do maior entre os poemas épicos da Antiguidade, os de Homero e de Virgílio.

Menelau apelou aos seus irmãos, líderes da Grécia, para que cumprissem a promessa, unindo-se a ele nos esforços para resgatar a esposa. Quase todos aderiram, menos Ulisses, que se havia casado com Penélope, vivia muito feliz com a esposa e o filho, e não estava disposto a embarcar em uma aventura tão cheia de percalços. Desse modo, ficou onde estava, e Palamedes foi enviado para convencê-lo a ir. Quando Palamedes chegou a Ítaca, Ulisses fingiu-se de louco e atrelou o arado a um burro e um boi juntos e começou a semear sal. Para testar a sua sanidade, Palamedes pôs o filho de Ulisses, o pequeno Telêmaco, bem na frente do arado, e o pai desviou o apetrecho da criança, demonstrando que não estava absolutamente louco, e que não poderia deixar, portanto, de assumir seu compromisso. Estando já envolvido na empresa, Ulisses ajudou a convencer outros líderes relutantes, especialmente Aquiles. Este herói era filho daquela mesma Tétis, em cujo casamento a maçã da discórdia havia sido atirada entre as deusas. Tétis era imortal, uma ninfa do mar, e, sabendo que seu filho pereceria na Guerra de Troia se participasse da expedição, empenhou-se em detê-lo. Ela o mandou à corte do rei Licomedes e o induziu a esconder-se entre as filhas do rei, disfarçado de donzela. Ouvindo rumores de que Aquiles estaria ali, Ulisses foi ao palácio, disfarçado de mercador, levando consigo muitos ornamentos femininos com algumas armas misturadas. Enquanto as filhas do rei se deleitavam com as demais mercadorias apresentadas pelo mercador, Aquiles interessou-se pelas armas, traindo-se, assim, aos olhos atentos de Ulisses, que não teve grande dificuldade em convencê-lo a desconsiderar as prudentes advertências da mãe e a juntar-se aos seus compatriotas na guerra.

Príamo era rei de Troia, e Páris, o pastor que seduzira Helena, seu filho. Páris fora criado na obscuridade, porque havia certos presságios funestos relacionados a ele desde a infância, de que seria a ruína do Estado. Esses presságios pareciam finalmente confirmados, agora que os exércitos gregos em preparação eram os maiores já reunidos até então. Agamêmnon, rei de Micenas e irmão do injuriado Menelau, foi escolhido para ser o comandante do exército invasor. Aquiles era o guerreiro mais ilustre do lado dos gregos. Depois dele vinham o gigante Ájax, muito corajoso mas tardio de raciocínio; Diomedes, que ficava atrás apenas de Aquiles nas qualidades heroicas; Ulisses, famoso por sua sagacidade; e Nestor, o mais idoso dos líderes gregos, aquele a quem todos recorriam para se aconselhar. Todavia, Troia não era um inimigo frágil. Príamo, o rei, era já idoso, mas havia sido um príncipe sábio e tinha fortalecido o seu Estado por meio de um bom governo, formando numerosas alianças com os vizinhos. A principal coluna de sustentação do seu trono, contudo, era o seu filho Heitor, um dos mais nobres personagens descritos pela Antiguidade pagã. Embora, desde o início, Heitor tivesse um mau pressentimento a respeito do futuro de sua nação, perseverava com heroica resistência, sem tentar justificar o erro do irmão que causara tal ameaça. Heitor era casado com Andrômaca, e seu caráter como pai e como marido não era menos admirável do que o de guerreiro. Os principais líderes do lado dos troianos, além de Heitor, eram Eneias e Deífobo, Glauco e Sarpédon.

Depois de dois anos de preparação, a frota e os exércitos gregos reuniram-se no porto de Áulis, na Beócia. Ali, caçando, Agamêmnon matou um cervo que era consagrado a Diana, e as deusas, em represália, disseminaram uma peste entre os exércitos e produziram uma calmaria que não permitia que os navios saíssem do porto. Calcas, o vidente, anunciou então que a ira da deusa virgem só poderia ser aplacada com o sacrifício de uma virgem em seu altar, e que ninguém além da filha do próprio ofensor seria aceitável. Agamêmnon, embora relutante, aceitou as condições, e a virgem Ifigênia foi enviada ao local, a pretexto de que se casaria com Aquiles. Quando já estava prestes a ser sacrificada, a deusa acalmou-a e arrebatou-a, deixando em seu lugar uma corça. Ifigênia, envolta numa nuvem, foi carregada para Táuris, onde Diana a fez sacerdotisa do templo.

Tennyson, em seu poema *Sonho das belas mulheres*, faz que Ifigênia descreva os próprios sentimentos no momento do sacrifício:

> *Fui destituída de toda esperança, naquele triste lugar,*
> *Cujo nome meu espírito, com medo, não ousa mencionar,*
> *Com as mãos, meu pai cobria o rosto,*
> *Quanto a mim, as lágrimas quase me cegaram.*
>
> *Procurei ainda falar; minha voz estava rouca de suspiros,*
> *Como num sonho. Mal podia enxergar*
> *Os sérios reis de barba escura, com olhares sagazes,*
> *Aguardando a minha morte.*

> *Os altos mastros tremulavam nos navios flutuantes,*
> *Os templos, e o povo e o litoral;*
> *Alguém passou uma faca pela minha garganta macia*
> *Devagar, e tudo terminou.*

Em seguida os ventos tornaram-se propícios, a frota içou as velas e conduziu as forças do exército grego até a costa de Troia. Os troianos tentaram evitar o desembarque, mas já na primeira batalha Protesilau caiu abatido pelas mãos de Heitor. Protesilau havia deixado em casa sua esposa, Laodamia, que era muito apegada a ele. Quando as notícias de sua morte chegaram, Laodamia implorou aos deuses que lhe permitissem conversar com Protesilau por apenas três horas. O pedido foi atendido. Mercúrio conduziu Protesilau de volta ao mundo superior, e, quando ele morreu pela segunda vez, Laodamia morreu também. Conta-se que as ninfas plantaram olmos em volta de sua sepultura que cresciam muito bem até alcançar uma altura suficiente para que, de cima deles, fosse possível avistar Troia e, depois, secavam, enquanto brotos novos nasciam a partir das raízes.

Wordsworth utilizou a história de Protesilau e Laodamia em um de seus poemas. Parece que o oráculo declarou que a vitória pertenceria à nação que perdesse a primeira vítima de guerra. O poeta representa Protesilau, em seu retorno breve à terra, descrevendo a Laodamia o que lhe acontecera:

> *O almejado vento foi-nos dado; e então refleti*
> *Sobre o oráculo, quando estávamos no mar silencioso;*
> *E como se não houvesse ninguém mais valoroso, resolveu-se*
> *Que entre mil navios o meu deveria ser*
> *Aquele que primeiro marcaria a praia com a sua proa,*
> *E que o meu seria o primeiro sangue a tingir as areias de Troia.*

Mas amarga, muitas vezes amarga era a minha dor
Quando imaginava a tua perda, minha amada esposa!
Amando-te, a minha memória se agarrava,
E nas alegrias que compartilháramos na vida mortal,
Os caminhos que havíamos trilhado, estas fontes e flores;
As minhas novas cidades planejadas e as torres incompletas.
Quisera o inimigo bradasse sobre nós nessa hora de suspense,
"Vê como eles tremem! Arrogantes em seus arreios,
E, contudo, entre eles todos, ninguém ousa morrer?".
Da alma varri as indignidades,
Velhas fraquezas ressurgiram; mas pensamentos elevados
Em atos incorporados livraram a mim mesmo.

(...)

De um lado
Do Helesponto (assim quis o destino)
Uma mata de grandes árvores que cresciam ali havia muitas eras,
Em cima do túmulo daquele por quem ela morrera;
E sempre que ganhassem estatura,
E aquelas muralhas de Ílion pudessem ser vistas,
As altas copas das árvores secavam com a visão,
Um ciclo incessante de crescimento e morte.

A ILÍADA

A guerra continuou sem nenhum resultado decisivo ao longo de nove anos. Deu-se, então, um fato que parecia fatal à causa dos gregos: uma discussão entre Aquiles e Agamêmnon. É nesse ponto que o grande poema de Homero, a *Ilíada*, começa. Os gregos, embora sem obter sucesso contra Troia, haviam tomado as cidades vizinhas que eram aliadas de Troia. Na partilha dos despojos, uma cativa chamada Criseida, filha de Crises, um sacerdote de Apolo, foi entregue a Agamêmnon. Crises trouxe consigo os emblemas sagrados de seu ofício, e pediu que a filha fosse solta. Agamêmnon recusou-se a fazê-lo. Por essa razão, Crises implorou a Apolo que afligisse os gregos até serem forçados a entregar a prisioneira. Apolo atendeu à oração de seu sacerdote e enviou uma peste para o acampamento grego. Um conselho foi convocado para deliberar sobre como abrandar a ira dos deuses e suprimir a praga. Aquiles atreveu-se a culpar Agamêmnon pelos infortúnios dos gregos, justamente pelo fato de ter mantido Criseida cativa. Agamêmnon, furioso, permitiu que sua prisioneira fosse solta, mas ordenou a Aquiles que lhe compensasse a perda, entregando-lhe Briseida, uma donzela que havia ficado com Aquiles na partilha dos despojos. Aquiles aceitou a condição, mas declarou que não mais participaria da guerra. Ele retirou-se com seus homens do acampamento geral e declarou abertamente sua intenção de retornar à Grécia.

Os deuses e as deusas interessaram-se por essa famosa guerra, tanto quanto as próprias facções em conflito. Eles sabiam que o destino havia decretado a queda de Troia, ao final, desde que seus inimigos perseverassem e não abandonassem o cerco. Ainda assim, havia margem suficiente para o acaso, o que excitou, por turnos, esperanças e receios dos poderes celestes que se inclinavam por um ou outro lado. Juno e Minerva, em consequência do menosprezo demonstrado por Páris a respeito de seus encantos, eram hostis aos troianos; Vênus fez que Marte, seu admirador, ficasse do seu lado da disputa, mas Netuno favoreceu os gregos. Apolo era neutro, algumas vezes se inclinava para uma das partes, mas mudava de lado, e o próprio Júpiter, não obstante amasse o bom rei Príamo, foi imparcial, embora não o fosse em todas as ocasiões. Tétis, mãe de Aquiles, magoou-se com os prejuízos causados a seu filho. Dirigiu-se imediatamente ao palácio de Júpiter e pediu-lhe que fizesse que os gregos se arrependessem da injustiça praticada contra Aquiles, garantindo sucesso aos exércitos de Troia. Júpiter atendeu ao pedido, e, na batalha que se sucedeu, os troianos saíram inteiramente vitoriosos. Os gregos foram expulsos do campo de batalha e tiveram de se refugiar em seus navios.

Então, Agamêmnon convocou o conselho formado por seus mais sábios e corajosos líderes. Nestor aconselhou a enviar uma embaixada a Aquiles, para persuadi-lo a retornar ao campo de batalha; disse que Agamêmnon deveria entregar a donzela que fora a causa da disputa, junto com presentes de importância para compensar o mal que havia feito. Agamêmnon concordou, e Ulisses, Ájax e Fênix foram enviados para levar a mensagem de arrependimento a Aquiles. Fizeram-no, mas Aquiles fez-se de surdo aos apelos. Negou-se peremptoriamente a retornar ao campo de batalha, e persistiu em sua resolução de embarcar para a Grécia sem demora.

Os gregos haviam construído um bastião em torno de seus navios, e agora, em vez de sitiarem Troia, estavam eles mesmos sitiados. No dia seguinte à embaixada malsucedida enviada a Aquiles, uma batalha foi travada, e os troianos, favorecidos por Júpiter, obtiveram sucesso em forçar a passagem através do bastião dos gregos, e já estavam prestes a incendiar os navios. Netuno, vendo os gregos tão pressionados, movimentou-se em seu socorro. Apareceu sob a forma do vidente Calcas, e encorajou os guerreiros com seus brados, apelando individualmente a cada um, até que conseguiu elevar o seu ardor de um tal modo que foram capazes de forçar os troianos a desistir. Ájax realizou prodígios de valor, e finalmente encontrou-se com Heitor, a quem desafiou para a luta. Heitor replicou e atirou sua lança contra o imenso guerreiro. A mira foi perfeita, e a lança atingiu Ájax no ponto em que o cinturão que sustenta a espada e o escudo se cruzam sobre o peito. Essa dupla proteção impediu-a de perfurar o seu corpo, e a arma caiu no chão sem efeito. Então, Ájax, agarrando uma pedra gigantesca, uma daquelas que serviram para ancorar os navios, atirou-a sobre Heitor. A pedra atingiu o pescoço do herói, jogando-o no solo. Seus comandados ergueram-no imediatamente e levaram-no, atordoado e ferido.

Enquanto Netuno estava, desse modo, prestando auxílio aos gregos e fazendo recuar os troianos, Júpiter não testemunhou nenhum desses fatos, pois sua atenção fora desviada do campo de batalha graças a um estratagema de Juno. A deusa armara-se de todos os seus encantos e, para coroá-los, pediu emprestado a Vênus o cinto que se chamava *cestus*, que realçava o encanto de quem o vestia, a tal ponto de se tornar irresistível. Assim preparada, Juno foi unir-se ao marido, que estava sentado no Olimpo, assistindo à batalha. Quando ele a viu, Juno parecia tão encantadora que as chamas de seu amor inicial reavivaram, e, esquecendo-se dos exércitos em conflito e de todos os seus demais compromissos de Estado, passou a pensar somente nela e deixou que a batalha se desenvolvesse por si mesma.

Mas essa distração não foi duradoura, e quando Júpiter, voltando seus olhos para a terra, avistou Heitor estendido no solo, quase sem vida em virtude da dor e dos ferimentos, livrou-se de Juno num acesso de ira e ordenou que lhe enviassem Íris e Apolo. Quando Íris chegou, ele mandou uma mensagem áspera a Netuno para que deixasse o campo de batalha imediatamente. Apolo foi enviado para curar os ferimentos de Heitor e para reanimá-lo. Essas ordens foram obedecidas numa tal velocidade que, enquanto a conflagração ainda estava ocorrendo, Heitor retornou ao campo de batalha e Netuno regressou aos seus domínios.

Uma seta do arco de Páris feriu Macáon, filho de Esculápio, que herdara as artes de cura do pai, e era, portanto, de grande valor para os gregos, tanto como seu cirurgião quanto como um de seus mais valentes guerreiros. Nestor levou Macáon em seu carro para fora do campo de batalha. Quando eles passaram em frente dos navios de Aquiles, o herói avistou o carro de Nestor e reconheceu o velho líder, mas não pôde reconhecer a identidade daquele que estava ferido ao lado dele. Então, chamando Pátroclo, seu companheiro e querido amigo, enviou-o à tenda de Nestor a fim de colher informações.

Pátroclo, ao chegar à tenda de Nestor, viu Macáon ferido, e como já havia dito a razão de sua visita, quis ir embora rapidamente, mas Nestor o deteve, a fim de lhe contar a extensão das calamidades que acometiam os gregos. Também o fez lembrar que, na época da partida para Troia, Aquiles e ele tinham sido orientados de modo distinto por seus respectivos pais: Aquiles para que aspirasse aos mais altos patamares da glória, Pátroclo, como era o mais velho, deveria supervisionar e cuidar de seu amigo, dirigindo-o em sua inexperiência. "Agora", disse Nestor, "chegou o momento de exercer essa influência. Se essa for a vontade dos deuses, serás capaz de reconquistá-lo para a causa comum; mas se isso não for possível, que ele ao menos envie os seus soldados para o campo de batalha, e venhas tu, Pátroclo, vestido com a armadura de Aquiles, pois é possível que essa simples visão seja suficiente para derrotar os troianos".

Pátroclo foi fortemente tocado pelo discurso de Nestor, e apressou-se a retornar até onde Aquiles estava, fazendo-o refletir sobre tudo o que ele havia testemunhado e ouvido. Descreveu ao príncipe as tristes condições do acampamento de seus antigos companheiros: Diomedes, Ulisses, Agamêmnon, Macáon, todos feridos, o bastião derrubado, o inimigo circulando entre os navios, preparando-se para queimá-los de modo que destruisse a única forma de retornar à Grécia. Enquanto ainda conversavam, irromperam chamas de um dos navios. Vendo isso, Aquiles concordou com um dos pedidos de Pátroclo: permitir que ele conduzisse os mirmidões (assim eram conhecidos os soldados de Aquiles) ao campo de batalha, deixando também que ele vestisse sua armadura, para que assim causasse maior terror entre os troianos. Sem demora os soldados foram reunidos, Pátroclo vestiu a radiante armadura, subiu no carro de Aquiles e conduziu aqueles homens que ansiavam por lutar. Mas, antes que se fosse, Aquiles recomendou a ele, com ênfase, que se contentasse em repelir o inimigo: "Não procures atacar os troianos sem mim, para que não aumentes ainda mais a minha desgraça". Então, exortando as tropas para que lutassem o melhor possível, deixou que partissem cheios de ardor para a luta.

Pátroclo e os mirmidões mergulharam no conflito no ponto em que ele parecia mais violento. Avistando-os, os gregos cheios de alegria bradaram jubilosamente, e nos navios a aclamação era ecoada. Os troianos, vendo a bem conhecida armadura, foram tomados pelo terror, procurando refúgio por todos os lados. Os primeiros a fugir foram aqueles que se haviam apossado dos navios, incendiando-os. Os gregos retomaram suas embarcações e extinguiram o fogo. E então os demais troianos fugiram aflitos. Ájax, Menelau e dois filhos de Nestor realizaram prodígios valorosos. Heitor foi obrigado a sair do acampamento grego, permitindo que seus homens, agora cercados, fugissem como pudessem. Pátroclo, vendo muitos deles à frente, matou-os em grande número; nenhum deles se atreveu a enfrentá-lo.

Finalmente, Sarpédon, filho de Júpiter, arriscou-se a lutar contra Pátroclo. Júpiter olhou para o rapaz e o teria arrebatado do destino que o aguardava, se Juno não houvesse argumentado que, se o deus assim procedesse, todos os demais habitantes do céu seriam induzidos a intervir do mesmo modo sempre que algum de seus filhos estivesse em perigo. Diante disso, Júpiter recuou. Sarpédon atirou a lança, mas errou o alvo, contudo Pátroclo foi certeiro em sua vez. Sua lança atravessou o tórax de Sarpédon e este caiu, e enquanto pedia aos seus amigos que salvassem seu corpo, expirou. Travou-se, então, uma disputa furiosa pela posse do corpo. Os gregos venceram e retiraram Sarpédon de sua armadura; mas Júpiter não permitiu que os restos mortais de seu filho fossem desonrados e, por ordem sua, Apolo resgatou o corpo do meio dos combatentes e entregou-o aos cuidados dos irmãos gêmeos Morte e Sono, que o transportaram até a Lícia, terra natal de Sarpédon, onde foram realizados os devidos ritos funerários.

Até esse momento Pátroclo havia tido sucesso em seu maior desejo, que era repelir os troianos e aliviar os seus patrícios, mas uma mudança na direção dos acontecimento ocorreu em seguida. Heitor, sustentado em seu carro, enfrentou-o. Pátroclo atirou uma grande pedra sobre Heitor, mas errou o alvo, atingindo o cocheiro Cébrion, que foi lançado para fora do carro. Heitor saltou para resgatar o amigo, e Pátroclo desceu também do carro para completar a vitória. Os dois heróis se encontraram, face a face. Nesse momento decisivo, o poeta, como se relutasse em dar a Heitor a sua glória, registra que Febo entrou na luta contra Pátroclo, arrancando-lhe o elmo da cabeça e a lança de sua mão. E no mesmo instante um troiano desconhecido feriu-o pelas costas, e Heitor, avançando, atravessou-o com a lança. Pátroclo caiu mortalmente ferido.

Uma terrível disputa foi travada, então, pelo corpo de Pátroclo, e sua armadura acabou sendo levada por Heitor, que se afastou um pouco, tirou sua armadura e vestiu a de Aquiles, e, em seguida, voltou para a luta. Ájax e Menelau defenderam o corpo, enquanto Heitor e seus soldados mais valentes procuravam capturá-lo. A batalha prosseguia equilibradamente quando Júpiter envolveu a face inteira do céu com uma nuvem sombria. Seguiram-se relâmpagos e trovões.

Ájax tinha dificuldade para encontrar um mensageiro ideal que pudesse enviar a Aquiles, a fim de anunciar a morte de seu amigo, bem como o perigo iminente que seus despojos corriam de cair nas mãos do inimigo. Foi nesse momento que Ájax exclamou estas linhas famosas, tantas vezes citadas:

> *Pai do céu e da terra! Livrai*
> *As hostes de Acaia desta escuridão; clareai o firmamento;*
> *Dai-nos a luz, e, se esta for a vossa vontade suprema,*
> *A destruição junto com ela; mas, deixai-nos morrer à luz do dia.*

Cowper

Ou, tal como apresentado por Pope:

> *... Senhor da terra e do espaço!*
> *Ó rei! Ó pai! escutai minha súplica humilde!*
> *Dispersai estas nuvens, restaurai as luzes do céu;*
> *Dai-me a visão e Ájax não vos pedirá mais nada;*
> *Se a Grécia deve perecer, nós nos submetemos à vossa vontade,*
> *Mas deixai-nos morrer à luz do dia!*

Júpiter atendeu à súplica e dispersou as nuvens. Ájax enviou Antíloco a Aquiles com a notícia da morte de Pátroclo e a da disputa que se travava por seus restos. Os gregos, finalmente, haviam conseguido conduzir o corpo dele para os navios, e eram agora perseguidos de perto por Heitor, Eneias e pelos demais troianos.

Aquiles soube do destino do amigo com tamanha aflição, que Antíloco, por um momento, receou que ele se matasse. Seus gemidos alcançaram os ouvidos da mãe, Tétis, bem longe, nas profundezas do oceano, onde residia, e ela veio depressa perguntar-lhe a causa de tanto sofrimento. Encontrou-o cheio de remorsos por ter levado seu ressentimento tão longe, sentindo-se responsável pela morte do amigo. A única consolação de Aquiles era a possibilidade da vingança. Teria corrido no mesmo instante para enfrentar Heitor se a mãe não o recordasse de que estava sem a armadura. Tétis prometeu a Aquiles que, se aguardasse até o dia seguinte, ela pediria a Vulcano que lhe desse um conjunto de armaduras melhor do que aquela que havia perdido. Ele concordou e Tétis dirigiu-se imediatamente ao palácio de Vulcano. Encontrou Vulcano ocupado em sua forja, confeccionando trípodes para o seu uso, feitas com uma tal habilidade que se moviam por si mesmas quando chamadas, e retornavam ao lugar quando não mais necessárias. Ao ouvir o pedido de Tétis, Vulcano imediatamente parou o que estava fazendo para atender a seus desejos. Fabricou um esplêndido conjunto de armaduras para Aquiles, primeiro um escudo maravilhosamente bem adornado, depois um capacete com crista de ouro, uma couraça de grevas de aço impenetrável, tudo perfeitamente adaptado ao tamanho de Aquiles e com um acabamento perfeito. Todas as peças foram feitas em uma única noite, e Tétis, recebendo o equipamento, desceu à terra para depositá-lo aos pés de Aquiles na hora do nascimento do sol.

A primeira sensação de prazer que Aquiles sentiu após a morte de Pátroclo foi a visão esplêndida daquela armadura. Vestindo-a, dirigiu-se ao acampamento, onde chamou todos os líderes para uma reunião de conselho. Quando todos estavam reunidos, disse que desistia de seu ressentimento por Agamêmnon e que lamentava amargamente as misérias que resultaram daquela discórdia, e convocou-os para avançar imediatamente ao campo de batalha. Agamêmnon deu uma resposta à altura, culpando Ate, a deusa do erro, pelo ocorrido; daquele momento em diante os heróis se reconciliaram.

Então Aquiles se lançou à batalha, inspirado com uma ira e uma sede de vingança que o fizeram irresistível. Os mais corajosos guerreiros fugiam diante dele ou eram eliminados pelo poder de sua lança. Heitor, advertido por Apolo, manteve-se distante; mas o deus, assumindo a forma de um dos filhos de Príamo, Lico, incitou Eneias a combater o terrível guerreiro grego. Eneias, embora não se sentisse à altura, não quis fugir ao combate. Arremessou a lança com toda a sua força contra o escudo forjado por Vulcano. O escudo era feito de cinco placas de metal: duas de bronze, duas de estanho e uma de ouro. A lança perfurou duas camadas, mas parou na terceira. Aquiles foi mais eficaz no arremesso de sua lança. Ela furou o escudo de Eneias, tocou no seu ombro mas não chegou a feri-lo. Em seguida Eneias ergueu uma pedra que dificilmente seria levantada por dois homens dos dias de hoje, e estava prestes a atirá-la contra Aquiles, ao mesmo tempo que este havia sacado a espada e estava pronto para investir contra o inimigo, quando Netuno, que observava o combate, apiedou-se de Eneias, pois previu que ele cairia vitimado, a menos que fosse auxiliado imediatamente. Então Netuno espalhou uma nuvem espessa entre os combatentes, e, erguendo Eneias, carregou-o por sobre a cabeça dos cavaleiros, levando-o até a retaguarda. Quando a neblina se desfez, Aquiles procurou em vão pelo adversário, e, reconhecendo o prodígio, concentrou os seus esforços contra outros campeões. Mas nenhum atreveu-se a lutar contra ele, e Príamo, mirando a batalha do alto dos muros da cidade, viu que o seu exército inteiro recuava. O líder deu ordens para que os portões fossem bem abertos para receber os fugitivos, e para fechá-los assim que os troianos houvessem passado, evitando que o inimigo também entrasse. Contudo, Aquiles estava tão perto de alcançar o inimigo, que teria certamente atravessado os portões de Troia se Apolo não tivesse intervindo, tomando a forma de Agenor, o filho de Príamo, que deu combate contra o herói grego por algum tempo, e depois o despistou, correndo em outra direção.

Aquiles buscaria sua suposta vítima para longe das muralhas, mas Apolo revelou sua identidade e o perseguidor, vendo que fora iludido, desistiu da perseguição. Mas, quando os demais haviam escapado para dentro da cidade, Heitor permaneceu do lado de fora, determinado a lutar. O velho pai chamou-o do alto das muralhas, implorando para que se retirasse sem combater. A mãe, Hécuba, também suplicou ao filho que desistisse da ideia, mas tudo foi em vão. "Como posso eu", disse Heitor a si mesmo, "sob cujas ordens o povo saiu hoje para as disputas — e tantos foram os que tombaram — procurar segurança contra um único inimigo? Contudo, e se oferecer-lhe a devolução de Helena e de todos os seus tesouros, acrescidos de tesouros nossos? Ah, não! É tarde demais. Ele nem sequer permitiria que eu terminasse de falar, pois antes disso já ter-me-ia matado". Enquanto refletia dessa forma, Aquiles se aproximou, tão terrível quanto Marte, sua armadura brilhando como um raio enquanto se movia. Vendo-o, Heitor acovardou-se e fugiu. Aquiles perseguiu-o rapidamente. Ambos correram acompanhando as muralhas pelo lado de fora, dando três voltas na cidade. Sempre que Heitor se aproximava demais das muralhas, Aquiles o interceptava, forçando-o a se afastar, fazendo-o, assim, correr num círculo mais aberto. Contudo, Apolo sustentou as forças de Heitor, não permitindo que elas se exaurissem. Palas, assumindo a forma de Deífobo, o mais corajoso entre os irmãos de Heitor, apareceu repentinamente ao seu lado. Heitor viu-o com deleite, e, sentindo-se fortalecido, interrompeu a fuga e virou-se para enfrentar Aquiles. Heitor arremessou a lança, que atingiu o escudo de Aquiles e caiu. Voltou-se para pegar uma outra lança das mãos de Deífobo, mas este havia desaparecido. Finalmente, Heitor compreendeu o seu destino e disse: "Ah! é certo que chegou a minha hora de morrer! Pensei que Deífobo estivesse ao meu lado, mas Palas me enganou, pois na verdade meu irmão está ainda em Troia. Porém, não morrerei sem glória". Assim falando, desembainhou a espada e correu para o combate. Aquiles, protegido pelo escudo, esperou que Heitor se aproximasse. Quando este estava ao alcance, o astuto guerreiro da Grécia escolheu um ponto do pescoço do inimigo que ficava desguarnecido da armadura e arremessou a lança, atingindo o alvo. Heitor caiu mortalmente ferido, e, agonizando, disse: "Poupa o meu corpo. Permite que meus pais o resgatem, e que eu receba os ritos funerários dos filhos e filhas de Troia". Ao que Aquiles replicou: "Cão, não fales em resgate nem em piedade, pois a mim trouxeste horrendo sofrimento. Não! Acredita, nada há de salvar a tua carcaça da sanha dos cães. Ainda que vinte resgates e teu peso em ouro me fossem ofertados para devolver teu corpo, não os aceitaria". Em seguida, retirou o corpo da armadura, e amarrando os pés de Heitor com uma corda, prendeu-o atrás de sua carruagem, e arrastou o corpo de lá para cá em frente à cidade, deixando uma trilha na areia. Que palavras poderiam traduzir o sofrimento do rei Príamo e da rainha Hécuba, que testemunhavam essa cena! O povo mal podia impedir que o velho rei saísse correndo, para recuperar o corpo. Príamo atirou-se no solo e suplicou a cada um de seus súditos, chamando-os pelo nome, para que o deixassem sair. O desespero de Hécuba não foi menor. Os cidadãos permaneceram em torno deles, chorando. O som das lamentações alcançou os ouvidos de Andrômaca, a esposa de Heitor, no momento em que ela dirigia os trabalhos das servas, e, pressentindo o mal, avançou até a beira da muralha. Quando viu o que se passava, fez menção de se jogar lá de cima, mas desmaiou e caiu nos braços das servas. Voltando a si, maldisse o seu destino, imaginando sua nação em ruínas, ela na posição de prisioneira do inimigo, e seu filho dependendo da caridade de estranhos para comer.

Depois que Aquiles e os exércitos gregos terminaram de se vingar do assassino de Pátroclo, ocuparam-se em dar ao amigo os devidos ritos funerários. Uma pira foi erigida, e o corpo foi queimado com as solenidades devidas; em seguida realizaram-se jogos de força e habilidade, corridas de bigas, luta e artilharia. Depois os líderes sentaram-se num banquete e retiraram-se para descansar. Aquiles, todavia, não participou das festividades nem dormiu. As lembranças do amigo que se fora mantiveram-no desperto, lembrando-se de seu companheirismo nas labutas e nos momentos de perigo, nas batalhas e no oceano. Antes do amanhecer, deixou a tenda, e, atrelando seus velozes corcéis ao carro, saiu a arrastar o corpo de Heitor. Deu duas voltas completas no túmulo de Pátroclo, e, distanciando-se, abandonou o cadáver estirado na areia. Apolo, contudo, não permitiu que o corpo de Heitor fosse desfigurado e dilacerado pelo abuso, preservando-o da mácula e profanação.

Enquanto Aquiles procurava aplacar a ira, desgraçando o valoroso Heitor, Júpiter, penalizado, convocou Tétis à sua presença. Orientou-a para que fosse até seu filho e o convencesse a devolver o corpo de Heitor à família. Então Júpiter enviou Íris ao rei Príamo para encorajá-lo a ir à presença de Aquiles e implorar pelo cadáver do filho. Íris entregou a mensagem, e Príamo dispôs-se imediatamente a obedecer. Abriu os seus tesouros e retirou deles vestes ricamente ornamentadas, dez talentos em ouro, dois esplêndidos tripés e uma taça de ouro com um acabamento incomparável. Em seguida, chamou os filhos e pediu-lhes que preparassem sua liteira, colocando nela os artigos que havia selecionado para entregar a Aquiles a título de resgate. Quando tudo estava pronto, o velho rei, com um único companheiro, tão idoso quanto ele, o arauto Ideu, saiu pelos portões, ali deixando Hécuba, a rainha, e todos os amigos, que lamentaram o fato como se ele tivesse seguido para a morte certa.

Mas Júpiter, observando compassivamente o venerável soberano, enviou Mercúrio para que fosse seu guia e protetor.

Mercúrio, tomando a forma de um jovem guerreiro, apresentou-se aos dois idosos, que, ao vê-los, não sabiam se deveriam fugir ou permanecer. O deus se aproximou deles e, pegando a mão de Príamo, ofereceu-se para guiá-lo até a tenda de Aquiles. Príamo aceitou com alegria os serviços, e o jovem, subindo na liteira, assumiu o comando dos cavalos e transportou o rei e seu amigo à tenda de Aquiles. Usando uma varinha encantada, o deus fez que os guardas adormecessem, e sem dificuldade introduziu Príamo na tenda em que Aquiles estava sentado, reunido com dois de seus guerreiros. O velho rei atirou-se aos pés de Aquiles e beijou aquelas mãos terríveis que haviam destruído tantos de seus filhos. "Pensa, ó Aquiles", ele disse, "sobre o teu próprio pai, já tão vivido quanto eu, e trêmulo nos tristes limites de sua vida. Talvez algum líder vizinho o esteja oprimindo e não haja mão que o socorra em seu desespero. Contudo, na certeza de que seu filho Aquiles está vivo, ele ainda se regozija, com esperança de mirar a sua face outra vez. Mas nada me conforta, pois meus filhos mais valorosos, a flor de Ílion, foram-se. Todavia um deles me restava, um que era o melhor entre todos e que era o sustentáculo de minha velhice, mas que, lutando por seu país, foi morto por ti. Venho para resgatar o corpo dele, trazendo riquezas inestimáveis para entregar-te. Aquiles, reverencia os deuses! Lembra-te de teu pai! Em nome dele mostra-me alguma compaixão!". Essas palavras tocaram o coração de Aquiles, que chorou; lembrou-se primeiro de seu pai e depois de seu amigo perdido. Penalizado com os cabelos grisalhos e a barba branca de Príamo, ele o amparou nos braços, erguendo-o, e assim falou: "Príamo, sei que chegaste aqui conduzido por algum deus, pois, sem o amparo divino, mortal nenhum, mesmo que estivesse no auge de tua juventude, não atreveria a tentar essa façanha. Atendo ao teu pedido, movido que foste pela óbvia vontade de Júpiter". Assim falando, levantou-se, adiantou-se com seus dois amigos e descarregou a liteira, deixando dois mantos e uma túnica para cobrir o cadáver, o qual eles colocaram no carro, cobrindo-o para que dessa forma fosse conduzido para Troia. Depois, Aquiles deixou que o velho rei e seus servos partissem, fazendo antes o juramento de permitir uma trégua de doze dias para as solenidades do funeral.

Quando a liteira se aproximou da cidade e foi vista do alto das muralhas, o povo acorreu para olhar mais uma vez a face de seu herói. E, à frente de todos, a mãe e a esposa de Heitor vieram, e a visão do corpo sem vida fez que voltassem a se lamentar. O povo todo chorou com elas, e os seus lamentos continuaram incessantemente até o pôr do sol. No dia seguinte fizeram-se os preparativos para o funeral. Durante nove dias o povo trouxe madeira e construiu a pira, e no décimo dia depositaram o corpo no ápice dela e a incendiaram com uma tocha. Quando o corpo foi completamente incinerado, eles regaram as cinzas com vinho, coletaram os ossos e os colocaram em uma urna de ouro que, em seguida, enterraram, e sobre aquele ponto do terreno erigiram uma coluna de pedras.

E assim, Troia rendeu ao seu herói honras tais,
Que a alma do poderoso Heitor repousou em paz.

Pope

CAPÍTULO XXVIII

A QUEDA DE TROIA — MENELAU E
HELENA — AGAMÊMNON, ORESTES E
ELECTRA

A QUEDA DE TROIA

A história da *Ilíada* termina com a morte de Heitor, e é com a *Odisseia* e poemas posteriores que ficamos sabendo o destino de outros heróis. Troia não caiu imediatamente após a morte de Heitor, mas, recebendo reforços de novos aliados, continuou a resistir. Um desses aliados era Mêmnon, o príncipe etíope, cuja história já contamos. Outra aliada foi Pentesileia, rainha das amazonas, que veio com um grupo de guerreiras. Todas as autoridades testemunham o seu valor e o efeito aterrorizante causado por seu brado de guerra. Pentesileia matou muitos dos mais bravos guerreiros da Grécia, mas finalmente foi morta por Aquiles. Todavia, quando o herói se debruçou sobre o inimigo vencido e contemplou a sua beleza, juventude e valor, arrependeu-se amargamente de sua vitória. Tersites, um insolente fanfarrão e demagogo, ridicularizou sua tristeza, e por esse motivo foi executado pelo herói.

Por acaso, Aquiles tinha visto Polixena, filha do rei Príamo, possivelmente por ocasião da trégua, quando os troianos puderam cuidar do funeral de Heitor. Foi cativado por seus encantos, e, para casar-se com ela, concordou em usar sua influência com os gregos para assegurar a Troia um tratado de paz. Enquanto ele estava no templo de Apolo, negociando os termos do casamento, Páris lançou contra ele uma seta envenenada, que, guiada por Apolo, atingiu o calcanhar do guerreiro, a única zona de seu corpo que era vulnerável, pois Tétis, sua mãe, tinha mergulhado o filho, quando criança, nas águas do rio Estige, o que o tornou completamente invulnerável, exceto nos calcanhares, por onde ela o estava segurando.[18]

O corpo de Aquiles, tão traiçoeiramente morto, foi recuperado por Ájax e Ulisses. Tétis orientou os gregos a entregarem a armadura do filho para aquele entre os sobreviventes que fosse considerado o mais merecedor de tal prêmio. Ájax e Ulisses foram os únicos pretendentes; um grupo seleto de outros líderes foi escolhido para julgar o vencedor. A armadura foi entregue a Ulisses, o que significa que a sabedoria foi preferida à valentia, o que levou Ájax ao suicídio. No lugar em que o seu sangue penetrou na terra, nasceu uma flor chamada jacinto, trazendo nas folhas as duas primeiras letras do nome de Ájax, AI, que em grego significa *lamento*. Assim, tanto a Ájax quanto ao jovem Jacinto são atribuídas as honras de terem dado nascimento àquela flor. Existe uma espécie de esporinha que representa o jacinto dos poetas, preservando a lembrança dessa ocorrência, o *Delphinium ajacis*, isto é, *Espora de Ájax*.

Sabia-se, então, que Troia somente poderia ser tomada com a ajuda das setas de Hércules. Elas estavam em poder de Filoctetes, o amigo que tinha estado com Hércules nos seus últimos momentos de vida e que havia acendido a pira

---

[18] A história da invulnerabilidade de Aquiles não é encontrada na narrativa de Homero e é inconsistente em relação à versão do poeta. Como poderia Aquiles requerer o auxílio de uma armadura celestial, se era todo invulnerável? (N. T.)

funerária de sua cremação. Filoctetes uniu-se à expedição grega contra Troia, mas tinha ferido o pé acidentalmente com uma das setas envenenadas, e o mau cheiro do ferimento era tamanho que seus companheiros o levaram para a ilha de Lemnos e o deixaram lá. Diomedes foi enviado para convencê-lo a reunir-se aos exércitos gregos, e obteve sucesso. Filoctetes foi curado de seus ferimentos por Macáon, e Páris foi a primeira vítima fatal das setas de Hércules. Na hora de seu desespero, Páris lembrou-se de uma pessoa de quem havia esquecido nos seus tempos de prosperidade: a ninfa Enone, com a qual se casara

quando jovem, e a quem abandonara pela beleza fatal de Helena. Enone, lembrando-se da humilhação que sofrera, recusou-se a tratar do ferimento, e Páris retornou a Troia, onde morreu. Enone logo se arrependeu e apressou-se a levar-lhe remédios, mas chegou tarde demais, e, pesarosa, enforcou-se.[19]

Havia em Troia uma famosa estátua de Minerva chamada *Paládio*. Dizia-se que ela caíra do céu, e havia uma crença de que a cidade não poderia ser tomada enquanto essa estátua permanecesse dentro de seus muros. Ulisses e Diomedes entraram na cidade disfarçados e apoderaram-se do Paládio, que conduziram ao acampamento grego.

Mas Troia ainda resistia, e os gregos começaram a desanimar da ideia de tomá-la pela força. Aconselhados por Ulisses, resolveram utilizar um estratagema. Fingiram estar fazendo preparativos para abandonar o cerco, e grande número de navios pôs-se em viagem, escondendo-se em uma ilha vizinha. Construíram então um imenso cavalo de madeira

---

[19] Tennyson escolheu Enone como assunto de um poemeto, mas omitiu a parte mais poética da história, o retorno de Páris ferido, a sua crueldade e o seu arrependimento subsequente. (N. T.)

e espalharam a notícia de que se tratava de uma oferenda para agradar à deusa Minerva, mas que na verdade, sendo oco, estava repleto de soldados armados. Os gregos que ainda restavam dirigiram-se aos seus navios e zarparam, como se estivessem partindo para sempre.

Os troianos, observando o acampamento desfeito e vendo que a frota havia partido, concluíram que o inimigo tinha abandonado o cerco. Os portões foram escancarados, e toda a população saiu da cidade regozijando-se com a liberdade que lhe havia sido subtraída por tão longo tempo, passeando livremente pelo local em que estivera o acampamento grego. O grande cavalo tornou-se objeto de intensa curiosidade. Todos queriam conhecer a sua utilidade. Alguns queriam levar o objeto de madeira para o interior das muralhas, como um troféu. Outros o temiam.

Enquanto hesitavam, Laocoonte, o sacerdote de Apolo, exclamou: "Que loucura é essa, cidadãos? Não aprendestes ainda o suficiente a respeito da falsidade dos gregos para vos prevenirdes contra ela? De minha parte, temo tudo o que vem deles, mesmo quando se trata de presentes".[20] Dito isso, atirou sua lança na lateral do cavalo, acertando-o. Um som abafado reverberou como um gemido. Diante disso, o povo certamente teria aceitado o conselho do sacerdote, destruindo o cavalo fatal e seu conteúdo; mas, justamente nesse instante, um grupo de pessoas apareceu, trazendo consigo um homem que parecia ser um prisioneiro grego. Aterrorizado, o homem foi levado diante dos líderes, que lhe asseguraram que lhe poupariam a vida, desde que respondesse com verdade às perguntas que lhe seriam feitas. Ele revelou que era grego, que se chamava Sínon, e que, em consequência da malícia de Ulisses, havia sido deixado para trás na ocasião da partida de

---

[20] Vide expressões proverbiais (VI). (N. A.)

seus compatriotas. Em relação ao cavalo de madeira, disse-lhes que se tratava de uma oferenda propiciatória a Minerva, e que eles o haviam feito tão grande para que não pudesse ser levado para dentro dos muros da cidade, pois Calcas, o vidente, lhes havia dito que se os troianos se apoderassem dele certamente triunfariam sobre os gregos. Essas palavras mudaram a maré do ânimo do povo, e eles começaram a planejar a melhor forma de se apoderarem do cavalo monstruoso e dos augúrios favoráveis que seriam a consequência. Nesse momento um prodígio se deu e acabou com todas as hesitações. Surgiram, avançando sobre o mar, duas imensas serpentes. Elas vieram para a terra, fazendo a multidão fugir em todas as direções. As serpentes foram diretamente para o lugar em que Laocoonte se encontrava com seus dois filhos. Atacaram primeiro as crianças, enrolando-se em torno de seu corpo, e exalando seu hálito pestilento sobre as faces. O pai, tentando resgatar os filhos, foi logo envolvido nas dobras das serpentes. Ele se debateu, procurando libertar-se, mas as serpentes venceram todos os seus esforços e estrangularam-no e às crianças, com suas dobras venenosas. Esse acontecimento foi considerado como uma clara indicação de que os deuses estavam insatisfeitos com a irreverência de Laocoonte para com o cavalo de madeira, o qual agora ninguém mais negava ser um objeto sagrado, preparando-se para introduzi-lo na cidade com pompa e cerimônia. Fizeram-no com música e aclamações triunfais, e o dia encerrou-se com muitas festividades. À noite, os homens armados que se encontravam no bojo do cavalo, libertados pelo traiçoeiro Sínon, abriram os portões da cidade para seus amigos que haviam retornado, ocultos nas sombras da noite. A cidade foi incendiada; e o povo, exausto pelas festividades e mergulhado em profundo sono, foi passado ao fio das espadas gregas, de modo que Troia foi inteiramente subjugada.

Um dos mais famosos grupos de esculturas que existem é aquele que representa Laocoonte com seus filhos, enlaçados nas serpentes. Uma reprodução encontra-se no Ateneu, de Boston; e o original está no Vaticano, em Roma. Os versos a seguir são de *A peregrinação de Childe Harold*, de Byron:

> *Agora, indo ao Vaticano, vede*
> *A tortura de Laocoonte, que dignifica o sofrimento;*
> *O amor de um pai e a agonia de um mortal*
> *Misturados à paciência de um imortal; é em vão*
> *Que se debate! Em vão, contra a força envolvente*
> *Do aperto das garras do dragão,*
> *Tenta o velho homem lutar; a longa corrente envenenada*
> *Mantém os corpos vivos; e a imensa serpente*
> *Pica-os uma vez e uma outra vez, afogando os suspiros.*

Também os poetas cômicos utilizam alguma alusão clássica, a exemplo da *Descrição de uma chuva na cidade*, de Swift:

> *Encolhido na poltrona, o mancebo senta-se impaciente,*
> *Enquanto a água corre ruidosamente no alto do telhado,*
> *E, de tempos em tempos, com barulho aterrador,*
> *Ruge o trovão; ele treme intimamente,*
> *Assim quando os chefes de Troia trouxeram o cavalo de pau*
> *(Aqueles gregos foliões, que, tal como os modernos,*
> *Em vez de pagar os carregadores, passam-lhes a espada);*
> *Laocoonte atingiu-o no exterior com sua lança,*
> *E cada campeão aprisionado tremeu de medo.*

O rei Príamo viveu para assistir à queda de seu reino e foi morto, afinal, na noite fatal em que os gregos tomaram a cidade. Ele se armara e estava prestes a se misturar com os combatentes, mas foi convencido por Hécuba, sua idosa rainha, a se refugiar junto dela e das filhas, como suplicantes do altar de Júpiter. Enquanto ali estavam, seu filho mais jovem, Polites, perseguido por Pirro, filho de Aquiles, correu ferido para lá e expirou aos pés do pai. Príamo, indignado, arremessou, com as mãos débeis, a lança contra Pirro,[21] mas foi morto em seguida por ele.

A rainha Hécuba e sua filha Cassandra foram aprisionadas e levadas para a Grécia. Cassandra fora amada por Apolo, que por isso lhe deu o dom da profecia; mais tarde, contudo, sentido-se ofendido por ela, tornou aquele dom sem efeito, dando ordens para que ninguém acreditasse nas suas predições. Polixena, outra filha de Príamo, que havia sido amada por Aquiles, foi exigida pelo fantasma daquele guerreiro e, por isso, sacrificada pelos gregos sobre o seu túmulo.

MENELAU E HELENA

Nossos leitores certamente estão ansiosos para conhecer o destino de Helena, tão bela, mas causadora de tantas mortes. Durante a queda de Troia, Menelau recuperou a posse da esposa, que não havia deixado de amá-lo, embora houvesse cedido aos poderes de Vênus, abandonando-o para ficar com outro. Após a morte de Páris Helena ajudou os gregos secretamente em diversas ocasiões, especialmente quando Ulisses e Diomedes entraram na cidade disfarçados para tomar o Paládio. Helena viu e reconheceu Ulisses, mas manteve o fato em segredo e até mesmo ajudou os gregos em vários momentos. Assim, reconciliou-se com o marido, e os dois

---

[21] A exclamação de Pirro (Pyrrhus): "O momento não exige auxílio nem defensores", foi transformada em provérbio. (N. T.)

estavam entre os primeiros a deixar o litoral de Troia, na direção da terra natal. Mas, como desagradaram aos deuses, foram levados por tempestades, de margem a margem do Mediterrâneo, visitando Chipre, Fenícia e Egito. No Egito foram tratados com gentileza e receberam presentes valiosos, cabendo a Helena uma roca de ouro e um cesto com rodas que servia para guardar a lã e os carretéis usados por ela em seus trabalhos manuais.

Dyer, em seu poema *Velocino*, faz referência ao incidente:

> *... Muitos ainda aderem*
> *À antiga roca, fixada no peito,*
> *Fazendo girar os carretéis enquanto andam.*

> *(...)*

> *Esse foi no passado, em dias gloriosos,*
> *O modo de fiar, quando o príncipe do Egito*
> *Uma roca dourada deu àquela maravilhosa ninfa,*
> *Bela por demais, Helena; um presente nada mundano.*

Milton também menciona a receita de certa poção revigorante, chamada *Nepente*, que a rainha do Egito deu a Helena:

> *Não aquela Nepente que a esposa de Tone,*
> *no Egito, deu à filha de Júpiter, Helena,*
> *Tem um poder tão grande para promover a alegria como esta,*
> *Tão benfazeja à vida, ou tão refrescante na sede.*

Comus

Menelau e Helena finalmente chegaram sãos e salvos a Esparta, reassumindo sua dignidade real, e viveram e reinaram com esplendor; e quando Telêmaco, filho de Ulisses, que saíra à procura do pai, chegou a Esparta, encontrou Menelau e Helena celebrando o casamento de sua filha Hermíona com Neoptólemo, que era filho de Aquiles.

AGAMÊMNON, ORESTES E ELECTRA

Agamêmnon, o comandante-chefe dos gregos, irmão de Menelau, e que se envolvera na guerra para vingar os sofrimentos do irmão, não os seus, não teve a mesma sorte. Durante a ausência, sua esposa, Clitemnestra, o traiu, e quando Agamêmnon voltou de modo inesperado, ela e seu amante, Egisto, tramaram a sua destruição e mataram-no durante o banquete que foi organizado para celebrar o seu retorno.

Os conspiradores tinham a intenção de matar também o filho de Agamêmnon, Orestes, um menino que ainda não tinha idade suficiente para preocupar o casal assassino, mas que, por outro lado, se viesse a crescer, poderia tornar-se um perigo. Electra, irmã de Orestes, salvou a vida do irmão, porque o enviou secretamente aos cuidados de seu tio Estrofo, rei da Fócida. No palácio do tio, Orestes cresceu ao lado do filho do rei, Pílades, formando com ele uma amizade ardorosa que se tornou proverbial. Electra sempre lembrava o irmão, por meio de mensageiros, de que ele tinha a obrigação de vingar a morte do pai; e, quando Orestes se fez homem, foi consultar o oráculo de Delfos, que confirmou esse desígnio. Assim, dirigiu-se disfarçado para Argos, fingindo ser um mensageiro de Estrofo, que vinha para anunciar a morte de Orestes, trazendo consigo as cinzas do morto dentro de uma urna funerária. Depois de visitar o túmulo do pai e fazer ali alguns sacrifícios, de acordo com os ritos da Antiguidade, revelou a sua identidade a Electra, e em seguida matou Egisto e Clitemnestra.

Esse ato revoltante, de um filho que executou a própria mãe, embora fosse atenuado pela culpabilidade da vítima e pela ordem expressa dos deuses, não tardou a despertar no coração dos antigos o mesmo sentimento de abominação que despertaria em nossos dias. As Eumênides, divindades da vingança, apossaram-se de Orestes e viajaram com ele sem ter descanso, de terra em terra. Pílades acompanhou-o em suas andanças e cuidou dele. Após muito tempo, em resposta a uma segunda consulta ao oráculo, Orestes foi orientado a ir a Táuris, na Cítia, e trazer de lá uma estátua de Diana, a qual, acreditava-se, havia caído do céu. Obedecendo ao oráculo, Orestes e Pílades foram a Táuris, onde o povo bárbaro tinha como costume sacrificar aos deuses todos os estrangeiros que caíssem em suas mãos. Os dois amigos foram agarrados e levados presos ao templo feito para as vítimas. Mas a sacerdotisa de Diana era ninguém menos que Ifigênia, a irmã de Orestes, que, como devem lembrar-se nossos leitores, fora arrebatada por Diana no mesmo instante em que iria ser sacrificada. Assegurando-se da identidade dos prisioneiros, Ifigênia revelou-se a eles, e os três escaparam com a imagem da deusa, retornando a Micenas.

Mas Orestes ainda não estava livre da vingança das Erínias. Finalmente refugiou-se com Minerva, em Atenas. A deusa garantiu-lhe proteção e pediu à corte do Areópago que decidisse o seu destino. As Erínias apresentaram sua acusação, e Orestes fez da ordem recebida do oráculo de Delfos a sua defesa. Como a corte dividiu-se, com igual número de votos pela condenação e pela absolvição, Orestes foi finalmente absolvido pelo voto de Minerva.

Byron, em *A peregrinação de Childe Harold*, canto IV, cita a história de Orestes:

> *Ó tu, que até hoje nunca deixaste os crimes humanos*
> *Sem o devido julgamento, ó grande Nêmesis!*
> *Tu que chamaste as Erínias desde o abismo,*
> *E ordenaste que em torno de Orestes gritassem e sibilassem,*
> *Por aquela vingança desumana, que justa*
> *Seria se de mãos mais distantes — desse teu*
> *Domínio precedesse, invoco-te das cinzas!*

Uma das cenas mais patéticas no drama da Antiguidade é aquela em que Sófocles representa o encontro de Orestes e Electra, em seu retorno da Fócida. Orestes, confundindo Electra com uma das servas, e desejando manter a sua chegada em segredo até a hora da vingança, apresenta a urna em que, supostamente, estariam as suas cinzas. Electra, acreditando que ele estivesse realmente morto, toma a urna e, abraçando-a, expressa toda a sua tristeza com palavras de ternura e desespero.

Milton, em um de seus sonetos, diz:

> *... O repetido canto*
> *Do poeta da triste Electra teve a força*
> *Para salvar as muralhas de Atenas da ruína completa.*

Os versos se referem ao episódio que se deu em determinada ocasião, quando a cidade de Atenas estava à mercê de seus inimigos espartanos, e alguém propôs a sua destruição completa, mas a ideia foi rejeitada graças à citação acidental, feita por um integrante do coro de Eurípides.

TROIA

Depois de tantas referências à cidade de Troia, o leitor talvez fique surpreso ao saber que a localização exata da famosa cidade ainda continua a ser objeto de disputas. Estudiosos têm procurado pela localização real da cidade e por registros de seus governantes. Uma das mais interessantes explorações foi conduzida em 1890 por um especialista alemão, Henry Schliemann, que acreditava ter descoberto, na colina de Hissarlik a fiel localização de Troia. Schliemann escavou ali, encontrando três ou quatro diferentes civilizações sobrepostas, até chegar à mais antiga de todas, onde encontrou algumas joias e outras relíquias que se dizia pertencerem ao tesouro de Príamo, mas outros arqueólogos estão longe de concordar com o valor histórico dessas descobertas.

CAPÍTULO XXIX

AS AVENTURAS DE ULISSES —
OS COMEDORES DE LÓTUS —
OS CICLOPES — CIRCE — AS SEREIAS
— CILA E CARIBDES — CALIPSO

REGRESSO DE ULISSES

Vamos agora concentrar nossa atenção no poema romântico da *Odisseia*, que narra as andanças de Ulisses (Odisseu era o seu nome grego) em seu retorno de Troia ao seu próprio reino de Ítaca.

Partindo de Troia, os navios aportaram em Ísmaro, cidade dos ciconianos, onde, numa escaramuça com habitantes locais, Ulisses perdeu seis homens de cada um de seus navios. Partindo dali, foram atingidos por uma tempestade que os arrastou durante nove dias pelo mar até encontrarem o país dos comedores de lótus. Depois de aportar, Ulisses enviou três de seus homens para descobrir quem seriam tais habitantes. Quando se encontraram com os comedores de lótus, foram bem acolhidos e presenteados com a comida deles, o lótus. O efeito causado pela ingestão dessa planta era esquecer inteiramente a própria terra de origem, além do desejo de permanecer naquele país. Ulisses precisou utilizar muita força para arrastar seus homens dali, e foi mesmo obrigado a amarrá-los aos assentos nos navios.[22]

Em seguida aportaram no país dos ciclopes. Os ciclopes eram gigantes que habitavam uma ilha da qual eram os únicos possuidores. Seu nome significa *olhos redondos*, e esses gigantes eram assim conhecidos porque tinham um único olho que ficava no centro da testa. Eles viviam em grutas e se alimentavam de produtos naturais de sua ilha, além do que os rebanhos forneciam, pois eram também pastores. Ulisses deixou os principais navios de sua frota ancorados, e com um único barco seguiu até a ilha dos ciclopes para procurar suprimentos. Desembarcando com seus companheiros, levou consigo uma garrafa de vinho para presentear os habitantes locais. Chegando a uma ampla gruta, entraram e, como não encontraram ninguém, passaram a examinar o que havia ali. Encontraram um estoque dos mais ricos produtos animais: grande quantidade de queijo, jarros e terrinas de leite, cordeiros

---

[22] Tennyson, no seu *Comedor de lótus*, expressou de maneira encantadora as sensações de sonho e languidez provocadas pela ingestão do lótus:

> *Quão doce era ouvir o som do riacho,*
> *Com os olhos semicerrados, as águas lá embaixo,*
> *E eu mergulhando no sono e no sonho,*
> *Sonhando com aquela luz cor de âmbar*
> *Que não deixa a flor de mirra, lá no alto,*
> *Ou ouvindo o discurso sussurrado um do outro;*
> *Comendo o lótus, dia a dia,*
> *E assistir às ondulações vivazes na praia,*
> *Com suas curvas de espuma branca,*
> *Entregando os nossos corações e nossos espíritos,*
> *Inteiramente, às influências da melancolia da mente tranquila,*
> *Meditando e cismando e vivendo outra vez pela memória,*
> *Com aquelas antigas faces de nossa infância,*
> *Que agora estão debaixo da terra e da relva,*
> *E são duas porções de cinzas, contidas numa urna de bronze.*

(N. T.)

e cabritos dentro de cercados, tudo na mais perfeita ordem. Em seguida chegou o mestre da caverna, Polifemo, carregando um imenso feixe de lenha, que ele atirou ao chão na entrada da gruta. Depois tocou para dentro as cabras e as ovelhas para serem ordenhadas, e, para bloquear a entrada da gruta, rolou uma enorme pedra que nem mesmo vinte bois poderiam mover. Então se sentou e ordenhou as ovelhas, separando uma parte do leite para produzir queijo, e o resto deixou para o seu consumo diário. Quando se virou, seu grande olho divisou os estranhos, e, com uma voz horrível, perguntou-lhes quem eram e de onde vinham. Ulisses respondeu com grande humildade, dizendo que eram gregos, de uma grande expedição que havia recentemente conquistado glória com a tomada de Troia, que agora estavam retornando para casa, e implorou a sua hospitalidade em nome dos deuses. Polifemo não se dignou a responder, e, esticando as mãos, agarrou dois dos gregos, os quais atirou contra a parede da gruta, esmagando-lhes o cérebro. Tratou de devorá-los com grande deleite, e, tendo feito uma lauta refeição, deitou-se no chão para dormir. Ulisses sentiu-se tentado a aproveitar a oportunidade para enfiar a espada no gigante enquanto este dormia, mas refletiu e percebeu que assim levaria todos a um outro tipo de destruição, já que a pedra com que ele havia selado a gruta era muito maior do que as suas forças combinadas poderiam mover, de modo que se veriam numa prisão sem saída.

Na manhã seguinte o gigante pegou mais dois gregos e matou-os com a mesma estratégia que usara com seus companheiros, e regalou-se com o corpo deles até que nada mais restasse. Depois moveu a pedra para abrir a porta, tocou para fora o rebanho, e saiu, tendo o cuidado de fechar a passagem atrás de si. Quando se foi, Ulisses planejou uma forma de vingar-se pela morte dos amigos, além de garantir a sua fuga e a de seus companheiros. Fez que os homens preparassem uma enorme estaca de madeira que o ciclope cortara para usar como cajado, afinando uma de suas extremidades e temperando-a no fogo. Depois, esconderam o instrumento entre a palha que estava no chão da caverna. Ulisses escolheu quatro de seus homens, os mais ousados, e uniu-se a eles como o quinto homem. O ciclope voltou para casa à noite e, como sempre, abriu a porta e colocou o rebanho para dentro. Após ordenhar as ovelhas e fazer os demais arranjos, agarrou dois outros companheiros de Ulisses, esmagou-lhes a cabeça e os devorou, tal como já fizera com os outros. Quando já estava satisfeito, Ulisses aproximou-se dele trazendo uma terrina com vinho e disse: "Ciclope, isto é vinho; prova-o após a sua refeição de carne humana". Polifemo bebeu o vinho e tendo-o considerado delicioso, pediu outra dose. Ulisses deu-lhe mais para beber, fato que deixou o gigante tão satisfeito que ele prometeu que o líder grego seria premiado por isso, sendo devorado por último. E perguntou o seu nome, ao que Ulisses respondeu: "Meu nome é Ninguém".

Depois do jantar o gigante deitou-se para repousar, e em pouco tempo dormia profundamente. Em seguida Ulisses e seus quatro amigos escolhidos puseram a ponta da lança dentro do fogo, até que se tornasse pura brasa, e, então, mirando-a exatamente sobre o único olho do gigante, enfiaram-na bem fundo para girá-la ao final, tal como procede o carpinteiro com a pua. O monstro encheu a caverna com o som de seus gritos, e Ulisses e seus homens mal tiveram tempo para se esconder dentro da gruta. Rugindo, Polifemo chamou todos os ciclopes que estavam nas cavernas em sua volta, próximos e distantes. Os ciclopes agruparam-se do lado de fora e perguntaram que tipo de ferimento tão grave fizera que Polifemo gritasse tanto, interrompendo seu sono. Ele respondeu: "Ó amigos, estou morrendo e Ninguém me feriu". E os ciclopes replicaram: "Se ninguém te feriu, foste atingido por Júpiter, e então deves suportá-lo". Assim falando, deixaram-no gemendo.

Na manhã seguinte, o ciclope rolou para fora a pedra para permitir que seu rebanho saísse para pastar, mas colocou-se no caminho para impedir que Ulisses e seus homens aproveitassem para escapar. Contudo, Ulisses fez que seus homens atassem três carneiros de cada vez, com cordas de vime que haviam encontrado no chão da gruta. Por baixo do carneiro do meio estava um homem amarrado, que assim ficava protegido por outros dois carneiros, um de cada lado. Quando os carneiros passavam pela porta, o gigante apalpava-lhes o dorso, mas não pensou em sentir-lhes a barriga; de modo que todos se salvaram, Ulisses foi o último deles.

Quando se haviam afastado um pouco da gruta, Ulisses e seus amigos soltaram-se dos carneiros e conduziram uma boa parte do rebanho para o navio que estava na praia. Embarcaram com pressa e se afastaram do litoral, e, quando já se encontravam a uma distância segura, Ulisses bradou: "Ciclope, os deuses pagaram bem as tuas atrocidades. Sabe que foi graças a Ulisses que tiveste a perda vergonhosa da tua visão". Ao ouvi-lo, o ciclope agarrou uma pedra que se projetava para fora da montanha, e, arrancando-a, levantou-a bem alto no ar, e exercendo toda a sua força jogou-a na direção do som da voz que ouvira. A pedra bruta caiu, roçando a popa da embarcação e causando uma agitação tão grande no mar que o barco foi atirado na direção da terra, quase afundando em meio às ondas. Quando, após imensas dificuldades, já se haviam afastado da costa, Ulisses estava prestes a provocar o gigante uma vez mais, porém seus amigos imploraram para que não o fizesse. Ulisses esperou até que se afastassem um pouco mais e depois fez questão de deixar o gigante saber que havia errado a pontaria. O ciclope respondeu com imprecações, mas Ulisses e seus amigos remaram vigorosamente e logo se uniram aos demais companheiros, que aguardavam ancorados.

A ilha seguinte em que Ulisses aportou foi a de Éolo. Júpiter havia confiado o domínio dos ventos a esse monarca, que podia enviá-los ou retê-los, dependendo de sua vontade. O rei tratou Ulisses com hospitalidade, e quando de sua partida entregou-lhe, encerrados dentro de um saco de couro, atado com um fio de prata, os ventos que poderiam ser prejudiciais e perigosos, ordenando aos bons ventos que soprassem as embarcações na direção de seu país de origem. Por nove dias, velejaram à frente dos ventos, e durante esse período Ulisses esteve de pé com as mãos ao leme, sem nunca dormir. Finalmente, muito cansado, deitou-se para dormir. E, enquanto dormia, a tripulação reuniu-se para discutir sobre o conteúdo do saco misterioso, concluindo que devia conter tesouros presenteados pelo hospitaleiro rei Éolo a seu comandante. Tentados a assegurar uma parte das riquezas para si mesmos, desataram a fita de prata e imediatamente os ventos começaram a acelerar. Os navios foram levados para bem longe de seu curso, e de volta à ilha que haviam deixado fazia pouco. Éolo ficou tão indignado com a tolice dos marinheiros que se recusou a prestar-lhes mais auxílio, e eles foram obrigados a prosseguir em seu rumo por meio dos remos.

OS LESTRIGÕES

A próxima aventura deu-se com a tribo bárbara dos lestrigões. Os navios entraram no porto iludidos pela aparência de segurança. O porto era cercado de terra por todos os lados; somente Ulisses ancorou seu barco do lado de fora do porto. Assim que os lestrigões perceberam que os navios estavam em seu completo poder, atacaram-nos, atirando imensas pedras que quebraram e viraram as embarcações, e com suas lanças mataram os marinheiros enquanto ainda se debatiam na água. Todos os navios e suas tripulações foram destruídos, exceto o de Ulisses, que, tendo ficado do lado de fora, e vendo que não havia remédio senão fugir, encorajou os homens a remar vigorosamente. Foi assim que escaparam.

Sentindo-se tristes pela perda de seus companheiros, e felizes pelo fato de terem escapado, prosseguiram em sua jornada até a ilha de Eeia, local em que habitava Circe, filha do Sol. Aportando ali, Ulisses escalou uma montanha, e, olhando em torno, não viu nenhum sinal de vida, exceto em um único ponto central da ilha, onde avistou um palácio cercado por árvores. Enviou metade de sua tripulação, sob o comando de Euríloco, para averiguar que tipo de hospitalidade encontrariam. Quando se aproximavam do palácio, viram-se cercados por leões, tigres e lobos que não eram ameaçadores, mas domesticados pela arte de Circe, que era uma poderosa feiticeira. Todos esses animais já haviam sido homens, mas foram metamorfoseados pelos encantamentos da feiticeira, passando a ter a forma de feras. O som de uma música suave vinha do palácio, e também uma doce voz feminina podia ser ouvida. Euríloco chamou, em voz alta, e a deusa saiu, convidou-os para entrar; todos entraram com alegria, exceto Eurícolo, que sentiu algum perigo no ar. A deusa pediu aos hóspedes que se sentassem, e serviu-lhes vinho e outras iguarias. Quando todos já se haviam servido em abundância, tocou-os um a um com sua vara encantada, e eles se transformaram em porcos: "a cabeça, o corpo, a voz e o pelo", mantendo apenas sua inteligência original. Circe prendeu-os em chiqueiros e deu-lhes de comer lavagem e outros alimentos de que os porcos gostam.

Eurícolo correu de volta ao navio e contou o que ocorrera. Ulisses resolveu naquele momento que tentaria libertar seus companheiros pessoalmente. Quando já havia avançado um pouco, um jovem surgiu dirigindo-se a ele com grande familiaridade, demonstrando conhecer suas aventuras. O jovem se apresentou como Mercúrio e informou Ulisses a respeito das artimanhas de Circe e dos perigos de se aproximar dela. Como Ulisses não estava disposto a desistir de seu propósito, Mercúrio deu-lhe um broto da planta chamada *móli* (planta semelhante à cebola, que possuía um poder maravilhoso para resistir às feitiçarias), e instruiu-o sobre como deveria proceder. Ulisses continuou sua jornada e foi recebido com hospitalidade por Circe, que o entreteve do mesmo modo que fizera com seus companheiros, e, depois que ele já havia comido e bebido, tocou-o com sua varinha encantada, dizendo: "Aqui, procura o chiqueiro e chafurda com teus amigos". Mas ele, em vez de obedecer ao comando, sacou da espada e atacou-a com tal fúria que ela caiu de joelhos e implorou por misericórdia. Ulisses fê-la repetir um juramento de que libertaria os seus companheiros e que não mais tentaria prejudicá-los, permitindo que partissem em segurança depois de os tratar com hospitalidade. Circe cumpriu o juramento. Os homens foram restaurados à forma original, os demais membros da tripulação foram chamados para se unir ao grupo e foram todos servidos magnificamente, dia após dia, até que Ulisses pareceu ter-se esquecido de sua terra natal e ter-se acomodado com uma vida inglória de facilidade e prazer.

Finalmente, seus companheiros apelaram para os seus sentimentos mais nobres, e ele soube receber a advertência com gratidão. Circe ajudou a providenciar a sua partida, e deu-lhes instruções de como passar com segurança pela costa da ilha das sereias. As sereias eram ninfas do mar que tinham poder de encantar, com suas canções, todos aqueles que as ouvissem, de modo que os marinheiros infelizes eram impelidos irresistivelmente a se jogarem no mar em busca da própria destruição. Circe disse a Ulisses que enchesse os ouvidos de seus homens com cera, de modo que não ouvissem o canto das sereias; e que se amarrasse ao mastro do navio, dando ordens aos marinheiros que não o soltassem, não importando o que dissesse, até deixarem para trás a ilha das sereias. Ulisses obedeceu a essas orientações. Encheu os ouvidos de seus homens com cera, e fez que o amarrassem firmemente ao mastro. Quando se aproximaram da ilha das sereias o mar estava calmo, e, sobre as águas, chegaram notas musicais tão arrebatadoras que Ulisses se esforçou para se libertar, fazendo sinais e gritando para que seus homens o desatassem; mas eles, obedientes às ordens recebidas, continuaram avançando e amarraram-no ainda com mais força. Mantiveram-se em seu curso original, e a música tornou-se cada vez mais baixa até que não pudesse mais ser ouvida, quando, com alegria, Ulisses deu sinal aos seus amigos que podiam desobstruir os ouvidos, e eles o soltaram.

A imaginação do poeta moderno Keats revela-nos os pensamentos que passaram pelo espírito das vítimas de Circe, após a sua transformação. No seu *Endímion*, o poeta representa um monarca transformado em um elefante, dirigindo-se à feiticeira com linguagem humana:

> *Não vos peço minha ditosa coroa;*
> *Não vos peço minha falange sobre a planície,*
> *Não vos peço minha esposa viúva e solitária,*
> *Não vos peço o sangue renovado da vida;*
> *Nem meus belos filhos, meus meninos e meninas adoráveis;*
> *Hei de esquecê-los, de deixar passar esses prazeres,*
> *Não vos peço nada tão celeste; tão elevado;*
> *Apenas vos peço a mais justa recompensa: a morte;*
> *Para que me liberte dessas carnes desajeitadas,*
> *Desta pele grosseira, detestável e suja,*
> *Que me foi dada para suportar o ar frio e seco,*
> *Tende piedade, deusa! Circe, ouvi a minha súplica!*

CILA E CARIBDES

Ulisses fora advertido por Circe a respeito dos dois monstros, Cila e Caribdes. Já falamos de Cila na história de Glauco, e sabemos que foi um dia uma bela virgem, transformada depois por Circe em um monstro repleto de serpentes. Cila residia em uma gruta que ficava bem alta num penhasco, de onde estava acostumada a lançar os seus longos pescoços (pois tinha nada menos que seis cabeças), e em cada uma de suas bocas agarrava um membro da tripulação de cada navio que passava ao seu alcance. O outro monstro terrível, Caribdes, era um abismo que ficava quase ao mesmo nível da água. Três vezes por dia a água penetrava numa apavorante fenda, e três vezes era drenada por ali. Qualquer embarcação que se aproximasse do vórtice, quando a maré estava puxando, era inevitavelmente tragada; nem o próprio Netuno poderia impedi-lo.

Aproximando-se da região em que viviam os monstros ameaçadores, Ulisses manteve-se de prontidão para avistá-los. O ruído das águas, quando eram tragadas por Caribdes, avisou-os a distância, mas Cila não dava sinal de sua presença. Enquanto Ulisses e seus homens observavam o vórtice terrível, com ansiedade aparente nos olhos, não estavam atentos aos ataques de Cila, e o monstro, atirando suas seis cabeças para adiante, agarrou seis dos homens, e levou-os, rugindo, para o seu esconderijo. Foi a visão mais triste entre todas que Ulisses já tivera; viu os seus amigos sendo sacrificados desse modo, ouvindo seus gritos, e não sendo capaz de prestar-lhes nenhum auxílio.

Circe havia advertido para um outro perigo. Após passar por Cila e Caribdes, a próxima terra que encontrariam seria Trinácria, a ilha em que as duas filhas do Sol, Lapécia e Faetusa, apascentavam o gado do pai. Aqueles rebanhos não podiam ser violados, não importando quais fossem as necessidades dos viajantes. Se houvesse qualquer transgressão a essa regra, os culpados seriam sem dúvida destruídos.

Ulisses teria de bom grado passado ao largo da ilha do Sol, mas seus companheiros lhe pediram com tanta veemência que ancorasse para que tivessem repouso e abastecimento, que ele acabou concordando. Todavia, fê-los jurar que não tocariam nos animais dos rebanhos sagrados, contentando-se com o que sobrara das provisões entregues por Circe. Enquanto tais provisões duraram os homens mantiveram o juramento, mas ventos contrários detiveram-nos na ilha por um mês, e, após consumir todo o estoque, foram forçados a manter-se com pássaros e peixes que podiam apanhar. A fome pressionou-os, e, finalmente, um dia, na ausência de Ulisses, mataram algumas das vacas sagradas, tentando, em vão, consertar o seu erro, oferecendo porções daquela carne às divindades ofendidas. Quando retornou à praia, Ulisses ficou horrorizado ao perceber o que seus homens haviam feito, e mais ainda à vista dos prodígios que se seguiram. A pele dos animais se arrastava pelo solo, e os pedaços de carne que estavam assando em espetos começaram a andar.

Como os ventos melhoraram, zarparam da ilha. Não tinham ainda se distanciado muito quando o clima transformou-se e uma tempestade de trovões e raios começou a cair. Um raio atingiu o mastro do navio que, ao cair, atingiu o timoneiro, matando-o. Finalmente, a embarcação se fez em pedaços. Com a quilha e o mastro flutuando lado a lado, Ulisses confeccionou uma jangada, na qual se agarrou, e, com a virada dos ventos, as ondas o trouxeram até a ilha de Calipso. Todo o restante da tripulação pereceu.

O trecho seguinte, que se refere aos tópicos que acabamos de considerar, pertence ao *Comus*, de Milton, verso 252:

> *... Muitas vezes já avistei*
> *Minha mãe, Circe, e as três sereias*
> *Entre as náiades adornadas de flores,*
> *Colhendo suas ervas poderosas e suas drogas perigosas*
> *De tal modo que, enquanto cantavam,*
> *Podiam dominar as almas prisioneiras*
> *Que arrebatavam ao Elísio. Cila chorava*
> *E fazia que suas ruidosas ondas prestassem atenção*
> *Enquanto o cruel Caribdes, sorrateiro, aplaudia.*

Cila e Caribdes tornaram-se proverbiais para denotar os perigos opostos que se interpõem no caminho das pessoas.[23]

CALIPSO

Calipso era uma ninfa marítima, cujo nome se refere a uma classe numerosa de divindades femininas de categoria inferior, que contudo possuem muitos dos atributos dos deuses. Calipso recebeu Ulisses com hospitalidade, entretendo-o de forma magnífica, e enamorou-se dele, desejando retê-lo ali para sempre, dando-lhe imortalidade. Mas ele persistiu na resolução de retornar ao seu reino, para a esposa e o filho. Finalmente, Calipso recebeu ordens de Júpiter para deixá-lo partir. Mercúrio, que foi o portador da mensagem de Júpiter, encontrou-a em sua gruta, assim descrita por Homero:

> *Uma luxuriante floresta, por todos os lados,*
> *A gruta espaçosa recobre, profusa;*
> *Água mui clara promana de quatro nascentes vizinhas,*

---

[23] Vide expressões proverbiais (VII). (N. A.)

Vindas de cursos sinuosos, contudo, paralelos;
Prados macios em torno se viam; belo,
O verde encimado de púrpura é cheio de viço.
De modo que até mesmo um deus imortal, que viesse
Ali, folgaria na alma, sentindo admiração e alegria.

Embora relutante, Calipso obedeceu à ordem de Júpiter. Supriu Ulisses com os meios para construir uma jangada, encheu-a de provisões e deu-lhe bons ventos. Ulisses avançou muito bem, durante muitos dias, em seu curso, até que, finalmente, quando já avistava terra, uma tempestade quebrou o mastro, ameaçando levar a pequena embarcação ao naufrágio. Em meio a essa crise, ele foi visto por uma ninfa marinha que, compadecida, transformou-se num corvo marinho e, pousando sobre a jangada, deu-lhe de presente um cinturão, orientando-o para prendê-lo abaixo da altura do tórax, pois, caso caísse no mar, mantê-lo-ia flutuando e permitindo que nadasse até a praia.

Em seu romance, *Telêmaco*, Fénelon narra as aventuras do filho de Ulisses à procura do pai. Entre outros lugares em que ele aportou, seguindo as pegadas paternas, estava a ilha onde morava Calipso, e, como no caso anterior, a deusa tentou todas as artimanhas para manter Telêmaco com ela, ofertando-lhe o poder de compartilhar da sua imortalidade. Minerva, entretanto, que na forma de Mentor acompanhava o rapaz e governava cada um de seus movimentos, fez que ele rejeitasse os encantos de Calipso, e quando nenhuma outra forma de fuga era encontrada, os dois amigos pularam de um rochedo nas águas do mar, e nadaram até um navio que flutuava a distância. Byron alude a esse salto dado por Telêmaco e Mentor na seguinte estrofe:

*Mas não passes em silêncio pelas ilhas de Calipso,
Que são as irmãs que vivem no meio do alto-mar;
Ali, aos cansados ainda um abrigo sorri,
Embora há muito a bela deusa tenha deixado de chorar,
E sobre o seu penhasco não mais esteja para vigiar inutilmente
Por aquele que se atreveu a preferir uma noiva mortal.
Este foi o lugar em que seu filho deu aquele salto terrível,
Caindo sobre a fúria da maré, impelido pelo sério Mentor,
Enquanto a rainha-ninfa, por sua perda dupla, duplamente
suspira.*

CAPÍTULO XXX

OS FEÁCIOS — DESTINO DOS PRETENDENTES

OS FEÁCIOS

Ulisses manteve-se sobre a jangada enquanto ela durou, e quando a embarcação cedeu em virtude de seu peso, colocou o cinturão em torno do corpo e nadou. Minerva abrandou as vagas e enviou-lhe ventos propícios para que logo alcançasse o litoral. As ondas batiam com tal força contra o rochedo, que a aproximação parecia impossível. Contudo, finalmente, encontrando águas mais calmas na foz de um riacho, Ulisses chegou à margem, exausto pelo esforço realizado, arfando, sem voz e quase morto. Depois de algum tempo, revigorado, beijou o solo, feliz, mas ainda desorientado. A pouca distância avistou um bosque, e pôs-se a caminhar em sua direção. Ali, encontrou ramos de árvores que se entrelaçavam, de modo que formavam um abrigo que o protegeria do sol e da chuva. Então colheu muitas folhas e com elas fez uma cama e também se cobriu, vindo logo a adormecer.

A terra para a qual o mar o trouxera era a Esquéria, o país dos feácios. Esse povo vivia originalmente próximo aos ciclopes, mas, sendo oprimido por aquela raça selvagem, emigrara para a ilha de Esquéria, sob a liderança de Nausítoo, que era seu rei. Diz o poeta que os feácios eram aparentados com os deuses, os quais apareciam pessoalmente para festejar com eles quando oficiavam sacrifícios, e não se escondiam dos solitários viajantes quando com estes deparavam. Eram senhores de riquezas abundantes e não precisavam preocupar-se com ameaças de guerra, pois, como moravam bem longe dos homens cobiçosos, nenhum inimigo jamais se aproximara de suas praias, de tal modo que nem mesmo precisavam carregar o arco e a aljava. Sua atividade principal era a navegação. Seus navios, que singravam os mares na mesma velocidade dos pássaros, eram dotados de inteligência, conheciam todos os portos e não precisavam de timoneiro. Alcínoo, filho de Nausítoo, era o seu rei atual, um soberano justo e sábio, amado pelo povo.

Ora, ocorreu que na mesma noite em que Ulisses chegou à ilha dos feácios, enquanto dormia na sua cama improvisada com folhas, Nausícaa, a filha do rei, teve um sonho enviado por Minerva para lembrá-la de que o dia de seu casamento se aproximava e que, portanto, seria prudente que ela se preparasse para o evento, lavando toda a roupa de sua família. Essa não seria uma tarefa fácil, pois as fontes ficavam a uma certa distância, e as roupas precisavam ser carregadas até lá. Assim que acordou, a princesa apressou-se a relatar aos pais o que tinha em mente, sem aludir ao casamento, mas apresentando outras boas justificativas. O pai logo concordou e deu ordens aos seus palafreneiros que fornecessem uma carroça à filha. As roupas foram colocadas no veículo, e a rainha acrescentou um abundante suprimento de comida e vinho. A princesa sentou-se na carroça e açoitou os animais, enquanto as virgens, suas servas, seguiam-na a pé. Chegando à margem do rio, soltaram as mulas para que pastassem, e, descarregando a carruagem, levaram as roupas até a beira da água. Trabalhando com entusiasmo e vigor, logo terminaram o dever. Em seguida, espalharam as roupas sobre a margem para que secassem, banharam-se e sentaram-se para fazer a refeição. Depois disso, as virgens levantaram-se e divertiram-se jogando bola, enquanto a princesa cantava para elas. Mas, quando já haviam recarregado a carroça e estavam prestes a retomar o caminho da cidade, Minerva fez que a bola lançada pela princesa caísse na água, ao que todas gritaram muito, despertando Ulisses. Agora vamos imaginar Ulisses, um marinheiro náufrago, que escapara ao poder das ondas havia poucas horas, e, estando quase nu, desperta e percebe que uns meros arbustos se interpõem entre ele e um grupo de virgens que, pela atitude nobre e trajes, certamente não eram camponesas, mas jovens de uma classe superior. Apesar de estar muito necessitado de ajuda, como poderia aventurar-se, nu como estava, a sair de trás dos arbustos e pedir auxílio? Com certeza tratava-se de uma situação que requeria a intervenção de sua deusa e patrona Minerva, que jamais havia falhado com ele em nenhuma crise. Tirando de uma árvore um galho repleto de folhas, colocou-o diante do corpo e saiu da mata. Ao vê-lo, as virgens fugiram em todas as direções, exceto Nausícaa, pois Minerva a dotara de coragem e discernimento. Ulisses, mantendo-se respeitosamente a uma distância considerável, contou a sua triste história, e implorou por comida e roupa à bela moça (confessando não saber se ela seria uma rainha ou uma deusa). A princesa respondeu com cortesia, prometendo dar-lhe a ajuda pedida e a hospitalidade de seu pai, assim que este tomasse conhecimento dos fatos. Nausícaa chamou de volta as suas medrosas ajudantes, repreendendo-as gentilmente pelo pânico que haviam sentido, fazendo-as recordar-se de que os feácios não tinham inimigos e portanto não precisavam temer. Aquele homem, explicou, era um infeliz andarilho, a quem tinham o dever de auxiliar, pois os pobres e os estrangeiros procedem de Júpiter. Pediu-lhes que trouxessem alimento e vestuário, pois algumas das roupas de seu irmão estavam dentro da carroça. Quando isso foi feito, Ulisses, retirando-se para um local fechado, banhou-se e livrou-se da espuma do mar. Vestido e alimentado, Palas ampliou suas formas e espalhou a graça sobre seu peito amplo e seu rosto másculo.

Ao vê-lo assim, a princesa encheu-se de admiração, e não teve escrúpulos de dizer às suas damas que desejaria que os deuses houvessem enviado a ela um marido assim. A Ulisses ela recomendou que deveria segui-la e ao seu séquito, até a cidade, enquanto atravessassem os campos; todavia, quando se aproximassem da cidade, preferia que ele não fosse visto em sua companhia, pois temia as observações que pessoas rudes e vulgares poderiam fazer ao vê-la regressar acompanhada de um estrangeiro tão galante. Assim, orientou-o para ir através de um bosque adjacente à cidade, onde havia uma fazenda e um jardim que pertenciam ao rei. Depois de esperar o tempo necessário para que a princesa e suas companheiras chegassem à cidade, poderia seguir o seu caminho até lá, e então seria facilmente guiado por qualquer pessoa que encontrasse no caminho do palácio real.

Ulisses obedeceu às orientações e, no tempo certo, alcançou a cidade, onde logo encontrou uma jovem mulher carregando um cântaro com água. Era Minerva que assumira aquela forma. Ulisses dirigiu-se a ela, pedindo-lhe que ensinasse o caminho até o palácio do rei Alcínoo. A donzela respondeu-lhe respeitosamente, oferecendo-se como guia, já que o palácio ficava próximo à morada de seu pai. Sob a orientação da deusa, e graças ao seu poder, envolto em uma nuvem que impedia que fosse visto, Ulisses passou no meio da multidão, e, maravilhado, contemplou o porto, os navios, o fórum (o retiro dos heróis) e suas plantações, que se estendiam até as cercanias do palácio, onde a deusa, após lhe fornecer alguma informação sobre o país, o rei e o povo que ele estava prestes a encontrar, deixou-o. Ulisses, antes de entrar no jardim do palácio, parou e observou o cenário. Espantou-se com o esplendor. Muros de bronze estendiam-se da entrada até a morada interior, cujos portões eram de ouro, as portas, de prata, e os dintéis, prateados com ornamentos dourados. De ambos os lados erguiam-se mastins forjados com ouro e prata, alinhados lado a lado, como se protegessem a entrada. Ao longo das paredes havia assentos espalhados por toda a extensão, cobertos com tecidos finos, obra das donzelas feácias. Nesses bancos, as princesas sentavam-se e festejavam, enquanto estátuas de ouro de jovens graciosos seguravam tochas acesas que iluminavam o cenário. Cinquenta criadas cuidavam dos serviços da casa, algumas empregadas para moer o milho, outras para tecer a púrpura ou fazer outras tarefas de tecelagem. As mulheres feácias superavam todas as mulheres nas artes domésticas, como também os marinheiros daquele país eram melhores do que os de quaisquer outros povos no manejo dos navios. Do lado de fora da casa havia um espaçoso pomar, de quatro acres de extensão. Nele cresciam muitas árvores frondosas, pés de romã, pereiras, macieiras, figueiras e oliveiras. Nem o frio do inverno nem a seca do verão impediam o seu crescimento, pois floresciam constantemente, algumas brotando, outras já com seus frutos amadurecidos. O vinhedo era também muito produtivo. De um lado estavam as vinhas, algumas em botão, outras carregadas de uvas maduras, e, à frente, viam-se os vinhateiros amassando as uvas para fazer o vinho. O pomar era rodeado de flores de cores as mais distintas, que se abriam o ano inteiro, em finos arranjos artísticos. No centro havia duas fontes aspergindo suas águas, uma delas fluía por canais artificiais que cruzavam todo o pomar, a outra atravessava o átrio, de modo que todos os que por ali passavam podiam servir-se dela.

Ulisses estava paralisado com aquela visão, sem que pudesse ser visto, pois a nuvem que Minerva criara em torno dele ainda o protegia. Finalmente, tendo observado a cena por tempo suficiente, adiantou-se a passo rápido pelo salão em que os líderes e os senadores se reuniam em assembleia, derramando suas libações para Mercúrio, cujo culto se dava após a ceia. Só então Minerva dissolveu a nuvem e revelou-o aos membros da assembleia. Avançando até o local em que a rainha se sentava, Ulisses ajoelhou-se aos pés da soberana e implorou a ela que o ajudasse a regressar à sua terra natal. Depois disso, retirou-se e sentou-se ao lado da lareira, como era de costume aos suplicantes.

Por algum tempo, ninguém falou. Finalmente, um idoso estadista, dirigindo-se ao rei, disse: "Não convém que um estrangeiro que pede a nossa hospitalidade tenha de esperar como um suplicante, sem que ninguém lhe dê as boas-vindas. Portanto, deixai que se assente entre nós e receba alimento e vinho". Diante dessas palavras, o rei, erguendo-se, estendeu a mão a Ulisses e conduziu-o ao assento que estava ocupado por seu próprio filho, pedindo que este cedesse o lugar ao estrangeiro. Comida e vinho foram postos diante de Ulisses, e ele comeu e bebeu.

Em seguida, o rei dispensou seus convivas, informando-lhes que se reuniriam novamente no dia seguinte, em conselho, para escolher a melhor resolução no caso do estrangeiro.

Depois que os convidados saíram e Ulisses ficou a sós com o rei e a rainha, esta lhe perguntou quem ele era e de onde vinha, e (reconhecendo que as roupas que vestia tinham sido feitas por ela e por suas damas) quem lhe dera aquelas roupas. O herói narrou-lhes sua estada na ilha de Calipso e sua partida de lá, o naufrágio de sua jangada, o modo como teve de nadar até a costa de Esquéria e o auxílio dispensado pela princesa. O casal ouviu a história com ar de aprovação e o rei prometeu fornecer a Ulisses um navio com o qual poderia retornar à sua terra.

No dia seguinte os líderes reunidos confirmaram a promessa do rei. Uma embarcação estava pronta com uma tripulação de corpulentos remadores especialmente selecionados para a viagem. Todos se reuniram no palácio, onde um lauto repasto foi servido. Depois do banquete, o rei propôs que os jovens demonstrassem a Ulisses as suas habilidades nos esportes, e todos se dirigiram à arena para assistir às competições de corrida, luta e outros exercícios. Depois que todos haviam feito o melhor que podiam, Ulisses foi desafiado a mostrar o que podia fazer. No primeiro momento, ele declinou do convite, mas sendo escarnecido por um dos jovens, pegou um disco bem mais pesado do que todos aqueles que os feácios haviam lançado, e lançou-o mais longe que o vencedor. Todos se espantaram e passaram a ver seu hóspede com respeito redobrado.

Depois dos jogos, voltaram ao salão, e o arauto apresentou Demódoco, o bardo cego:

> *Amado pelas musas,*
> *Que contudo o destinaram para o bem e para o mal,*
> *Subtraindo-lhe a visão, mas dando-lhe cantos divinos.*

O bardo escolheu como tema o *Cavalo de madeira*, que servira de meio para que os gregos entrassem em Troia. Apolo inspirou-o de tal maneira que ao cantar, cheio de sentimento, os terrores e as aventuras ocorridas naquele tempo, todos se deliciaram, enquanto Ulisses se desfazia em lágrimas. Observando esse comportamento, assim que a canção terminou, Alcínoo perguntou-lhe a razão de sua tristeza evocada pela lembrança de Troia. Acaso perdera naquela batalha o pai, ou algum irmão, ou algum amigo querido? Ulisses respondeu revelando seu verdadeiro nome, e a pedido da audiência contou as aventuras que tinha enfrentado desde que partira de Troia. Essa narrativa elevou ao mais alto grau os sentimentos de admiração e afeição que os feácios já nutriam por ele. O rei propôs que todos os líderes deveriam presentear Ulisses com algo, e ele mesmo daria o exemplo. Eles obedeceram, e cada um quis exceder o outro na escolha de valiosos presentes entregues ao ilustre estrangeiro.

No dia seguinte, Ulisses zarpou na embarcação feácia, e, em pouco tempo de viagem, chegou são e salvo a Ítaca. Quando o navio aportou, ele estava dormindo. Os marinheiros, sem acordá-lo, carregaram-no até a praia, colocaram a seu lado o baú que continha os seus presentes, e partiram. Netuno sentiu-se tão aborrecido com a conduta dos feácios, que haviam libertado Ulisses de sua influência, que, quando a embarcação retornou, transformou-a em um rochedo no lado oposto da entrada do porto de Esquéria.

A descrição que Homero faz dos navios dos feácios tem sido comparada à antecipação das modernas maravilhas da navegação a vapor. Alcínoo diz a Ulisses:

> *Quero, também, que me digas a terra, a cidade e teu povo,*
> *Para que a nau te conduza, mercê do seu próprio intelecto,*
> *Pois os navios dos homens feácios diferem dos outros,*
> *De timoneiro não têm necessidade, nem de leme tampouco,*
> *Mas compreendem dos homens o espírito e, assim, seus desígnios,*
> *Onde as cidades se encontram, bem como as campinas mui férteis*
> *Dos homens todos, cortando velozes a fúria dos mares,*
> *Mesmo que nuvens ou densa neblina os envolvam. Não, nunca*
> *Riscos terão de correr, quer prejuízos, quer mesmo naufrágios.*

Odisseia — canto VIII

Lorde Carlisle, em seu *Diário em águas turcas e gregas*, assim se refere a Corfu, que ele considera ser a antiga ilha dos feácios:

> *A localização explica a Odisseia. O templo do deus-oceano não poderia estar mais bem situado, sobre uma plataforma de relva sedosa, no topo de um penedo de onde se avista o porto, o canal e o mar. Justamente na entrada do porto interno, há um rochedo pitoresco sobre o qual foi edificado um pequeno convento. De acordo com a lenda, ali estaria o barco de Ulisses metamorfoseado.*
>
> *A distância entre o único rio que há na ilha e o lugar em que supostamente estariam a cidade e o palácio do rei justifica a necessidade que a princesa Nausícaa teve de usar uma carroça para levar a roupa que seria lavada, bem como a sua provisão de almoçar antes do retorno à corte, com as donzelas que a acompanhavam.*

DESTINO DOS PRETENDENTES

Ulisses saíra de Ítaca havia vinte anos, e quando despertou não reconheceu sua terra natal. Minerva apareceu-lhe na forma de uma jovem pastora, informou-lhe sobre o lugar em que estava e sobre o desenvolvimento dos fatos em seu palácio. Mais de cem nobres de Ítaca e de ilhas vizinhas disputavam a mão de Penélope, sua esposa, imaginando que ele estivesse morto, apossando-se de seu palácio e de seus servos como se lhes pertencessem. A fim de que pudesse vingar-se deles, era importante que não revelasse a sua identidade, por isso Minerva metamorfoseou-o em um horrível mendigo, e com essa aparência foi muito bem recebido por Eumeu, o guardador de porcos, um servo leal de sua casa.

Telêmaco, seu filho, estava ausente, pois havia saído para procurar o pai. Ele havia ido às cortes dos outros reis que tinham participado da expedição troiana. Enquanto realizava a sua busca, foi aconselhado por Minerva a voltar para casa. O jovem regressou, mas, antes de se apresentar aos pretendentes, procurou Eumeu para saber notícias do que estava ocorrendo no palácio. Encontrando um estranho na companhia de Eumeu, tratou-o cortesmente, e, pensando que se tratasse de fato de um mendigo, prometeu-lhe auxílio. Eumeu foi enviado ao palácio para informar Penélope, reservadamente, a respeito da chegada do filho. Essa cautela era necessária, porque Telêmaco soube que os pretendentes tramavam interceptá-lo e matá-lo. Quando Eumeu saiu para cumprir a missão, Minerva apareceu a Ulisses e disse-lhe que aquele era o momento para se revelar ao filho. No mesmo instante tocou-o, retirando-lhe o aspecto de um velho miserável e devolvendo-lhe a aparência de vigor másculo que lhe era peculiar. Telêmaco viu-o com espanto, e num primeiro momento pensou que não se tratasse de um simples mortal. Mas Ulisses apresentou-se como o seu pai, e justificou a mudança de aparência como um feito de Minerva.

> *... Telêmaco logo*
> *o nobre pai abraçou, desfazendo-se em pranto copioso.*
> *Ambos sentiram desejo incontido de ao pranto se darem,*
> *E prorromperam em choro ruidoso, como aves bulhentas.*

Pai e filho conversaram sobre como proceder em relação aos pretendentes, punindo-os pelos ultrajes cometidos. Ficou acertado que Telêmaco deveria retornar ao palácio e misturar-se entre os pretendentes como antes; que Ulisses também deveria seguir para o palácio, mas como mendigo, um personagem que nos tempos antigos gozava de privilégios que aos mendigos de hoje não são concedidos. Como viajantes e contadores de histórias, os mendigos eram admitidos nos salões dos chefes, e frequentemente eram tratados como hóspedes; embora, outras vezes, fossem também tratados friamente. Ulisses avisou o filho para não demonstrar nenhum interesse especial por ele, e mesmo que o pai, naquela condição, fosse insultado e maltratado, o filho não deveria fazer mais por ele do que faria por um estrangeiro.

No palácio encontraram as cenas de festa e a devassidão de sempre. Os pretendentes fingiram receber Telêmaco com alegria em seu retorno, embora, no íntimo, estivessem mortificados por não terem obtido sucesso nos planos de tirar-lhe a vida. Ao velho mendigo, que foi aceito no palácio, ofereceu-se uma refeição à mesa. Um incidente tocante ocorreu quando Ulisses entrou no pátio do palácio. Um velho cão deitado no jardim, quase morto em decorrência da idade, ao ver o estranho que entrava, ergueu a cabeça, com as orelhas em pé. Tratava-se de Argos, o cão que pertencia a Ulisses, e que o herói costumava levar consigo em suas caçadas em tempos idos.

> *Ao perceber Ulisses, que passava, entretanto, ao pé dele,*
> *A cauda agita de leve, abaixando também as orelhas,*
> *Sem que possível lhe fosse avançar ao encontro do dono.*
> *Este uma lágrima logo enxugou, disfarçando a mirada,*
>
> (...)
>
> *Pelo destino da morte sinistra foi Argos colhido,*
> *Quando revira Ulisses, decorridos vinte anos de ausência.*

Quando Ulisses estava sentado, comendo no salão, alguns pretendentes começaram a tratá-lo com insolência. E tendo ele manifestado levemente a sua insatisfação com o tratamento recebido, um deles ergueu um tamborete, dando-lhe um golpe. Para Telêmaco foi muito difícil conter a indignação de ver seu pai ser tratado desse modo dentro do próprio salão, mas, lembrando-se das orientações recebidas, nada disse além do que lhe competia como senhor da casa, embora jovem, e protetor de seus hóspedes.

Penélope protelara tanto sua decisão em favor de algum de seus pretendentes que não parecia mais haver desculpa aceitável. A longa e contínua ausência do marido parecia ser a prova de que seu retorno não mais deveria ser aguardado. Entrementes, seu filho crescera, e já era capaz de gerenciar os próprios negócios. Assim, Penélope concordou que a questão fosse decidida por meio de uma prova de habilidades entre os pretendentes. A prova escolhida foi a do manejo do arco. Doze argolas foram dispostas em linha, e aquele cuja seta atravessasse todas as doze teria a rainha como prêmio. Do arsenal, um arco que Ulisses recebera de presente de um de seus amigos heróis, em outros tempos, foi trazido juntamente com sua aljava para o salão. Telêmaco tomou providências para que todas as outras armas fossem removidas do ambiente, sob o argumento de que no calor da competição haveria o perigo de seu uso indevido numa hora de raiva.

Estando tudo pronto para a competição, a primeira coisa a ser feita era envergar o arco para a colocação da corda. Telêmaco esforçou-se por fazê-lo, sem sucesso; e, confessando modestamente que o desafio estava além de suas forças, passou o arco para outro, que também não teve sucesso, e, entre o riso e a chacota de seus companheiros, desistiu. Outro tentou e mais outro; passaram breu no arco, mas ainda assim não obtiveram nenhum resultado. Então Ulisses falou, sugerindo que também ele deveria ter a oportunidade de tentar, "pois", disse ele, "mendigo como sou, fui um dia um soldado, e há ainda alguma força nestes meus velhos membros". Os pretendentes vaiaram com escárnio, ordenando que o homem fosse levado para fora do salão por sua insolência. Mas Telêmaco defendeu a causa do velho homem: que a ele se desse uma oportunidade de tentar. Ulisses tomou o arco, manejando-o com a habilidade de um mestre. Ajustou a corda com grande facilidade, depois posicionou uma seta e lançou-a com pontaria certeira, fazendo que atravessasse todas as argolas. Sem que houvesse tempo para que os pretendentes expressassem a admiração, disse o arqueiro: "Agora, um outro alvo!", e fez pontaria no mais insolente entre os pretendentes. A seta perfurou a garganta e ele caiu morto. Telêmaco, Eumeu, e um outro leal seguidor, bem armados, já estavam ao lado de Ulisses. Os pretendentes, alvoroçados, procuravam encontrar armas em sua volta, sem sucesso, e não havia meio de escapar do salão, pois Eumeu havia trancado a porta. Ulisses não os deixou por mais tempo na incerteza: apresentou-se como o dono daquela casa que fora por eles invadida durante o longo período de sua ausência, cujos bens por eles haviam sido dilapidados, e cuja esposa e filho haviam perseguido por vinte longos anos; e declarou que agora desejava obter uma vingança completa. Todos foram mortos, e Ulisses voltou a ser o mestre de seu palácio e o possuidor de seu reino, assim como marido de sua esposa.

O poema *Ulisses*, de Tennyson, representa o velho herói, depois de atravessar tantos perigos, e que agora nada mais tem a fazer senão ficar em casa e ser feliz, cada vez mais impaciente pela inação, resolvendo mais uma vez sair em busca de aventuras.

> *... Vinde, amigos meus,*
> *Não é tarde demais para encontrarmos novos mundos,*
> *Remai, e acomodai-vos firmemente, porque nos bateremos*
> *Nas ondas vigorosas; pois é minha intenção*
> *Navegar para além do pôr do sol, onde se banham*
> *Todas as estrelas do oeste, até que eu morra.*
> *Poderemos ser tragados pelos remoinhos;*
> *Talvez alcancemos as Ilhas Afortunadas,*
> *E vejamos o grande Aquiles, a quem conhecemos.*

CAPÍTULO XXXI

AVENTURAS DE ENEIAS — AS HARPIAS — DIDO — PALINURO

AVENTURAS DE ENEIAS

Acompanhamos um dos heróis gregos, Ulisses, em suas peregrinações e retorno para casa, vindo de Troia, e agora nos propomos a narrar a sorte dos remanescentes daquele povo que foi conquistado, os que partiram sob a liderança de Eneias em busca de uma nova pátria, depois da ruína da cidade natal. Na noite fatal em que o cavalo de madeira vomitou o seu conteúdo de homens armados, tendo como consequência a captura da cidade que depois foi incendiada, Eneias fugiu da cena da destruição, com o pai, a esposa e um filho mais novo. O pai, Anquises, era idoso em demasia para andar com a velocidade necessária, por isso Eneias carregou-o sobre os ombros. Assim, sob o peso de tal fardo, conduzindo o filho e seguido pela esposa, esforçou-se para encontrar o melhor caminho para sair da cidade incendiada; mas, em meio à confusão, sua esposa perdeu-se.

Ao chegar ao ponto de encontro, fugitivos de ambos os sexos puseram-se sob a liderança de Eneias. Alguns meses foram despendidos em preparativos, e, finalmente, embarcaram. Primeiro desembarcaram no litoral vizinho da Trácia, onde já se preparavam para construir uma cidade, mas Eneias desistiu da ideia diante de um prodígio. Preparando para oferecer um sacrifício, tirou alguns raminhos de um dos arbustos. Assombrado, notou que do caule escorria sangue. Quando repetiu o ato, uma voz que veio do solo bradou-lhe: "Poupa-me, Eneias, sou teu parente, Polidoro, e fui morto neste lugar com muitas flechadas, e do meu sangue derramado surgiu este arbusto". Essas palavras trouxeram à memória de Eneias o caso de um jovem príncipe de Troia, enviado por seu pai, juntamente com muitos tesouros, às terras vizinhas da Trácia, para ali ser criado, distante dos horrores da guerra. O rei para o qual ele foi enviado, porém, matou-o para ficar com seus tesouros. Eneias e seus companheiros, considerando a terra amaldiçoada pela mancha desse crime, apressaram-se em partir.

Em seguida aportaram na ilha de Delos, que já fora uma ilha flutuante, até que Júpiter amarrou-a com correntes poderosas ao fundo do mar. Apolo e Diana nasceram ali, e a ilha era por isso consagrada a Apolo. Eneias consultou o oráculo de Apolo e recebeu uma resposta, ambígua como sempre: "Procura a tua mãe ancestral; ali a raça de Eneias há de habitar e submeterá todas as demais nações". Os troianos ouviram a previsão com alegria e, imediatamente, começaram a perguntar uns aos outros: "Que lugar é esse descrito pelo oráculo?". Anquises lembrou-se de uma tradição segundo a qual os seus antepassados teriam vindo de Creta, e para lá resolveram navegar. Chegaram a Creta e deram início à construção de sua cidade, mas uma praga se espalhou entre eles, e os campos que haviam semeado nada produziram. Em vista de circunstâncias tão sombrias, Eneias foi avisado em sonho para deixar o lugar e procurar uma terra a oeste chamada Hespéria, de onde havia emigrado Dárdano, o verdadeiro fundador da raça de Troia.

Para Hespéria, que hoje é conhecida como Itália, dirigiram-se, e somente após muitas aventuras e um lapso de tempo suficiente para que um navegador moderno desse diversas voltas em torno da Terra, é que chegaram ao seu destino.

O primeiro desembarque deu-se nas ilhas Estrófades, onde habitavam as harpias, aves repugnantes com cabeça de mulher, longas garras e rosto pálido de fome. Elas haviam sido enviadas pelos deuses para atormentar um certo Fineu, de quem Júpiter havia tirado o sentido da visão para punir a sua crueldade; e, sempre que uma refeição era posta diante dele, as harpias mergulhavam do céu e a levavam. As aves haviam sido expulsas pela expedição dos argonautas, e se haviam refugiado nas ilhas em que Eneias se encontrava agora.

Quando os troianos entraram no porto, viram os rebanhos bovinos pastando na planície. Abateram tantos quantos desejavam e prepararam um grande banquete. Mas, assim que se sentaram à mesa, um enorme clamor foi ouvido no espaço e um bando de odiosas harpias veio descendo do céu em alta velocidade, e, pegando as carnes das travessas, fugiram. Eneias e seus companheiros desembainharam a espada e deram golpes vigorosos entre os monstros, mas sem sucesso, pois as aves eram tão ágeis que era quase impossível atingi-las, além de que as suas penas funcionavam como armadura, impenetráveis como aço. Uma delas, pousando num penhasco próximo, gritou: "Então é assim que vós, troianos, nos tratam, aves inocentes que somos, primeiro matando o nosso gado e depois declarando guerra contra nós?". Ela, então, predisse que os troianos teriam de enfrentar terríveis sofrimentos em suas jornadas futuras, e, tendo descarregado a sua ira, partiu. Os troianos apressaram-se em deixar aquelas ilhas, e em seguida encontraram-se costeando o litoral do Épiro. Ali eles desembarcaram, e para seu espanto souberam que alguns troianos exilados, que haviam sido trazidos como prisioneiros, tinham-se tornado governantes do país. Andrômaca, a viúva de Heitor, tornara-se a esposa de um dos vitoriosos chefes gregos, a quem dera um filho. Com a morte do marido, ela foi eleita regente do país, durante a menoridade do filho, e casou-se novamente com um amigo de cativeiro, Heleno, que também pertencia à família real de Troia. Heleno e Andrômaca trataram os exilados com o máximo de hospitalidade, enchendo-os de presentes na hora da partida.

Dali Eneias costeou o litoral da Sicília e passou pela região dos ciclopes. Foram recepcionados por um miserável, que, pela aparência de seus trajes, embora rotos, indicava que se tratava de um grego. O homem contou que era um dos companheiros de Ulisses e que ficara em terra, quando seu chefe partira apressadamente. Relatou a história das aventuras de Ulisses com Polifemo e implorou que o levassem com eles, pois não tinha ali meios de se sustentar a não ser frutas silvestres e raízes, e ademais vivia com o temor permanente dos ciclopes. Enquanto ele falava, Polifemo apareceu; um monstro terrível, sem forma, enorme, cujo único olho fora arrancado.[24] Andando cautelosamente com um cajado para orientá-lo no caminho, dirigiu-se até a praia, onde pretendia lavar o seu globo ocular vazado nas ondas. Quando alcançou a água aproximou-se rapidamente deles, pois a sua imensa estatura permitia-lhe avançar bastante dentro do mar, de modo que os troianos, apavorados, começaram a remar para sair do caminho. Ouvindo o som dos remos, Polifemo gritou em sua direção, sua voz ressoou, e o barulho fez que os outros ciclopes saíssem das cavernas e das matas e se enfileirassem na margem, como se fossem altos pinheiros. Os troianos esforçaram-se por remar e logo estavam fora do alcance da vista dos ciclopes.

---

[24] Vide expressões proverbais (VIII). (N. A.)

Eneias fora avisado por Heleno para que evitasse o estreito guardado pelos monstros Cila e Caribdes. Ali Ulisses, o leitor há de se lembrar, perdera vários de seus homens, tomados por Cila enquanto os seus navegadores se concentravam em evitar a ação de Caribdes. Eneias, seguindo o conselho de Heleno, afastou-se da perigosa passagem e costeou a Ilha da Sicília.

Juno, vendo que os troianos se aproximavam rapidamente de seu destino, sentiu reviver a sua antiga ira contra eles, pois não podia esquecer-se do modo como Páris a desprezara, entregando o prêmio da beleza a outra.[25] Assim, ela correu para encontrar Éolo, o soberano dos ventos que provera Ulisses com ventos favoráveis, entregando-lhe também os ventos contrários presos, dentro de um saco de couro. Éolo obedeceu à deusa e enviou seus filhos Bóreas, Tifão e outros para encapelar o oceano. Uma terrível tempestade teve início e os navios troianos foram levados para as costas da África. Como o risco de naufrágio era iminente e se haviam dispersado, Eneias pensou que as outras embarcações haviam afundado.

No meio dessa crise, Netuno, ouvindo o rugir da tempestade, sendo que ele não dera ordens para chover, ergueu a cabeça acima das ondas e avistou a frota de Eneias sendo arrastada pela ventania. Conhecendo a hostilidade de Juno, não lhe foi difícil compreender o que se passava, mas sua ira não foi menor diante da interferência em seus domínios. Convocou os ventos e dispensou-os com uma severa repreensão. Acalmou também as ondas, e retirou as nuvens que cobriam o sol. Com seu tridente Júpiter resgatou alguns dos navios que estavam presos entre os rochedos, enquanto Tritão e as ninfas do mar, carregando outras embarcações sobre os ombros, permitiram que navegassem novamente. Assim que os mares se acalmaram os troianos procuraram as praias mais próximas,

---

[25] Vide expressões proverbais (IX). (N. A.)

que eram as da costa de Cartago, onde Eneias ficou feliz de saber que, um por um, os navios todos haviam chegado a salvo, embora seriamente danificados.

Waller, em seu *Panegírico do lorde protetor* (Cromwell), alude a essa ação de Netuno para acalmar a tempestade:

> *Acima das ondas, como Netuno apresentou sua face,*
> *Para repreender os ventos, de modo que os troianos salvasse,*
> *Assim vossa alteza, sobre os demais se ergueu,*
> *E as tempestades da ambição que nos venciam reprimiu.*

DIDO

Cartago, o lugar a que os exilados haviam chegado, era um local na costa da África oposto à Sicília onde, naquele tempo, uma colônia tíria, dirigida pela rainha Dido, estava lançando as suas fundações para a construção de um Estado que seria, mais tarde, um importante rival da própria Roma. Dido era filha de Belo, rei de Tiro, e irmã de Pigmalião, que sucedera ao pai no trono. Seu marido era Siqueu, um homem que possuía imensa fortuna, mas Pigmalião, que ambicionava seus tesouros, fez que o cunhado fosse executado. Dido, acompanhada de numerosos amigos e seguidores, tanto homens como mulheres, conseguiu escapar de Tiro em diversos navios levando consigo os tesouros de Siqueu. Ao chegar ao local escolhido para erguer sua nova pátria, pediram aos nativos um pedaço de terra que fosse apenas suficiente para estenderem um couro de boi. Quando essa condição foi aceita, Dido fez que o couro fosse cortado em tiras, e com estas demarcou um terreno grande o suficiente para a construção de uma cidadela que denominou Birsa (couro). Em torno desse forte a cidade de Cartago surgiu, e logo se tornou um palácio florescente e poderoso.

Esse era o estado de coisas quando Eneias chegou ali com os troianos. Dido recebeu os ilustres exilados com amizade e hospitalidade, declarando: "Bem acostumada ao sofrimento, aprendi a socorrer os desafortunados.[26] A hospitalidade da rainha desdobrou-se em festividades que contaram com jogos de força e demonstrações de habilidades. Os estrangeiros disputaram as palmas contra os súditos da rainha em igualdade de condições, pois, segundo esta, "Troiano ou tírio, nenhuma diferença me fará".[27]

No banquete que se seguiu aos jogos, Eneias apresentou, a pedido da rainha, um recital, narrando os últimos acontecimentos da história de Troia e as suas aventuras depois da queda da cidade. Dido estava encantada com o seu discurso e cheia de admiração com as suas explorações. Apaixonou-se ardentemente por Eneias, e este, de sua parte, parecia satisfeito em aceitar a boa sorte oferecida como um final feliz de suas andanças, com um lar, um reino e uma noiva. Meses de agradável convivência se passaram, e parecia que a Itália e o império destinado a ser encontrado em suas encostas seriam provavelmente esquecidos. Observando os acontecimentos, Júpiter enviou Mercúrio com uma mensagem para Eneias, fazendo-o lembrar-se de seu destino superior, ordenando que retomasse a viagem.

Eneias separou-se de Dido, embora esta tudo fizesse para retê-lo em Cartago. O golpe sobre o seu afeto e seu orgulho foi demasiado para que Dido suportasse, e, quando ela soube que Eneias havia partido, subiu à pira funerária que mandou erigir, e, esfaqueando-se, foi consumida pelo fogo. As chamas elevaram-se acima da cidade e puderam ser vistas pelos troianos que partiam, e, embora não soubesse a causa do fenômeno, Eneias pressentiu o evento fatal.

---

[26] Vide expressões proverbiais (X). (N. A.)
[27] Vide expressões proverbiais (XI). (N. A.)

Este epigrama encontra-se entre os *Extratos elegantes*:

E assim, teus dois casamentos, Dido,
Marcaram para sempre a tua sorte:
Um marido, morrendo, deu-te a fuga,
O segundo, fugindo, deu-te a morte.

PALINURO

Após chegar à ilha da Sicília, onde reinava Acestes, príncipe de linhagem troiana que lhes deu uma recepção hospitaleira, os troianos reembarcaram e mantiveram sua rota para a Itália. Então Vênus intercedeu perante Netuno para que seu filho, finalmente, pudesse alcançar o destino almejado e se livrasse dos perigos oceânicos. Netuno consentiu, mas determinou que uma vida entre os tripulantes seria necessária como resgate das demais. A vítima seria Palinuro, o timoneiro. Quando este estava sentado, observando as estrelas, tendo as mãos sobre o leme, Sono, enviado por Netuno, aproximou-se disfarçado de Forbas e disse: "Palinuro, a brisa está excelente, o mar está calmo, e o navio segue a rota traçada. Deita-te um pouco e aproveita o descanso merecido. Cuidarei do leme em teu lugar". Palinuro respondeu: "Não me fales de mar calmo ou de ventos favoráveis, pois já testemunhei muitas vezes a sua ação traiçoeira. Acaso hei de confiar Eneias à sorte do tempo e dos ventos?". E continuou a cuidar do leme, mantendo olhos fixos nas estrelas. Sono, porém, agitou sobre ele um ramo umedecido com orvalho do leteu, e seus olhos se fecharam apesar de todos os esforços. Em seguida Sono o empurrou para fora da embarcação e Palinuro caiu, mas como suas mãos estavam fortemente presas ao leme, levaram-no consigo. Netuno foi fiel à sua promessa e manteve o navio na rota, embora sem leme ou timoneiro, até que Eneias descobriu a sua perda, e, sentindo profundamente a morte do piloto, passou ele mesmo a capitanear o navio.

Há uma belíssima alusão à história de Palinuro na introdução ao canto I do poema *Marmion*, de Scott, em que o poeta, falando da morte recente de William Pitt, diz:

> *Oh! considerai como, até o dia derradeiro,*
> *A morte, pairando, reclamava sua vítima,*
> *Que, com o espírito inabalável de Palinuro,*
> *Manteve-se firme no seu posto perigoso,*
> *Sendo cada convite para o necessário descanso rejeitado.*
> *Com mão moribunda, segura o timão,*
> *Até cair, por um movimento do destino,*
> *E desistir da direção do reino.*

Finalmente os navios chegaram ao litoral da Itália, e os aventureiros, alegres, desembarcaram. Enquanto sua gente montava o acampamento, Eneias procurou a casa da Sibila. Era uma caverna ligada a um templo e a um pomar consagrados a Apolo e Diana. Enquanto Eneias contemplava a paisagem, a Sibila falou-lhe. Ela parecia compreender exatamente o que Eneias desejava, e, sob a influência da divindade local, profetizou, dando tenebrosas indicações sobre as dificuldades que ele teria de arrostar até alcançar o sucesso final. A Sibila encerrou o discurso com aquelas palavras encorajadoras, que se tornaram proverbiais: "Não cedas aos desastres, mas segue lutando com bravura".[28] Eneias respondeu que estava preparado para enfrentar todas as dificuldades que surgissem. Apenas uma súplica desejava fazer, contudo: como recebera instruções, em sonho, para procurar a residência dos mortos, a fim de conversar com seu pai, Anquises, de quem receberia uma revelação a respeito de seu destino e o de seu povo, pediu que esse desejo fosse atendido. A Sibila respondeu: "A descida ao Averno é fácil: o portão de Plutão está sempre aberto, de dia e à noite, mas para retornar ao nível superior há uma grande dificuldade e muito trabalho".[29] A Sibila disse a Eneias que encontrasse na floresta uma árvore com um ramo de ouro. Esse ramo deveria ser tirado e entregue como um presente a Prosérpina. Depois de arrancado, outro galho surgiria no lugar.[30] Se o destino fosse propício, o galho seria facilmente arrancado por suas mãos; de outro modo nenhuma força seria capaz de arrancá-lo. Eneias procedeu de acordo com os conselhos da Sibila. A mãe dele, Vênus, enviou duas de suas pombas para voar adiante, mostrando o caminho, e graças a essa ajuda ele encontrou a árvore, arrancou o ramo e trouxe-o logo de volta para a Sibila.

---

[28] Vide expressões proverbiais (XII). (N. A.)
[29] Vide expressões proverbiais (XIII). (N. A.)
[30] Vide expressões proverbiais (XIV). (N. A.)

CAPÍTULO XXXII

AS REGIÕES INFERNAIS — A SIBILA

AS REGIÕES INFERNAIS

No começo de nossa obra apresentamos a criação do mundo segundo a visão pagã, e agora, quando nos aproximamos do final, damos a conhecer as regiões dos mortos descritas por um de seus mais iluminados poetas, que por sua vez se inspirou nas doutrinas dos mais estimados filósofos de seu tempo. A região em que Virgílio localiza a entrada dessa morada é, talvez, a mais incrivelmente adaptada para dar a ideia do terrífico e do sobrenatural entre os demais acidentes geográficos da Terra. Trata-se da região próxima ao Vesúvio, onde o solo é repleto de fendas, pelas quais erguem-se chamas sulfúreas, enquanto os vapores que ali se desprendem fazem a terra tremer em meio aos misteriosos sons que sobem das profundezas. Acredita-se que o lago Averno ocupa a cratera de um extinto vulcão. Ele é circular, tem meia milha de largura e é muito profundo. Suas margens, muito altas, estavam cobertas por uma floresta densa nos tempos de Virgílio. Vapores mefíticos se erguem a partir das águas, de tal modo que a vida não prolifera em suas margens e nenhum pássaro voa sobre elas. Nesse ponto, de acordo com o poeta, encontrava-se a gruta que dava acesso às regiões infernais, e foi também aí que Eneias ofereceu sacrifícios às divindades do lugar, Prosérpina, Hécate e as Fúrias. Então um grande rugido foi ouvido na terra, e as matas nos topos das colinas foram sacudidas, e o uivo dos cães anunciou a aproximação das divindades. "Agora", disse a Sibila, "reúne toda a tua coragem, pois irás necessitar dela". Ela desceu na direção da gruta, e Eneias seguiu-a. Antes dos limites do inferno, passaram através de um grupo de seres cujas formas são horripilantes aos olhos humanos: os pesares, os zelos por vingança, as pálidas enfermidades, as melancólicas velhices, os medos e a fome que levam à criminalidade, o trabalho forçado, a pobreza e a morte. As Fúrias montavam as suas camas, do mesmo modo que a Discórdia, cujos cabelos eram víboras presas por filetes ensanguentados. Ali também se achavam os monstros: Briareu, de cem braços, as hidras sibilantes e as quimeras que soltavam fogo pelas ventas. Eneias estremeceu diante daquela visão, desembainhou a espada e certamente teria atacado se a Sibila não o contivesse. Dirigiram-se, então, ao negro rio Cocito, onde encontraram o barqueiro Caronte, velho e esquálido, mas forte e vigoroso, que recebia passageiros de todos os tipos em seu barco: heróis magnânimos, rapazes e moças virgens, tão numerosos quanto as folhas que caem das árvores no outono, ou quanto os bandos que voam para o sul quando o inverno se aproxima. Todos aguardavam na fila, ansiosos para atravessar à margem oposta. Mas o severo barqueiro fazia sua escolha arbitrariamente, empurrando os demais para a retaguarda. Assombrado com o que via, Eneias perguntou à Sibila: "Por que essa discriminação?". Ao que ela respondeu: "As almas que são levadas a bordo são aquelas que receberam os ritos funerários adequados; os espíritos dos demais, daqueles que ficaram insepultos, não têm permissão para atravessar o rio, em vez disso vagueiam por cem anos, indo e vindo pela margem em que se encontram, até que finalmente são levados".

Eneias entristeceu-se ao se lembrar de alguns de seus próprios companheiros que haviam perecido durante a tempestade. Naquele mesmo instante, avistou Palinuro, seu piloto, que caíra do navio e morrera afogado. Dirigindo-se ao marinheiro, Eneias perguntou-lhe a razão de sua desgraça, e Palinuro explicou que o timão havia-se desprendido da embarcação, e ele, agarrado ao instrumento, foi levado de roldão. Em seguida suplicou a Eneias que estendesse a mão para levá-lo até à margem oposta. A Sibila, porém, repeliu-o, pois tal gesto seria uma transgressão às leis de Plutão, mas consolou-o, informando-lhe que o povo que habitava o litoral para onde o seu corpo havia sido conduzido pelo mar seria induzido pelo poder de prodígios a dar-lhe um enterro digno, e que o promontório receberia o nome de cabo Palinuro, tal como é chamado até hoje. Deixando Palinuro consolado com essas palavras, aproximaram-se do barco. Caronte, encarando severamente o guerreiro que se aproximava, perguntou-lhe a razão de estar ali, vivo e armado. A Sibila respondeu que eles se comprometiam em não usar a violência, e que o único objetivo de Eneias era ver seu pai. Finalmente ela mostrou o ramo dourado, à vista do qual a ira de Caronte amainou-se, e rapidamente manobrou o barco em direção à margem, recebendo-os a bordo. A embarcação, feita para carregar os leves espíritos desencarnados, rangeu sob o peso do herói. Rapidamente foram conduzidos à margem oposta do rio. Ali encontraram o cão dotado de três cabeças, Cérbero, cujos pescoços eram enroscados por serpentes. Com suas três gargantas, o cão latiu até que a Sibila atirou-lhe um bolo com calmante, que o animal vorazmente devorou, indo em seguida deitar-se no canil e dormir. Eneias e a Sibila pisaram em terra firme. O primeiro som que lhes chegou ao ouvido foi o choro de criancinhas que haviam morrido pouco após o nascimento, e próximo a elas estavam aqueles que haviam perecido em decorrência de falsas acusações. Minos recebia-os na condição de juiz, examinando os feitos de cada um. A categoria seguinte era a dos que haviam tirado a própria vida, odiando a vida e procurando refúgio na morte. Oh, de bom grado eles resistiriam agora à pobreza, ao trabalho e a qualquer outra aflição! Em seguida estava a região da tristeza, separada em corredores isolados, que levavam até bosques de murta. Este era o local em que perambulavam aqueles que tinham sido vítimas de amor insatisfeito, e que não se haviam libertado pela ação do sofrimento nem mesmo em consequência da morte. Entre estes, Eneias pensou ter visto o vulto de Dido, com sua ferida ainda recente. Por alguns momentos esteve incerto, pois que a luz era tênue, mas bastou aproximar-se um pouco mais para reconhecê-la. Lágrimas caíram de seus olhos e as palavras com as quais se dirigiu a ela estavam repletas de sentimento: "Infeliz Dido! Eram reais, então, os rumores de que havias perecido?! E fui eu, ai de mim, a causa de tua morte?! Invoco os deuses para testemunhar que muito relutei antes de partir, e deixei-te somente para obedecer às ordens de Júpiter; e nem poderia imaginar que minha ausência custar-te-ia tanto assim. Para, eu te suplico, e não me negues o último adeus". Ela parou por um momento, tendo o rosto uma expressão de desdém, olhos fixos no chão, e em seguida prosseguiu, tão insensível quanto uma rocha aos pedidos de Eneias. Este a seguiu por algum tempo; depois, com o coração pesaroso, reuniu-se à Sibila e retomou sua jornada.

Depois alcançaram os campos em que vagueavam os heróis caídos em batalha. Ali havia muitas sombras de guerreiros gregos e troianos. Os troianos rodearam Eneias, e não se contentavam em vê-lo. Perguntaram a razão de sua vinda, e crivaram-no de outras questões numerosas. Os gregos, contudo, ao avistarem a sua armadura que brilhava em meio àquela atmosfera tenebrosa, reconheceram o herói, e cheios de terror, fugiram, do mesmo modo que costumavam fazer nas planícies de Troia.

Eneias teria ficado por um longo tempo com seus amigos troianos, mas a Sibila apressou-o. Chegaram a um ponto em que a estrada se bifurcava, um lado conduzindo ao Elísio, o outro às regiões de condenação. Eneias avistou um lado das muralhas de uma poderosa cidade, em torno da qual fluem as águas furiosas do Flegetonte. Diante deles estava o *Portal de Bronze*, que nem os deuses nem os homens podiam atravessar. Junto ao portal erguia-se uma torre de ferro, na qual Tisífone, a Fúria vingativa, mantinha-se em guarda. Da cidade vinham os gemidos e o ranger de dentes, o ruído dos metais que se batiam e o arrastar das correntes. Eneias, tomado de horror, perguntou à sua guia que crimes haviam cometido os que ali estavam sendo punidos. "Essa é a câmara de julgamento de Radamanto, aquele que revela os crimes cometidos em vida, cujos responsáveis, em vão, procuravam esconder", respondeu a Sibila. "Tisífone aplica seu chicote de escorpiões e entrega os condenados às suas irmãs, as Fúrias." Nesse momento, os portais de bronze abriram com um ruído assustador, e Eneias viu uma hidra com cinquenta cabeças vigiando a entrada. A Sibila contou-lhe que o abismo de Tártaro estava situado nas profundezas, e que os seus recessos distavam tanto de seus pés quanto os céus distam de sua cabeça. No fundo desse poço, a raça dos titãs, que fez guerra contra os deuses, jazia prostrada. Lá também se encontra Salmoneu, que em sua presunção tentou competir com Júpiter, e construiu uma ponte de bronze sobre a qual dirigiu a sua carruagem, cujo ruído se parecia com o do trovão, lançando chamas, como se fossem raios, sobre o seu povo, até que Júpiter o atingiu com um raio de verdade, ensinando-lhe a diferença entre as armas divinas e as dos mortais. Ali também se encontra Títio, o gigante, cujo corpo é tão grande que, ao deitar-se, ocupa uma extensão de nove acres, enquanto um abutre arranca-lhe pedaços do fígado, que assim que termina de ser devorado volta a crescer, de modo que a sua punição não terá fim.

Eneias viu grupos sentados em mesas repletas de iguarias, junto às quais estava uma Fúria que lhes roubava a comida dos lábios assim que se preparavam para comer. Outros sustentavam sobre a própria cabeça imensos rochedos que ameaçavam cair, mantendo-os num estado permanente de alarme. Estes eram os que haviam odiado os próprios irmãos, ou ferido seus pais, ou traído a confiança dos amigos, ou ainda aqueles que, tendo enriquecido, guardaram o dinheiro para si, sem jamais o compartilhar; e este último era o grupo mais numeroso entre todos. Também ali estavam aqueles que tinham violado os votos do casamento, ou lutado por causas ruins, ou foram infiéis para com seus empregadores. De um lado estava um que entregara o seu país a troco de ouro, de outro, um que pervertera as leis, fazendo-as afirmar algo num dia e algo diferente no dia seguinte. Íxion estava lá, preso à circunferência de uma roda que girava incessantemente; e Sísifo, cuja tarefa era rolar uma imensa pedra até o topo de uma colina, mas quando a parte mais íngreme já havia sido vencida, a pedra, repelida por alguma força repentina, rolava de volta para a planície. Sísifo recomeçava os seus esforços, enquanto o suor escorria-lhe pelos membros exaustos, mas sem resultado. Tântalo também se encontrava ali, de pé em seu lago, com a água na altura do joelho, e, contudo, morto de sede, sem nada poder fazer para saciá-la, pois sempre que baixava a cabeluda cabeça, ansioso para beber, a água desaparecia e o poço secava a seus pés. Grandes árvores estavam carregadas de frutos que ele podia alcançar, tais como peras, romãs e figos deliciosos; todavia, sempre que erguia as mãos para os colher, o vento empurrava os galhos para cima, fora de seu alcance.

A Sibila informou Eneias que chegara o momento de deixarem as regiões melancólicas e irem em busca da cidade dos abençoados. Atravessaram uma estrada escura e central, chegando aos Campos Elísios, no bosque em que os felizes viviam. Ali puderam respirar ar fresco e passaram a enxergar todos os objetos como que envolvidos numa luz purpúrea. A região é dotada de um sol e de estrelas próprios. Os habitantes deleitavam-se de maneiras diversas, alguns se divertiam sobre a relva, com jogos de força e habilidade, outros dançavam ou cantavam. Orfeu fazia vibrar as cordas de sua lira, fazendo surgir sons encantadores. Foi ali que Eneias encontrou-se com os fundadores de Troia, heróis magnânimos, que tinham vivido em tempos mais ditosos. Com admiração, avistou seus carros bélicos e suas armas brilhantes, agora sem utilidade. As lanças estavam enterradas no chão, e os cavalos, desencilhados, vagueavam pela planície. O mesmo orgulho que sentiam em vida pelo esplendor de suas armaduras e pela generosidade de seus cavalos acompanhava os heróis nessa nova circunstância. Um outro grupo festejava com um banquete, ao som de músicas melodiosas. Encontravam-se em um bosque de loureiros, no qual está situada a nascente do grande rio Pó, que mais à frente flui por entre os homens. Ali viviam aqueles que tinham sido vítimas de ferimentos recebidos enquanto lutavam na defesa de sua cidade; santos sacerdotes também estavam ali, bem como os poetas que declamaram pensamentos dignos de Apolo, e outros que contribuíram para avivar e abrilhantar a vida das pessoas com suas descobertas nas artes úteis, e que se fizeram dignos de recordação por terem prestado relevantes serviços à humanidade. Estes tinham, em torno da testa, fitas delgadas da cor da neve. A Sibila dirigiu-se a um desses grupos e inquiriu sobre o destino de Anquises. Receberam as informações precisas de como encontrá-lo, de modo que o acharam logo em seguida, em um vale verdejante, onde se podiam avistar verdadeiras filas de sua numerosa descendência, sua sorte e os feitos honrosos que seriam praticados em tempos futuros. Assim que Anquises reconheceu Eneias, aproximou-se dele e estendeu-lhe as mãos, ao mesmo tempo que uma profusão de lágrimas brotava-lhe dos olhos. "Vieste, enfim", disse ele. "Há muito que te aguardava, e és tu mesmo quem aqui se encontra depois de tantos perigos atravessados? Oh! meu filho, como tenho temido por ti enquanto acompanho a tua jornada!" Ao que Eneias respondeu: "Ó pai, tenho sempre a tua imagem diante de meus olhos, a conduzir-me e proteger-me". Em seguida quis abraçar o pai, mas os braços envolveram apenas uma imagem sem consistência. Eneias avistou diante de si um vale amplo, repleto de árvores que ondulavam ao vento, uma paisagem muito serena, no meio da qual o rio Lete fluía. Uma verdadeira multidão, tão numerosa quanto os insetos que voam no verão, perambulava ao longo das margens. Surpreso, Eneias quis saber quem eram aquelas pessoas. Anquises respondeu: "São almas que mais tarde receberão corpo. Por ora vivem às margens do Lete, bebendo o esquecimento de sua vida anterior". "Ó meu pai", disse Eneias, "é possível que alguém ame tanto a vida na terra, que queira deixar estas paragens serenas do mundo superior?". Anquises, então, explicou-lhe o plano da criação. O Criador, originalmente, elaborou a substância da qual constituiu a alma; essa substância era composta de quatro elementos: ar, fogo, terra e água, os quais, ao serem misturados tornaram-se a forma da melhor parte, que era o fogo, transformando-se em *chama*. Essa substância foi espalhada como semente em meio aos corpos celestes, o Sol, a Lua e as estrelas. A partir dessa semente os deuses inferiores criaram o homem e todos os outros animais, misturando-a em diferentes proporções com terra, de tal modo que sua pureza foi reduzida. Assim é que na composição de indivíduos menos puros predomina a presença de terra; e notamos que homens e mulheres já não têm a mesma pureza da infância quando seu corpo está inteiramente desenvolvido, pois quanto maior o tempo da união do corpo com a alma, maior é a contaminação de impurezas sobre o conteúdo espiritual. Essa impureza precisa ser depurada depois da morte, o que se consegue ventilando as almas nas correntes de vento ou as lavando em água, ou, ainda, queimando-as no fogo. São poucos os que podem ser imediatamente admitidos aos Campos Elísios e para aí permanecer para sempre, e Anquises disse que ele fazia parte desse grupo seleto. Quanto aos demais, depois que suas impurezas são lavadas de si, são enviados para uma nova vida, em novo corpo, embora as recordações das vidas anteriores lhes sejam subtraídas inteiramente pela ação das águas do Lete. Há, todavia, aqueles que estão de tal modo corrompidos que não se lhes pode confiar um corpo humano nesse estágio, e por isso são transformados em leões, tigres, gatos, cães, macacos, etc. É esse processo que na Antiguidade recebia o nome de *metempsicose*, ou *transmigração da alma*, doutrina que ainda é aceita entre os habitantes da Índia, e que por isso os indianos têm tantos escrúpulos em destruir qualquer vida, mesmo que se trate do animal mais insignificante. Pensam que, ao fazê-lo, podem estar matando um parente seu que tomou uma forma distinta.

Tendo Anquises concluído essa explanação, mostrou-lhe indivíduos de sua raça que ainda nasceriam na terra, em tempo futuro, e narrou-lhe os seus feitos após o nascimento. Em seguida voltou ao presente e disse a seu filho que obras ainda precisavam ser concluídas antes que pudesse estabelecer-se com seus amigos na Itália. Havia guerras a serem travadas, uma noiva a ser conquistada, e desses feitos resultaria a fundação de um novo Estado troiano do qual nasceria o poderoso Império Romano, que seria, no tempo devido, o soberano do mundo. Então Eneias e a Sibila despediram-se de Anquises e retornaram por um atalho, que o poeta não descreve, ao mundo superior.

OS CAMPOS ELÍSIOS

Virgílio, conforme observamos, situa os Campos Elísios embaixo da terra e assinala-o como a residência dos espíritos dos abençoados. Mas, em Homero, o Elísio não integra os domínios dos mortos. Para o autor da *Ilíada* e da *Odisseia*, o Elísio está situado no Ocidente da terra, próximo ao Oceano, e ele o descreve como uma terra ditosa, livre de neve, de frio, de chuva, uma terra sempre refrescada pela deliciosa brisa de Zéfiro. Para lá os heróis favorecidos passavam sem que tivessem de morrer, e viviam felizes sob o governo de Radamanto. O Elísio de Hesíodo e de Píndaro fica na ilha dos Afortunados, ou ilhas Afortunadas, no oceano ocidental. Foi dessa história que surgiu a lenda das ilhas felizes de Atlântida. É provável que uma tal região tão agradável seja apenas imaginária, mas pode também ter sido objeto de relatórios de marinheiros que foram arrastados pela força das tempestades e que viram a costa da América.

J. R. Lowell, em um de seus poemas mais curtos, afirma que nos dias atuais temos alguns privilégios daquele reino feliz. Dialogando com o passado, ele diz:

> *O que quer que tenha havido de vida verdadeira em ti,*
> *Salta para as veias de nossa época.*

(...)

> *Aqui, em meio às áridas ondas de nossos embates e nossos cuidados,*
> *Flutuam as verdes ilhas Afortunadas,*
> *Onde todos os vossos espíritos heroicos habitam e partilham*
> *De nossos martírios e labutas.*
> *O presente se move a par*
> *De tudo quanto há de mais corajoso e excelente e belo,*
> *Aquilo que fez o tempo passado tão esplêndido.*

Milton também alude à mesma fábula no *Paraíso perdido*, livro III, 1.568:

> *Tal como aqueles jardins das hespérides, tão famosos no passado,*
> *Campos afortunados e bosques e vales floridos,*
> *Ilhas três vezes felizes.*

E, no livro II, caracteriza os rios do Érebo conforme o seu significado na língua grega:

> *Detestado Estige, enchente do ódio mortal,*
> *Triste Aqueronte, com teu pesar negro e profundo;*
> *Cocito, conhecido como o da lamentação ruidosa,*
> *Ouvida desde esse deplorável riacho; ameaçador Flegetonte,*
> *Cujas ondulantes torrentes de fogo inflamam a ira.*
> *Longe desses, um vagaroso e silencioso arroio,*
> *Lete, o rio do esquecimento, desce*
> *Pelo seu labirinto de águas que, quando bebidas,*
> *Fazem esquecer o estado anterior de ser,*
> *Fazem esquecer ambos, a alegria e a tristeza, o prazer e a dor.*

A SIBILA

Enquanto Eneias e a Sibila avançavam em seu caminho de volta à terra, ele assim falou: "Se és ou não deusa ou mortal escolhida pelos deuses, serás por mim sempre reverenciada. Quando eu alcançar a atmosfera, farei que seja construído um templo em tua honra e pessoalmente farei oferendas". Ao que a Sibila replicou: "Não sou deusa. Não sou digna de sacrifícios nem de oferendas. Sou mortal; mas se houvesse aceitado o amor de Apolo, ter-me-ia tornado imortal. Apolo prometeu que realizaria qualquer desejo meu, se eu a ele me entregasse. Tomei um punhado de areia e, mostrando-a, disse-lhe: 'Dá-me tantos anos de vida quantos são os grãos de areia que tenho em minha mão. Infelizmente esqueci-me de pedir-lhe a juventude eterna, pois também ela Apolo ter-me-ia concedido, se desejasse aceitar o seu amor, porém, ofendido com a minha recusa, ele permitiu que eu envelhecesse. Minha juventude e minhas forças vitais há muito me deixaram. Já vivi setecentos anos, e para igualar aquele número de grãos de areia preciso ainda testemunhar mais trezentas primaveras e colheitas. Meu corpo está encolhendo à medida da passagem dos anos, e logo perderei a visão, mas minha voz resistirá, e as eras futuras hão de respeitar os meus ensinamentos'".

Estas últimas palavras da Sibila referiam-se à sua capacidade profética. Em sua gruta costumava escrever, em folhas retiradas das árvores, o nome e o destino de indivíduos. As folhas inscritas eram dispostas em ordem dentro da gruta, e podiam ser consultadas por qualquer dos seus devotos. Mas caso o vento soprasse na entrada da gruta e espalhasse as folhas, a Sibila não se preocupava em organizá-las novamente e o oráculo perdia-se para sempre. A seguinte lenda sobre a Sibila foi contada mais tarde.

No reinado de um dos Tarquínios, surgiu perante o rei uma mulher que queria vender-lhe nove livros. O rei não quis comprá-los e a mulher partiu e queimou três dos nove volumes; voltando mais tarde com os seis restantes, ofereceu-os novamente ao monarca pelo mesmo preço dos nove. O rei rejeitou novamente; porém, quando a vendedora, após ter queimado outros três dos nove volumes, regressou uma vez mais e pediu pelos três o mesmo preço que pedira pelos nove, a curiosidade do soberano foi despertada e ele adquiriu os livros. Essas obras continham o destino do Estado Romano e foram guardadas no templo de Júpiter Capitolino, dentro de um cofre de pedra, e apenas os dignitários especialmente nomeados podiam examiná-los, o que somente ocorria em grandes ocasiões, para que os oráculos neles contidos fossem devidamente interpretados e informados ao povo.

Houve muitas outras sibilas; mas a Sibila de Cumas, a respeito de quem escreveram Ovídio e Virgílio, é a mais famosa. Na história narrada por Ovídio somos informados de que ela viveu mil anos, talvez porque o poeta desejasse apresentar as diversas sibilas como se fosse uma mesma personagem, que reaparecia no mundo de tempos em tempos.

Young, em seus *Pensamentos noturnos*, refere-se à Sibila. Ao falar da sabedoria de ordem mundana, escreve:

> *Se tem planos a respeito do futuro,*
> *Estão todos registrados em folhas,*
> *Como Sibila, êxtase insubstancial e efêmero,*
> *Que à primeira explosão desaparece no ar.*
>
> *(...)*
>
> *Assim como os estratagemas mundanos*
> *Se parecem com as folhas da Sibila,*
> *Os dias do homem bom são também comparáveis aos seus livros,*
> *O valor é cada vez maior, embora mais escassos se tornem.*

CAPÍTULO XXXIII

ENEIAS NA ITÁLIA — CAMILA — EVANDRO — NISO E EURÍALO — MEZÊNCIO — TURNO

ENEIAS NA ITÁLIA

Eneias despediu-se da Sibila, reuniu sua armada e saiu navegando pela orla litorânea da Itália, ancorando na foz do rio Tibre. Tendo o poeta trazido o herói até esse ponto, o fim predestinado de suas viagens, invocou sua musa para que lhe revelasse a situação das coisas naquele momento importante. Latino, o terceiro descendente de Saturno, governava o lugar. Agora já estava velho e não tinha descendentes do sexo masculino, mas tinha uma bela filha, Lavínia, com a qual muitos chefes vizinhos queriam casar-se, entre eles Turno, rei dos rútulos, que era o favorito dos pais dela. Contudo, Latino fora avisado em sonhos por seu pai, Fauno, de que o marido predestinado a Lavínia viria de uma terra estrangeira. Dessa união nasceria uma raça destinada a dominar o mundo.

Os nossos leitores lembrar-se-ão de que, no conflito com as harpias, um desses pássaros meio humanos tinha ameaçado os troianos com sofrimentos terríveis. Em especial profetizara que, antes de suas viagens terminarem, seriam assolados pela fome — uma fome tão grande que os faria devorar as próprias mesas. Essa previsão realizou-se, pois, enquanto comiam a sua escassa refeição, sentados sobre a relva, os homens colocavam sobre o colo pedaços de pão duro e amontoavam sobre eles toda sorte de ervas que o solo lhes podia fornecer. Tendo terminado as ervas, acabaram por comer o pão duro. Vendo isso, o jovem Iulo disse, de brincadeira: "Vejam, estamos comendo nossas mesas!".

Eneias, ouvindo essas palavras, aceitou-as como um presságio e exclamou: "Saudações, oh! terra prometida! Esta será a nossa nação, a nossa pátria!".

Tratou então de verificar quem eram os habitantes da terra e seus governantes. Uma centena de homens escolhidos foi enviada à cidade de Latino, levando presentes e solicitando amizade e aliança, sendo todos bem recebidos. Latino imediatamente concluiu que o herói troiano não era outro senão o seu prometido genro, anunciado pelo oráculo. De bom grado concedeu a aliança, mandando os mensageiros de volta montados em cavalos das estrebarias dele, carregados de presentes e mensagens de amizade.

Juno, vendo que tudo prosperava para os troianos, sentiu sua velha animosidade reavivar-se. Chamou Aleto do Érebo e enviou-a para provocar discórdia. A Fúria primeiro apossou-se da rainha Amata e despertou nela todo tipo de oposição contra a nova aliança. Aleto então correu até a cidade de Turno, e, tomando a figura de uma velha sacerdotisa, informou-o sobre a chegada dos estrangeiros e as intenções do príncipe de roubar-lhe a noiva. Depois voltou sua atenção para o acampamento dos troianos. Ali viu que o jovem Iulo e seus companheiros se divertiam caçando. Aguçou o faro dos cães e conduziu-os a uma mata onde encontraram um alce domesticado, favorito de Sílvia, filha de Tirreu, o pastor do rei. Um dardo das mãos de Iulo feriu o animal, que só teve forças para regressar à casa e morrer aos pés da dona. Seus gritos e seu pranto despertaram seus irmãos e outros pastores, que, pegando as primeiras armas que encontraram, atacaram os jovens caçadores. Estes foram protegidos por seus amigos, e os pastores foram finalmente vencidos, retornando com perda de dois de seus homens.

Essas causas eram o suficiente para provocar uma guerra, e a rainha e Turno, juntamente com os camponeses, instigaram o velho rei a mandar os estrangeiros para fora do país. O rei resistiu o quanto pôde, mas, vendo que sua oposição era infrutífera, finalmente cedeu e retirou-se para sua solidão.

ABERTURA DOS PORTÕES DE JUNO

Era costume do lugar, quando alguma guerra tivesse de ser declarada, que o magistrado principal, vestido em roupas de ofício, e com pompa solene, abrisse os portões do templo de Juno, que permaneciam fechados enquanto perdurasse a paz. O povo desejava que seu velho rei realizasse esse ato solene, mas o rei recusou-se a fazê-lo. Enquanto discutiam a questão, a própria Juno, descendo do céu, golpeou os portões com uma força irresistível e os abriu. Imediatamente todo o país ficou inflamado e o povo corria de um lado para o outro, aspirando à guerra.

Turno foi reconhecido por todos como seu líder; outros juntaram-se como aliados, tendo por chefe Mezêncio, um soldado corajoso e talentoso, mas de uma crueldade execrável. Tinha sido o chefe de uma das cidades vizinhas, mas fora afastado pelo seu próprio povo. Com ele, vinha o seu filho Lauso, um jovem bondoso, merecedor de um pai melhor.

CAMILA

Camila, a favorita de Diana, caçadora e guerreira, assim como as amazonas, veio com o seu bando de cavaleiros, incluindo um selecionado número de guerreiras, e tomou posição ao lado de Turno. Essa donzela, cujas mãos desconheciam os afazeres domésticos, aprendera, contudo, a suportar todas as labutas da guerra, e, em velocidade, podia bater até o vento. Parecia que podia correr sobre os milharais sem colidir com a plantação, ou sobre a superfície das águas sem afundar. A história de Camila era singular desde o princípio. Seu pai, Métabo, fora exilado de sua cidade por discórdia civil, e levara consigo sua pequena filha. Enquanto fugia pela floresta, com seus inimigos perseguindo-os acirradamente, chegou às margens do rio Amazeno, o qual, avolumado pelas chuvas, parecia oferecer-lhe resistência. Parou por um momento, decidindo o que faria. Amarrou a criança à sua lança, envolveu-a em cascas de árvore, e, levantando a arma na mão erguida, dirigiu-se a Diana: "Deusa das matas! Consagro-vos esta donzela!". E arremessou a arma com sua carga na margem oposta. A lança voou por cima das águas furiosas. Os perseguidores estavam prestes a alcançá-lo quando ele se atirou ao rio e nadou em direção à margem oposta, onde encontrou a lança e sua filha, sã e salva. Daí por diante passou a viver entre os pastores, criou a filha em meio aos desafios de uma vida campesina e ensinou à criança como utilizar o arco e a flecha e como atirar o dardo. Com sua funda, Camila podia abater patos ou cisnes selvagens. Vestia-se com pele de tigre. Muitas mães a quiseram como nora; ela, porém, permanecia fiel a Diana e repelia qualquer ideia de casamento.

EVANDRO

Tais eram os formidáveis aliados que se uniram contra Eneias. Era noite e ele dormia ao ar livre, à margem do rio, sob o céu aberto. O rio-deus Tibre parecia levantar a cabeça acima dos salgueiros para dizer: "Ó filho de deusa, destinado a ser o possuidor dos reinos latinos, esta é a terra prometida. Aqui será tua pátria. Aqui terminará a hostilidade do poder celeste, se tu perseverares fielmente. Há amigos não muito distantes. Prepara as tuas embarcações e sobe a minha correnteza; conduzir-te-ei a Evandro, o chefe árcade. Ele vem de há muito lutando contra Turno e os rútulos, e está preparado para tornar-se teu aliado. Levanta-te! Adora a Juno e aplaca a sua ira. Quando tiveres alcançado tua vitória, então, lembra-te de mim".

Eneias acordou e imediatamente obedeceu à visão amiga. Ofereceu sacrifícios a Juno e invocou a ajuda do rio-deus e de todas as fontes tributárias. Então, pela primeira vez, um navio cheio de guerreiros armados navegou nas águas do Tibre. O rio aplacou suas ondas e fez suas águas fluírem gentilmente. Enquanto isso, impelido pelas remadas vigorosas dos remadores, o navio subia rapidamente a correnteza.

Por volta do meio-dia avistaram os edifícios dispersos da cidade infante, onde em tempos posteriores surgiria a orgulhosa cidade de Roma, cuja glória atingiu o céu. Por acaso, o velho rei Evandro estava naquele dia celebrando as solenidades anuais em honra de Hércules e de todos os deuses. Palas, seu filho, e todos os chefes da pequena comunidade estavam presentes. Quando viram o imponente navio se aproximando, foram tomados de grande susto e levantaram-se das mesas. Palas, porém, impediu que a solenidade fosse interrompida. Pegou uma arma e dirigiu-se para a margem do rio, onde, aos gritos, exigiu que os recém-chegados se apresentassem e dissessem o motivo de ali estarem. Eneias, segurando um ramo de oliveira, respondeu: "Somos troianos, vossos amigos, e inimigos dos rútulos. Procuramos Evandro e oferecemo-nos para juntar nossas armas às vossas".

Palas, espantado ao ouvir nome tão célebre, convidou-os a desembarcar. Quando Eneias tocou solo firme, saudou-o, dando-lhe um longo aperto de mão. Prosseguiram pela mata até onde estavam o rei e seu grupo. Foram recebidos amistosamente, assentaram-se em torno da mesa, e o banquete prosseguiu.

ROMA INFANTE

Terminadas as solenidades, todos dirigiram-se à cidade. O rei, curvado pela idade, caminhava entre seu filho e Eneias, apoiando-se ora no braço de um, ora no braço de outro. Iam conversando prazerosamente sobre assuntos variados, o que parecia tornar o caminho mais curto. Eneias via e ouvia tudo com prazer, contemplando as belezas da paisagem e aprendendo muito sobre os renomados heróis dos velhos tempos. Evandro disse: "Estes grandes bosques já foram habitados por faunos e ninfas, e uma raça primitiva de homens que nasceu das árvores e não tinha leis nem normas sociais. Não sabiam como criar gado nem como plantar e colher, nem mesmo como estocar do que sobejava para necessidades futuras. Viviam como animais, sobrevivendo de qualquer presa que caçassem, até que Saturno — expulso do Olimpo por seus filhos — chegou e os agrupou, formando uma sociedade regida por leis. Tamanhas eram a paz e a prosperidade que reinavam nesse período, que ele ficou conhecido como *Idade Áurea*. No entanto, com o passar do tempo as coisas foram mudando, e a ganância por ouro e a sede por sangue prevaleceram. A terra tornou-se presa de sucessivos tiranos, até que a fortuna e o destino inevitável trouxeram-me até aqui, exilado de minha própria pátria, a Arcádia".

Tendo dito isso, mostrou a Eneias a rocha Tarpeia e o lugar selvagem, então recoberto de mato, onde em tempos posteriores se ergueria o Capitólio com toda a sua imponência. Depois apontou para uma muralha em ruínas e disse: "Aqui ficava o Janículo, construído pelo próprio Jano, e ali Satúrnia, a cidade de Saturno".

Quando acabou de dizer isso chegaram à casinha de campo do pobre Evandro, donde se podiam ver as manadas pastando na planície, onde o orgulhoso Fórum se ergueria mais tarde. Entraram e foi preparado um leito sobre o qual colocaram folhas macias, por sua vez cobertas com a pele de um urso líbio.

Na manhã seguinte, acordado pela aurora e pelo canto das aves debaixo das goteiras do telhado de sua pobre moradia, o velho Evandro levantou-se. Vestindo túnica, pele de pantera sobre os ombros e sandálias nos pés, com a sua boa espada desembainhada a seu lado, saiu à procura do hóspede. Tinha como única guarda e comitiva dois cães, que o acompanhavam. Encontrou o herói em companhia de seu fiel Acates. Palas logo se juntou a eles. O velho rei, então, disse: "Ilustre troiano, pouco podemos fazer por uma causa tão significante. Nosso Estado é fraco, cercado de um lado pelo rio e do outro pelos rútulos. Porém, proponho aliar-vos a um povo numeroso e rico, para o qual o destino te trouxe no momento propício. Os etruscos ocupam a região que fica além do rio. Mezêncio era seu rei, um monstro de crueldade, que inventou torturas inimagináveis somente para satisfazer seu desejo de vingança. Amarrava os mortos aos vivos, mão a mão, face a face, e deixava as desventuradas vítimas morrerem nesse abraço horrendo. No final foi expulso pelo seu povo. Queimaram o seu palácio e mataram seus amigos. Ele escapou e refugiou-se junto a Turno, que o protege com suas armas. Os etruscos exigem que ele lhes seja entregue, a fim de receber o merecido castigo. E já teriam utilizado da força para que esse desejo fosse respeitado. No entanto os sacerdotes os impedem de fazê-lo, dizendo-lhes que é vontade do céu que nenhum nativo desta terra os conduza à vitória e que o líder a eles destinado deverá vir de além-mar. Já me ofereceram a coroa, mas estou muito velho para assumir tão importante compromisso, e meu filho é nativo destas terras, o que o exclui da possibilidade de ser escolhido. Tu, tanto pelo nascimento e idade quanto pela fama de guerreiro, apontado pelos deuses, terás apenas de aparecer para seres imediatamente saudado como seu líder. A ti juntarei Palas, meu filho, minha única esperança e consolo. Sob tuas ordens aprenderá a arte da guerra e se esforçará para imitar tuas grandes façanhas".

Então o rei ordenou que cavalos fossem providenciados para os chefes troianos.[31] Eneias e um grupo escolhido de seguidores, acompanhados de Palas, montaram nos cavalos e rumaram para a cidade etrusca, tendo mandado o restante de seus homens de volta aos navios. Chegaram a salvo ao acampamento etrusco, onde foram recebidos de braços abertos por Tarcão e seus compatriotas.

NISO E EURÍALO

Nesse ínterim Turno reunira seus homens e fizera todos os preparativos necessários para a guerra. Juno enviou Íris até ele com uma mensagem, incitando-o a aproveitar-se da

---

[31] Neste trecho, o poeta insere uma frase que sonoramente, na língua grega, imita o galopar dos cavalos. Vide expressões proverbiais (XV).

ausência de Eneias e surpreender o acampamento troiano. Assim foi feito, contudo os troianos já estavam alertas. Como tinham recebido ordens estritas de Eneias para não lutarem em sua ausência, permaneceram a postos em suas trincheiras, resistindo a todas as provocações dos rútulos para os atrair ao campo de batalha. Chegando a noite, os soldados de Turno, orgulhosos de sua superioridade, festejaram e se divertiram. Ao final, deitaram-se no campo e dormiram confiantes.

No acampamento dos troianos a situação era bem diferente. Todos permaneciam vigilantes, ansiosos e impacientes pelo retorno de Eneias. Niso guardava a entrada do acampamento, e Euríalo, um jovem que se destacara entre todos os demais no exército pelo carisma pessoal e pelas boas qualidades, estava com ele. Os dois eram amigos e irmãos de armas. Niso perguntou ao amigo: "Percebeste a confiança e o descuido que mostra o inimigo? Seus fogos são poucos e fracos, e os soldados parecem todos dominados pelo vinho ou pelo sono. Como sabes, nossos chefes estão ansiosos por comunicarem-se com Eneias a fim de receberem suas ordens. No momento sinto-me inclinado a atravessar o acampamento inimigo e sair à procura de nosso líder. Se for bem-sucedido, a glória dessa façanha terá sido suficiente recompensa, e se julgarem que o serviço prestado merece mais do que isso, deixa que te paguem". Euríalo, inflamado pelo amor à aventura, respondeu: "Irias tu, Niso, recusar-me o prazer de compartilhar contigo desse feito? E devo deixar-te enfrentar o perigo sozinho? Não foi assim que meu valente pai me educou nem foi isso que planejei para mim mesmo ao me unir ao estandarte de Eneias, decidido a deixar minha vida em momentos pela honra". Niso replicou: "Não duvido disso, meu amigo. Mas sabes o quanto é incerto um empreendimento destes. Gostaria que estivesses a salvo, independentemente do que possa acontecer a mim. És mais jovem do que eu, e ainda tens muito que viver. Também não posso ser a causa de tamanha dor para tua mãe, que preferiu ficar contigo, neste acampamento, a viver em paz com as outras mulheres, na cidade de Acestes". Euríalo retrucou: "Não digas mais nada! Em vão procuras argumentos para me dissuadir. Já tomei a decisão de ir contigo. Não percamos mais tempo".

Chamaram a guarda, entregaram o posto de sentinela e se dirigiram à tenda do general. Ali encontraram os principais oficiais reunidos, estudando o melhor modo de comunicarem a Eneias a situação em que se encontravam. A oferta dos dois amigos foi aceita de bom grado. Ambos receberam elogios e promessas de recompensa caso obtivessem sucesso. Iulo dirigiu-se a Euríalo em particular e assegurou-lhe amizade duradoura, ao que Euríalo respondeu: "Tenho apenas um favor a pedir. Minha velha mãe está comigo no acampamento. Por minha causa ela abandonou o solo troiano e não quis ficar com as outras matronas na cidade de Acestes. Vou partir sem me despedir dela. Não poderia suportar suas lágrimas nem dizer não às suas súplicas. A ti, porém, rogo, ampara-a em seu sofrimento. Promete-me isto e enfrentarei corajosamente qualquer perigo que se apresente".

Iulo e outros chefes comoveram-se até as lágrimas e prometeram cumprir o pedido. "Tua mãe será minha mãe", disse Iulo, "e tudo que for prometido a ti será concedido a ela, caso não voltes para receber".

Os dois amigos deixaram o acampamento e logo estavam em meio aos inimigos. Não encontraram vigias nem sentinelas em seus postos, mas havia soldados estendidos por toda parte, adormecidos na relva e entre as carroças. As leis da guerra naquela época não proibiam que um homem valente matasse um adversário adormecido, e os dois troianos saíram matando tantos quantos encontraram pelo caminho, sem provocar grande alarde. Euríalo premiou-se com um capacete de ouro reluzente e plumas que encontrou numa das tendas. Os dois já tinham conseguido atravessar as linhas demarcatórias do campo adversário sem serem descobertos, quando, de repente, avistaram uma tropa comandada por Voscente, que se aproximava do acampamento. O capacete reluzente de Euríalo chamou a atenção deles. Voscente aproximou-se e os saudou, pedindo que se apresentassem. Os dois não responderam e entraram pela mata adentro. Os cavaleiros inimigos espalharam-se para interceptá-los.

Niso os enganou e estava fora de perigo, mas tendo Euríalo se perdido, voltou para procurá-lo. Entrou outra vez pelas matas e não tardou a ouvir o som de algumas vozes. Olhando através do matagal, viu Euríalo cercado pela tropa inimiga, sendo interrogado. Que deveria fazer? Seria melhor tentar salvar o jovem e talvez morrer com ele? Levantando os olhos para a lua, que translucidamente brilhava, disse: "Oh, Deusa! Favorece-me!". E, mirando um dardo contra um dos chefes da tropa, atingiu-o nas costas, matando-o. Em meio ao assombro que se seguiu, outro dardo fora arremessado, e mais um guerreiro caiu morto. Voscente, ignorando de onde vinham os dardos, desembainhou a espada e avançou contra Euríalo, dizendo: "Serás punido pelas duas mortes!". E já ia atravessando o peito de Euríalo, quando Niso, vendo que o amigo corria perigo, apareceu gritando: "Fui eu, fui eu! Voltai contra mim vossas espadas, rútulos, porque fui eu que fiz isso. Ele apenas me seguiu como amigo". Mas, enquanto falava, a espada de Voscente atravessou o peito de Euríalo. A cabeça caiu sobre os ombros como uma flor podada de sua haste. Niso atirou-se contra Voscente e atravessou seu corpo com a espada, sendo ele também golpeado e morto.

MEZÊNCIO

Eneias e os seus aliados etruscos chegaram ao local a tempo de socorrer o acampamento sitiado. Estando os dois exércitos agora em pé de igualdade, a guerra tornou-se ainda mais violenta. Não encontramos espaço para descrever todos os detalhes; limitamo-nos simplesmente a registrar o destino dos principais personagens apresentados ao leitor. O tirano Mezêncio, ao ver que lutava contra seus súditos revoltados, enfureceu-se como um animal selvagem. Matava todos que ousassem enfrentá-lo e punha a multidão em fuga sempre que aparecia. Finalmente encontrou-se com Eneias e os exércitos pararam de lutar para ver o que ia acontecer. Mezêncio atirou a sua lança que, ao atingir o escudo de Eneias, desviou-se e atingiu Antores. Este era grego e havia deixado Argos, sua cidade natal, para seguir Evandro até a Itália. O poeta fala dele em versos simples, que se tornaram proverbiais: "Caiu, infeliz, ferido no lugar de outro, e, morrendo, olhou para o céu e lembrou-se da sua doce Argos".[32] Eneias, por sua vez, arremessou a lança, a qual atravessou o escudo de Mezêncio, ferindo-o na coxa. Lauso, filho de Mezêncio, não suportando a cena do pai ferido, correu e se interpôs a ele. Enquanto isso seus partidários se aglomeraram em volta de Mezêncio, retirando-o dali.

Eneias segurava a espada suspensa no ar, relutando em dar o golpe, mas diante da fúria do jovem que o enfrentava não teve outra saída senão desferir o golpe mortal. Lauso caiu e Eneias debruçou-se sobre ele, com piedade, dizendo: "Jovem desafortunado, que poderei fazer por ti que seja digno de teu valor? Conserva estas armas de que tanto te orgulhaste, e não temas, pois teu corpo será entregue aos teus amigos para que recebas as devidas homenagens funerárias". Assim dizendo,

---

[32] Vide expressões proverbiais (XVI). (N. A.)

chamou os tímidos companheiros do jovem e entregou-lhes o corpo.

Enquanto isso Mezêncio fora levado até a margem do rio, onde lavava seu ferimento. Assim que ficou sabendo da morte de Lauso o ódio e o desespero revigoraram suas forças. Montou seu cavalo e cavalgou em direção à batalha, procurando Eneias. Tendo-o encontrado, começou a cavalgar em volta dele, em círculos, arremessando um dardo após o outro, enquanto Eneias, de pé, protegia-se com o escudo. Finalmente, após Mezêncio ter dado três voltas, Eneias desferiu sua lança diretamente sobre a cabeça do cavalo, atingindo-o na testa. O animal caiu morto, enquanto gritos de ambos os exércitos atravessavam os céus. Mezêncio não implorou misericórdia, mas apenas que seu corpo fosse poupado dos insultos dos súditos revoltados e fosse enterrado na mesma sepultura com seu filho. Recebeu o golpe fatal como se já estivesse preparado para ele. Sua vida e seu sangue esgotaram-se ao mesmo tempo.

PALAS, CAMILA E TURNO

Enquanto essas coisas aconteciam de um lado do campo de batalha, do outro, Turno enfrentava o jovem Palas. Uma luta tão desigual não poderia deixar dúvidas sobre o resultado. Palas lutou corajosamente, mas terminou ferido pela lança de Turno. O vitorioso quase fraquejou ao ver o valente jovem morto a seus pés e dispensou o privilégio de vencedor de se apossar das armas do adversário. Só ficou com o cinturão enfeitado de rebites e entalhes em ouro, que colocou em volta do corpo. O restante foi enviado aos amigos do morto.

Depois da batalha foi estabelecida uma trégua de alguns dias, de maneira que ambos os exércitos cuidassem do sepultamento de seus mortos. Nesse intervalo Eneias desafiou Turno para uma luta entre os dois, de maneira que decidisse a vitória. Turno, contudo, fugiu ao desafio. Outra batalha fora travada, na qual Camila, a guerreira virgem, destacou-se. Seus feitos ultrapassaram os dos mais corajosos guerreiros, e muitos troianos e etruscos caíram atravessados por suas setas ou atingidos por seu machado. Finalmente, um etrusco chamado Arunte, que a observava havia muito tempo à espera de uma ocasião propícia, viu-a perseguindo um inimigo que fugia, cuja armadura esplêndida daria uma recompensa tentadora. Atenta à perseguição, não percebeu o perigo que corria e foi mortalmente atingida pelo dardo de Arunte. Caiu e deu o último suspiro nos braços das donzelas que a serviam. Mas Diana, que assistira ao seu destino, não permitiu que essa morte ficasse impune. Arunte, enquanto fugia, feliz mas temeroso, foi atingido por uma seta atirada por uma das ninfas do séquito de Diana, morrendo de modo ignóbil e desconhecido.

Finalmente a batalha entre Turno e Eneias aconteceu. Turno fizera de tudo para evitar que essa luta acontecesse, mas, no final, impelido pelo fracasso de seus exércitos e pelos murmúrios de seus partidários, aceitou o desafio. Não havia dúvida de quem seria o vencedor. De um lado estava Eneias, tendo a seu favor o decreto expresso do destino, a ajuda de sua mãe-deusa em qualquer emergência e uma armadura impenetrável fabricada por Vulcano, a pedido de sua mãe. Do outro lado estava Turno, abandonado por seus aliados celestiais, pois Juno fora expressamente proibida por Júpiter de lhe prestar qualquer ajuda. Turno atirou sua lança, que ricocheteou no escudo de Eneias sem causar dano algum. O herói troiano, por sua vez, atirou a lança, que perfurou o escudo de Turno, atingindo-o na coxa. A coragem de Turno abandonou-o, e ele implorou misericórdia. Eneias estava disposto a poupar-lhe a vida, mas, nesse instante, seus olhos baixaram sobre o cinturão de Palas, do qual Turno se apossara.

Sua ira reacendeu imediatamente, e ele atravessou o peito de Turno com a espada, exclamando: "É Palas que te mata com este golpe!".

Aqui termina o poema da *Eneida*, e somos levados a concluir que Eneias, tendo triunfado sobre os inimigos, conseguiu a mão de Lavínia. A tradição acrescenta que ele fundou sua cidade, à qual deu o nome de Lavinium, em homenagem à esposa. Seu filho Iulo fundou Alba Longa, que foi o berço de Rômulo e Remo e da própria Roma.

Há uma alusão a Camila nas linhas do *Ensaio sobre a crítica*, de Pope, nas quais, ilustrando a regra de que *o som deve ser um eco para o sentido*, ele diz:

> *Quando Ájax empenha-se em lançar uma grande pedra,*
> *A tarefa é árdua e as palavras soam vagarosas.*
> *Mas é diferente quando a veloz Camila percorre a planície,*
> *Voando por cima dos milharais, ou deslizando sobre as ondas.*

CAPÍTULO XXXIV

PITÁGORAS — DIVINDADES EGÍPCIAS — OS ORÁCULOS

PITÁGORAS

Os ensinamentos que Anquises transmitiu a Eneias, em referência à natureza da alma humana, estavam em conformidade com as doutrinas dos pitagóricos. Pitágoras (nascido em 540 a.C.) era nativo da ilha de Samos, mas viveu a maior parte da vida em Crotona, na Itália. Assim, ele é também conhecido como o *Samiano* e, outras vezes, como o *Filósofo de Crotona*. Quando jovem, Pitágoras viajou muito, e diz-se que conheceu o Egito, onde recebeu instruções dos sacerdotes em todos os seus mistérios, e depois seguiu para o Oriente, onde visitou a Pérsia e esteve em contato com os magos da Caldeia e os brâmanes da Índia.

Em Crotona, onde Pitágoras finalmente se estabeleceu, suas qualidades excepcionais atraíram um grande número de discípulos. Os habitantes de Crotona eram conhecidos por sua luxúria e licenciosidade, mas a boa influência de Pitágoras foi logo sentida. Graças a ele, prevaleceram a sobriedade e a temperança. Seiscentos dos moradores locais fizeram-se seus discípulos, criando uma grande sociedade que tinha como fim a busca conjunta da sabedoria. Todos compartilhavam suas posses, e de cada um eram exigidas práticas de pureza e simplicidade. A primeira lição era a do silêncio. Por algum tempo, os novos adeptos permaneciam na condição de ouvintes; "Ele (Pitágoras) assim falou" (*Ipse dixit*), e era considerado por eles o suficiente, sem que houvesse necessidade de provas. Apenas os discípulos mais adiantados, depois de muitos anos de submissão paciente, podiam formular perguntas e apresentar objeções.

Pitágoras acreditava que os números eram a essência e o princípio de tudo, atribuindo-lhes uma existência real e distinta, considerando-os elementos básicos de constituição do Universo. O modo como ele havia concebido essa teoria nunca foi plenamente demonstrado. Apenas partia das diversas formas e fenômenos do mundo para chegar a números que eram as suas bases e essências. A mônada, ou unidade, era considerada por ele como a origem de todos os outros números. O número dois era imperfeito e a causa para o aumento e a divisão. O número três era denominado o número da totalidade, pois possuía um começo, um meio e um fim. O quatro, representando o quadrado, era a perfeição expressa em seu mais elevado grau, e o dez, como contém a soma de quatro números primos, incluía todas as proporções musicais e aritméticas, denotava o sistema do mundo.

Assim como os números se desenvolvem a partir da mônada, também a pura e simples essência da Divindade gera todas as formas da natureza. Deuses, demônios e heróis são emanações do Supremo, e há uma quarta emanação: esta é a alma, que é imortal, e, quando livre dos grilhões do corpo, segue para a morada dos mortos, onde permanece até regressar ao mundo, a fim de viver em um corpo humano ou animal, e, finalmente, quando suficientemente purificada, retorna ao ponto de onde se originou. Essa doutrina da transmigração das almas (*metempsicose*), que surgiu no Egito e está ligada à doutrina de recompensa e castigo das ações humanas, era a razão principal pela qual os pitagóricos não matassem nenhum animal. Ovídio retrata Pitágoras dirigindo-se aos seus discípulos com estas palavras: "As almas não morrem jamais, mas sempre que partem de uma morada seguem para outra. Eu mesmo me recordo de que nos tempos da Guerra de Troia era Euforbo, filho de Pântoo, e fui abatido pela lança de Menelau. Recentemente, quando estive no templo de Juno, em Argos, reconheci o meu escudo dependurado entre outros troféus. Tudo muda e perece para sempre. A alma vai de um lado para o outro, ora ocupando um corpo, ora outro, passando do corpo de um animal ao de um ser humano, e dali ao de um outro animal. Tal como a cera que pode assumir num determinado momento o perfil de uma figura e, depois de derretida, pode ser usada para assumir um perfil distinto, sem deixar de ser a mesma cera, também a alma usa formas distintas em tempos diferentes, sem que deixe de ter a mesma essência. Portanto, se o amor pelo próximo não está ainda extinto em vosso coração, cessai, eu vos suplico, de violar a vida daqueles que talvez sejam os vossos próprios antepassados".

Shakespeare, em *O mercador de Veneza*, faz que Graciano se refira à metempsicose, no momento em que diz a Shylock:

> *Vós quase abalastes a minha fé,*
> *Levando-me a crer, como Pitágoras,*
> *Que almas de animais podem encarnar*
> *Em corpos humanos; o vosso espírito maldito*
> *É presa de algum lobo antropofágico,*
> *Cuja alma, que fugida de um patíbulo,*
> *Encarnou-se em vós; pois os vossos desejos*
> *São os de um lobo sanguinário, faminto e voraz.*

A relação que se estabelece entre as notas da escala musical e os números, de onde resulta a harmonia dos compassos e a desarmonia das vibrações desencontradas, levou Pitágoras a aplicar a palavra *harmonia* à criação visível, significando com ela a perfeita adaptação entre as partes, umas com as outras. Essa é a ideia que Dryden expressa no início de sua *Canção pelo Dia de Santa Cecília*:

> *Da harmonia, da celestial harmonia,*
> *Esta eterna estrutura surgiu;*
> *De harmonia em harmonia,*
> *Através de todos os compassos das notas correu,*
> *Concluindo no grande diapasão que é o Homem.*

No centro do Universo (ensinou Pitágoras) havia um fogo central, o princípio da vida. O fogo central estava cercado pela Terra, pela Lua, pelo Sol e pelos cinco planetas. As distâncias entre os diversos corpos celestes são equivalentes às proporções da escala musical. Acreditava-se que os corpos celestes, tal como os deuses que os habitavam, executavam uma dança coletiva em torno do fogo central, "não sem música". Eis a doutrina a que Shakespeare se refere quando apresenta Lourenço a ensinar astronomia a Jéssica, deste modo:

> *... Vê o pavimento do céu*
> *Patinado de ouro flamejante:*
> *Não há uma só órbita no espaço*
> *Que, em seu movimento, não cante como um anjo,*
> *Cantando aos doces querubins —*
> *Com os quais tanto se parecem;*
> *Tal harmonia habita as almas imortais,*
> *Mas enquanto esta efêmera lama humana,*

Tão grosseira, nos recobre,
Não podemos ouvi-la...

O mercador de Veneza

Concebia-se que as esferas fossem recobertas por estratos cristalinos ou vítreos, uns sobrepondo-se aos outros, como taças invertidas. Na substância de cada esfera um ou mais corpos celestes eram supostamente afixados. Uma vez que as esferas são translúcidas, podemos enxergar os astros que elas contêm e que por elas são conduzidos em círculo. Mas como tais esferas não podem movimentar-se umas sobre as outras sem causar atrito, um som delicado é produzido, fino demais para a audição humana. Milton, em seu *Hino à Natividade*, refere-se a essa música das esferas:

Soai, esferas cristalinas! Soai!
Abençoai uma única vez os ouvidos humanos
(Se tendes força para encantar nossos sentidos desse modo);
E que o vosso carrilhão argênteo
Se mova em compasso melodioso,
E deixai que o baixo do profundo órgão do céu ressoe;
E com a vossa nônupla harmonia
Encetai um completo concerto de angélica sinfonia.

Pitágoras é considerado o inventor da lira. O poeta Longfellow, em seus *Versos para uma criança*, narra essa história:

Como o grande Pitágoras de antanho,
De pé, junto à porta do ferreiro,
Ouvindo o recorrente som do malho
Sobre a bigorna, com sons variados,
Furtou daqueles sons que se elevavam

> *Vibrantes, em cada linguagem do metal,*
> *O segredo das cordas soantes,*
> *E com sete delas criou a lira.*

Vale a pena ler também o poema *A lira eólica do Grande Samiano*, constante de *O desaparecimento de Órion*, também de Longfellow.

SÍBARIS E CROTONA

Síbaris era uma cidade próxima a Crotona e, ao contrário desta, era famosa por sua luxúria e licensiosidade. O nome tornou-se proverbial. J. R. Lowell utiliza-o nesse sentido em seu breve, mas encantador, poema *Ao dente do leão*:

> *Nem mesmo em meados de julho a encouraçada e dourada abelha*
> *Sente o quente arrebatamento do verão,*
> *Na fresca tenda do alvo lírio*
> *(Sua Síbaris conquistada), como eu, quando primeiro,*
> *Do verde-escuro fiz brotar os teus círculos amarelos.*

Uma guerra estourou entre as duas cidades, e Síbaris foi conquistada e destruída. Milo, o famoso atleta, conduziu o exército de Crotona. Há muitas lendas sobre a grande força de Milo, como por exemplo a de ter carregado nos ombros uma vaca de quatro anos, o mesmo animal que, depois, em um único dia, teria comido por inteiro. Dizem, também, que sua morte se deu da seguinte maneira: quando atravessava um bosque, observou o tronco de uma árvore que fora parcialmente rachado por lenhadores e tentou abrir a racha ainda mais, com as mãos; contudo, o tronco, em vez de ceder, fechou-se ainda mais, prendendo na fenda as suas mãos, até que ele acabou sendo devorado por lobos.

Byron, em sua *Ode a Napoleão Bonaparte*, refere-se à lenda de Milo:

> *Aquele que rachar o carvalho queria,*
> *Sem imaginar que a racha se fecharia,*
> *Em vão agora tenta, mas não se solta,*
> *Solitário, olhando como louco à sua volta.*

DIVINDADES EGÍPCIAS

Os egípcios consideravam Amon como sua divindade mais alta, depois chamado Zeus, ou Júpiter Amon. A manifestação da palavra ou da vontade de Amon gerou Kneph e Hator, de sexos diferentes. De Kneph e Hator surgiram Osíris e Ísis. Osíris era venerado como o deus do sol, a fonte de todo o calor, da vida e da fertilidade, além de ser considerado também o deus do Nilo, que visitava anualmente a sua esposa Ísis (a Terra), na forma de inundações. Serápis ou Hermes é frequentemente apresentado como Osíris, e, outras vezes, como uma divindade distinta, o soberano do Tártaro e deus da medicina. Anúbis é o deus protetor, que tem a forma de uma cabeça canina, emblema de seu caráter de fidelidade e vigilância. Hórus ou Harpócrates era filho de Osíris. É simbolizado por uma flor de lótus, com o dedo nos lábios, sendo, portanto, o deus do silêncio.

Em uma das *Melodias irlandesas*, de Moore, há uma alusão a Harpócrates:

> *Debaixo de um caramanchão cheio de rosas*
> *Sentarás mudo, com o dedo nos teus lábios;*

Como aquele, o menino, que nasceu em meio
Às flores que brotam às margens do Nilo,
E que permanece sentado desde então,
Entoando sua única canção à Terra e ao Céu:
"Silêncio, tudo em silêncio".

O MITO DE OSÍRIS E DE ÍSIS

Certa vez Osíris e Ísis sentiram o desejo de descer à terra para entregar presentes e bênçãos aos seus habitantes. Ísis mostrou-lhes primeiro a utilidade do trigo e do centeio, e Osíris manufaturou os instrumentos para a agricultura e ensinou aos homens como manejá-los, bem como o modo de atrelar o arado ao boi. Então lhes deu as leis, a instituição do casamento, uma organização civil, e os instruiu nos rituais de adoração aos deuses. Tendo, assim, transformado o vale do Nilo em um país feliz, Osíris reuniu uma hoste, com a qual foi legar as suas bênçãos sobre o resto do mundo. Por toda parte conquistou nações sem o uso de armas, mas com a música e a eloquência. Seu irmão, Tífon, vendo isso, encheu-se de inveja e de maldade e tentou arrebatar-lhe o trono durante a sua ausência. Mas Ísis, que mantinha as rédeas do governo, frustrou seus planos. Tífon, ainda mais amargurado, resolveu matar o próprio irmão, o que realizou do seguinte modo: após organizar uma conspiração de setenta e dois membros, acompanhou-os às celebrações em honra do retorno do rei. Depois ordenou que enviassem uma caixa que mandara fazer, que tinha as mesmas medidas de Osíris, e declarou que entregaria tal baú de madeira preciosa àquele que coubesse ali dentro. Em vão todos tentaram entrar, até que chegou a vez de Osíris, que o fez com sucesso. Imediatamente, Tífon e seus comparsas fecharam o tampo do baú e o jogaram dentro do Nilo. Assim que Ísis soube do cruel assassinato chorou e lamentou-se, e depois cortou o cabelo, vestiu-se de preto e pôs-se a procurar, diligentemente, o cadáver do marido. Nesse empreendimento contou com o auxílio de Anúbis, filho de Osíris e Néftis. Por longo período procuraram, mas em vão, pois a caixa havia sido levada pelas ondas até as margens de Biblos, onde ficou emaranhada nos juncos que ali vicejavam; o divino poder do corpo de Osíris concedeu tamanha força ao arbusto que ele se tornou uma árvore, envolvendo o esquife do deus no bojo de seu tronco. Mais tarde, essa árvore foi, com seu depósito sagrado, derrubada e usada como coluna no palácio do rei da Fenícia. Todavia, com o auxílio de Anúbis e de pássaros sagrados, Ísis finalmente soube dessas ocorrências e dirigiu-se à cidade real. Ali estando, ofereceu-se para trabalhar como criada no palácio. Depois de admitida, livrou-se do disfarce e mostrou-se como deusa que era, envolta em raios e trovões. Ao tocar a coluna com sua varinha encantada, a madeira se abriu e permitiu a saída do esquife, do qual ela se apossou. De volta à pátria, ocultou-o no meio de um bosque, mas Tífon descobriu-o e esquartejou o corpo em catorze pedaços, espalhando-os por vários lugares. Depois de muitas e difíceis buscas, Ísis encontrou treze pedaços, pois um deles fora comido pelos peixes do Nilo. Ela substituiu o pedaço que faltava por uma réplica de madeira de sicômoro e enterrou o corpo em Filoe, local que se tornou, desse dia em diante, o centro de sepultamentos de todo o país e o ponto para o qual acorriam as peregrinações. Um templo de esplendor inestimável foi erigido em honra ao deus, e, em todos os outros lugares em que foram encontrados pedaços de seu corpo, templos menores e túmulos foram construídos para celebrar o fato. Osíris tornou-se, então, a divindade tutelar dos egípcios. Acreditava-se que sua alma habitava o corpo do boi Ápis e, quando este morria, era automaticamente transferida para o corpo de seu sucessor.

Ápis, o boi de Mênfis, era muito reverenciado pelos egípcios. O animal era reconhecido individualmente como o Ápis em razão de determinados sinais. Era necessário que fosse um boi bem negro, com uma mancha branca na testa e uma outra, em forma de águia, no dorso, e a parte inferior de sua língua devia apresentar um inchaço que lembrasse um escaravelho. Assim que os encarregados de sua busca encontravam um boi com essas características, era ele colocado num edifício voltado para o Oriente, e era alimentado com leite durante quatro meses. Após esse período, os sacerdotes dirigiam-se à sua habitação na lua nova, e, com grande pompa, saudavam-no como o novo Boi Ápis. O animal era embarcado em um navio magnificente e levado pelo Nilo abaixo até Mênfis, onde passava a habitar no seu próprio templo, que tinha duas capelas e um pátio para que pudesse exercitar-se. Uma vez por ano eram-lhe dedicados sacrifícios, na mesma época das cheias do Nilo. Uma taça de ouro era jogada ao rio e um grande festival celebrava o seu aniversário. O povo acreditava que durante esse evento os crocodilos esqueciam-se de sua ferocidade natural e tornavam-se inofensivos. Havia, contudo, uma desvantagem na vida feliz de Ápis: não lhe era permitido viver além de certa idade, e se quando completasse vinte e cinco anos ainda estivesse vivo, era afogado pelos sacerdotes numa cisterna sagrada e depois enterrado no templo de Serápis. Com a morte desse boi, fosse ela por causas naturais ou pela violência, todo o país enchia-se de tristeza e de lamentações que duravam até que fosse encontrado o seu sucessor. Em um jornal recente encontramos a seguinte notícia: "*O túmulo de Ápis* — As escavações que ocorrem em Mênfis fazem essa cidade tão digna de interesse quanto Pompeia. O monstruoso túmulo de Ápis está agora aberto, depois de ter ficado incógnito por tantos séculos".

Milton, em seu *Hino da Natividade*, alude às divindades egípcias não como seres imaginários, mas como demônios reais, que fogem com o nascimento de Cristo:

> *Os brutais deuses do Nilo se apressam,*
> *Ísis e Hórus e o cão Anúbis em fuga.*
> *Nem Osíris é visto pelos bosques de Mênfis ou nos prados,*
> *Andando sobre o capim mirrado, mugindo bem alto;*[33]
> *Nem pode descansar*
> *Dentro do baú sagrado;*
> *Nada, senão o seu mais profundo inferno, pode envolvê-lo;*
> *Em vão, ao som dos adufes em hinos tenebrosos,*
> *Os sacerdotes carregam sua arca adorada.*

Na estatuária, Ísis é representada com a cabeça coberta por um véu que simboliza o mistério. É disso que Tennyson fala em *Maud*, IV. 8:

> *Pois a vontade do Criador é obscura, como o rosto de Ísis, encoberto pelo véu.*

OS ORÁCULOS

Oráculo era o nome utilizado para designar o lugar em que se podiam buscar as respostas de qualquer divindade, dadas àqueles que o consultavam sobre o futuro, além de denominar,

---

[33] Quando não chove no Egito o capim fica mirrado, e a fertilidade das terras de todo o país passa a depender das cheias do Nilo. A arca citada na última linha, até hoje vista nos desenhos que há nas paredes dos antigos templos egípcios, parece ter sido carregada pelos sacerdotes em suas procissões religiosas. É provável que represente o baú em que o corpo de Osíris havia sido depositado. (N. T.)

igualmente, a própria resposta recebida. O mais antigo oráculo da Grécia era o de Júpiter de Dodona. Conta-se que ele surgiu da seguinte maneira: dois pombos negros voaram a partir de Tebas, no Egito. Um deles voou até Dodona, no Épiro, e, tendo pousado num bosque de carvalhos, anunciou, em linguagem humana, aos habitantes daquele distrito, que deveriam fundar ali um oráculo de Júpiter. O outro pombo voou até o templo de Júpiter Amon, no oásis da Líbia, onde fez um anúncio semelhante. Segundo uma outra versão não eram pombos, mas sacerdotisas que haviam sido raptadas em Tebas, no Egito, por fenícios, e estabeleceram os oráculos no oásis de Dodona. As respostas do oráculo chegavam pelas árvores, pelo som dos ramos que se agitavam ao vento e que eram interpretados pelos sacerdotes.

Contudo o mais célebre dos oráculos gregos foi o de Apolo, em Delfos, cidade edificada nas colinas do Parnaso, na Fócida. Observou-se, em tempos primitivos, que os cabritos que pastavam no Parnaso sofriam convulsões quando se aproximavam de determinada fenda, grande e profunda, numa das laterais da montanha. Isso ocorria graças a vapores peculiares que emanavam da fenda, e um dos pastores quis um dia experimentar os seus efeitos. Ao aspirar o gás intoxicante, foi afetado tal qual os animais, e, como os moradores da redondeza não podiam fornecer uma explicação plausível, afirmaram que a fala convulsiva do pastor era fruto de inspiração divina em consequência dos tais vapores.

O boato se espalhou rapidamente, e um templo foi erigido no local. A influência profética foi primeiro atribuída a diversas fontes: à deusa Terra, a Netuno, a Têmis e a outros, mas, finalmente, a Apolo, e a ninguém mais. Uma sacerdotisa foi eleita, e sua função era inalar os vapores sagrados. Essa sacerdotisa era chamada a *pitonisa*. Para assumir essa ocupação era necessário que ela realizasse antes uma série de abluções na fonte de Castália e, após receber uma coroa de louros, sentava-se numa trípode similarmente adornada, que por sua vez era colocada sobre a fenda de onde emanavam os eflúvios divinos. Suas palavras inspiradas, ditas enquanto ocupava essa posição, eram então interpretadas pelos sacerdotes.

O ORÁCULO DE TROFÔNIO

Além dos oráculos de Apolo e Júpiter, em Delfos e Dodona, o de Trofônio, na Beócia, gozava de elevada consideração. Os irmãos Trofônio e Agamedes eram arquitetos de renome que construíram o templo de Apolo em Delfos, e para o rei Hirieu uma Casa do Tesouro, em cuja parede deixaram algumas pedras soltas, de modo que podiam, às vezes, roubar um pouco das riquezas ali guardadas. O rei Hirieu espantou-se, pois os cadeados e selos estavam sempre intactos, e, contudo, suas riquezas diminuíam continuamente de volume. Finalmente armou uma cilada e apanhou Agamedes em flagrante.

Não podendo libertar o irmão, e com medo de que, sob tortura, ele revelasse a sua participação no crime, Trofônio cortou-lhe a cabeça. Conta-se que, logo após, Trofônio teria sido engolido pela terra.

O oráculo de Trofônio ficava em Lebadeia, na Beócia. Dizem que, durante uma seca prolongada, os beócios foram aconselhados pelo deus de Delfos a pedir a ajuda de Trofônio, em Lebadeia. Para lá se encaminharam, mas não encontraram oráculo algum. Um deles, contudo, enxergou ao acaso um enxame de abelhas e, seguindo-o até o lugar de uma erosão na terra, constatou que se tratava do lugar que procuravam.

Cerimônias peculiares deveriam ser realizadas por aqueles que viessem consultar o oráculo. Depois dessas preliminares, desciam por uma passagem estreita nas profundezas da caverna. O local só podia ser visitado à noite. A pessoa precisava voltar da caverna pela mesma passagem estreita, mas andando de costas. Geralmente, regressavam da experiência melancólicas e desanimadas; vem daí o provérbio "consultou o oráculo de Trofônio".

O ORÁCULO DE ESCULÁPIO

Houve diversos oráculos de Esculápio, mas o de maior renome ficava em Epidauro. Ali os doentes procuravam respostas e a cura, dormindo no templo. Deduz-se, pelos relatos existentes, que o tratamento das enfermidades se assemelhava ao que conhecemos como o magnetismo animal ou *mesmerismo*.

Para Esculápio as serpentes eram sagradas, provavelmente em razão da superstição de que esses animais são dotados da capacidade de rejuvenescimento sempre que mudam de pele.

A adoração a Esculápio foi introduzida em Roma durante o período de uma grande peste, e uma embaixada foi enviada ao templo de Epidauro para suplicar o auxílio do deus. Esculápio foi benevolente, e quando o navio regressou ele acompanhou a tripulação sob a forma de uma serpente. Quando chegou ao rio Tibre a serpente saiu rastejando do navio e tomou posse de uma ilha entre as margens do rio, onde foi erguido um templo em sua honra.

O ORÁCULO DE ÁPIS

Em Mênfis, o sagrado Boi Ápis respondia àqueles que o consultavam pelo modo como aceitava ou recusava o que lhe era oferecido. Quando o boi rejeitava a comida da mão do consultante, esse era considerado um sinal desfavorável, e favorável quando aceitava.

Tem-se perguntado se as respostas dos oráculos deviam-se apenas à imaginação humana ou sofriam a interferência de espíritos malignos. Essa última opinião prevalecia na Antiguidade. Uma terceira teoria foi desenvolvida, desde a época em que o fenômeno do mesmerismo popularizou-se: a pitonisa entrava numa espécie de transe hipnótico, que por sua vez fazia despertar a faculdade da clarividência. Outra questão sempre levantada é a respeito da época em que os oráculos do paganismo deixaram de atuar. Escritores cristãos da Antiguidade afirmam que eles emudeceram a partir do nascimento do Cristo, e dessa data em diante nunca mais se ouviu falar deles. Milton adota essa versão no seu *Hino à Natividade*, e com versos de solene e enlevada beleza apresenta a consternação dos ídolos pagãos a partir da vinda do Salvador:

> *Os oráculos estão mudos;*
> *Nem voz nem sussurro hediondo*
> *Soa através das arcadas com palavras de engodo,*
> *Apolo, em seu santuário,*
> *Não mais pode adivinhar,*
> *Com um grito vazio, saído das colinas de Delfos,*
> *Nem transe noturno ou encanto soprado*
> *Inspira os sacerdotes com olheiras e pálidos em sua câmara profética.*

No poema de Cowper *O carvalho de Yardley*, há algumas maravilhosas alusões à mitologia. Uma delas refere-se à lenda de Castor e Pólux; mas uma outra é mais adequada ao nosso tema presente. Falando com o fruto caído do carvalho, diz:

> *Caíste de madura; e no solo barrento,*
> *Inchando com o poder do instinto vegetativo,*
> *Rompeste o teu ovo, tal como os gêmeos lendários,*
> *Agora estrelas; dois lóbulos aparecendo, um par exato;*
> *Uma folha sucedendo outra folha,*
> *E todos os elementos concorrendo para o teu minúsculo crescimento;*
> *Com nutrição favorável, tu te tornaste um galhinho;*
> *Quem vivia quando eras assim? Oh! se pudesses falar,*
> *Tal como em Dodona as árvores, tuas primas*
> *Oraculares, eu não perguntaria por curiosidade*
> *Sobre o futuro, que é melhor que o não conheçamos, mas, de tua boca,*
> *Quereria saber o que houvesse do passado menos ambíguo.*

Tennyson, em seu *Carvalhos falantes*, cita os carvalhos de Dodona nestas linhas:

> *E trabalharei em prosa e rima,*
> *E mais louvar-te-ei em ambos*
> *Do que o bardo fez à faia ou à lima,*
> *Ou àquela planta da Tessália*
> *Em que pousou a pomba morena,*
> *E proferiu a mística sentença.*

Byron alude ao oráculo de Delfos ao falar sobre Rousseau, cujos escritos foram por ele considerados de grande importância para o desenvolvimento da Revolução Francesa:

> *Pois dele veio a inspiração,*
> *Como da mística gruta pitônica da Antiguidade,*
> *Aqueles oráculos que atearam fogo sobre o mundo,*
> *Fazendo queimar incessantemente, até que os reinados se extinguissem.*

CAPÍTULO XXXV

ORIGEM DA MITOLOGIA — ESTÁTUAS
DE DEUSES E DEUSAS — POETAS DA
MITOLOGIA

ORIGEM DA MITOLOGIA

Chegando agora ao final desta série de histórias da mitologia pagã, surge automaticamente uma questão: "De onde vieram essas histórias? Existe nelas algum fundo de verdade ou serão elas apenas fruto da imaginação?". Filósofos têm sugerido diversas teorias sobre o assunto, que apresentamos a seguir:

1) *Teoria da Escritura* — De acordo com essa teoria, todas as lendas mitológicas são derivadas de narrativas das Escrituras, embora os fatos reais tenham sido disfarçados e alterados. Assim, Deucalião é apenas outro nome para Noé, Hércules corresponde a Sansão, Aríon seria Jonas, etc. Sir Walter Raleigh em sua *História do mundo*, afirma: "Jubal, Tubal e Tubal-Caim eram Mercúrio, Vulcano e Apolo, os inventores do pastoreio, da forja e da música. O dragão que guardava as maçãs de ouro era a mesma serpente que tentou Eva. A Torre de Nemrod corresponde ao atentado dos gigantes contra o

Céu". Sem dúvida, existem diversas coincidências como essas, mas a teoria deixa de explicar um grande número de outras histórias e, portanto, não é facilmente aceita.

2) *A Teoria Histórica* — Todos os personagens da mitologia foram antes pessoas reais, e as lendas e as tradições fabulosas relativas a eles foram simples exageros e embelezamentos adicionados em épocas posteriores. Assim, a história de Éolo, rei e deus dos ventos, pode ter surgido pelo fato de que Éolo foi o soberano de algumas ilhas do mar Tirreno, onde reinou com justiça e benevolência, tendo ensinado aos nativos a utilização das velas nos navios e o modo de reconhecer as mudanças climáticas a partir de sinais atmosféricos. Cadmo, que, segundo a lenda, teria semeado a terra com dentes de dragão, gerando uma colheita de homens armados, teria sido em verdade um emigrante da Fenícia que trouxe de lá o conhecimento do alfabeto, o qual ensinou aos nativos da Grécia. Dos rudimentos dessa aprendizagem surgiu a civilização que os poetas costumam descrever como a deterioração do estado de pureza do homem, a Idade de Ouro, de inocência e simplicidade.

3) *Teoria Alegórica* — Neste caso supõe-se que todos os mitos da Antiguidade eram alegóricos e simbólicos, contendo sempre alguma verdade moral, religiosa, filosófica, ou ainda algum fato histórico por trás, mas, com o tempo, passaram a ser compreendidos literalmente. Assim, Saturno que devora os próprios filhos é o mesmo poder que os gregos chamavam de Crono (Tempo), cuja propriedade é destruir tudo o que já tenha criado. A história de Io é interpretada da mesma maneira: Io é a lua e Argos é o firmamento estrelado, que, por assim dizer, vela sobre ela, incessantemente, sem ter sono. A extraordinária vida de perambulação de Io representa as revoluções da lua, as mesmas que inspiraram Milton a escrever:

Para contemplar a lua errante,
Vagando próxima de seu meridiano,
Como alguém que fosse desviado
Pela vastidão sem trilhos do céu.

Il Penseroso

4) *Teoria Física* — Segundo essa teoria, os elementos ar, fogo e água eram originalmente objeto de devoção religiosa, e as principais divindades eram a personificação desses elementos a ponto de criar a noção de que seres sobrenaturais presidiam e governavam os diferentes objetos da natureza. Os gregos, cuja imaginação era viva, acreditavam que a natureza estava povoada de seres invisíveis, e supunham que todas as coisas, do sol ao oceano, até a menor das fontes ou riacho, estavam sob os cuidados de alguma divindade particular. Wordsworth, em sua *Excursão*, desenvolveu de maneira muito bela essa visão da mitologia grega:

Naquele clima agradável, o pastor solitário deitou-se
Sobre a relva sedosa, no meio de um dia de verão,
Com música embalou seu estado de indolência,
E, em sua exaustão, podia ouvir,
No momento em que sua respiração se acalmava,
Uma melodia distante, mais doce que os sons
Que a sua parca habilidade podia produzir; sua imaginação saía em busca
Do flamejante carro do Sol,
De um jovem imberbe que tocava o alaúde dourado,
Enchendo os bosques iluminados de êxtase.
O poderoso caçador, erguendo os olhos
Na direção da Lua crescente, com seu coração repleto de gratidão,

Chamou a adorável viajante, que concedia
Aquela luz oportuna, para compartilhar a sua alegre brincadeira;
E, daí, uma deusa reluzente, com suas ninfas,
Através da relva e por entre as sombras do bosque
(Não desacompanhada de melodiosas notas musicais,
Multiplicadas pelo eco do rochedo à gruta),
Unia-se no entusiasmo da caçada, enquanto a Lua e as estrelas
Olhavam de relance o céu nublado,
No momento em que os ventos sopravam mais fortes. O viajante mata
Sua sede no riacho ou na efusão de uma fonte, e agradece
À náiade. Raios incidem sobre distantes colinas,
Deslizando apressadamente com sombras que os seguem.
Com pequeno auxílio da imaginação, poderiam ser transformados
Numa frota de velozes oréadas que brincam visivelmente.
Os zéfiros, quando passaram, batendo as asas,
Não deixaram de amar os belos objetos de seu flerte,
Com sussurro gentil. Grotescos ramos ressecados,
Destituídos de suas folhas e de seus galhinhos pela ação do envelhecimento,
Emergindo das abundantes copas dos arbustos,
Em algum vale profundo, ou em alguma encosta íngreme,
E algumas vezes entrelaçada com os chifres agitados
Dos cervos vivos, ou da comprida barba dos bodes;
Esses eram os sátiros a espreitar; uma raça selvagem
De divindades esportivas; ou o próprio Pã,
Esse deus simples que assombrava os ingênuos pastores.

Todas as teorias mencionadas são verdadeiras até certo ponto. Portanto, seria adequado dizer que a mitologia de uma nação origina-se de uma combinação desses fatores, mais do que qualquer fator em especial. Podemos ainda acrescentar que existem muitos mitos que resultaram do desejo do homem de explicar aqueles fenômenos naturais que ele não era capaz de compreender, e muitos surgiram também da necessidade de dar sentido aos nomes de lugares e pessoas.

ESTÁTUAS DOS DEUSES E DEUSAS

Criar as representações adequadas aos olhos humanos das ideias que se queria transmitir às mentes sob os diversos nomes de divindades era um trabalho que requeria o exercício dos mais extraordinários poderes do gênio e da arte. Entre tantas tentativas nesse sentido, quatro foram as mais conhecidas: as duas primeiras nos chegaram apenas pelas descrições dos antigos; as demais ainda existem, e são consideradas obras-primas da escultura.

O JÚPITER OLÍMPICO

A estátua do Júpiter Olímpico, obra de Fídias, foi considerada a mais perfeita realização da escultura grega. Era uma estátua de dimensões colossais, aquilo que os antigos costumavam denominar *criselefantina*, ou seja, feita de ouro e marfim; as partes que correspondiam às carnes eram de marfim aplicado em pedra e madeira, enquanto as vestes e outros ornamentos eram de ouro. A imagem tinha quarenta pés de altura [cerca de doze metros], mas estava fixada sobre um pedestal de mais doze pés de altura [cerca de três metros e meio]. O deus era representado sentado em seu trono. Na testa ostentava uma coroa feita de um ramo de oliveira, na mão direita possuía um cetro e na esquerda a estátua da Vitória. O trono era de cedro, adornado de ouro e de pedras preciosas. A ideia que o artista procurou incorporar na obra foi que a suprema divindade helênica (da Grécia) estava entronizada como um conquistador, em perfeita majestade e repouso, governando com um simples aceno o mundo subalterno. Fídias confessava que havia buscado inspiração nas descrições de Homero em seu primeiro livro da *Ilíada*, numa passagem que Pope assim traduziu:

> *Ele falou e franziu suas escuras sobrancelhas,*
> *Agitou seus cabelos cacheados cor de ambrosia, e acenou,*
> *Com o selo do destino e a sanção do deus,*
> *O alto céu com reverência aceitou o temido sinal,*
> *E o Olimpo inteiro tremeu desde o seu centro.*[34]

MINERVA DO PARTENON

Esta foi também uma obra de Fídias que se encontrava no Partenon, isto é, no templo de Minerva em Atenas. A deusa era representada de pé. Em uma de suas mãos ela segurava uma lança, e na outra trazia a estátua da Vitória. Seu capacete, muito

---

[34] A versão de Cowper é menos elegante, contudo mais fiel ao original:

> *Ele cessou, e sob suas escuras sobrancelhas*
> *Outorgou a confirmação. Em volta,*
> *A cabeça eterna do soberano os seus cachos de ambrosia*
> *Agitou, e as imensas montanhas balançaram.*

Aos nossos leitores pode também interessar o modo como essa passagem aparece em outra versão famosa, a que foi publicada sob a autoria de Tickell, na mesma época em que saía a versão de Pope, e a qual, sendo por muitos atribuída a Addison, criou uma polêmica entre Pope e Addison:

> *Isso posto, a sua sobrancelha real inclinou;*
> *A ampla cabeleira cacheada por detrás despencou.*
> *Lançando sombras sobre a severa fronte divinal;*
> *E o Olimpo estremeceu perante aquele poderoso sinal.* (N. T.)

bem adornado, era encimado por uma Esfinge. A estátua tinha quarenta pés de altura e, tal como a de Júpiter, era feita de ouro e marfim. Os olhos eram de mármore, e provavelmente a íris e a pupila haviam sido pintadas sobre ele. O Partenon, no qual se erguia essa estátua, foi também construído sob a direção e a supervisão de Fídias. O seu exterior foi enriquecido com esculturas, muitas das quais realizadas por ele, também. Os mármores de Elgin, que estão atualmente no Museu Britânico, fazem parte delas.

Ambos, Júpiter e Minerva, esculturas de Fídias, perderam-se. Contudo há evidências suficientes de que, em outras estátuas e bustos do artista, a concepção do rosto de ambos transparece. Estes eram caracterizados por uma beleza séria e digna, livres de expressões transitórias, o que significa dizer, em linguagem artística, que estão *em descanso*.

A VÊNUS DE MÉDICIS

A Vênus de Médicis é assim conhecida por ter pertencido aos príncipes dessa família, em Roma, na época em que a obra começou a chamar a atenção, há cerca de dois séculos. Uma inscrição em sua base, de duvidosa autenticidade, traz a assinatura de Cleômenes, um escultor ateniense do ano 200 a.C. Conta-se que o artista foi encarregado pelas autoridades públicas de fazer uma estátua que exibisse a perfeição da beleza feminina, e, para auxiliá-lo em sua tarefa, as moças mais perfeitas da cidade serviram-lhe de modelo. É a isso que Thomson alude em seu *Verão*:

> *Ali se ergue a estátua que encanta o mundo;*
> *Assim, inclinada, procura velar o orgulho sem par*
> *Das belezas mistas da Grécia exultante.*

Byron também se refere a essa estátua. Falando do Museu de Florença, escreve:

> *Ali, também, a deusa ama em pedra, e enche*
> *A atmosfera em sua volta com sua beleza...*

E, na estrofe seguinte, diz:

> *Sangue, pulsação e seios confirmam o prêmio do pastor dardânio.*

Essa última alusão está explicada no Capítulo XXVII.

O APOLO DE BELVEDERE

A mais estimada entre todas as esculturas antigas que ainda existem é a estátua de Apolo, conhecida como Belvedere, extraída do nome dos aposentos do palácio do Papa, em Roma, onde se encontra. O escultor é anônimo. Supõe-se que seja uma obra de arte romana datada do primeiro século de nossa era. É uma imagem que está de pé, em mármore, com mais de sete pés de altura, nua, exceto por uma capa que está enrolada em torno do pescoço e dependurando-se do braço esquerdo estendido. Acredita-se que a obra representa o deus em um momento em que lançou a seta com a qual destruiu o monstro Píton (veja Capítulo III). A divindade vitoriosa está dando um passo adiante. O braço esquerdo, que parece ter segurado o arco, está esticado, e a cabeça está voltada para a mesma direção. Em atitude e proporção a majestosa graça da imagem é insuperável. O efeito é completado pela expressão da face, onde, na perfeição da jovem beleza divina, habita a consciência do poder triunfante.

A DIANA À LA BICHE

A Diana da Corça, no palácio do Louvre, pode ser considerada a contraparte do Apolo de Belvedere. Sua atitude muito se assemelha àquela de Apolo; as dimensões também se parecem, além do estilo da execução. Trata-se de um trabalho da mais elevada categoria, embora não chegue de modo algum à qualidade do Apolo. A atitude é a de um movimento apressado e ansioso, a face da caçadora revela seu entusiasmo pela caça. A mão esquerda está estendida sobre a testa da corça, que, por sua vez, corre ao lado da deusa. O braço direito move-se para trás, passando sobre o ombro, para tirar uma flecha de dentro da aljava.

POETAS DA MITOLOGIA

Homero, de cujos poemas *Ilíada* e *Odisseia* extraímos a parte principal de nossos capítulos sobre a Guerra de Troia e o retorno dos gregos, é um personagem quase tão mítico quanto os heróis que ele celebra. Segundo a tradição, Homero foi um menestrel andarilho, cego e velho, que viajava de um lugar ao outro cantando suas canções, acompanhado pelo som de sua harpa, nas cortes dos príncipes ou nas cabanas dos camponeses, vivendo da caridade de seus ouvintes. Byron chama-o de *o velho cego da rochosa ilha de Sio* e, num bem conhecido epigrama aludindo à incerteza do local de nascimento do poeta, diz:

> *Sete ricas cidades disputam a sorte*
> *De ter tido Homero como seu cidadão.*
> *Fazem-no agora, depois de sua morte...*
> *Mas em vida era ali que implorava o seu pão.*

Essas sete cidades em que o poeta viveu eram Esmirna, Sio, Rodes, Cólofon, Salamina, Argos e Atenas.

Eruditos modernos não acreditam que os poemas homéricos sejam o trabalho de um único cérebro. E justificam sua tese com base na extensão dos poemas, grandes demais para a época em que se supõe terem sido escritos, uma época anterior a quaisquer inscrições em moedas, quando os materiais que seriam capazes de conter tão longas produções ainda não eram conhecidos. Por outro lado indaga-se de que modo poemas tão extensos poderiam ter sido transferidos de geração a geração por meio exclusivo da memória. A resposta a esse último problema é que havia um grupo profissional de homens chamado *rapsodos*, os quais recitavam os poemas escritos por outros, e cujo trabalho pago se resumia em decorar e ensaiar as lendas patrióticas e nacionais para apresentá-las.

A opinião que prevalece entre os eruditos, atualmente, é que a estrutura básica dos poemas pertence a Homero, mas que há muitas interpolações e adições realizadas por outras mãos. De acordo com a autoridade de Heródoto, o historiador, Homero viveu por volta de 850 a.C.

VIRGÍLIO

Virgílio, também chamado pelo seu sobrenome, Marão, de cujo poema *Eneida* extraímos a narrativa de Eneias, foi um dos grandes poetas a promover a fama do Império Romano do tempo de Augusto. Virgílio nasceu em Mântua, no ano 70 a.C. Seu grande poema se aproxima do trabalho de Homero em alguns aspectos da composição poética: inferior em originalidade, mas superior em correção e elegância. Para os críticos de origem inglesa, apenas Milton parece ser digno de comparação àqueles ilustres poetas da Antiguidade clássica.

Seu poema *Paraíso perdido*, do qual extraímos tantas ilustrações, é, em alguns aspectos, igual, e, em outros, superior aos grandes trabalhos da Antiguidade. O seguinte epigrama de Dryden caracteriza os três poetas com o tipo de verdade que se costuma encontrar em críticas mais veementes.

Sobre Milton

> *Três poetas nascidos em três épocas distintas,*
> *Embelezando a Grécia, a Itália e a Inglaterra,*
> *O primeiro em elevação da alma excedeu,*
> *O próximo em majestade, em ambos o último,*
> *A força da natureza não poderia ir mais longe;*
> *Para criar um terceiro, os dois primeiros uniu.*

E do poema *Conversa à mesa*, de Cowper:

> *Eras se foram antes que a luz de Homero aparecesse,*
> *E gerações antes que o cisne mantuano pudesse ser ouvido.*
> *Para conduzir a natureza até pontos nunca antes conhecidos,*
> *Para dar à luz um Milton, as eras exigiram mais.*
> *Assim, gênios nasciam e morriam nos tempos designados,*
> *Espalhando a primavera em países distantes,*
> *Enobrecendo todas as regiões apontadas;*
> *Na Grécia ele mergulhou, na Itália emergiu,*
> *E passados os anos morosos, os da obscuridade gótica,*
> *Retornou esplendoroso em nossa ilha, finalmente.*
> *Tal como Alcíone, a bela, mergulha no oceano,*
> *Para novamente exibir sua plumagem ofuscante, mais longe.*

OVÍDIO

Frequentemente referido em poesia pelo nome de Nasão, Ovídio nasceu em 43 a.C. Foi educado para a vida pública e ocupou alguns cargos de considerável importância, mas a poesia era o que lhe dava prazer, e logo resolveu devotar-se a ela. Assim, procurou associar-se aos poetas de seu tempo; conheceu Horácio e encontrou-se com Virgílio, o qual morreu quando Ovídio era ainda muito jovem, o que impossibilitou a amizade entre ambos. Ovídio viveu uma vida tranquila em Roma, aproveitando a renda sólida que tinha. O poeta era íntimo da família de Augusto, o imperador, e supõe-se que uma ofensa cometida contra um determinado membro dessa mesma família foi a causa de um evento que reverteu as circunstâncias favoráveis de sua vida, obscurecendo o período de sua maturidade. Aos cinquenta anos de idade Ovídio foi banido de Roma, recebendo a ordem de viver em Tomi, às margens do mar Negro. Ali, entre um povo bárbaro e severas condições climáticas, o poeta, que já se acostumara aos prazeres de uma luxuosa capital e ao convívio de seus contemporâneos mais ilustres, viveu seus últimos dez anos de vida, em pesar e ansiedade. Seu único consolo no exílio era escrever cartas poéticas dirigidas à esposa e aos amigos distantes. Embora esses poemas (*Tristia* e *Cartas do ponto*) não tivessem nenhum outro tópico além dos sofrimentos do poeta, seu gosto refinado e sua inventividade frutífera redimiram-nos do rótulo de tediosos, e são lidos com prazer e até mesmo simpatia.

Os dois grandes trabalhos de Ovídio são as suas *Metamorfoses* e os *Fastos*. Ambos são poemas mitológicos, e no primeiro fomos buscar a maior parte de nossas histórias de mitologia grega e romana. Um escritor moderno assim caracteriza esses poemas:

A rica mitologia da Grécia forneceu a Ovídio, como ainda pode oferecer ao poeta, ao pintor e ao escultor, a matéria-prima de sua arte. Com gosto refinado, simplicidade e emoção ele narrou as fabulosas tradições das idades mais primitivas, dando-lhes aquela aparência de realidade que apenas a mão de um mestre poderia imprimir. Suas descrições da natureza são vivas e verdadeiras; ele seleciona com cuidado aquilo que é apropriado; rejeita o supérfluo; e, quando termina seu trabalho, não é defeituoso nem redundante. As metamorfoses são lidas com prazer pelos jovens, e relidas em idade mais avançada com prazer ainda maior. O poeta arriscou-se a profetizar que seu poema lhe sobreviveria, e que seria lido por toda parte em que o Império Romano fosse conhecido.

A predição acima mencionada está contida nestes versos finais das *Metamorfoses*:

> *E agora termino a minha obra que nada,*
> *Nem a ira de Júpiter, tempo, fogo, espada*
> *Hão de exterminar. Venha quando vier aquele dia*
> *Em que meu corpo (não a alma) perderá a valia,*
> *E levará de minha vida a parte vazia,*
> *Ficando aquilo que em mim existe de melhor.*
> *Quando meu nome sobre as estrelas for*
> *Para sempre lembrado, por onde se estender*
> *O Romano Império, o povo há de me ler,*
> *E se a visão deste bardo estiver com a verdade,*
> *Meu nome e minha fama viverão na eternidade.*

CAPÍTULO XXXVI

MONSTROS MODERNOS — A FÊNIX
— O BASILISCO — O UNICÓRNIO —
A SALAMANDRA

MONSTROS MODERNOS

Existe uma série de seres imaginários que parecem ter sido os sucessores das medonhas górgonas, hidras e quimeras criadas por antigas superstições, e, não tendo nenhuma ligação com os falsos deuses do paganismo, continuaram a existir nas crenças populares mesmo depois do surgimento do cristianismo. Esses monstros podem ter sido mencionados pelos escritores clássicos, mas é na modernidade que sua maior popularidade e atualidade encontraram expressão. Procuramos suas histórias não tanto na poesia da Antiguidade, mas nos velhos livros de história natural e nas narrativas dos viajantes.

A FÊNIX

Ovídio conta-nos deste modo a história da fênix: "A maioria dos seres surge a partir de outros indivíduos; mas há um certo tipo que se reproduz sozinho. Os assírios chamam-no de fênix. Ela não se alimenta de frutos ou de flores, mas de incenso e de raízes odoríferas. Quando já viveu por cinco séculos, constrói para si um ninho sobre os galhos de um carvalho ou na copa de uma palmeira. Ali faz um estoque de cinamomo, nardo e mirra, e com essas substâncias edifica e acende uma pira sobre a qual se coloca, e, morrendo, exprime o seu último suspiro entre aromas. A partir do corpo desse pássaro surge uma jovem fênix, destinada a viver uma vida tão longa quando a de sua predecessora. Quando essa nova ave já cresceu e adquiriu forças o bastante, ela ergue o ninho que está na árvore (a um só tempo seu berço e a sepultura de sua mãe) e o carrega até a cidade de Heliópolis, no Egito, depositando-o no templo do Sol".

Essa é a história contada por um poeta. Agora vejamos a versão de um filósofo e historiador. Diz Tácito: "Durante o Consulado de Paulo Fábio (34 d.C.) a ave milagrosa, conhecida no mundo pelo nome de fênix, após desaparecer por longo período, voltou a visitar o Egito. Foi escoltada em seu voo por um grupo de diversos pássaros, todos atraídos pela novidade, e fixando seu olhar sobre uma aparição tão maravilhosa". Tácito passa, então, a descrever materialmente o pássaro, sem diferir essencialmente do poeta, mas adicionando alguns detalhes: "Os primeiros cuidados tomados pela jovem ave assim que se empluma, e já pode confiar na força de suas asas, é realizar os ritos funerários de seu pai. Mas esse dever não é realizado superficialmente. A ave recolhe uma boa quantidade de mirra, e, para testar as suas forças, excursiona muitas vezes, carregando-a no dorso. Quando já adquiriu confiança suficiente em seu vigor, ela ergue o corpo do pai e voa até o altar do Sol, onde o deposita para ser queimado em chamas odoríficas". Outros escritores adicionam mais algumas peculiaridades. A mirra é compactada na forma de um ovo, no qual a fênix morta é envolvida. Da carne da morta nasce um verme, e esse verme quando crescido é transformado em pássaro. Heródoto descreve o pássaro, embora diga: "Nunca observei-o com meus próprios olhos, exceto em um quadro. Uma parte de sua plumagem é dourada, a outra parte é carmesim; a forma e a dimensão da fênix lembram muito as de uma águia".

O primeiro escritor que negou a existência da fênix foi Sir Thomas Browne, em *Erros vulgares*, obra publicada em 1646. Alguns anos mais tarde Alexander Ross respondeu-lhe dizendo que a fênix aparecia raramente: "O seu instinto a instrui a manter distância do tirano da criação, o Homem, pois se assim não procedesse haveria de ser devorada por algum rico glutão, mesmo que este soubesse tratar-se do único ser dessa espécie no mundo".

Dryden, em um de seus primeiros poemas, faz esta alusão à fênix:

> *Assim, quando a recém-nascida fênix é avistada,*
> *A rainha dos seres emplumados é por eles adorada,*
> *E enquanto ela atravessa o céu para o Oriente,*
> *Vinda de cada bosque, a passarada "diz": presente!;*
> *E cada poeta do ar canta as glórias de sua eleita,*
> *E, em torno dela, aplaude a audiência satisfeita.*

Milton, em *Paraíso perdido*, livro V, compara o anjo Rafael, que desce à terra, com a fênix:

> *... Desce até lá, impávido em seu voo,*
> *Acelera, e por entre o vasto e etéreo céu*
> *Navega entre mundos e mais mundos, com asa forte,*
> *Ora vencendo os ventos polares, ora adejando*
> *Pelo ar revigorante; até que no limite de seu voo*
> *De águia, assemelha-se a todos os pássaros*
> *Uma fênix, por eles adorada, tal como essa ave singular*

Que para santificar suas relíquias, para o templo do Sol,
Na egípcia Tebas, ela voa.

O BASILISCO

Esse animal era conhecido como o rei das serpentes. A existência, em sua cabeça, de uma crista ou de um pente em forma de coroa seria a confirmação de sua realeza. Supunha-se que nascia a partir de um ovo de galo chocado por sapos ou serpentes. Havia diversas espécies desse animal. Uma delas queimava qualquer coisa da qual se aproximasse; uma segunda espécie era um tipo errante de cabeça de Medusa, que, quando vista, causava imediato horror, seguido de morte. Na peça de Shakespeare *Ricardo III*, Lady Anne, em resposta ao elogio que Ricardo faz aos seus olhos, afirma: "Quisera fossem como os de um basilisco para te fulminarem com a morte".

Os basiliscos eram conhecidos como reis entre as serpentes porque todas as outras serpentes e cobras, comportando-se como bons súditos, e sabiamente não querendo ser queimadas ou fulminadas, fugiam assim que ouviam a distância o sibilo de seu rei, ainda que muitas vezes estivessem entretidas em devorar as presas mais deliciosas, deixando-as para que o monstro real com elas se banqueteassem. Plínio, o naturalista romano, faz a seguinte descrição do basilisco: "Ele não rasteja seu corpo como as demais serpentes, por uma flexão múltipla, mas avança de maneira erguida e ereta. Extermina os arbustos, não apenas pelo contato, mas pela sua respiração, e pode fender as rochas, tal é o seu poder maligno". Acreditava-se no passado que, se fosse atingido pela lança de um cavaleiro, o poder de seu veneno subia pela arma e matava não apenas o cavaleiro, mas igualmente o seu cavalo. É a esse fato que Lucano alude nos versos seguintes:

Embora tenha matado o basilisco, o mouro,
Trespassando, na superfície arenosa, seu couro,
Subindo pela lança, o letal veneno corre,
E penetra na mão do vitorioso, que morre.

Prodígios como esses certamente não seriam esquecidos nas lendas dos santos. Assim, encontramos registros sobre um homem santo que, indo a uma fonte no deserto, subitamente avistou um basilisco. Ele ergueu os olhos aos céus e dirigiu um piedoso apelo a Deus, que fez que o monstro morresse a seus pés.

Os maravilhosos poderes dos basiliscos são atestados por uma hoste de eruditos, como Galeno, Avicena, Escalígero e outros. Ocasionalmente algum deles negava a veracidade de uma parte da história, embora aceitasse certos aspectos dela. Jonston, um médico erudito, advertia sabiamente: "Não creio que o animal pudesse matar apenas por ser visto, pois quem teria sobrevivido para narrar essa história?". O valoroso sábio desconhecia o fato de que aqueles que saíam para caçar o basilisco desse tipo levavam consigo um espelho para refletir o olhar fatal, e com essa espécie de justiça poética matavam o basilisco com sua própria arma.

Mas quem seria capaz de enfrentar esse terrível monstro? Um antigo ditado diz: "todos têm seu inimigo", e o basilisco acovardava-se perante a doninha. Por mais letal que o basilisco fosse, a doninha não se importava com isso e avançava ousadamente na luta. Quando mordida, a doninha recuava por um momento para se alimentar de arruda, que era a única planta que o basilisco não podia fazer murchar, e retornava ao combate com forças renovadas e vigor, e nunca deixava o inimigo até que ele estivesse estirado e morto no solo. O monstro, como se tivesse consciência da estranha maneira pela qual vinha ao mundo, também nutria enorme antipatia pelo galo e expirava logo que ouvia o seu canto.

O basilisco era de alguma utilidade depois de morto. Somos informados de que sua carcaça era suspensa no templo de Apolo, e nas residências dos cidadãos, pois era um soberano remédio contra aranhas, e que também era dependurada no templo de Diana, razão pela qual nenhuma andorinha se atrevia a entrar no local sagrado.

Cremos que, a esta altura, o leitor já esteja farto de tantos absurdos, mas ainda assim imaginamos que esteja curioso quanto à aparência de um basilisco. Aldrovandus, um célebre naturalista do século XVI, em seu trabalho de história natural, escrito em treze volumes, apesar de alguma informação válida, apresenta grande proporção de fábulas e de inutilidades que não nos ajudam nessa tarefa. Em particular, trata com grande abrangência do capítulo sobre as suas experiências com o galo e o touro, uma série de anedotas desconexas e de duvidosa credibilidade, e que denomina *Histórias do galo e do touro*. Entretanto, Aldrovandus merece o nosso respeito e nossa estima por ter sido o fundador de um jardim botânico, e também o pioneiro na prática, agora tão comum, de fazer coleções de espécies para investigação científica.

Shelley, em sua *Ode a Nápoles*, entusiasmado pela proclamação de um governo constitucional em Nápoles, em 1820, assim se refere ao basilisco:

> *Então os anarquistas atreveram-se a blasfemar*
> *Contra ti e contra a Liberdade? Imitando de Actéon a sorte,*
> *Hão de encontrar, na fúria dos próprios cães, a morte.*
> *Sê assim como o imperial basilisco,*
> *Que, com invisíveis ferimentos, sabe matar,*
> *E fixa teus olhos na opressão, até que esse medonho risco*
> *Fuja amedrontado do planetário disco,*
> *Não temas; enfrenta! Homens livres, com o perigo,*
> *Mais crescem — e escravos se encolhem — encarando o inimigo.*

O UNICÓRNIO

Plínio, o naturalista romano, em cujas descrições de unicórnio os escritores modernos costumam buscar inspiração, diz tratar-se de "um ferocíssimo animal, com o corpo semelhante ao de um cavalo, a cabeça de um veado, as patas de um elefante, a cauda de um javali, com um rugido poderoso, e um único chifre preto no meio da testa, de dois côvados[35] de comprimento". E acrescenta que "ele não pode ser capturado vivo". Uma tal desculpa era necessária naqueles tempos para justificar o fato de que o animal vivo nunca aparecia nas arenas dos anfiteatros.

O unicórnio parece ter sido um grande desafio para os caçadores, que não sabiam como iriam lidar com uma peça de caça tão valiosa. Alguns diziam que o chifre se deslocava na testa do animal conforme a sua vontade, sendo uma espécie de espada, da qual caçador algum podia escapar, com exceção daqueles que fossem exímios no manejo do florete. Outros diziam que a força do animal concentrava-se em seu corno, de tal sorte que, quando perseguido, jogava-se do pináculo dos rochedos mais altos, pois, quando atingia o solo, amortizava a queda com o corno, e saía marchando naturalmente, sem um único arranhão.

Todavia parece que os caçadores encontraram uma forma de vencer o unicórnio. Descobriram que ele era um grande amante da pureza e da inocência, e assim levavam para o campo uma jovem virgem e colocavam-na em seu caminho. Quando ele a avistava, aproximava-se com grande reverência, deitava-se ao seu lado, e, colocando a cabeça sobre o colo da

---

[35] Dois côvados equivalem aproximadamente a um metro e vinte centímetros. (N. T.)

moça, dormia. A traiçoeira virgem dava o sinal, e os caçadores avançavam para capturar o pobre animal.

Modernos zoologistas, horrorizados com tais fábulas, não creem, geralmente, que o unicórnio já tenha existido. Ainda assim, existem animais com protuberâncias na cabeça, semelhantes a um chifre, o que possivelmente tenha originado a lenda. O corno do rinoceronte, como é conhecido, é uma dessas protuberâncias, muito embora não seja maior que umas poucas polegadas de altura, e pouco tenha de comum com as descrições detalhadas do chifre do unicórnio. O animal cujo corno mais se aproxima da descrição daquele do unicórnio é a girafa, que tem uma saliência no meio da testa, embora curta e embotada, e não é o seu único corno, e sim o terceiro, erguendo-se adiante de outros dois. Afinal, ainda que seja uma ousadia negar a existência de um quadrúpede de um único corno, diferente do rinoceronte, é possível garantir que o crescimento de um corno extenso na cabeça de um animal que seja parecido com um cavalo ou uma gazela é muito improvável.

A SALAMANDRA

O texto seguinte foi extraído de *A vida de Benvenuto Cellini*, artista italiano do século XVI, escrito por ele próprio: "Quando eu tinha cerca de cinco anos de idade, meu pai, estando num pequeno cômodo em que as roupas eram lavadas e onde havia uma boa fogueira feita com lenha de carvalho a arder, olhou dentro das chamas e viu um pequeno animal semelhante a uma lagartixa e que parecia ter a capacidade de permanecer na parte mais quente das brasas. Percebendo o que era, meu pai chamou-me e à minha irmã e, após nos mostrar a criatura, deu-me um tapa na têmpora. Pus-me a chorar, enquanto ele, afagando-me, afirmou: 'Meu filho querido, não te bati em virtude de algo errado que acaso tenhas feito, mas para que te lembres de que viste no fogo uma pequena criatura nunca antes avistada, que eu saiba: uma salamandra'. Após falar desse modo, abraçou-me e deu-me dinheiro".

Não seria sensato pôr em dúvida a história de Cellini, uma vez que ele mesmo foi testemunha ocular e auricular. Além disso, temos também a autoridade de diversos filósofos e eruditos, à frente dos quais Aristóteles e Plínio, que atestam esse poder da salamandra. De acordo com eles, a salamandra não apenas resistia ao fogo, mas era capaz de apagá-lo, e, assim que deparava com as chamas, preparava-se para atacá-las como a um inimigo que estava certa de poder superar.

Não devemos nos espantar com o fato de que a pele de um animal seja capaz de resistir à ação do fogo. Concluímos que o tecido de que é feita a pele da salamandra (pois esse animal existe realmente, sendo um tipo de lagarto) não era combustível, e por isso muito útil para embrulhar certos artigos valiosos demais para serem envolvidos em algum material de qualidade inferior. Embora se acreditasse que esses tecidos à prova de fogo eram feitos da pele da salamandra, alguns especialistas descobriram que ele continha fios de amianto, um minério composto de fibras tão finas que podem ser usadas em tecelagem.

O fundamento dessas fábulas parece derivar da capacidade que a salamandra tem de expelir pelos poros uma determinada substância leitosa que produz em grande quantidade quando se irrita, protegendo-a de perigos externos, como a ação do fogo, por exemplo. Sendo um animal hibernante, refugia-se em cavidades de árvores, em estado de torpor, até a chegada da primavera. É possível, portanto, que seja levada junto com a lenha ao fogo, onde desperta a tempo de exercitar as suas faculdades defensivas. O líquido viscoso que expele mostra-se versátil, e todos que dizem tê-la visto nessas circunstâncias admitem que ela corre das chamas o mais depressa possível. Em um caso narrado de uma fuga lenta, a testemunha diz que os pés e outras partes do corpo da salamandra ficaram muito queimados.

Dr. Young, em *Pensamentos noturnos*, com mais delicadeza que bom gosto, compara a indiferença de um cético que contempla um céu estrelado à insensibilidade que uma salamandra demonstra para com o fogo:

Um astrônomo não devoto é um louco,

(...)

"Oh, que gênio é esse que nos dão os céus!
E o coração de salamandra de Lourenço
Ficaria frio em meio a essas chamas sagradas?

CAPÍTULO XXXVII

A MITOLOGIA ORIENTAL — ZOROASTRO — A MITOLOGIA HINDU — CASTAS — BUDA — DALAI LAMA — PRESTE JOÃO

ZOROASTRO

O nosso conhecimento da religião dos antigos persas deriva principalmente do *Zendavesta* ou livro sagrado daquele povo. Zoroastro foi o fundador de sua religião, ou melhor, o reformador da religião que o precedeu. Ainda é incerto o período em que ele viveu, mas o fato é que o seu sistema tornou-se a religião dominante da Ásia Ocidental, desde o tempo de Ciro (550 a.C.) até a conquista da Pérsia por Alexandre Magno. Sob o poder da monarquia macedônica, as doutrinas de Zoroastro parecem ter sido consideravelmente corrompidas pela introdução de opiniões estrangeiras, mas, posteriormente, elas resgataram a sua ascendência.

Zoroastro ensinou a existência de um Ser Supremo que criou outros dois seres poderosos, com os quais compartilhou, arbitrariamente, a sua própria natureza, em porções distintas. Desses dois seres, Ormuzd (conhecido pelos gregos como Oromasdes) permaneceu fiel a seu criador, e era considerado a fonte de todo o bem, enquanto Ariman (Arimanes) revoltou-se, tornando-se o autor de todo o mal que existe sobre a Terra. Ormuzd criou o homem, dando-lhe tudo aquilo que seria necessário à sua felicidade; mas Ariman arruinou essa felicidade ao introduzir as maldades no mundo e ao criar animais selvagens, plantas e répteis venenosos. Em consequência desse desdobramento, o bem e o mal estão agora misturados em toda parte do mundo, e os seguidores do bem e do mal — os devotos de Ormuzd e de Ariman — estão constantemente em guerra. Mas esse estado de coisas não irá durar para sempre. Dia virá em que os devotos de Ormuzd por toda parte serão vitoriosos, e Ariman e seus seguidores serão destinados à escuridão eterna.

Os ritos religiosos dos persas na Antiguidade eram extremamente simples. Eles não possuíam templos, nem altares nem imagens e faziam seus sacrifícios nos cumes das montanhas. Adoravam o fogo, a luz e o sol, como emblemas de Ormuzd, a fonte de toda a luz e da pureza, mas não os consideravam divindades independentes. Os ritos religiosos e as cerimônias eram regulamentados por sacerdotes conhecidos como *magos*. A sabedoria dos magos estava ligada à astrologia e ao encantamento, assuntos que dominavam tão bem que seu título passou a ser usado por todos os grupos de mágicos e encantadores.

Wordsworth assim se refere à adoração dos persas:

> *... o persa — zeloso em rejeitar*
> *Altar e imagem, e edifícios*
> *E tetos de templos erigidos pelas mãos humanas —,*
> *Galga as montanhas mais altas, e de seus cumes,*
> *Com tiaras de mirta coroando suas frontes,*
> *Apresentam sacrifícios à lua e às estrelas,*
> *E aos ventos e aos elementos primordiais,*

E ao completo círculo dos céus, para ele
Uma existência sensível e um Deus.

Excursão, livro IV

Em *A peregrinação de Childe Harold*, Byron fala também da adoração dos persas:

Não foi em vão que os persas iam aos lugares
Dos mais altos picos para erguer seus altares,
De onde podiam o horizonte da terra avistar,
E, de cima desses templos sem muro, procurar
O Espírito, em honra de quem os santuários são
Como frágeis braços erguidos. Não há comparação
Entre as colunas e moradas de ídolos, góticos ou gregos,
E as vastidões da Natureza, os ares e os penedos.
Nada dessas casas belas que sufocam a oração.

III. 91

A religião de Zoroastro continuou a florescer mesmo após a introdução do cristianismo, e no século III era a fé dominante do Oriente, até o surgimento do poder maometano e a conquista da Pérsia pelos árabes, no século VII, que obrigaram um grande número de persas a renunciar à sua antiga fé. Aqueles que se recusaram a abandonar a religião de seus ancestrais fugiram para os desertos de Querman e para o Hindustão, onde ainda existem como um povo sob a denominação de *parses*, nome derivado de *Pars*, o antigo nome da Pérsia. Os árabes conhecem-nos como *guebers*, do vocábulo árabe que significa *infiéis*. Em Bombaim (Índia), os parses constituem uma classe muito ativa, inteligente e rica. Distinguem-se positivamente pela pureza de vida, honestidade e modos conciliatórios. Possuem diversos templos dedicados ao fogo, que consideram um símbolo da divindade.

A religião persa é tema da mais refinada história de Moore, em *Lalla Rookh* (*Os adoradores do fogo*). O líder dos *guebers* diz:

> *Sim! pertenço àquela impiedosa raça,*
> *A raça daqueles escravos do fogo que,*
> *Bem cedo e ao fim do dia,*
> *Saúdam a moradia de seu Criador,*
> *Entre as luzes vivas que há no espaço;*
> *Sim! pertenço a essa casta desprezada*
> *Fiel ao Irã e ao clamor da vingança,*
> *Que amaldiçoa a hora em que vossos árabes vieram*
> *Profanar nossos santuários de fogo,*
> *E jurar diante dos olhos chamejantes de Deus*
> *Que quebrarão os grilhões de nossa pátria ou morrerão.*

A MITOLOGIA HINDU

O hinduísmo é baseado nos Vedas. Os hindus acreditam que esses livros de suas escrituras são da maior santidade, e dizem que foram redigidos pelo próprio Brahma no tempo da Criação. Mas o arranjo atual dos Vedas é atribuído ao sábio Viasa, que viveu há cerca de cinco mil anos.

Indubitavelmente, os Vedas ensinam a crença em um Deus supremo. O nome dessa divindade é Brahma. Seus atributos são representados por três poderes personificados na *criação*, *preservação* e *destruição*, que, sob os nomes respectivos de Brahma, Vishnu e Shiva, formam o *Trimurti*, ou trindade, dos principais deuses hindus. Entre os deuses inferiores, os mais importantes são: 1) Indra, o deus do céu, do trovão, do raio, da tempestade e da chuva; 2) Agni, o deus do fogo; 3) Yama, o deus das regiões infernais; 4) Suria, deus do sol.

Brahma é o criador do Universo, a fonte da qual todas as divindades individuais surgiram, e na qual todas serão, finalmente, absorvidas. "Assim como o leite se torna coalho e a água torna-se gelo, assim Brahma passou por diversas transformações, diversificando-se, sem o auxílio de nenhum poder exterior a si mesmo." A alma humana, de acordo com os Vedas, é uma parte do poder supremo, assim como a fagulha é uma parcela do fogo.

VISHNU

Vishnu ocupa o segundo lugar na tríade dos deuses hindus, sendo a personificação do princípio conservador. A fim de proteger o mundo em diversas épocas de perigo, Vishnu desceu à terra em diferentes encarnações ou formas corporais, sendo cada uma dessas descidas um *avatar*. São estes muito numerosos, mas dez deles são mencionados de modo mais específico. O primeiro avatar foi o de Matsia, o Peixe, sob a forma de quem Vishnu preservou Manu, um ancestral da raça humana, durante o dilúvio universal. O segundo avatar veio em forma de uma Tartaruga, forma que ele assumiu para poder suportar o peso da terra quando os deuses estavam agitando o mar, em busca da bebida da imortalidade, Anrita.

Omitiremos os demais avatares, que possuíam a mesma característica geral, ou seja, de interposição para proteger os bons ou punir os maus, e chegaremos ao nono, que é o mais celebrado entre os avatares de Vishnu, aquele por meio do qual ele apareceu na forma humana de Krishna, um guerreiro invencível que, com suas façanhas, libertou a terra dos tiranos que a oprimiam.

Os seguidores do bramanismo consideram Buda uma encarnação ilusória de Vishnu, assumida por ele a fim de induzir os Asuras, opositores dos deuses, a abandonar as ordenações sagradas dos Vedas, graças a que eles perderiam a sua força e sua supremacia.

Calque é o nome do décimo avatar, cuja forma Vishnu assumirá no fim da era atual do mundo, para destruir todo vício e toda maldade, restaurando assim a virtude e a pureza da humanidade.

SHIVA

Shiva é a terceira pessoa da trindade hindu. Ele é a personificação do princípio da destruição. Embora seja o terceiro, em termos de número de adoradores e da extensão de seu culto, ele é mais importante que os dois primeiros. Nos *Puranas* (Escrituras da moderna religião hindu) nenhuma alusão se faz ao poder original de destruição desse deus; tal poder não deverá ser exercitado até a expiração de um período de doze milhões de anos, após o qual o universo alcançará seu término. Na verdade, Maadeva (outro nome de Shiva) representa melhor as forças de regeneração do que as de destruição.

Os adoradores de Vishnu e de Shiva formam duas seitas, cada qual proclamando a superioridade de sua divindade favorita. Brahma, o criador, já tendo terminado a sua obra, não é mais considerado um deus ativo, e atualmente possui um único templo na Índia, enquanto Maadeva e Vishnu possuem muitos. Os adoradores de Vishnu distinguem-se, geralmente, por um amor maior à vida, e, consequentemente, pela abstinência de alimentos de origem animal e por um culto menos cruel do que aquele dos seguidores de Shiva.

JAGARNATE

Os estudiosos não são unânimes quanto à classificação dos adoradores de Jagarnate, se seriam ou não seguidores de Vishnu ou Shiva. Seu templo ergue-se próximo ao litoral, a cerca de trezentas milhas a sudoeste de Calcutá. O ídolo é um bloco esculpido de madeira, com uma face pavorosa, pintada de negro, e uma imensa boca vermelha. Nos dias de festival o trono da imagem é colocado sobre uma torre de sessenta pés, sobre rodas. Seis longas cordas são presas à torre, para que o povo possa puxá-la. Os sacerdotes e seus ajudantes ficam de pé em volta do trono e, de tempos em tempos, dirigem-se ao povo entoando canções e gesticulando. Enquanto a torre avança, um grande número de devotos adoradores joga-se no chão para ser atropelado por suas rodas, e a multidão exulta e aplaude esse ato por considerá-lo agradável ao ídolo. Todos os anos, especialmente durante dois grandes festivais que ocorrem em março e julho, multidões de peregrinos acorrem ao templo. Estima-se que mais de setenta ou oitenta mil pessoas visitem o local nessas ocasiões, quando todas as castas se misturam.

CASTAS

A divisão dos hindus em classes e castas, com ocupações fixas, existe desde tempos imemoriais. Alguns acreditam que tal divisão tenha tido origem num processo de conquista; as três primeiras castas seriam compostas de uma raça estrangeira que subjugou os nativos e os reduziu a uma casta inferior. Outros atribuem ao desejo social de perpetuar certos ofícios e profissões, pela transmissão de pai para filho.

Segundo a tradição hindu, a origem das diversas castas deve-se ao seguinte: no ato da criação, Brahma resolveu povoar a Terra com habitantes que seriam emanados de seu próprio corpo. Assim, de sua boca saiu o filho mais velho, Brâmane (o sacerdote), a quem ele confiou os quatro Vedas; do braço direito surgiu Chátria (o guerreiro), e do braço esquerdo, a esposa do guerreiro. Suas pernas produziram os Vaissias, homens e mulheres (agricultores e comerciantes), e finalmente dos pés surgiram os Sudras (trabalhadores mecânicos).

Os quatro filhos de Brahma, trazidos ao mundo de forma tão significativa, tornaram-se os pais do gênero humano, e líderes de suas respectivas castas. Receberam ordens para considerar os quatro Vedas como a fonte de todas as regras de sua fé, e tudo o que seria necessário para orientá-los em seus rituais religiosos. Eram também ordenados a permanecer dentro da classe em que haviam nascido, constituindo os brâmanes a classe mais elevada por terem surgido da cabeça de Brahma. Existe uma linha demarcatória muito nítida que separa as três primeiras castas dos sudras. A classe dos brâmanes tem permissão para ser educada na sabedoria dos Vedas, o que não é permitido aos sudras. Os brâmanes possuem o privilégio de ensinar os Vedas, e em tempos idos possuíam, de maneira exclusiva, todos os conhecimentos. Embora o soberano do país fosse sempre escolhido na classe dos chátrias, também conhecidos como *rajputs*, os brâmanes possuíam o poder real e eram os conselheiros do rei, os juízes e magistrados do país; sua individualidade e suas propriedades eram invioláveis; e embora cometessem os piores crimes, a única punição que poderiam sofrer era o exílio. Deveriam ser tratados pelos soberanos com grande respeito, pois "um brâmane, seja ele erudito ou ignorante, é uma divindade poderosa".

Quando um brâmane alcançava a maturidade, o casamento tornava-se uma obrigação. Deveria ser sustentado pela contribuição dos ricos, e não era obrigado a ganhar a sua subsistência por nenhum tipo de atividade laboriosa ou produtiva. Como, entretanto, não é possível que a classe trabalhadora sustente todos os brâmanes, tornou-se necessário incentivá-los a se engajarem em trabalhos remunerados.

Pouco diremos sobre as duas classes intermediárias, cuja categoria e privilégios podem ser prontamente inferidos de seu tipo de ocupação. Os sudras pertencem à quarta classe, que está destinada ao atendimento servil das classes superiores, especialmente a dos brâmanes, mas podem também exercer funções mecânicas e de artes práticas, como a de pintar e de escrever, ou ainda se tornarem comerciantes. Consequentemente, há casos em que se tornam ricos, como também ocorre de brâmanes tornarem-se pobres. A consequência de fatos assim é que sudras ricos, às vezes, empregam brâmanes pobres em ocupações domésticas.

Há uma outra classe, inferior à dos sudras, pois não se trata de uma das classes originais puras, mas feita daqueles que resultaram da união desautorizada de indivíduos de diferentes castas. São os párias, empregados nos serviços mais baixos e tratados com a máxima severidade. São obrigados a fazer o que ninguém pode realizar sem que se polua. Não somente são eles considerados impuros, mas acredita-se ainda que tornam impuro tudo o que tocam. São privados de todos os direitos civis e estigmatizados por leis específicas que regulam o seu modo de vida, sua casa, seus bens. Não têm permissão para frequentar os pagodes ou templos das outras castas, mas têm seus próprios pagodes e suas práticas religiosas. Não são tolerados nas residências de pessoas de outras castas; e, se nelas chegarem por acidente e por necessidade, a casa precisa ser purificada por cerimônias religiosas. Não podem aparecer em mercados públicos e são restringidos a beber a água de poços particulares, obrigatoriamente cercados com ossadas de animais, sinalizando aos demais para que não os usem. Residem em barracos miseráveis, distantes das cidades e das vilas, e não estão sujeitos a nenhuma restrição alimentar, o que não é um privilégio, mas um sinal de ignomínia, como se fossem tão degradados que já nada os pudesse poluir ainda mais. Às três castas mais elevadas é terminantemente proibida a ingestão de carne. A quarta casta tem permissão para comer todo tipo de carne, exceto a bovina, e apenas a casta mais inferior tem permissão para comer todos os tipos de alimento, sem restrição.

BUDA

Buda, apresentado nos Vedas como uma encarnação ilusória de Vishnu, é considerado pelos seus seguidores como um sábio mortal, cujo nome era Gautama, também chamado pelos lisonjeiros epítetos de Saquiamúni, o Leão, e Buda, o Sábio.

Comparando-se as diferentes épocas normalmente assinaladas para o seu nascimento, pode-se inferir que viveu perto de mil anos antes de Cristo.

Ele foi filho de um rei; conta-se que poucos dias após o seu nascimento, ao ser apresentado diante do altar da divindade, em respeito às tradições de seu país, a imagem teria inclinado a cabeça, e este teria sido um presságio da futura grandeza do profeta recém-nascido. A criança logo desenvolveu faculdades avançadas e distinguiu-se pela beleza incomum de sua personalidade. Mal havia alcançado a maturidade e pôs-se a meditar sobre a depravação e a miséria do gênero humano, e resolveu retirar-se da sociedade e devotar-se à meditação. O pai, em vão, opôs-se à decisão. Gautama escapou da vigilância dos guardas, e, tendo encontrado um refúgio seguro, viveu ali durante seis anos, sem ser perturbado, em meio às suas devotas contemplações. Após esse período reapareceu em Benares como um professor de religião. A princípio, aqueles que o ouviram acreditavam que lhe faltava sanidade mental; mas em breve sua doutrina ganhou crédito, e passou a ser propagada tão rapidamente que o próprio Buda viveu para vê-la espalhar-se por toda a Índia. Faleceu aos oitenta anos.

Os budistas rejeitam inteiramente a autoridade dos Vedas, bem como as observâncias religiosas prescritas naquelas escrituras tão respeitadas pelos hindus. Também rejeitam a distinção de castas, proíbem todo tipo de sacrifício de sangue e permitem a ingestão de alimentos de origem animal. Seus mestres são escolhidos em todas as classes; espera-se deles que cuidem de sua subsistência perambulando e mendigando, e entre outras coisas é seu dever esforçar-se para dar utilidade àqueles objetos que foram jogados fora pelos outros, além de descobrir o poder medicinal das plantas. Mas, no Ceilão, três ordens de sacerdotes são reconhecidas; os da ordem superior são, geralmente, homens bem-nascidos e educados, que vivem nos templos mais importantes, a maioria dos quais legatários de grandes fortunas deixadas por monarcas do país.

Durante alguns séculos após a aparição do Buda a sua seita parece ter sido tolerada pelos brâmanes, e o budismo penetrou na península do Hindustão em todas as direções, avançou até o Ceilão e a península do Leste. Mais tarde, contudo, teve de suportar na Índia um longo período de perseguições, que teve como efeito a sua completa abolição no país em que nascera, espalhando-se por países vizinhos. O budismo parece ter sido introduzido na China por volta do ano 65 de nossa era. Da China ele depois se propagou para a Coreia, o Japão e Java.

DALAI LAMA

Tal como os hindus bramanistas, os budistas acreditam que o confinamento da alma, que é uma emanação do espírito divino em um corpo humano, seja um estado de miséria e a consequência de fraquezas e pecados cometidos ao longo de existências anteriores. Mas é também sua crença que, de tempos em tempos, alguns indivíduos encarnam sem estarem presos a nenhuma necessidade de uma existência terrestre. São espíritos que descem à terra voluntariamente para promover o bem-estar da humanidade. Esses indivíduos, gradualmente, reassumiram a característica de reaparecimento do próprio Buda, perfazendo uma contínua linha sucessória que perdura até os nossos dias, por meio dos diversos lamas, no Tibete, na China e em outros países onde o budismo é predominante. Em consequência das conquistas de Gêngis Khan e de seus sucessores, o lama que reside no Tibete foi elevado à dignidade de sumo pontífice da seita. Uma província à parte foi destinada a ele como seu próprio território, e além de sua dignidade espiritual ele se tornou, guardados certos limites, um monarca temporal, sendo conhecido como Dalai-lama.

Os primeiros missionários cristãos enviados ao Tibete surpreenderam-se ao encontrar no coração da Ásia uma corte pontifical e diversas outras instituições eclesiásticas, parecidas com as da Igreja Católica de Roma. Encontraram conventos para monges e monjas e cerimônias e procissões religiosas realizadas com grande pompa e esplendor; em virtude dessas semelhanças, muitos foram levados a considerar o lamaísmo como algum tipo de cristianismo degenerado. Não é improvável que os lamas tenham extraído algumas dessas práticas dos cristãos nestorianos, que estavam estabelecidos na Tartária quando o budismo foi introduzido no Tibete.

PRESTE JOÃO

Uma história antiga, provavelmente contada por mercadores viajantes, de um lama ou chefe espiritual dos tártaros, parece ter feito surgir, na Europa, a lenda de Preste João, um pontífice cristão residente no norte da África. O papa enviou uma missão para procurá-lo, do mesmo modo que o fez o rei Luís IX, da França, alguns anos mais tarde, mas ambas as missões falharam, embora as pequenas comunidades de cristãos nestorianos que eles encontraram naquelas terras servissem para manter, na Europa, a crença de que tal personagem realmente existira em alguma parte do Oriente. Finalmente, no século XV, um viajante português, Pedro Covilhã, tendo ouvido dizer que havia um príncipe cristão no país dos abissínios (Abissínia), não muito longe do mar Vermelho, concluiu que deveria tratar-se do verdadeiro Preste João. Assim, dirigiu-se para lá e encontrou a corte do rei, a quem denominou Négus. Milton faz a seguinte menção a Négus em *Paraíso perdido*, livro XI, ao descrever a visão que Adão teve de seus descendentes em suas diversas nações e cidades, espalhadas pela face da Terra:

> *... Nem deixaram os seus olhos de avistar*
> *O imperador do Négus, até o seu porto mais longínquo,*
> *Ercoco, e os reis mais afastados do mar,*
> *Mombaza e Quiloa e Melind.*

CAPÍTULO XXXVIII

A MITOLOGIA NÓRDICA — VALHALA —
AS VALQUÍRIAS — SOBRE THOR E
OUTROS DEUSES

A MITOLOGIA NÓRDICA

As histórias que até agora escolhemos focalizar referem-se à mitologia das regiões meridionais. Mas existe outro ramo de antigas superstições que não pode ser totalmente ignorado, especialmente porque pertence às nações das quais nós, por meio de nossos ancestrais ingleses, tivemos nossa origem: trata-se da mitologia dos povos nórdicos, chamados escandinavos, que viviam nas terras que hoje pertencem à Suécia, Dinamarca, Noruega e Islândia. Esses registros mitológicos estão contidos em duas coleções denominadas *Edas*, e a mais antiga é apresentada em forma de poesia e data de 1056, enquanto a mais moderna, em prosa, é de 1640.

De acordo com as Edas, houve um tempo em que não existia céu acima nem terra embaixo, mas apenas um abismo sem fundo, e um mundo coberto pela bruma no meio do qual flutuava uma fonte. Doze rios saíam dessa fonte, e quando já haviam corrido para longe de sua nascente congelavam-se, preenchendo o grande abismo em camadas sobrepostas.

Ao sul do mundo de bruma situava-se o mundo de luz, do qual soprava um vento quente sobre o gelo, derretendo-o. As brumas elevaram-se na atmosfera e formaram nuvens, das quais surgiram Ymir, o gigante de gelo, e sua descendência, a vaca Audumbla, cujo leite garantiu a nutrição do gigante. A vaca, por sua vez, alimentava-se lambendo o gelo do qual retirava a água e o sal. Certo dia, enquanto o animal lambia as pedras de sal, apareceu ali o cabelo de um homem; no dia seguinte, a cabeça inteira e, no terceiro, o corpo completo, dotado de beleza, agilidade e força. Esse novo ser era um deus; dele e da esposa, uma filha da raça dos gigantes, nasceram três irmãos: Odin, Vili e Ve, que mataram o gigante Ymir, e com a substância do corpo formaram a terra; do sangue fizeram os mares; dos ossos, as montanhas; dos cabelos, as árvores; do crânio, os céus; e do cérebro, as nuvens, carregadas de granizo e de neve. Das sobrancelhas de Ymir os deuses criaram o Midgard (terra média), destinada a se tornar a morada dos homens.

Então Odin separou os períodos do dia e da noite e distinguiu as estações, colocando no céu o sol e a lua, traçando-lhes os respectivos cursos. Assim que o sol começou a lançar os seus raios sobre a terra fez que os vegetais brotassem e crescessem. Logo que os deuses haviam criado o mundo, saíram para passear junto à costa marítima, satisfeitos com seus feitos novos, mas depressa viram que a obra ainda estava incompleta, porque não havia nela o ser humano. Apanharam, então, um freixo e dele fizeram um homem, e fizeram uma mulher a partir de um álamo, dando ao homem o nome de Aske, e à mulher o de Embla. Em seguida, Odin deu-lhes a vida e a alma, Vili deu-lhes a razão e a locomoção, e Ve dotou-os de sentidos, características expressivas e o discurso. Midgard foi-lhes entregue, então, como sua morada, e eles se fizeram progenitores do gênero humano.

Acreditava-se que o universo inteiro era sustentado pelo poderoso freixo Ygdrasil. Ele florescera a partir do corpo de Ymir, e possuía três imensas raízes que se infiltravam pelo Asgard (a habitação dos deuses), outra pelo Jotunheim (habitação dos gigantes) e a terceira pelo Niffleheim (regiões das trevas e do frio). Ao lado de cada uma dessas raízes havia uma fonte que as regava. A raiz que penetrava no Asgard era cuidadosamente tratada pelas três *Norns*, deusas às quais o destino pertence. Eram Urdur (o passado), Verdande (o presente) e Skuld (o futuro). A fonte do lado de Jotunheim era o poço de Ymir, no qual se escondiam a sabedoria e a inteligência, mas a que estava ao lado de Niffleheim nutria Nidhogge (a escuridão), que corroía a raiz perpetuamente. Quatro cervos corriam sobre os galhos da árvore e mordiam os brotos; eles representavam os quatro ventos. Sob a árvore, estendia-se Ymir, e, quando este procurava livrar-se de seu peso, a terra tremia.

Asgard é o nome da habitação dos deuses, cuja única forma de acesso se dá pela ponte Bifrost (arco-íris). Asgard consiste em palácios de ouro e prata; o mais belo deles é o Valhala, onde habita Odin, que, estando sentado em seu trono, avista a vastidão do céu e a terra inteira. Em seus ombros estão os corvos Hugin e Munin, que voam durante o dia sobre o mundo e, quando retornam, contam ao deus tudo o que viram e ouviram. A seus pés deitam-se dois lobos, Geri e Freki, que recebem de Odin toda a carne que lhe é oferecida, já que ele não tem necessidade de se alimentar, a não ser com hidromel, que lhe serve tanto de comida quanto de bebida. Odin inventou os caracteres rúnicos, e faz parte dos afazeres das *Norns* gravar as runas dos destinos sobre uma placa de metal. Do nome de Odin, às vezes pronunciado *Woden*, veio o termo *Wednesday*, que designa o quarto dia da semana na língua inglesa.

Odin é frequentemente chamado de Alfadur (Todo-Pai), mas esse nome é algumas vezes usado de tal modo a demonstrar que os escandinavos acreditavam numa divindade superior a Odin, incriada e eterna.

VALHALA

Valhala é o grande átrio da morada de Odin, local em que ele promove suas festas com os heróis escolhidos, todos aqueles que caíram bravamente na batalha, porque os que têm uma morte pacífica são excluídos de seu convívio. Aos convivas é fartamente servida a carne do javali Schrinnir, pois, embora este mesmo javali seja cozido todas as manhãs para as refeições, durante a noite a sua carne se regenera. Para bebida os heróis dispõem de abundante hidromel, que é fornecido pela cabra Heidrum. Sempre que os heróis não estão reunidos para festejar, divertem-se lutando. Diariamente dirigem-se à quadra ou ao campo e lutam até se despedaçarem uns aos outros. Esse é o seu passatempo, mas, quando a hora da refeição se aproxima, recuperam-se de seus ferimentos e voltam para as festas no Valhala.

AS VALQUÍRIAS

As valquírias eram virgens guerreiras que montavam seus cavalos armadas com capacetes e lanças. Odin, desejoso de reunir um grande número de heróis no Valhala a fim de poder enfrentar os gigantes no dia da batalha final, escolhia aqueles que deveriam ser mortos. As valquírias são as suas mensageiras, e seu nome significa "as que escolhem os que vão morrer". Quando elas cavalgavam pelos campos, suas armaduras emitiam um estranho brilho bruxuleante, que iluminava os céus nórdicos, produzindo aquilo que conhecemos como Aurora Boreal ou Luzes Nórdicas.[36]

SOBRE THOR E OUTROS DEUSES

Thor, o soberano dos trovões e filho mais velho de Odin, era o mais forte entre os deuses e os homens, e possuía três objetos muito valiosos. O primeiro era o seu *martelo*, que o gigante Gelo e os gigantes da Montanha conhecem de perto, vendo Thor lançá-lo no ar contra eles, pois o martelo já partiu muitos crânios de seus pais e parentes. O martelo era dotado do poder de retornar automaticamente às mãos de Thor sempre que lançado. O segundo objeto precioso que Thor possuía era conhecido como o *cinturão da força*, que, quando vestido por ele, redobrava-lhe o poder divino. A terceira preciosidade era o *par de luvas de ferro* que Thor usava para manejar o martelo com maior eficiência. O nome do quinto dia da semana na língua inglesa, *Thursday*, é derivado do nome de Thor.

Frey era um dos deuses mais célebres. Presidia a chuva, o brilho do sol e todos os frutos da terra. Sua irmã, Freya, era a mais propícia das deusas. Amava a música, a primavera e as flores, e de modo especial os elfos (as fadas). Estimava sobremodo as canções de amor, e todos os amantes obtinham vantagens ao invocá-la.

Bragi era o deus da poesia, e suas canções recordavam os feitos dos guerreiros. Sua esposa, Iduna, guardava em uma caixa as maçãs que os deuses comiam para rejuvenescer, sempre que sentiam estar aproximando-se da velhice.

---

[36] A ode de Gray *As irmãs fatais* é fundada nessa superstição. (N. T.)

Heindall era o vigia dos deuses, e, portanto, permanecia nas fronteiras do céu para evitar que os gigantes forçassem a passagem sobre a ponte Bifrost (o arco-íris). Ele precisava dormir menos que um pássaro, e enxergava tão bem à noite quanto de dia cem milhas[37] em sua volta. Seu ouvido era tão agudo que nenhum som lhe escapava; podia ouvir até mesmo o crescimento da grama no chão e o da lã no dorso de uma ovelha.

LOKI E SUA DESCENDÊNCIA

Havia ainda um outro deus, descrito como o caluniador dos deuses e o articulador de todas as fraudes e maldades. Seu nome era Loki. Ele era belo e tinha um corpo bem-proporcionado, mas era também de gênio intragável e cheio de más intenções. Pertencia à raça dos gigantes, porém entrara à força no convívio dos deuses, e parecia sentir satisfação em pô-los em situações de risco e, em seguida, salvá-los do perigo graças à sua inteligência e habilidade. Loki tinha três filhos. O primeiro era o lobo Fenris, o segundo, a serpente Midgard e a terceira Hela (Morte). Os deuses não ignoravam que esses monstros estavam crescendo e que algum dia trariam muitos males sobre os deuses e os homens. Então Odin julgou que seria aconselhável mandar trazê-los à sua presença. Quando vieram, atirou a serpente dentro do profundo oceano que margeia a terra. Mas o monstro havia atingido dimensões tão enormes que, ao enfiar a sua cauda na própria boca, dava uma volta completa em torno da Terra. Hela foi lançada por Odin dentro do Niffleheim e ganhou o poder sobre nove

---

[37] Cem milhas correspondem, aproximadamente, a cento e sessenta quilômetros. (N. T.)

mundos (ou regiões), nos quais distribuía aqueles que lhe eram enviados, ou seja, os que morriam em consequência da velhice ou de enfermidade. O seu palácio era chamado de Elvidner. Sua mesa era a Fome, a Desnutrição era a sua faca, a Demora era seu criado, a Vagareza a sua empregada, o Precipício era a sua porta, a Preocupação era a sua cama, e o Fogo da Angústia formava as paredes de seus aposentos. Hela podia ser facilmente reconhecida, pois seu corpo era metade cor de carne e a outra metade azul, e possuía uma fisionomia horrível e amedrontadora.

O lobo Fenris criou aos deuses uma série de problemas antes que eles fossem capazes de acorrentá-lo; ele quebrava as correntes mais poderosas como se fossem simples teias de aranha. Finalmente os deuses enviaram um mensageiro aos espíritos da montanha, que forjaram para eles uma corrente chamada Gleipnir, feita de seis substâncias: o ruído produzido pelo andar de um gato, a barba de mulheres, as raízes das pedras, a respiração dos peixes, os nervos (sensibilidade) dos ursos e a saliva das aves. Quando terminada, a corrente era tão macia e tão lisa como a seda. Todavia, quando os deuses pediram ao lobo que permitisse ser atado com aquela fita aparentemente frágil este ficou desconfiado, acreditando que fosse resultante de algum feitiço. Assim, somente consentiu em ser preso se um dos deuses enfiasse a mão em sua boca a título de garantia de que a corrente seria removida depois. Tir (o deus das batalhas) foi o único que teve coragem o suficiente para fazê-lo. Mas quando o lobo descobriu que não poderia romper a corrente e que os deuses não o libertariam, arrancou a mão de Tir, e desde então o deus tornou-se maneta.

COMO THOR PAGOU AO GIGANTE DA MONTANHA O SEU SALÁRIO

Certa vez, quando os deuses estavam construindo suas moradas e já haviam terminado Midgard e Valhala, um artífice surgiu e ofereceu-se para edificar para eles uma residência tão fortificada, que ali os deuses estariam perfeitamente protegidos das incursões dos gigantes do Gelo e dos gigantes da Montanha. Mas, como pagamento por esse trabalho, exigia a entrega da deusa Freya, juntamente com o sol e com a lua. Os deuses concordaram com suas condições, desde que o artífice se comprometesse a completar a empreitada sem o auxílio de mais ninguém e no período de um único inverno. Caso alguma parte da obra estivesse inacabada no primeiro dia do verão ele deveria renunciar ao prêmio prometido. Em vista dessas exigências o artífice estipulou que teria de usar o seu cavalo Svadilfair, o que, graças ao conselho de Loki, lhe foi concedido. O artífice iniciou a obra no primeiro dia do inverno e, durante a noite, deixava o seu cavalo carregando pedras para a realização da obra. O enorme tamanho das pedras surpreendeu os deuses, e eles compreenderam claramente que o cavalo trabalhava muito mais que o seu mestre. O acordo, contudo, já estava acertado e confirmado por força de juramentos solenes, já que sem essas precauções um gigante não poderia permanecer em segurança entre os deuses, especialmente quando Thor estava prestes a retornar de uma expedição que havia realizado contra certos demônios.

Quando o fim do inverno se aproximou o edifício estava muito adiantado, e os baluartes já estavam altos e maciços o suficiente para caracterizar o local como inexpugnável. Em resumo, quando faltavam apenas três dias para o início do verão, a única parte inconclusa da morada era a porta. Então, os deuses sentaram-se em seus tronos de justiça e passaram a discutir sobre quem os teria aconselhado a entregar Freya numa barganha desse tipo, o que naturalmente mergulharia os céus na escuridão, pois o gigante levaria consigo o sol e a lua.

Todos eles concordaram que o único que poderia ter dado um conselho desse tipo seria Loki, o autor de tantas maldades, e que este deveria ser executado de modo cruel caso não articulasse uma forma de impedir que o artífice terminasse a tarefa, obtendo a recompensa combinada. E já estavam prestes a agarrar Loki quando este, apavorado, prometeu sob juramento que, não importando o que isso lhe pudesse custar, encontraria uma saída para que o homem perdesse o prêmio.

Naquela mesma noite, quando o homem se dirigia com Svadilfair ao edifício de pedra, uma égua saiu, de repente, da floresta e começou a relinchar. O cavalo fugiu de seu dono e correu para a floresta atrás da égua, o que forçou o homem a seguir o cavalo, e, assim, perdeu-se uma noite inteira, e, quando chegou a alvorada, o trabalho não havia progredido como de costume. O homem, percebendo que não conseguiria completar a tarefa, reassumiu a sua verdadeira estatura gigantesca. Foi então que os deuses viram claramente que se tratava de um gigante da Montanha que se infiltrara entre eles. Vendo que não mais estavam presos ao juramento chamaram Thor, que imediatamente veio para lhes prestar auxílio, e, erguendo o martelo, pagou ao trabalhador o seu salário, não com o sol ou com a lua, nem mesmo enviando-o de volta para Jotunheim, pois ao primeiro choque do martelo a sua cabeça foi despedaçada e o seu corpo foi lançado ao Niffleheim.

A RECUPERAÇÃO DO MARTELO

Ocorreu certa vez que o martelo de Thor caiu em poder do gigante Thrym, o qual o enterrou em uma profundidade de oito braças,[38] sob as rochas de Jotunheim. Thor enviou Loki para negociar com Thrym, mas o máximo que obteve foi a promessa do gigante de que devolveria a arma se Freya consentisse em ser a sua noiva. Loki voltou e informou o resultado da missão, mas a deusa do amor ficou horrorizada com a ideia de ofertar os seus encantos ao rei dos gigantes do Gelo. Nessa emergência Loki persuadiu Thor a vestir-se com as roupas de Freya e acompanhá-lo até Jotunheim. Thrym recebeu a noiva, que tinha um véu sobre o rosto, com a devida cortesia, mas teve uma grande surpresa na hora do jantar, quando a viu comer oito salmões, um boi inteiro, além de outros petiscos regados a três tonéis de hidromel. Todavia Loki assegurou-lhe que ela não comia havia oito longas noites, tal era o seu desejo de ver o seu amado, o célebre soberano de Jotunheim. Finalmente Thrym teve a curiosidade de olhar por debaixo do véu da noiva, mas recuou apavorado e quis saber por que os olhos dela faiscavam. Loki repetiu a mesma desculpa e o gigante ficou satisfeito. Este ordenou que o martelo fosse trazido e colocado sobre o colo da donzela. Nesse momento Thor livrou-se do disfarce, agarrou a sua arma e matou Thrym e seus seguidores.

Frey também possuía uma arma maravilhosa, uma espada que espalhava por si mesma uma carnificina sempre que o dono assim desejasse. Frey perdeu a sua arma, mas foi menos feliz do que Thor, pois jamais a recuperou. O fato se deu assim: certa vez Frey subiu ao trono de Odin, de onde se pode enxergar o Universo inteiro, e, olhando ao redor, avistou a

---

[38] Oito braças correspondem a, aproximadamente, dezesseis metros. (N. T.)

distância, nos limites do domínio do rei dos gigantes, uma linda donzela; e daquele momento em diante passou a sentir uma tristeza repentina, de tal modo que não conseguia nem dormir, nem beber nem falar. Finalmente, Skirnir, seu mensageiro, conseguiu descobrir o seu segredo e ofereceu-se para buscar a donzela, desde que a recompensa para tal feito fosse a famosa espada. Frey consentiu e deu a arma. Skirnir partiu em viagem e obteve da donzela a promessa de que, dentro de nove noites, iria a um certo lugar onde desposaria Frey. Quando Skirnir informou o sucesso de sua viagem, Frey exclamou:

> *Longa é uma noite,*
> *Longas são duas noites,*
> *Mas como hei de suportar três?*
> *Bem mais curto parecia*
> *Um mês para mim,*
> *Do que a metade desse tempo.*

Então Frey obteve Gerda, a mais bela entre todas as mulheres, mas perdeu a espada.

Essa história, intitulada *Skirnir For*, assim como aquela que a precede, *A queda de Thrym*, foram contadas poeticamente por Longfellow em *Poetas e poesia da Europa*.

CAPÍTULO XXXIX

A VISITA DE THOR A JOTUNHEIM, O PAÍS DOS GIGANTES

Certo dia o deus Thor, com seu servo Tialfi e acompanhado de Loki, saiu numa jornada rumo ao país dos gigantes. Entre todos os homens, Tialfi era o que mais corria. Ele carregava a mochila de Thor, contendo as suas provisões. Quando a noite chegou, eles se encontravam numa imensa floresta, e procuravam por toda parte um recanto em que pudessem passar a noite. Afinal deram com um grande palácio, cuja entrada ocupava toda a extensão de um de seus lados. Ali eles se deitaram para dormir, mas próximo à meia-noite foram alarmados com um tremor de terra que sacudiu o edifício inteiro. Thor, levantando-se, chamou os companheiros para juntos procurarem um local mais seguro. À direita encontraram uma câmara adjacente na qual os outros entraram, enquanto Thor permanecia na porta com o martelo na mão, preparado para se defender caso algo ocorresse. Um terrível rugido foi ouvido durante a noite, e, ao amanhecer, Thor saiu e encontrou deitado um imenso gigante, que dormia e roncava, fazendo o ruído que tanto o assustara. Conta-se que, pela primeira vez, Thor teve medo de usar o martelo, e como logo a seguir o gigante despertou, ele nada fez além de indagar o seu nome.

"Meu nome é Skrymir", disse o gigante, "mas não preciso perguntar o teu nome, porque sei que és o deus Thor. Contudo, onde foi parar a minha luva?". Thor percebeu então que aquilo que eles, à noite, haviam julgado ser um palácio era, na verdade, a luva do gigante, e a câmara em que seus dois amigos haviam buscado refúgio era o compartimento do seu dedo polegar. Skrymir propôs, então, que eles viajassem todos juntos, e, tendo Thor consentido, sentaram-se para fazer a refeição da manhã. Em seguida Skrymir organizou as provisões em sua mochila, jogando-a sobre os ombros, e pôs-se a caminhar à frente deles, com passos tão longos que somente com muita dificuldade podiam acompanhá-lo. Assim, viajaram o dia inteiro, e quando a tarde caiu Skrymir escolheu um lugar onde poderiam passar a noite, debaixo de um grande carvalho, e informou-lhes que iria deitar-se para dormir, acrescentando: "Tomai a minha mochila e preparai o vosso jantar".

Skrymir logo adormeceu e começou a roncar com muita força; mas quando Thor tentou abrir a mochila, descobriu que não era capaz de desatar um único nó que a mantinha fechada. Por fim ele se irritou, e, tomando o martelo com ambas as mãos, desfechou um golpe furioso na testa do gigante. Skrymir, despertando, perguntou apenas se havia caído alguma folha sobre a sua cabeça e se eles haviam ceado e iriam dormir. Thor respondeu que sim, que estavam prontos para dormir e, assim dizendo, foi deitar-se debaixo de uma outra árvore. Contudo Thor estava com insônia naquela noite, e quando Skrymir recomeçou a roncar alto, de tal modo que a floresta ecoava o seu ruído, ele se levantou, e, tomando novamente o martelo, lançou-o com tal poder em direção ao crânio do gigante que produziu nele uma marca profunda. Skrymir, despertando outra vez, gritou: "O que aconteceu? Há pássaros empoleirados nessa árvore? Senti que algum musgo dos ramos caiu sobre a minha cabeça. O que há contigo, Thor?". Mas Thor retirou-se rapidamente, dizendo que havia acabado de acordar, e que, como ainda era meia-noite, havia tempo para dormir. Contudo, resolveu que, caso tivesse uma oportunidade de desfechar um terceiro golpe, sentir-se-ia vingado do gigante. Um pouco antes do amanhecer percebeu que Skrymir dormia novamente, e mais uma vez pegou o martelo e golpeou com tal violência dessa vez que a arma penetrou no crânio do gigante até a altura do cabo. Skrymir, contudo, apenas se sentou e, esfregando o rosto, afirmou: "Uma bolota atingiu a minha cabeça. O quê? Estás desperto, Thor? Julgo que seja hora de nos levantar e nos vestir; mas agora não tendes um longo caminho até a cidade denominada Utgard. Ouvi quando conversáveis entre vós a respeito de minhas consideráveis dimensões. Mas, quando chegardes a Utgard, vereis muitos homens mais altos do que eu. Por isso vos aconselho que, ao chegardes lá, não demonstreis confiança excessiva em vós mesmos, pois os seguidores de Utgard-Loki não admitirão a arrogância de gente tão pequena quanto vós. Deveis tomar a estrada que leva para o leste, a minha segue para o norte, portanto vamos agora nos separar".

Desse modo, atirou sua mochila nas costas e saiu caminhando na direção da floresta, e Thor não sentiu desejo algum de detê-lo, ou de pedir-lhe que acompanhasse mais o grupo.

Thor e seus companheiros continuaram a jornada, e por volta de meio-dia avistaram uma cidade que se erguia no meio de uma planície. Era tão alta que tiveram de virar o pescoço para trás a fim de avistar os seus telhados. Quando chegaram, entraram pelos portões da cidade, e vendo um enorme palácio, com a porta bem aberta, entraram, e encontraram numerosos homens de uma estatura prodigiosa sentados em bancos em um saguão. Andando mais um pouco chegaram diante do rei, Utgard-Loki, a quem saudaram com grande respeito. O rei, olhando-os com um sorriso escarnecedor, disse: "Se não me engano, o rapazinho ali deve ser o deus Thor". Então, dirigindo-se a Thor, disse: "Talvez sejas mais do que pareces ser. Quais são as habilidades tuas e de teus companheiros? Pois não podem permanecer aqui aqueles que não excedam outros homens em alguma habilidade especial".

"O que faço com habilidade", disse Loki, "é comer mais rápido do que qualquer outra pessoa, e a esse respeito estou pronto para dar uma demonstração, competindo contra qualquer um que aqui escolha competir contra mim".

"De fato, essa será uma qualidade excepcional", disse Utgard-Loki, "se conseguires fazer o que prometes; então vamos tentar agora mesmo".

Deu ordens, então, a um de seus homens que estava sentado em uma das extremidades do banco, e cujo nome era Logi, para que viesse adiante e provasse as suas habilidades contra as de Loki. Um cocho cheio de carne foi colocado no meio do salão, Loki ficou de um lado e Logi do outro, e cada um deles começou a comer tão rapidamente quanto podia, até que se encontraram no meio do cocho. Mas descobriu-se que Loki só havia comido a carne, enquanto seu adversário havia devorado ambos, a carne e os ossos. Por isso, todos os presentes decidiram que Loki tinha sido eliminado.

Utgard-Loki perguntou, então, que façanha o jovem que acompanhava Thor poderia demonstrar.

Tialfi respondeu que correria com qualquer um que fosse capaz de se emparelhar com ele. O rei observou que a velocidade era de fato uma habilidade digna de ser ostentada, mas que para vencer a competição o rapaz precisaria ser realmente muito veloz. Então, levantou-se e dirigiu-se, juntamente com todos os presentes, para uma planície onde havia um terreno apropriado para a corrida e, convocando um rapaz chamado Hugi, ordenou que disputasse a prova com Tialfi. Na primeira volta Hugi ultrapassou seu concorrente com tanta vantagem que retornou ainda a tempo de encontrá-lo não muito distante do ponto de partida. Correram uma segunda e uma terceira volta, mas Tialfi não obteve melhor desempenho.

Utgard-Loki perguntou a Thor que tipo de proeza ele estaria disposto a demonstrar, como prova de que era realmente digno de sua fama. Thor respondeu que disputaria uma prova de bebida com qualquer um que se habilitasse. Utgard-Loki ordenou que seu copeiro trouxesse um grande chifre, o qual seus seguidores eram obrigados a esvaziar caso transgredissem alguma lei relativa aos costumes do banquete. Tendo o copeiro entreguado o chifre a Thor, Utgard-Loki assim se manifestou: "O bom bebedor consegue esvaziar o chifre num só gole, embora a maioria dos homens o faça em dois, e os mais fracos somente em três". Thor olhou para o chifre, que não era de tamanho tão anormal, embora um tanto comprido e, como estava com muita sede, levou-o até os lábios e bebeu o quanto pôde, de um só trago, de maneira que não fosse obrigado a tomar um segundo; contudo, quando afastou o recipiente dos lábios, viu que o nível da bebida mal havia diminuído. Depois de respirar profundamente Thor tentou outra vez, com toda sua força, mas quando afastou o chifre da boca teve a impressão de que tinha bebido ainda menos do que antes, embora o chifre pudesse agora ser segurado sem que se transbordasse o conteúdo.

"Então, Thor?", exclamou Utgard-Loki, "Não deves poupar esforços; se queres, na pior das hipóteses, esvaziar o chifre num terceiro gole, deves beber muito mais. Devo dizer que aqui não serás considerado um homem tão poderoso quanto és em tua terra, a não ser que realizes prodígios melhores que esse".

Thor, furioso, levou novamente o chifre aos lábios e fez o possível para esvaziá-lo; mas ao olhar para dentro viu que o nível do líquido baixara apenas um pouco. Assim, achou que era melhor desistir e devolver o recipiente ao copeiro.

"Agora vejo perfeitamente que não és tão poderoso como imaginávamos que fosses", disse Utgard-Loki."No entanto, poderás tentar outro feito, embora me pareça improvável que tenhas condições de levar algum prêmio daqui."

"Que novo desafio queres propor?", perguntou Thor.

"Temos aqui um jogo insignificante", respondeu Utgard-Loki, "do qual participam somente as crianças. Consiste simplesmente em levantar meu gato do chão, e eu não ousaria propor tal coisa ao grande Thor, se já não tivesse observado que não és, de modo algum, o que imaginávamos".

Mal acabara de falar quando um enorme gato cinzento saltou no chão do salão. Thor segurou-o pela barriga e fez o possível para erguê-lo do chão, mas o gato recurvou as costas, arruinando todos os esforços do deus, que apenas conseguiu levantar uma das patas do animal. Vendo isso, Thor desistiu de tentar novamente.

"A prova resultou naquilo que eu esperava", disse Utgard-Loki. "O gato é grande, mas Thor é pequeno em comparação com nossos homens."

"Se pequeno me consideras", retrucou Thor, "deixa-me ver quem entre vós se apresenta, agora que estou irritado, para lutar comigo".

"Não vejo ninguém", disse Utgard-Loki, olhando para os homens sentados nos bancos, "que não se sentisse inferiorizado se tivesse de lutar contigo. No entanto, dou permissão para que alguém vá chamar a velha Elli, minha ama, para que Thor possa lutar com ela, se assim o desejar. Ela já derrotou muitos homens não menos fortes que Thor".

Então uma velha desdentada surgiu no salão, a quem Utgard-Loki deu ordens para lutar com Thor. A história pode ser resumida desta maneira: por mais que Thor tentasse, não conseguia derrubar a velha. Depois de uma violenta luta, Thor começou a ceder terreno, caindo, finalmente, de joelhos. Utgard-Loki, então, pediu que desistisse, acrescentando que haviam terminado as oportunidades de lutar com quem quer que fosse, e que já estava ficando tarde; levou Thor e seus companheiros para os aposentos, onde passaram a noite.

Na manhã seguinte, ao raiar da aurora, Thor e seus companheiros vestiram-se e prepararam-se para partir. Utgard-Loki ordenou que fosse preparada uma mesa farta, repleta de iguarias e bebidas. Depois do repasto, Utgard-Loki acompanhou-os até os portais da cidade, e, antes que eles partissem, perguntou a Thor o que achava de sua jornada, e se havia encontrado algum homem mais forte do que ele próprio. Thor respondeu que não podia negar a vergonha que sentia de si mesmo. "E o que mais me entristece", acrescentou, "é que me chamarás de pessoa de pouco valor". "Não", disse Utgard-Loki, "agora que estás fora da cidade, à qual jamais retornarás enquanto eu estiver vivo, convém que te revele toda a verdade. E, palavra de honra, se eu soubesse de antemão que tinhas tanta força a ponto de me levar tão perto do infortúnio, não teria permitido que aqui entrasses desta vez. Fica sabendo que te enganei o tempo todo com meus truques. Primeiro, na floresta, na verdade amarrei a mochila com arame, de maneira que não pudesses desamarrá-la. Depois, tu me deste três golpes com teu martelo. O primeiro, embora mais fraco, teria findado meus dias se me tivesse atingido, mas escorreguei para o lado e tuas pancadas atingiram a montanha, onde abriram três vales, um dos quais de extraordinária profundidade. Utilizei recursos ilusionistas similares nas competições que disputaste com meus seguidores. Na primeira, Loki, tal qual a própria fome, devorou tudo que tinha diante dele, mas Logi era, na realidade, nada menos que o Fogo e, portanto, consumiu não apenas a carne, mas o osso que a sustentava. Hugi, com quem Tialfi disputou a corrida, era o Pensamento, sendo impossível para Tialfi competir com ele. Quando tu, por tua vez, tentaste esvaziar o chifre, executaste algo tão prodigioso que, palavra de honra, se eu não tivesse visto, não teria acreditado. Pois a extremidade daquele chifre ia dar no mar, sem que tu o soubesses, mas, quando chegares à praia, verás quanto baixou o nível das águas por causa dos teus goles. Realizaste uma façanha não menos notável quando levantaste o gato e, para dizer-te a verdade, quando vimos que uma das patas estava levantada do chão ficamos aterrorizados, pois o que julgavas ser um gato era, na verdade, a serpente de Midgard, que circunda a Terra, a qual tu esticaste tanto que ela mal conseguiu circundar a terra entre sua cabeça e a cauda. A luta com Elli foi também uma façanha admirável, pois jamais houve nem haverá homem a quem a Velhice não tenha curvado, mais cedo ou mais tarde, e era isso que Elli era na verdade. Agora, porém, que vamos nos despedir, deixa-me dizer-te que será melhor para nós dois se nunca mais te aproximares de mim novamente, pois, se assim o fizeres, defender-me-ei com outras ilusões, de modo que desperdiçarás teus esforços e não ganharás fama lutando comigo".

Ouvindo tais palavras, Thor, possesso, levantou o martelo e teria golpeado Utgard-Loki se este não tivesse desaparecido, e, quando Thor retornou à cidade para destruí-la, nada encontrou além de uma planície verdejante.

CAPÍTULO XL

A MORTE DE BALDUR — OS ELFOS
— AS LETRAS RÚNICAS — OS ESCALDOS
— A ISLÂNDIA — A MITOLOGIA TEUTÔNICA
— OS NIBELUNGOS — O ANEL DOS
NIBELUNGOS, DE WAGNER

A MORTE DE BALDUR

Baldur, o Bom, tendo sido atormentado por pesadelos terríveis que mostravam que sua vida estava em perigo, contou-os aos deuses reunidos em assembleia, os quais decidiram interferir para livrá-lo de todo o perigo que o ameaçava. Então Friga, a esposa de Odin, exigiu um juramento do fogo e da água, do ferro e de todos os outros metais, das pedras, das árvores, das feras, das aves, dos venenos e das criaturas rastejantes, de que nenhum deles faria mal a Baldur. Odin, não satisfeito com isso, e ainda temendo pelo destino do filho, resolveu consultar a profetisa Angerbode, da raça dos gigantes, mãe de Fenris, de Hela e da serpente Midgard. Estando Angerbode morta, Odin foi obrigado a procurá-la nos domínios de Hela.

Descida de Odin é o tema da ode de Gray, que assim tem início:

> *O rei dos homens levantou-se com rapidez,*
> *E colocou a sela em seu corcel, negro como o carvão.*

Os outros deuses, contudo, julgando suficiente o que Friga fizera, divertiam-se com Baldur, utilizando-o como alvo. Alguns lhe lançavam dardos; outros lhe atiravam pedras, enquanto outros o feriam com espadas e machados de guerra, pois, fizessem o que quisessem, ninguém poderia machucá-lo. Isso se tornara o passatempo favorito entre eles, e era considerado homenagem a Baldur. Quando Loki assistiu à cena aborreceu-se profundamente ao ver que nada poderia atingir Baldur. Assim, assumindo a forma de uma mulher, dirigiu-se a Fensalir, a mansão de Friga. Vendo a suposta mulher, perguntou-lhe essa deusa se sabia o que os deuses estavam fazendo nas suas reuniões. A mulher respondeu que estavam atirando dardos e pedras contra Baldur, sem conseguirem machucá-lo. "Ah!", exclamou Friga, "nem as pedras nem as lanças e nenhuma outra coisa poderá ferir Baldur, pois obtive um juramento de todas elas". "Como?", perguntou a mulher. "Todas as coisas prometeram poupar Baldur?" "Sim, todas as coisas", replicou Friga, "com exceção de uma pequena erva que cresce no lado oriental do Valhala chamada visgo, e que achei muito jovem e frágil para solicitar um juramento". Assim que Loki ouviu essas palavras retirou-se, retomou sua forma original, cortou a erva e voltou ao lugar onde os deuses estavam reunidos. Ali encontrou Hodur, afastado dos outros, sem participar das brincadeiras, por causa de sua cegueira. Foi até ele e perguntou: "Por que tu também não atiras alguma coisa em Baldur?". Hodur respondeu: "Porque sou cego e não vejo onde ele está. Também não tenho nada para atirar". Disse Loki: "Ora, faze como o resto! Concede uma honra a Baldur, arremessando este ramo contra ele. Eu guiarei teu braço para o lugar onde ele está". Hodur, então, pegou o ramo e, sob a direção de Loki, atirou em Baldur, que caiu morto.

Certamente, ninguém jamais testemunhou, quer entre os deuses, quer entre os homens, atrocidade igual a essa. Diante da morte de Baldur os deuses emudeceram, horrorizados. Ficaram olhando uns para os outros, compartilhando o mesmo desejo de pôr as mãos no causador da tragédia. Contudo foram obrigados a adiar a vingança em respeito ao lugar sagrado onde se achavam reunidos. Desabafaram seu pesar por meio de choro e lamentações. Tão logo os deuses se recompuseram, Friga perguntou-lhes quem entre eles desejava possuir todo seu amor e boa vontade. "Para isso", disse ela, "terá de cavalgar até a mansão de Hela e oferecer-lhe um resgate pelo retorno de Baldur".

Diante disso, Hermod, apelidado de *O Ágil*, filho de Odin, ofereceu-se para empreender a viagem. O cavalo de Odin, Sleipnir, que tinha oito pernas e era mais veloz que o vento, fora preparado, e, montando-o, Hermod partiu para sua missão. Durante nove dias e nove noites cavalgou por lugares estreitos e obscuros. A escuridão era tanta, que ele não conseguia discernir coisa alguma, até que chegou ao rio Gyoll, onde passou por uma ponte revestida de ouro reluzente. A donzela que guardava a ponte perguntou-lhe seu nome e procedência, dizendo-lhe que, um dia antes, cinco bandos de mortos haviam cavalgado pela ponte sem causar tantos abalos quanto ele causara sozinho. "Mas tu não possuis a tez de um morto", acrescentou. "Por que cavalgas em direção à mansão dos mortos?" "Estou à procura de Baldur", respondeu Hermod. "Viste-o passar por aqui?" "Baldur cavalgou sobre a ponte do rio Gyoll e seguiu caminho para a morada da morte", respondeu-lhe a donzela.

Hermod, então, prosseguiu viagem até chegar aos portais da mansão dos mortos. Ali desceu do cavalo, apertou bem a sela e, montando novamente, cravou as esporas em seu corcel, o qual, num salto gigantesco, atravessou os portais sem nem mesmo os tocar. Hermod, então, galopou em direção à mansão, onde avistou seu irmão Baldur ocupando o lugar mais destacado do salão, e passou a noite em sua companhia. Na manhã seguinte rogou a Hela que deixasse Baldur retornar para casa, assegurando-lhe que nada mais restara do que lamentos entre os deuses por causa de sua morte. Hela respondeu que essa seria a ocasião oportuna para testar se realmente Baldur era tão amado quanto ele afirmara.

"Se, de fato", disse, "todas as coisas do mundo, vivas e inanimadas, chorarem por ele, então voltará à vida. Se, porém, alguma coisa se pronunciar contra ele, ou se recusar a lamentá-lo, ficará retido aqui na mansão dos mortos".

Hermod, então, retornou a Asgard e relatou tudo que vira e testemunhara.

Diante disso os deuses enviaram mensageiros ao mundo inteiro para pedir a todas as coisas que lamentassem a morte de Baldur, a fim de que ele pudesse ser dispensado da mansão dos mortos. Todas as coisas atenderam de boa vontade ao pedido, tanto os homens como os animais, a terra, as pedras, as árvores e os metais, da mesma maneira que vemos essas coisas lamentarem quando são transferidas de algum lugar quente para um lugar frio. Quando os mensageiros regressaram, encontraram uma velha feiticeira chamada Thaukt sentada numa caverna e rogaram-lhe que lamentasse, de modo que Baldur pudesse deixar a mansão dos mortos. Ela, porém, respondeu:

> *A morte de Baldur*
> *Thaukt vai lamentar*
> *Com lágrimas bem secas.*
> *Hela que fique com ele.*

Levantou-se grande suspeita de que a feiticeira não era outra senão o próprio Loki, que jamais cessou de praticar o mal entre deuses e homens. Dessa forma, Baldur foi impedido de retornar a Asgard.

O FUNERAL DE BALDUR

Os deuses levaram o cadáver para a costa onde estava o navio de Baldur, *Hringham*, que era tido como o maior do mundo. O corpo de Baldur foi colocado na pira funerária a bordo do navio, e sua esposa, Nanna, ficou tão abalada com aquela visão que acabou morrendo. Seu corpo foi também cremado na pira, junto com o do marido. Uma grande multidão compareceu ao funeral de Baldur, e havia gente de toda espécie. Primeiro chegou Odin, acompanhado de Friga, das valquírias e de seus corvos; depois, Frey em seu carro puxado por Guillibursti, o javali; Heindall montava seu cavalo Gulltopp; e Freya dirigia sua carruagem puxada por gatos. Estavam presentes também muitos gigantes do Gelo e gigantes da Montanha. O cavalo de Baldur também foi posto na pira e consumido pelas mesmas chamas que consumiram o corpo de seu dono.

Mas Loki não escapou ao merecido castigo. Diante da indignação dos deuses, fugiu para as montanhas e lá construiu uma cabana com quatro portas, uma para cada lado, de maneira que pudesse estar atento a qualquer perigo que se aproximasse. Inventou a rede de apanhar peixes, dessas que os pescadores usam até os dias de hoje. Mas Odin encontrou seu esconderijo, e os deuses juntaram esforços para capturá-lo. Sabendo disso, Loki transformou-se em salmão e escondeu-se entre as pedras de um riacho. Mas os deuses acharam sua rede e usaram-na para vasculhar o riacho, até que o encontraram. Loki, ao perceber que seria capturado, tentou saltar por cima da rede. Thor o agarrou pela cauda, apertando-a com muita força, e é por isso que desde então o salmão tem a cauda extremamente delgada. Prenderam-no com correntes e suspenderam sobre sua cabeça uma serpente, cujo veneno pudesse cair-lhe sobre o rosto gota a gota. Sua esposa Siguna, sentada ao seu lado, apanha as gotas num copo antes que caiam sobre a face do marido; mas, quando ela se afasta para esvaziar o copo e o veneno cai sobre Loki, ele grita de dor e se contorce com tanta violência que faz a terra toda tremer, produzindo aquilo que os homens chamam de terremoto.

OS ELFOS

As Edas ainda mencionam outra classe de seres inferiores aos deuses, mas também detentores de muito poder: os elfos. Os espíritos brancos, ou elfos da luz, eram extraordinariamente belos, mais brilhantes do que o sol, e trajavam vestes feitas de tecidos delicados e transparentes. Amavam a luz, eram amigos dos seres humanos e geralmente tinham a aparência de adoráveis crianças louras. Seu país era conhecido como o Alfheim e era domínio de Frey, o deus do sol, sob cuja luz eles sempre folgavam.

Os elfos negros (ou da noite) eram criaturas de uma espécie diferente. Eram anões, feios, nariguds e tinham uma coloração escura que lembrava sujeira. Apareciam somente à noite, pois evitavam o sol como se fosse o mais mortal dos inimigos, cujos raios, se caíssem sobre eles, os transformariam imediatamente em pedra. Tinham como linguagem o eco da solidão e, como moradas, as cavernas subterrâneas e as covas. Supunha-se que se tivessem originado das larvas produzidas pelo cadáver em decomposição de Ymir. Mais tarde os deuses lhes teriam concedido forma humana e grande inteligência. Destacavam-se pelo conhecimento dos poderes misteriosos da natureza e pelas letras rúnicas, que esculpiam e explicavam. Eram os mais hábeis artífices entre todos os seres, e trabalhavam com metais e madeira. Entre suas produções mais notáveis, destacavam-se o martelo de Thor e o navio *Skidbladnir*, que ofereceram a Frey, e que era tão grande que nele caberiam todas as divindades com seus artefatos de guerra e utensílios domésticos, mas construído com tal engenhosidade, que podia ser dobrado e colocado dentro de um bolso.

RAGNAROK — O CREPÚSCULO DOS DEUSES

Os povos nórdicos acreditavam verdadeiramente que viria o dia da destruição para toda a criação visível, para os deuses do Valhala e Niffleheim, para os habitantes de Jotunheim, Alfheim e Midgard, juntamente com suas habitações. Contudo, esse terrível dia não chegaria sem aviso. Primeiro viria um inverno tríplice, durante o qual cairia neve dos quatro cantos do céu, o frio seria severo, o vento, cortante, o tempo, tempestuoso, e o sol não daria a graça de seus raios de luz. Três invernos desses passariam em seguida, sem serem amenizados por um único verão. Depois três outros invernos similares se sucederiam, durante os quais a guerra e a discórdia se espalhariam pelo universo. A própria terra ficaria amedrontada e começaria a tremer, o mar abandonaria seu leito, o céu se abriria e os homens pereceriam em grande número, e as águias do ar se deliciariam com seus corpos semimortos. O lobo Fenris romperia as correntes que o prendem, a serpente de Midgard se levantaria do seu leito marítimo e Loki, liberto de seus grilhões, juntar-se-ia aos inimigos dos deuses. No meio da devastação geral, os filhos de Musplheim, comandados por Surtur, atacariam, deixando chamas devastadoras de fogo ardente por toda parte. Cavalgariam sobre Bifrost, a ponte do arco-íris, que se quebraria sob os cascos dos cavalos. Contudo, sem se importarem com a queda, prosseguiriam rumo ao campo de batalha, chamado Vigrid, para onde também partiriam o lobo Fenris, a serpente de Midgard, Loki, com todos os seguidores de Hela e os gigantes do Gelo.

Heindall agora iria levantar-se e tocaria a trombeta Giallar para reunir os deuses e heróis para a peleja. Os deuses avançariam, chefiados por Odin, que atacaria o lobo Fenris, mas sucumbiria perante o monstro, que, por sua vez, seria morto por Vidar, filho de Odin. Thor ganharia grande reputação matando a serpente de Midgard, mas recuaria e cairia morto, envenenado pelo monstro moribundo a vomitar seu veneno sobre ele. Loki e Heindall enfrentar-se-iam e lutariam até a morte. Tendo os deuses e seus inimigos se engalfinhado em batalha, Surur, que já teria matado Frey, espalharia chamas pelo mundo inteiro, e todo o universo seria consumido pelo fogo. O sol se apagaria, a terra se afundaria no oceano, as estrelas cairiam do firmamento, e o tempo deixaria de existir.

Depois disso, Alfadur (o Todo-Poderoso) fará que um novo céu e uma nova terra surjam do mar. A nova terra, com suprimentos em abundância, produzirá seus frutos espontaneamente, sem necessidade de trabalho ou maiores cuidados. A maldade e a miséria serão banidas da face da Terra, e os deuses e os homens viverão felizes e unidos para sempre.

AS LETRAS RÚNICAS

Não se pode viajar pela Dinamarca, Noruega ou Suécia sem deparar com grandes pedras de formatos diferentes, gravadas com as letras chamadas *rúnicas*, as quais, à primeira vista, parecem diferentes de tudo que conhecemos. As letras consistem, quase invariavelmente, em linhas retas, no formato de pequenas varetas dispostas isoladamente ou juntas.

Essas varetas eram usadas em tempos primitivos pelas nações nórdicas com o propósito de prever os acontecimentos futuros. Eram misturadas e, das figuras resultantes, faziam-se as predições.

As letras rúnicas eram de vários tipos. Eram utilizadas principalmente para finalidades mágicas. As malignas, ou, como eram chamadas, as runas *amargas*, eram empregadas para causar danos aos inimigos, e as letras benignas, para afastar o azar. Algumas tinham finalidades medicinais, outras eram usadas para atrair o amor, etc. Mais tarde foram frequentemente usadas em inscrições, das quais mais de mil já foram encontradas. A língua, um dialeto do gótico chamado norse, ainda é usada na Islândia. As inscrições podem ser lidas com exatidão, mas até agora poucas foram encontradas capazes de trazer um mínimo de esclarecimento de valor histórico. São, em sua maioria, epitáfios gravados em túmulos.

A ode de Gray *Descida de Odin* contém uma alusão ao uso das letras rúnicas para encantamentos:

> *Imaginando o clima do norte,*
> *Três vezes traçou a rima rúnica,*
> *Três vezes pronunciou, com voz medonha,*
> *Os versos arrepiantes que despertam os mortos*
> *Até que, do solo cavernoso,*
> *Ecoou lentamente um som macabro.*

OS ESCALDOS

Os escaldos eram os bardos e poetas da nação. Formavam uma classe de homens muito importante para todas as comunidades nos estágios primitivos da civilização. Eram os depositários de qualquer conto histórico que pudesse existir, e sua função era combinar algo de prazer intelectual com as rudes festas dos guerreiros, narrando, em tais apresentações musicais e de poesia, da melhor maneira que podiam, as façanhas dos heróis vivos ou mortos. As composições dos escaldos eram chamadas *sagas*, das quais muitas chegaram até nós e contêm valioso material histórico e uma descrição fiel do estado da sociedade a que se referem.

A ISLÂNDIA

Da Islândia nos chegaram as Edas e as sagas. O seguinte extrato da obra de Carlyle *Heróis do heroísmo* nos apresenta *Os heróis e o culto do herói*, uma vívida narrativa da região de onde se originaram as curiosas histórias que acabamos de ler.

Deixemos que o leitor a compare, por um momento, com a Grécia, pátria-mãe da mitologia clássica:

Naquela estranha ilha, a Islândia — lançada para cima, segundo os geólogos, pelo fogo do fundo do mar, uma terra selvagem, estéril e coberta de lava, tragada por negras tempestades quase o ano inteiro, ainda que dotada de uma beleza selvagem e brilhante durante o verão, erguendo-se inóspita e sombria no oceano nórdico, com suas yokults (montanhas cobertas de neve), ensurdecedores gêiseres (fontes de água quente que sai da terra em jatos), poços de enxofre e horrendas fendas vulcânicas, semelhante a um caótico campo de batalha desgastado pelo gelo e pelo fogo — onde, entre todos os lugares do mundo, não poderíamos esperar literatura ou memórias escritas —, foi escrito o relato destas coisas. No litoral dessa terra selvagem existe uma faixa de terra fértil, onde o gado pode sobreviver e também os homens, por meio do gado e do que o mar lhes fornece; e parece que eram muito poéticos esses homens, que possuíam pensamentos profundos e exprimiam musicalmente seus pensamentos. Muito se teria perdido se a Islândia não tivesse surgido do mar nem tivesse sido descoberta pelos nórdicos.

A MITOLOGIA TEUTÔNICA

Na mitologia germânica Odin é conhecido como Wotan; Freya e Frigga são reconhecidas como a mesma divindade, e os deuses são geralmente representados com um caráter menos guerreiro do que os da Escandinávia. Contudo, a mitologia teutônica segue as mesmas linhas mestras das nações nórdicas. As divergências mais notáveis são alterações nas lendas em função de diferenças de condições climáticas e sociais.

OS NIBELUNGOS

Um dos mais antigos mitos da raça teutônica encontra-se no grande épico nacional dos nibelungos, que remonta à era pré-histórica, quando Wotan, Frigga, Thor, Loki e outros deuses e deusas eram adorados nos bosques da Germânia. O épico está dividido em duas partes; a primeira narra como Siegfried, o mais jovem dos reis dos Países Baixos, dirigiu-se a Worms para pedir a mão de Kriemhild, irmã de Günter, rei da Burgúndia. Enquanto era hóspede de Günter, Siegfried ajudou o rei da Burgúndia a casar-se com Brunhild, rainha da Islândia. Esta havia anunciado publicamente que aquele que se casasse com ela teria de ser capaz de vencê-la no arremesso de dardo, no lançamento de uma grande pedra e nos saltos. Siegfried, que possuía uma capa de insivibilidade, ajudou Günter nessas três disputas, de modo que Brunhild tornou-se a esposa deste. Em troca, por esses serviços, Günter deu a Siegfried, em casamento, a sua irmã, Kriemhild.

Após algum tempo, Siegfried e Kriemhild foram visitar Günter, e nessa ocasião as duas mulheres engajaram-se em uma disputa a respeito dos méritos relativos de seus maridos. A fim de exaltar Siegfried, Kriemhild blasonou que Günter devia a ele as suas vitórias e a sua esposa. Brunhild, muito enfurecida, encarregou Hagan, vassalo de Günter, de matar Siegfried. No épico, Hagan é assim descrito:

> *Bem crescido e forte era aquele temido conviva;*
> *Longas eram as suas pernas e robustas,*
> *E profundo e amplo era o seu tórax;*
> *Seus cabelos, que um dia foram negros,*
> *Eram manchados de grisalho pela idade;*
> *Seu rosto era demasiadamente horrendo, mas seu passo era elegante.*
>
> *Nibelungos*

Esse Aquiles da literatura germânica apunhalou Siegfried pelas costas, enquanto o infeliz soberano dos Países Baixos debruçava-se para beber água em um riacho, durante uma expedição de caça.

A segunda parte do épico narra o modo como, treze anos mais tarde, Kriemhild casou-se com Etzel, rei dos hunos. Após algum tempo ela convidou o rei da Burgúndia, juntamente com Hagan e muitos outros, à corte de seu marido. Uma briga ocorreu no salão de banquete, que acabou com a matança de todos os burgúndios, com exceção de Günter e Hagan. Estes dois foram levados prisioneiros e entregues a Kriemhild, que os degolou com as próprias mãos. Por esse ato de vingança sanguinário, a própria Kriemhild foi assassinada por Hildebrando, o mágico e campeão, que, na mitologia germânica, equivale em estatura a Nestor, na mitologia grega.

O TESOURO DOS NIBELUNGOS

Trata-se de um mito sobre uma grande quantidade de ouro e de pedras preciosas que Siegfried teria obtido dos nibelungos, o povo do Norte que ele havia conquistado e cujo país ele havia tornado vassalo do reino dos Países Baixos. Por ocasião de seu casamento, Siegfried deu o tesouro a Kriemhild como um dote. Após o assassinato de Siegfried, Hagan apossou-se do tesouro e o enterrou secretamente no leito do Reno, em Lochham, com a intenção de recobrá-lo em um período futuro. O tesouro, contudo, perdeu-se para sempre quando Hagan foi assassinado por Kriemhild. O seu esplendor é narrado neste poema:

> *Eram doze imensas carroças que, durante quatro dias e noites,*
> *Transportavam-no, do alto da montanha até a baía do mar salgado,*
> *Fazendo três viagens de ida e volta, diariamente.*
>
> *Era composto exclusivamente de pedras preciosas e ouro;*
> *De tal modo que todo o dinheiro do mundo poderia ser*
> *Trocado por seu valor declarado,*
> *Sem que um só marco fosse deixado de fora, acredito.*

Nibelungos

Todos os que possuíam as riquezas do tesouro dos nibelungos eram chamados de nibelungos. Assim, alguns povos da Noruega receberam esse nome. Quando Siegfried teve consigo o tesouro, recebeu o título de *rei dos nibelungos*.

O ANEL DOS NIBELUNGOS, DE WAGNER

Embora o drama musical de Richard Wagner, *O anel dos nibelungos*, contenha algumas semelhanças com o *Épico da antiga Germânia*, trata-se de uma composição totalmente independente e foi derivada de diversas antigas canções e sagas que o dramaturgo teceu em uma grande e harmoniosa história. A principal fonte era a *Saga de Volsunga*, enquanto partes menores foram extraídas de *Edda, O ancião e Edda, O jovem*, e de outras fábulas dos nibelungos, os *Ecklenlied*, e outros textos do folclore teutônico.

No início do drama há apenas quatro raças distintas: os deuses, os gigantes, os anões e as ninfas. Mais tarde, por uma criação especial, surgiram as valquírias e os heróis. Os deuses formam a raça mais nobre e mais elevada, vivem primeiro nos platôs das montanhas, e mais tarde no palácio do Valhala, nas alturas. Os gigantes são uma raça grande e forte, mas destituídos de sabedoria; odeiam aquilo que é nobre e são inimigos dos deuses; vivem em cavernas, perto da superfície da terra. Os anões, ou nibelungos, são estranhos pigmeus que odeiam o bem e os deuses; são astuciosos e ardilosos, e vivem nos intestinos da terra. As ninfas são puras criaturas inocentes que vivem nas águas. As valquírias são irmãs dos deuses, mas misturadas com a estirpe dos mortais; reúnem os heróis mortos nos campos de batalha e os conduzem ao Valhala. Os heróis são filhos dos deuses, mas igualmente misturados com a estirpe dos mortais; são destinados a se tornar, finalmente, a raça mais elevada entre todas, e suceder os deuses no governo do mundo.

Os deuses mais importantes são Wotan, Loki, Donner e Fro. Os líderes dos gigantes são os irmãos Fafner e Fasolt. Os líderes dos anões são os irmãos Alberico e Mime, e mais tarde Hagan, filho de Alberico. As líderes entre as ninfas são as filhas do Reno, Flosshilda, Woglinda e Wellgunda. Há nove valquírias, e Brunhild é a sua líder.

A história do anel contada por Wagner pode ser assim resumida:

Uma grande quantidade de barras de ouro é guardada nas profundezas do Reno, vigiadas por inocentes ninfas do rio. Alberico, o anão, finge amá-las a fim de obter as barras, com as quais forja um anel mágico que lhe dá amplos poderes, com o que consegue amealhar vastos tesouros.

Enquanto isso Wotan, líder dos deuses, havia conseguido a ajuda dos gigantes para construir para ele um nobre castelo, o Valhala, de onde pretende governar o mundo, prometendo como pagamento Freya, a deusa da juventude e do amor. Mas os deuses julgam que não podem sacrificar Freya, já que dependem dela para garantir a própria imortalidade juvenil. Loki, chamado para providenciar um outro prêmio, compartilha com eles a existência do anel mágico e de outros tesouros. Wotan acompanha Loki e ambos roubam o anel e as barras de ouro de Alberico, o qual, então, amaldiçoa o anel e todos aqueles que venham a possuí-lo. Os deuses dão o anel e o tesouro aos gigantes no lugar de Freya. A maldição começa a gerar os seus efeitos. Um gigante, Fafner, mata o próprio irmão para ficar com toda a riqueza e transforma-se em um dragão para poder vigiá-la. Os deuses entram no Valhala andando sobre a ponte do arco-íris. É assim que se encerra a primeira parte do drama, denominado *O ouro do Reno*.

A segunda parte, *As valquírias*, é um relato de como Wotan ambiciona o anel. Ele não pode tomá-lo para si, pois empenhou sua palavra aos gigantes, e o cumprimento da sua palavra é o que o mantém erguido. Então pensa numa forma para conseguir o anel. Irá conseguir um herói da raça para trabalhar para ele e recuperar o anel e os tesouros. Siegmundo e Sieglinda são crianças gêmeas dessa nova raça. Sieglinda é sequestrada na infância e forçada a casar-se com Hunding. Siegmundo chega e, inconscientemente, infringe as leis do casamento, mas ganha Nothung, a grande espada, e uma noiva. Brunhild, a líder das valquírias, é convencida por Wotan, por sugestão de Fricka, a deusa do casamento, a matá-lo por causa do pecado cometido. Brunhild desobedece e procura salvá-lo, mas Hunding, auxiliado por Wotan, mata-o. Todavia, Sieglinda, que está prestes a gerar o herói livre, que se chamará Siegfried, é salva por Brunhild e escondida na floresta. A própria Brunhild é punida, tornando-se uma mulher mortal. É abandonada nas montanhas, cercada por uma parede de fogo que somente um herói poderia atravessar.

O drama continua com a história de Siegfried, que se inicia com a cena na forja entre Mime, o anão, e Siegfried. Mime está soldando uma espada e Siegfried escarnece dele. Mime conta a Siegfried algo sobre sua mãe, Sieglinda, e mostra os pedaços da espada quebrada de seu pai. Wotan chega e conta a Mime que somente alguém que desconhece o medo pode refundir a espada. Siegfried não conhece o medo e logo refunde a espada Nothung. Wotan e Alberico vêm ao local em que o dragão Fafner está guardando o anel. Ambos o desejam, mas nenhum deles pode tê-lo. Logo Mime chega trazendo Siegfried com a poderosa espada. Fafner quer sair, mas Siegfried o mata. Tocando os seus lábios com o sangue do dragão, Siegfried passa a entender a linguagem dos pássaros. Estes contam a ele o que se deu com o anel. Ele consegue obtê-lo. Siegfried agora possui o anel, mas este não lhe traz felicidade, e sim o mal. O anel amaldiçoa o amor e finalmente traz a morte. Os pássaros também lhe falam da traição de Mime. Ele, então, o mata. Espera encontrar alguém que o ame. Os pássaros lhe falam da sonolenta Brunhild, com quem Siegfried se encontra e se casa.

O crepúsculo dos deuses representa, na abertura, as três nornas ou destinos, tecendo e medindo o tecido do destino. É

Tabela das Divindades Nórdicas

Nome	Função	Equivalente Romano
Odin	Senhor do céu e pai dos deuses	Júpiter
Frigga	Deusa do casamento e mãe dos deuses	Juno
Joerd	Deusa da terra, mãe de Thor	
Thor	Senhor do trovão e dos raios	Júpiter
Sif	Deusa das plantações e da fertilidade	Ceres
Baldur	Deus da beleza e do esplendor	Apolo
Njoerd	Deus dos mares	Netuno
Freya	Amor e cura	Vênus
Tyr	Deus da guerra	Marte
Loki	Poder do mal	
Frey	Deus do brilho do sol e da chuva	
Heindall	Vigia do arco-íris e arauto do juízo final	
Bragi	Deus da sabedoria, da poesia e da eloquência	
Hela	Soberana do domínio da morte	Plutão
Vithar	O mais forte depois de Thor	
Nanna	Deusa da lua	Luna
Ullr	Deus da caça	
Idun	Deusa da juventude	
Hermod	Mensageiro dos deuses	Mercúrio
Hodur	Deus cego do inverno	
Fenris	Lobo gigante, geração de Loki	
Aegir	Deus gigante do litoral	
Ran	Esposa de Aegir, deusa das tempestades	
Forseti	Justiça	

o começo do fim. O par perfeito, Siegfried e Brunhild, aparece em toda a glória de sua vida, ideais esplêndidos de virilidade e feminilidade. Mas Siegfried sai pelo mundo para realizar feitos de bravura. Entrega para Brunhild o anel dos nibelungos para que ela guarde como uma promessa de seu amor até que ele retorne. Enquanto isso Alberico também gera um filho, Hagan, que recebe a missão de trazer-lhe o anel. Ele faz parte da raça dos gibichungos, e trabalha com Günter e Gutrune, seus meios-irmãos. Eles iludem Siegfried, dando a este uma bebida mágica que o faz esquecer Brunhild e se apaixonar por Gutrune. Sob esse mesmo encanto Siegfried oferece trazer Brunhild como esposa para Günter. Agora o Valhala está repleto de tristeza e desespero. Os deuses temem o fim. Wotan murmura: "Oh, se ela devolvesse o anel ao Reno!". Mas Brunhild não desiste: agora é a sua promessa de amor. Sigfried chega, toma o anel e traz para o castelo dos gibichungos, no Reno. Siegfried, sob o poder do encanto, não a ama. Brunhild deve casar-se com Günter. Ela se ergue com grande ira e censura Siegfried. Mas durante um banquete, numa caçada, Siegfried recebe outra bebida mágica, lembra-se de tudo e é morto por Hagan com um golpe nas costas, no momento em que se dirige a Brunhild com palavras de amor. Então vem o fim. O corpo de Siegfried é incinerado em uma pira funerária, uma grande marcha fúnebre é ouvida, e Brunhild cavalga para dentro das chamas e se sacrifica por amor; o anel retorna para as filhas do Reno; e o velho mundo — dos deuses do Valhala, de paixão e pecado — é queimado pelas chamas, pois os deuses transgrediram as leis morais, e ambicionaram o poder mais do que o amor, o ouro mais do que a verdade, e, portanto, devem perecer. Eles passaram, e uma nova era, o reino do amor e da verdade, tem início.

Aqueles que desejam estudar as diferenças entre as lendas narradas nas fábulas dos nibelungos e no *Anel dos nibelungos*, e o modo como Wagner utilizou esse material, devem estudar o livro *As lendas teutônicas nas fábulas dos nibelungos e no anel dos nibelungos*, escrito pelo professor W. C. Sawyer, onde o assunto é tratado com riqueza de detalhes. Por apresentar uma análise muito clara e completa do anel, tal como o fez Wagner com um estudo dos temas musicais, provavelmente nada será melhor para os leitores em geral do que o livro *Os épicos dos sons*, escrito por Freda Winworth. O trabalho mais erudito, do professor Lavignac, é indispensável aos estudantes dos dramas wagnerianos. Há muitos comentários esclarecedores nas fontes e materiais do livro *Lendas do drama wagneriano*, de J. L. Weston.

CAPÍTULO XLI

OS DRUIDAS — IONA

OS DRUIDAS

Os druidas eram os sacerdotes ou ministros religiosos das antigas nações celtas da Gália, Bretanha e Germânia. Toda informação que possuímos a respeito deles vem dos escritores gregos e romanos, comparada ao que ainda resta da poesia gaélica.

Os druidas combinavam as funções de sacerdote, magistrado, erudito e médico. Eram considerados pelos povos celtas como os brâmanes na Índia, os magos na Pérsia e os sacerdotes no Egito, diante de seus respectivos povos. Os druidas pregavam a existência de um deus a quem davam o nome de *Be'al*, que, segundo os estudiosos, significa *a vida de tudo* ou *a fonte de todos os seres*, e parece ter afinidade com o *Baal* dos fenícios. O que torna essa afinidade mais surpreendente é o fato de os druidas, assim como os fenícios, identificarem sua suprema divindade com o sol. O fogo era considerado o símbolo da divindade. Os escritores latinos afirmam que os druidas também adoravam uma infinidade de outros deuses inferiores.

Não usavam imagens para representar o objeto de sua adoração nem se reuniam em templos ou edifícios de nenhuma natureza para a realização de seus ritos sagrados. Seu santuário era formado por um círculo de pedras (geralmente pedras de tamanho grande) fechando uma extensão de vinte pés e trinta jardas[39] de diâmetro. O mais famoso desses lugares encontra-se em Stonehenge, na planície inglesa de Salisbury.

Esses círculos sagrados eram normalmente situados perto de algum rio ou sob a sombra de um arvoredo ou de um frondoso carvalho. No centro do círculo encontrava-se o *Cromlech* ou altar, que era uma grande pedra colocada sobre outras pedras menores, à maneira de uma mesa. Os druidas também possuíam santuários em lugares elevados, os quais consistiam em enormes pedras ou pilhas de pedras postas no topo das colinas. Eram conhecidos como *Cairns* e usados para a adoração da divindade simbolizada pelo sol.

Não resta dúvida de que os druidas ofereciam sacrifícios às suas divindades. Contudo, não se sabe ao certo que tipo de sacrifício ofereciam, e muito menos quais as cerimônias relativas a essas práticas religiosas. Os escritores clássicos (romanos) afirmam que eles ofereciam sacrifícios humanos nas grandes ocasiões, tais como a busca pelo sucesso na guerra ou o conforto nos períodos das pestes e doenças perigosas. César deixou um relato detalhado sobre a maneira pela qual isso era feito: "Possuem imagens enormes cujas pernas são emolduradas por ramos retorcidos, aos quais se prendem as pessoas. Ao se atear fogo aos ramos, as pessoas envolvidas por eles são queimadas vivas". Muitas tentativas foram feitas por parte de escritores celtas a fim de desmentir o testemunho dos historiadores romanos, mas sem sucesso.

---

[39] Aproximadamente trinta e quatro metros. (N. T.)

Os druidas realizavam dois festivais por ano. O primeiro era realizado no princípio de maio e era chamado *Beltane* ou *Fogo de Deus*. Nessa ocasião, uma grande fogueira era acesa em algum ponto elevado, em homenagem ao sol, cujo retorno benéfico eles saudavam depois da escuridão e da desolação do inverno. Desse costume ainda perduram algumas reminiscências em determinadas partes da Escócia, sob o nome de *Whitsunday*. Sir Walter Scott usa a denominação na *Canção do barco*, em *Senhora do lago*:

> *O nosso não é um rebento alimentado ao acaso pela nascente,*
> *Florescendo em Beltane, para murchar no inverno...*

Outro grande festival dos druidas era chamado *Samh'in* ou *Fogo da Paz*, e era realizado no dia primeiro de novembro. Esse costume ainda permanece nas regiões montanhosas da Escócia, sob o nome de *Hallow-eve*. Nessa ocasião os druidas reuniam-se em conclave solene, na região mais central do distrito, para cumprir as funções judiciárias da sua ordem. Todas as questões, públicas ou particulares, e crimes contra pessoas ou propriedades eram nessa época trazidos para julgamento. Com esses atos judiciários combinavam-se certas práticas supersticiosas, especialmente acender o fogo sagrado a partir do qual eram acendidos todos os outros da região, que tinham sido escrupulosamente apagados. Esse costume de acender as fogueiras no *Hallow-eve*, ou dia primeiro de novembro, perdurou nas ilhas britânicas até muito depois do advento do cristianismo.

Além desses dois grandes festivais anuais, costumavam celebrar a lua cheia, e, em especial, o sexto dia da lua. Nesse dia procuravam o visgo, a erva que crescia em seus carvalhos favoritos, ao qual, assim como ao próprio carvalho, atribuíam peculiar virtude e santidade. A descoberta dessa erva era uma ocasião de regozijo e culto solene. "Eles o chamam", diz Plínio, "por uma palavra que na língua deles significa 'cura-tudo', e tendo feito preparativos solenes para as festividades e sacrifícios debaixo da árvore, levam para aquele local dois touros brancos como o leite, cujos chifres são amarrados pela primeira vez. O sacerdote, então, vestido de branco, sobe na árvore e corta o visgo com uma foice de ouro. A erva cortada é recolhida num manto branco, depois do que se processa o sacrifício das vítimas. Ao mesmo tempo dirigem preces a Deus, para que lhes retribua com prosperidade". Bebiam da água em que o visgo fora colocado, que consideravam como remédio para todas as enfermidades. O visgo é uma planta parasitária encontrada muito raramente nos carvalhos, por isso consideravam-na tão preciosa.

Os druidas eram os mestres da moralidade e da religião. De seus ensinamentos éticos, um valioso exemplo foi preservado nas *Tríades dos bardos gaélicos*, das quais podemos deduzir que a visão que tinham sobre a retidão moral era justa, e que inculcaram muitos princípios de conduta nobres e valiosos. Eram também os homens da ciência e os sábios de sua época e de seu povo. Se conheciam ou não a escrita é questão discutível, embora seja grande a probabilidade de que sim. Mas é certo que não deixaram nada escrito sobre sua doutrina, sua história ou sua poesia. Seus ensinamentos eram orais e sua literatura (se tal expressão pode ser usada neste caso) era preservada unicamente pela tradição. Contudo, os escritores romanos admitem que "eles prestavam muita atenção à ordem e às leis da natureza, investigavam e ensinavam aos jovens, sob sua responsabilidade, muitas coisas relativas aos astros e seus movimentos, o tamanho do mundo e das terras, e a respeito da força e do poder dos deuses imortais".

A história dos druidas consistia em contos tradicionais que celebravam os feitos heroicos de seus antepassados. Esses contos eram aparentemente escritos em verso e assim constituíram parte da sua poesia como também da sua história. Nos poemas de Ossian temos, se não as verdadeiras produções dos tempos dos druidas, pelo menos o que se pode considerar uma fiel representação das canções dos bardos.

Os bardos formavam uma parte essencial da hierarquia druídica. Pennant afirma: "Supunha-se que os bardos eram dotados de poderes iguais ao da inspiração. Foram os historiadores orais de todos os acontecimentos passados, públicos e particulares. Foram, também, perfeitos genealogistas".

Pennant apresenta uma descrição pormenorizada dos *Eisteddfods*, ou encontros dos bardos e menestréis, que se realizaram no País de Gales durante muitos séculos, muito depois da extinção de alguns setores do sacerdócio druídico. Nessas reuniões somente os bardos de renome tinham o privilégio de recitar suas peças, e somente os menestréis realmente capacitados podiam executá-las. Nomeavam juízes para decidir quais candidatos estariam à altura do evento e para classificá-los. Nos primeiros tempos os juízes eram nomeados pelos príncipes de Gales e, depois da conquista do País de Gales, por indicação dos reis da Inglaterra. Conta a tradição que Eduardo I, para vingar-se dos bardos pela influência que exerciam entre o povo, estimulando-os a resistir a seu império, perseguiu-os com grande crueldade. Essa tradição abasteceu o poeta Gray de assuntos para a sua aclamada ode *O bardo*.

Ainda existem encontros ocasionais dos amantes da poesia e da música gaélicas, os quais conservam a denominação tradicional, ou seja, *Eisteddfod*. Entre os poemas de Mrs. Hermans existe um escrito para um *Eisteddfod* que se realizou em Londres no dia 22 de maio de 1822. Começa com uma descrição de uma reunião tradicional, e os versos seguintes representam uma parte:

... no meio dos abismos eternos, cuja força desafiou
Os romanos coroados pelo seu orgulho;
E onde franzia a antiga mesa Cromlech *dos druidas*
E os carvalhos sopravam murmúrios misteriosos ao redor,
Ali se reuniam os inspirados de outrora, nas planícies ou nas alturas,
Face a face com o sol, debaixo da grande luz,
E descobrindo um céu acima de cada nobre cabeça.
Dentro de um círculo, onde nenhum outro poderia pisar.

O sistema druídico estava em seu apogeu no tempo da invasão romana, comandada por Júlio César. Tais conquistadores do mundo voltavam toda a sua ferocidade contra os druidas, como se fossem seus piores inimigos. Os druidas, atacados por todo o continente, recuaram para Anglesey e Iona, onde encontraram refúgio por algum tempo e prosseguiram com os seus ritos, já caídos no descrédito.

Os druidas mantiveram seu domínio em Iona, ilhas adjacentes e na terra principal, até que foram derrotados e suas superstições suplantadas com a chegada de São Columbano, apóstolo da Escócia, que converteu os habitantes daquela região ao cristianismo.

IONA

Uma das menores ilhas britânicas, situada perto de uma costa árida e acidentada, rodeada por mares perigosos e desprovida de recursos de riqueza interna, Iona obteve um lugar imortal na história como centro de civilização e religião numa época em que a ignorância do paganismo dominava quase todo o norte da Europa. Iona (ou Icolmkill) está situada na extremidade da ilha de Mull, da qual se acha separada por um estreito de meia milha de largura, distante da Escócia trinta e seis milhas.

Columbano era natural da Irlanda e parente dos príncipes do país. A Irlanda era, naquele tempo, uma terra cristã, enquanto o oeste e o norte da Escócia ainda estavam submersos nas trevas do paganismo. Columbano, juntamente com doze amigos, desembarcou na ilha de Iona no ano de 563, após uma travessia feita em uma embarcação de vime revestida de couro. Os druidas que ocupavam a ilha tentaram impedir que eles ali se estabelecessem, e as nações selvagens das costas vizinhas atacaram-nos com hostilidade, atentando contra a vida deles. Contudo, em razão de sua perseverança e zelo, Columbano sobrepujou toda a oposição, conseguindo do rei permissão para estabelecer um mosteiro na ilha, do qual passou a ser o abade. Foi incansável em seus esforços para disseminar o conhecimento das Escrituras pelas ilhas e regiões montanhosas da Escócia. Tal era a veneração que todos lhe rendiam que, embora não fosse bispo, mas um simples presbítero e monge, toda a província com seus bispos a ele se sujeitava, bem como aos seus sucessores. O monarca Picto ficou tão impressionado com seu valor e sua sabedoria que lhe concedeu as maiores honrarias, e os chefes e príncipes vizinhos aconselhavam-se com ele e pediam sua ajuda para a solução de suas disputas.

Quando Columbano desembarcou em Iona estava acompanhado de doze seguidores, com os quais formou um corpo religioso, do qual se tornou o líder. De tempos em tempos, quando se fazia necessário, outros integrantes eram aliciados, de maneira que o número original era sempre mantido. Sua instituição chamava-se *mosteiro* e o superior, *abade*, mas o sistema tinha muito pouco em comum com as instituições monásticas de tempos posteriores. Aqueles que se submetiam às regras eram conhecidos como os *culdees*. Essa denominação provavelmente vem do latim *cultores Dei*, ou *adoradores de Deus*.

Formavam um grupo de religiosos, unidos com o propósito de auxílio mútuo nas tarefas de pregação do Evangelho e ensino da mocidade, bem como de manter em si mesmos o fervor da devoção por meio da prática comum do culto. Ao entrar na ordem seus membros tinham de fazer determinados votos, os quais não eram os mesmos impostos pelas ordens monásticas, a saber, celibato, pobreza e obediência. Desses três votos, os *culdees* tinham de cumprir somente o terceiro. Não faziam voto de pobreza; pelo contrário, ao que parece, trabalhavam muito para proporcionar conforto para si mesmos e para a família. Também não faziam voto de celibato, e tinham permissão para se casar. As esposas não podiam morar em sua companhia nos mosteiros, mas tinham residência separada em localidade adjacente. Existe uma ilha próxima de Iona, que ainda se chama *Eilen Nam Ban*, ou seja, *Ilha das mulheres*, onde, ao que parece, os maridos viviam com a esposa, exceto quando o dever exigisse que estivessem presentes nas escolas ou no santuário.

Campbell, em seu poema *Reullura*, alude ao casamento dos monges de Iona:

> ... *os puros culdees*
> *Foram os primitivos sacerdotes de Deus em Albínia,*
> *Antes mesmo que uma única ilha de seus mares*
> *Fosse pisada pelos pés de um monge saxão,*
> *Bem antes que seus religiosos, por fanatismo,*
> *Fossem impedidos de se unir a uma mulher pelos sagrados laços do matrimônio.*
> *Foi então que Aodh, muito famoso,*
> *Em Iona pregou a palavra de Deus com poder,*
> *E Reullura, a estrela da beleza,*
> *Era a parceira de seu caramanchão.*

Em uma de suas *Melodias irlandesas*, Moore conta a lenda de São Senano e da dama que procurou abrigo na ilha, mas foi rejeitada:

> "Oh! apressa-te e deixa esta sagrada ilha,
> Ímpia nau, antes que a manhã sorria;
> Pois em teu convés, embora escuro esteja,
> Vejo uma forma feminina;
> E jurei que este torrão sagrado
> Jamais seria por uma mulher pisado.

Sob esse e outros aspectos os *culdees* fugiram às regras estabelecidas pela Igreja Romana e, consequentemente, foram julgados hereges. O resultado disso foi que, à medida que aumentava o poder da Igreja Romana, o dos *culdees* enfraquecia. Mas somente no século XIII é que as comunidades dos *culdees* foram extintas e seus membros dispersados. Contudo, prosseguiram trabalhando individualmente e resistiram à usurpação papal tanto quanto puderam, até que a luz da Reforma despontou sobre o mundo.

Em virtude da sua posição nos mares ocidentais, Iona estava exposta aos ataques de piratas noruegueses e dinamarqueses que infestavam aqueles mares, e por eles foi repetidamente saqueada, teve seus lares incendiados, e seus pacíficos habitantes foram mortos pela espada. Essas circunstâncias desfavoráveis acarretaram, gradualmente, sua decadência, a qual foi apressada pela subversão dos *culdees* em toda a Escócia. Sob o domínio do papismo, a ilha tornou-se a sede de um convento de freiras cujas ruínas ainda podem ser vistas. Durante a Reforma, as freiras tiveram permissão de lá permanecer, vivendo em comunidade quando o mosteiro foi desmantelado.

Iona hoje é visitada principalmente por causa das inúmeras ruínas eclesiásticas e sepulcrais que ali se encontram. As mais importantes são a Catedral ou Igreja Abacial e a capela do convento de freiras. Além dessas relíquias da antiguidade eclesiástica existem outras, de épocas anteriores, que apontam para a existência de outras formas de adoração e crenças diferentes das do cristianismo. Existem *Cairns* circulares que são encontrados em vários locais, e que parecem ter origem nos druidas. É com referência a todas essas relíquias da antiga religião que Johnson observou: "Não há motivos para se invejar um homem cujo patriotismo não ganha força nas planícies de Maratona ou cuja devoção não se torne mais ardente em meio às ruínas de Iona".

Em seu *Senhor das ilhas*, Scott põe belamente em contraste a igreja de Iona com a caverna de Staffa, que ficam frente a frente:

> *A própria Natureza, parece, levantar-se-ia*
> *Como ministro em louvor ao seu Criador!*
> *Não é para nada que suas colunas*
> *Sobem, ou seus arcos vergam,*
> *Nem hino menos solene diz*
> *Essa vaga formidável que cresce e infla*
> *E, quieta, entre cada pausa medonha,*
> *Do alto teto recebe resposta*
> *Em variados sons, prolongados e altos;*
> *Que troçam da melodia de órgão;*
> *Nem é em vão que à frente da entrada*
> *Do velho templo de Iona*
> *A voz da Natureza parece dizer*
> *"Trabalhaste bem, frágil criatura de barro!*
> *Teus humildes poderes que guardam essas relíquias*
> *Tão forte e elevadamente — mas testemunhando os meus!".*

EXPRESSÕES PROVERBIAIS

I — página 77

Materiem superabat opus. (Ovídio)
A obra superou o material.

II — página 77

Facies non omnibus una,
Nec diversa tamen, qualem decet esse sororum. (Ovídio)
Suas faces não eram iguais, e contudo não eram tão distintas entre si, pois eram irmãs.

III — página 80

Medio tutissimus ibis. (Ovídio)
O meio-termo é o mais seguro e o melhor.

IV — página 83

> *Hic situs est Phaëton, currus auriga paterni,*
> *Quem si non tenuit, magnis tamen excidit ausis.* (Ovídio)
> Aqui jaz Faetonte, o condutor do carro de seu pai que, se falhou em fazê-lo, ainda assim caiu em grandioso empreendimento.

V — página 95/96

> *Imponere Pelio Ossam.* (Virgílio)
> Empilhar Ossa sobre Pélio.

VI — página 346

> *Timeo Danaos et dona ferentes.* (Virgílio)
> Eu temo os gregos, mesmo quando nos ofertam presentes.

VII — página 367

> *Incidit in Scyllam, cupiens vitare Charybdim.*
> Ele se atira a Cila para evitar Caribdes.

VIII — página 389

> *Monstrum horrendum, informe, ingens,*
> *cui lumen ademptum.* (Virgílio)
> Um terrível monstro, sem forma, enorme e cujo único olho fora arrancado.

IX — página 390

> *Tantaene animis coelestibus irae?* (Virgílio)
> Podem existir esses rancores em espíritos celestiais?

X — página 391

Haud ignara, mali, miseris succurrere disco. (Virgílio)
Bem acostumada ao sofrimento, aprendi a socorrer os
desafortunados.

XI — página 392

Tros, Tyriusve mihi nullo discrimine agetur. (Virgílio)
Troiano ou tírio, nenhuma diferença me fará.

XII — página 394

Tu ne cede malis, sed contra audentior ito. (Virgílio)
Não cedas aos desastres, mas segue lutando
com bravura.

XIII — página 395

Facilis descensus Averni;
Noctes atque dies patet atri janua Ditis;
Sed revocare gradum, superasque evadere ad auras,
Hoc opus, hic labor est. (Virgílio)
A descida ao Averno é fácil; o portão de Plutão está
sempre aberto, de dia e à noite; mas para retornar ao
nível superior há uma grande dificuldade e muito trabalho.

XIV — página 395

Uno avulso non deficit alter. (Virgílio)
Quando um é arrancado, outro cresce em seu lugar.

XV — página 420

Quadrupedante putrem sonitu quatit ungula campum.
(Virgílio)
Então os cascos dos cavalos bateram no solo com o ruído de quatro patadas.

XVI — página 423

Sternitur infidelix alieno vulnere, coelumque
Adspicit et moriens dulces reminiscitur Argos. (Virgílio)
Caiu, infeliz, ferido no lugar de outro, e, morrendo, olhou o céu e lembrou-se da sua doce Argos.

DADOS BIOGRÁFICOS

Thomas Bulfinch nasceu em Massachusets, Estados Unidos, em 1796. Seu pai era o famoso arquiteto Charles Bulfinch.

Formou-se em 1813 pela Harvard e lecionou na Boston Latin School. Desde cedo, dedicou-se a estudar a mitologia, vindo a se tornar em sua época uma das mais respeitadas autoridades em assuntos mitológicos. Mesmo hoje, decorrido tanto tempo, sua obra continua a ser referência para os estudiosos das diversas civilizações que surgiram e desapareceram no tempo, ou para aqueles que simplesmente apreciam os mitos. O objetivo de Bulfinch era eliminar a aura de mistério que costuma envolver a mitologia, escrevendo uma obra ao alcance do grande público, mesmo das pessoas que não tivessem conhecimentos básicos de história antiga. Também acreditava que, sem um conhecimento básico da mitologia, grande parte da literatura não seria compreendida nem apreciada.

Durante toda sua vida dedicou-se à literatura. Seu trabalho mais famoso é *A Idade da Fábula (Histórias de deuses e heróis)*, de 1855. Essa obra veio a ser considerada a melhor introdução para o conhecimento dos clássicos de mitologia que estão entranhados em nossa literatura e cultura em geral. Escreveu também *A Idade da Cavalaria* (1858) e *A lenda do rei Magno* (1862).

GLOSSÁRIO

A

ÁBIDOS – cidade no Helesponto quase oposta a Sestos.
ABILA – monte localizado no Marrocos, perto de Ceuta, atualmente chamado Jebel Musa ou Morro do Macaco, formando a extremidade noroeste da costa africana oposta a Gibraltar (ver Colunas de Hércules).
ABSIRTO – irmão mais jovem de Medeia.
ACATES – amigo fiel e companheiro de Eneias.
ACESTES – filho de uma troiana, enviado por seu pai à Sicília para que não fosse devorado pelos monstros que infestavam o território de Troia.
ACETES – bacante capturada por Penteu.
ÁCIS – jovem amado por Galateia e assassinado por Polifemo.
ACÔNCIO – belo jovem que se apaixonou por Cidipe, filha de um nobre ateniense.
ACRÍSIO – filho de Abas, rei de Argos, neto de Linceu, bisneto de Dânao.

ACTÉON – famoso caçador, filho de Aristeu e de Autônoe, que, tendo visto Diana no banho, foi transformado por ela num cervo e morto pelos próprios cães.

ADMETA – filha de Euristeu que ambicionava o cinturão de Hipólita.

ADMETO – rei da Tessália, salvo da morte por Alceste.

ADÔNIS – jovem amado por Afrodite (Vênus) e Prosérpina; morto por um javali.

ADORADORES DO FOGO – povo da antiga Pérsia.

ADRASTO – rei de Argos.

AGAMEDES – irmão de Trofônio, célebre arquiteto.

AGAMÊMNON – filho de Plístene e neto de Atreu, rei de Micenas. Embora comandante-chefe dos gregos, não é o herói da *Ilíada* e, em termos de espírito cavalheiresco, é muito inferior a Aquiles.

AGAVE – filha de Cadmo, esposa de Equíon, mãe de Penteu.

AGENOR – pai de Europa, Cadmo, Cílix e Fênix.

AGLAIA – uma das três Graças.

AGNI – deus hindu do fogo.

ÁJAX – filho de Télamon, rei de Salamina, neto de Éaco. É representado na *Ilíada* como tendo bravura menor apenas que a de Aquiles.

ALBA LONGA – cidade na Itália fundada pelo filho de Eneias.

ALCESTE – esposa de Admeto, ofereceu-se em sacrifício para poupar o marido e foi salva da morte por Hércules.

ALCIDES – nome dado originalmente a Hércules, em homenagem a seus antepassados.

ALCINA – feiticeira.

ALCÍNOO – rei dos feácios.

ALCÍONE – filha de Éolo e amada esposa de Ceíx. Quando o esposo se afogou, voou até o corpo flutuante do amado, e os deuses, comovidos, transformaram os dois em aves (martim-pescador) que formam seu ninho no mar durante uma semana tranquila do inverno.

ALCMENA – esposa de Júpiter, mãe de Hércules.

ALETO – uma das três Fúrias.

ALEXANDRE – o Grande, rei da Macedônia, conquistador da Grécia, do Egito, da Pérsia, da Babilônia e da Índia.

ALFENOR – filho de Níobe.

ALFEU – deus-rio que perseguia Aretusa, a qual escapou sendo transformada numa fonte.

ALHO SILVESTRE – planta poderosa contra feitiços.

ALTEIA – assassinou seu filho Meléagro, após este matar seus tios.

AMALTEIA – cabra ou vaca que amamentou Júpiter bebê, em Creta.

AMATA – esposa de Latino, levada à loucura por Aleto.

AMAZONAS – raça mítica de mulheres guerreiras.

AMBESSA – governador sarraceno da Espanha (725 a.C.).

AMBROSIA – alimento celestial usado pelos deuses.

AMIMONE – uma das cinquenta filhas de Dânao; é uma Danáide.

AMON – deus egípcio da vida, identificado pelos romanos como fases de Júpiter, pai dos deuses.

AMOR (Eros) – saído do ovo da Noite, produz vida e alegria com flechas e uma tocha.

AMPIX – agressor de Perseu, foi transformado em pedra quando viu a cabeça da górgona.

AMRITA – néctar que confere imortalidade.

ANAXÁRETE – virgem de Chipre que tratou seu enamorado Ífis com tanto desprezo que ele se enforcou na entrada da casa dela.

ANCEU – um dos argonautas.

ANDRÊMON – marido de Dríope, viu a esposa ser transformada em árvore.

ANDRÔMACA – esposa de Heitor, que era príncipe e grande guerreiro de Troia.

ANDRÔMEDA – filha do rei Cefeu, libertada do monstro por Perseu.

ANEL DOS NIBELUNGOS – drama musical de Wagner.

ANÊMONA – flor de vida breve criada por Vênus a partir do sangue de Adônis morto.

ANFIARAU – grande profeta e herói de Argos.

ANFÍON – ou Anfião, músico, filho de Júpiter e Antíope (ver Dirce).

ANFIRSOS – pequeno rio na Tessália.

ANFITRITE – esposa de Netuno.

ANQUISES – amado por Afrodite (Vênus), com quem se tornou pai de Eneias.

ANTEIA – esposa do enciumado Preto, rei de Argos.

ANTENOR – referência ao personagem troiano cujos filhos foram líderes dos dardânios, aliados de Troia. O nome ficou atribuído às pessoas que têm o perfil de líderes.

ANTERO – deidade vingadora do amor não correspondido, irmão de Eros (cupido).

ANTEU – gigante lutador da Líbia, morto por Hércules, que, ao perceber que o adversário ficava mais forte quando era lançado ao solo, ergueu-o no ar e o estrangulou.

ANTÍGONA – filha de Édipo, o ideal grego da filha e da irmã fiel.

ANTÍLOCO – filho de Nestor, rei de Pilos.

ANTÍOPE – rainha das amazonas (ver Dirce).

ANÚBIS – deus egípcio, condutor dos mortos ao julgamento final.

APENINOS – nome de região montanhosa que percorre a Itália; região que possui vulcões.

ÁPIS – touro-deus egípcio de Mênfis.

APOLO – deus da música e das canções.

APOLO BELVEDERE – famosa estátua antiga no Vaticano, em Roma.

AQUELOO – deus-rio, filho de Oceano e Tétis, pai das sereias.

AQUILES – o herói da *Ilíada*, filho de Peleu e da nereida Tétis, abatido por Páris.

ÁQUILÃO – ou Bóreas, o vento norte.
ARACNE – virgem habilidosa em fiar, transformada em aranha por Minerva por ter ousado competir com ela.
ARCÁDIA – estrela polar.
ARCÁDIA – país no meio do Peloponeso, rodeado por montanhas de todos os lados.
ARCAS – filho de Júpiter e Calisto.
AREÓPAGO – corte em Atenas.
ARES – chamado de Marte pelos romanos, era o deus grego da guerra e um dos principais deuses do Olimpo.
ARETUSA – ninfa de Diana, transformada em fonte.
ARGO – construtor do barco de Jasão para a expedição dos argonautas.
ÁRGOLIS – cidade dos jogos nemeus.
ARGONAUTAS – equipe de Jasão que foi em busca do Velocino de Ouro.
ARGOS – dos cem olhos, guardião de Io.
ARGOS – reino na Grécia.
ARIADNE – filha do rei Minos, ajudou Teseu a matar o Minotauro.
ARIMAN – ou Arimanes, espírito do Mal no sistema dualista de Zoroastro (ver Ormuzd).
ARIMASPOS – povo sírio com um olho só.
ARÍON – famoso músico lançado ao mar pelos marinheiros que queriam se apossar de seus bens, foi salvo pelos golfinhos, que, encantados pelo lirismo de suas composições, levaram-no a salvo até a praia.
ARISTEU – apicultor, enamorado de Eurídice.
ÁRTEMIS – deusa grega da caça e do luar. Em Roma, Diana fica no lugar de Ártemis.
ASTÍAGES – filho de Ciáxares, responsável por derrotar a Assíria.
ASTÍANAX – filho de Heitor de Troia, fundou o reino de Messina, na Itália.

ASTREIA – deusa da justiça, filha de Zeus e Têmis.

ASURAS – personagem da mitologia hindu; corresponde aos adversários dos deuses brâmanes.

ATALANTA – linda filha do rei de Arcádia, amada e conquistada por Hipômenes, o vencedor de uma corrida a pé.

ATAMAS – filho de Éolo e Enárete e rei de Orcomenos, na Beócia (ver Ino).

ATE – deusa da paixão fulminante, do erro e da culpa.

ATENA – deusa tutelar de Atenas, o mesmo que Minerva.

ATENAS – capital da Ática, quase sete quilômetros distante do mar, entre os riachos Cephissus e Ilissus.

ÁTICA – estado da Grécia antiga.

ATLÂNTIDA – conforme a tradição antiga, uma grande ilha a oeste das Colunas de Hércules, no oceano, em frente ao monte Atlas.

ATLAS – monte, nome geral de serra no norte da África.

ATLAS – um dos titãs que suportava toda a abóbada celeste nos ombros como punição por se opor aos deuses; um dos filhos de Jápeto.

ATOR – deidade egípcia, progenitor de Ísis e Osíris.

ATOS – península montanhosa que se projeta da Calcídica, na Macedônia.

ÁTROPOS – uma das Parcas.

ÁUGIAS – rei da Élida, um dos argonautas.

AUGUSTUS – ou Augusto, primeiro César imperial, governou o Império Romano entre 31 a.C. e 14 d.C.

ÁULIS – porto na Beócia, local de encontro da expedição grega contra Troia.

AURORA – o mesmo que Eos, deusa do amanhecer.

AURORA BOREAL – esplêndida luminosidade noturna nos céus setentrionais, chamada Luzes do Norte, provavelmente um fenômeno eletromagnético.

AVATAR – nome de qualquer uma das encarnações terrestres de Vishnu, o Preservador (deus hindu).

AVENTINO – monte, uma das sete colinas de Roma.

AVERNO – lago miasmático perto do promontório em Cuma, preenche a cratera de um vulcão extinto; os antigos o consideravam como local de entrada às profundezas do inferno.

AVICENA – célebre médico e filósofo árabe.

B

BAAL – rei de Tiro.

BACANAL – festa dedicada a Baco, normalmente celebrada uma vez a cada três anos, que era marcada por uma grande orgia.

BACANTES – devotas de Baco e dançarinas nas festas dele.

BACO (Dioniso) – deus do vinho e das festas.

BÁUCIS – esposa de Filemon, visitada por Júpiter e Mercúrio.

BELEROFONTE – semideus, derrotou a Quimera.

BELO – filho de Poseidon (Netuno) e Líbia ou Eurínome era irmão gêmeo de Agenor.

BELONA – deusa romana da guerra, representada como irmã ou esposa de Marte.

BEÓCIA – estado da antiga Grécia cuja capital era Tebas.

BÉROE – ama de Sêmele.

BIRSA – ou "pele de boi" em grego, local original de Cartago.

BONA DEA – divindade romana da fertilidade.

BOOTES – também chamado Arcas, filho de Júpiter e Calisto, foi transformado na constelação da Ursa Maior.

BÓREAS – vento norte, filho de Éolo e Aurora.

BÓSFORO – nome do estreito que liga o mar Negro ao mar de Mármara. O nome designa "passagem de boi", em referência à lenda de Io, jovem amada de Zeus que foi transformada em boi.

BRAHMA – o Criador, deus principal da religião hindu.

BRUTUS – bisneto de Eneias e fundador da cidade de Nova Tria, atual Londres (ver Pandraso).

BUDA – chamado o Iluminado, reformador do bramanismo, mestre divinizado da autoabnegação, da virtude, da reencarnação do *karma* (consequência inevitável de todo ato) e do *nirvana* (absorção beatífica no Divino), viveu na região de Biblos, no Egito.

C

CACO – filho gigantesco de Vulcano, morto por Hércules, cujo gado capturado ele havia roubado.
CADMO – filho de Agenor, rei da Fenícia e marido de Telefassa, irmão de Europa; ao buscar a irmã, que tinha sido raptada por Júpiter, viveu estranhas aventuras. Ao semear a terra com dentes de um dragão que tinha abatido, originou o exército de mirmidões; estes se mataram uns aos outros até restarem somente cinco, que ajudaram Cadmo a fundar a cidade de Tebas.
CADUCEU – bastão de Mercúrio.
CÁGADO – segundo avatar de Vishnu.
CAICOS – rio da Grécia.
CAÍSTRO – rio antigo.
CALCAS – o mais sábio adivinho dos gregos em Troia.
CALIDON – terra natal de Meléagro.
CALÍOPE – uma das nove musas, é a mais sábia dentre elas; representa a poesia épica e a ciência.
CALIPSO – rainha da ilha de Ogígia, onde Ulisses naufragou e ficou preso durante sete anos.
CALISTO – ninfa da Arcádia, mãe de Arcas, transformada por Júpiter na constelação da Ursa Menor.
CALPE – uma das Colunas de Hércules, montanha no sul da Espanha, no estreito entre o Atlântico e o Mediterrâneo, hoje a Rocha de Gibraltar.
CAMENAS – refere-se à mitologia romana; as Camenas são deusas da primavera e das ninfas.

CAMILA – virgem volsciana, caçadora e guerreira amazona, favorita de Diana.

CAMPOS AFORTUNADOS – o mesmo que Campos Elísios, local onde os mortais protegidos pelos deuses eram levados para obter a eterna felicidade.

CAMPOS ELÍSEOS – terra dos abençoados (ver Campos Afortunados).

CANÇÃO DOS NIBELUNGOS – épico germânico com o mesmo teor mítico da saga nórdica *Volsunga*, relativa ao Tesouro dos Nibelungos.

CÂNCER – constelação do zodíaco, localizada entre Gêmeos e Leão. Na mitologia grega, o caranguejo, tradução de câncer, atacou Hércules, mas foi derrotado pelo herói.

CAOS – originalmente Confusão, personificado pelos gregos como o mais antigo dos deuses.

CAPANEU – marido de Evadne, morto por Júpiter por tê-lo desobedecido.

CARÍBDES – monstro marinho que protegia os limites territoriais do mar. Turbilhão de Poseidon.

CARONTE – filho de Érebo, transportava em seu barco a sombra do morto atravessando os rios do mundo inferior.

CARTAGO – cidade africana, terra natal de Dido.

CASSANDRA – filha de Príamo e Hécuba, irmã gêmea de Heleno; profetisa, previu a vinda dos gregos, mas não acreditou na própria visão.

CASSIOPEIA – mãe de Andrômeda.

CASTÁLIA – fonte no Parnaso; dava inspiração à sacerdotisa do oráculo, de nome Pítia.

CASTAS – divisão social comum na Índia que ocorre a partir de princípios religiosos, filosóficos e históricos.

CASTOR e PÓLUX – os Dióscuros, filhos de Júpiter e Leda; Castor era cavaleiro, e Pólux, boxeador (ver Gêmeos).

CÁUCASO – grande região da Europa oriental; marca a fronteira entre Europa e Ásia.

CAVALO DE MADEIRA – cheio de homens armados, levado até os portões de Troia como suposta oferenda a Minerva, enquanto os gregos fingiam que iam embora em seus barcos. Aceito pelos troianos (ver Sínon e Laocoonte), foi levado para dentro da cidade, e, à noite, de seu ventre desceram os soldados gregos até então escondidos, os quais destruíram a cidade.
CAVERNA CASTÁLIA – oráculo de Apolo.
CEBRIONE – condutor da carruagem de Heitor.
CÉCROPS – primeiro rei de Atenas.
CÉFALO – marido da linda e ciumenta Prócris.
CEFEU – rei da Etiópia, pai de Andrômeda.
CEFISO – riacho grego.
CÊIX – rei da Tessália (ver Alcíone).
CELESTIAIS – deuses da mitologia clássica.
CELLINI, BENVENUTO – famoso escultor italiano e também artesão de peças em metal.
CENTAUROS – originalmente, uma raça antiga que habitava o monte Pélion, na Tessália. Em relatos posteriores, a raça é representada como metade homem e metade cavalo; diz-se que descendiam do enlace de Íxion com uma nuvem.
CÉRBERO – cão de três cabeças que guardava a entrada do Hades, considerado filho de Équidna e Tifão.
CÉSAR, JÚLIO – romano, advogado, general, estadista e autor, conquistou e consolidou o território romano, tornando possível a existência do Império.
CESTUS – cinturão de Vênus.
CHIPRE – ilha na costa da Síria consagrada a Afrodite.
CIANO – rio, opôs-se à passagem de Plutão pelo Hades.
CIBELE – mãe dos deuses; simboliza a fertilidade.
CICLOPES – criaturas com olhos circulares de quem Homero fala como uma raça de pastores gigantes sem lei, habitantes da Sicília, que devoravam seres humanos; sob o Etna, ajudaram Vulcano (Plutão) a forjar os raios de Zeus.

CÍCONES – habitantes de Ísmaro, saqueada por Ulisses.

CILA – ninfa do mar amada por Glauco. Foi transformada pela ciumenta Circe num monstro e finalmente num rochedo perigoso da costa da Sicília, defronte do rodamoinho de Caríbdes, onde muitos marujos naufragaram entre ambos os acidentes geográficos. Também filha do rei Niso de Mégara, que amava Minos, o qual sitiava a cidade de seu pai, mas ele não admirou a deslealdade de Cila e a afogou; também pode ser uma virgem loira da Sicília, amiga de Galateia, uma ninfa do mar.

CIMBROS – povo antigo da Europa Central.

CIMÉRIA – terra das trevas.

CÍMON – general ateniense.

CIRCE – na mitologia grega é uma feiticeira, filha do deus Eetes.

CIRENE – ninfa, mãe de Aristeu.

CIROS – ilha onde Teseu foi morto.

CISNE – referência ao mito de Leda, em que o cisne é uma representação do masculino, pois Zeus transforma-se em cisne para seguir Leda, que se transforma em ganso.

CITÉRON – monte, cena de cultos a Baco.

CÍTIA – país ao norte do mar Euxino (mar Negro).

CLÍMENE – ninfa oceânica, foi mãe de Prometeu e Epimeteu.

CLIO – uma das nove musas, filha de Zeus; musa da história e da criatividade.

CLITEMNESTRA – esposa de Agamêmnon, morta por Orestes.

CLÍTIA – ninfa aquática amada por Apolo.

CLORIDANO – um mouro.

CLOTO – ou Nona; uma das Parcas, que são deusas na mitologia romana. São as determinadoras da vida ou da morte.

CNIDOS – antiga cidade da Ásia Menor, sede do culto a Afrodite (Vênus).

COCHEIRO – constelação do hemisfério celestial norte.

COCITO – rio do Hades, conhecido também como o rio das lamentações.

COLOFÃO – ou Cólofon, é uma das sete cidades que reivindicam o nascimento de Homero.

CÓLQUIDA – reino a leste do mar Negro, região onde se encontrava o Velocino de Ouro, na mitologia grega.

COLUNAS DE HÉRCULES – duas montanhas: Calpe, atualmente o penedo de Gibraltar, na ponta sudoeste da Espanha, e Abila (Ceuta), de frente para a África, do outro lado do estreito.

COMEDORES DE LÓTUS – ou Lotófagos, povo que vivia numa ilha próxima ao norte da África. O lugar aparece no livro *Odisseia*, de Homero.

CORIBANTES – sacerdotes de Cibele, ou Reia, na Frigia, onde a deusa era celebrada com danças ao som de tambores e címbalos.

CORINEU – guerreiro troiano em Álbion.

CORNUCÓPIA – símbolo representativo de fertilidade, a representação na mitologia greco-romana é um vaso com chifre, com abundantes flores e frutas. Representa hoje a agricultura e o comércio.

COROA DE LOUROS DO PARNASO – laurel concedido aos poetas bem-sucedidos.

CÓS – ilha do arquipélago grego.

CREONTE – rei de Tebas.

CRETA – uma das maiores ilhas do mar Mediterrâneo, localizada ao sul das Cícladas.

CREÚSA – filha de Príamo, esposa de Eneias.

CRISEIDA – virgem troiana oferecida a Agamêmnon.

CRISES – sacerdote de Apolo, pai de Criseida.

CRONO – divindade suprema que corresponde a Saturno na mitologia romana. Filho de Urano, o céu, e Gaia, a terra.

CROTONA – região italiana, Calábria.

CUPIDO – filho de Afrodite (Vênus) e deus do amor.

D

DAFNE – virgem amada por Apolo, transformada em um loureiro.

DALAI LAMA – sumo monge do Tibete.

DÂNAE – mãe de Perseu, engravidou de Júpiter.

DANAIDES – as cinquenta filhas de Dânao, rei de Argos. Foram prometidas em casamento aos cinquenta filhos de Egito e instruídas pelo pai a matar cada qual seu noivo na noite de núpcias.

DARDANELOS – antigo Helesponto.

DÁRDANO – progenitor dos reis troianos.

DÉDALO – arquiteto do labirinto de Creta, inventor das velas de navegação.

DEÍFOBO – filho de Príamo e Hécuba, o mais corajoso irmão de Páris.

DEJANIRA – esposa de Hércules.

DELFOS – santuário de Apolo, famoso por seus oráculos.

DELOS – ilha flutuante, local de nascimento de Apolo e Diana.

DEMÉTER – deusa grega do casamento e da fertilidade humana, identificada pelos romanos com Ceres.

DESERTO LÍBIO – deserto africano, a leste e norte do deserto do Saara.

DEUCALIÃO – rei da Tessália; com sua esposa, Pirra, foi o único casal a sobreviver após o dilúvio enviado por Zeus.

DEUSES SAMOTRÁCIOS – grupo de divindades agrícolas cultuados na Samotrácia.

DIANA (Ártemis) – deusa da Lua e da caça, filha de Júpiter e Latona.

DIANA CAÇADORA – antiga escultura exposta no Museu do Louvre, em Paris.

DIAS – auxiliar de Febo, o Sol.

DÍCTIS – companheiro de Idomeneu, rei de Creta, lutaram na Guerra de Troia.

DIDO – rainha de Tiro e Cartago; entreteve Eneias após seu naufrágio.
DIOMEDES – herói grego durante a Guerra de Troia.
DIONE – mulher titã; com Zeus teve Afrodite (Vênus).
DIONISO – o mesmo que Baco.
DIRCE – esposa de Lico, duas vezes regente de Telas, que ordenou a Anfíon e Zeto atacarem Antíope, mas, quando souberam que ela era sua mãe, deram esse tratamento à própria Dirce.
DIS – deus dos mortos na mitologia romana (ver Plutão).
DISCÓRDIA – referência à lenda do pomo da discórdia. Éris, deusa da discórdia.
DODONA – local de um oráculo de Zeus (Júpiter).
DORCEU – cão de Diana.
DÓRIS – esposa de Nereu.
DRAGÃO – referência à lenda de Cadmo, que mata um dragão, extrai os dentes do animal e os semeia, dando origem a um gigante que o ajuda a afundar a cidade de Tebas.
DRÍOPE – transformada em flor de lótus por ter arrancado uma planta dessas; forma encantada da ninfa Lótis.

E

ÉACO – filho de Zeus (Júpiter) e Egina, renomado em toda a Grécia por sua justiça e piedade.
ECO – ninfa de Diana, evitada por Narciso, sumiu até não ser mais do que uma voz.
ÉDIPO – herói tebano que decifrou o enigma da Esfinge, tornando-se o rei de Tebas.
EEIA – ilha de Circe, visitada por Ulisses.
EETES – filho de Hélio (o Sol) e de Perseis (ou Perseida) e pai de Medeia e Absirto.
EGEU – rei de Atenas.

ÉGIDE – o escudo ou o protetor de peito de Júpiter e Minerva.
EGINA – ilha rochosa no meio do golfo Sarônico.
EGINA – ninfa da fonte, mãe de Éaco, o mais piedoso dos helenos.
EGISTO – assassino de Agamêmnon, morto por Orestes.
ELECTRA – a estrela perdida das Plêiades; também irmã de Orestes.
ELEUSINOS – mistérios instituídos por Ceres, destinados a despertar sentimentos de piedade e de alegre esperança numa vida melhor no futuro.
ELÊUSIS – cidade grega.
ÉLIS – antiga cidade grega.
ELÍSIO – terra feliz para onde são levados os heróis favoritos, como Menelau, que chegam sem terem conhecido a morte e onde vivem felizes sob o governo de Radamanto. Na poesia latina, a terra elísia faz parte do mundo inferior.
EMBLA – na mitologia nórdica foi a primeira mulher, esposa de Ask.
ENA – pradaria, na Sicília, lar de Prosérpina (Perséfone).
ENCÉLADO – um dos gigantes, filho de Gaia, gigante do fogo.
ENDÍMION – belo jovem amado por Diana.
ENEIAS – herói troiano, filho de Anquises e de Afrodite (Vênus), nascido no monte Ida, considerado o primeiro habitante de Roma.
ENEIDA – poema de Virgílio, relata as aventuras de Eneias, no caminho de Troia à Itália.
ENEU – rei de Cálidon.
ENONE – ninfa casada com Páris quando jovem, antes dele abandoná-la por Helena.
ENÓPION – rei de Quios.
ENOQUE – nome hebraico, referência ao profeta do Islã.
ÉOLO – filho de Heleno, representado em Homero como o feliz regente das ilhas Eólias, a quem Zeus concedeu o domínio sobre os ventos.

EPIDAURO – cidade na Argólida, no mar Egeu, famosa por ser a sede do culto a Esculápio, cujo templo ficava nas imediações da cidade.
EPIMETEU – filho de Jápeto, marido de Pandora; com seu irmão Prometeu participou da criação do homem.
ÉPIRO – uma das treze regiões costeiras da Grécia.
EPOPEU – rei do Sicião; morreu após batalha com Tebas.
ERA AUGUSTINA – reinado do imperador romano César Augusto, afamado por diversos grandes autores.
ERATO – a amável, uma das musas.
ÉREBO – filho de Caos, região das trevas, entrada do Hades.
ERÍDANO – um dos rios míticos que cruzam Hades.
ERIFILA – irmã de Polinice, foi subornada com o colar de Harmonia para declarar a guerra na qual seu marido foi morto.
ERÍNIAS – outra designação das Fúrias.
ÉRIS – deusa da discórdia. No casamento de Peleu e Tétis, como não havia sido convidada, Éris lançou na festa uma maçã destinada à "mais bela". O pomo foi disputado por Hera (Juno), Afrodite (Vênus) e Atena (Minerva). Convocado para ser o juiz e dar um veredicto, Páris escolheu Afrodite.
ERISÍCTON – ímpio e sacrílego, foi condenado a passar uma fome insaciável.
ÉRIX – monte na Sicília em cujo pico havia um templo dedicado a Afrodite.
ESÃO – pai de Jasão, rejuvenescido por Medeia.
ESCANDINÁVIA – mitologia da Escandinávia, relatos sobre deuses e heróis nórdicos.
ESCOPAS – rei da Tessália.
ESCORPIÃO – denominação para constelação.
ESCULÁPIO – deus das artes médicas.
ÉSEPO – rio na Paflagônia.
ESFINGE – monstro que guardava a estrada de acesso a Tebas e propunha um enigma a todos que por ali passavam, as quais,

morreriam caso não acertassem a resposta. A Esfinge se matou de raiva quando Édipo acertou seu enigma.

ESPARTA – capital da Lacedemônia.

ESPORINHA – flor do sangue de Ájax.

ESQUÉRIA – ilha mítica, lar dos feácios.

ESTÁBULOS DE ÁUGIAS – local que pertencia ao rei Áugias, um dos argonautas. Ele era famoso pelos estábulos, que somente foram limpos por Hércules.

ESTIGE – rio que margeia o Hades e deve ser cruzado por todos os que morrem.

ESTRELA DA TARDE (Héspero) – na mitologia grega era filho da deusa alvorada.

ESTRÓFIO – pai de Pílades.

ETA – monte, local da morte de Hércules.

ETÉOCLES – filho de Édipo e Jocasta.

ETÍOPES – habitantes do país ao sul do Egito.

ETNA – vulcão na Sicília.

ETRA – mãe de Teseu, fecundada por Egeu.

ETRUSCOS – antigo povo da Itália.

EUBOICO – mar onde Hércules jogou Licas, que lhe havia trazido a camisa envenenada pelo centauro Nesso.

EUFORBO – herói troiano morto por Menelau.

EUFROSINA – uma das Graças, personificação da alegria.

EUMÊNIDES – também chamadas Erínias ou Fúrias, pelos romanos; deusas extremamente vingativas (ver Fúrias).

EUMEU – guardador de porcos e servo fiel de Ulisses.

EURÍALO – galante soldado troiano que invadiu o acampamento dos gregos com Niso, acabando ambos mortos.

EURÍDICE – esposa de Orfeu; ao fugir de um admirador, foi morta por uma serpente e levada ao Tártaro. Orfeu procurou por ela e foi autorizado a trazê-la de volta à Terra com a condição de que não olhasse para trás, a fim de confirmar que ela o seguia. Orfeu, entretanto, desobedece ao acordo, e Eurídice volta às trevas.

EURÍLOCO – companheiro de Ulisses.

EURÍNOME – titã mulher, esposa de Ofíon.

EURISTEU – aquele que impôs os doze trabalhos a Hércules.

EURÍTION – um centauro (ver Hipodamia).

EURO – o vento leste.

EUROPA – filha do rei fenício Agenor, fecundada por Zeus; é a mãe de Minos, Radamanto e Sarpédon.

EUTERPE – musa que presidia a música.

EVADNE – esposa de Capaneu; ela se atirou às chamas da pira funeral do marido e morreu.

EVANDRO – chefe arcádio, foi anfitrião de Eneias na Itália.

F

FAETONTE – filho de Febo, ousou tentar dirigir a carruagem do Sol do pai.

FAETUSA – irmã de Faetonte.

FÂNTASO – filho do deus Sono, causa estranhas imagens na cabeça dos adormecidos.

FAON – amado de Safo.

FASTOS – calendário poético de Ovídio.

FAUNO – filho de Pico, neto de Saturno, pai de Latino, cultuado como deidade protetora da agricultura e dos pastores e também provedor de oráculos.

FAUNOS – joviais criaturas silvestres, representadas em forma humana, com chifres pequenos, orelhas pontudas e às vezes cauda de bode.

FAVÔNIO – o vento oeste.

FEÁCIOS – povo que recepcionou Ulisses.

FEBE – uma das irmãs de Faetonte.

FEBO (Apolo) – deus da música, da profecia e da arte de usar o arco; deus sol.

FEDRA – esposa cruel e infiel de Teseu.

FÊNIX – mensageira de Aquiles e também ave milagrosa que morre no fogo, numa pira que ela mesma ergueu, e depois volta à vida, a partir de suas próprias cinzas.

FENRIS – lobo, filho de Loki, o príncipe mau da Escandinávia que supostamente personificava o elemento fogo, que era destrutivo exceto quando acorrentado.

FENSALIR – na mitologia nórdica é o palácio de Frigga, chamado Salão do Mar, onde eram novamente reunidos os casais de enamorados, os maridos e as esposas que a morte houvesse separado.

FÍDIAS – famoso escultor grego.

FILEMON – velho camponês, marido de Báucis.

FILOCTETES – guerreiro que acendeu a pira fatal de Hércules.

FÍLOE – túmulo de Osíris.

FINEU – rei da Trácia que se casou com Cleópatra.

FLAUTA DE PÃ – instrumento musical feito de caniços, criado por Pã.

FLEGETONTE – rio de fogo no Hades.

FLORA – deusa romana das flores e da primavera.

FORBAS – companheiro de Eneias, cuja forma foi assumida por Netuno para atrair Palinuro, o fiel timoneiro, e afastá-lo de seu posto.

FÓRUM – mercado público e praça para reuniões populares em Roma, rodeado por tribunais, palácios, templos, etc.

FREKI – um dos doze lobos de Odin.

FREY – ou Freyr, deus nórdico do sol.

FREYA – deusa nórdica da música, da primavera e das flores.

FRICKA – deusa do casamento.

FRIGGA – deusa nórdico que presidia a natureza sorridente, enviando a luz do sol, a chuva e as colheitas.

FRIXO – irmão de Hele.

FROH – um dos deuses nórdicos.

FÚRIAS (Erínias) – os três espíritos vingativos que puniam os crimes, representados por medonhas mulheres velhas com cabelos de serpentes, chamadas Alecto, Megera e Tisífone.

G

GAIA – ou Geia, chamada Telo pelos romanos, era a personificação da Terra, descrita como o primeiro ser que nasceu do Caos e deu à luz Urano (Céu), Montes e Pontos (Mar).
GALATEIA – estátua esculpida e amada por Pigmalião.
GALATEIA – uma nereida ou ninfa do mar.
GALENO – médico e escritor filosófico grego.
GANGES – rio na Índia.
GANIMEDES – o mais belo de todos os mortais, levado para o Olimpo para que pudesse satisfazer os desejos de Zeus e viver entre os deuses imortais.
GAUTAMA – príncipe, o Buda.
GÊMEOS – constelação criada por Júpiter após a morte dos irmãos gêmeos.
GENGHIS – Khan, conquistador tártaro.
GÊNIO – na crença romana era o espírito protetor de cada homem, individualmente (ver Juno).
GERDA – esposa de Frey.
GERI – um dos doze lobos de Odin.
GERIÃO – monstro de três cabeças e tronco tríplice.
GIBRALTAR – grande rochedo e cidade, no extremo sul da Espanha.
GIGANTES – seres de tamanho monstruoso e aparência temível, representados em constante oposição aos deuses na ópera *O anel dos nibelungos*, de Wagner.
GLAUCO – pescador que amava Cila.
GLEIPNIR – correia mágica do lobo Fenris.
GONERIL – filha de Leir.

GÓRDIO – um camponês que, chegando a Frígia numa carroça, foi eleito rei pelo povo.

GÓRGONAS – três fêmeas monstruosas de dentes imensos, patas fortíssimas e serpentes na cabeça em vez de cabelos; quem as contemplasse viraria pedra; Medusa, a mais famosa, foi morta por Perseu.

GRAÇAS – três deusas que promoviam os prazeres da vida por meio do refinamento e da gentileza; eram Aglae (brilho), Eufrosina (alegria da alma) e Talia (o verdor da juventude).

GRANDE LAMA – pontífice budista no Tibete.

GREIAS – as três irmãs mais velhas das Górgonas; possuíam um olho que se mexia e um dente em comum, dos quais se serviam alternadamente.

GRIFO – animal fabuloso com corpo de leão e cabeça e asas de águia que habitava os montes entre os hiperbóreos e os arimaspos de um olho só; era o guardião dos tesouros do norte.

GUEBERS – persas adoradores do fogo.

GULLINBURSTI – javali de ouro que habitava Midgard, na mitologia nórdica.

H

HADES – originalmente, filho do mundo infernal; esse termo foi usado mais tarde para designar a subterrânea e sombria terra dos mortos.

HAGAN – personagem principal de *A canção dos nibelungos*, matador de Siegfried.

HAMADRÍADES – ninfas das árvores ou ninfas da mata (ver Ninfas).

HARMONIA – filha de Marte e Vênus, esposa de Cadmo.

HARPIAS – monstros com cabeça e busto de mulher, asas, pernas e cauda de aves; capturavam as almas dos maldosos ou puniam malfeitores roubando avidamente sua comida ou envenenando-a.

HARPÓCRATES – deus egípcio Hórus.

HEBE – filha de Juno, copeira dos deuses.

HEBRUS – antigo nome do rio Maritzka.

HÉCATE – divindade poderosa e formidável que enviava à noite todas as espécies de demônios e fantasmas terríveis do mundo inferior.

HÉCUBA – esposa de Príamo, rei de Troia, com quem teve Heitor, Páris e muitos outros filhos.

HEFESTO – deus da mitologia grega, na mitologia romana é Vulcano. Era o deus da tecnologia, dos artesãos, do fogo e dos vulcões.

HÉGIRA – fuga de Maomé de Meca para Medina (em 622 d.C.), é em relação a esse fato que os maometanos contam o tempo, da mesma forma que os cristãos em relação ao nascimento de Cristo.

HEIMDALL – vigia do arco-íris e arauto do juízo final.

HEITOR – filho de Príamo e campeão de Troia.

HEL – mundo inferior da Escandinávia, para onde eram enviados os que não haviam morrido em batalha.

HELA (Morte) – filha de Loki e senhora do Hel escandinavo.

HÉLADE – antigo nome para Grécia.

HELE – filha do rei da Tessália, Átamas; escapando de seu cruel pai com o irmão Frixo em um carneiro com lã de ouro, caiu no estreito marinho, desde então denominado Helesponto em homenagem a ela.

HELENA – filha de Júpiter e Leda, esposa de Menelau, raptada por Páris e causa da Guerra de Troia.

HELENO – filho de Príamo e Hécuba, célebre por seus poderes proféticos.

HELESPONTO – passagem estreita entre a Europa e a Ásia Menor, nome dado em honra a Hele.

HELÍADES – irmãs de Faetonte.

HELICON – monte, na Grécia, residência de Apolo e das musas, com fontes de inspiração poética, Aganipe e Hipocrene.

HELIÓPOLIS – cidade do Sol, no Egito.
HÊMON – filho de Creonte de Tebas, amante de Antígona.
HEMUS – montes, na fronteira ao norte da Trácia.
HENGIST – invasor saxônio da Bretanha, em 449 d.C.
HERA – chamada Juno pelos romanos, filha de Crono (Saturno) e Reia, irmã e esposa de Júpiter.
HÉRCULES – herói atlético, filho de Júpiter e Alcmena, realizou doze trabalhos de grande envergadura e muitos outros feitos famosos.
HERMES (Mercúrio) – mensageiro dos deuses, deidade do comércio, da ciência, da eloquência, do logro e das habilidades em geral.
HERMÍONE – filha de Menelau e Helena.
HERMOD – o lépido, filho de Odin.
HERO – sacerdotisa de Afrodite (Vênus), amada por Leandro.
HERÓDOTO – historiador grego.
HESÍODO – poeta grego, com grande representação no período da Antiguidade.
HESPÉRIA – antigo nome da Itália.
HESPÉRIDE – na mitologia grega, são deusas da natureza fértil, donas do jardim das Hespérides. Representam o final da tarde, a virada do dia para noite.
HÉSTIA – chamada Vesta pelos romanos, deusa do fogo doméstico.
HÍADES – ninfas do monte Nisa, amas de Baco quando bebê; foram recompensadas com um agrupamento de estrelas no céu.
HÍALE – ninfa de Diana.
HIDRA – monstro de nove cabeças morto por Hércules.
HIGEIA – deusa da saúde, filha de Esculápio.
HILAS – jovem detido pelas ninfas da nascente onde ele buscava água.
HILDEBRANDO – mago e campeão alemão.
HIMENEU – deus que conduzia o cortejo nupcial, imaginado como um belo jovem e invocado nas canções matrimoniais.

HIMETO – montanha na Ática, perto de Atenas, célebre por seu mármore e seu mel.

HIPERBÓREOS – povo do extremo norte da Grécia, perto dos montes urálicos.

HIPÉRION – titã, filho de Urano e Geia; pai de Hélio, Selene e Eos.

HIPOCRENE – também conhecido como fonte de Helicón, nascente de água doce, destinada a Apolo e às musas.

HIPODAMIA – esposa de Pélops, em cujo casamento os centauros trataram a noiva com violência, provocando uma grande batalha.

HIPOGRIFO – cavalo alado com cabeça e garras de águia.

HIPÓLITA – rainha das amazonas.

HIPÓLITO – filho de Teseu e Hipólita, herdando dessa o gosto pela caça. A tragédia desse personagem foi escrita por Eurípedes, em 428 a.C.

HIPÔMENES – venceu Atalanta numa corrida a pé, atirando-lhe maçãs que acabaram por distraí-la.

HIRIEU – rei da Grécia, filho de Poseidon, deus supremo do mar.

HÍSTION – filho de Jafé.

HODUR – deus do fogo e posteriormente rei da guerra na religião dos húngaros anterior ao cristianismo.

HOEL – rei da Bretanha.

HOMERO – o poeta cego da Grécia, em torno de 850 a.C.

HORSA – com Hengist, invasor da Bretanha.

HÓRUS – deus egípcio do sol.

HUGIN – na mitologia nórdica, é um dos doze corvos de Odin, voam por Midgard trazendo informações ao rei.

HUNDING – marido de Sieglinda, a história de ambos é contada em *O anel dos nibelungos*.

I

ÍASO – pai da caçadora Atalanta.

ÍBICO – poeta; história de.

ICÁRIA – ilha no mar Egeu.

ICÁRIO – príncipe espartano, pai de Penélope.

ÍCARO – filho de Dédalo que voou até muito perto do Sol com asas artificiais e, quando a cera que as colava às costas derreteu, caiu no mar.

ICELOS – um dos filhos de Hypnos (sono), um dos oneiros; personificação do sono.

IDA – monte, morro troiano.

IDAS – filho de Afareu e Arene, irmão de Linceu e Piso.

IDEU – arauto troiano.

IFIGÊNIA – filha de Agamêmnon oferecida em sacrifício, mas salva por Diana, que a leva embora.

IFIS – morreu de amor por Anaxárete.

ÍFITO – amigo de Hércules, morto por ele.

ILHA DOS BEM-AVENTURADOS – na mitologia grega é o lugar onde descansam as almas dos heróis e dos santos. Nos escritos chineses, era a morada dos imortais.

ILÍADA – poema épico sobre a Guerra de Troia, atribuído a Homero.

ILIONEU – filho caçula de Níobe e Anfíon.

ILÍRIA – região no Adriático ao norte da Grécia.

ILIUM – ou ílio (ver Troia).

IMOGEN – filha de Pandraso, esposa do troiano Brutus.

ÍNACO – filho de Oceano e Tétis, pai de Foroneu e Egialeu. Também foi o primeiro rei de Argos, e o rio Ínaco foi assim chamado em sua honra.

ÍNCUBO – espírito mau que se deita sobre as pessoas quando estão dormindo.

INDRA – deus hindu do céu, do trovão, do relâmpago, da tempestade e da chuva.

INO – esposa de Átamas; ao fugir do marido com o filho bebê, pulou no mar e foi transformada em Leucoteia.
IO – na mitologia greco-romana foi uma das paixões de Zeus (Júpiter), a história é contada em *Prometeu acorretado,* de Ésquilo.
IÓBATES – rei da Lícia.
IOLAU – sobrinho e servo de Hércules.
IOLE – filha de Hércules.
ÍRIS – deusa do arco-íris, mensageira de Juno e Zeus.
ÍSIS – esposa de Osíris, descrita como a doadora da morte.
ISMARO – primeira parada de Ulisses em seu retorno da Guerra de Troia.
ISMENO – filho de Níobe, morto por Apolo.
ÍTACA – terra natal de Ulisses e Penélope.
IULO – ou Ascânio, filho de Eneias.
ÍXION – antes soberano da Tessália, é aprisionado no Tartáro e amarrado a uma roda incandescente.

J

JACINTO – jovem espartano amado por Apolo e acidentalmente morto por ele; após sua morte, o deus transformou-o na flor do mesmo nome.
JANÍCULO – centro de culto ao deus Jano; segunda coluna mais alta de Roma. Anita Garibaldi está enterrada em Janículo.
JANO – deidade dos tempos mais remotos altamente estimada pelos romanos.
JÁPETO – um dos doze titãs, filho de Gaia e Urano, deus da mortalidade.
JASÃO – líder dos argonautas, buscava o Velocino de Ouro.
JOGOS – competições atléticas de âmbito nacional na Grécia; jogos olímpicos em Olímpia; jogos pítios, perto de Delfos — sede do oráculo de Apolo; jogos coríntios, no istmo de mesmo nome, e jogos nemeus, em Nemeia, na Argólia.

JÔNIA – costa da Ásia Menor.
JOSÉ DE ARIMATEIA – responsável por levar o Santo Graal para a Europa.
JOTUNHEIM – lar dos gigantes na mitologia nórdica.
JOVE (Zeus) – deus principal da mitologia greco-romana (ver Júpiter).
JUGGERNAUT – deidade hindu.
JUNO – espírito guardião particular de cada mulher (ver Gênio).
JUNO – esposa de Júpiter, rainha dos deuses.
JÚPITER CAPITOLINO – templo de, preserva os livros sibilinos.
JÚPITER, JOVIS PATER, PAI JOVE, JÚPITER e JOVE – designações usadas como sinônimos; em Dodona, estátua do deus olímpico.

K

KEDALION – guia de Órion.
KERMÁN – Deserto de Kermán, localizado no Irã.
KRISHNA – oitavo avatar de Vishnu, deidade hindu da fertilidade.
KYNER – pai de Kav.
KYNON – filho de Clidno.

L

LABIRINTO – emaranhado de passagens dentro de um espaço fechado por onde perambulava o Minotauro, de Creta, morto por Teseu com a ajuda de Ariadne.
LAERTE – pai de Ulisses.
LAIO – rei de Tebas.
LAMA – homem santo do Tibete.
LAMPÉCIA – filha de Hipérion.

LAOCOONTE – sacerdote de Netuno em Troia que alertou os troianos contra o Cavalo de Madeira, mas, quando duas serpentes saíram do mar e o estrangularam com seus dois filhos, o povo deu ouvidos ao espião grego Sínon e consentiu com a entrada do Cavalo fatal em sua cidade.
LAODAMIA – filha de Acasto e esposa de Protesilau.
LAOMEDONTE – rei de Troia.
LÁPITAS – tessalonicenses cujo rei tinha convidado os centauros para o casamento de sua filha, mas que os atacou por terem tratado a noiva com violência.
LÁQUESIS – uma das Parcas.
LARES – deidades domésticas.
LATINO – regente do Lácio, onde Eneias atracou na Itália.
LATMOS – monte onde Diana se apaixonou por Endímion.
LATONA – mãe de Apolo.
LAUSO – filho de Mezêncio, morto por Eneias.
LAVÍNIA – filha de Latino e segunda esposa de Eneias.
LAVINIUM – cidade italiana assim denominada em honra de Lavínia.
LEANDRO – jovem de Ábidos que, nadando através do Helesponto para ver Hero, sua amada, morreu afogado.
LEÃO DE NEMEIA – morto por Hércules.
LEBADEA – local do oráculo de Trofomo.
LEBINTO – ilha do mar Egeu.
LEDA – rainha de Esparta, seduzida por Júpiter na forma de um cisne.
LELAPS – cão de Cefálion.
LEMNO – grande ilha no mar Egeu consagrada a Hefesto (Vulcano).
LÊMURES – espectros ou espíritos dos mortos.
LEO – imperador romano, príncipe grego.
LESTRIGONIANOS – selvagens que atacam Ulisses.
LETE – rio do Hades; beber de suas águas trazia o esquecimento.

LEUCÁDIA – promontório de onde Safo, sofrendo a decepção amorosa de ser recusada por Faor, atirou-se ao mar.
LEUCOTEIA – deusa do mar, invocada pelos marinheiros para protegê-los.
LIBER – antigo deus itálico da fertilidade.
LIBERA – local onde Orfeu está enterrado.
LÍBIA – nome grego do continente africano em geral.
LICÁON – filho de Príamo.
LICAS – trouxe a túnica envenenada de Nesso para Hércules.
LÍCIA – distrito no sul da Ásia Menor.
LICO – rei usurpador de Tebas.
LICOMODES – rei dos dólopes, matou Teseu traiçoeiramente.
LINCEU – um dos filhos de Egito.
LINO – instrutor musical de Hércules.
LOGI – derrotou Loki numa disputa sobre quem comia mais.
LOKI – demônio da mitologia nórdica, filho do gigante Farbanti.
LÓTIS – ninfa, transformada num lotus e, nessa forma, arrancada por Dríope.

M

MACÁON – filho de Esculápio.
MAÇÃS DAS HESPÉRIDES – presentes de casamento para Juno guardadas pelas filhas de Atlas e Héspera, foram furtadas por Atlas para Hércules.
MAGOS – sacerdotes persas.
MAHADEVA – o mesmo que Shiva.
MAIA – filha de Atlas e Pleione, a mais velha e mais bela das Plêiades.
MÂNTUA – cidade da Itália, local de nascimento de Virgílio.
MANU – ancestral da humanidade.

MAOMÉ – grande profeta da Arábia nascido em Meca, em 571 d.C., proclamava a adoração a Deus em vez de ídolos; divulgou sua religião por intermédio de discípulos e também pela força, até que ela prevalecesse em razão do domínio árabe, em vastas regiões da Ásia, da África e na Espanha.
MARATONA – onde Teseu e Pirítoo se encontraram.
MÁRMORES DE ELGIN – esculturas gregas do Partenon de Atenas, atualmente no Museu Britânico, em Londres, onde foram colocadas por Lorde Elgin.
MÁRSIAS – inventor da flauta; desafiou Apolo numa competição musical e, derrotado, foi escorchado vivo.
MÁTSIA – o Peixe, primeiro avatar de Vishnu.
MEANDRO – rio da Grécia.
MEDEIA – princesa e feiticeira que ajudou Jasão.
MEDORO – jovem mouro que conquista Angélica.
MEDUSA – uma das górgonas.
MEGERA – uma das Fúrias.
MELAMPUS – cão espartano, o primeiro mortal dotado de poderes proféticos.
MELANTO – timoneiro de Baco.
MELÉAGRO – um dos argonautas (ver Alteia).
MELICERTES – filho bebê de Ino, transformado em Palêmon (ver Ino).
MELISSEU – rei de Creta.
MELPÔMENE – uma das musas.
MÊMNON – o lindo filho de Títono e Eos (Aurora), rei dos etíopes, morto na Guerra de Troia.
MENECEU – filho de Creonte, vítima voluntária na guerra para obter sucesso para o pai.
MENELAU – filho do rei de Esparta, marido de Helena.
MÊNFIS – cidade egípcia.
MENTOR – filho de Alcimo e amigo fiel de Ulisses.
MEÔNIA – Lídia antiga.

MÉROPE – filha do rei da Arcádia, amada por Quíron.
MÊS – o assistente do Sol.
MESMERISMO – semelhante ao oráculo curativo de Esculápio em Epidauro.
METABUS – pai de Camila.
METAMORFOSES – lenda poética de Ovídio sobre as transformações míticas, uma importante fonte de nosso conhecimento sobre a mitologia clássica.
METANIRA – uma mãe, espécie de Ceres buscando Prosérpina.
METEMPSICOSE – transmigração das almas; o renascimento de homens e mulheres moribundos na forma de animais ou outros seres humanos.
MÉTIS – Prudência, uma esposa de Júpiter.
MEZÊNCIO – soldado corajoso mas cruel que se opôs a Eneias na Itália.
MICENAS – antiga cidade grega da qual Agamêmnon era rei.
MIDAS – rei da cidade de Frígia, famoso por transformar tudo o que tocava em ouro.
MIDGARD – o mundo médio dos nórdicos.
MILO – grande atleta.
MIME – um dos anões principais da mitologia alemã.
MINERVA (Atena) – filha de Júpiter, protetora da saúde, do aprendizado e da sabedoria.
MINOS – rei de Creta.
MINOTAURO – monstro morto por Teseu.
MIRDIN (Merlin) – personagem do Mito Arturiano, foi um mago e conselheiro druida.
MIRMIDÕES – audazes soldados de Aquiles.
MÍSIA – distrito grego na costa noroeste da Ásia Menor.
MITOLOGIA – origem da, mitos coletados que descrevem os deuses dos povos antigos.
MNEMÓSINE – Era uma titã; deusa da memória.
MOMO – deidade cujo prazer consistia em zombar amargamente dos deuses e dos homens.

MÔNADA – a "unidade" de Pitágoras.
MONSTROS – seres não naturais com intenções maldosas em relação aos homens.
MONTANHA CÍNTIA – topo, local de nascimento de Ártemis (Diana) e Apolo.
MORFEU – filho do Sono e deus dos sonhos.
MULCÍBER – nome latino de Hefesto (Vulcano).
MULL – ilha localizada no arquipélago das Hébridas Interiores, na costa da Escócia.
MUNIN – um dos dois corvos de Odin.
MUSAS – nove deusas que presidiam a poesia, as artes, etc. Calíope: a poesia épica; Clio: a história; Erato: a poesia amorosa; Euterpe: a poesia lírica; Melpômene: a tragédia; Polímnia: a oratória e os cantos sacros; Terpsícore: o canto coral e a dança; Talia: a comédia e os idílios; Urânia: a astronomia.
MUSEU – poeta sagrado, filho de Orfeu.

N

NÁIADES – ninfas da água.
NAPE – um dos cães de Diana.
NARCISO – morreu de amor irrealizado por sua própria imagem refletida na água.
NAUSÍCAA – filha do rei Alcínoo, anfitrião de Ulisses.
NAUSÍTOO – rei dos fenícios.
NAXOS – ilha grega localizada no mar Egeu; segundo a mitologia, foi ali onde Zeus nasceu.
NÉFELE – mãe de Frixo e Hele.
NÉFTIS – deusa egípcia das terras áridas.
NÉGUS – rei da Abissínia.
NEMEIA – floresta devastada por um leão morto por Hércules.
NÊMESIS – deusa da vingança.
NEMEUS, JOGOS – realizados em honra de Júpiter e Hércules.

NEOPTÓLEMO – filho de Aquiles.

NEPENTE – droga antiga usada para provocar o esquecimento da dor ou do sofrimento.

NEREIDAS – ninfas do mar, filhas de Nereu e Dóris.

NEREU – deus do mar.

NESSO – centauro morto por Hércules.

NESTOR – rei de Pilos, renomado por sua sabedoria, justiça e conhecimento da guerra.

NETUNO – o mesmo que Poseidon, deus do mar.

NIBELUNGOS – uma raça de anões do Norte.

NIBELUNGOS – ama e abandona Brunhilda e é morto por Hagan.

NIDHOGGE – serpente do mundo inferior que se alimenta dos mortos.

NIFFLEHEIM – mundo enevoado dos nórdicos, o Hades dos espíritos ausentes.

NILO – rio do Egito.

NINFAS – lindas virgens, divindades menores da natureza. Dríades e hamadríades: ninfas das árvores; náiades, ninfas das nascentes, dos riachos e dos rios; nereidas, ninfas do mar, e oréades, ninfas dos montes e das montanhas.

NINGUÉM – nome assumido por Ulisses na luta contra os ciclopes.

NÍOBE – filha de Tântalo, orgulhosa rainha de Tebas cujos sete filhos e sete filhas foram mortos por Apolo e Diana. Seu marido se matou, e Níobe chorou até se tornar uma pedra.

NISO – rei de Mégara.

NIX – filha de Caos e irmã de Érebo, a personificação da noite.

NÓ GÓRDIO – a carroça de Górdio estava amarrada no templo, e aquele que conseguisse desatar o nó estava destinado a ser o senhor da Ásia; foi Alexandre, o Grande, quem o desatou.

NORNAS – as três Parcas da Escandinávia: Urdur (o passado), Verdandi (o presente) e Skuld (o futuro).

NOTHUNG – espada mágica.
NOTOS – o vento do sudoeste.
NUMA – segundo rei de Roma.

O

OÁSIS LÍBIO – importante rota de comércio ligando o deserto do Saara com outras regiões da Líbia.
OCEANO – titã, governava os elementos aquáticos.
OCÍRROE – profetisa, filha de Quíron.
ODIAR – famoso herói da Biscaia.
ODIN – o maior dos deuses nórdicos.
ODISSEIA – poema de Homero que relata as aventuras de Odisseu (Ulisses) em seu regresso da Guerra de Troia.
OFÍON – rei dos titãs, governou o Olimpo até ser destronado pelos deuses Saturno e Reia.
OLÍMPIA – pequena planície em Élis onde os jogos olímpicos eram celebrados.
OLIMPÍADAS – jogos olímpicos da Antiguidade, realizados de quatro em quatro anos na cidade de Olímpia, na Grécia.
OLIMPO – morada da dinastia de deuses dos quais Zeus era o líder.
ÔNFALE – rainha da Lídia, filha de Iárdano e esposa de Tmolo.
ORÁCULOS – respostas dadas pelos deuses a perguntas de interessados em obter informações ou conselhos sobre o futuro, normalmente dadas de forma equívoca, a fim de poderem casar com quaisquer ocorrências; também eram lugares onde as respostas eram dadas, em geral por um sacerdote ou uma sacerdotisa.
ORÉADES – ninfas das montanhas e dos morros.
ORESTES – filho de Agamêmnon e Clitemnestra; por causa de seu crime (matar a mãe), foi perseguido pelas Fúrias até ser purificado por Minerva.

ORFEU – músico, filho de Apolo e Calíope (ver Eurídice).
ÓRION – jovem gigante, amado por Diana; constelação.
ORITIA – ninfa capturada pelo vento Bóreas.
ORMUZD (em grego, Oromasdes) – filho do Ser Supremo, fonte do bem, assim como seu irmão Ariman (Arimanes) o era do mal, na religião persa ou Zoroastrismo.
OSÍRIS – o mais benevolente dos deuses egípcios.
OSSA – montanha da Tessália.
OSSIAN – poeta celta do século II ou III.
OUTONO – assistente de Febo, o Sol.
OVÍDIO – poeta latino (ver *Metamorfoses*).

p

PÃ – deus da natureza e do universo.
PACTOLO – rio cujas areias se tornaram ouro ao toque de Midas.
PAFLAGÔNIA – antigo país da Ásia Menor, ao sul do mar Negro.
PAFOS – filho de Pigmalião e de Galateia.
PAGÃOS – termo usado para designar aqueles que não creem em religiões abraâmicas.
PALADINOS – companheiros ou cavaleiros errantes.
PALAMEDES – mensageiro enviado para chamar Ulisses para a Guerra de Troia.
PALAS – filho de Evandro.
PALAS ATENA – ver Minerva.
PALATINO – monte, uma das sete colinas de Roma.
PALÊMON – filho de Átamas e Ino.
PALES – deus que preside o gado e os pastos.
PALINURO – fiel timoneiro de Eneias.
PALLADIUM – a rigor, toda imagem de Palas Atena, mas o termo é especialmente aplicado a uma imagem em Troia, roubada por Ulisses e Diomedes.

PANATENEIA – festival em honra de Palas Atena (Minerva).
PANDORA (todos os dons) – a primeira mulher, aquinhoada por presentes de todos os deuses; foi-lhe confiada uma caixa que lhe disseram que não devia abrir; porém, ela ficou curiosa e a abriu, e de lá saíram todos os males que afligem a humanidade. Para trás ficou somente a Esperança, que sobreviveu.
PANDRASO – rei da Grécia, perseguiu os troianos exilados por Brutus, bisneto de Eneias, até que combateram, capturaram-no e, com sua filha Imogen, esposa de Brutus, emigraram para Álbion (mais tarde chamada Bretanha).
PANFAGU – um dos cães de Diana.
PANTO – pai de Euforbo, suposta encarnação anterior de Pitágoras.
PARCAS – três, descritas como filhas da Noite, para indicar as trevas e a obscuridade do destino humano, ou como filhas de Zeus e Têmis, quer dizer, "filhas dos céus justos". Eram: Cloto, que fiava o fio da vida; Laquesis, que segurava o fio e determinava sua extensão; e Átropos, que o cortava.
PÁRIAS – a casta hindu mais baixa.
PÁRIS – filho de Príamo e Hécuba, raptou Helena.
PARNASO – monte perto de Delfos, consagrado a Apolo e às musas.
PARSES – persas adoradores do fogo (zoroastristas), dos quais ainda há milhares na Pérsia e na Índia.
PARTENON – templo de Atena Parthenos ("a Virgem"), na Acrópole de Atenas.
PÁTROCLO – amigo de Aquiles, morto por Heitor.
PEÃ – nome tanto para Apolo como para Esculápio, deuses da medicina.
PÉGASOS – cavalo alado que nasceu da espuma do mar e do sangue de Medusa.
PELEU – rei dos mirmidões, pai de Aquiles com Tétis.
PÉLIAS – tio usurpador de Jasão.

PÉLION – monte localizado na região sudoeste da Tessália, província grega.
PENATES – deidades romanas que protegiam o lar.
PENÉLOPE – esposa de Ulisses que, esperando vinte anos pelo regresso do marido, que combatia na Guerra de Troia, dispensava pretendentes prometendo escolher um quando tivesse terminado de tecer o manto que desmanchava toda noite.
PENEU – deus rio da Tessália.
PENTESILEIA – rainha das amazonas.
PENTEU – rei de Tebas que, tendo resistido à introdução do culto a Baco em seu reino, foi levado à loucura por esse deus.
PENUS – despensa das casas romanas, origem do nome das Penates.
PEPLO – manto sagrado de Minerva.
PERIFETES – filho de Hefesto (Vulcano), morto por Teseu.
PERSÉFONE – deusa da vegetação (ver Prosérpina).
PERSEU – filho de Júpiter e Dânae, matador da górgona Medusa, libertou Andrômeda de um monstro do mar.
PIGMALIÃO – escultor enamorado de uma estátua que tinha feito, trazida à vida por Afrodite (Venus); era irmão da rainha Dido.
PIGMEUS – nação de anões em guerra com as cegonhas.
PÍLADES – filho de Estrófio, amigo de Orestes.
PÍNDARO – famoso poeta grego.
PINDO – monte na Grécia.
PÍRAMO – jovem assírio que amava Tisbe, sua vizinha da casa ao lado, mas os pais se opunham a esse amor. Os dois conversavam pelas fendas da parede e combinaram de se encontrar perto da floresta. Ali, Píramo encontrou um véu ensanguentado e achou que Tisbe estava morta. Então, se matou, e ela, ao ver o corpo dele sem vida, acabou matando-se.
PIRENE – célebre fonte em Corinto.
PIRÍTOO – rei dos lápitas na Tessália, amigo de Teseu; marido de Hipodamia.

PIRRA – filha de Epimeteu e Pandora, esposa de Deucalião.
PIRRO (Neoptólemo) – filho de Aquiles.
PITÁGORAS – filósofo grego (540 a.C.) para quem os números eram a essência e o princípio de todas as coisas; ele pregava a transmigração das almas dos mortos em novas vidas, humanas ou animais.
PÍTIA – sacerdotisa de Apolo em Delfos.
PÍTON – serpente monstruosa que nasceu da miséria após o Dilúvio, destruída por Apolo.
PLANÍCIE ELÍSIA – para onde os favoritos dos deuses eram levados sem passarem pela morte.
PLÊIADES – as sete ninfas de Diana, transformadas em estrelas, das quais uma se perdeu.
PLEXIPO – irmão de Alteia.
PLÍNIO – naturalista romano.
PLUTÃO – deus da fortuna.
PLUTÃO^2 – ou Hades, Dis, etc., deus das regiões infernais.
PÓ – rio que percorre o norte da Itália.
POLIDECTO – rei da ilha de Sérifo, acolheu Dânae e seu filho, Perseu.
POLIDO – famoso adivinho de Corinto.
POLIDORO – parente de Eneias; morto, seu sangue alimentava um arbusto que sangrava quando partiam seus galhos.
POLIFEMO – filho gigante de Netuno.
POLÍMNIA – musa da oratória e das canções sagradas.
POLINICE – um dos muitos filhos de Príamo, rei de Tebas.
POLITES – filho caçula de Príamo, de Troia.
POLÍXENA – filha do rei Príamo, de Troia.
PÓLUX – Castor e (Discuros, os Gêmeos), (ver Castor).
POMONA – ninfa de admirável beleza, deusa dos frutos e dos jardins (ver Vertuno).
PORTUNO – nome romano de Palêmon.
POSEIDON (Netuno) – regente do oceano.

PRAZER – filha de Cupido e Psiquê.

PRECIPÍCIO – porta do salão de Hela.

PRESTE JOÃO – célebre sacerdote ou presbítero, pontífice cristão na Ásia Central.

PRETO – tinha ciúmes de Belerofonte.

PRÍAMO – rei de Troia.

PRÓCRIS – amada e enciumada esposa de Céfalo.

PROCUSTO – bandido de estrada que capturava os viajantes e os amarrava a sua cama de ferro, esticando os baixos e amputando os altos; morto por Teseu.

PROMETEU – criador do homem, roubou o fogo do céu para uso dos homens.

PROSÉRPINA – ou Perséfone, deusa de todas as coisas que crescem, filha de Ceres, foi sequestrada por Hades (Plutão).

PROTESILAU – morto pelo troiano Heitor, recebeu dos deuses permissão para retornar para uma conversa de três horas com sua viúva, Laodamia.

PROTEU – deus marinho, filho dos titãs Tétis e Oceano.

PROVISÕES DOS NIBELUNGOS – tesouro dos nibelungos capturado por Siegfried e enterrado no Reno por Hagan após matar Siegfried, o qual se perdeu quando Hagan foi morto por Cremilda, tema dos quatro dramas musicais de Wagner, *O anel dos nibelungos*.

PRUDÊNCIA (Métis) – esposa de Júpiter.

PSIQUÊ – linda virgem, a personificação da alma humana, desejada por Cupido (Amor) a quem ela correspondeu, mas perdeu, tomada pela curiosidade de vê-lo na forma como vinha a ela somente à noite, mas finalmente, por meio das preces dele, tornou-se imortal e lhe foi devolvida, como símbolo da imortalidade.

PURANAS – escrituras hindus.

Q

QUIMERA – monstro que expelia fogo pela boca e tinha cabeça de leão, corpo de cabra e cauda de serpente; morta por Belerofonte.
QUIOS – uma das ilhas que reivindicam ser o local de nascimento de Homero.
QUIRINOS (de *quiris*, lança ou arpão) – deus da guerra, tido como Rômulo, fundador de Roma.
QUÍRON – o mais sábio de todos os centauros, filho de Crono (Saturno) e Fílira, vivia no monte Pélion e foi instrutor de heróis gregos.

R

RABICÃO – cavalo notável com fios brancos na cauda.
RADAMANTO – filho de Júpiter e Europa; após sua morte, tornou-se um dos juízes do mundo inferior.
RAJPUTS – casta hindu menor.
RAPSODISTA – entre os gregos, recitador profissional de poemas.
REGILLUS – lago no Lácio, notável pela batalha travada em suas redondezas entre romanos e latinos.
REIA – titã, esposa de Saturno (Crono), mãe dos deuses principais, cultuada na Grécia e em Roma.
REINO DO ESTIGE – Hades.
REMO – irmão de Rômulo, fundador de Roma.
RIO BABILÔNIO – secou quando Faetonte conduziu a carruagem do Sol.
RIO OCEANO – corria em torno da Terra.
ROCHA TARPEIA – em Roma, de onde os criminosos condenados eram atirados.
RODES – uma das sete cidades que alegam ser o berço de Homero.

RÓDOPE – montanha na Trácia.
ROMANUS – lendário bisneto de Noé.
RÔMULO – fundador de Roma.
RÚTULOS – antigo povo da Itália, inicialmente subjugado pelos romanos.

S

SÁBIO SAMIANO – epíteto de Pitágoras.
SACRIPANTE – rei da Circássia.
SAFO – poetisa grega que saltou de um penhasco ao ter seu amor repudiado pelo marinheiro Faonte.
SAGAS – contos nórdicos de heroísmo, compostos pelos escaldos.
SAKYAMUNI – o Leão, epíteto aplicado a Buda.
SALAMANDRA – um lagarto mítico, animal capaz de viver no fogo.
SALAMINA – cidade grega.
SALMONEU – filho de Éolo e Enárete, irmão de Sísifo.
SALOMÃO – rei da Bretanha na corte de Carlos Magno.
SAMOS – ilha no mar Egeu.
SANSÃO – herói hebreu que alguns consideram o Hércules original.
SARPÉDON – filho de Júpiter e Europa, morto por Patroclo.
SARRACENOS – seguidores de Maomé.
SÁTIRO – divindade masculina da floresta; criatura meio humana e meio bode.
SATURNÁLIA – festival anual realizado pelos romanos em honra de Saturno.
SATÚRNIA – antigo nome da Itália.
SCALIGER – famoso estudioso alemão do século XVI.
SCHRINNIR – javali, toda noite é preparado para os heróis do Valhala e toda manhã recupera sua integridade.

SÊMELE – filha de Harmonia e Cadmo; engravidou de Júpiter e deu à luz Baco.
SEMÍRAMIS – com Nino, os míticos fundadores do Império Assírio de Nínive.
SENAPO – rei da Abissínia que recepcionou Astolfo.
SERÁPIS – ou Hermes, divindade egípcia do Tártaro e da medicina.
SEREIAS – ninfas do mar cujo canto encantava os marinheiros e os fazia saltar na água; ao passar pela ilha que elas habitavam, Ulisses tapou com cera os ouvidos de seus marujos e fez-se ele mesmo ser amarrado ao mastro para poder ouvir o canto sem se deixar enfeitiçar pela música.
SÉRIFO – ilha no mar Egeu, uma das Cíclades.
SERPENTE DE MIDGARD – monstro marinho, filho de Loki.
SERVOS – escravos da terra.
SESTOS – morada de Hero (ver Leandro).
SETE CONTRA TEBAS – famosa expedição grega.
SHATRIYA – casta hindu dos guerreiros.
SHIVA – o Destruidor, a terceira pessoa da trindade divina hindu.
SÍBARIS – cidade grega no sul da Itália, famosa por sua luxúria.
SIBILA – profetisa de Cuma.
SIEGFRIED – jovem rei dos Países Baixos, marido de Cremilda; ela se gabou para Brunhilda de que Siegfried tinha ajudado Günther a derrotá-la em competições atléticas e, com isso, conquistou-a como esposa. Enfurecida, Brunhilda contratou Hagan para matar Siegfried.
SIEGLINDA – esposa de Hunding, mãe de Siegfried com Siegmund.
SIEGMUND – pai de Siegfried.
SIGTRIG – príncipe, prometido da filha do rei Alef, auxiliado por Hereward.
SIGUNA – esposa de Loki.
SILENO – sátiro, mestre-escola de Baco.

SILVANO – divindade latina identificada como Pã.

SÍLVIA – filha de pastor latino.

SÍLVIO – neto de Eneias, morto acidentalmente pelo pai, Brutus, numa expedição de caça.

SIMÔNIDES – um dos primeiros poetas gregos.

SIMPLÉGADES – rochas flutuantes pelas quais passaram os argonautas.

SÍNON – espião grego que persuadiu os troianos a aceitar o Cavalo de Madeira e levá-lo para dentro da cidade.

SIQUEU – marido de Dido.

SIRINGE – ninfa; perseguida por Pã, mas escapou ao se transformar num grupo de caniços (ver Flauta de Pã).

SIRIUS – cão de Órion, transformado na estrela Sírio.

SÍSIFO – condenado no Tártaro a empurrar perpetuamente uma grande rocha ladeira acima, que, ao alcançar o topo do morro, rolava até embaixo novamente.

SÓFOCLES – dramaturgo de tragédias gregas.

SONO – Somnus, deus do sono, irmão gêmeo da Morte, filho de Nix.

SONO DO ESTIGE – escapou do estojo de maquiagem mandado por Hades para Afrodite (Vênus) por intermédio de Psiquê, que abriu a caixa — vencida pela curiosidade — e mergulhou na inconsciência.

STONEHENGE – círculo de pedras altas e eretas, o mítico túmulo de Pendragon.

SUDRAS – casta hindu dos operários.

SURTUR – líder dos gigantes contra os deuses no dia de sua destruição (mitologia nórdica).

SURYA – deus hindu do Sol, correspondente ao grego Hélio.

SVADILFAIR – cavalo do gigante.

T

TÁCITO – historiador romano.

TALIA – uma das três Graças.

TAMIRES – bardo da Trácia que desafiou as musas numa competição de canto e, sendo derrotado, ficou cego.

TANAIS – antigo nome do rio Don.

TÂNTALO – rei malvado, condenado por Hades a permanecer perto de uma fonte de água ou debaixo de árvores frutíferas, mas quando quisesse beber ou comer, não poderia, pois a água recuaria e as frutas estariam fora de seu alcance.

TARCON – chefe etrusco.

TARENTO – cidade italiana.

TARQUÍNIOS – família de regentes no início da Roma lendária.

TÁRTARO – local de confinamento dos titãs, originalmente um abismo negro abaixo do Hades, representado como o lugar em que os maus são punidos. Às vezes, o termo é usado como sinônimo de Hades.

TAURIS – cidade grega, local do templo de Diana (ver Ifigênia).

TEBAS – cidade fundada por Cadmo e capital da Beócia.

TEJO – rio na Espanha e em Portugal.

TELAMON – herói e aventureiro grego, pai de Ájax.

TELÊMACO – filho de Ulisses e Penélope.

TELUS – outro nome de Reia.

TÊMIS – titã mulher, conselheira de Júpiter para leis.

TENARUS – entrada grega para as regiões infernais.

TENEDOS – ilha no mar Egeu.

TEODORA – irmã do príncipe Leo.

TERMINUS – divindade romana que presidia os limites e as fronteiras.

TERON – um dos cães de Diana.

TERPSÍCORE – musa da dança.

TERRA – também conhecida como Gaia, deusa grega.
TERSITES – sujeito brigão morto por Aquiles.
TESEU – filho de Egeu e Etra, rei de Atenas, grande herói de muitas aventuras.
TESEUM – templo ateniense em honra de Teseu.
TÉSSALO – inimigo de Perseu, tornou-se pedra ao ver a cabeça da górgona.
TÉSTIO – pai de Alteia.
TÉTIS – deusa do mar, mãe de Aquiles.
TEUCER – antigo rei dos troianos.
THAUKT – Loki disfarçado como bruxa.
THIALFI – servo de Thor.
THOR – o que lança os trovões, o mais popular dos deuses da mitologia nórdica.
TIBRE – rio que atravessa Roma.
TIFÃO – um dos gigantes que atacaram os deuses; derrotados, eles foram aprisionados no monte Etna.
TIGRE – rio que cruza a região do Iraque, antigamente conhecida como Mesopotâmia.
TIRÉSIAS – vidente grego.
TIRO – cidade fenícia governada por Dido.
TIRREU – pastor do rei Turno, na Itália; quando o cervo de sua filha foi abatido, teve início uma guerra contra Eneias e seus companheiros.
TISBE – virgem da Babilônia amada por Píramo.
TISÍFONE – uma das Fúrias.
TITÃS – filhos e filhas de Urano (Céu) e Gaia (Terra), inimigos dos deuses e superados por estes.
TITO – gigante do Tártaro.
TITONO – príncipe troiano, irmão mais velho de Príamo.
TMOLO – deus montanha.
TOXEU – irmão da mãe de Meléagro que furtou de Atalanta seu troféu de caça e foi morto por Meléagro, que o havia concedido a Atalanta.

TRÁCIA – antiga região macedônia, no sudeste da Europa.
TRÍADE HINDU – Brahma, Vishnu e Shiva.
TRIMURTI – tríade hindu.
TRINAQUIA – ilha onde pastava o gado de Hipérion, na qual Ulisses aportou, mas como seus homens tinham abatido algumas reses para comer, o navio do herói foi a pique com relâmpagos.
TRIPTÓLEMO – filho de Céleo; fundou o culto a Deméter (Ceres) em Elêusis.
TRITÃO – semideus do mar, filho de Poseidon (Netuno) e Anfitrite.
TROEZEN – cidade grega da Argólia.
TROFÔNIO – oráculo, na Beócia.
TROIA – cidade da Ásia Menor, governada pelo rei Príamo, cujo filho Páris levou embora Helena, esposa de Menelau, o grego, resultando na Guerra de Troia e na destruição dessa cidade.
TUCÍDIDES – historiador grego.
TURNO – chefe dos rútulos na Itália, rival de Eneias que não teve sucesso na conquista de Lavínia.
TYR – deus nórdico das batalhas.

U

ULISSES (em grego, Odisseu) – herói da *Odisseia*.
UNICÓRNIO – animal fabuloso com um só chifre no centro da testa.
URÂNIA – uma das musas, filha de Zeus com Mnemósine.
URDUR – uma das Nornas ou Parcas da Escandinávia, representando o passado.
UTGARD – morada do gigante Utgard Loki.
UTGARD LOKI – rei dos gigantes.

V

VAISSIAS – casta hindu de agricultores e comerciantes.
VALHALA – palácio de Odin residência celestial dos heróis mortos.
VALQUÍRIAS – virgens guerreiras montadas e armadas, filhas dos deuses nórdicos e mensageiras de Odin, que escolhem os heróis mortos para o Valhala e servem-nos em seus banquetes.
VE – irmão de Odin.
VEDAS – sagradas escrituras dos hindus.
VELOCINO DE OURO – pele de carneiro usada para escapar dos filhos de Átamas chamados Hele e Frixo; após o sacrifício do carneiro a Júpiter, o velocino foi guardado por um dragão que nunca dormia, vencido por Jasão e os argonautas.
VÊNUS (Afrodite) – deusa da beleza.
VÊNUS DE MÉDICIS – famosa estátua exposta na Galeria Uffizi, em Florença, Itália.
VERDANDI – o presente, uma das Nornas.
VERTUNO – deus da mudança das estações, cuja variação de aparência conquistou o amor de Pomona.
VÉSPER – estrela da tarde.
VESTA – filha de Crono (Saturno) e Reia, deusa do fogo doméstico ou lareira.
VESTAIS – sacerdotisas virgens do templo de Vesta.
VESÚVIO – monte, vulcão perto de Nápoles.
VIA LÁCTEA – caminho de estrelas que atravessa o céu, considerado o acesso ao palácio dos deuses.
VIGRID – campo de batalha final com a destruição pelos deuses a seus inimigos, o Sol, a Terra e o próprio tempo.
VILI – irmão de Odin e Ve.
VIRGEM – constelação, representando Astreia, deusa da inocência e da pureza.

VIRGENS OU FILHAS DO RENO – três ninfas aquáticas: Flosshilda, Woglinda e Wellunga; protegem o tesouro nibelungo enterrado no Reno.

VIRGÍLIO – célebre poeta latino (ver *Eneida*).

VISGO – fatal para Baldur.

VISHNU – o Preservador, o segundo dos três deuses hindus principais.

VOLSCENO – líder das tropas rútulas que matou Niso e Euríalo.

VOLSUNG – saga, poema islandês que contém aproximadamente as mesmas lendas que *A canção dos nibelungos*.

VULCANO (em grego, Hefesto) – deus do fogo e da metalurgia, cujas forjas estão sob o Etna; marido de Vênus.

VYASA – sábio hindu.

W

WELLGUNDA – uma das filhas do Reno.

WODEN – principal deus na mitologia nórdica, forma anglo-saxônica de Odin.

WOGLINDA – uma das filhas do Reno.

X

XANTUS – rio da Ásia Menor.

Y

YAMA – deus hindu das regiões infernais.

YGDRASIL – grande freixo que, na mitologia nórdica, sustenta o universo.

YMIR – gigante morto por Odin.

Z

ZÉFIRO – o vento oeste.
ZENDAVESTA – sagradas escrituras persas.
ZETES – guerreiro alado, companheiro de Teseu.
ZETO – filho de Júpiter e Antíope, irmão de Anfíon (ver Dirce).
ZEUS – (ver Júpiter).
ZOROASTRO – fundador da religião persa — zoroastrismo — que predominou no oeste asiático de aproximadamente 550 a.C. a 650 d.C. e ainda hoje é seguida por milhares de fiéis na Pérsia e na Índia.

APÊNDICE

CINEMA: PERPETUANDO E CRIANDO MITOS

ALEXANDRE HUADY TORRES GUIMARÃES[1]
RONALDO DE OLIVEIRA BATISTA[2]

Pensar a relação entre o cinema e os mitos é, inevitavelmente, colocar a representação cinematográfica como criadora e perpetuadora de imagens, sons, vozes, diálogos, ações que podem ultrapassar os limites do comum e chegar a dimensões atemporais, nas quais diferentes imaginários são formados, representados e repetidos, até se fixarem nos olhos

---

[1] Alexandre Huady Torres Guimarães é doutor em Letras pela Universidade de São Paulo e mestre em Comunicação e Letras pela Universidade Presbiteriana Mackenzie. Atualmente é diretor do Centro de Comunicação e Letras e professor adjunto do Programa de Pós-Graduação *Stricto Sensu* em Letras da Universidade Presbiteriana Mackenzie.

[2] Ronaldo de Oliveira Batista é doutor em Linguística pela Universidade de São Paulo e coordenador e professor do curso de Letras da Universidade Presbiteriana Mackenzie. Além de textos em periódicos especializados, é autor dos livros *Introdução à pragmática* (Editora Mackenzie) e *A palavra e a sentença* (Editora Parábola).

e na mente dos espectadores como fatos inegáveis, elaborando, então, numa espiral em movimento contínuo, a própria ideia do mito. E essa relação — cinema e mitos — talvez possa ser representada em uma das histórias mais emblemáticas, representada cinematograficamente com tal força que nos conduz imediatamente a cenas clássicas: o filme *A caixa de Pandora* (de 1929, do alemão G.W. Pabst), que, ao recriar, em outra chave de interpretação, o mito da mulher que abre a caixa com vários males para a humanidade, deixando presa apenas a esperança, traçou mais uma vez uma linha quase inseparável entre os filmes, os mitos e as mitologias. E num diálogo permanente, o cinema pode ser visto como essa força típica dos mitos, pois ele mesmo cria e recria histórias, que nos conduzem tanto ao bem quanto ao mal, uma vez que libertam das fronteiras da imaginação enredos e tramas que, de algum modo, são comuns a todos nós. Isso desde que as imagens em movimento modificaram a percepção do homem das noções de registro e representação.

Com *L'Arrivée d'un Train à La Ciotat*, próximo ao final do século XIX, precisamente em 28 de dezembro de 1895, os irmãos Lumière deram início histórico, na cidade de Paris, no Salão Grand Café, ao que na época intitularam de cinematógrafo e hoje chamamos de cinema. Isso por meio da reprodução em movimento da chegada de um trem a uma estação. Conta-se na história do cinema que o evento promovido pelos irmãos Lumière, com dez filmes, primeira projeção pública paga, foi um sucesso e causou comoção na plateia presente. No entanto, apesar desse marco temporal inaugural, a ideia do cinema e da imagem em movimento é mais antiga do que o aparato tecnológico dos irmãos Lumière. Alguns já defendem a expressão do movimento em várias manifestações, como as pinturas rupestres quando gravadas em sequência; a Coluna Trajano, que imageticamente conta a vitória dos romanos sobre os dácios; as tapeçarias, como a de Bayeux, que com 58 cenas conta a conquista da Inglaterra pelos normandos; o teatro de sombras e, evidentemente, em tecnologias como o fenacistoscópio, o praxinoscópio, o zoopraxiscópio, o cinetógrafo e o cinetoscópio.

Entre os anos 1895 e a atualidade, o cinema passou pelos *nickelodeons*, transformou-se em uma indústria milionária e construiu uma infinidade de nomes, alguns que se transformaram em mitos dessa linguagem audiovisual, que conta histórias de motivações de seus protagonistas e de seus antagonistas. Nesse cenário, formaram-se personalidades como George Méliès, ilusionista francês, pioneiro dos efeitos especiais com seu filme *Viagem à Lua*; D. W. Griffith, que à época do cinema mudo exibiu *O nascimento de uma nação*, um dos filmes mais populares de seu tempo, que focaliza um grupo de homens brancos linchando um criminoso negro e foi lido como uma promoção do contexto em que surgiu a Ku Klux Klan; Charles Chaplin, diretor e ator de filmes que tocam o lado humano da plateia; as referências do Expressionismo cinematográfico alemão, Fritz Lang (*Metrópolis*), F. W. Murnau (*Nosferatu*), Robert Wiene (*O gabinete do dr. Caligari*); o russo Sergei Eisenstein e seu clássico *Encouraçado Potemkin*.

Inúmeros cineastas fazem parte desse Olimpo. Orson Welles, diretor de *Cidadão Kane*; Alfred Hitchcock, considerado um dos maiores diretores de filmes de suspense; Vittorio De Sica, diretor de filmes neorrealistas como *Roma, cidade aberta* e *Ladrão de bicicletas*; o japonês Akira Kurosawa, que abriu as portas do Ocidente com *Os sete samurais*, *Kagemusha*, *Ran*, *Sonhos*; os franceses representantes da *Nouvelle Vague*, Jean-Luc Godard e François Truffaut; e o cineasta sueco Ingmar Bergman. Próximo ao final do século XX, despontaram Pedro Almodóvar, dotado de uma linguagem próxima à televisiva; Lars von Trier e Thomas Vinterberg, representantes do Manifesto

Dogma, que defende a confecção de um cinema como feito antes de sua exploração industrial. Cronologicamente anteriores aos dinamarqueses e ao espanhol, há a geração dos anos 1970, em que despontam cineastas como Francis Ford Coppola, Martin Scorsese, Brian De Palma, Steven Spielberg e George Lucas, que foram imortalizados por histórias como *O poderoso chefão, Apocalipse Now, Taxi Driver, Touro indomável, A última tentação de Cristo, Os bons companheiros, A invenção de Hugo Cabret, Scarface, Os intocáveis, Tubarão, Os caçadores da Arca Perdida, E.T., A cor púrpura, Império do Sol, Jurassic Park, A lista de Schindler, Lincoln* e *Guerra nas estrelas*.

Essas personalidades exprimem razões de ser para a comunidade cinematográfica, que de modo intertextual vivencia suas obras tornando-as mitos, imortais e atemporais. Se o *mito* é uma linguagem, como assim pensa Roland Barthes, as imagens que o cinema cria e reproduz — seja em nome do puro entretenimento, seja na busca por reflexões mais aprofundadas — negam o natural e o comum, em razão de sua inserção histórica e social em momentos específicos, com diferentes atuações ideológicas, que, por atingirem os espectadores com a força que a arte demonstra, tornam o produto mesmo algo tão necessário e vital que em sua própria essência torna-se também um *mito*, a ser perpetuado, como as grandes histórias das mitologias grega e romana, por exemplo. Nesse sentido é que atores, diretores, personalidades tornam-se, via cinema, mitos contemporâneos e atuais, tão próximos de nós que parecem ser, exatamente como se constrói a identificação com as narrativas mitológicas, distantes no tempo, mas perto de todos, porque tocam em questões básicas de nossas manifestações pessoais e sociais. Cinema e mitologia, aparentemente distantes, mas relacionados com aquilo que provocam em todos que veem um filme ou leem fantásticas narrativas.

A lista de atores que fazem parte desse Panteão, nascido nas telas cinematográficas, é extensa: dentre os homens figuram, entre outros, Buster Keaton, os irmãos Marx, Lon Chaney, Bela Lugosi, Boris Karloff, Vincent Price, Humphrey Bogart, James Dean, Jack Nicholson, Robert De Niro, Al Pacino, Sean Connery, Marlon Brando, Dustin Hoffman, Clint Eastwood, Anthony Hopkins, Jack Lemmon, Paul Newman, Charlton Heston, Gene Kelly, Marcello Mastroianni, Peter O'Toole, Burt Lancaster, Peter Sellers; dentre as mulheres, entre outras, figuram Ingrid Bergman, Bette Davis, Elizabeth Taylor, Julie Andrews, Ava Gardner, Audrey Hepburn, Natalie Wood, Rita Hayworth, Catherine Deneuve, Ursula Andress, Shirley MacLaine, Vanessa Redgrave, Marilyn Monroe, Liza Minnelli, Meryl Streep, Susan Sarandon, Jodie Foster, Michelle Pfeiffer, Diane Keaton, Emma Thompson, Nicole Kidman.

Além de suporte para a criação de mitos, o cinema é plataforma para a divulgação de vários outros, dentre eles o mito dos Titãs — doze filhos de Gaia e Urano e os senhores do universo, contado no filme *Fúria de Titãs*, que ganhou as telas em 1981, com direção de Desmond Davis e atuação de Laurence Olivier, Harry Hamlin e Claire Bloom.

Após dezenove anos, em 2010, com o mesmo título, *Fúria de Titãs*, foi mais uma vez lançado com direção de Louis Leterrier e participação de Liam Neeson, Ralph Fiennes e Sam Worthington. Dois anos mais tarde, em 2012, com os mesmos atores e a direção de Jonathan Liebesman, foi lançada a continuação da história que conta o mito dos Titãs, *Fúria de Titãs 2*.

A história de Ulisses já foi vista algumas vezes na grande tela. Em 1954, Kirk Douglas e Silvana Mangano foram dirigidos por Mario Camerini em uma superprodução italiana, *Ulisses*, que contava a história da jornada do herói grego. Essa mesma jornada foi filmada novamente em 1997, nessa época com o título da obra de Homero, *A Odisseia*, agora dirigida por Andrey Konchalovskiy e tendo como atores principais Armand Assante, Greta Scacchi e Isabella Rossellini. Apesar de toda a seriedade do texto de Homero, ele foi resgatado como uma comédia estrelada por George Clooney, John Turturro e Tim Blake Nelson. Em 2000, os irmãos Coen dirigiram o filme *E aí, meu irmão, cadê você?*, que narra, durante a grande depressão americana, a aventura de três prisioneiros, conduzidos por Everett Ulysses McGill (Clooney), em busca de liberdade e de seus lares. Ulisses está presente também na história de Troia, que foi às telas, em 1956, com o título *Helena de Troia*, produção ítalo-americana dirigida por Robert Wise. A história de Troia foi resgatada, novamente, em 2004, quando Wolfgang Petersen dirigiu a superprodução estrelada por Brad Pitt, Orlando Bloom e Eric Bana.

Sucesso literário da série de Rick Riordan, Percy Jackson estreou no cinema em 2010 com o mesmo título do primeiro romance, *Percy Jackson e o ladrão de raios*. Chris Columbus conduziu, entre outros, os atores Logan Lerman, Pierce Brosnan e Brandon T. Jackson para contar a história do filho de Netuno, o semideus Percy, que, nos Estados Unidos de hoje, embarca em uma odisseia atravessando o país para achar e capturar o raio de Zeus, evitando uma guerra entre os deuses.

O monomito e suas três seções, a partida, a iniciação e o retorno, trabalhado por Joseph Campbell, também conhecido como a jornada do herói, é frequente no cinema tanto nos resgates dos mitos do passado quanto nos diálogos com esses mitos e nas criações de novos heróis.

A séria *Guerra nas estrelas*, de George Lucas, já recebeu inúmeros estudos desse ponto de vista, no qual Luke Skywalker assume sua jornada de herói passando por todas as várias etapas e desafios, encontrando inimigos como o Império Galático, Jabba the Hutt e Darth Vader; amigos como Han Solo, R2D2, C3PO e seu mentor Obi-Wan-Kanobi.

O cinema perpetua o mito do herói e cria novos como as contemporâneas séries, nascidas da literatura e migradas para a narrativa audiovisual, *O senhor dos anéis*, de J. R. R. Tolkien, que trata da jornada de Frodo Bolseiro, e *Harry Potter*, de J.

K. Rowling, história que narra a jornada de Potter da infância à vida adulta.

Essa força do cinema se vê na criação de imaginários e mitos, permeados os dois, como já apontava Roland Barthes, por eternas repetições. E não o mecânico movimento sem sentido do repetir pelo repetir; mas a repetição da reinstauração de imagens e narrativas, em constante processo de significação. Sendo assim, é da natureza dos mitos e de seus atos criadores, presentes a cada vez que são atualizados em diferentes gêneros e dimensões, a produção de sentidos, sempre atuais, porque, na verdade, atemporais, como os mitos e as imagens simbólicas.

EM DIREÇÃO ÀS RELAÇÕES ENTRE MITO, CULTURA E ESCULTURA: O MONUMENTO ÀS BANDEIRAS, DE VICTOR BRECHERET, COMO CONTINUUM DAS NARRATIVAS MÍTICAS.

MARCOS NEPOMUCENO DUARTE[3]
JOSÉ MAURÍCIO CONRADO MOREIRA DA SILVA[4]

Quando se pensa em Mito, logo vem à mente o mundo grego antigo e seu universo repleto de figuras que determinavam o destino e, por que não dizer, a direção da vida das pessoas. São inúmeros os exemplos e as narrativas míticas pertencentes ao universo grego que depois foram reinterpretadas pelo mundo romano, fato que acaba por demonstrar o valor e a força dessas narrativas, uma vez que seria praticamente uma "tarefa para Titãs" reunir tudo o que foi construído a respeito de narrativas míticas neste período da história humana.

O que sobrou desse inventário grego foram textos, imagens pictóricas e também muitas esculturas. Os gregos ficaram conhecidos pela valorização da escultura como meio de expressão. Inúmeros museus ao redor do mundo detêm peças referentes ao universo dos mitos, produzidas no mundo grego antigo. A importância da relação entre mito e escultura é tão grande para a civilização grega antiga que filósofos preponderantes para o pensamento ocidental, caso de Platão e Aristóteles,

---

[3] Marcos Nepomuceno Duarte é bacharel em Artes Plásticas pelo Instituto de Artes da Unesp. Mestre e doutorando em Educação, Arte e História da Cultura pela Universidade Presbiteriana Mackenzie.
[4] José Maurício Conrado Moreira da Silva é bacharel em Propaganda pela Universidade Presbiteriana Mackenzie. Mestre em Artes do Corpo e doutor em Comunicação e Semiótica pela PUC-SP. Sua linha de pesquisa é sobre as relações entre linguagens e mídias.

dedicaram parte de seu pensamento a debater tanto o mito quanto o papel das artes miméticas para o homem. Para Platão, mito e arte mimética, o que inclui a escultura, não eram contextos positivos. Já para Aristóteles, tantos os mitos quanto as artes miméticas, em que se incluem as práticas escultóricas, são contextos de materialização das experiências e dos anseios humanos. De qualquer forma, o que se percebe é que muitas esculturas representavam as narrativas míticas gregas dando-lhes um tipo de materialidade.

É claro que não foram os gregos antigos que "inventaram" as narrativas míticas e suas formas de materialização. Hoje, já parece bastante claro que a explicação do universo e do próprio homem via construção de mitos faz parte da natureza humana. Tanto que divulgadores importantes da ciência, como Marcelo Gleiser, que escreveu o livro *A dança do universo*, têm procurado debater a importância dos mitos analisando que, assim como a ciência, essas narrativas têm um papel importante para a existência do homem e sua busca de uma "direção" para a vida em um universo que coloca mais perguntas do que, necessariamente, respostas. Assim, não cabe neste texto discutir todo o processo de reinterpretação e *continuum* dessa espécie de "ponto de partida" que foi o mundo grego antigo para a diáspora das narrativas míticas e seu potencial de dar sentido ao universo, aos homens e às conquistas e anseios deste. O que este texto pretende colocar, de forma breve, é que essa diáspora das narrativas míticas não está circunscrita ao mundo grego antigo. E que em tempos e espaços distintos, como a própria cidade de São Paulo, no século XX, com seus monumentos públicos, pode ser entendida como um contexto de construção de narrativas míticas.

ENTRE OS MITOS E A PLASTICIDADE ESCULTÓRICA

A relação dos objetos escultóricos com a comunicação de valores relevantes para um determinado grupo remonta às origens da humanidade. É bastante conhecida, nos meios acadêmicos, as relações entre dispositivos artísticos (entendidos aqui, propositadamente, em um largo espectro que vai de manifestações corporais e performáticas até a confecção de objetos sob determinadas maneiras e fins específicos) e seus usos celebrativos e rituais. Desde autores com obras abrangentes, como Gombrich ou Baumgart, ou com recortes mais específicos, como Wittkower, é inquestionável a relação entre a construção de objetos cuja funcionalidade é a fruição simbólica e a elaboração de uma memória coletiva. Argan, em *História da arte como história da cidade,* formula:

> Se a arte é um dos grandes tipos de estrutura cultural, a análise da obra de arte deve dizer respeito, de um lado, à matéria estruturada, de outro, ao processo de estruturação. Em cada objeto artístico se reconhece facilmente um sedimento de noções que o artista tem em comum com a sociedade de que faz parte, sendo como a linguagem histórica e falada de que se serve o poeta. Acima dele encontra-se sempre uma camada cultural mais especificamente orientada ou intencionada, que se poderia ser dita profissional. (p. 29)

Como dito no exórdio deste texto, não foram os gregos que inventaram o mito. Baumgart, em *Breve história da arte*, posiciona aproximadamente em 20000 a.C. o surgimento de pequenas esculturas que tornam "ativa a ideia da magia da fertilidade, a segunda função mais importante da vida humana depois da alimentação" (1999, p. 6). Essas obras, diante dos poucos recursos técnicos disponíveis, aproveitam os "abaulamentos e as protuberâncias naturais da pedra" (1999, p. 6). Sua função dentro dos coletivos que as abrigavam era, mesmo que faltem elementos para aferições mais conclusivas, ritualística. E no curso de toda a Antiguidade — concomitante à estruturação de civilizações como a egípcia, a mesopotâmica, a sumérica, a cretense, entre outras —, a cerâmica, a pintura, a escultura e a arquitetura evoluíram, entranhando-se nos tecidos dessas sociedades. Para efeito de vinculação entre os artefatos artísticos e suas ligações com representações coletivas — e, portanto, também com os mitos —, poderíamos encerrar essas breves relações históricas ao chegarmos à cultura grega, em um período que vai de VIII a.C. a II a.C., e toda sua vasta e influente produção artística e cultural, referência que, ato contínuo, estende-se a Roma, como colocado acima. É impossível avaliar a produção estatuária da Idade Média (e sua ampla aplicação como "veículo" de comunicação em uma Europa não letrada) sem entendê-la como imersa na continuação do fluxo grego.

As ânforas e os vasos gregos começam a receber, entre os séculos VIII a.C. e VII a.C., elementos decorativos que empregam narrativas mais elaboradas, como os vasos protocoríntios. É por volta do século VI a.C., ainda segundo Baumgart, que surgiu "uma nova consciência para com a obra de arte, tanto de artistas quanto dos compradores ou dos que encomendavam". Essa mudança se deve, em parte, ao fato de os artistas começarem a assinar suas obras (sejam oleiros ou pintores), mas, principalmente, em razão da temática.

> O conteúdo das representações é de abrangência antes incomum, ele trata das lendas associadas a Aquiles e Teseu. O mundo mítico, que pela primeira vez toma forma nas epopeias de Homero, encontra agora uma correspondência gráfica, cuja afirmação é, no entanto, limitada pela configuração,

caracterizada nesta fase da pintura arcaica pelo rigor das silhuetas negras sobre o fundo claro que exclui o realismo. Exatamente por isso é conseguida, apesar de todo o prazer da narrativa, uma solenidade de efeito que eleva o conteúdo acima do momento da realidade condicionada ao tempo até a atemporalidade do mítico. (Baumgart, 1999, p. 48)

Portanto, podemos afirmar que nesse ponto as narrativas mitológicas encontram as manifestações plásticas, como dito anteriormente. Nesse mesmo período, quando encontramos uma evolução significativa da produção da cerâmica grega, temos, em parte por influência egípcia, o surgimento de esculturas monumentais entalhadas em pedra. Essas esculturas, muitas vezes, eram artigos tumulares ou adornavam espaços cerimoniais. O intervalo que vai do século VII a.C. ao V a.C. registra a superação da influência egípcia e o estabelecimento dos postulados escultóricos gregos. E é nos templos que a escultura passa, em completa integração com a arquitetura, a integrar a construção de narrativas mitológicas. À medida que o domínio técnico da representação do corpo humano avança, temos representações que relatam as lutas entre deuses, guerreiros e criaturas como centauros.

Em referência ao "Guerreiro agonizante", escultura integrante do frontão leste do Templo de Afaia em Egina (c. 490 a.C.), afirma Baumgart que "A agonia deste participante das lutas troianas é de uma dignidade indescritível, cujo relato em ambos os frontões do templo somente agora alcança a grandiosidade da epopeia homérica. O guerreiro anônimo torna-se um herói mítico" (Baumgart 1999, p. 54). As produções escultóricas gregas vão, ao longo dos séculos V a.C. e IV a.C., adquirindo traços de humanização que, durante o século III a.C., tendem mais ao humano que ao divino. Nos séculos II a.C. e I a.C. ganha força certo "realismo", em que "as formas imponentes que se agitam e distendem ininterruptamente provocam a impressão de apaixonada inquietação" (Baumgart, 1999, p. 65). O conjunto escultórico intitulado Grupo de Laocoonte, cuja datação se coloca entre o final do século II a.C. e o século I d.C., é obra significativa dessa última fase. Sobre ela, na abertura do livro *Caminhos da escultura*, Rosalind Krauss observa que, desde o estudo de Gotthold Lessing (no século XVIII) sobre o Laocoonte, formulou-se o entendimento de que:

> a escultura é uma arte relacionada com a disposição de objetos no espaço. E, prossegue, é preciso distinguir entre esse caráter espacial definidor e a essência das formas artísticas, como a poesia, cujo veículo é o tempo. Se a representação de ações no tempo é natural para a poesia, argumenta Lessing, não é natural para a escultura ou a pintura, pois o que caracteriza as artes visuais é o fato de serem estáticas. Em decorrência dessa condição, as relações entre as partes isoladas de um objeto visual são oferecidas simultaneamente a seu observador; estão ali para serem percebidas e absorvidas em conjunto ao mesmo tempo. (Krauss 1998, p. 3)

Porém, ainda segundo Krauss, as esculturas do século XX, como apontado nos estudos de Carola Giedion-Welcker, começam a aprofundar as oposições entre "uma arte do tempo e uma arte do espaço". Para Krauss, "somos forçados, cada vez mais, a falar do tempo. O tratamento da forma por Brancusi subentende uma condição temporal diferente da de Gabo: seu significado brota de um conjunto inteiramente diverso de apelos à consciência que o observador tem de seu próprio tempo ao vivenciar a obra" (1998, p. 4). E considerando o próprio alerta de Lessing, de que os corpos "existem não apenas no espaço mas também no tempo", Rosalind Krauss nos dá uma chave para entender a escultura moderna (na qual o *Monumento às Bandeiras* pode ser posicionado) e as narrativas que dela emanam.

Um dos aspectos mais notáveis da escultura moderna é o modo como manifesta a consciência cada vez maior de seus praticantes de que a escultura é um meio de expressão peculiarmente situado na junção entre repouso e movimento, entre o tempo capturado e a passagem do tempo. É dessa tensão, que define a condição mesma da escultura, que provém seu enorme poder expressivo.

No mesmo livro, no ensaio seguinte, Krauss apresenta, de forma impecável, a construção do tempo narrativo na obra escultórica. Partindo de uma sequência cinematográfica (e sendo o cinema uma linguagem, na qual a construção narrativa, por si, é quase sinônimo dessa própria linguagem) de Eisenstein, em que no filme *Outubro* a estátua do czar Nicolau II é derrubada pelo povo e migrando para o objeto escultórico, em especial para os relevos, Rosalind vai demonstrar como a escultura pode construir (ou mesmo negar) uma narrativa, às vezes, de viés racionalista. Victor Brecheret, o autor do *Monumento às Bandeiras*, se inclui na legião dos continuadores de August Rodin. Era tamanha sua identificação que, assim como muitos outros artistas, seguiu para assistir pessoalmente ao funeral do grande escultor francês.

EM DIREÇÃO A ALGUMAS CONSIDERAÇÕES: A CULTURA COMO CONTINUUM PARA A (RE) CONSTRUÇÃO DOS MITOS

Dessa herança de sentidos das narrativas míticas e sua relação com a plasticidade escultórica, pode-se estabelecer que o *Monumento às Bandeiras* se configura como um exemplo moderno de escultura mítica. Tendo em vista o que foi debatido até este momento, quando pensamos no mito como a narrativa de um evento fundador para uma determinada coletividade e, quase sempre, tendo esse mito de responder a um conjunto de aspirações morais, políticas e sociais válidas e interessantes para determinado grupo contemporâneo dentro dessa sociedade ao qual esse mito está ligado, podemos relacionar o *Monumento às Bandeiras*, do escultor italiano radicado em São Paulo, Victor Brecheret, como um grupo escultórico, cuja narrativa, quase que deliberadamente, opera por sustentar o *mito* da superioridade paulista decorrente da fundação bandeirantista do estado de São Paulo e, por consequência, a delimitação das fronteiras interiores do Brasil.

O *Monumento às Bandeiras* representa uma narrativa mítica das direções tomadas pelos povos que formaram a Cultura Brasileira.

Sobre essa ideia, considera-se que seja necessário apropriar-se da utilização da palavra "cultura" dentro das investigações sobre o termo, seus significados e suas reapropriações na história como discutido por Eagleton (2005), que visualiza na palavra um conceito complexo e em pleno processo de reconstrução de sentidos. Para Eagleton, cultura é derivada da ideia de trabalho, cultivo e colheita, constatando que a raiz latina da palavra "cultura" é *colere*, que significa cultivar, e que encontra parentesco ainda com a palavra *colonus*, o agricultor que muitas vezes precisava se distanciar de sua casa para cultivar a produção agrícola, que vai dar origem a colonialismo, outra palavra e ideia importantes para o mundo contemporâneo, investigação mais adiante neste trabalho. No entanto, posteriormente a ideia de suas relações com o mundo material agrícola, a palavra cultura, no decorrer de seu desenvolvimento semântico, foi adquirindo contornos que a identificavam com o contexto espiritual do homem, passando a conectar-se à criação artística, sobretudo porque esta participaria dos processos de "cultivo" do espírito em oposição a outras atividades materiais "menos nobres".

Essa oposição semântica é, no entanto, sob os olhos da investigação contemporânea sobre cultura, um objeto paradoxal e inapropriado, uma vez que, se antigamente a noção de cultura como produção artística assegurava que os habitantes urbanos seriam "cultos", ao contrário daqueles que se situavam nos contextos rurais, que não seriam capazes de cultivar a si mesmos, pois a agricultura não permitiria espaço para o "cultivo" do espírito, como o que seria proposto pelas artes, hoje a separação parece inadequada.

Hoje, a ideia de cultura parte do pressuposto da complexidade das redes em movimento e diz respeito tanto às produções materiais quanto às imateriais do homem (Laraia, 2006), e também sabe-se que a ideia de cultura é algo que incorpora a capacidade cognitiva e de representação e construção de símbolos do homem (Deacon, 1999), qualquer homem, aquele que pratica atividades rurais ou urbanas, artísticas, esportivas ou mesmo a construção de narrativas mitológicas. Como está sendo ressaltado, no pensamento contemporâneo, prevalece o adjetivo "cultural"como algo que diz respeito a toda e qualquer produção humana, de operações matemáticas a exposições de uma bienal de artes plásticas. É dessa forma que o sentido de destacar a relação entre esculturas e narrativas mitológicas como a ideia inicial deste trabalho acerca da materialidade dos mitos na modernidade não pode excluir as relações universais que esta cultura constrói com o universo artístico, socioeconômico, político e histórico. Sempre em direções complexas.

Essas direções dizem respeito também às tecnologias e aos signos presentes em sua própria época, que, por sua vez, carregam traços dos signos anteriores, que também foram construídos na relação particular-universal. O que o *Monumento às Bandeiras* nos tem a dizer sobre essa questão é que essa obra é uma espécie de *continuum* do pensamento escultórico e mítico grego e a condição cultural humana: a busca de uma direção para a existência.

EUROPA: UM MITO SEMPRE PRESENTE

AURORA GEDRA RUIZ ALVAREZ[5]
MARIA LUIZA GUARNIERI ATIK[6]

PRIMEIRAS REFLEXÕES

Bulfinch comenta no seu prefácio sobre a importância de se conhecer a mitologia, quer pelo prazer que a sua narrativa nos proporciona, quer pela presença de alusões a seres e contextos míticos em obras representativas da consagrada literatura ocidental. Ambas as razões merecem a nossa atenção.

---

[5] Aurora Gedra Ruiz Alvarez possui doutorado em Letras pela Universidade de São Paulo. pós-doutoramento pela Universidade de Indiana, Estados Unidos, na área de Estudos da Intermidialidade. É professora do Programa de Pós-Graduação em Letras da Universidade Presbiteriana Mackenzie.

[6] Maria Luiza Guarnieri Atik possui mestrado e doutorado em Letras Modernas pela Universidade de São Paulo. É professora titular do Programa de Pós-Graduação em Letras da Universidade Presbiteriana Mackenzie e docente do curso de Letras da mesma Instituição.

A primeira delas nos fala do encantamento que a leitura dos mitos propicia, por apresentar, por meio da história da vida de deuses e de heróis, o modo como certas civilizações explicam a gênese do universo, os fenômenos naturais e os sentimentos humanos. Esses relatos contêm, na sua constituição, uma mistura de informação e de simbolismo, expressos na compreensão que o homem tem sobre a realidade em que se inscreve e sobre si mesmo.

A segunda razão mencionada por Bulfinch diz respeito ao caráter dinâmico do mito. Por vezes, esse conteúdo informativo-simbólico pode romper as fronteiras da cultura de origem e penetrar em outros contextos culturais, passando a fazer parte deles, como ocorreu com a mitologia greco--romana em contato com o Ocidente. Quem já não encontrou referências ao narcisismo ou ao complexo de Édipo? Essas e tantas outras menções a mitos ocupam um lugar relevante na literatura, nas outras artes, nas manifestações não artísticas e até mesmo nas conversações. Os mitos, assim como todo texto da cultura, podem ser retomados em outras narrativas mediante apropriações, transformações e/ou subversões deles.

Aqui, queremos falar sobre o diálogo do mito entre culturas, dirigindo o nosso olhar especialmente para as artes plásticas. Vamos refletir sobre o significado dessas leituras feitas por alguns artistas sobre o mito de Europa.

Antes de iniciar essa reflexão, vamos conhecer o conceito de mito apresentado por Mircea Eliade, em *O sagrado e o profano* (2001, p. 84). Para esse estudioso romeno, o mito narra o que "os deuses ou Seres divinos fizeram no começo do Tempo". Esse caráter inicial, "primordial", torna o mito uma narrativa "sagrada", mesmo quando incorporado aos contextos culturais da modernidade, porque no momento em que o homem o reatualiza, ele retorna, a seu modo, ao início de como tudo começou, ou seja, toma conhecimento não apenas do momento cosmogônico como também da relação dos deuses com as coisas, dos deuses entre si e desses seres com os semideuses e os mortais.

Considerando as formas de contato das entidades do Olimpo com o mundo, a metamorfose era uma das mais frequentes e ela ocorria pelas mais variadas razões: por punição, recompensa, trapaça, sedução etc. O mito de Europa, proposta deste trabalho, está fundamentado na metamorfose com o intento de seduzir. Conheçamos esse relato mítico pela versão de Ovídio, que em *As metamorfoses* (1959, p. 69-70) nos conta o encontro entre Júpiter, ou Zeus para os gregos, transformado em touro, e Europa, filha de Agenor, um rei fenício. O fragmento que transcrevemos narra a passagem em que a jovem princesa, acompanhada de outras virgens, passeia pela praia de Tiro, cidade da Fenícia.

> Filha de Agenor admira o Touro,
> Estranha ser tão belo, e ser tão manso:
> Ao princípio, inda assim, teme tocar-lhe;
> Vai-se, depois, avizinhando a ele;
> E as flores, que apanhou, lhe aplica aos beiços.
> Não cabe em si de gosto o ledo Amante;
> Enquanto a maior bem chegar não pode,
> Amoroso lhe beija as mãos de neve;
> Mal se contém, que não se arroje a tudo.
> Ei-lo já pela relva salta, e brinca;
> Já põe na fulva areia o níveo lado;
> À virgem, pouco a pouco, o medo extingue;
> E agora of'rece brandamente o peito,
> Só para que lho afague a mão formosa,
> Agora as pontas, que a real donzela
> De recentes boninas lhe engrinalda.

> Ela enfim, que não sabe, a que se atreve,
> Ousa nas alvas costas assentar-se.
> De espaço à beira-mar descendo o Nume,
> Põe mentiroso pé n' água primeira;
> Vai depois mais avante; enfim nadando
> Leva a presa gentil por entre as ondas.
> Ela, de olhos na praia, ela medrosa
> Segura uma das mãos numa das pontas,
> Sobre o dorso agitado a outra encosta:
> Enfuna o vento as sussurrantes vestes.

(Ovídio, 1959, p. 69-70)

Os versos do poeta latino mostram o jogo da sedução em que Júpiter simula ser um touro dócil, atraente, afetuoso, contido em seus impulsos de posse ("Mal se contém, que não se arroje a tudo"). De sua parte, Europa é a jovem ingênua: a princípio "teme tocar-lhe", depois se aproxima dele, enfeita-o com guirlanda de flores, acaricia-o e, por fim, confiante, "Ousa nas alvas costas assentar-se". Está consumada a sedução. A princesa, imprudente, ignora a identidade e as intenções do sedutor, enquanto este, levando adiante o seu propósito, sorrateiramente procede ao rapto. De início,

> Põe mentiroso pé n' água primeira;
> Vai depois mais avante; enfim nadando
> Leva a presa gentil por entre as ondas.

O MITO EM DIÁLOGO COM A CULTURA E COM AS ARTES

Dos numerosos diálogos do mito de Europa com manifestações das artes plásticas, em momentos distintos da História e por diferentes culturas, propomo-nos estudar uma estatueta de terracota,[7] um vaso de cerâmica e uma pintura. Teremos a oportunidade de observar, na análise, que cada criação artística representa uma cena diferente do relato mítico.

A primeira obra, a escultura em terracota, provavelmente de 470 a.C. a 450 a.C., de 20, 50 cm de altura por 21,50 cm de comprimento. Foi encontrada na Beócia, região da antiga Grécia, e está exposta no Museu do Louvre.

Essa representação do rapto de Europa apresenta a figura feminina proporcionalmente maior que o touro. A estatueta mostra a passagem em que a princesa fenícia está sentada com as duas mãos sobre o dorso do animal, gesto que possivelmente expressa o modo como ela se apoiou para realizar a ação. O touro, de seu lado, reafirma a ideia de docilidade; está com as patas fixas no chão, imóvel, para que a jovem se encoraje e nele se acomode. Ele reatualiza o papel da submissão na conquista amorosa.

O olhar, tanto de um quanto de outro, é pouco expressivo. O do touro parece alheio de outra intenção que não seja permanecer estático, aguardando até que a princesa se firme bem em um de seus cornos. O de Europa não demonstra medo, nem a feição expressa apreensão. Afigura-se segura; ela nada vislumbra para além da mansidão que antes lhe despertara estranhamento. Aparenta apenas desejar experimentar-se momentaneamente no dorso do animal, prolongando a sua brincadeira com as damas de companhia e o touro nos campos tírios.

---

[7] O termo vem do italiano *terracotta* e significa "barro cozido".

Posição diversa assumem as figuras míticas no vaso de cerâmica do século IV a.C., encontrado no sul da Itália e que também faz parte do Museu do Louvre. Nessa peça constrói-se a linguagem de sedução, instante anterior ao representado na estatueta acima descrita.

A cena mitológica lembra uma representação teatral que aponta para ações concomitantes no palco. Primeiro chamamos a atenção para um espaço criado do lado esquerdo do espectador, marcado por um tecido que emoldura uma entrada, com as bordas caídas nas laterais. Esse objeto, que lembra uma cortina recolhida nas laterais, apresenta-se em proporção mais reduzida que as demais figuras e cria a ideia de perspectiva na cena dramática, sugerindo estar mais distante do que ocorre na boca da cena. Ainda à esquerda, mas no primeiro plano, uma aia realiza sua tarefa doméstica de buscar água, portando um cântaro na cabeça, enquanto duas jovens conversam ao fundo. Seres mitológicos (talvez Hera[8] distraída em conversa com Cupido), um pouco mais distante do touro, completam a composição à direita e conferem equilíbrio na

---

[8] Hera, equivalente a Juno na mitologia latina, de acordo com Junito de Souza Brandão (1987, p. 344), é a sétima esposa de Zeus e considerada a sua "esposa canônica". No entanto, depois de trezentos anos de lua de mel, ela sofreu constantes traições de seu marido. Para o ilustre mitólogo, Hera prezava muito a fidelidade e zelava pelos amores legítimos. Em contrapartida, Zeus era dotado do *furor eroticus*, segundo o ilustre mitólogo, e mantinha relações conjugais com outras deusas, ninfas e mortais, como é o caso de Europa. Com o propósito de agir livremente em suas conquistas, ele criava diversos ardis para enganar a esposa. Quem sabe se, na representação do mito de Europa nesse vaso, a artimanha não teria sido pôr Hera em longa conversa com Cupido para que o senhor do Olimpo consumasse mais uma traição, assim como em outras circunstâncias valeu-se de Eco para esse propósito. Conforme a lenda, Hera tinha muito ciúme e costumeiramente punia com duros castigos as amantes do marido e os filhos nascidos desse adultério. Excepcionalmente, Europa não sofreu qualquer pena; parece que Cupido realizou a contento a missão de enganar Hera.

disposição das figuras no vaso. As personagens semelham ter entrado em cena, por aquele acesso mencionado no início da descrição dessa cena. Cada uma assume o seu papel no drama. Europa e o touro são os protagonistas.

A postura do touro (Júpiter) diante da jovem encena o ritual de conquista: curva-se diante de Europa, reverenciando a beleza da princesa. Esta, sentada sobre uma pedra, ocupa o centro da cena, destacada das demais figuras pela haste com folhas prateadas que a circunda. De sua parte, ela não se mantém alheia ao gesto do touro: seu encantamento é denunciado pelo movimento do corpo que se projeta em direção ao animal, desvelando acolhimento. Levando-se em conta a representação dramática disposta nessa obra, pode-se dizer que a pressuposta cena do rapto antes sugere rendição aos encantos um do outro, em vez de um gesto de violência. Lembra, antes, a clássica representação da magia que envolve o encontro de afetos.

Curiosamente, no final de 2012, o Banco Central Europeu valeu-se dessa cena mitológica para criar a moeda de cinco euros,[9] repetindo a mesma escolha feita anteriormente pelos gregos para a moeda de dois euros.[10] Nesses resgates do mito, temos uma clara ilustração do seu caráter recriador, como mencionamos no início de nosso estudo. Ele está continuamente

---

[9] Em 10 de janeiro de 2013, houve o evento de apresentação da moeda de cinco euros e do vaso grego acima referido, contendo a imagem de Europa que inspirou a criação do holograma e da marca d'água para a cédula que começou a circular a partir de maio desse mesmo ano. Disponível em: <http://www.new-euro-banknotes.eu/News-Events/Media/Media-Gallery>. Acesso em: 25 fev. 2013.

[10] A partir de 2002, a Europa adotou o euro como única moeda dos países da zona do euro. No entanto, em uma das faces da moeda, cada país teve a liberdade de introduzir um símbolo de sua preferência. A Grécia escolheu para a moeda de dois euros a imagem de Europa montada no touro, como forma de homenagear a mitologia de sua cultura.

dialogando com outras formas de expressão, até mesmo uma cédula, objeto que não tem, em princípio e em sua principal função, vínculos com a arte; está ligado sobretudo ao mundo das finanças, à realidade comum, material.

Observemos que, nesse caso, não houve uma reconstrução iconográfica de Europa em nova versão, como estamos vendo nas obras em análise, mas uma transposição da figura representada no vaso para a cédula, disposta em outra organização no novo suporte. Dá-se, desse modo, uma recontextualização do mito.

A próxima representação do mito de que vamos tratar é *O rapto de Europa* (c. 1560–1562), de Tiziano Vecellio.[11] É um óleo sobre tela, de 178 x 205 cm, que se encontra no museu Izabella Stewart Gardner, em Boston. Essa composição representa o momento em que a princesa fenícia está sendo sequestrada por Júpiter. O virtuosismo técnico do pintor cria uma intensa dramaticidade à cena, que se materializa na posição que ocupam as personagens no quadro e na habilidade com que as pinceladas dão expressão ao conflito vivido por Europa.

Tiziano, nascido entre 1473 e 1490 em Pieve di Cadore e falecido em Veneza em 1576, introduziu grandes inovações na pintura renascentista. A forma de organização das personagens na prancha rompe com a pintura do século anterior que propunha que a figura principal ocupasse o centro da tela, enquanto os outros elementos eram dispostos em ambos os lados da figura em destaque, para criar o efeito de equilíbrio, harmonia. Um bom exemplo dessa forma de representação pictórica é o *Nascimento de Vênus* (c. 1485), de Sandro Botticelli (1445–1510).

---

[11] Tiziano, ou Ticiano em português, é também conhecido por Titian.

Diante da tela *O rapto de Europa*, o olhar do espectador sente-se atraído para o lado direito, onde a cena parece conter maior tensão. Os outros pontos dela só são percorridos pelo observador depois que ele apreende o que transcorre no espaço em que está Europa. Essa técnica cria vários efeitos. Primeiro, privilegia um lado em detrimento do outro, definindo para o espectador onde está a zona de maior interesse: Europa e o touro. Segundo, marca uma distância virtual entre a princesa e as outras jovens do outro lado da praia, e entre o fundo da tela (os rochedos, o mar e a linha do horizonte) e Europa e o touro. Esse modo de construção do espaço cria o efeito de perspectiva, sugerindo a ideia da tridimensionalidade, quando o artista só pode contar com duas medidas em uma superfície plana. Terceiro, diz respeito ao efeito criado pela técnica de dispor certos elementos do quadro nos limites de sua moldura e até mesmo além deles, simulando que esses seres se projetam para fora do quadro, como se tencionassem participar da realidade do observador. Todo esse conjunto de recursos expressivos relacionados à disposição topológica das personagens confere tensão à cena mitológica.

Outra observação a ser feita é a contaminação do motivo da guirlanda, mostrando duas intenções distintas. Em Ovídio ficamos sabendo que é Europa quem engrinalda o touro, guiada por um pensamento ingênuo de celebrar a sua alegria junto à natureza. O escritor latino também nos esclarece que eram escusas as intenções de Júpiter. As guirlandas, para Ovídio estão associadas ao culto a Baco,[12] divindade do vinho, das festas, do prazer, da insânia. Por isso a contaminação de motivo, gerada pela duplicidade de sentidos: ao mesmo tempo que as guirlandas lembram a inocente celebração de Europa ao

---

[12] Equivalente a Dioniso para os gregos.

touro, também prenunciam o encontro amoroso entre a jovem e Júpiter na ilha de Creta, para onde o touro leva a princesa.

A densidade do conflito não se retém apenas nos recursos mencionados. Ao focalizar o gestual e a expressão de Europa, o espectador apreende um jogo de sentimentos contrários. Tiziano resgata o momento do rapto da virgem fenícia, já seduzida pelo touro. O pintor traduz plasticamente o ato coercitivo de Júpiter, em oposição ao momento anterior em que ele se mostrara manso, pueril. Conta-nos Ovídio: "Ei-lo já pela relva salta, e brinca". Se da parte do deus dos deuses e dos homens há paixão e, ao mesmo tempo, dissimulação e domínio sobre Europa, da parte dela, há encantamento e também certo medo pelo imprevisto do gesto divino, fazendo-a equilibrar-se precariamente sobre o seu dorso. Esses sentimentos materializam-se na tela pela posição do corpo da princesa.

No entanto, antes de considerarmos o conflito de Europa, observemos que no entorno do touro há peixes predadores: um deles abocanhando a sua refeição, o que faz o espectador visualizar na cena os perigos de Europa deslizar das costas do touro e cair nas profundezas do mar. Outro é cavalgado por um Cupido, o que retira da composição a possibilidade de medo, tal é a docilidade com que aquele conduz o pequeno ser mítico. Nessa mesma linha de ambientação do amor, há dois Cupidos no ar, acompanhando o movimento do sedutor e de sua presa. Os elementos marinhos também afirmam o embate entre elementos que acenam tanto para a possibilidade de terror quanto para a de sedução.

Agora, dirijamos o nosso olhar para a disposição de Europa. Mesmo sendo um dos cornos o único ponto de apoio da jovem, o que lhe causa instabilidade, ao contrário do que se poderia supor, os membros inferiores não estão hirtos, e sua espinha dorsal está erguida na parte superior. O desalinho da roupa, o abandono da compostura, a lassidão dos membros inferiores, o rosto voltado para o alto, acompanhando os voos dos Cupidos, o peito nu exposto para as flechas dos deuses do amor antes mostram sujeição, êxtase, e não medo. As imagens daquelas que acompanhavam Europa no seu passeio à praia, diluídas pela noção de distância, não chegam a contaminar a cena com a ideia de violência ou terror. Na cena prevalece o que Tiziano dispõe no primeiro plano: a sugestão de sentimentos que também se transformam: do pânico diante do gesto imprevisto à atmosfera erótica; da imagem daquele que se mostrara inicialmente pueril, brincando na relva com a princesa, como vimos nos versos de Ovídio, para a representação daquele que é dominado pelas forças instintivas e que, ao mesmo tempo, sobrepõe o seu desejo sobre o destino dos mortais.

CONSIDERAÇÕES FINAIS

Como expusemos no início, o mito legitima a sua natureza recriadora, mediante a sua contínua reatualização na arte. É o que vimos nas obras de alguns artistas que deram a conhecer a sua leitura do mito de Europa.

A despeito das diferenças do material usado, do instante mitológico privilegiado e da concepção artística que deu forma e sentidos ao objeto (estatueta, vaso ou tela), dois elementos são permanentes porque são intrínsecos ao mito que estamos examinando e porque, na visão de seus criadores, ainda explicam as realidades humanas em sua gênese mítica, o que valida, no entendimento de Mircea Eliade (2001), a continuidade do substrato sagrado do mito.

O primeiro elemento está ligado às origens míticas do nome do continente europeu, que a tradição tem relacionado ao fato de esse território ter sido um presente de Zeus à jovem princesa.

Desde estudos que remontam a Heródoto[13] (c. 484–425 a.C.), considerado "pai da História", até investigações mais recentes como a de Maria Helena Rocha Pereira (2005), ilustre pesquisadora dos Estudos Clássicos, revelam que o nome do continente está envolto em mistério. Não se consegue até hoje estabelecer relação entre o que diz a lenda e os fatos que marcam a História da Europa. Há apenas hipóteses sobre a etimologia do nome do continente e sobre a sua história. No entanto, não é oportuno trazer essa polêmica para este trabalho. O que nos importa aqui é o que permaneceu na tradição, ou seja, esse forte vínculo entre a filha de Agenor e o continente, tanto que, conforme mencionamos anteriormente, essa foi a razão da incorporação da iconografia do mito de Europa na cédula de cinco euros, a partir de maio de 2013.

O segundo elemento, o touro, está relacionado ao nome da mais antiga constelação, a de Touro, possivelmente por ser visível a olho nu. De acordo com o astrônomo Ronaldo Rogério de Freitas Mourão (1990), essa constelação deu origem ao estudo do zodíaco pelos babilônios, há 4 mil anos. Sua disposição no espaço celeste recorda a posição de um touro em ataque, mantendo os chifres abaixados. Dessa semelhança, surge a relação com o mito de Europa. As Híades, estrelas desse constelado, tomam um formato em "V", o que representaria a cara do touro. Já Aldebarã (ou *Alfa Tauri*), estrela de luz mais intensa do constelado, é conhecida popularmente como sendo o olho esquerdo do touro (Mourão, 1981, p. 38). Segundo a interpretação popular, as estrelas lembrariam a imagem do

---

[13] "Quanto à Europa, ninguém entre os homens sabe se é toda banhada pelo mar, nem de onde tirou o seu nome nem quem lho pôs." (HERÓDOTO apud PEREIRA, M. H. R., 2005, p. 7).

touro a nado, no rapto de Europa. Daí só serem visíveis a cabeça, os ombros e os membros dianteiros na formação estelar; a parte posterior estaria submersa nas águas, assim como se apresenta na tela de Tiziano que examinamos.

Ambos os elementos, a figura da princesa e o touro, são continuamente recordados, quer nos nomes do continente europeu e da constelação de Touro, quer nas artes. Todas essas representações expressam que o homem guarda em si a necessidade de manter os vínculos com suas raízes. Será que nesse ativo retorno ao mito não reside o receio de o ser humano se afastar de suas origens e se perder em toda a profusão de conhecimentos científicos e tecnológicos?

O MITO NO TEATRO

LÍLIAN LOPONDO[14]
MARLISE VAZ BRIDI[15]

"O mytho é o nada que é tudo."
Fernando Pessoa

Fernando Pessoa, o grande poeta português, ao referir-se ao mito como "o nada que é tudo" no verso famoso, conjuga ao menos dois sentidos da palavra mito, ambas de sentido forte e

---

[14] Doutora em Literatura Portuguesa pela USP. Docente da Pós-Graduação em Letras da Universidade Presbiteriana Mackenzie. Coordenadora do projeto Capes de pesquisa "O outro eu: fragmentações e desdobramentos do sujeito na literatura contemporânea". Tem vários livros e artigos publicados em periódicos nacionais e internacionais.

[15] Professora titular de Letras da Universidade Presbiteriana Mackenzie e professora doutora de Literatura Portuguesa da Universidade de São Paulo. Atua na Graduação e na Pós-Graduação das duas instituições.

contraditório: o de nada e de tudo. No mito, estão presentes o aspecto de criação humana (como ficção, narrativa e inverdade, portanto nada) e de produção sagrada de significação para as coisas do mundo (portanto tudo).

Quando o que está em questão é o teatro ocidental, podemos dizer que uma de suas vertentes — a que é conhecida como vertente clássica, em oposição à que será chamada de vertente medieval — tem sua origem vinculada ao mito. De acordo com os historiadores e os pensadores que se voltaram para a Antiguidade clássica, dentre os quais Nietzsche com sua obra *A origem da tragédia* (1872), o teatro grego tem seu início provável nos rituais em homenagem ao deus Dioniso (correspondente na cultura latina ao deus Baco), o que implica o estabelecimento de uma primeira proximidade entre o teatro e o mito.

Dos Ditirambos, manifestações informais em homenagem ao deus Dioniso, deus do vinho e das festas, de caráter ritual e religioso, aos grandes festivais ocorridos no século V a.C, ainda em homenagem ao mesmo deus, estruturou-se aos poucos o teatro grego. Na altura, o teatro havia-se organizado em gêneros, como a tragédia, a comédia e a sátira, incluía a presença de atores, que se utilizavam de máscaras para representar, e continha um coro cuja voz coletiva e recitação em uníssono representavam o povo da cidade. Foram, então, construídos teatros ao ar livre, arenas que se aproveitavam das colinas da cidade para a edificação de arquibancadas podendo abrigar um público de até 17 mil pessoas e com tal acústica que permitia a todos ouvirem perfeitamente o que era dito pelos atores ou pelo coro independentemente do lugar que ocupavam na plateia.

Além da aludida presença do mito na origem das formas teatrais, o mito e a mitologia sempre estiveram presentes em toda a arte da Antiguidade clássica e também no teatro. As peças tinham como tema central (senão exclusivo) versões dos mitos, que, portanto, eram do conhecimento do público que acorria às apresentações.

Mais tarde, durante o Renascimento e sobretudo no Teatro Classicista Francês, a temática mitológica é retomada, mas como manifestação de erudição dos dramaturgos que tomavam o mundo antigo como modelo a ser seguido. A partir de então, a presença do mito na literatura dramática sempre se fará sentir em maior ou em menor grau, com incontáveis revisitações às peças da Antiguidade e a seus temas principais, com destaque para o mito. Jean Racine, por exemplo, compôs suas principais tragédias, dentre as quais *Ifigênia* (*Iphigénie*, de 1674) e *Fedra* (*Phèdre*, de 1677), inteiramente calcadas nas versões antigas dos respectivos mitos.

A História do Teatro Ocidental, mesmo em momentos em que a influência da Antiguidade não se faça sentir de maneira plena, está repleta de exemplos da retomada dos mitos que nunca deixou de atualizá-los, tomando-os como tema recorrente em incontáveis oportunidades e um lugar-comum entre os dramaturgos de todas as épocas.

O teatro dos séculos XX e XXI não é uma exceção. Além de incontáveis encenações dos grandes poetas dramáticos da Antiguidade, como Ésquilo, Sófocles e Eurípedes, há com frequência a elaboração de peças cujo entrecho se apoia na mitologia, talvez pela universalidade que o mito pode imprimir à análise das paixões humanas. Por outro lado, o mito, em si mesmo, é uma narrativa longamente posta à prova ao longo dos séculos, oferecendo, em princípio, uma garantia prévia de que a história sustentará o espetáculo. Não faltam, entretanto, leituras inovadoras dessa longa e forte tradição, tanto no plano de sua afirmação como em rupturas, muitas vezes paródicas.

Dentre as muitas releituras do mito tanto na literatura dramática quanto na sua transposição para o palco, destacaremos, aqui, o tratamento conferido ao mito de Orfeu na peça *The Phantom of the Opera*, por Andrew Lloyd Webber, Charles Hart e Richard Stilgoe, representada no Phantom Theatre, em Nevada, Estados Unidos, em julho de 2010, sob a direção de Harold Prince e assistência de Arthur Masela, e adaptação cênica a cargo de Paul Kelly. Anthony Crivello, em marcante atuação, interpreta o papel do Fantasma, Kristen Hertzeberg o de Christine, Andrew Ragone o de Raoul e Joan Sobel o de Carlota Giudicelli. A peça, baseada no romance *Le Fantôme de l'Opéra*, 1910, de Gaston Leroux, detém-se sobre um dos aspectos mais conhecidos do mito — o da paixão de Orfeu por Eurídice —, nela denominados Raoul e Christine.

A ação transcorre quase que inteiramente no majestoso edifício da Ópera de Paris, alicerçado sobre um lençol de água subterrâneo e famoso pela crença de abrigar, em seu interior, um fantasma. Segundo os administradores do local, a estranha criatura exige que lhe reservem, em todos os eventos, o camarote de número cinco. Certo dia, a prima-dona da companhia, Carlota Giudicelli, por meio da intervenção de Erik, o Fantasma, perde a voz e é substituída por Christine Daaé, jovem bailarina e integrante do coro. Alcança imediatamente estrondoso sucesso, que atribui à intercessão do pai, já falecido. Conquista, além do público, o visconde Raoul de Chagny, patrocinador do teatro e seu amigo desde criança, por quem se apaixona e é correspondida. No camarim, ao olhar-se no espelho, vê refletida não a sua imagem, mas a de Erik, o Fantasma. Atravessa o espelho e é conduzida por ele à sua [de Erik] morada, nos porões do edifício. Após uma série de peripécias, Raoul resgata a amada do jugo do Fantasma.

Detenhamo-nos sobre a trajetória de Christine a partir do momento em que, ao cruzar os limites do espelho, dirige-se ao "outro mundo", significativamente o subterrâneo do prédio da Ópera de Paris. A catábase da protagonista se inicia em clima de muita tranquilidade, uma vez que ela identifica Erik como o Anjo da Música, tantas vezes mencionado pelo pai durante a sua infância. Montada sobre um cavalo branco conduzido por Erik, desce as escadarias rumo ao universo dele. A mistura dos planos da realidade e da fantasia é o principal procedimento do qual lançam mão os adaptadores da obra de Leroux, a ponto de, contrariamente ao que ocorre aqui, lá, findo mas não concluído o espetáculo, o público ainda permanece em dúvida: teria mesmo existido um fantasma a assombrar a equipe? Tudo não passou da imaginação da protagonista? Como conciliar as mortes em cena com as explicações de Madame Giry?[16]

A descida de Christine é acompanhada pela canção-tema do espetáculo (*The Phantom of the Opera*), em belíssimo dueto sintetizador do eixo da peça, a dualidade do ser. Para completar-se como sujeito, responsável por seus atos, é preciso que a jovem interaja com seu outro lado, com seu outro eu, revelado pela imagem de Erik no espelho, mas atribuída ao sonho: "In *sleep* he sang to me/ in *dreams* he came/ that voice which calls to me/ and speaks my name/ and do I *dream again*?/ For now I find/ the phantom of the opera is *there*/ inside my [your] mind",[17] e concretizada a partir do instante em que ela penetra no mundo dele.

---

[16] Essa questão foi tratada pormenorizadamente no artigo "Entre o rosto e a máscara", a ser publicado no periódico *Acta Acientiarum — Language and Culture*, de autoria de Aurora Gedra Ruiz Alvarez e Lílian Lopondo, em que o epílogo do romance de Leroux e o da peça vinculam-se a mundividências opostas: no caso do primeiro, desmonta-se a fantasia em proveito da lógica; no do segundo, a ênfase recai sobre a dúvida.

[17] Durante o sono ele cantou para mim/ Em sonhos ele veio/ Essa voz que chama por mim/ E pronuncia meu nome/ E eu sonho outra vez?/ Pois agora eu descobri/ O fantasma da ópera está aqui (aí)/ dentro da minha (sua) mente. (Grifo nosso. Esta e as demais traduções da peça são de nossa autoria). Disponível em: http://www.allmusicals.com/lyrics/phantomoftheoperascript/thephantomoftheoperascript.htm. Acesso: 11/9/2010. Grifo nosso. Todas as citações referentes à peça serão retiradas do libreto aqui indicado.

Encontra-se ela, então, dividida entre dois polos, fortemente entrelaçados ao longo de toda a peça: o da busca da perfeição artística — que a leva a iludir-se, a ver em Erik ora o pai, ora o Anjo da Música, ora o Fantasma: "CHRISTINE:"*Angel...or father.../ friend...or Phantom...? Who is there, staring...?* (Grifo nosso)[18] —, e a procura da unidade individual, por meio da realização do amor por Raoul, sintetizada em uma das mais belas canções do espetáculo, "All I ask of you".

Tendo em mira o primeiro aspecto, há apontar a convergência entre o mito e a peça. Pierre Brunel, no verbete "Orfeu", declara que "o canto de Orfeu, em meio a tanta selvageria [lembremo-nos dos ataques das Mênades] mas (*sic*) a música que sobrevive ao defunto... constituem (*sic*) a mais importante das vitórias" (1998, p. 771. Grifo nosso). No caso d'*O Fantasma*, a música — essência da peça — acentua as tensões, revela os caracteres, "amplia" o espaço cênico, comenta os fatos e fascina o público. O namoro entre Christine e Raoul funciona quase que — perdoe-se a violência da expressão — como pretexto para que a música se imponha em sua plenitude.

No que tange à construção dos caracteres, a distância entre Leroux e Andrew Lloyd Webber, Charles Hart e Richard Stilgoe não poderia ser maior. Se, da perspectiva do mito, o herói trácio é punido por violar o interdito, por ultrapassar o *metron* ao olhar para trás ["Orfeu foi vítima, como diz Eurídice, do excesso de seu amor, do 'gran furore', e a violência exercida sobre eles não é outra senão a violência desse próprio amor"] (1998, p. 769. Grifos do autor), do prisma da peça é exatamente a insubmissão aos entraves representados pelo Fantasma que leva os amantes a permanecer juntos, a viver o amor sem empecilhos e a recuperar a individualidade perdida.

---

[18] "Anjo… ou pai.../ amigo... ou Fantasma...? Quem está aí me encarando?"

O percurso de Christine, rito de passagem da adolescência para a idade adulta, que a leva a consolidar a identidade e exige que abra mão de algumas de suas mais caras crenças da infância e da puberdade (nas soluções mágicas, no Anjo da Música, no Fantasma, por exemplo), sob a influência das quais pautou sua existência até então, para iniciar a anábase, tornando-se, assim, sujeito de sua história, que incorpora um passado que não mais lhe paralisa a liberdade de ação.

Como é possível verificar mediante esses breves apontamentos, a transposição do romance de Leroux para o palco enraíza-se, em sua totalidade, numa série de ambiguidades que requerem do público redobrada atenção. Não é à toa que, durante quase todo o espetáculo, o espelho e suas variantes, como reflexo e refração, a água e a máscara, integram o cenário e multiplicam, alternadamente, as personagens e o espectador, ampliando, dessa forma, a indagação fulcral da peça: quem sou eu?

Ao insubordinar-se aos limites de Plutão e Perséfone, Orfeu perde-se. Andrew Lloyd Webber, Charles Hart e Richard Stilgoe fazem da transgressão a bússola do homem contemporâneo em busca de sua identidade.

A TRAJETÓRIA DE UM MITO CELTA: MERLIN

HELENA BONITO C. PEREIRA[19]
LÍLIAN CRISTINA CORRÊA[20]

Entre as sociedades primitivas, o mito é uma forma de o ser humano se situar no mundo, um modo não crítico, ingênuo e fantasioso, anterior a toda reflexão, de estabelecer algumas verdades que só explicam parte dos fenômenos naturais ou mesmo a construção cultural, mas que dão as diretrizes das ações humanas. Deve-se salientar, entretanto, que, não sendo teórica, a verdade do mito não obedece à ordem lógica nem da verdade empírica nem da científica. É verdade intuída, e, por esta razão, existem várias versões para um mesmo mito, e o conjunto de tais versões constitui sua realidade. A variedade de versões explica-se também pela maneira como cada mito se reproduz e se perpetua no tempo. Apesar dos recursos ao alcance da História e da Antropologia para a pesquisa do passado, seria ainda hoje impossível recuperar a trajetória dos mitos desde seu surgimento, anterior ao registro escrito das narrativas humanas.

O mito nasce do desejo de se compreender o mundo, para afugentar o medo e a insegurança, e o ser humano, à mercê das forças naturais que lhe são assustadoras, passa a emprestar-lhe qualidades emocionais. O pensamento mítico está muito ligado à magia, ao desejo, ao querer que as coisas

---

[19] Helena B. C. Pereira é doutora em Letras Modernas pela Universidade de São Paulo (USP), docente na área de Letras da Universidade Presbiteriana Mackenzie (UPM) e coordenadora de Publicações Acadêmicas na mesma instituição.

[20] Mestre e doutora em Comunicação e Letras (UPM). É professora dos cursos de graduação em Letras e Pós-Graduação *Lato Sensu* da Universidade Presbiteriana Mackenzie, nas áreas de língua e literaturas em Língua Inglesa, tradução e metodologias do ensino da Língua Inglesa.

aconteçam de um determinado modo, e é a partir disso que se desenvolvem os rituais como meios de propiciar os acontecimentos desejados: o ritual passa a ser o mito traduzido em ação.

Além de acomodar e tranquilizar o ser humano diante de um mundo assustador, dando-lhe a confiança de que, através de suas ações mágicas, o que acontece no mundo natural depende, em parte, de seus atos, o mito também fixa modelos exemplares de todas as funções e atividades humanas e o ritual, por sua vez, passa a ser visto como a repetição dos atos executados pelos deuses no início dos tempos e que devem ser imitados e repetidos, para que as forças do bem e do mal sejam mantidas sob controle.

Retomando as sociedades tribais, nelas o mito é sempre coletivo e é em razão de sua existência e do reconhecimento dos outros que esse mito se afirma. Outra característica que deve ser levada em conta é que o mito é sempre dogmático, apresentando-se como verdade que não precisa ser provada e, portanto, não admite contestação — sua aceitação se dá por meio da fé e da crença.

Os mitos da tradição greco-romana são os mais difundidos entre nós porque somos herdeiros culturais e literários dessa tradição. Mesmo que não tenham permanecido como religião, pois foram derrotados pelo cristianismo, ainda estão presentes no mundo das artes e da literatura. Esses mitos estão inseridos mais diretamente em nosso cotidiano, sendo raro encontrar alguém que nunca tenha ouvido falar em Hércules, Vênus ou Cupido, para citar apenas três dos mais conhecidos. Mas existem outros mitos menos conhecidos que surgiram em pequenas povoações na Europa, cujas línguas já se extinguiram ou derivaram para outras, e que também fazem parte da tradição ocidental, como é o caso dos mitos gauleses ou celtas. O testemunho mais concreto da existência desses mitos está associado aos monumentos encontrados em regiões do atual Reino Unido, como os famosos alinhamentos de megalitos em Stonehenge, na Inglaterra.

O estudo dos mitos torna possível também avaliar, ou melhor, compreender as fases evolutivas do pensamento humano. Segundo o positivismo, de Augusto Comte, filósofo francês do século XIX, a evolução da espécie humana divide-se em três etapas: mítica (teológica), filosófica (metafísica) e científica. Ao opor o poder da razão à visão ingênua oferecida pelo mito, o positivismo empobrece a realidade humana. O homem moderno, tanto quanto o antigo, não é só razão, mas também afetividade e emoção. Se a ciência é importante e necessária ao entendimento do mundo, não oferece a única interpretação válida do real.

Assim, negar o mito é o mesmo que negar uma das expressões fundamentais da existência humana — o mito é a primeira forma de dar significado ao mundo: fundada no desejo de segurança, a imaginação cria histórias que nos tranquilizam, que são exemplares e que nos guiam em nosso cotidiano. Quando dá significado ao mundo, o mito apresenta um papel central, garantindo seu lugar presente tanto nas sociedades tribais quanto nas sociedades modernas, mais complexas.

Quando se aproxima o estudo do mito da narrativa, deve-se levar em conta que todo mito é parte das narrativas tradicionais. Se a narrativa é uma forma condicionada de linguagem, com sequência característica e sempre pressupondo uma forma verbal, o mito é uma síntese da narrativa, uma estrutura de sentido. A passagem da narrativa em sentido geral para a narrativa literária operou-se sem a menor dificuldade, no caso dos mitos, pois eles foram incorporados às aventuras de personagens que seriam inspirados em seres humanos comuns que contavam com a ajuda de forças superiores, externas ao mundo físico, facilitadoras de seu sucesso. Se nesse aspecto ocorre a proximidade entre o mito e a literatura, em outros há diferenças essenciais, como se pode deduzir da definição de mito proposta por Mircea Eliade, que foi um dos maiores estudiosos de mitologia. Para ele, o termo *mito* tem sido utilizado como sinônimo de "ficção" ou "ilusão", até mesmo "tradição", acrescentando que "[...] o mito é uma realidade cultural extremamente complexa, que pode ser abordada e interpretada através de perspectivas múltiplas e complementares." (2000, p. 11) O autor apresenta uma definição, segundo ele próprio, mais ampla e menos imperfeita, de que o mito relata uma história sagrada, um acontecimento referente a um tempo primordial, de acordo com uma realidade que passou a existir, quer seja uma realidade total ou apenas um fragmento de realidade — os personagens dessa "história" são chamados de entes sobrenaturais, que revelam a identidade criadora do mito e a sacralidade de suas obras.

Eliade distingue, ainda, o que chama de *histórias verdadeiras* (aquelas que tratam das origens do mundo) e de *histórias falsas* (aquelas que tratam de proezas não edificantes), mas também observa que ambas têm em comum o fato de serem narrativas que apresentam eventos distantes e fabulosos, mas não pertencentes ao mundo cotidiano.

Outro estudioso, Ernst Cassirer (2000), indica que a mitologia é uma necessidade inerente à linguagem, uma espécie de sombra projetada por ela sobre o pensamento — tal sombra só deixaria de existir se houvesse uma sobreposição entre linguagem e pensamento, mas um exerce poder sobre o outro. Assim, a mitologia expressa o poder exercido pela linguagem sobre o pensamento em diversas esferas: o mundo mítico representa um mundo de ilusões que só são cabíveis quando se descobre seu sentido original, enraizado na linguagem.

Cassirer ressalta, ainda, que é por meio da natureza e do

significado da metáfora que se compreende a diferença e, ao mesmo tempo, a unidade dos mundos mítico e linguístico. A metáfora seria o vínculo intelectual entre os dois, ora procurada nas fantasias míticas, ora nas construções da linguagem — a mitologia converte-se, então, em um produto da linguagem. Para o autor, mito, linguagem e arte formam uma unidade completa e indivisível, sempre acompanhada de um encantamento imagético.

Se os estudiosos apontam que o mito e a linguagem são, de fato, indivisíveis, por que não dizer o mesmo da relação entre mito e literatura? Northrop Frye (1973) trata o mito como sendo um extremo da invenção literária, organizando-o de três modos: o mito não deslocado, preocupado com os deuses ou os demônios, tomando a forma de mundos contrastantes; a tendência romanesca de sugerir padrões míticos implícitos e, finalmente, a tendência do "realismo", descarregando a ênfase no conteúdo e na representação.

Quando trata dos gêneros literários, Frye denomina-os de *mythos*: ao *mythos* da primavera: comédia; *mythos* do verão: a história romanesca; *mythos* do outono: a tragédia e *mythos* do inverno: a ironia e a sátira. O autor é retomado por Coupe (1997), segundo o qual a forma caracterizadora da arte da literatura é o mito — quanto mais a literatura se distancia do mito, mais real ela parece. O estudioso define a narrativa como um poder convencional de ação assumido pelos personagens principais na literatura ficcional, reiterando que eles tendem a suceder uma sequência histórica.

Podemos citar, ainda, Roger Caillois (1972), ao fazer uma distinção entre literatura e mitologia:

> [...] se a mitologia só é receptível para o homem à medida que exprime conflitos psicológicos de estrutura individual ou social dando-lhes uma solução ideal, não se percebe a razão

por que esses conflitos não se revestiram imediatamente da linguagem psicológica que lhes é própria, em vez de utilizarem o cenário [...] da fabulação? (p. 25)

De fato, o mito transcende o mero relato de episódios, já que envolve os grandes conflitos humanos, individuais ou coletivos. Entretanto, não se pode ignorar que a literatura, mesmo quando se torna um relato despretensioso, também pode exprimir, a seu modo, esses mesmos conflitos. Mito e literatura são, portanto, duas manifestações resultantes de uma mesma origem, que têm objetivos ou finalidades diferentes entre si. Os mitos são parte integrante de narrativas literárias até hoje, e sua presença se destaca, neste texto, com foco em um dos mais conhecidos druidas, o mago Merlin, participante do ciclo literário do rei Artur.

A MITOLOGIA CELTA: OS DRUIDAS

As nações celtas habitaram a Bretanha (região no noroeste da França) e partes da Escócia, da Irlanda e da antiga Germânia. Suas manifestações artísticas revelam uma tendência para formas abstratas, como figuras em espiral e desenhos geométricos. Seus vestígios permanecem em manifestações do folclore e na música de algumas regiões da Europa, em contos populares e, principalmente, em mitos bastante conhecidos até hoje. Um dos mais presentes em nosso tempo é o mito do rei Artur, que tem dentre seus protagonistas um druida, o mago Merlin.

Naqueles reinos, o druida era o sacerdote que dirigia os rituais de adoração ao Sol e às divindades. Não atuava em templos nem em igrejas, mas as atividades sagradas eram realizadas em meio a círculos formados por pedras enormes, os dólmens, muitos ainda existentes hoje em dia. Aconteciam anualmente dois grandes festivais, denominados solstícios, que marcavam o início do verão, em maio, e o início do inverno, em primeiro de novembro. Curiosamente, permanece até hoje, embora bastante modificado em relação às origens, o ritual do *Halloween*, herança direta do solstício de inverno dos celtas. As datas dos solstícios eram definidas com base nos estudos de astronomia dos druidas e tinham o objetivo de descobrir como seria o período seguinte para as plantações, já que essas populações viviam em sociedades agrárias, dependentes dos fenômenos da natureza. Os druidas exerciam outros papéis, como o de juiz, conselheiro e curandeiro, sendo, portanto, figuras de relevância nas comunidades celtas.

Amparada nesse contexto relacionado ao comportamento e à sabedoria druida, surge a figura de Merlin, o Mago, como seu maior expoente: personagem envolta em fantasia e mistério. A autoridade de Merlin aplica-se tanto à esfera religiosa quanto à política. No caso do rei Artur, seu destino teria sido previsto pelo mago Merlin desde o nascimento, sendo que o mago sempre o acompanhou ou orientou em suas numerosas aventuras.

Desde o século VI há narrativas folclóricas e literárias que se referem ao rei Artur. Esse personagem teria vivido na Grã-Bretanha, onde comandou as batalhas para expulsar povos invasores. Não há certeza histórica quanto à existência real desse e dos demais personagens que compõem a saga arturiana, conhecidos como os "doze cavaleiros da távola redonda". Essa denominação teria surgido porque Artur reunia-se com os líderes de suas tropas ao redor de uma mesa (távola). Com algum fundo de verdade, porém sem a possibilidade de comprovação, as narrativas foram se expandindo ao longo dos séculos e chegaram aos nossos dias, agora não só restritas aos livros para leitura de jovens e adultos, como em outros produtos midiáticos — em especial o cinema — em que se dirige também ao público infantil.

Como o mito se consolida e se dirige à posteridade? No *Dicionário de mitos literários* (1998), Pierre Brunel traz sólidas explicações sobre o modo como os mitos foram recolhidos em textos escritos. O ciclo arturiano, segundo esse pesquisador, está no livro *Historia Britonium*, de Nennus, cuja primeira redação deve ter sido feita por volta do ano 800. Artur seria um chefe guerreiro que obteve doze vitórias contra os invasores bretões. Tempos depois, as mesmas batalhas foram recontadas por outros historiadores, que deram novas versões a muitos dos fatos e acrescentaram episódios e personagens. Por volta de 1120, surgiram cavaleiros como Lancelote e Galvain e também a rainha Ginebra, ou Gueniffer, e em 1134 o bretão Geoffroy publicou as *Profecias de Merlin*. Artur e Merlin passavam, então, a fazer parte dessa versão da história da Inglaterra (Brunel, 1998, pp. 102-103)

Ainda sem distinção entre narrativa histórica e literária, as aventuras de Artur chegaram à França com a publicação de um livro por um clérigo chamado Wace, autor do *Roman de Brut*, em 1155, ou seja, pouco mais de trinta anos após os primeiros escritos sobre o protagonista. Nos pequenos reinos em que se dividia a França naquela época, multiplicaram-se as histórias sobre Artur e seus cavaleiros, com diferentes autores e títulos. Uma das narrativas mais conhecidas foi o *Conto do Graal*, escrito no século XIII por Chrétien de Troyes e retomado em numerosas literaturas europeias, inclusive na literatura portuguesa, que a consagra como *Demanda do Santo Graal*.

Brunel (1998, p. 105) assegura que, nessa mesma época, o ciclo arturiano compunha-se de dois volumes, a *História do Graal* e *Merlin*, e desde então espalhou-se pelas literaturas europeias com algumas variações no título. As *Profecias de Merlin* foram publicadas em Pisa, na Itália, e alcançaram grande repercussão, pois Dante Alighieri fez menção a seus personagens na *Divina Comédia*, que foi escrita entre 1304 e 1321.

Segundo Saraiva e Lopes (1979, p. 94), historiadores da literatura portuguesa, a versão mais antiga em língua portuguesa está em um manuscrito do século XV, conservado parcialmente e adaptado da versão francesa. O Graal seria o cálice com o sangue de Cristo, recolhido por José de Arimateia e levado à Bretanha, o que acrescentou valores cristãos ao mito de Artur. Mas nem por isso seria diminuída a importância de Merlin, que havia feito a previsão da glória de Artur mesmo antes de seu nascimento e que sempre foi seu protetor e conselheiro. Um dos fragmentos conservados, a *Demanda do Santo Graal*, corresponde à terceira parte do ciclo arturiano; outro, intitulado *José de Arimateia*, refere-se à primeira parte. Há também registro da existência da segunda parte, intitulada *Merlin*, que teria pertencido a D. Duarte, que reinou em Portugal na primeira metade do século XV.

Muitas foram as versões difundidas na Europa ao longo dos séculos XII e XIV. A publicação que praticamente encerrou as narrativas arturianas em sua primeira fase foi escrita no século XV, por sir Thomas Malory, que compilou os relatos existentes até seu tempo.

Artur, Merlin e toda a corte atravessaram os séculos seguintes, pouco conhecidos. Mas registra-se um grande retorno nos anos 1860–1870, quando o músico Richard Wagner inspirou-se no relato para compor *Parsifal*. Merlin fez parte da obra de escritores do Simbolismo, na França, e também do poeta Apollinaire. Ainda no final do século XIX, o mito arturiano chegou à América, desdobrando-se em *A Connecticut Yankee at King's Arthur Court* (*Um americano na corte do rei Artur*), escrito pelo irreverente Mark Twain, em 1889.

No século XX, esses longos relatos, que contêm mistério, aventura e magia, continuaram a cativar os leitores, em diferentes versões, que são protagonizadas por Artur, pelos cavaleiros da távola redonda, por Merlin e por outras personagens do ciclo. As recriações são abundantes e ainda hoje se encontram à venda em livrarias físicas e virtuais: *A morte de Artur, O rei Artur e os cavaleiros da távola redonda, A dama do lago, As brumas de Avalon*. Talvez mais numerosas ainda sejam as versões para o público juvenil, como se pode observar em uma rápida consulta aos *sites* de livrarias: *Fabulosas histórias de Merlin e do rei Artur*, de Gilles Massardier (Ed. Nacional); *Avalon High, a coroação* — a profecia de Merlin, de Meg Cabot (Ed. Record) e tantas outras. Não falta uma reescrita do mito em quadrinhos: *Rei Artur e os cavaleiros da távola redonda*, de Márcia Williams.

Não é de surpreender que Artur e Merlin tenham inspirado dezenas de filmes, minisséries televisivas e outros produtos acessíveis em diversas mídias. Dentre os filmes, destacam-se *Les Chevaliers de la Table Ronde* (*Os cavaleiros da távola redonda*), dirigido por Richard Thorpe (1955); *Camelot* (1967), de Joshua Logan; *Lancelot*, de Robert Bresson (1974); *Parsifal des Gallois* (*Parsifal dos gauleses*), de Eric Rhomer (1978); *Excalibur*, de John Boorman (1981) e outros mais recentes: *Arthur, As brumas de Avalon*.... Na categoria infantojuvenil destaca-se *A espada era a lei*, animação produzida pelos Estúdios Disney em 1963. Existem registros fílmicos irreverentes, como o *Sacré Graal* (*Santo Graal*), do grupo Mounty Python (1975). Esse expressivo número de versões vem a comprovar a atemporalidade da figura de Merlin e a eterna contemporaneidade dos mitos.

MITO E SAGRADO: NOVAS LEITURAS, NOVOS SENTIDOS

ANA LÚCIA TREVISAN[21]
JOÃO CESÁRIO LEONEL FERREIRA[22]

As narrativas míticas fazem parte do imaginário de diferentes povos e traduzem, na expressividade de suas palavras, os muitos sentidos do sagrado, capazes de congregar diferentes sujeitos nas mais diversas latitudes. Tanto os relatos heroicos, elaborados em enredos complexos, como as formulações poéticas, criadas a partir da beleza sutil das metáforas, compõem o caudal da expressividade mítica e conseguem sedimentar suas verdades na memória de quem decide partilhar esse conhecimento.

As muitas formas de narrativas e de expressão poética são caminhos para a compreensão das verdades reveladas pelos mitos e podem ser assinaladas como possibilidades de inserção no âmbito do sagrado. O mito ocupa um lugar privilegiado, pois pertence ao mundo das ciências e também ao mundo mais cotidiano, ele se revela nas histórias de sábios e também nas histórias que podem ser contadas ao redor do fogo. O mito surge no âmbito mais restrito das famílias ou nos altares sagrados, podendo ser lido ou declamado, ele existe e sobrevive no ato da sua palavra proferida.

---

[21] Mestre e doutora em Língua Espanhola e Literatura Espanhola e Hispano-Americana pela Universidade de São Paulo. Atualmente é professora no Programa de Pós-Graduação da Universidade Presbiteriana Mackenzie, atuando principalmente em Literatura Comparada, Narrativa Hispano-Americana Contemporânea, Discurso Histórico e Discurso Literário.

[22] Graduado em Teologia e em Letras, mestre em Ciências da Religião pela Universidade Metodista de São Paulo, doutor em Teoria e História Literária pela Unicamp, pós-doutor em História da Leitura pela Universidade Nova de Lisboa, Portugal. Professor de graduação e pós-graduação em Letras na Universidade Presbiteriana Mackenzie.

Antes de tudo os muitos relatos míticos significam a impactante relação do Homem com os mistérios da vida e da morte, das origens e dos finais inevitáveis de todos os seres. São formas de leitura do mundo, são construções que permitem reflexões teóricas diversas, mas são também prática social, pois conjugam conhecimento ancestral e atitude presente. O seu entendimento é dinâmico assim como as suas rearticulações no mundo das artes, possui a capacidade polimorfa de adquirir novos significados, porém, ainda que seja mutante em suas camadas superficiais, permanece perene em seu âmago universal.

O mito torna-se sagrado não apenas por seu valor religioso, por sua prática ritual sugerida, o sagrado se imprime no mito porque ele nasce do desejo humano pelo conhecimento, pelo desvendamento do inexplicável. O sagrado se imprime nas narrativas míticas porque os tempos do passado e do presente se conjugam e elevam aqueles que conhecem o mito às esferas da cognição partilhadas. O mito faz parte de um todo, conhecer os mitos é partilhar uma experiência vital, e nessa comunhão o sagrado surge com sua face que encobre as muitas verdades humanas.

Nas reflexões teóricas sobre o mito, observa-se que uma das possibilidades de interpretação das constantes retomadas de narrativas míticas vincula-se a uma diretriz crítica denominada mitológico-ritualística. O teórico russo E. M. Mielietinski assinala que essa vertente de interpretação dos mitos sofreu a influência dos estudos de Frazer a respeito da prioridade do ritual sobre o mito, como no caso dos rituais agrários de renovação cíclica. Os estudos de Frazer, somados aos estudos do etnógrafo inglês Malinowski, contribuíram para o estabelecimento da premissa de que as narrativas sagradas primitivas possuíam um aspecto ritualístico ajustado a uma funcionalidade (Mielietinski,1976, p. 40).

Dentro dessa perspectiva analítica dos mitos, considera-se que as narrativas míticas, em sua origem, poderiam ser reconhecidas por sua função pragmática, o que afirmaria a sua capacidade de coesão e identidade social. Quando pensamos a reincidência dos temas míticos nas diferentes formas de arte, seja literatura, pintura ou cinema, é preciso observar muito mais do que a repetição de feitos sagrados relatados nos mitos, pois, quando os mitos são reescritos e deslocados de seu contexto original, eles deixam de cumprir a sua função pragmática, imprescindível em suas culturas originais. Perceber a reincidência dos temas míticos nas diferentes manifestações artísticas significa, acima de tudo, compreender o contexto social e histórico da produção da arte que reivindica a função mítica, pois diferentes produções artísticas que dialogam com os mitos não podem ser encaradas apenas como uma espécie de repositório de resquícios de ritos antigos.

As teorias desenvolvidas pela escola mitológico-ritualista foram aproveitadas nos estudos literários da década de 1950 e, ainda hoje, podem ser consideradas como uma tendência presente nas interpretações que estabelecem diálogos entre as narrativas sagradas e as diferentes formas de arte ou de ficções. O ritualismo introduzido por Frazer, principalmente nos estudos comparativos contidos em *The Golden Bough* (1920), foi responsável pelo direcionamento de uma interpretação dos mitos, amparada em uma constante referência aos ritos comuns às diferentes mitologias. Essa perspectiva interpretativa uniu-se aos princípios da psicanálise, principalmente à teoria dos arquétipos de Jung, e a combinação desses dois aspectos interpretativos fomentou as características fundamentais da corrente crítica mitológico-ritualística, que ainda marca presença nos estudos que refletem sobre as diferentes formas de reincidência dos mitos, seja na literatura, seja na arte de forma geral.

O crítico literário canadense Northrop Frye é representante da escola mitológico-ritualística com derivação para os estudos literários. Ele argumentava que o mito é a matriz geradora da literatura. A elaboração dessa relação pode ser encontrada no livro *O caminho crítico* (1973). Partindo da constatação de que "As convenções, gêneros e arquétipos em literatura não aparecem de maneira simples [...]" (Frye, 1973, p. 33), Frye irá indicar o mito como sua fonte primordial.

A cultura verbal da Antiguidade consistia em uma coleção de histórias que, com o passar do tempo, assumiu importância central, constituindo variados mitos. O ritual constituía o contexto socioreligioso em que tais histórias ou mitos eram contados e perpetuados, concorrendo, dessa forma, para que os elementos míticos trouxessem unidade aos grupos sociais a partir da afirmação de uma origem e acontecimentos comuns. Por decorrência, "Quando [...] a mitologia se cristaliza no centro de uma cultura, um *temenos* ou círculo mágico é traçado em torno dessa cultura e uma literatura se desenvolve historicamente no interior de uma órbita limitada de linguagem, referência, alusão, crença e tradição transmitida e compartilhada" (Frye, 1973, p. 35).

À medida que uma cultura se desenvolve e sua mitologia tende a tornar-se mais complexa, esta explica e dá sentido a tudo que envolve aqueles que participam dessa sociedade. A esse tipo de mitologia Frye denomina "mito de interesse". Em suas palavras, "o mito de interesse existe para manter a sociedade unida, tanto quanto a eficácia das palavras pode concorrer para isso" (Frye, 1973, p. 35). Nesse sentido, a verbalização desse mito se dá no contexto da linguagem religiosa. O autor nos lembra, entretanto, que em um desenvolvimento posterior o mito de interesse deu origem a "diversos ramos sociais, políticos, jurídicos e literários" (Frye, 1973, p. 36). A literatura, de modo particular, foi aos poucos se despregando de sua origem religiosa, processo que se inseriu em um contexto de maior amplitude denominado "mito de liberdade" por Frye.

Como exemplo das relações entre narrativas míticas e literatura, na perspectiva teórica mitológico-ritualista, estão as interpretações do romance de educação — o *Bildungsroman* — que surge na literatura com relativa frequência. É possível identificar a presença da crítica mitológico-ritualística, direcionando uma leitura que descreve tal forma de romance como equivalente aos ritos de iniciação tribais, existentes em várias civilizações. Sem dúvida, na atualidade, é preciso um pouco mais de cautela nessa afirmação, pois, de acordo com novas interpretações do uso dos mitos na literatura, no romance do século XX, observa-se que o resultado da iniciação proposta pelo romance de educação compreende a frustração e, na maioria das vezes, o desengano, aspecto bastante diverso do sentido enobrecedor implícito nos ritos de passagem e iniciáticos de sociedades tribais.

É preciso cuidado ao interpretar a transformação das personagens literárias simplesmente como parte de um rito de iniciação, tal qual poderia ser proposto em um ritual sagrado, pois não seria válido supor que os mecanismos da funcionalidade operacional do mito podem, ou devem, ser aplicados diacronicamente. O que se aproveita na trajetória dos personagens do romance é uma forma de estruturação, no caso da iniciação do herói, porém, a função e o sentido, uma vez transportados para o texto ficcional, estão distanciados daqueles valores e sentidos genuinamente sagrados.

O uso dos mitos na arte do século XX não revela plenamente o aspecto próprio da funcionalidade do ritual ancestral, uma vez que se manifesta em uma sociedade guiada por preceitos já muito diferentes das sociedades antigas. Os mitos sobrevivem no tempo, mas os conflitos do homem podem ser outros. Eles são apreendidos pelos sujeitos históricos por meio de uma óptica diferenciada, na qual podem surgir um sentimento nostálgico de perda e a carência de um tempo no qual a religião efetivava o verdadeiro sentido latino de *religare*.

Observa-se que muitas vezes a reescrita dos mitos na contemporaneidade surge acompanhada pela ironia porque o artista, que resgata em sua obra elementos de um texto sagrado ancestral, parece estar consciente da distância que se encontra dos genuínos ideais de fé implícitos a essas mitologias. O homem da atualidade está claramente separado de uma antiguidade que incorpora os mitos e os rituais a fim de preservar-se enquanto *socium*. O uso dos mitos, nesse caso, seria, acima de tudo, o exercício de um intelectualismo. Mielietinski, citando os exemplos de Joyce e Thomas Mann, percebe nesses autores que a poética da mitologização se traduz em um retorno não espontâneo ou intuitivo ao pensamento mito-poético, transformando-se em obras literárias marcadas pelo intelectualismo, fruto de um profundo conhecimento erudito das culturas antigas, da história das religiões também de diversas teorias filosóficas.

Percebe-se, então, que o caráter espontâneo, característico da prática ritual, se modifica, pois necessita adaptar-se ao mundo do discurso ficcional. No seu processo de transmutação para a arte, a narrativa mítica sagrada perde um dos seus aspectos mais fundamentais: a funcionalidade da legitimação social e a fé inerente em seu poder de atuação. Dessa perda resulta a ironia na produção de uma literatura mito-poética na modernidade. A ironia, resultante da utilização dos mitos como um exercício de intelectualismo, torna-se uma maneira de discutir as relações do homem com as concepções do historicismo. Uma vez que o tempo do mito, do eterno presente propiciado pela prática ritual, se anula diante da presença do tempo histórico e cronológico, os sentidos da ironia também se aguçam no momento da criação de novos mitos, nitidamente deslocados de sua temporalidade específica. A fuga do historicismo e o encontro com um tempo mítico idealizado se articularia no romance europeu do início do século XX e estaria contraposto, segundo a interpretação de Mielietinski, à postura dos escritores latino-americanos. No âmbito das letras hispânicas o diálogo com as narrativas míticas significaria uma possibilidade de inserção em um tempo histórico diferenciado, presente em certas culturas nas quais os diferentes sujeitos ainda possuem o elemento mítico intermediando suas relações diárias. Logo, no âmbito da cultura latino-americana, os diálogos da arte com o tempo mítico poderiam revelar um empenho consciente para resgatar uma coesão e até mesmo uma identidade comum, pois a inserção no universo das mitologias autóctones conseguiria resgatar parte de uma história latino-americana na qual o mito se funde ao historicismo desde a predestinação da descoberta do Novo Mundo e das práticas sincréticas vivenciadas na colonização.

Ainda que exista uma enorme complexidade nas relações que envolvem a presença dos mitos na arte, em suas mais diferentes expressões formais e nos mais diferentes momentos históricos, cabe assinalar que certos sentidos implícitos ao sagrado podem permanecer imanentes à retomada dos mitos, ainda que eles sejam reescritos e adaptados a outros tempos e contextos. Trata-se da perpetuação de uma ideia de sagrado que permite o ingresso no universo das histórias verdadeiras de cada cultura, narrativas legítimas que alcançam autoridade. Os mitos permitem o encontro com as muitas formas de sagrado e assim conseguem sensibilizar a percepção das diferenças e das semelhanças que orientam cada sujeito em suas buscas cotidianas pelo conhecimento individual e coletivo.

MITO, LITERATURA E EDUCAÇÃO: UMA VIAGEM DO PRESENTE AO PASSADO

MARIA LUCIA MARCONDES CARVALHO VASCONCELOS[23]
VALÉRIA BUSSOLA MARTINS[24]

> A leitura do mundo precede a leitura da palavra, daí que a posterior leitura desta não possa prescindir da continuidade da leitura daquele. Linguagem e realidade se prendem dinamicamente. A compreensão do texto a ser alcançada por sua leitura crítica implica a percepção das relações entre o texto e o contexto (Freire 2009, p. 11).

Hoje se pode dizer que grande parte das pessoas não tem o hábito da leitura de obras literárias presente no seu dia a dia e que a leitura literária, como uma das formas de ajudar na formação do cidadão, está longe de ser uma prática presente no cotidiano familiar.

Muitos pais, por razões diferentes, não reservam, nos momentos de relacionamento com seus filhos, espaço para a leitura em família. Alguns, talvez em virtude do dia a dia atribulado no trabalho, talvez pela invasão de outros meios de comunicação no cotidiano, deixaram de ler, de fazer aquela leitura prazerosa nas horas de folga ou minutos antes do descanso noturno. Outros, pela desigualdade social ainda

---

[23] Doutora em Educação pela Universidade de São Paulo, (USP), doutora em Administração pela UPM, professora titular do Programa de Pós-Graduação em Letras da Universidade Presbiteriana Mackenzie.

[24] Doutoranda do curso de Letras, possui graduação em Letras-Tradutor, Letras-Licenciatura, Pedagogia e mestrado em Letras pela Universidade Presbiteriana Mackenzie, onde também é professora dos cursos de Letras, de Publicidade e do Programa de Pós-Graduação *Lato Sensu* de Língua e Literatura.

marcadamente existente em nosso país, nunca tiveram, eles mesmos, a possibilidade de fruir do livro, esse rico instrumento de prazer e de cultura. Assim, hoje, as novas gerações não mais têm nos pais modelos de leitores a serem seguidos. Se os pais não leem, os filhos também não lerão, e incumbiu-se a escola de levar alunos de todas as idades a entender a importância do ato de ler, conhecendo, por exemplo, grandes escritores que fizeram e fazem sucesso até hoje.

Entretanto, a importância de se ter contato com o livro, veículo de obras da literatura, que se justificava, facilmente, como uma das formas mais simples de conhecer o mundo e situar-se nele, está esquecida. Computadores e *tablets*, além da televisão e do cinema, ajudam muitos indivíduos nessa tarefa de forma muito mais rápida e envolvente.

Ademais, educadores sofrem com alunos que dizem, sem constrangimento, que não gostam de ler livros e preocupam-se com discentes que leem as obras literárias indicadas apenas por obrigação e que burlam a leitura de todas as formas possíveis, como os resumos e as análises virtuais.

A alfabetização, oficialmente, inicia-se na Educação Infantil. Entretanto, essa não é, constantemente, a realidade encontrada, uma vez que vários alunos chegam ao Ensino Fundamental II sem estarem aptos a desenvolver uma leitura dinâmica, eficaz e reflexiva, fato que desencadeia uma frágil produção textual. Logo, frequentemente, também não se chega ao letramento.

Veem-se discentes que até sabem ler e escrever, mas que não fazem uso competente e frequente da leitura e da escrita. Estão alfabetizados, porém não letrados, ou seja, o uso da leitura e da escrita é muito parco, limitado e não permite seu maior envolvimento em reais práticas sociais.

Mal preparados e mal instrumentalizados, os discentes acabam por não desenvolver o apego nem o apreço pelo exercício da leitura, literária que é, indiscutivelmente, um dos instrumentos do exercício da cidadania.

Mais do que desapego, em razão de ausência de sensibilização, de contextualização, de ludicidade e de incentivos nas propostas de leitura por parte de alguns professores, os alunos, muitas vezes, desenvolvem ojeriza pela prática da leitura, principalmente quando se trata dos cânones literários, *a priori*, maltrabalhados e mais distantes do universo do adolescente brasileiro.

Chartier (1998, p. 103), ao tratar do afastamento dos jovens da prática da leitura, explica que

> Encontramos ainda o discurso segundo o qual as classes mais jovens afastam-se da leitura. Sim, se concordamos implicitamente sobre o que deve ser a leitura. Aqueles que são considerados não leitores leem, mas leem coisa diferente daquilo que o cânone escolar define como uma leitura legítima. O problema não é tanto o de considerar como não leituras estas leituras selvagens que se ligam a objetos escritos de fraca legitimidade cultural, mas é o de tentar apoiar-se sobre essas práticas incontroladas e disseminadas para conduzir esses leitores, pela escola mas também sem dúvida por múltiplas outras vias, a encontrar outras leituras. É preciso utilizar aquilo que a norma escolar rejeita como um suporte para dar acesso à leitura na sua plenitude, isto é, ao encontro de textos densos e mais capazes de transformar a visão do mundo, as maneiras de sentir e de pensar.

O processo da alfabetização, que racionalmente levaria ao letramento, deveria ser natural, como descreve Freire (2009, p. 15) ao tratar de sua infância e da importância de seus pais ao longo desse percurso:

E foi com eles, precisamente, em certo momento dessa rica experiência de compreensão do meu mundo imediato, sem que tal compreensão tivesse significado malquerenças ao que ele tinha de encantadoramente misterioso, que eu comecei a ser introduzido na leitura da palavra. A decifração da palavra fluía naturalmente da "leitura" do mundo particular. Não era algo que se estivesse dando superpostamente a ele. Fui alfabetizado no chão do quintal de minha casa, à sombra das mangueiras, com palavras do meu mundo e não do mundo maior dos meus pais. O chão foi o meu quadro-negro; gravetos, o meu giz.

Em muitos casos, as leituras estão distantes do universo e da realidade infantil e juvenil, e a maior parte dos educandos chega, portanto, à vida adulta sem o hábito de ler obras literárias. Para eles, a leitura envolve apenas uma obrigação e deixou de ser, há muito tempo, sinônimo de distração, prazer e lazer.

Além disso, várias escolas, muitas de renome, fecham-se em propostas de livros paradidáticos que ampliam a distância entre os educandos e o hábito da leitura literária. Só os clássicos são adotados, e a literatura contemporânea fica esquecida.

Na Educação Infantil e no Ensino Fundamental I, a descoberta das letras e dos sentidos garante uma realização mais plena da leitura durante as aulas de Língua Portuguesa. Já no Ensino Fundamental II, a realidade altera-se ao se lidar com alunos que, mesmo no 6º ano, já buscam, na internet, resumos dos livros paradidáticos para que não precisem realizar a leitura da obra inteira.

Levando em conta tão árdua realidade, teria o professor de Língua Portuguesa a seu lado algum tipo de aliado no momento de formação de novos leitores literários? O mito poderia, sim, ser utilizado nesse momento.

Desde o início do seu grande sucesso de vendas, J. K. Rowling, autora da saga *Harry Potter*, nunca escondeu a ligação entre o seu protagonista e o herói mítico Ulisses, da obra *Odisseia*, de Homero. Muitos educadores afirmam que seus alunos não apreciam a leitura de obras mais antigas. Por que não começar, então, com uma obra contemporânea para estimular a leitura literária e depois mostrar a intensa relação que existe entre elas?

É a partir dessa possibilidade que um professor do 6º ano do Ensino Fundamental II, por exemplo, poderia iniciar seus trabalhos nas aulas de Língua Portuguesa por meio da leitura da obra *Harry Potter*, obra que facilmente cativa os pré-adolescentes e os adolescentes por ter um protagonista que procura sua identidade, questão psicológica intensa e complexa presente na vida de quase todo indivíduo dessa faixa etária.

Em *Harry Potter e a Pedra Filosofal*, de 1997, J. K. Rowling introduz o leitor na história de vida de Harry Potter, um pré-adolescente órfão de 11 anos que mora na casa dos tios, Válter e Petúnia Dursley, e que é frequentemente humilhado e maltratado por seu primo Duda.

Potter, que é obrigado a dormir dentro de um armário localizado embaixo da escada central da casa, cativa o leitor logo nas primeiras páginas, principalmente pelo fato de lutar para descobrir sua identidade. O leitor adolescente, então, identifica-se profundamente com Harry, que vira mito. Eliade (1972, p. 6) explica que o mito "fornece significação e valor à existência". Talvez seja por isso que o leitor de Rowling comece a valorizar a existência de Potter e a encontrar significados na vida do bruxo, aproximando a sua vida à vida do protagonista da saga.

O leitor emociona-se, aproxima-se e torce pelo herói, ao saber que Potter, que representa o bem, a justiça, com apenas um ano de idade obteve sucesso em um duelo bruxo com o Lorde das Trevas, Voldemort, entristecendo-se apenas pelo fato de, na mesma noite, o herói ter perdido pai e mãe também no duelo. Campbell (1990, p. 17) explica que o mito é uma "experiência de sentido e de vida" que coloca a mente em contato com a experiência de estar vivo e que "a mitologia tem muito a ver com os estágios da vida, as cerimônias de iniciação, quando você passa da infância para as responsabilidades do adulto, da condição de solteiro para de casado" (ibidem, p. 25). No caso do leitor adolescente, portanto, ele, de repente, encontra respostas para a própria vida na leitura da vida de Potter.

O ensino da leitura literária, vista agora como processo de interação entre autor, texto e leitor, altera-se, ganhando dimensões de prática social. Isso significa que o processo da leitura de obras literárias deve ser feito de modo a garantir que o ato de ler seja desenvolvido de uma forma que se aproxime da realidade do educando. "Isso implica trazer para a sala de aula os contextos significativos de leitura que envolvem diferentes gêneros presentes no convívio social dos alunos e dos professores" (Albuquerque, 2006, p. 22). Atualmente, não há como negar que os alunos leem a saga *Harry Potter*. Dessa forma, não a utilizar seria não reconhecer o contexto significativo de leitura dos alunos.

Utilizando a obra de Rowling nas aulas de Língua Portuguesa, portanto, o educador partiria de temas do dia a dia do aluno, e não de assuntos que passam muito longe de sua realidade. A leitura de *Harry Potter*, se ainda não tiver sido feita, será facilmente acatada pela turma, quando sugerida. A saga, popularizada em linguagem fílmica, faz parte dos interesses desses adolescentes, e o desafio de conhecer melhor os detalhes dessa trama será prontamente aceito.

Harry Potter é o próprio leitor. A compreensão desses temas mais próximos seria mais simples e efetiva. Bakhtin (1999, p. 95) expõe que:

Na realidade, não são palavras o que pronunciamos ou escutamos, mas verdades ou mentiras, coisas boas ou más, importantes ou triviais, agradáveis ou desagradáveis, etc. A palavra está sempre carregada de um sentido ideológico ou vivencial. É assim que compreendemos as palavras e somente reagimos àquelas que despertam em nós ressonâncias ideológicas ou concernentes à vida.

Todavia, o que se constata hoje é que poucos professores têm essa visão mais ampla sobre a importância da leitura de obras literárias partirem da realidade do aluno. Muitos são aqueles que também desmerecem a literatura contemporânea, valorizando apenas a do passado. Fica, então, a questão: não seria possível aproximar as duas? Sim, e seria nesse momento que o docente de Língua Portuguesa poderia trazer a figura mítica de Ulisses, por meio da adaptação de Ruth Rocha,[25] para o dia a dia do aluno, que já terá lido a história do seu herói Harry Potter. A leitura de *A Odisseia* deixa, assim, de ser uma imposição e passa a ser uma curiosidade, um passo além no conhecimento já adquirido por meio de outra fonte, conhecida e aprovada.

Em *A Odisseia*, Homero narra a trajetória de Ulisses, um homem que, para alcançar seus objetivos, usa mais inteligência e raciocínio do que força. Só essa breve descrição já aproxima Harry Potter de Ulisses, pois o órfão adolescente faz de tudo para não entrar em duelos.

Assim como Potter, Ulisses é admirado por seu povo. É Ulisses quem tem a ideia que levou os gregos à vitória sobre os troianos. É dele a ideia de construir um cavalo oco de madeira, no qual poderiam ser escondidos os melhores

---

[25] ROCHA, Ruth. *A Odisseia*. São Paulo: Cia. das Letrinhas, 2006.

guerreiros gregos, lembrando-se de que foi com esse cavalo que os gregos invadiram a cidade de Príamo.

Da mesma forma, Potter sempre tem planos para conseguir neutralizar a maldade vinda de Voldemort, o Lorde das Trevas. Assim, suas histórias, frequentemente, soam como uma lição de moral. É por isso que se ouve constantemente que, embora a saga *Harry Potter* tenha sido escrita milhares de anos depois de *Odisseia*, seus heróis percorrem narrativas bem próximas.

Em um episódio da narrativa de Ulisses, por exemplo, após nove dias de mar turbulento, o líder e sua tribulação chegam a uma ilha. Entretanto, Ulisses tem de tirar, rapidamente, seus homens à força do local, pois estes experimentaram lótus, uma espécie de alucinógeno, e não queriam ir embora da ilha, mesmo correndo perigo. Ulisses protege, assim, seus homens.

Já Harry Potter, embora tenha vários poderes, sempre hesita em usá-los sem raciocinar porque sabe que um feitiço mal utilizado pode gerar muitas desgraças e mortes. Outro exemplo envolve sua capa de invisibilidade que só é usada em último caso e a serviço do bem.

Ademais, outros elementos aproximam as duas obras: o cão assustador de três cabeças que guarda o alçapão de Hogwarts, escola retratada na saga, parece com o cão, também de três cabeças, que faz a guarda da entrada do reino subterrâneo de Hades; há pássaros mensageiros de notícias nas duas obras; Minerva McGonagall, uma das professoras de Hogwarts, parece representar a deusa Palas Ateneia; tanto Ulisses quanto Harry ficaram períodos de sua vida presos e foram maltratados por pessoas próximas; a sabedoria e a justiça sempre estão presentes na vida dos protagonistas de Rowling e Homero; tanto Ulisses quanto Harry veem fantasmas; aproximação do mundo de Hades, na *Odisseia*, com o alçapão, da saga *Harry Potter*.

Por todos esses fatores, um trabalho dialógico entre as obras de Homero e Rowling seria de grande proveito para os alunos da Educação Básica. Da mesma forma, os cursos de formação de professores teriam de repensar suas aulas de metodologia do ensino de Língua Portuguesa e Literatura, já que, constantemente, é valorizado apenas o estudo da literatura do passado, esquecendo-se dos autores contemporâneos.

Por meio dos mitos, por meio da literatura, os professores poderiam, assim, aproximar o presente do passado. Ganham os mitos. Ganha a literatura, mas, melhor ainda, ganha a educação.

Valorizar a literatura contemporânea é, sim, importante. Estudar a literatura do passado é, sim, fundamental. Contudo, se a aproximação entre as duas é possível, com certeza, o trabalho será mais proveitoso para todos os envolvidos no processo de despertar o prazer pela leitura de obras literárias.

CONTEMPORANEIDADE E RECONTEXTUALIZAÇÃO: A DEUSA DA JUSTIÇA E O JUIZ

ELAINE CRISTINA PRADO DOS SANTOS[26]
SÉRGIO DE SOUZA ZOCRATTO[27]

Dentre as infinitas representações do universo humano, a mitologia greco-romana é um riquíssimo sistema simbólico, diante do qual até hoje vivemos inebriados pelo encanto e pelo mistério dos inúmeros mitos. Por seu caráter atemporal, o mito continua a exercer profundo fascínio em nosso mundo tão conturbado e dito tão globalizado. Temos como escopo demonstrar de que forma a linguagem mítica pode ser encontrada na construção ritual do procedimento jurídico processual ligado à deusa da Justiça em uma recontextualização.

Antes de definirmos mito, faz-se necessário compreender o que é processo e procedimento jurídico. É importante afirmar que as relações interpessoais, vale dizer, os contatos entre as pessoas em sociedade, se caracterizam como sociais, ou sociais e jurídicas. O contato social de cunho jurídico é denominado relação jurídica, assim considerada como o vínculo que se estabelece entre duas ou mais pessoas, diante de um fato, tendo por objeto um interesse jurídico, cujos efeitos são tipificados por uma norma jurídica. As relações jurídicas

---

[26] Elaine C. Prado dos Santos é doutora em Letras Clássicas pela Universidade de São Paulo, docente na área de Letras na Universidade Presbiteriana Mackenzie (UPM) e coordenadora das Atividades Complementares do Centro de Comunicação e Letras na mesma Instituição.

[27] Sérgio de Souza Zocratto é mestre em Direito Político e Econômico pela Universidade Presbiteriana Mackenzie, docente na área de Direito Processual Civil na Universidade Presbiteriana Mackenzie (UPM) e coordenador de Apoio Discente do Decanato Acadêmico da mesma Instituição.

são específicas e tipificadas pela norma jurídica, por meio de preceitos que são apresentados em um número infindável de situações, de contatos sociais que objetivam a convivência pacífica entre os cidadãos. Esses preceitos trazem o objeto de direito que é o bem da vida, limitado, com valor econômico ou afetivo, considerado pelo Legislador como necessário à nossa sobrevivência.

Norma jurídica é uma regra, um conjunto de preceitos estabelecidos pelo legislador que determina o modo de agir das pessoas, independentemente da vontade delas. As normas jurídicas possuem preceitos primários e secundários, isto é, normas que atribuem direitos e que, por outro lado, estabelecem sanções ao descumprimento das hipóteses previamente lançadas pela norma, chamadas de direito material. Verificada uma situação legítima de incidência sobre a hipótese legal e diante da recusa injusta de um dos sujeitos da relação jurídica de cumprir o comando legal, surge um conflito, e, nesse momento, poderá ser instaurado, pela parte interessada, um dos meios de solução de conflitos denominado Direito Processual, que tem por finalidade estabelecer a ordem jurídica e social, satisfazendo a vontade concreta da lei.

Assim, a prestação jurisdicional, vale dizer, o "poder dever" do Estado de fazer valer a vontade concreta da lei, é feita por meio do processo, o qual se apresenta na forma de ritos, procedimentos que se caracterizam como uma série de atos tendentes à realização do direito em conflito, consubstanciado em uma sequência ordenada de atos e termos de direito público, que visam à aplicação e à satisfação do direito material. Isso porque o Estado avocou para si o monopólio da jurisdição e proporcionou ao jurisdicionado o direito público subjetivo de exigir a tutela estatal.

Portanto, são duas relações jurídicas, uma de direito material e outra de direito processual. A primeira confere direitos por meio das hipóteses de incidência estabelecidas em lei (bem da vida), denominada relação jurídica de direito material. A segunda é o conjunto de princípios e normas que vão reger a solução de eventuais conflitos de interesses surgidos entre os sujeitos da relação jurídica de direito material, denominada relação jurídica de direito processual, ramo do direito público que busca a efetividade das leis materiais, tendo em vista a soberania do Estado.

Entretanto, processo e procedimento não se confundem, visto que o processo é o instrumento da jurisdição, assim considerado o instrumento de direito público posto à disposição do cidadão para fazer valer o direito material. É um meio de obter a solução dos conflitos de interesses e a pacificação social (Gonçalves, 2006, p. 5). O rito, conjunto de atos que impulsionam o processo, se caracteriza como um conjunto de atos que vão conduzir o processo. Portanto, procedimento é a organização dos atos processuais que vão, no devido contexto de sua prática, em termos de organização interna do processo, analisar a demanda proposta e fazer valer a vontade concreta da lei. (Bueno, 2007, p. 4). Nesses termos, o processo não se confunde com o procedimento, haja vista a possibilidade de, na prática, termos dois procedimentos para um só processo (Rocha, 1996, p. 211).

Nesse passo, o procedimento ou o rito processual são apresentados em fases lógicas, mostrando que são delineados por princípios fundamentais que o orientam, como o princípio da provocação da parte e o princípio do contraditório, que dizem respeito à formação do processo (Theodoro Júnior, 1978, p. 413).

A cada fase do processo, que, por vezes, não é muito bem compartimentada, o juiz, por meio de ritos, examinará os fatos e fundamentos jurídicos do pedido e as provas que foram oferecidas pelas partes para a formação do seu convencimento e aplicação da vontade da lei ao caso concreto (Barbosa Moreira, 1983, p. 5).

Após delinear o procedimento jurídico, é imprescindível apresentar uma definição de mito. Conforme Mircea Eliade, (1991, p. 11), o mito é o relato de uma história considerada verdadeira, ocorrida nos tempos dos princípios, *illo tempore*, quando, a partir da interferência de Entes Sobrenaturais, uma realidade passou a existir, seja totalmente, por exemplo, o Cosmo, ou um fragmento, por exemplo, uma pedra. É sempre, portanto, a narrativa de uma Criação, relatando de que modo algo foi produzido e começou a ser. Os mitos revelam que o mundo, o homem e a vida têm uma origem e uma história, e que essa história é significativa, preciosa e exemplar. Compreender a estrutura e a função dos mitos nas sociedades tradicionais não significa apenas elucidar uma etapa na história do pensamento humano, mas entender melhor a categoria de nossos contemporâneos. Se o Mundo existe, se o homem existe, é porque os Entes Sobrenaturais desenvolveram uma atitude criadora no princípio. Entretanto, após a cosmogonia e a criação do homem, ocorreram outros eventos, e o homem, tal qual é hoje, é o resultado direto daqueles eventos míticos, tornando-se um ser mortal porque algo aconteceu *in illo tempore*. Se algo não tivesse acontecido, o homem não seria mortal, pois continuaria a existir indefinidamente, como as pedras; ou poderia mudar periodicamente de pele, como as serpentes, sendo capaz, portanto, de renovar sua vida, isto é, recomeçá-la indefinidamente.

O mito tem por função ensinar as histórias primordiais que constituíram o homem existencialmente e tudo o que se relaciona com a sua existência, com o seu próprio modo de existir no Cosmo e com o que o afeta diretamente.

Para o homem das sociedades arcaicas o que aconteceu *ab origine* pode ser repetido por meio do poder dos ritos. Para ele, o essencial é conhecer os mitos, por oferecerem uma explicação do mundo e de seu próprio modo de existir, mas sobretudo porque, ao rememorar os mitos e reatualizá-los, ele é capaz de repetir o que os Deuses, os Heróis ou os Ancestrais fizeram no tempo dos primórdios. Conhecer os mitos é aprender o segredo das coisas, uma vez que sua função é ensinar como repetir os gestos criadores dos Entes Sobrenaturais.

Ernest Cassirer declara que o homem, por ser um animal *symbolicum*, não vive apenas uma realidade mais vasta, mas está inserido em um contexto sistêmico da linguagem, pois "vive antes no meio das emoções imaginárias, entre esperanças e temores, ilusões e desilusões, em seus sonhos e fantasias" (Cassirer, 1972, p. 50).

A partir do que foi exposto, o mito pode ser instituído e recontado por meio da narrativa, ou seja, é um discurso, que pode ser utilizado como meio de expressão social e ser ritualizado. Por ser uma narrativa, o mito explica, pois se trata de um acontecimento ocorrido no tempo fabuloso dos começos, pressupondo que se retorne ao começo, em direção ao arquétipo; e, por fim, revela o ser, revela o deus, e por isso se apresenta como uma história sagrada. Por ser o mito uma narrativa que faz reviver uma realidade original, que responde a uma profunda necessidade religiosa, a aspirações morais, a constrangimentos e imperativos da ordem social e mesmo a exigências práticas, podemos afirmar que o Direito também é uma experiência humana que pode narrar os fundamentos da justiça, dos princípios jurídicos, do processo, da mesma forma o procedimento jurisdicional pode ser ritualizado na presença do juiz, que, em uma linguagem mítica, torna-se um Ente Sobrenatural.

Conforme Eliade (1991, p. 22), o mito vivido pelas sociedades arcaicas constitui a História dos atos dos Entes Sobrenaturais, que é uma história verdadeira, porque se refere a realidades, e é sagrada, porque é obra dos Entes Sobrenaturais, o mito sempre se refere a uma Criação, por isso se torna um paradigma; conhecendo o mito, conhece-se a origem das coisas a ponto de dominá-las e de manipulá-las, e que é vivido ritualmente, seja narrado cerimonialmente, seja realizado o ritual a que lhe serve de justificação; que de uma maneira ou de outra é o momento de se viver o mito, ou seja, o momento do poder sagrado e exaltante dos eventos rememorados ou reatualizados.

Ao transpor tais características ao espaço jurídico do Direito, podemos verificar que os mitos têm importância significativa na ritualização dos atos do processo. Em termos comparativos, ao transpor a imagem mítica para a jurídica, podemos retratar o procedimento judicial como um ritual, sob o comando do juiz, ao exercer a função de representante da lei, simbolicamente, como um Ente Sobrenatural. Conforme Campbell (1990, p.12), quando um juiz adentra o recinto do tribunal e todos se levantam, as pessoas não se levantam para o indivíduo, mas para a toga que ele veste e para o papel que ele vai desempenhar como representante do Estado. Ele se torna merecedor por sua integridade como representante de princípios que estão em seu papel, mas não por uma ideia preconcebida a seu respeito, como se, naquele momento sagrado, com toda sacralidade que lhe é investida, ele se torna, em termos míticos e simbólicos, uma personagem mitológica, tornando-se um Ente Sobrenatural. O homem, ao se tornar juiz, como um rito de passagem, passa a ser o representante de uma função eterna. Cria-se um verdadeiro mito diante da figura do juiz, por ser a expressão e a representação suprema da soberania estatal.

Tradicionalmente nos apegamos muito às regras de Direito, imaginando que o Estado vai resolver todos os conflitos surgidos das relações interpessoais. Assim, o juiz é equiparado a um ser mitológico, ou seja, a uma figura sobrenatural, intocável, que consegue resolver todo e qualquer problema. Na prática, por mera opção legislativa, o cidadão não tem acesso direto ao magistrado, haja vista que a postulação em juízo, nos termos do artigo 133 da Constituição Federal e do artigo 1º da Lei 8.906/94, deve ser feita por intermédio de um advogado, figura singular. O traço característico do advogado é servir à Justiça, como conhecedor das normas de Direito. No exercício profissional, o advogado exerce um *munus publico*, ou seja, é conferido ao advogado o exercício do *ius postulandi*. (Santos, 2010, p. 384).

A voz da tradição clama que o verdadeiro juiz deva ser neutro em seu papel de autoridade suprema, entretanto a voz da atualidade argumenta e refuta que não se pode confundir neutralidade com imparcialidade. O juiz, em seu espaço jurídico, interpreta a escolha de alternativas e de entendimentos dos mais diversos, embora não atue movido pelos próprios interesses, sempre estará inserido em suas crenças, em seus valores pessoais, em sua visão de mundo, em seu senso de justiça, expressando-se, assim, o que a atualidade apregoa como mito da pretensa neutralidade do juiz. Com efeito, o juiz deve ser imparcial, não necessariamente neutro, pois não pode distanciar-se de sua realidade cultural nem evitar os seus verdadeiros valores no momento de sentenciar. Essa é uma postura da atualidade.

É interessante, neste momento, recorrer à mitologia greco-romana e destacar a figura da deusa da Justiça quanto à representação e a significação no Direito, a fim de que se possa compreender o valor do significado das expressões de imparcialidade e de neutralidade. Segundo a Mitologia, Urano, o Céu, era esposo da Terra, e dessa união nasceram os Titãs, dentre os quais um deles era Crono, o Tempo. Quando nasciam os filhos, o Céu os mergulhava de novo no seio da Terra; no entanto, irritada com tal procedimento, Terra instigou os Titãs a rebelarem-se contra o pai de tal forma que o Tempo, Crono, armado com uma espécie de foice, decepou o membro do pai. Do sangue que caiu na terra, nasceram as Fúrias; do sêmen que caiu no mar, nasceu Afrodite-Vênus, a deusa da Beleza e do Amor.

Crono, o Tempo, ao assumir o trono, com receio de ter o mesmo destino paterno, resolveu devorar os filhos logo que nasciam. Sua esposa Reia, cansada de tal atitude, escondeu o filho Zeus-Júpiter e deu ao marido uma pedra embrulhada em panos, a qual o marido imediatamente devorou. Quando Zeus-Júpiter cresceu, rebelou-se contra o pai, decepou-lhe o membro e, com o auxílio de uma poção, fê-lo vomitar os irmãos engolidos. A partir daí, Zeus-Júpiter subiu ao trono, tornando-se senhor do Olimpo. Já no trono, Zeus se apaixonou por Tétis, deusa do mar, filha de Oceano, porém, como foi alertado por Prometeu que poderia ter um filho com a deusa do mar mais forte que ele e perderia o poder patriarcal, providenciou imediatamente o casamento de Tétis com o mortal Peleu.

Segundo as referências da Antiguidade, Zeus-Júpiter se apaixonou por Métis, deusa da prudência e personificação da reflexão, e com ela se casou; mas, pouco depois, um oráculo o avisou de que aquela deusa misteriosa lhe daria um filho destinado a dominar todo o universo. Temeroso de que o destino de Urano e de Crono se repetisse, e por não querer separar-se da amada e sábia Métis, Zeus-Júpiter a engoliu com o filho que trazia no seio, para, assim, transferir para si e assimilar o conhecimento do bem e do mal. Essa refeição feroz e excepcional não podia deixar de ter consequências, pois o corpo de Métis provocou em Zeus uma terrível indigestão e uma terrível dor de cabeça. Não suportando a opressão que lhe paralisava o pensamento e a ação, ele chamou o filho Hefaísto para que o ajudasse, pedindo que lhe rachasse a cabeça com o machado. Ao partir ao meio a cabeça do pai, surgiu a belíssima Atena-Minerva, armada dos pés à cabeça, pronta a desafiar e a lutar, assim ela nasceu, pois a Sabedoria não vacilou em brotar do cérebro divino. A filha sem mãe, nascida da cabeça do divino genitor, é o pensamento maduro e já adulto, com a lança da equidade, o elmo da sabedoria, o escudo da prudência, para opor ao impulso dos instintos o freio da razão.

Enquanto Atena é a representação da Sabedoria, a deusa Têmis, conforme Grimal (1997, p. 436), é a personificação da Justiça ou da Lei Eterna, pois era conselheira de Zeus. Foi ela quem lhe teria ordenado que se vestisse com a pele da cabra Amalteia, a Égide, e se servisse dela como couraça na luta contra os Gigantes. Como deusa das leis eternas, figura entre as esposas de Zeus, gerou as três Horas, as três Moiras (as Parcas), a virgem Astreia, personificação da Justiça e as ninfas Erídano. Têmis, a deusa da Lei, era representada com os olhos bem abertos, para que nada lhe escapasse à razão, apresentava-se com uma balança em uma das mãos e na outra a espada. Na Idade de Ouro, reinava a Justiça, representada por Astreia, que espalhava os sentimentos de Justiça e de Virtude entre os homens, mas com a degeneração e a inclinação ao mal pelo mundo, Astreia voltou para os céus, transformando-se na constelação da Virgem. Nas *Metamorfoses* de Ovídio (I a.C.), a última idade é apresentada como duro ferro — *de duro est ultima ferro* (Ov. *Met.* I,127), o poeta Ovídio conclui sua descrição com um sentimento de ofensa moral, pois tudo, que não é lícito, aparece exatamente nesta idade — *Protinus inrupit uenae peioris in aeuum / Omne nefas* (Ov. *Met.* I, 128–129) (Imediatamente irrompeu, na idade da pior veia, tudo que não é lícito). Como se pode observar nos versos traduzidos:

"E já se descobriu o nocivo ferro e o ouro mais nocivo que o ferro, apareceu a guerra, que luta com ambos e com a mão ensanguentada agita as armas que ressoam. Vive-se do roubo, o hóspede não está seguro junto do hospedeiro, nem o sogro junto do genro, igualmente rara é a harmonia entre os irmãos. O homem domina sobre a destruição da cônjuge, ela sobre o marido, as terríveis madrastas misturam os escuros venenos, antes do tempo o filho procura saber até quando viverá o pai. A piedade jaz vencida, e a virgem Astreia, a última dos celestes, deixou as terras molhadas pela morte".[28]

A Mitologia, complexo sistema de representação do universo humano, pode relatar significativa e simbolicamente a essência dos mais profundos valores da Humanidade. Nesse universo de símbolos, a deusa Têmis sempre foi representada de olhos bem abertos e vigilantes à Justiça; sabendo manejar com precisão sua espada, impondo a força e as regras das Leis, que deveriam ser bem executadas; segurando com firmeza e equidade a balança, símbolo da imparcialidade em seus julgamentos. Todavia, mais do que a balança e a espada, seus olhos ficavam abertos, sem venda, atentos e rápidos sobre os homens e também sobre as medidas, pois representavam a garantia

---

[28] A tradução foi feita por Elaine C. Prado dos Santos. (Ov. *Met.* I, 141-150)

Iamque nocens ferrum ferroque nocentius aurum
Prodierat; prodit bellum, quod pugnat utroque
Sanguineaque manu crepitantia concutit arma.
Viuitur ex rapto; non hospes ab hospite tutus,
Non socer a genero; fratrum quoque gratia rara est.
Imminet exitio uir coniugis, illa mariti,
Lurida terribiles miscent aconita nouercae;
Filius ante diem patrios inquirit in annos.
Victa iacet pietas et uirgo caede madentis,
Vltima caelestum, terras Astraea reliquit.

da justa medida para a felicidade social objetiva da *pólis*; isto é, os olhos abertos da deusa expressavam exatamente a justa medida e a vigilância. Entretanto, alguns pintores renascentistas, no século XVI, adicionaram a venda sobre os olhos da deusa, a fim de que pudesse simbolizar o seu cansaço ao ver tantas injustiças cometidas pelos homens.

Pode-se fazer a seguinte leitura a respeito da representação mítica da figura de Têmis, deusa da Justiça e da Lei: ao carregar firmemente sua balança, para atuar com imparcialidade a fim de que não pudesse tender para nenhum dos lados, a deusa deveria permanecer praticamente imóvel, o que configura uma conduta e uma postura intacta, para pesar as razões com a justa medida. Como está relatado em Ovídio, nas *Metamorfoses* I, 149, na Idade de Ferro, Astreia abandonou a Terra, e os homens ultrapassaram a justa medida, a *hybris*, e se entregaram ao desequilíbrio. Assim, os artistas deram à deusa Têmis uma venda que a deixou mais lenta em seu caminhar e menos precisa em sua medida, de tal forma que a responsabilidade foi dividida e assumida pelos magistrados, que juraram à deusa Têmis (Juramento Profissional) que a conduziriam nos processos de sua caminhada, auxiliando-a na justa medida.

O Código de Processo Civil adotou o princípio do dispositivo, assim considerado aquele em que o magistrado, para julgar determinada causa, deve estar adstrito às alegações das partes, que devem fixar o pedido (*thema decidendum*) e apresentar as provas pertinentes e relevantes às suas alegações: *iudex secundum allegata et probata partium iudicare debet*, que servirão de base para o julgamento, que determinará o cumprimento da vontade concreta da lei. Nesse sentido, o artigo 128 do Código de Processo Civil preceitua que o magistrado deve decidir a ação proposta em juízo, nos limites estabelecidos pelas partes, sendo-lhe vedado conhecer de questões não suscitadas.

Nesses termos, verificamos que o magistrado se apresenta como mero espectador, ou seja, deve decidir a questão apenas de acordo com as provas que são trazidas aos autos pelas partes demandantes. Podemos então dizer que se configura o mito da neutralidade do juiz, o momento em que a deusa da Justiça cobre os olhos com a venda, tornando-se cega.

Todavia, o Código de Processo Civil, abrandando o princípio da iniciativa das partes, permite ao magistrado que atue no processo como integrante da relação jurídica de direito processual, e não mais como mero coadjuvante. Assim, o magistrado poderá determinar que as partes apresentem as provas necessárias ao deslinde da demanda, visando ao melhor entendimento dos fatos e dos fundamentos jurídicos apresentados em juízo, para a justa aplicação do direito ao caso concreto. Integrante que é da relação jurídica de direito processual, juntamente com o autor da ação, que é o sujeito que pede, e o réu, que é o sujeito em face de quem se pede, ele tem o "poder dever" de fazer valer o direito que atenda ao justo julgamento da causa.

Nesse sentido, o atual Código de Processo Civil, em seu artigo 130, preceitua que o magistrado, quando entender necessário, independentemente das provas apresentadas pelas partes interessadas, poderá determinar, de ofício, a apresentação de outros meios de provas para a comprovação dos fatos e dos fundamentos jurídicos apresentados, indeferindo as diligências inúteis ou meramente protelatórias. A doutrina, nesse sentido, aponta que essa atribuição deve ser entendida como complementação ao direito/dever de a parte apresentar em juízo as provas que entender necessárias às suas alegações (Marcato, 2008, p. 382).

Nesse passo, o juiz deixou de ser um mero espectador inerte na batalha que é travada judicialmente, passando a assumir o papel de integrante da relação jurídico-processual, permitindo que ele estabeleça, junto com as partes envolvidas, a posição ativa de determinar a apresentação de outros meios de provas, desde que o faça com imparcialidade e obediência ao princípio do contraditório, que é o direito que a parte tem de tomar ciência de tudo aquilo que é posto contra ela em juízo, para assegurar a utilização do princípio da ampla defesa (Negrão, 2007, p. 264).

A imparcialidade do magistrado, assim considerada a vedação de atuação de forma tendenciosa para qualquer das partes envolvidas na relação jurídica de direito processual, deverá sempre existir, haja vista que ele está acima delas, mas nem por isso é necessário que se mantenha neutro nessa relação.

Garantia da existência do processo é a imparcialidade do magistrado. O dever de imparcialidade do juiz é tamanha que ele pode até se declarar suspeito de atuar na relação jurídica de direito processual por motivo de foro íntimo, sem a necessidade de externá-lo a ninguém nem a órgão hierarquicamente superior, mesmo que a parte não tenha alegado no curso do processo (Santos, 2006, p. 190).

Verificamos, dessa forma, que a justiça atual requer um magistrado atuante. As partes envolvidas na relação de direito processual devem apresentar as provas que entenderem necessárias, pertinentes e relevantes para a comprovação de suas alegações. Por outro lado, o magistrado que preside o processo tem a atribuição de determinar, quando necessário, que as partes apresentem outros meios de provas, para que haja a necessária transparência na solução dos conflitos apresentados em juízo e, dessa forma, se faça valer a vontade concreta da lei. É o momento em que se descortina a venda dos olhos da deusa da Justiça, e ela volta a ser a deusa de olhos vigilantes e atentos, empunhando sua espada, associada à balança, pois separa o Bem do Mal, golpeando o culpado. A deusa segura firmemente a balança, símbolo primordial da Justiça; associada à espada, duplica-se a Verdade.

Embora o mito seja atemporal e eterno, está inserido em um processo metamorfoseante, alimentado pela força viva da História, por isso o mito se reatualiza e se recontextualiza. Nessa leitura, um novo modelo de juiz rompe a atemporalidade mítica, ultrapassando as linhas do tempo histórico para vivenciar as experiências humanas. Rememorando e reatualizando seu papel social e político, em um ritual de procedimento jurídico, o juiz acaba por exercer, com uma nova consciência, a imparcialidade, sem neutralidade, ao lado da deusa da Justiça, que arranca, neste momento histórico, a venda de seus olhos, com toda a austeridade de seu olhar vigilante, mas humanizado por seu tempo e sua realidade cultural, empunhando sua espada guerreira e segurando com a firmeza da equidade a Balança da Justiça.

REFERÊNCIAS BIBLIOGRÁFICAS

ALBUQUERQUE, E. B. C. de. **Mudanças didáticas e pedagógicas no ensino da língua portuguesa**. Belo Horizonte: Autêntica, 2006.

ARGAN, G. C. **História da arte como história da cidade**. 4ª ed. São Paulo: Martins Fontes, 1998.

BAKHTIN, M. V. **Marxismo e filosofia da linguagem:** problemas fundamentais do método sociológico na ciência da linguagem. Trad. Michel Lahud e Yara F. Vieira. São Paulo: Hucitec, 1999.

BARBOSA MOREIRA, J. C. **O novo processo civil brasileiro.** 5ª ed. Rio de Janeiro: Forense, 1983.

BARTHES, R. *Mythologies*. Paris: Éditions du Seuil, 1957.

BAUMGART, F. **Breve história da arte**. 2ª ed. São Paulo: Martins Fontes, 1999.

BRANDÃO, J. S. **Mitologia grega**. Vol. 3. Petrópolis: Vozes, 1987.

BRUNEL, P. **Dicionário de mitos literários**. 2ª ed. Rio de Janeiro: José Olympio; Brasília: UnB, 1998.

BUENO, C. S. B. **Curso Sistematizado de Direito Processual Civil: ordinário e sumário**, 2: tomo I. São Paulo: Saraiva, 2007.

CAILLOIS, R. **O mito e o homem**. Rio de Janeiro: Edições 70, 1972.

CAMPBELL, J. **O poder do mito**. São Paulo: Palas Athena, 1990.

CASSIRER, E. **Antropologia Filosófica. Ensaio sobre o homem. Introdução a uma filosofia da cultura humana**. Trad. Vicente Félix de Queiroz. São Paulo: Mestre Jou, 1972.

_____. **Linguagem e mito**. São Paulo: Perspectiva, 2000.

CHARTIER, R. **A aventura do livro do leitor ao navegador**. São Paulo: Unesp, 1998.

COUPE, L. *Myth*. London: Routledge, 1997.

ELIADE, M. **Mito e realidade**. 3ª ed. Trad. Pola Civelli. São Paulo: Perspectiva, 1991.

ELIADE, M. **Mito e realidade**. São Paulo: Perspectiva, 1972.

_____. **O sagrado e o profano: a essência das religiões**. Trad. Rogério Fernandes. São Paulo: Martins Fontes, 2001.

FEDER, L. *Ancient Myth in Modern Poetry*. Princeton: Princeton University Press, 1971.

FRAZER, J. G. **O ramo de ouro**. Rio de Janeiro: Guanabara, 1982.

FREIRE, P. **A importância do ato de ler**. 50ª ed. São Paulo: Cortez, 2009.

FRYE, N. **Anatomia da crítica**. São Paulo: Cultrix, 1973.

_____. **O caminho crítico**. São Paulo: Perspectiva, 1973.

GALINSKY, G. K. *Ovid's Metamorphoses. An Introduction to the Basic Aspects*. Berkeley and Los Angeles: University of California Press, 1975.

GONÇALVES, M. V. R. **Novo curso de Direito Processual Civil**. 3ª ed., vol 1. São Paulo: Saraiva, 2006.

GRIMAL, P. **Dicionário da mitologia grega e romana**. Trad. Victor Jabouille. Rio de Janeiro: Bertrand Brasil, 1997.

KRAUSS, R. E. **Caminhos da escultura moderna**. São Paulo: Martins Fontes, 1998.

LEROUX, G. *Le Fantôme de l'Opéra*. Paris: Le Livre de Poche, 1959.

_____. **O Fantasma da Ópera**. Trad. Mário Laranjeira. 3ª ed. São Paulo: Ática, 2010.

MARCATO, A. C. **Código de Processo Civil interpretado**. Coord. Antonio Carlos Marcato, 3ª ed. São Paulo: Atlas, 2008.

MIELIETINSKI, E. M. **A poética do mito**. Rio de Janeiro: Forense, 1976.

MOURÃO, R. R. F. **Atlas celeste**. 3ª ed. Petrópolis: Vozes, 1981.

_____. **Atrações do Touro, a mais antiga das constelações**. *Superinteressante*. Dezembro 1990. Disponível em: <http://super.abril.com.br/tecnologia/atracoes-touro-mais-antiga-constelacoes-439691.shtml>. Acesso: em 11 mar. 2013.

NEGRÃO, T. **Código de Processo Civil e legislação processual em vigor**, Theotonio Negrão e José Roberto F. Gouvêia. 39ª ed. São Paulo: Saraiva, 2007.

OVID. *Les Métamorphoses.* Tomes I, II, III. Texte établi et traduit par Georges Lafaye. Paris: Société d'édition Les Belles Lettres, 1994.

OVÍDIO (PUBLIUS OVIDIUS NASO). **As metamorfoses**. Trad.Antônio Feliciano de Castilho. Rio de Janeiro: Simões, 1959.

PEREIRA, M. H. R. Europa: os enigmas de um nome. In: FIALHO, M. C.; SILVA, M. F. S.; PEREIRA, M. H. R. (Coord.). **Gênese e consolidação da ideia de Europa**. vol. I: De Homero ao fim da época clássica. Coimbra: Imprensa da Universidade, 2005.

ROCHA, J. A. **Teoria geral do processo.** 3ª ed. São Paulo: Malheiros, 1996.

SANTOS, E. F. **Manual de Direito Processual Civil.** Vol 1. São Paulo: Saraiva, 2006.

SANTOS, M. A. **Primeiras linhas de Direito Processual Civil.** Vol 1. São Paulo: Saraiva, 2010.

SARAIVA, A. J. & LOPES, O. **História da literatura portuguesa**. 11ª ed. Porto: Ed. Porto, 1979.

THEODORO JÚNIOR, H. **Processo de conhecimento.** Tomo I, Rio de Janeiro: Forense, 1978.

VIRGILE. *Les Géorgiques.* Texte établi et traduit par Saint-Denis. Paris: Société d'édition Les Belles Lettres, 1968.

WITTKOWER, R. **Escultura.** 2ª ed. São Paulo: Martins Fontes, 2001.

© desta tradução: Martin Claret, 2014.
Título original em inglês: *Bulfinch's Mythology — The Age of Fable.*

DIREÇÃO
Martin Claret

PRODUÇÃO EDITORIAL
Carolina Marani Lima
Mayara Zucheli
Giovana Quadrotti

CAPA
Nicole Bustamante

INTRODUÇÃO E ORGANIZAÇÃO DO APÊNDICE
Elaine C. Prado dos Santos

REVISÃO
Waldir Moraes

IMPRESSÃO
Paulus Gráfica

Dados Internacionais de Catalogação na Publicação (CIP)
(Câmara Brasileira do Livro, SP, Brasil)

Bulfinch, Thomas, 1796-1867.
O livro da mitologia: A idade da fábula / Thomas Bulfinch;
tradução: Luciano Alves Meira. São Paulo: Martin Claret, 2022.

Título original: *Bulfinch's mythology: the age of fable.*

ISBN: 978-65-5910-236-5

1. Deuses – Mitologia 2. Heróis – Mitologia 3. Mitologia grega
4. Mitologia romana I. Título.

22-133789   CDD-292

Índices para catálogo sistemático:

1. Mitologia clássica 292
2. Mitologia greco-romana 292
Cibele Maria Dias   Bibliotecária   CRB-8/9427

EDITORA MARTIN CLARET LTDA.
Rua Alegrete, 62   CEP: 01254-010   São Paulo, SP
Tel.: (11) 3672-8144
1ª reimpressão – 2025

CONTINUE COM A GENTE!

- EDITORA MARTIN CLARET
- EDITORAMARTINCLARET
- @EDMARTINCLARET
- WWW.MARTINCLARET.COM.BR